國家社科基金
GUOJIA SHEKE JIJIN HOUQI ZIZHU XIANGMU
後期資助項目

楊維禎全集校箋 （四）

Notes and Commentary on the Complete Works of Yang Weizhen

【明】楊維禎 著

孫小力 校箋

上海古籍出版社

卷三十八　汲古閣刊鐵崖先生
古樂府補卷一至六

卷三十八　汲古閣刊鐵崖先生古樂府補卷一至六

華山高①

思美人兮<u>西華山</u>〔一〕，我欲往兮如天難。上通帝座二氣之呼吸，下衝<u>龍門</u>百折之<u>昆侖源</u>〔二〕。<u>秦關</u><u>桃林</u>之寒贔屭於其左兮〔三〕，右抱萬頃白玉所產之<u>藍田</u>〔四〕。<u>金天</u><u>太白</u>實主宰〔五〕，井鬼上應精靈躔〔六〕。<u>巨靈</u>一擘萬古不可合〔七〕，<u>首陽</u>下有根株連〔八〕。<u>雲臺仙掌</u>現真迹〔九〕，朱衣赤鬚垂纍鞭〔十〕。<u>明星玉女</u>不許以肉眼見兮〔十一〕，<u>玉盆</u>綠水灑不竭〔十二〕，一匹石馬誰來牽〔十三〕。嗟你<u>華山</u>人不歸來兮，徒留連人間。塵土那可以久住，白雲蹋爾<u>希夷</u>眠〔十四〕。天池注腦晞綠髮，玉漿渴飲飢飡蓮〔十五〕。伐毛洗髓不足較〔十六〕，白日一瞑三千年。覺來招酒姆，騎茅龍，訪<u>子先</u>〔十七〕，更呼<u>山東</u><u>李謫仙</u>〔十八〕，搔首問青天。<u>巨靈</u>接見<u>媧皇</u>前〔十九〕，驚呼一笑<u>軒轅</u>之子彌明癲〔二十〕。

【校】

① <u>鐵崖先生古樂府補</u>六卷，無序跋，凡録詩一百二十五首，均爲<u>鐵崖先生古樂府</u>十卷、<u>鐵雅先生復古詩集</u>六卷所未收，編者不詳。<u>明</u>末<u>汲古閣</u>以此書與<u>麗則遺音</u>四卷、<u>鐵崖先生古樂府</u>十卷、<u>鐵雅先生復古詩集</u>六卷合刊。今以<u>汲古閣</u>刊本爲底本，校以<u>文淵閣四庫全書</u>本、<u>樓氏</u><u>鐵崖逸編注</u>本，參校<u>楊鐵崖咏史</u>本、<u>懺華庵叢書</u>本、<u>元詩選</u>本等。

【箋注】

〔一〕<u>西華山</u>：即<u>西嶽</u><u>華山</u>。位於今<u>陝西省</u>。

〔二〕<u>龍門</u>：位於今<u>山西</u><u>河津</u>西北、<u>陝西</u><u>韓城</u>東北。<u>黄河</u>經此，兩岸峭壁對峙如門，故名。

〔三〕<u>秦關</u>：指<u>陝西</u><u>潼關</u>。<u>桃林</u>：位於今<u>陝西</u><u>潼關</u>以東、<u>河南</u><u>靈寶</u>以西一帶。

〔四〕<u>藍田</u>：<u>金</u><u>王處一</u>編<u>西嶽華山志</u>卷首<u>唐玄宗御制序</u>："前列<u>華陽</u>之谷，後壓<u>華陰</u>之郡。左抱<u>桃林</u>之塞，右產<u>藍田</u>之玉。"<u>太平寰宇記</u>卷二十七<u>關西道</u>三："<u>驪山</u>，在(<u>昭應</u>)縣東南二里，即<u>藍田</u>山也。溫湯出山下，其陽多寶玉,其陰多黃金。"

〔五〕金天:唐玄宗先天三年,册封華山神爲金天王順聖帝。詳見西嶽華山志載華山之神封金天王懿號册。

〔六〕井鬼:元陳師凱書蔡氏傳旁通卷二:"井、鬼,秦之分野。雍州。"

〔七〕巨靈:西嶽華山志巨靈掌:"巨靈左掌上有半輪石月,在頂之東北峰上。遁甲開山圖云:巨靈得玄元之道,與元氣一時而生,混沌之師,九元祖也。漢武帝觀仙掌於縣内,特立巨靈神祠焉。"

〔八〕首陽:山名。又名雷首山。介於黃河、諫水之間。即今山西中條山脈西南端。

〔九〕雲臺:西嶽華山志雲臺峰:"雲臺峰,嶽東北。其山兩峰崢嶸,四面玄絶,上冠景雲,下通地脉,巋然獨秀,有若雲臺。下有穴,昔有人入此穴,東出方山行,云經黃河底,上聞流水之聲。"

〔十〕"朱衣"句:西嶽華山志華山靈異:"華山之頂,乃天真降臨之地,神仙聚會之鄉,降現之事極多,略叙其一二:……王母數現,或衣黃裳,戴金冠,乘寶輦,駕五色斑龍九頭。上有羽蓋,左右金童玉女,仙官將史,莫窮其數。後於現處建其祠堂。"

〔十一〕明星玉女:西嶽華山志明星玉女:"明星玉女祠在頂之中峰,龜背上立祠堂,有玉女石室,玉女聖像一尊并玉女石馬一匹。"

〔十二〕玉盆:西嶽華山志玉女洗頭盆:"(明星玉女)祠前有石臼五枚,臼中俱有水,號曰玉女洗頭盆。其水碧綠澄澈,旱不竭,雨不溢。"

〔十三〕石馬:西嶽華山志玉女石馬:"玉女石馬一匹。其馬神靈異常,夜聞嘶嗷之聲。頂上隱者常見之。"

〔十四〕希夷:即陳摶,北宋初年高士,隱居華山。宋史有傳。參見鐵崖詠史樂府卷八華山隱者歌注。

〔十五〕"天池"二句:天池,指蓮花峰上仰天池。西嶽華山志蓮花峰:"蓮花峰一上四十里,卓立五千仞,上有明星玉女之别館、金天王之正廟、二十八宿池、黑龍潭、玉女洗頭盆、菖蒲池、仰天池……傍有玉井,生千葉白蓮花,食之令人羽化。"又,西嶽華山志醴泉玉泉:"醴泉在古庵直下,其水微有酒香醇味……玉泉在張超谷口,其水色如漿,因此置玉泉院。二泉皆腹漿玉髓,人久服之,可去陳痾也。"

〔十六〕伐毛洗髓:太平廣記卷六神仙六東方朔:"朔以元封中游鴻濛之澤,忽遇母採桑於白海之濱。俄而有黃眉翁指母以語朔曰:'昔爲我妻,托形爲太白之精,今汝亦此星之精也。吾却食吞氣已九千餘年,目中童子皆

有青光,能見幽隱之物,三千年一返骨洗髓,二千年一剥皮伐毛,吾生來
已三洗髓五伐毛矣.’”

〔十七〕“覺來”三句: 列仙傳卷下呼子先:“呼子先者,漢中關下卜師也,老壽百
餘歲。臨去,呼酒家老嫗曰:‘急裝,當與嫗共應中陵王。’夜,有仙人持
二茅狗來,至,呼子先。子先持一與酒家嫗,得而騎之,乃龍也。上華陰
山,常於山上大呼,言‘子先、酒家母在此’云。”

〔十八〕李謫仙: 唐才子傳卷二李白:“白字太白,山東人。母夢長庚星而誕,因
以命之。”

〔十九〕“巨靈接見”句: 女媧造人,而巨靈爲混沌之師,故巨靈接見,女媧爲先
導。媧皇,指女媧氏。

〔二十〕彌明: 指唐代衡山道士軒轅彌明。參見鐵崖先生古樂府卷六傳道人
歌注。

太山高〔一〕

魏乎高哉! 太山之山三萬八千丈兮,五岳之伯,萬山之宗。上有
雲官霞伯,明星玉女,金堂石室高重重。三十六天第一洞〔二〕,是爲蓬
玄太空之上穹〔三〕。上帝賜以金篋之玉策〔四〕,司命下土開群蒙。自從
崇伯子受命告厥功〔五〕,至今七十二君壇壝留遺蹤〔六〕。觸石之雲可以
一朝雨天下,封突起化作海島十二金芙蓉。三神尚有劉徹①記〔七〕,五
官不受秦皇封〔八〕。東方有岩名日觀〔九〕,羊角而上,千萬盤屈,始窺大
門小户之天聰。黄河西來如綫走其下,齊州九點烟滅濛〔十〕。秦觀見
長安,吴觀見會稽,周觀見洛嵩〔十一〕。聖人登之天下小似東龜蒙〔十二〕。
夜聞巨靈蕩踢西華峰,流血下染洪河紅〔十三〕。嵩高不生帝王佐〔十四〕,
常山蛇怪兩首而三瞳〔十五〕。天上金烏下倒景,大星僭曉芒角流妖鋒。
鐵道人,手持一雌一雄雙鐵龍,騎龍天關叩天語,夜拜日駕五色披祥
虹。天封地禪禮數絶,徵兵三度謡嵩童〔十六〕。博陸侯〔十七〕,狄梁
公〔十八〕,虞淵取日扶桑東〔十九〕。太陽當天天下白,照見地下蟻蝨金頭
蟲。金頭蟲,如蟣蠓。

【校】

① 劉徹: 文淵閣四庫全書本作“劉郎”。

【箋注】

〔一〕太山：即五嶽之首泰山。

〔二〕三十六天：南朝梁任昉述異記卷下：“人間三十六洞天，知名者十耳。”道
書云世界有三十六洞天、七十二福地。雲笈七籤卷二十七洞天福地録有
十大洞天、三十六小洞天、七十二福地之名。

〔三〕蓬玄太空：明彭大翼山堂肆考卷十九地理泰山：“泰山，五嶽之東嶽也，爲
兗州鎮，在兗州奉符縣，名蓬玄太空洞天。”

〔四〕金篋之玉策：風俗通義卷二正失封泰山禪梁父：“俗説岱宗上有金篋玉
策，能知人年壽修短。”

〔五〕崇伯子：指大禹。相傳大禹之父鯀封於崇，故謂之崇伯（見國語）。參見
史記夏本紀索隱。

〔六〕七十二君：相傳上古封禪七十二家，自無懷氏至三代，俱有之。風俗通義
卷二正失封泰山禪梁父：“謹按尚書、禮：‘天子巡守，歲二月至于岱宗。’
孔子稱：‘封泰山，禪梁父，可得而數七十有二。’蓋王者受命，易姓改制，應
天下太平，功成封禪，以告平也。所以必於岱宗者，長萬物之宗，陰陽交
代，觸石而出，膚寸而合，不崇朝徧雨天下，唯泰山乎！”

〔七〕三神：指泰山、梁父、上帝。劉徹：西漢武帝。按：司馬相如臨終前上封
禪書曰：“意者泰山、梁父設壇場望幸，蓋號以況榮，上帝垂恩儲祉，將以薦
成，陛下謙讓而弗發也。挈三神之驩，缺王道之儀，群臣惡焉。”漢武帝閲
書後“沛然改容”，“乃遷思回慮，總公卿之議，詢封禪之事”。詳見史記司
馬相如列傳。

〔八〕五官：五大夫。秦始皇封泰山松爲五大夫。

〔九〕日觀：杜詩詳注卷一望嶽注引封禪記：“泰山東隅有日觀峰，雞鳴時見日
出，長三丈，即割昏曉之義。”

〔十〕齊州九點烟：李賀夢天：“遥望齊州九點烟，一泓海水杯中瀉。”

〔十一〕秦觀、吳觀、周觀：皆泰山山峰名，以登峰所望而命名。

〔十二〕“聖人”句：孟子盡心上：“孔子登東山而小魯，登泰山而小天下。”龜山、
蒙山，位於山東境内，二山相連，長約八十餘里。

〔十三〕洪河：此指黄河。班固西都賦：“右界褒、斜、隴首之險，帶以洪河、涇、
渭之川。”

〔十四〕嵩高：山名。即中嶽嵩山，位於今河南。帝王佐：詩大雅崧高：“維嶽降
神，生甫及申。”甫，吕侯；申，申伯。

〔十五〕常山蛇怪：又名率然。詳見孫子兵法。

〔十六〕謠嵩童：全唐詩卷八百七十八嵩嶽童謠：“調露中，高宗欲封中嶽，屬突
　　　　厥叛而止。後欲封，吐蕃入寇，復停。永淳年，又幸嵩嶽，至山下，未及
　　　　行禮遘疾，還至宮而崩。先是童謠云：‘嵩山凡幾層，不畏登不得，只畏
　　　　不得登。三度徵兵馬，傍道打騰騰。’”

〔十七〕博陸侯：指西漢霍光，霍光封博陸侯。漢書有傳。

〔十八〕狄梁公：指狄仁傑，封梁國公，故稱。新、舊唐書皆有傳。

〔十九〕虞淵：相傳爲日入之處。“虞淵取日”喻指霍光振興漢室、狄仁傑力保
　　　　李唐。唐吕溫狄梁公立盧陵王贊：“取日虞淵，洗光咸池。”詳見漢書霍
　　　　光傳、新唐書狄仁傑傳。

王氏女〔一〕 事見通鑒武德元年①

　　王氏女，始州人。羌中老虎旁企地（羌名②），朝掠③長安，暮聚南
山群，龐家大將（玉）不敢嗔。王氏女，在虎口。上馬與聯轡④，下馬與
飲⑤酒。老虎卧酣上馬走，拔刀⑥殺虎如殺狗。提首一夜至梁州，天子
見之誇好手⑦。王氏女，真奇勛，錫以崇義號夫人。於戲，與之帶甲一
十萬⑧，不⑨數李家娘子軍（柴紹妻）〔二〕。

【校】

① 題下小字注“事見通鑒武德元年”，原本作“武治元年”，據懺華庵叢書本改。

② 小字注“羌名”原本誤置於“企”字之下，徑移於此。

③ 掠：原本作“接”，據楊鐵崖咏史本、懺華庵叢書本改。

④ 轡：懺華庵叢書本作“鑣”。

⑤ 飲：楊鐵崖咏史本、懺華庵叢書本作“并”。

⑥ 刀：原本作“刃”，據楊鐵崖咏史本改。

⑦ “提首一夜”二句：原本無，據楊鐵崖咏史本、懺華庵叢書本增補。

⑧ “於戲”二句：原本無，據楊鐵崖咏史本增補。

⑨ 不：楊鐵崖咏史本、懺華庵叢書本作“豈”。

【箋注】

〔一〕王氏女：資治通鑑卷一百八十六唐紀二高祖武德元年：“初，羌豪旁企地

以所部附薛舉,及薛仁果敗,企地來降,留長安。企地不樂,帥其衆數千叛,入南山,出漢川,所過殺掠。武候大將軍龐玉擊之,爲企地所敗。企地行至始州,掠女子王氏,與俱醉卧野外。王氏拔其佩刀,斬首送梁州,其衆遂潰。詔賜王氏號爲崇義夫人。"

〔二〕李家娘子軍:柴紹妻李氏統領。資治通鑑卷一百八十四隋紀八:"(義寧元年五月)柴紹之自長安赴太原也,謂其妻李氏曰:'尊公舉兵,今偕行則不可,留此則及禍,奈何?'李氏曰:'君第速行,我一婦人,易以潛匿,當自爲計。'紹遂行。李氏歸鄠縣別墅,散家貲,聚徒衆。(李)淵從弟神通在長安,亡入鄠縣山中,與長安大俠史萬寶等起兵以應淵……李氏將精兵萬餘,會世民於渭北,與柴紹各置幕府,號'娘子軍'。"柴紹,舊唐書有傳。

三婦詞

大婦善主饋,甘旨出中厨。中婦善調箏,清歌似羅敷〔一〕。小婦似小喬〔二〕,中夜讀兵書。丈人不復樂,起起去防胡。

【箋注】

〔一〕羅敷:古美女名。參見陌上桑。
〔二〕小喬:嫁與周瑜。參見陳善學序刊楊鐵崖先生文集卷二喬家婿注。

賣鹽婦①〔一〕

賣鹽婦,百結青裙走風雨。雨花灑鹽鹽作鹵,背負空筐淚如縷。三日破鐺無粟煮,老姑飢寒更愁苦。道旁行人因問之,拭淚吞聲爲君語。妾身家本住山東,夫家名在兵籍中〔二〕。荷戈崎嶇戌閩越,妾亦萬里來相從。年來海上風塵起,樓船百戰秋濤裏。良人賈勇身先死,白骨誰知填海水。前年大兒征饒州〔三〕,饒州未復軍尚留。去年小兒攻高郵,可憐血作淮河流〔四〕。中原封裝②音信絶,官倉不開口糧闕。空③營木落烟火稀,夜雨殘燈泣嗚咽。東隣西舍夫不歸,今年嫁作商人妻。繡羅裁衣春日低,落花飛絮愁深閨。妾心如水甘貧賤,辛苦賣鹽終不怨。得錢糴米供老姑,泉下無慚見夫面。君不見繡衣使者浙河東,采詩正欲觀民風。莫棄吾儂賣鹽婦,歸朝先奏明光宫〔五〕。

【校】

① 按:本詩作者有數説,明李襲編元藝圃集卷四收録此詩,亦列入楊鐵崖名下。清顧嗣立編元詩選初集卷四十一載此詩,則署作者名爲納新。清陳焯編宋元詩會卷八十六署作者名爲納延。

② 封裝:原本脱,據文淵閣四庫全書元藝圃集本增補。

③ 空:元藝圃集本作“宫”。

【箋注】

〔一〕據詩中所述時事,詩當撰於元至正十四年(一三五四),或稍後。其時鐵崖在杭州任税務官。

〔二〕兵籍:即“軍户”。蒙元政府針對所有居民的一項户籍登記、統計和管理政策,稱爲“諸色户計”,“軍户”是其中一種。詳見大元聖政國朝典章之户口條畫。

〔三〕“前年”句:據元史順帝本紀,至正十二年三月,徐壽輝紅巾軍攻陷饒州路,此蓋指其大兒奉命隨軍征討。

〔四〕“去年”二句:當指其小兒隨軍到高郵征討張士誠而喪命。據元史順帝本紀,至正十三年五月,“張士誠及其弟士德、士信爲亂,陷泰州及興化縣,遂陷高郵,據之,僭國號大周,自稱誠王,建元天祐。”

〔五〕明光宫:即明光殿,漢高祖時修建。此借指朝廷。

天車詩①〔一〕 并引

丁未臘交戊申春三月〔二〕,霪雨不休,農以潦告官,修圍岸,迫農車泄潦,農力竭而潦不退。有黄髮老叟,來謂農曰:“汝車力倍而功寡,吾教汝車,力不勞而功倍之。”索巨竹二竿,刳節,交兩首尾,飲如口注,農家水龍皆閣不用。農驚問其神,叟曰:“此陰陽升降法也。”余讀張讓傳〔三〕,傳注渴烏云:“爲曲筒,以氣引水上下②。”天車引水,即渴烏之引也。郡守某過余,言其事,謂之天

車,請鐵崖紀以詩。詩曰:

百日漏天瓠河決,高丘十丈蛟龍穴。犖星降世教天車,刳爾雌雄兩龍節。膠泥瑣口如折筒,天竅地竅中相通。疲氓拜舞賽神教,喜氣上天成白虹。厓乾水怪支祁走[四],海底珊瑚拾星斗。坐令墊土成寸金,丈尺官來履丘畝[五]。我聞阿香閣雷車[六],農車巧運脫殼蛇[七]。如何天車閟天巧,馬鈞(造水車,魏國人。)不洩三農家[八]。九重帝車運北斗,五風十雨調大有。我願天倉紅粟朽,農食冬春飲春酒。和我歌,擊壤叟[九]。

【校】

① 本詩與鐵崖先生集卷一天車詩引所詠爲同一事,然差異不小,請詩之人亦不同,故分別收録并作箋注,可參看。

② 下:後漢書張讓傳注文作"也"。

【箋注】

〔一〕詩作於明洪武元年戊申(一三六八)四月。其時鐵崖寓居松江。繫年依據參見鐵崖先生集卷一天車詩引。

〔二〕丁未臘交戊申春:指元至正二十七年丁未(一三六七)臘月至明洪武元年戊申春季。按:元至正二十七年丁未正月始,松江地區歸屬朱元璋政權管轄。其時動亂平息不久,人心未穩,故鐵崖不署元、明年號。

〔三〕張讓傳:載後漢書。

〔四〕支祁:即巫支祁。相傳爲淮渦水神。參見鐵崖先生詩集甲集送康副使注。

〔五〕"丈尺官"句:元至正二十七年丁未歲末、明洪武元年戊申,朱元璋派遣杭琪、黃萬里等官員至松江丈量核實田土。參見東維子文集卷二送司農丞杭公還京詩序、同書卷三送經理官黃侯還京序。

〔六〕阿香閣雷車:參見鐵崖賦稿卷下飛車賦注。

〔七〕脫殼蛇:喻指龍骨水車。參見鐵崖先生集卷一天車詩注。

〔八〕馬鈞:字德衡,三國魏人。三國志魏書杜夔傳注文載其事迹頗詳。

〔九〕擊壤叟:參見東維子文集卷十送鄧煉師祈雨序注。

磔鵃〔一〕

　　鵃出蘄州黃梅山〔二〕，狀類訓狐，聲如擊腰鼓。巢於大木顛，巢下數十步無草生。晉制，鵃不得渡江，有重法。石崇嘗得之〔三〕，以與王愷〔四〕。司隸傅祇於愷家得此鳥〔五〕，奏之。宣示百官，燒於都街。蘄有進此鳥者，以夸罕見，當有傅司隸付之火刑，以示滅惡，故予賦磔鵃詩。

　　蘄州鬼，鬼來惡，蘄州鵃，鵃何凶（叶興）。聲如萬腰鼓，百鳥不敢鳴。委地一片羽，百草不敢生，如何崇家柵養相夸矜。司隸忽上奏，焚滅不留形。秋官司天法，殺物自有刑。嘖嘖驅我嫉，雒雒勸我耕。（嘖嘖、雒雒，皆九扈鳥官〔六〕。）天何生爾毒，毒作人中兵。我願天悔禍，仁鳳下虞廷〔七〕。

【箋注】

〔一〕鵃：宋魏了翁春秋左傳要義卷十二：“說文云：鵃，毒鳥也。……舊制：鵃不得渡江，有重法。石崇爲南中郎，得鵃，以與王愷。養之大如鵝，喙長尺餘，純食蛇虺。司隸傅祇於愷家得此鳥，奏之。宣示百官，燒於都街。”

〔二〕蘄州：元代路名，隸屬於河南行省，治所在今湖北蘄春西南。黃梅山：在黃梅縣西四十里，山多梅，故名。隋以此山名縣。今屬湖北。參見大明一統志卷六十一黃州府。

〔三〕石崇：晉豪富，晉書有傳。

〔四〕王愷：爲貴戚，常與石崇鬥富。參見陳善學序刊楊鐵崖先生文集卷二金谷步障歌注。

〔五〕傅祇：“祇”或作“祇”，傅咸從父弟。晉書有傳。

〔六〕九扈：春秋左傳正義卷四十八昭公十七年：“九扈，爲九農正。”注：“扈有九種也：春扈鳻鶞，夏扈竊玄，秋扈竊藍，冬扈竊黃，棘扈竊丹，行扈唶唶，宵扈嘖嘖，桑扈竊脂，老扈鷃鷃。以九扈爲九農之號，各隨其宜以教民事。”疏：“宵扈嘖嘖，夜爲農驅獸者也。”

〔七〕虞廷：虞舜之廷。

桃花犬〔一〕

　　邑吳氏仲衡家畜犬①病踏〔二〕，兼旬不起，犬有②子，能銜食哺其母，不離母左右③。母死，葬小山下，有花開如白鳳仙，人因稱之爲“孝犬”云④。昔聞桃花有鼎湖號弓之義〔三〕，今爾犬又仁孝若是，銓自王大父宗元〔四〕，五世孝慈，犬之仁孝，其瑞應也。爲賦桃花犬歌，繼古樂府⑤。

　　昔桃花，孝義⑥聞天家。今桃花，生子在吳家。桃花子，母病踏不起。三子者⑦，纍纍若悲啼。有一子銜食，哺母母食之，子始出馳。一去復一來，眠母左右不一離。吳老人，壽期頤。五葉孫，斑斕衣。門前荊樹不分枝〔五〕，柱下并蒂生靈芝。吳家孝慈及草木，況爾桃花爲有知。喔喔梟獍兒，泥塗我宮室，蕩裂我四維，風俗日壞壞不支。歌桃花，作家慶，吳家兒，當執政，桃花牲牲化梟獍。

【校】

① 樓氏鐵崖逸編注卷三載此詩，據以校勘。邑吳氏仲衡家畜犬：鐵崖逸編注本作“諸暨吳義士銓家畜犬犬”。

② “兼旬不起犬有”六字：原本無，據鐵崖逸編注本增補。

③ “不離母左右”五字：原本無，據鐵崖逸編注本增補。

④ “母死，葬小山下”四句凡二十一字，鐵崖逸編注本無。

⑤ “昔聞桃花有鼎湖號弓之義”八句凡四十八字，原本無，據鐵崖逸編注本增補。

⑥ 義：鐵崖逸編注本作“犬”。

⑦ 者：鐵崖逸編注本無。

【箋注】

〔一〕詩當作於元順帝元統元年（一三三三），或稍後。繫年依據：萬曆紹興府志卷十三災祥志曰：“元順帝至正間，諸暨吳銓家犬病踏……”并録本詩。又，乾隆諸暨縣志卷八祥異載知州王慶撰孝犬録事，謂王慶“至正癸酉秋八月”過孝義山中訪遺老，於吳長卿處得知義犬事，遂撰孝犬録。然至正年間無“癸酉”年，癸酉年（一三三三）爲元順帝登基初年，即元統元年。

其時鐵崖罷官居家,蓋風聞此事而作詩。以上引録萬曆紹興府志、乾隆諸暨縣志所謂"至正",皆誤。

〔二〕吳仲衡:據本詩序并參考鐵崖逸編注本,吳仲衡名銓,仲衡爲其字,諸暨(今屬浙江)人。吳仲衡"孝犬"故事,參見乾隆諸暨縣志卷八祥異知州王慶孝犬録。

〔三〕"昔聞"句:宋阮閲詩話總龜前集卷一諷諭門:"淳化中,合州貢桃花犬,甚小而性急,常馴擾於御榻之側。每坐朝,犬必掉尾先吠,人乃肅然。太宗不豫,此犬不食。及上仙,號呼涕泗,瘦瘠。章聖初即位,左右引令前導,鳴吠徘徊,意若不忍。章聖令諭以奉陵,即摇尾飲食如故。詔造大鐵籠,施素裀,置鹵簿中。行路見者流涕。李至作桃花犬歌。"鼎湖號弓:參見鐵崖先生古樂府卷一湘靈操注。

〔四〕宗元:明過庭訓本朝分省人物考卷五十一:"吳宗元,字長卿,山陰人。其上世有諱蕘者,以學行聞,門人私謚爲文簡先生。後遷爲諸暨人……家有犬病足,子銜食哺之。"

〔五〕荆樹不分枝:指田氏紫荆樹故事。參見鐵崖先生古樂府卷一桓山禽注。

馮處士歌[一] 并叙

富春馮正卿氏,四世不分。其曾大父冀①[二],爲宋德祐死節臣[三]。正卿者,才而賢,當元末不屑仕僞,衆嘖然以處士稱之。丘園科屢起處士,處士絶之,曰:"予幸有一廬一區林下,可以避風雨;田一成在郭外,可以給衣食;學聖人之道者,可以自樂,不願仕也。且仕榮利禄,隱樂貞素,苟以相易,彼此兩乖。"吁,處士正卿,其可謂逸而真者歟! 故吾號之曰貞逸,而爲之賦詩曰:

星臺下[四],桐廬陰,曰有節士馮氏之家林。後三葉,五丈夫子玉琳森[五]。曰正卿者,長身而美髯。(叶"壬"。)風局孤古,體貌疎且沉。家不失箴,里不失任。貧不屈,富不淫。有餘推與人,羽肯要爵禄,心闕下,足終南[六],(叶"吟"。)鳳皇引高,神龍深深。(音"心"。)處士貞逸,退如處女古井心。嗟今之士科,隱丘事王侯,行無補闕,言無裨謀,惟禄食是②媒。(叶"牟"。)詭貞而佞,詭逸而述,以爲吾人憂。放而返也,潤恚岳隴羞[七]。聞處士風,其不泚然在顙[八],豈吾人儔!

【校】

① 冀：當作“驥”。參見注釋。

② 是：原本作“足”，據文淵閣四庫全書本改。

【箋注】

〔一〕詩當作於明洪武元年（一三六八），或稍後。繫年依據：詩序曰馮正卿“當
　　元末不屑仕僞”，可見其時已改朝換代。馮處士：指馮正卿。名士頤，富
　　春人。鐵崖與之交好數十年。參見東維子文集卷七富春八景詩序。

〔二〕冀：指馮驥，馮士頤曾祖父（或謂祖父）。宋末戰死於獨松關。參見陳善
　　學序刊楊鐵崖先生文集卷四獨松節士歌。

〔三〕德祐：南宋恭宗年號。德祐二年（一二七六），南宋都城臨安於被元軍攻
　　克，南宋滅亡。

〔四〕星臺：以東漢嚴子陵所謂“客星”故事命名，實即嚴子陵釣臺。參見鐵崖
　　先生古樂府卷八覽古之十五。

〔五〕五丈夫子：指馮士頤同胞及叔伯兄弟馮士升、馮士豫等五人，鐵崖與之多
　　有交往。參見東維子文集卷七富春八景詩序。

〔六〕“心闕下”二句：指唐代盧藏用所謂終南捷徑。參見鐵崖先生古樂府卷六
　　金處士歌。

〔七〕“潤恚”句：南朝孔稚圭諷刺隱士出仕之北山移文，有“於是南岳獻嘲，北
　　壟騰笑，列壑爭譏，攢峰竦誚……故其林慚無盡，磵愧不歇，秋桂遣風，春
　　蘿罷月”句。

〔八〕泚然在顙：孟子滕文公上：“其顙有泚，睨而不視。”趙岐注：“泚，汗出泚泚
　　然也。”

桐鄉①俊公子〔一〕

　　　古什一首餞濮敬之榮上司理之任〔二〕。

　　俊公子，二十忠義俱。殺賊不受賞，務在安邦閭。使者宣條約，
來試匡君略。調官鄉縣中，狴犴庀鎖鑰〔三〕。此氣與秋高，豐城掘寶
刀〔四〕。獄空元有象，門櫨鵲來巢〔五〕。

【校】

① 郷：原本誤作"卿"，徑改。

【箋注】

〔一〕桐郷：梧桐郷，元代隸屬於嘉興路崇德州，位於崇德東部。參見光緒桐郷
　　　縣志卷一疆域志。
〔二〕濮敬之：崇德州梧桐郷濮院鎮人。曾任本郡推官（即本詩序所謂"司
　　　理"）。家有雪筠齋，頗著名，元釋克新爲撰雪筠齋記（載濮川所聞記卷
　　　四）。參見崇禎嘉興縣志卷五建置志古迹、浙江通志卷四十一古迹三
　　　嘉興府。
〔三〕"調官郷縣中"二句：意爲濮敬之調回故郷，任崇德州理官。
〔四〕豐城掘寶刀：參見鐵崖先生古樂府卷四古憤注。
〔五〕門櫓：城門上的望樓。宋書沈慶之傳："緣險築重城，施門櫓甚峻。"

大將南征歌〔一〕

　　　　美河南王察罕也〔二〕。
　　大將軍，將天討，出南征。文如阿閣鳳〔三〕，武如牧野鷹〔四〕。兵行
司馬法〔五〕，漕轉屯田丁。鹿山放麑萬衆泣〔六〕，虎穴取麑千人驚。東屯
西屯露書布，南徯北徯壺漿迎。蠻①奴授首，鱉子獻城〔七〕。三危送
款〔八〕，孤竹輸平〔九〕。藍之山〔十〕，截海斷。峽之水，吞湘漢。大將軍，
持廟算，直向刑塘築京觀〔十一〕。嗟嗟小蠻觸〔十二〕，尚爾爭雌雄，將軍大
勢破竹下，拾土補地裂。中國長城無再壞，崑崙天柱無再折〔十三〕。盤
石永安，金甌罔缺。我頌摩崖千丈碑〔十四〕，大字如斗光奪月。

【校】

① 蠻：原本空闕一字，據文淵閣四庫全書本補。

【箋注】

〔一〕詩當撰於元至正十九年（一三五九）秋冬之間，察罕平定河南全境之後。

繫年依據參見東維子文集卷三送張先生赴河南幕府序。

〔二〕察罕：指察罕帖木兒。元史有傳。

〔三〕阿閣鳳：據韓詩外傳，"黄帝時，鳳凰集東園，止於阿閣"。（太平御覽卷一百八十四閣引録。）又，唐楊炯撰少室山少姨廟碑："豈直鳳巢阿閣，入軒后之圖書。"

〔四〕牧野鷹：喻指太公望。詩大雅大明："牧野洋洋，檀車煌煌，駟騵彭彭。維師尚父，時維鷹揚。"牧野，在朝歌南七十里。周武王伐紂，於此大勝。

〔五〕司馬法：四庫全書簡明目録卷九子部二兵家類："司馬法一卷，舊本題齊司馬穰苴撰。證以史記，蓋齊威王諸臣集古兵法爲之，而附穰苴於其中，非穰苴作也。其時去古未遠，三代遺規，往往於此書見之。"

〔六〕放麑：參見鐵崖先生古樂府卷九放麑詞注。

〔七〕鱉子：即古代蜀國帝鱉令。此代指蠻夷之邦。

〔八〕三危：史記五帝本紀："（舜請）遷三苗於三危，以變西戎。集解：馬融曰：（三危）西裔也。正義：括地志云：三危山有三峰，故曰三危，俗亦名卑羽山，在沙州敦煌縣東南三十里。"

〔九〕孤竹：元和姓纂卷十："孤竹君，姜姓，殷湯封之遼西。"

〔十〕藍山：大明一統志卷六十四衡州府："藍山在桂陽州西一百里，跨臨武、藍山二縣界，薈蔚蒼翠，浮空如藍。"

〔十一〕刑塘：位於會稽，相傳爲大禹斬殺防風氏之處。參見鐵崖賦稿卷上太液池賦。

〔十二〕蠻觸：參見鐵雅先生復古詩集卷四馮小憐注。

〔十三〕天柱：淮南子天文訓："昔者，共工與顓頊爭爲帝，怒而觸不周之山，天柱折，地維絶。天傾西北，故日月星辰移焉。"

〔十四〕摩崖千丈碑：指元結撰文、顏真卿書浯溪摩崖碑大唐中興頌。

小萬户射虎行〔一〕

　　美慶元鎮帥金駒兒也①。

　　邊城秋氣勁折膠，草枯燎發風蕭蕭。將軍校射出細柳②〔二〕，馬上③箭落雙飛鵰。須臾吼地④窮獸急，將軍匹馬電弗及⑤。疾蹄迸落衝虎過，白羽穿喉虎人立。將軍身不六尺强⑥，一怒萬夫無敢⑦當。先皇賜名名拔突⑧〔三〕，部下⑨材官爭蹶張〔四〕。畫工親見編鬚⑩勇〔五〕，急陣梢⑪

岡浩呼汹。目光落地已化石〔六〕,將軍生氣毛髮動。君不見桃花島,阜⑫樹洋,乳孫哺子人爲糧〔七〕。將軍一死不可生,東海黄公愁夜行〔八〕。

【校】

① 清鈔十六卷本玉山草堂雅集卷一、劉世珩影元刊十八卷本玉山草堂雅集卷二載此詩,據以校勘。玉山草堂雅集十六卷本題作題小萬户射虎圖,十八卷本題作小萬户射虎圖,皆無小引"美慶元鎮帥金駒兒也"一句。

② "將軍"句:玉山草堂雅集兩本皆作"邊人縱觀觀獵較"。

③ 馬上:玉山草堂雅集兩本皆作"將軍"。

④ 吼地:玉山草堂雅集兩本皆作"聞呼"。

⑤ "將軍"句:玉山草堂雅集兩本皆作"平生射虎已數十"。

⑥ 强:玉山草堂雅集兩本皆作"長"。

⑦ 敢:玉山草堂雅集兩本皆作"足"。

⑧ "先皇"句:玉山草堂雅集兩本皆作"賜名拔突久無敵"。

⑨ 部下:玉山草堂雅集兩本皆作"孰敢"。

⑩ 畫工親見編䝉:玉山草堂雅集兩本皆作"畫圖新見編枭"。

⑪ 急:玉山草堂雅集十六卷本作"掠"。陣梢:玉山草堂雅集十八卷本作"障揹"。

⑫ 阜:玉山草堂雅集兩本皆作"皂"。

【箋注】

〔一〕據詩前小引"美慶元鎮帥金駒兒"一句推之,本詩當撰於普賢奴與楊完者戰勝張士德之後,即不得早於元至正十六年(一三五六)八月。小萬户:據題注指慶元路萬户金駒兒。然此處鐵崖褒獎者,或爲金駒兒之子普賢奴。秘閣元龜政要卷一:"(至正十六年)八月,周史文炳帥師攻嘉興,苗楊完者破殲之,文炳走免。張士德、王與敬帥師入杭州,元達識帖睦爾奔富陽,平章政事左答納失里戰死。羅木營萬户普賢奴及完者大破士德兵,達識復還杭州。(按)普賢奴乃慶元路萬户金駒兒之子,年未弱冠,智勇過人,率兵先出,完者領苗軍繼進,民亦挺身巷戰。士德兵大潰,收拾殘兵,十喪八九。"按:元陶宗儀南村輟耕録卷二十九紀隆平記録當時戰事頗詳,可參看。然本詩有先帝賜名拔突語,又於普賢奴不合。

〔二〕細柳:指西漢周亞夫之軍容。參見陳善學序刊楊鐵崖先生文集卷二月氏王頭飲器歌注。

〔三〕拔突：諸史夷語解義卷下元史兵志：“拔突，華言‘勇敢無敵’也。”

〔四〕材官争蹶張：史記張丞相列傳：“申屠丞相嘉者，梁人，以材官蹶張從高皇帝擊項籍。”裴駰集解：“徐廣曰：‘勇健有材力開張。’如淳曰：‘材官之多力，能脚踏强弩張之，故曰蹶張。’”

〔五〕編鬚：莊子盜跖：“疾走料虎頭，編虎鬚，幾不免虎口哉！”

〔六〕化石：參見鐵崖先生古樂府卷七泳水辭注。

〔七〕乳孫哺子：李賀猛虎行：“長戈莫舂，長弩莫抨。乳孫哺子，教得生獰。舉頭爲城，掉尾爲旌。東海黄公，愁見夜行。”

〔八〕東海黄公：西京雜記卷三：“有東海人黄公，少時爲術，能制龍御虎，佩赤金刀，以絳繒束髪，立興雲霧，坐成山河。及衰老，氣力羸憊，飲酒過度，不能復行其術。秦末，有白虎見於東海，黄公乃以赤刀往厭之。術既不行，遂爲虎所殺。”

髯將軍〔一〕

美功將董參政摶霄也。

髯將軍，將之武，相之文。文武長才不世出，將軍兼之今絶倫。陣法本天地，兵機侔鬼神。八門遁丁甲〔二〕，六花散風雲〔三〕。樓船旌旆龍矯矯，雲關金鼓雷磕磕。水犀枝戰悍鯨帖，陸兕出柙妖狐奔。風塵澒洞翳日月，紫髯一拂開朝昏。上馬談兵被裘帶，下馬降禮陳壺尊。於乎，昔人恨隨、陸無武，絳、灌無文〔四〕。將軍之武平禍難，將軍之文焕經綸。髯將軍，受斧鉞，承華勛。净除國妖雪國耻，制禮作樂歸相天王尊。

【箋注】

〔一〕本詩稱頌元末江浙行省參政董摶霄（即“髯將軍”），當撰於元至正十四年（一三五四）春夏之間，其時鐵崖在杭州任税務官。繫年理由：據元史董摶霄傳、順帝本紀以及玉山璞稿卷上鐃歌十章并小序送董參政等，元至正十二年七月，紅巾軍徐壽輝部一度攻陷杭州，濟寧路總管董摶霄率軍協助收復，江浙行省“假摶霄爲參知政事”，遂討平徽州。至正十三年十月，詔

命董摶霄爲水軍都萬户府副萬户。十四年夏,轉任樞密院判官。按:顧
瑛鐃歌十章并小序送董參政則謂"十四年春,詔開水軍都府於婁上,公領
帥事,平海寇也"。本詩既稱董氏"參政",詩中又曰"樓船旌旆龍矯矯"、
"水犀枝戰悍鯨帖"等,故知其時董摶霄在水軍都萬户府副萬户任上,當撰
於至正十四年春夏之間。董摶霄(?——一三五八),字孟起,磁州(今河
北磁縣一帶)人。早年爲儒生,歷任四川道肅政廉訪司知事、涇陽縣尹、户
部主事、僉遼東肅政廉訪司事、浙東宣慰副使、濟寧路總管、江浙行省參知
政事等職。至正十三年十月,爲抵禦方國珍,詔立水軍都萬户府於崑山
州,董摶霄任副萬户。次年夏,授樞密院判官。此後歷任江淮行樞密院副
使、山東宣慰使等職,官至河南行省右丞。所至有稱。至正十八年戰死。
追封魏國公,謚忠定。又,嘉慶直隸太倉州志卷十名宦上元:"董摶霄字孟
起,藁城人。性耿介剛明。至正十三年,海賊侵太倉,立水軍都萬户府鎮
之,摶霄由江浙行省參政任副萬户事。時方國珍引蘭秀山賊來寇,摶霄督
戰艦禦,獲賊數百人,梟首劉家港及半涇。由是賊不敢犯。祀名宦祠。"
按:董摶霄乃文武全才,在崑山水軍都萬户府任職時,曾起用顧瑛佐治軍
務,顧瑛有詩贊之曰"筆端草檄千鈞力,馬上開弓一石彎"。

〔二〕八門:蓋指八陣法。相傳爲諸葛亮所創,變化上古兵法而成。參見麗則遺
　　　音卷三八陣圖。

〔三〕六花:陣法,唐太宗屬下大將李靖所創,源自諸葛亮八陣法。參見明楊時
　　　偉編諸葛忠武書卷九遺事、宋史兵志九。

〔四〕"昔人"二句:晉書劉元海載記:"劉元海,新興匈奴人,冒頓之後也……嘗
　　　謂同門生朱紀、范隆曰:'吾每觀書傳,常鄙隨陸無武,絳灌無文。道由人
　　　弘,一物之不知者,固君子之所恥也。二生遇高皇而不能建封侯之業,兩
　　　公屬太宗而不能開庠序之美,惜哉!'"隨、陸,指漢高祖謀臣隨何、陸賈。
　　　絳、灌,指西漢絳侯周勃、太僕灌夫。

舒刺客〔一〕 并序論

沅州有奇男子陷賊中,佯俘受僞命,陰謀刺僞主。大享宴
中,匕首業出袖,不幸不中,訖能流泲以免,絶似博浪沙事。僞主
淫殺疑似百十人。已而間行歸荆溪山中,説豪傑數百輩從之,歸
正于江浙省相府。貢禮部爲作歌詩〔二〕,令予志其事,予始知奇男

子舒氏而志名。明年,志覲京師,予徒鄉貢忻忻回京師①,持其狀來求書。

余讀太史公刺客傳,未嘗不悲國士之志,志窮而爲刺也。議者謂傳刺客非春秋旨,蓋嘗論刺客有義有不義辨。爲國報仇,爲私人戕正人,此義不義辨也。刺客有②五,吾取其三人〔三〕:沫持匕首劫盟壇上,管仲不以爲非,而歸其侵地;讓挾匕首入塗廁中,趙襄子義其人而卒釋之;軻挾匕首亢圖,爲丹太子馳入仇國,圖窮匕見,而卒受戮死,君子猶以義俠予之。嘻,刺客若三子者,可以翩、豹之例書之乎〔四〕?五百有餘年,而曹操遣客至先主座所,見諸葛而遯,此真蛛③靡耳。又三百餘年而唐有曹王俊客,能取其主仇謝祐首爲溺器,義士快之。又七百餘年而今有舒志,人又咎其不得爲曹王俊客,此以成敗論也。吾取義烈於志,不計其功成與敗也。太史公曰:"義或成或不成,其較然不欺其志,豈妄也哉!"吾以是取志〔五〕。

予既爲志録其事,志自京師得賞爵回,來見曰:"先生爲李鐵鎗作歌〔六〕,至今鐵鎗有生氣。志拙事幸見録於鐵史〔七〕,再幸得先生歌,雖袞冕無以喻榮。"予與壯士飲酒,酒既酣,遂爲作壯士歌一解,使左右擊節,合譟相和。壯士大喜,出佩劍作渾脱舞而去〔八〕。

舒壯士,智如張子房〔九〕,膽如趙子龍〔十〕。神州地入黃旗東,壯士手挽回天功。探④虎入虎穴,壯士沃焦心火熱〔十一〕。怒潮一卷石頭城,匕尖已帶乖龍血。闇中三耳走鬼工〔十二〕,百日淬匕一日窮〔十三〕。座中火位剄杌肉〔十四〕,壯士滅迹孤飛鴻。柯壇劫盟地還魯〔十五〕,舞陽小兒何足數〔十六〕。博浪沙頭力士歸,爲韓報仇仇必虜〔十七〕。於乎,大將軍,萬夫雄,赤心報國爲先鋒。如何馬頭交劍不斫賊,却留小惠誇丁公〔十八〕。

【校】

① 忻忻:原本作"忻",然"忻"字下有小字注曰:"一本'忻'有'忻'字。"據以增補。又,疑"回京師"三字承上而衍。參見鐵崖先生集卷四舒志録。
② 有:原本爲墨丁,據文淵閣四庫全書本補。

③ 蛛：原本作“珠”，據鐵崖先生集卷四舒志録改。
④ 探：原本作“握”，據文淵閣四庫全書本改。

【箋注】

〔一〕本詩蓋作於元至正十九年（一三五九），或稍後。繫年依據：至正十七年，
　　　鐵崖曾應弟子忻忮之請，撰舒志録（載鐵崖先生集卷四）。本詩則賦於舒
　　　志録撰成之後，其時舒志自京師得賞爵返回江南，親自上門求鐵崖賦詩。
　　　又按本詩序論，稱忻忮爲“鄉貢”，可見必爲至正十九年四月忻忮考中江浙
　　　鄉試，成爲鄉貢進士之後。參見東維子文集卷一送三士會試京師序。

〔二〕貢禮部：當指貢師泰。然據貢師泰年譜（載玩齋集附録），貢師泰於至正
　　　十五年十月就任禮部尚書，任期僅一月，同年十一月轉任平江路總管。十
　　　七年十月，授予兩浙轉運使。十八年八月陞江浙參政，十九年正月除户部
　　　尚書。可見至正十五年以後，貢師泰再未任職於禮部。此處稱貢師泰爲
　　　“貢禮部”，或沿用舊稱，或文字有誤。俟考。

〔三〕三人：指曹沫、豫讓、荆軻。其事迹詳見史記刺客列傳。

〔四〕翽、豹：指春秋時犯上弑君之公孫翽、齊豹。參見鐵崖先生集卷四舒志録。

〔五〕按：以上序論與鐵崖先生集卷四舒志録近似，故此序論注釋從簡，可參看。

〔六〕李鐵槍歌：鐵崖於元至正十二年所作，載陳善學序刊楊鐵崖先生文集
　　　卷六。

〔七〕見録於鐵史：指鐵崖所撰舒志録（載鐵崖先生集卷四）。

〔八〕渾脱舞：又名“蘇莫遮”。參見東維子文集卷十一朱明優戲序注。

〔九〕張子房：即漢初張良。

〔十〕趙子龍：三國蜀將趙雲。

〔十一〕沃焦：傳説東海中大石山。參見陳善學序刊楊鐵崖先生文集卷二些月
　　　　氏王頭歌。

〔十二〕三耳：疑指聶政。聶政爲戰國時韓國人，以任俠著稱，爲報嚴遂知遇之
　　　　恩，隻身刺殺韓相俠累，然後剖腹自盡。詳見史記刺客列傳。

〔十三〕“百日淬匕”句：蓋指荆軻刺秦王故事。史記刺客列傳：“於是太子豫求
　　　　天下之利匕首，得趙人徐夫人匕首，取之百金，使工以藥焠之，以試人，
　　　　血濡縷，人無不立死者。”

〔十四〕座中火位：指必死之兆。新唐書韋見素傳：“是歲十月丙申，有星犯昴，
　　　　見素言於帝曰：‘昴者，胡也。天道譴見，所應在人，禄山將死矣！’帝曰：
　　　　‘日月可知乎？’見素曰：‘福應在德，禍應在刑。昴金忌火，行當火位，

昂之昏中,乃其時也。既死其月,亦死其日。明年正月甲寅,禄山其殪乎!’”

〔十五〕柯壇劫盟:指曹沬。詳見史記刺客列傳。

〔十六〕舞陽小兒:指秦舞陽,秦舞陽曾被燕人奉爲勇士,遂受命陪同荆軻赴秦。懾於秦始皇之威勢,進宮後怯而不前。詳見史記刺客列傳。

〔十七〕“博浪沙”二句:參見鐵崖先生古樂府卷一易水歌注。

〔十八〕“如何”二句:蓋指項羽將丁公曾放過劉邦,最終反遭劉邦誅殺。資治通鑑卷十一漢紀三:“楚人季布爲項籍將,數窘辱帝。項籍滅……上乃赦布,召拜郎中……布母弟丁公,亦爲項羽將,逐窘帝彭城西。短兵接,帝急,顧謂丁公曰:‘兩賢豈相戹哉!’丁公引兵而還。及項王滅,丁公謁見。帝以丁公徇軍中,曰:‘丁公爲項王臣不忠,使項王失天下者也。’遂斬之。”

趙公子舞劍歌〔一〕

雪軒左相求奇才劍客〔二〕,公子侍予游其門,席上作舞劍,左丞命歌之。其人名信,奉元人也〔三〕。身長九尺,有文武略。

趙公子,千人英。讀書萬卷愁無成,負此長身九尺如長城。雪芙容,玉青驄,我將挾爾成大功。腰纏十萬欲何往,直上北臺觀虎龍〔四〕。道逢鐵笛仙,把酒九峰前〔五〕。酒酣爲我拔劍起作渾脱伎〔六〕,白虹遶地烏風旋。躍然指天天爲穿,天狗墮地頑星堅。老鐵酒酣爲椎鼓,壯士衝冠髮倒豎。老增撞斗何足爲,鴻門突立衛真主〔七〕。趙公子,千人英。爲君酌酒肝膽傾。忍見東南吳楚坼,慎莫脱手踴躍逝去雙龍精〔八〕。君不見我家古鐵三尺冰,粤砥蕩磨新發硎。不學區區一人敵〔九〕,上爲天子匡前星〔十〕。

【箋注】

〔一〕詩作於鐵崖晚年退隱松江時期,即元至正二十年(一三六〇)之後。繫年依據:其一,由詩中“道逢鐵笛仙,把酒九峰前”兩句可知,當時鐵崖寓居松江。其二,“雪軒左相”當爲張士誠屬官。趙公子:指趙信。鐵崖晚年弟子。參見東維子文集卷三十陣圖新語叙、卷三送張憲之汴梁序。

〔二〕雪軒左相：未詳，當爲張士誠屬官。疑指元末淮南行省左丞相王晟。參見鐵崖先生詩集癸集王左轄席上夜宴、清鈔鐵崖楊先生詩集卷上至正廿三年四月淮南王左相微行淞江步謁草玄閣夜移酒船宴閣所。

〔三〕奉元：元代路名，位於今陝西西安。

〔四〕“直上”句：意爲北赴京城大都。龍虎臺，參見陳善學序刊楊鐵崖先生文集卷六阿犖來操注。

〔五〕九峰：代指松江。

〔六〕渾脱：一種表現戰爭之舞蹈。參見東維子文集卷十一朱明優戲序注。

〔七〕“老增撞斗何足爲”二句：鴻門宴事。參見鐵崖先生古樂府卷一鴻門會注。

〔八〕“慎莫”句：相傳龍泉、太阿二劍爲晉人雷焕覓得，與張華各佩一劍。後寶劍躍入水中，化爲二龍。參見鐵崖先生古樂府卷四古憤注。

〔九〕一人敵：孟子梁惠王下：“夫撫劍疾視，曰：‘彼惡敢當我哉！’此匹夫之勇，敵一人者也。”史記項羽本紀：“劍，一人敵，不足學，學萬人敵。”

〔十〕匡前星：指戴匡六星之首星，喻指上將。史記天官書：“斗魁戴匡六星曰文昌宮：一曰上將，二曰次將，三曰貴相，四曰司命，五曰司中，六曰司禄。”

李公子行〔一〕

李公子，鳳之雛，龍之駒。面如赭玉盤，眼如明月珠。舌端吞吐五色錦，胸中元有鄴侯三萬牙籤書〔二〕。曩執金陵南端之白簡〔三〕，今曳淮吳大府之長裾〔四〕。東維先生在五湖，相逢一笑黃公壚①〔五〕。我聞公子曾大父，先皇開基作刑部。馬頭約法十二章，燕都新建尚書府。丹書鐵券盟山河，赫赫勳名照今古。又聞爾父司農公，畫策屯田關西土。歲輸百萬實太倉，功著兵前料量府。汝今年少毛骨奇，五花驄馬當春騎。燕王方買臺上駿〔六〕，趙客合脱囊中錐〔七〕。姑蘇臺下春回首，東風綠遍官河柳。人生離合自有時，更勸西門一杯酒。李公子，爾豈馬上殺賊之鐪婁〔八〕，下馬喻賊之露書，莫負汝祖汝父東魯爲真儒〔九〕。

【校】

① 壚：原本作“盧”，據文淵閣四庫全書本改。

【箋注】

〔一〕詩作於鐵崖晚年退隱松江時期,即元至正二十年(一三六〇)之後。繫年依據:詩中鐵崖自稱"東維先生在五湖",意爲其時已退隱江湖。又,東維子乃鐵崖晚年別號。李公子:姓名生平不詳。據本詩,其籍貫東魯,曾祖爲元初刑部高官,父親任職司農司。其本人能言善辯,腹有詩書。曾任職於金陵,爲江南諸道行御史臺御史。元末受聘於姑蘇張士誠王府。

〔二〕鄴侯:指唐人李泌。韓愈送諸葛覺往隨州讀書:"鄴侯家多書,插架三萬軸。一一懸牙籤,新若手未觸。爲人强記覽,過眼不再讀。"

〔三〕金陵南端:指江南諸道行御史臺,元至正十六年前設於金陵。參見元史納璘傳。白簡:御史彈劾人所上奏章。

〔四〕"今曳"句:淮吴大府,指張士誠政府機構,設於姑蘇。漢書鄒陽傳:"飾固陋之心,則何王之門不可曳長裾乎?"

〔五〕黄公壚:參見明鈔楊維禎詩集禁釀注。

〔六〕"燕王"句:相傳戰國時燕昭王置千金於臺上招賢。參見鐵崖先生古樂府卷一金臺篇注。

〔七〕趙客合脱囊中錐:用毛遂自薦故事。詳見史記平原君列傳。

〔八〕鑼鎂:寶劍名,或作屬鏤。參見鐵崖先生古樂府卷九城門曲注。

〔九〕"下馬"二句:典出魏書傅永傳:"上馬能擊賊,下馬作露布,唯傅脩期耳。"

春暉草〔一〕

　　悲甘生鈞也。鈞從予學春秋,鄉貢成名。父死,母老乏養,不擇禄而仕於僞,禍連及之,與十參謀同死於髑髏堆云〔二〕。爲其母賦春暉草云。

　　宜男花,春暉草。小草報春暉,葉好花亦好。花上青蚨綴枝滿,阿嬰花開春日短。疾風卷地起,勁草偃如麻。借問春暉草,漂蓬落誰家。閭闔城外髑髏臺〔三〕,阿嬰些魂臺上來。宜男草抽花染血,花上之血不可滅。

【箋注】

〔一〕詩悲悼弟子甘鈞,當作於吴元年(一三六七)冬,或稍後。繫年依據:張士誠政權覆滅於元至正二十七年(即吳元年)九月,甘鈞被處死,當在是年秋後不久。甘鈞(?——一三六七),曾從鐵崖學春秋經,曾考中江浙行省鄉試。因父亡母老,生活拮据,投奔張士誠爲官。張士誠政權覆滅後,處死於蘇州城外。春暉草:用孟郊游子吟"誰言寸草心,報得三春暉"句意。

〔二〕十參謀:據明太祖實錄卷二十五,吳元年九月辛巳日,大將軍徐達攻克姑蘇城,"凡獲其官屬平章李行素、徐義,左丞饒介,參政馬玉麟、謝節、王原恭、董綬、陳恭,同僉高禮,内史陳基,右丞潘元紹等"。本詩序所謂"十參謀"則未詳,蓋指"參政馬玉麟"等人,即所謂"十妖嬖",參見陳善學序刊楊鐵崖先生文集卷六銅將軍。

〔三〕闔閭城:即姑蘇城。

卷三十九　清鈔本鐵崖楊先生詩集卷上之上

碧桃花丹桂枝①

　　天上碧桃饒雨露〔一〕,月丹特地開娉婷。春風一處相高下,可是同宫尹與邢〔二〕。

【校】

① 鐵崖楊先生詩集二卷,清張金吾愛日精廬鈔本。此書流傳淵源不詳,其中詩歌有已見於鐵崖先生詩集十集、明佚名鈔本楊維禎詩集、鐵雅先生復古詩集、東維子文集、列朝詩集等詩文集者,然多爲他本所未載。今以南京圖書館藏愛日精廬鈔本爲底本,參校列朝詩集本、元詩選本等。

【箋注】

〔一〕“天上”句:唐高蟾下第後上永崇高侍郎:“天上碧桃和露種,日邊紅杏倚雲栽。”
〔二〕尹與邢:據史記外戚世家,尹夫人與邢夫人同時得到漢武帝之寵倖。故蘇軾芙蓉城詩曰:“從渠一念三千齡,下作人間尹與邢。”

海棠小桃折枝

　　東風吹起未攼粧,朝陽宫中春晝長。只恐小桃羞顧影,莫燒銀燭照低昂〔一〕。

【箋注】

〔一〕“莫燒”句:蘇軾海棠:“只恐夜深花睡去,高燒銀燭照紅妝。”

姜詩汲水圖[一]

姜家孝婦善事姑,苦愛江水清如酤。祇應廣武山頭月[二],照見鳳
鬟亂不梳。

【箋注】

〔一〕按:詩題當作“姜詩妻汲水圖”。後漢書列女傳姜詩妻:“廣漢姜詩妻者,
同郡龐盛之女也。詩事母至孝,妻奉順尤篤。母好飲江水,水去舍六七
里,妻嘗泝流而汲。”按:廣漢,今屬四川。

〔二〕廣武山:位於今甘肅天水市武山縣。晉書阮籍傳:“(籍)率意獨駕,不由
徑路,車迹所窮,輒慟哭而反。嘗登廣武,觀楚、漢戰處,歎曰:‘時無英雄,
使豎子成名。’”

曹雲西圖[一]

道人小隱白雲窩[二],時有飛空劍客過。相見樹精千歲柳[三],頭顱
依舊髮鬖梭。

【箋注】

〔一〕曹雲西:名知白,松江人。擅長繪畫,元末在世。鐵崖友。參見東維子文
集卷十九安雅堂記。

〔二〕白雲窩:當爲曹知白齋名。

〔三〕樹精:用城南柳樹精擾惑呂洞賓事。詳參元谷子敬城南柳劇。

黃鶴樓[一]

巴陵江水向東流[二],十二欄干遶郡樓。不見神魚出聽樂,滿天明
月洞庭秋[三]。

【箋注】

〔一〕詩中曰“巴陵”、“洞庭”,故此黄鶴樓當在洞庭湖畔。按:鐵崖似未曾涉足湖湘之地,本詩或爲題畫之作。

〔二〕巴陵:即今湖南 岳陽。

〔三〕“不見”二句:襲自唐 錢起詩省試湘靈鼓瑟:“善鼓雲和瑟,常聞帝子靈。馮夷空自舞,楚客不堪聽……流水傳瀟湘,悲風過洞庭。”神魚出聽樂,喻指湘靈鼓瑟之美妙動聽。楚辭遠游:“使湘靈鼓瑟兮,令海若舞馮夷。”又,淮南子説山訓:“瓠巴鼓瑟,而淫魚出聽。”注:“瓠巴,楚人也,善鼓瑟。喜音,出頭於水而聽之。”

王若水竹雀〔一〕

疏花瘦石篔簹谷〔二〕,短草長樹鸂鶒沙〔三〕。四月江南好風景,賞心偏屬野人家。

【箋注】

〔一〕王若水:名淵。元代畫師。參見鐵崖先生詩集辛集王若水綠衣使圖注。

〔二〕篔簹谷:宋代文人畫師文同游息地。參見東維子文集卷十五文竹軒記注。

〔三〕鸂鶒沙:即鸂鶒灘。參見鐵崖先生詩集甲集送康副使注。

古木扇

寒木蕭蕭葉已空,借他藤蔓動秋風。莫言小草無遠志〔一〕,兩心交結生死同。

【箋注】

〔一〕“莫言”句:化用世説新語 排調:“謝公始有東山之志,後嚴命屢臻,勢不獲已,始就桓公司馬。于時人有餉桓公藥草,中有遠志,公取以問謝,此藥又名小草,何一物而有二稱? ……時郝隆在坐,應聲答曰:‘此甚易解:處則爲遠志,出則爲小草。'"

老妓瓊林宴圖

白髮羞梳金鳳偏,碧窗秋月爲誰圓。向人不唱江南曲〔一〕,猶説開元侍御筵〔二〕。

【箋注】

〔一〕江南曲:宋郭茂倩輯樂府詩集卷五十清商曲辭梁武帝江南弄七首題注:"古今樂録曰:梁天監十一年冬,武帝改西曲,製江南上雲樂十四曲,江南弄七曲。"又,元陶宗儀南村輟耕録卷十四婦女曰娘:"望江南曲,始自朱崖李太尉鎮浙西日,爲姬謝秋娘所製。"

〔二〕開元:唐玄宗年號。此借指元代盛世。

吕希顔席上賦牡丹〔一〕

寶篆香消日未斜,小杯香醲酌春霞。可人芳意無多子,留得壽安雙朵花〔二〕。

【箋注】

〔一〕詩當作於元至正九、十年間,其時鐵崖寓居松江璜溪,授學爲生。繫年依據:詩中所述爲太平景象,且在松江吕氏席上,當爲鐵崖初次寓居松江期間。吕希顔:松江璜溪人,參見東維子文集卷二十二心樂齋志。

〔二〕壽安:此指牡丹名品,稱"壽安紅"。佩文齋廣群芳譜卷三十二花譜牡丹一:"麤葉壽安紅,肉紅中有黄蕊花出。壽安縣錦屏山細葉者尤佳。"

紅梅

道人春夢輕如蝶,一撚羅浮换塵劫〔一〕。華人相對大樹間,撲得桃花無緑葉。

【箋注】

〔一〕羅浮：山名,此借指梅花。參見鐵崖先生古樂府卷三羅浮美人注。

殿山阻風〔一〕

風雨孤舟古柳邊,江湖野水白鷗前。不知夜宿田家岸,夢入瀟湘
月自圓。

【箋注】

〔一〕詩當作於元至正九、十年間,其時鐵崖寓居松江璜溪,授學爲生。繫年依
　　據：殿山位於松江府,詩中所述似爲太平景象,當爲鐵崖初次寓居松江期
　　間。殿山：當指澱山,位於薛澱湖中(今屬上海青浦區)。參見明鈔楊維
　　禎詩集薛澱湖。

題竹①〔一〕

十年不見老雲林〔二〕,近看東承問②足音。一枝何處寫秋影③,瑶江
草堂深復深〔三〕。
　　　　鐵笛道人在滄洲軒試老温舊穎④〔四〕。

【校】

① 本詩亦載珊瑚網卷三十四名畫題跋十、大觀録卷十七,據以校勘。珊瑚網本
　題作雲林溪山春靄圖,大觀録本題作浄名居士谿山春靄圖。
② 近看東承問：珊瑚網本作“片雲東來問”,大觀録本作“片雲東來聞”。
③ “一枝”句：珊瑚網本、大觀録本作“畫圖何處看秋色”。
④ 鐵崖落款原本無,據珊瑚網本、大觀録本增補。“鐵笛”之“笛”,大觀録本
　作“邃”。

【箋注】

〔一〕詩當作於元至正二十年(一三六○)前後,即鐵崖晚年歸隱松江之初。繫年依據:珊瑚網本於此詩前録有倪瓚題句,曰:"至正九年四月廿八日句吴倪瓚贈王元賓之廣陵。"又據詩中"十年不見老雲林"一句以及詩末署款推測,本詩當書於松江,且爲鐵崖晚年。

〔二〕雲林:倪瓚别號。參見東維子文集卷七郊韶詩序。

〔三〕瑶江草堂:不詳。或即指滄洲軒。

〔四〕滄洲軒:疑爲鐵崖弟子滄洲生朱芾齋室。參見鐵崖先生集卷四金石窩志。老温:指吴興筆工温國寶。温氏製筆精良,曾獲揭傒斯賞識。元鄭元祐贈製筆温生:"予尚左,不善書,而(張雨)師之書知名天下。予出句捷甚,師捉筆便書,然屢索,輒叱其弟子,謂筆不佳。最後出一枝,上標温國寶姓名,師乃喜曰:'是固揭學士所賞識。'予雖不善書,見師用筆書不已,因取傍赫蹏小紙試之,誠善筆也。"參見明童冀題筆工温國寶詩卷(載尚絅齋集卷四)。

畫菜

園官送菜到江潯〔一〕,淡泊於人味最深。未忍朝盤先下箸〔二〕,其中生處是天心。

【箋注】

〔一〕園官:管園圃之官吏。杜甫園官送菜序:"園官送菜把,本數日闕。"

〔二〕朝盤:唐薛令之自悼:"朝日上團團,照見先生盤。盤中何所有,苜蓿長闌干。"

二喬觀書三首〔一〕

其一

喬家二女何娉婷,信是顔色能傾城。蕉陰并坐看書史,千載畫圖猶見生。

    其二

姊嫁君兮妹嫁臣〔二〕，別來那得偶相親。學成詭道將何用，自古兵書顯婦人。

    其三

戰國當年有二喬〔三〕，雪膚花貌奪天嬌。祇應嫁作將軍婦，也向閑庭看六韜〔四〕。

【箋注】

〔一〕二喬：大喬和小喬。參見陳善學序刊楊鐵崖先生文集卷二喬家婿、鐵崖先生詩集丙集題二喬觀書圖、鐵崖先生詩集壬集題二喬讀書圖。

〔二〕“姊嫁”句：指大喬嫁予霸主孫策，小喬嫁給大將周瑜。

〔三〕戰國：此指三國戰亂時期。

〔四〕六韜：古代著名兵書，作者無考。舊題周朝姜尚所著，故又稱太公六韜、太公兵法。

把筆仕女

六幅瀟湘不染埃〔一〕，一鈎羅襪印蒼苔〔二〕。自非有事書紈扇，那得春纖出袖來〔三〕。

【箋注】

〔一〕“六幅瀟湘”句：喻指女子所穿畫裙整潔，語出唐李群玉詩同鄭相并歌姬小飲戲贈：“裙拖六幅湘江水，鬢聳巫山一段雲。”

〔二〕一鈎：喻指三寸金蓮。

〔三〕春纖：喻指女子纖手。

秋日山行圖

秋高天地冰壺清，紫驑曉踏西風行。好山一色畫屏裏，點出萬朵芙蓉青。

龍取水①〔一〕

黑雲壓江江水躍②,乖龍倒掛青③旗脚〔二〕。須臾卷水上青天,蛺蝶蜻蜓雨中落。

【校】

① 本詩又載鐵崖先生詩集癸集、清初印溪草堂鈔本東維子詩集卷十二、劉世珩影元刊十八卷本玉山草堂雅集卷二,據以校勘。鐵崖先生詩集本題作絶句二首,本詩爲第二首;印溪草堂鈔本題作絶句十二首,本詩爲第十二首;玉山草堂雅集本題作龍掛詩同匡廬山人賦。按:明成化時人宋緒編元詩體要(文津閣四庫全書本)卷十四、清胡文學編甬上耆舊詩卷三收録此詩,題爲龍掛詩,作者署名袁桷。前者於此詩後,又録有署名袁桷之春俠口號三首。然文淵閣四庫全書本元詩體要卻未録上述四詩。蓋因所謂袁桷詩春俠口號三首,已分别收録於鐵崖先生古樂府卷十、鐵雅先生復古詩集卷四之春俠雜詞組詩中。據此可見,文津閣四庫全書本元詩體要之署名并不可靠。或許作者問題,當時已經察覺,故四庫館臣編纂文淵閣四庫全書時有所糾正。
② 躍:鐵崖先生詩集本、印溪草堂鈔本作“濁”。
③ 倒:元詩體要本、玉山草堂雅集本作“尾”。青:印溪草堂鈔本作“春”。

【箋注】

〔一〕詩當作於元至正八年(一三四八)前後,其時鐵崖寓居姑蘇,授學爲生。繫年理由:據玉山草堂雅集本所録詩題,本詩乃與匡廬山人于立同賦。至正七、八年間,鐵崖寓居姑蘇,常與顧瑛、于立等游山玩水,詩酒酬唱,本詩蓋其時所作。

〔二〕乖龍:北夢瑣言逸文卷四乖龍入口:“世言乖龍苦於行雨,而多竄匿,爲雷神捕之。或在古木及楹柱之内,若曠野之間,無處逃匿,即入牛角或牧童之身。”

墨桂二絕

其一

一葉兩葉玉片片，千粟萬粟金垂垂。道人親到蟾蜍窟[一]，折得天香第一枝。

其二

月中丹桂三千樹，都是嫦娥手自栽。折得一枝江上種，東風不到也花開。

【箋注】

〔一〕蟾蜍窟：月宮。傳月中有蟾蜍，故稱。

立春試筆

日射宮牆殘雪明，輕塵不動御街平。道人先得春來意，獨立東風看草生。

靈竹寺上元書所見[一]

嫁得城南俠少年，出家一似箭離弦。歸期每被金錢悮，自剪籌燈送佛前。

【箋注】

〔一〕按：湖北武昌有靈竹寺，頗著名。然鐵崖似未曾涉足湘鄂之地。或江南亦有靈竹寺。待考。

七夕閨情

乞巧樓前掩畫屏〔一〕，虛牀回枕卧閑庭。三年兩度郎爲客，羞對牽牛織女星。

【箋注】

〔一〕乞巧：參見鐵崖先生詩集甲集七夕注。

擬蘇堤湖上春行〔一〕

騎馬穿花只欲嘶，緑楊橋下水準碕。誰家珠箔因風颭，素手當窗欲掩遲。

【箋注】

〔一〕蘇堤：又稱蘇公堤。北宋元祐年間，蘇軾於西湖上所築，夾道植柳。參見方輿勝覽卷一臨安府。

步虛詞贈江東道者〔一〕

玉華冠上七星文，春服初裁五色雲。長嘯一聲騎鶴去，芝山深處覓番君〔二〕。

【箋注】

〔一〕步虛詞：道士做法事時，唱經禮贊之詞。江東道者：當爲道士，生平未詳。據詩中“芝山深處覓番君”一句，或來自芝山道院。

〔二〕“芝山”句：漢書吳芮傳：“吳芮，秦時番陽令也，甚得江湖間民心，號曰番君。”元元明善漢番君廟碑：“饒舊有番君廟，范文正公爲守時，改作於州治西北。距今蓋三百年，廟日以壞。延祐四年，三山王君都中爲守，乃重作之。廟旁又作芝山道院，館道士以爲廟守。番君廟者，祀漢長沙吳文王芮也。”

讀書四絕

其一
小技雕蟲謾爾勞[一]，六朝銷磨漢風騷。千金不鬻貧家帚[二]，卻羨連城玉價高。

其二
沈宋陰何俱具體[三]，曹劉鮑謝實吾師[四]。唐家漫説多才子，不見元和以後詩[五]。

其三
灞陵風雪騎驢苦[六]，落葉長安得句難[七]。何似道人春夢裏，池塘芳草自生寒[八]。

其四
唐室才人本不多，誰憐東野獨蹉跎[九]。長安不見昌黎伯，落魄哀吟奈爾何[十]。

【箋注】

〔一〕小技雕蟲：隋書李德林傳：“經國大體，是賈生、晁錯之儔；雕蟲小技，殆相如、子雲之輩。”

〔二〕“千金”句：曹丕典論論文：“里語曰：‘家有弊帚，享之千金。’斯不自見之患也。”

〔三〕沈、宋、陰、何：指沈佺期、宋之問、陰鏗、何遜。

〔四〕曹劉鮑謝：指曹植、劉楨、鮑照、謝朓。

〔五〕元和：指唐德宗貞元、唐憲宗元和年間。元和詩人群大約包括韓愈、孟郊、賈島、張籍、王建、李賀、元稹、白居易、劉禹錫、柳宗元等中唐詩人。

〔六〕“灞陵”句：指孟浩然。金李純甫灞陵風雪：“寒驢駝著盡詩仙，短策長鞭似有緣。政在灞陵風雪裏，管是襄陽孟浩然。”（載元好問編中州集卷四。）

〔七〕“落葉”句：指賈島。唐摭言卷十一：“（賈島）雖行坐寢食，吟咏不輟。常跨驢張蓋,橫截天衢。時秋風正厲,黃葉可掃,島忽吟曰:'落葉滿長安。'志重其衝口直致,求之一聯,杳不可得,不知身之所從也。因之唐突大京兆劉栖楚,被繫一夕而釋之。"

〔八〕"何似"二句:謝靈運登池上樓"池塘生春草"句,自稱乃夢中謝惠連所賜。詳見南史謝惠連傳。

〔九〕東野:唐詩人孟郊字。

〔十〕"長安"二句:孟郊落魄,韓愈作薦士詩舉薦曰:"有窮者孟郊,受材實雄驁。"

送李瑾下第歸武昌二絕〔一〕

其一

琵琶城下水連天〔二〕,浪撼孤城雨打船。日暮西南見歸雁,君家猶在白雲邊。

其二

來時楚塞雪花深,去日□烟柳散陰。游子衣裳慈母線〔三〕,莫教泣□重沾襟。

【箋注】

〔一〕李瑾:當爲武昌(今湖北武漢)人。

〔二〕琵琶城:不詳。

〔三〕"游子"句:唐孟郊游子吟:"慈母手中線,游子身上衣。臨行密密縫,意恐遲遲歸。誰言寸草心,報得三春暉。"

奇士齋伯修〔一〕

案上芸香拂硯波,窗中湘竹映盆荷。幽齋莫訝人來數,近日朱門不可過。

【箋注】

〔一〕伯修:疑指蘇天爵。蘇天爵(一二九四——一三五二),字伯修,人稱滋溪先生,真定(今河北正定)人。官至江浙行省參政。元史有傳。

聞歌

斂黛悠揚白雪詞〔一〕,泠泠石罅出泉時。江城二月寒猶重,那得嬌鶯囀柳枝。

【箋注】

〔一〕白雪詞: 蓋即陽春白雪。參見樂府詩集卷五十陽春曲題解。

春日郊行二絕

其一
蒼松翠竹是人家,點水緋桃一樹花。行盡槿籬無覓處,始知門徑向山斜。

其二
緑楊芳草淥晴暉,隱約人家住翠微。竹外橫塘有春水,鸂鶒鸂鶒過林飛。

四景山水

其一
松徑湖亭占寂寥,畫圖仿佛是藍橋〔一〕。無人解搗玄霜屑,一片春冰暖不消。

其二
十頃波光接翠天,人家照影夕陽烟。年來頗有歸湖興,好買扁舟若個邊。

其三

重湖高樹寫秋清，夜永樓臺月正明。窗下何人倚長笛，蕭蕭華髮若爲情。

其四

淡淡雲山掃黛蛾，一天霜葉漾金波。菰蒲滿地鳧鷺宿，樓觀玲瓏雪意多。

【箋注】

〔一〕藍橋：驛名，相傳唐長慶年間，落第秀才裴航於此遇見仙女雲英，以玉杵臼搗藥，最終相伴成仙。事載唐人裴鉶撰傳奇，參見鐵崖先生古樂府卷三璚臺曲注。

尋源道中四絶

其一

疊疊溪山段段田，魚梁白石抱清泉。人家犬吠無尋處，只隔疏林一抹烟。

其二

春入郊原雪乍晴，曉來幽鳥百般鳴。路從溪北橋邊轉，人在山陰畫裏行〔一〕。

其三

十里雲林幾處山，崎嶇有路透林關。一雙白鳥沖人起，飛入烟霞紫翠間。

其四

山掩晴嵐日未西，短垣茅屋有雞啼。春風忽到柴門外，一樹梅花臨碧溪。

【箋注】

〔一〕山陰：今屬浙江紹興。南朝宋劉義慶世説新語言語：“王子敬云：‘從山陰道上行，山川自相映發，使人應接不暇。’”

途中遇雨四絕

其一

青山冉冉白雲生，十里松風澗水聲。行李已從林杪出，籃輿猶在谷中行。

其二

深山沖雨似肩輿，羨殺人家水竹居。愁裏詩成還自歎，半生辛苦是途泥。

其三

田畛泥深石徑光，驚颷激雨透衣裳。山家不識長安道〔一〕，笑問行人有底忙。

其四

瞑扶短竹過欹橋，濕樹紅衣帶葉燒。不似臨川好良夜〔二〕，花燈羯鼓間銀簫。

【箋注】

〔一〕長安道：喻指名利場。明刊古今詞統卷六載金無名氏假託鬼仙所撰柳梢青詞：“長安道上行客，依舊名深利切。改變容顏，消磨今古，隴頭殘月。”參見宋王明清撰投轄録張中孚。

〔二〕臨川：或指南朝宋謝靈運，曾官臨川內史，好游山。

夜泊廣陵〔一〕

春風二十四橋頭〔二〕，處處珠簾映畫樓。燈火微茫歌吹歇〔三〕，有人月下倚蘭舟。

【箋注】

〔一〕廣陵：今江蘇揚州。

〔二〕二十四橋：位於揚州。新編方輿勝覽卷四十四淮東路揚州：“二十四橋，隋置,并以城門坊市爲名。後韓令坤省築州城,分布阡陌,別立橋梁,所謂二十四橋者,或存或廢,不可得而考。"杜牧寄揚州韓綽判官:"二十四橋明月夜,玉人何處教吹簫。"

〔三〕歌吹:杜牧題揚州禪智寺:"誰知竹西路,歌吹是揚州。"

寄別韓克莊憲副〔一〕

中郎應召文昌府〔二〕,猶駕甌閩繡使驂。莫向三山重回首〔三〕,有人今日過漳南〔四〕。

【箋注】

〔一〕據此詩題及詩句,韓克莊蓋爲副御史,任職於今兩廣、福建、海南一帶。
〔二〕文昌:縣名。元代隸屬於湖廣行省乾寧軍民安撫司。今屬海南省。
〔三〕三山:今福建福州。
〔四〕漳南:閩地漳州以南地區。

答任元凱以詩見寄二絶〔一〕

其一

海上分司案牘勞,蘇民無策我難逃。如何得似任公子,袖手觀棋不釣鼇〔二〕。

其二

漕臺秋水映湘簾,玉樹臨風將紫髯。下筆明珠三百顆,不愁難辦水晶鹽〔三〕。

【箋注】

〔一〕本組詩當作於元至正十一年(一三五一)至十六年秋之間,其時楊維楨在杭州任稅務官。繫年理由:據詩中"海上分司案牘勞"、"如何得似任公子,袖手觀棋不釣鼇"、"漕臺秋水映湘簾"等句推之,當時楊維楨有公務在身,且其官職與稅務鹽賦有關。任元凱:生平不詳。據本詩推斷,當爲

　　貴家公子,無官職,隱逸逍遥。

〔二〕“如何”二句：用莊子外物任公子釣海大魚典。參見鐵崖先生古樂府卷三
　　望洞庭注。

〔三〕水晶鹽：李白題東溪公幽居：“客到但知留一醉,盤中衹有水精鹽。”

建德道中〔一〕

　　躑跼花間山鳥鳴,桐廬江上曉潮生〔二〕。離人欹枕不成夢,一夜灘
聲雜雨中。

【箋注】

〔一〕本詩蓋作於元至正十六年(一三五六)秋,其時鐵崖轉官建德路總管府推
　　官,自杭州前往睦州赴任。建德：位於今浙江西部,隸屬於杭州市。

〔二〕桐廬江：新安江支流。元和郡縣志卷二十六江南道建德縣：“桐廬江,源
　　出杭州於潛縣界天目山,南流至縣東一里,入浙江。”

釣臺〔一〕

　　白水真龍握赤符〔二〕,黄淵妖朕已成誅。故人不贊中興業〔三〕,愧爾
揚雄作大夫〔四〕。

【箋注】

〔一〕詩撰於元至正十五年(一三五五),其時鐵崖攜弟子游富春。繫年依據：
　　至正十五年,鐵崖游富春,與弟子共同吟詠富春八景,“唱詩八首”,本詩蓋
　　其中之一。參見東維子文集卷七富春八景詩序。釣臺：即嚴子陵釣臺,
　　在富春江畔。

〔二〕白水真龍：指東漢光武帝劉秀。劉秀故里爲南陽蔡陽(今湖北棗陽)之白
　　水。乾隆棗陽縣志卷十八寺觀：“白水寺在縣南三十里,内祀漢光武像。”
　　後漢書光武帝紀：“光武先在長安,時同舍生彊華自關中奉赤伏符曰：‘劉
　　秀發兵捕不道,四夷雲集龍鬭野,四七之際火爲主。’”

〔三〕故人：指劉秀好友嚴光。後漢書嚴光傳："嚴光字子陵，一名遵，會稽餘姚人也。少有高名，與光武同游學。及光武即位，乃變名姓，隱身不見。"

〔四〕揚雄：曾出仕於王莽朝。漢書有傳。參見鐵崖先生古樂府卷八覽古之十四注。

漫題[一]

二十才名滿帝京，巒坡飛翰照丹青。如今落魄西湖上，華髮臨窗寫道經[二]。

【箋注】

〔一〕詩作於元至正四年（一三四四）前後，其時鐵崖守喪期滿，攜妻兒到杭州，試圖補官不成，遂游寓杭州、湖州等地，授學爲生。繫年理由：據詩中"二十才名滿帝京"、"如今落魄西湖上"等句推知。

〔二〕"如今"二句：至正初年在杭州，鐵崖與張雨等道士來往頗多，抄寫道經，當爲糊口。按：此二句蓋爲實録，參見東維子文集卷十抹撚氏注道德經序、鐵崖先生古樂府卷六洪州矮張歌。

嘲林清源[一]

仗劍對酒客行遠，雕香縷翠人歸遲。落紅滿地緑陰寂，憑誰慰藉新相知。

【箋注】

〔一〕詩撰於元至正四年（一三四四），或稍前，其時鐵崖寓居杭州。繫年依據：其一，詩中曰"憑誰慰藉新相知"，可見其時二人結交不久。鐵崖與林清源結識，或許通過老友永嘉李孝光。李孝光與林清源交好，有詩贈林泉生兄弟（載元詩選二集）。而至正四年初秋，鐵崖與李孝光皆居錢塘。參見鐵崖文集卷五祭揭曼碩先生文。其次，鐵崖曾與林清源共居錢塘，偕游一年有餘,其時鐵崖當無官職,蓋即至正初年授學爲生時期。參見本卷別清源。林泉生(一二九九——一三六一):字清源,號覺是,興化莆田(今屬福建)人。天曆年間進士,授福清州同知,遷泉州經歷、温州永嘉尹。復調漳州。官至翰林直學士知制誥,同修國史。至正二十一年卒,謚文敏。著有春秋論斷、詩義矜式、覺是集。其小傳見新元史卷二百二十九、全元文第四十六册。

別清源[一]

錢塘見月兩回圓,竹館翻雲對榻眠。明日潮頭使分手,漳南何處望幽燕。

【箋注】

〔一〕詩撰於元至正四年(一三四四)或稍後,其時鐵崖寓居杭州,授學爲生。繫年依據參見本卷嘲林清源。又據本詩"錢塘見月兩回圓"、"漳南何處望幽燕"兩句,鐵崖與林清源在錢塘相伴一年有餘,撰此詩時,鐵崖仍居杭州,林清源則前往漳州任職。

暮春即事戲簡馬本初郎中四絶[一]

其一
鷓鴣聲中春又殘,吳山朝雨釀輕寒[二]。紫薇簾底攀蟾客,露裛金盤看牡丹。

其二
錢唐自古繁華地,況是清明寒食天。我自焚香掩齋閣,何人花下倚嬋娟。

其三
文園多病負流觴[三],日日清齋似太常[四]。客裏不知春易老,落紅飛絮爲人忙。

其四

倦鶴長思萬里風，奚囊寂寞酒盤空[五]。春歸花柳渾無緒，猶託巫
雲暮惱公[六]。

【箋注】

〔一〕馬本初：曾任福建僉憲。參見貢師泰撰福建道都元帥府奏差潘積中墓志
　　　銘（載玩齋集卷十）。
〔二〕吳山：又名胥山，位於今浙江杭州。參見萬曆杭州府志卷二十山川城内
　　　南山。
〔三〕文園：西漢文人司馬相如。此處鐵崖藉以自喻。負流觴：指未能參加上巳修
　　　禊。王羲之蘭亭集序有"又有清流激湍，映帶左右，引以爲流觴曲水"句。
〔四〕"日日"句：後漢書周澤傳載周澤官太常，"一歲三百六十日，三百五十九
　　　日齋"。
〔五〕奚囊寂寞：意爲疏於寫作。奚囊，典出李賀。新唐書李賀傳："每旦日出，
　　　騎弱馬，從小奚奴，背古錦囊，遇所得，書投囊中。未始先立題然後爲詩，
　　　如它人牽合程課者。及暮歸，足成之。非大醉、吊喪日率如此。"
〔六〕"猶託巫雲"句：出自李賀詩。李賀詩歌集注卷二惱公："宋玉愁空
　　　斷，嬌嬈粉自紅……曉匣妝秀靨，夜帳減香筒……月明中婦覺，應笑
　　　畫堂空。"

題詩畫

瀟湘日暮夜烟青，無數青山眼底生。竹杖芒鞋未歸去，水邊林下
有人行。

華山隱真人惠牡丹二枝戲書四絕[一]

其一

擘雲仙掌出晴霞[二]，散作陽春頃刻花[三]。寄與芸窗惱狂客，不知
身在美人家。

其二

洛浦佳人徑尺腰[四]，生紅萬疊剪鮫綃。夜深忽到書幃裏，銀燭留春爛熳燒。

其三

辟仗尋春下曲江[五]，虢 韓沉醉影雙雙[六]。馬嵬香散無消息[七]，辜負三郎碧玉缸[八]。

其四

示疾維摩不二門[九]，天花飛下伴黃昏。祇因無語還無染，合倩幽香作返魂[十]。

【箋注】

〔一〕隱真人：生平不詳。當爲華山道士。

〔二〕擘雲仙掌：用巨靈擘開華山典。又，華山有仙掌峰。

〔三〕頃刻花：韓愈姪韓湘有"解造逡巡酒，能開頃刻花"句，韓愈欲驗之。湘聚土於盆，用籠覆之，巡酌間花已開，類牡丹。見宋 劉斧青瑣高議韓湘子。

〔四〕洛浦佳人：出自曹植 洛神賦。

〔五〕曲江：又稱曲江池。位於今陝西 西安。漢武帝以來，爲游樂勝地。

〔六〕虢、韓：指虢國夫人與韓國夫人，皆楊貴妃姐。

〔七〕馬嵬香散：指楊貴妃死於馬嵬坡。

〔八〕三郎：指唐玄宗。

〔九〕示疾維摩：維摩詰借病體説法，有天女用天花散諸菩薩大弟子身上，唯維摩詰不染。見維摩詰經 觀衆生品。

〔十〕幽香作返魂：傳説中有能使人死後復活的香。見本草綱目卷三十四返魂香。

過宋故宮留題聖安寺[一]

吳沼鳴蛙昨已非[二]，梵宮又見劫灰飛[三]。登臨欲問當時事，沙鳥無言下夕暉。

【箋注】

〔一〕詩當作於元 至正十二年（一三五二）秋至十六年秋之間，或爲至正十九年秋以前,其時鐵崖寓居杭州。繫年理由:據詩題"過宋故宮"以及"梵宮又見劫灰飛"等詩句,本詩作於杭州,且其時杭州已遭遇兵火。按元末杭州戰事,一爲至正十二年七月,徐壽輝紅巾軍一度攻陷杭州;二爲至正十六年初秋,張士誠軍攻佔杭州。而鐵崖於至正十一年至十六年在錢塘爲官,至正十九年曾由富春山中徙居錢塘,故本詩撰寫或在至正十六年前,或在至正十九年。宋故宮:指南宋故宮,南宋初年建於浙江杭州。聖安寺:位於杭州安和橋街東,元元貞二年(一二九六)創建,至正年間毀爲軍器庫。後爲勝安倉。參見康熙錢塘縣志卷三城濠。

〔二〕"吳沼"句:猶沼吳。猶滅吳。語出左傳哀公元年:"越十年生聚,而十年教訓,二十年之外,吳其爲沼乎!"

〔三〕"梵宮"句:指杭州佛寺再次遭遇劫難。乾隆杭州府志卷二十五古迹:"元至元十四年,宋宮室悉毀於火。後西僧楊璉真迦請即故宮址建報國寺等五寺。至正之亂,五寺亦廢。"

送王仲楚率掾歸省越中〔一〕

懸車老子雪盈簪〔二〕,辟掾郎君語不三〔三〕。他日扁舟剡溪去〔四〕,過門須共阿戎談〔五〕。

【箋注】

〔一〕按黃溍撰送王仲楚序:"王生仲楚以名父之子被服儒術,受知當路而從事於省闈。用例出爲闒闉列曹掾。將行,朋舊咸贈以詩,屬予序之。"(載金華黃先生文集卷十七。)據此可知王仲楚與黃溍、鐵崖等皆有交往。本詩則當作於王仲楚從闒掾任上返鄉探親之際。王仲楚:仲楚當爲其字,其名不詳,浙江嵊州人。其父爲當地名人。王仲楚曾任闒地掾吏。

〔二〕按:黃溍曾稱王仲楚爲"名父之子",故此"懸車老子雪盈簪"一句,當指王仲楚老父隱居家中。

〔三〕"辟掾"句:晉人阮瞻故事。此處借指王仲楚。晉書阮瞻傳:"見司徒王戎,戎問曰:'聖人貴名教,老、莊明自然,其旨同異?'瞻曰:'將無同。'戎咨嗟良久,即命辟之。時人謂之'三語掾'。"

〔四〕剡溪:借指嵊州(今屬浙江)。

〔五〕阿戎:即前述王戎。

步虛詞八章賦煉師蔡霞外〔一〕

其一

葛嶺丹光紫氣浮〔二〕,蘇堤月采碧波流〔三〕。道人更住烟霞外,城鑠
芙蓉十二樓。

其二

茅君峰下煉真形〔四〕,北帝壇前攝萬靈。星月滿天騎鶴去,露華滴
濕蕊珠經〔五〕。

其三

榑桑纔見赤城標,玄圃瓊洲隔絳綃。縹緲弱流三萬頃,鬱寥金闕
更岧嶤。

其四

通明殿上玉皇家〔六〕,五色雲開萬朵霞。夜召羽衣傳絳節,剛風不
礙紫雲車。

其五

赤頰虬髯雙眼青,少隨子晉學吹笙〔七〕。夜來獨對南山坐,露冷風
清月二更。

其六

鬱羅臺上禮虛皇,天女飛華詠洞章。下視三山等蝸蛭〔八〕,一杯海
水碧茫茫。

其七

削雲蒼壁幾千尋,捫石攀蘿取次升。歸路不愁三里霧〔九〕,絳紗常
貯九枝燈〔十〕。

其八

花昧顛崖鳥迹書,陰森神物護仙居。靈颷怒激玄霜退,萬丈霞光
徹太虛。

【箋注】

〔一〕煉師蔡霞外:長洲(今江蘇蘇州)人。道士,湖州長興沖真觀觀主。元末
　　在世,與鐵崖及其晚年友人李升、虞堪等皆有交往。按:清朱彝尊曝書亭

集卷五十四跋李紫篔畫卷,謂李紫篔此畫卷爲"沖真觀主蔡霞外而作"。李紫篔名升,鐵崖晚年好友;沖真觀主蔡霞外,當即本詩所謂煉師蔡霞外。又,鐵崖友人虞堪有詩,稱"鄉老蔡霞外尊師見過"(詩載希澹園詩集卷三)。據此可知蔡霞外與虞堪爲同鄉,乃長洲人。又,沖真觀在湖州長興,相傳建於晉人葛洪煉丹之地。"宋咸淳間,本宮道士周國壽以古額興建;至元甲午,住持周貴生修蓋一新"。詳見元鄧牧大滌洞天記卷上沖真觀。

〔二〕 "葛嶺"句:咸淳臨安志卷二十八嶺:"葛嶺,在西湖之西。葛仙翁嘗煉丹於此,有初陽臺。"

〔三〕 蘇堤:又稱蘇公堤。北宋元祐年間,蘇軾築於杭州西湖。

〔四〕 茅君峰:指茅山,又稱句曲山,位於今江蘇常州境內。道教勝地。

〔五〕 蕊珠經:泛指道經。按:元末王逢曾於詩序中謂貴溪薛毅夫母終生吟誦北斗道經一卷,詩中則曰"白首蕊珠經"。由此可知,"蕊珠經"并非專指某一部道教經籍。詳見梧溪集卷二奉題薛茂弘所示張仲舉承旨藏經序銘後。

〔六〕 通明殿:相傳在玉清宮內,玉皇上帝所居。

〔七〕 子晉:即王子晉。相傳爲周靈王太子,後成仙。參見鐵崖先生古樂府卷二周郎玉笙謠注。

〔八〕 三山:指蓬萊、方壺、瀛洲三神山。

〔九〕 三里霧:李義山詩集注卷二上聖女祠:"無質易迷三里霧。"注:"謝承後漢書:張楷有道術,居華山谷中,能爲五里霧。時關西人裴優亦能作三里霧。"

〔十〕 九枝燈:即九光之燈。相傳漢武帝曾聽從西王母侍女指令,於七月七日"燔百和之香,張雲錦之幄,然九光之燈",恭候西王母降臨。詳見漢武帝內傳。李商隱和韓録事送宮人入道詩:"九枝燈外朝金殿,三素雲中侍玉皇。"

贈傑龍岡上人〔一〕

其一

龍岡鬇髭已能禪,結屋齊雲又幾年。城市無人見蹤迹,歸時應有寄來篇。

其二

松窗缸月掛春冰,蘿户扶疏不掩星。絶頂夜聲揚梵唄,洞龍貪睡亦來聽。

【箋注】

〔一〕傑龍岡上人：傑上人，據詩中所述，龍岡當爲其別號。幼年即出家奉佛。

寄壽内子四絶〔一〕

其一
結髮辛勤三十年，悔將才氣動群賢。當時好學龐公隱〔二〕，白首同耘隴上田。

其二
養兒求婦已堪嗤，問舍求田尚未遲〔三〕。但願玄成書滿腹〔四〕，不勞德耀案齊眉〔五〕。

其三
范叔身存志必酬〔六〕，張儀舌在汝何憂〔七〕。天公早晚回青眼，富貴何嫌是白頭〔八〕。

其四
年年此日壽多君，患難如今不暇論。清福都教留晚景，彩衣堂上看諸孫〔九〕。

【箋注】

〔一〕本組詩撰於元至正八、九年間，其時鐵崖游寓姑蘇、松江一帶，授學爲生。繫年依據：組詩首句曰“結髮辛勤三十年”，則當賦於鐵崖五十來歲時。又據“天公早晚回青眼，富貴何嫌是白頭”兩句，其時鐵崖尚未獲得補官。

〔二〕龐公：漢末襄陽高士，攜妻隱逸。參見鐵崖先生古樂府卷八覽古之十八注。

〔三〕問舍求田：三國志魏志陳登傳：“君有國士之名，今天下大亂，帝主失所，望君憂國忘家，有救世之意，而君求田問舍，言無可采。”

〔四〕玄成：指唐人魏徵。舊唐書魏徵傳：“魏徵字玄成，鉅鹿曲城人也……徵少孤貧，落拓有大志，不事生業，出家爲道士。好讀書，多所通涉。”

〔五〕德耀：孟光字。東漢梁鴻與妻子孟光夫妻恩愛,舉案齊眉。詳見後漢書梁鴻傳。

〔六〕范叔：名雎。戰國時人。報恩報仇,恩怨分明。參見鐵崖先生古樂府卷八覽古之六注。

〔七〕"張儀"句：張儀早年游説諸侯,無端受笞辱,其妻嗤笑,張儀問："視吾舌尚在否?"又曰："舌在足矣!"詳見史記張儀列傳。

〔八〕"天公"二句：其時鐵崖補官不成,只能浪迹江湖,但仍冀幸薦舉,希望富貴發達。

〔九〕"清福"二句：孟子注疏萬章上："大孝,終身慕父母,五十而慕者,予於大舜見之矣。"注："大孝之人,終身慕父母。若老萊子七十而慕,衣五綵之衣,爲嬰兒匍匐於父母前也。"

林氏篔簹谷四絶〔一〕

其一

兩山磅礴阻幽深,一水縈紆護翠林。微有清風動天籟,琅玕都作鳳凰吟。

其二

翠竹陰深十畝居,堆牀插架是圖書。時留野老開樽俎,不問官家求聘車。

其三

子真卜地結茅堂〔二〕,度水穿雲翠渺茫。不是漁樵來谷口,誰知别有小篔簹。

其四

主人作吏出晨參,塵浣炎州從事衫。回首草堂猿鶴在,漫題詩句在江潭。

【箋注】

〔一〕篔簹谷：本爲宋代文人畫師文同游息之地,此處指林氏宅園。參見東維子文集卷十五文竹軒記。

〔二〕子真：西漢高士鄭樸字。清王琦李太白集注卷九贈韋秘書子春："谷口鄭

子真,躬耕在巖石。”注: 高士傳:“鄭樸字子真,谷口人也。修道静默,世
服其清高。成帝時,大將軍王鳳以禮聘之,遂不屈。揚雄盛稱其德,曰:
‘谷口鄭子真,耕於巖石之下,名振京師。’”

趙仲穆畫〔一〕

溪上蒼松有茯苓,溪中淳玉照人清。得魚鼓枻放舡去,不必市朝
知姓名。

【箋注】

〔一〕趙仲穆: 名雍,趙孟頫次子。參見東維子文集卷十六野亭記。

暹上人望鶴圖〔一〕

偃蹇蒼松千尺身,清秋露下月無塵。道人眼界虚空外,卻莫回頭
錯認人。

【箋注】

〔一〕暹上人: 元末蘇州昭明寺僧人,有軒名可賦。按: 暹上人與鐵崖,以及鐵
崖晚年詩友虞堪、張憲等皆有交往。虞堪有詩昭明寺暹上人房次韻題壁、
題暹上人可賦軒(載希澹園詩集卷二),張憲有詩送暹上人之笠澤(載玉
笥集卷八)。又,昭明寺位於蘇州城西白錦峰,相傳梁昭明太子所建。參
見元人虞集撰昭明寺記(文載明初盧熊編撰洪武蘇州府志卷四十八)。

秋暮即事題嚴江寺〔一〕

青山紅樹白雲間,忽有飛甍俯碧潺。終日舟車南北去,何人曾似
老僧閑。

【箋注】

〔一〕嚴江：富春江別稱，因嚴子陵而得名。按：嚴江寺或在建德。

贈相者高高視[一]

其一

蓋世英雄杳不聞，庸才富貴豈堪論。憑君高視紅塵表，我獨山中臥白雲[二]。

其二

蠭目豺聲盡可憂[三]，虎頭燕頷不封侯[四]。眼前誰識蒼蒼意，只恐清流入濁流[五]。

【箋注】

〔一〕詩蓋作於元至正九、十年間，其時鐵崖授學松江璜溪。繫年理由：據“庸才富貴豈堪論”、“我獨山中臥白雲”、“只恐清流入濁流”等詩句，本組詩蓋作於鐵崖失官隱居時期，而此前鐵崖游寓杭州、湖州、姑蘇，不可稱之爲“山中臥白雲”，唯獨松江九峰，似可比附。高高視：當爲此相士別號。其姓名生平不詳。

〔二〕山中臥白雲：陶弘景故事。參見東維子文集卷十八怡雲山房記注。

〔三〕蠭目豺聲：左傳文公元年：令尹子上云商臣“蜂目而豺聲，忍人也，不可立也”。世説新語識鑒：“潘陽仲見王敦小時，謂曰：‘君蜂目已露，但豺聲未振耳。必能食人，亦當爲人所食。’”

〔四〕虎頭燕頷：參見鐵崖先生詩集己集題清味齋圖三首注。

〔五〕“只恐”句：歐陽修朋黨論：“唐之晚年，漸起朋黨之論。及昭宗時，盡殺朝之名士，或投之黄河，曰：‘此輩清流，可投濁流。’而唐遂亡矣。”

春江漁樂圖

天際春江緑渺茫，桃花開處有垂楊。得魚沽酒繫船穩，無數好山横夕陽。

汀州路吏賴鏞死節[一]

肉食將軍擁佩珂，布衣小吏徇干戈。亂離無限英雄恨，爲爾閩南淚更多。

【箋注】

〔一〕汀州路：據元史 地理志，汀州路隸屬於江浙行省福建 閩海道肅政廉訪司。
　　　賴鏞：據本詩所述，元季爲閩南 汀州路吏，力戰而死。

滕王閣圖[一]

其一
稜層高閣倚秋清，南浦西山爽氣生[二]。老去傷心見圖畫，扁舟曾過豫章城[三]。
其二
千里江山便面開[四]，廣寒深處見樓臺。玄霜散入冰絲縷，疑是珠簾暮雨來。

【箋注】

〔一〕滕王閣：位於今江西 南昌 贛江東岸。
〔二〕南浦西山：王勃 滕王閣：“畫棟朝飛南浦雲，珠簾暮捲西山雨。”
〔三〕豫章：今江西 南昌一帶。按：據此詩末兩句，似乎鐵崖早年到過南昌。然迄今未見其他資料提及，僅見於此。
〔四〕便面：一種扇子。參見鐵崖先生古樂府卷二蹋踘篇注。

錢舜舉畫菊[一]

翡翠釵頭綴衣光，玉環微醉褪新妝[二]。可憐寂寞東籬賞[三]，卻染鴛鴦瓦上霜〔四〕。

【箋注】

〔一〕錢舜舉：圖繪寶鑑卷五元："錢選字舜舉，號玉潭，霅川人。宋景定間鄉貢
進士。善畫人物、山水、花木、翎毛，師趙昌；青緑山水師趙千里。尤善作
折枝。其得意者，自賦詩題之。"

〔二〕玉環：楊貴妃小名。

〔三〕寂寞東籬賞：指陶淵明"采菊東籬下"。

〔四〕鴛鴦瓦：成對的瓦。南朝梁蕭統講席將畢賦三十韻詩依次用："日麗鴛鴦
瓦，風度蜘蛛屋。"

寄山①子春僉事〔一〕

海門春曉雨兼風，宿酒消時別意濃。聞道三山晚晴好〔二〕，人家十
里看歸驄。

【校】

① 山：原本作"山東"，"東"當屬衍字，徑删。

【箋注】

〔一〕山子春：早先盤桓北方二十年，後任江南行御史臺御史僉事，巡視閩南。
按：陳旅分題得南臺送山子春僉事之閩中詩曰："北游二十年，日暮倦登
樓。繡衣問風俗，于焉少夷猶。"

〔二〕三山：指今福建福州。

多景樓①〔一〕

極目心情獨倚樓，荻花楓葉滿江秋〔二〕。地雄吳楚東南會，水接荆
揚上下流。鐵甕百年春雨夢〔三〕，銅駝萬里夕陽愁。西風歷歷來征雁，
又帶邊聲過石頭〔四〕。

【校】

① 本詩又載列朝詩集甲集前編第七上、元詩選初集辛集。

【箋注】

〔一〕多景樓: 江南通志卷三十二輿地志古迹三鎮江府:"多景樓在丹徒縣北固山上,宋太守陳天麟建,唐時臨江亭故址。"

〔二〕荻花楓葉: 白居易琵琶行:"潯陽江頭夜送客,楓葉荻花秋瑟瑟。"

〔三〕鐵甕: 大明一統志卷十一鎮江府:"鐵甕城,吳孫權所築。周圍六百三十步。唐乾符中,周寶爲潤帥,又築羅城二十餘里。號鐵甕城,言其堅固也。"

〔四〕石頭: 指金陵城。

舟次秦淮河[一]①

舟泊秦淮近晚晴,遥觀瑞氣在金陵。九天日月開洪武,萬國山河屬大明[二]。禮義再興龍虎地,衣冠重整鳳皇城。鶯花三月春如錦,萬姓歌謡賀太平。

【校】

① 本詩又載列朝詩集甲集前編第七上。

【箋注】

〔一〕本詩撰於明洪武三年(一三七〇)三月,鐵崖舟游秦淮河之時。繫年理由: 其一,據"九天日月開洪武"一句,其時已爲明初洪武年間。其二,詩題曰"舟次秦淮河",詩中曰"鶯花三月",可見當時鐵崖在金陵,時爲季春。其三,鐵崖於洪武二年歲末應召赴京城修禮樂書,本詩必撰於次年三月之金陵。秦淮: 河名。此河由東向西橫貫金陵城。

〔二〕"九天"二句: 洪武元年正月四日,朱元璋"祀天地於南郊,即皇帝位。定有天下之號曰大明,建元洪武"。參見明太祖實録卷二十九。

送理問王叔明〔一〕

金湯回首是耶①非，不用千年感令威〔二〕。富貴向人談往夢，干戈當自息危機。雄風豪雨將春去，剩水殘山送客歸。聞説清溪黄鶴在〔三〕，鶴邊仍有釣魚磯。

【校】

① 列朝詩集甲集前編卷七上、元詩選初集辛集載此詩，據以校勘。耶：元詩選本作"邪"。

【箋注】

〔一〕詩撰於元至正二十五年乙巳（一三六五）三月前後，其時鐵崖寓居松江。繫年依據：其一，詩題稱王叔明爲"理問"，詩中又有"富貴向人談往夢，干戈當自息危機"等句，故知本詩當作於元末戰亂時期，鐵崖晚年退隱松江以後，張士誠之松江守臣投降朱元璋以前，即元至正二十年（一三六〇）至二十六年之間。其二，袁凱海叟詩集卷二王叔明畫雲山圖歌有句云："至正乙巳三月初，王郎遠來訪老夫。"叔明抵淞訪袁凱，或與訪鐵崖爲同時事。姑繫於此。王叔明：即王蒙，趙孟頫外孫。元末任理問官。參見鐵崖先生詩集丙集題王叔明畫渡水僧圖。

〔二〕令威：即丁令威。參見鐵崖先生古樂府卷十小游仙之十六注。

〔三〕黄鶴：王蒙曾居杭州之黄鶴山，號黄鶴山樵，故云。

寄龔暘谷緑漪軒〔一〕

暘谷老人江上家，繞門種竹翠交加。虎鬚舊發堯時韭〔二〕，人面新開魏氏花〔三〕。丙穴取魚晨進饌〔四〕，露盤留水夜煎茶。客來不厭頻談笑，賴有東鄰酒可賒。

【箋注】

〔一〕龔老人：名字不詳，號暘谷，蓋松江人士，家有緑漪軒。

〔二〕堯時韭：即菖蒲。李時珍本草綱目卷十九菖蒲：“典術云：堯時，天降精於
　　　庭爲韭，感百陰之氣爲菖蒲，故曰堯韭。”
〔三〕魏氏花：指牡丹名品“魏紫”。宋李格非撰洛陽名園記天王院花園子：“姚
　　　黃魏紫，一枝千錢。”
〔四〕丙穴：文選左思蜀都賦：“嘉魚出於丙穴，良木攢於褒谷。”李善注：“丙穴
　　　在漢中沔陽縣北，有魚穴二所，常以三月取之。”

寄于照略〔一〕

　　家住千峰紫翠圍，秋來竹日淨暉暉。銀河一道峽中落，白鶴千頭
嶺上飛。玉杵丁丁丹藥臼，瑤琴瑟瑟紫金徽。寄書江上于公子，相約
吹簫月下歸。

【箋注】

〔一〕于照略：按元史百官志，各提舉司、織染局，皆設照略案牘一員。于照略
　　　當屬此官。

寄張士誠太尉①〔一〕

　　上功②杜國開藩府，露布朝馳達③冕旒。八陣風雲歸④羽扇〔二〕，百
年江漢見輕裘。龍飛海宇⑤來京口，雁帶邊聲下石頭〔三〕。珍重晉公經
濟手〔四〕，中興天子復神州〔五〕。

【校】

① 列朝詩集甲集前編第七上載此詩，題作上張太尉。
② 功：列朝詩集本作“公”。
③ 達：列朝詩集本作“拜”。
④ 陣：原本作“陳”，據列朝詩集本改。歸：列朝詩集本作“聞”。
⑤ 龍飛海宇：列朝詩集本作“鯨吹海雨”。

【箋注】

〔一〕詩當作於元至正十九年(一三五九)七、八月間。繫年依據：其一，至正十七年秋，江浙丞相達識帖睦邇以朝廷名義授予張士誠太尉之職。至正十九年，鐵崖從富春山徙居杭州，始與張士誠幼弟士信及其屬官交往，本詩當撰於此年之後。其二，至正二十三年九月，張士誠自立爲吳王。本詩題稱張士誠爲"太尉"，故必在張士誠自立爲王以前。其三，據"龍飛海宇來京口，雁帶邊聲下石頭"二句推之，其時金陵、鎮江一帶戰事激烈。朱元璋軍於至正十六年三月攻佔金陵，而至正十九年，張士誠軍曾極力反攻，相繼攻打長興、江陰、常州等地。本詩對張士誠重振元朝寄予厚望，疑與其五論爲一時之作。參見東維子文集卷二十七馭將論等。張士誠(一三二一——一三六七)小字九四，泰州白駒場亭民。至正十三年正月，張士誠殺李二，并其衆，與弟輩招攬李伯昇等十八人，起兵造反。五月，攻高郵，克興化，有衆萬餘。十四年正月，自稱誠王，建國號大周，改元天祐。十六年二月，先後攻佔平江、湖州、松江等地。改平江爲隆平郡，立省院六部百司。十七年八月，因連敗於朱元璋軍，攻嘉興又爲楊完者所遏，南北失利，遂依附元廷以自固。江浙丞相達識帖睦邇授士誠爲太尉，其弟士德爲淮南行省平章政事，士信爲同知行樞密院事，餘皆授官有差。其時士德已爲朱元璋軍所擒，乃陞士信爲淮南行省平章政事。二十三年九月，士誠自立爲吳王，即平江治宮闕，立官屬。至正二十七年九月，朱元璋軍攻佔平江。張士誠押至建康，自縊而死。時年四十有七。其生平詳見元季伏莽志卷六盜臣傳。

〔二〕八陣：指八陣圖。羽扇：借指諸葛亮。參見麗則遺音卷三八陣圖。

〔三〕"龍飛海宇來京口"二句：蓋指當時張士誠出兵爭奪鎮江、金陵等地。張士誠曾經掌控地域，北到徐州，南至紹興。京口：位於今江蘇鎮江。石頭：金陵別名石頭城。

〔四〕晉公：指晉國公裴度。鐵崖曾稱"唐相臣裴度佐主中興"，且以當時地方勢力如察罕帖木兒等比擬裴度。參見東維子文集卷三送張憲之汴梁序。

〔五〕"中興"句：鐵崖曾倡議"以盜治盜"，故對張士誠亦寄予希望，望其能幫助"中興天子復神州"。參見鐵崖文集卷二中山盜録。

和蔡彥文題虞伯生張伯雨倡和帖^{①〔一〕}

髯駕已聞攀鼎水〔二〕，劫灰又見話昆池〔三〕。劍藏玉几山中記〔四〕，筆記玄卿天上碑〔五〕。舊譜紫霞吹鶴骨〔六〕，新章白雪寫烏絲〔七〕。逃身^②我未學仙去，何處還丹日月遲。

【校】

① 列朝詩集甲集前編第七上、元詩選初集辛集、句曲外史貞居先生詩集七卷附録卷二載此詩，據以校勘。

② 身：句曲外史貞居先生詩集本作“名”。

【箋注】

〔一〕詩當撰於元至正十九年（一三五九）之後。繫年依據：蔡彥文爲張士誠屬官，鐵崖與之交往，必在至正十九年寓居杭州以後。參見東維子文集卷三十次韻省郎蔡彥文觀潮長歌録呈吳興二守雲間先生。虞伯生：即虞集，元史有傳。張伯雨：即句曲先生張雨，參見鐵崖先生古樂府卷二奔月巵歌。按：虞集、張雨唱和詩，虞集原詩今未見，張雨代玄覽真人次虞伯生見寄韻兩首尚存，其二曰：“別後驚心歲已馳，幾回草夢遶春池。新詩遠寄迢遙驛，舊約重看絕妙碑。鰲禁風清班綴玉，龜溪雪冷鬢垂絲。何時共執論文酒，坐對西窗待月遲。”（詩載句曲外史集卷中。）本詩當即步此詩韻而作。

〔二〕“髯駕”句：參見鐵崖先生古樂府卷一湘靈操注。

〔三〕昆池：即昆明池。參見鐵崖先生古樂府卷九小臨海曲之九注。

〔四〕玉几山：元袁桷延祐四明志卷七山川考鄞縣：“玉几山，阿育王山之前，自寺視之，橫陳如几。”

〔五〕玄卿：指紫陽真人山玄卿。參見鐵崖先生古樂府卷十小游仙之九注。

〔六〕紫霞：古琴譜名。明王褘盛修齡詩集：“又如紫霞琴譜，雖時變新調而古意終在。”

〔七〕白雪：古琴曲名，亦爲歌曲名，即陽春白雪。參見樂府詩集卷五十陽春曲題解。

禁酒二首

其一

鄉飲徒勞具禮文〔一〕,鹿鳴何以宴嘉賓〔二〕。山陰修禊空流水〔三〕,韋曲看花負好春〔四〕。椰子海南迷瘴雨,葡萄冀北隔風塵。相逢都是醒醒者,誰是行吟澤畔人〔五〕。

其二〔六〕

二月江南似畫圖,春禽聒聒喚提壺。烟生陸羽新茶室,塵滿黃公舊酒壚。月下漫思攜妓飲,花前無復倩人扶。於今朝野諸卿相,盡學醒醒楚大夫。

【箋注】

〔一〕鄉飲:指鄉飲酒。參見鐵崖撰鄉飲酒賦(載佚文編)。
〔二〕鹿鳴:詩小雅鹿鳴:“呦呦鹿鳴,食野之蘋。我有嘉賓,鼓瑟吹笙……我有旨酒,以燕樂嘉賓之心。”
〔三〕山陰修禊:指王羲之等蘭亭聚飲。
〔四〕韋曲:杜詩詳注卷三奉陪鄭駙馬韋曲二首之一:“韋曲花無賴,家家惱殺人。”注:“杜臆:‘韋曲,在京城三十里,貴家園亭、侯王別墅多在於此,乃行樂之勝地。’”
〔五〕行吟澤畔人:指屈原。楚辭漁父:“屈原既放,游於江潭,行吟澤畔。”
〔六〕按:此第二首與明鈔楊維楨詩集本禁釀近似,可參看。

白燕

誰將玄鳥呼白鳥,脱卻緇衣換素衣。掠水一雙銀剪濕,穿簾三尺玉梭飛。姑蘇臺畔迎霜去〔一〕,王謝堂前帶雪歸〔二〕。昨夜偶然尋不見,玉樓深處暫棲依。

【箋注】

〔一〕姑蘇臺:參見鐵崖賦稿卷上姑蘇臺賦。

〔二〕王謝堂前：劉禹錫金陵五詠烏衣巷：“舊時王謝堂前燕，飛入尋常百
　　姓家。”

寄蘇昌齡〔一〕

雄文曾讀平徐頌〔二〕，光射磨厓百尺長。秦府有時容魏徵〔三〕，韓仇
何日報張良〔四〕。青草瘴深鳶跕海，碧梧春老鳳鳴陽。揚雄識字今①何
用〔五〕，只合終身白髮郎。

【校】

① 列朝詩集甲集前編第七上載此詩，據以校勘。今：列朝詩集本作“知”。

【箋注】

〔一〕詩當撰於鐵崖晚年退隱松江之初，即元至正二十年（一三六〇）或稍後。
　　繫年依據：詩中對張士誠屬官蘇昌齡頗加贊許，且提及其平徐頌，據此可
　　知本詩撰於至正二十年正月之後。又，詩末“揚雄識字今何用，只合終身
　　白髮郎”兩句，顯然爲鐵崖自況，可見鐵崖當時已經退隱。蘇昌齡：鐵崖
　　友人。參見東維子文集卷二十六蘇先生挽者辭叙。
〔二〕平徐頌：當爲蘇昌齡所撰。按：至正二十年正月，張士誠軍曾攻破徐州，
　　本文蓋爲此而作。
〔三〕秦府有時容魏徵：參見陳善學序刊楊鐵崖先生文集卷三田舍翁注。秦府，
　　指秦王李世民。
〔四〕“韓仇”句：張良，漢初封爲留侯，其先世爲韓人。史記留侯世家：“秦滅
　　韓，良年少，未宦事韓。韓破，良家僮三百人，弟死不葬，悉以家財求客刺
　　秦王，爲韓報仇，以大父、父五世相韓故。”
〔五〕揚雄：鐵崖自擬。參見鐵崖於至正十九年所撰送時彦舉青陽縣學教諭
　　（詩載鐵崖先生詩集甲集）。

和黃彦美元帥憂字韻詩賦思邈明府①〔一〕

龍飛鳳舞九山秋〔二〕，不掩諸公富貴羞。三窟已營何足喜〔三〕，一城

自壞正堪憂〔四〕。楚騷有恨窮天問〔五〕,晉易何人識鬼幽〔六〕。卧治未宜輕汲直,淮南聞已寢奸謀〔七〕。

【校】

① 本詩又載列朝詩集甲集前編第七上。

【箋注】

〔一〕詩當撰於鐵崖退隱松江之後,約爲元至正二十年(一三六〇)至二十三年秋之間。繫年依據:黃彦美名中,曾爲邁里古思部將。邁里古思遭暗殺之後,率軍爲之復仇,其後一度爲張士誠所用,此時託病隱居松江。參見東維子文集卷一送松江帥黃公入吳序。思邈明府:指松江同知顧逖。鐵崖退隱松江,即受顧逖邀請。其生平參見楊鐵崖先生文集全録卷四哀辭敍。本詩乃鐵崖與黃中唱和之作,詩末稱頌黃氏,寓有舉薦之意。本詩題既稱"思邈明府",知顧逖其時尚任職於松江,故本詩當撰於鐵崖退隱松江之後,至正二十三年秋顧逖調任嘉興路同知之前。

〔二〕九山:松江九峰。

〔三〕三窟已營:即狡兔三窟,源於戰國時孟嘗君門客馮諼策謀。詳見戰國策齊策四。

〔四〕一城自壞:當指元軍自相殘殺,即黃彦美上司邁里古思遭拜住哥暗害一事。詳見東維子文集卷二十四故忠勇西夏侯邁公墓銘。

〔五〕天問:屈原撰。

〔六〕"晉易"句:三國志魏書管輅傳注:"輅別傳曰:輅爲何晏所請,果共論易九事,九事皆明……舅夏大夫問輅:'前見何(晏)、鄧(颺)之日,爲已有凶氣未也?'輅言:'與禍人共會,然後知神明交錯;與吉人相近,又知聖賢求精之妙。夫鄧之行步,則筋不束骨,脉不制肉,起立傾倚,若無手足,謂之鬼躁。何之視候,則魂不守宅,血不華色,精爽烟浮,容若槁木,謂之鬼幽。故鬼躁者爲風所收,鬼幽者爲火所燒。'"

〔七〕"卧治"二句:汲,指西漢汲黯。史記汲黯列傳:"淮南王謀反,憚黯,曰:'好直諫,守節死義,難惑以非。至如説丞相弘,如發蒙振落耳。'天子既數征匈奴有功,黯之言益不用。始黯列爲九卿,而公孫弘、張湯爲小吏。及弘、湯稍益貴,與黯同位,黯又非毁弘、湯等……黯居郡如故治,淮陽政清。後張湯果敗。"按:此以淮南王喻指江南行臺御史大夫拜住哥。拜住哥殺害邁里古思不久,遭彈劾而革職查辦。參見陳善學序刊楊鐵崖先生文集卷六盲老公、東維子文集卷一送松江帥黃公入吳序。

寄宋景濂〔一〕

一代春秋付託頫,龍門太史筆如椽〔二〕。山河大統①三分國,正朔
中華一百年〔三〕。麒麟閣上登雄將〔四〕,龍虎榜中收大賢〔五〕。試問阮公
高隱傳,誰填四十滿中篇②〔六〕。

【校】

① 列朝詩集甲集前編第七上載此詩,據以校勘。統:原本誤作"繞",據列朝詩
集本改。

② 列朝詩集本於詩後附跋文曰:"景濂送楊廉夫還吳浙詩云:'皓仙八十起商
山,喜動天顏咫尺間。一代遼金歸宋史,百年禮樂上春官。歸心只憶鱸魚
鱠,野性寧隨駕鷺班。不受君王五色詔,白衣宣至白衣還。'此詩潛溪集不
載。"按:送楊廉夫還吳浙詩并非宋濂作品,故"潛溪集不載"。鐵崖於洪武
三年應召,寓居京城僅百日,即因肺疾發作而返回松江,并無"不受君王五色
詔"之舉;且詩中所謂"一代遼金歸宋史"云云,明顯與明初修纂元史無關。
當屬冒名僞作。

【箋注】

〔一〕詩當作於明洪武二年(一三六九)或三年。繫年依據:詩中以宋濂比作龍
門太史司馬遷,可知其時宋濂在金陵任元史總裁官,必爲洪武二、三年間。

〔二〕龍門太史:指司馬遷,司馬遷自稱生於龍門。此借指宋濂。

〔三〕"山河大統"二句:借宋濂主持編纂元史一事,述元代統一中華之歷史作
用。三分國,指遼、金、宋。

〔四〕麒麟閣:參見麗則遺音卷二麒麟閣注。

〔五〕龍虎榜:參見明鈔楊維禎詩集玉筍班注。

〔六〕"試問"二句:南史阮孝緒傳:"乃著高隱傳,上自炎皇,終于天監末,斟酌
分爲三品:言行超逸,名氏弗傳,爲上篇;始終不耗,姓名可録,爲中篇;挂
冠人世,栖心塵表,爲下篇……初,孝緒所撰高隱傳中篇所載一百三十七
人,劉歊、劉訏覽其書曰:'昔嵇康所贊,缺一自擬,今四十之數,將待吾等

成邪?'對曰:'所謂荀君雖少,後事當付鍾君。若素車白馬之日,輒獲麟於二子。'歆、訏果卒,乃益二傳。及孝緒亡,訏兄絜錄其所遺行次篇末,成絶筆之意云。"

贈許廷輔萬户[一]

赤城將軍骨鯁士[二],曾擁貔貅十萬來。直北每瞻龍虎氣,征西誓飲髑髏杯[三]。雲横百越青山斷,潮落三吴白浪回。爾祖睢陽忠烈在[四],早收勳業上雲臺[五]。

【箋注】

〔一〕詩撰於元至正十一年(一三五一)至十九年秋之間。繫年依據:其一,本詩所述爲戰爭景象,必爲至正十一年紅巾軍起事,亂象頻生之後。其二,許廷輔爲天台萬户,鐵崖當時對之寄予厚望,望能"早收勳業",故當爲其退隱之前,寓居杭州期間。許廷輔:萬曆黃岩縣志卷五人物志:"(皇明)許弼,字廷輔。治周易,初以文名。會天下紛擾,輒被鐵衣,操蛇矛,集兵以禦寇。尤能挽强命中,多驅馳戎馬間。及天兵取台州,四方次第平,大興文治,建科目取士。乃慨然曰:'聖天子在上,可以出而仕矣!'中鄉試第二名,通判沔陽州。剸煩劇如庖丁解牛,恢恢乎游刃有餘地也。號雲中生,宋太史濂爲賦辭。"按:上引小傳實源自宋濂明初所撰雲中辭(載文憲集卷二十九)。
〔二〕赤城:浙江天台別名。當地有赤城山,故稱。
〔三〕髑髏杯:用月氏王事。參見陳善學序刊楊鐵崖先生文集卷二月氏王頭飲器歌注。
〔四〕睢陽:此指唐人許遠。許遠爲睢陽太守,安禄山叛亂時,協同張巡堅守,城陷被俘,不屈而死。詳見舊唐書忠義傳。
〔五〕雲臺:漢代宫中高臺。東漢明帝追念前世功臣,曾於此臺畫鄧禹等二十八將肖像。

雪谷望松圖

九鳳山前結草亭[一],長松萬個入青冥。思親每啜伊蒲飯[二],泣血

頻書般若經。江左舊家知有譜，冢前片石可無銘？游方始信歸來好，
慈竹常含雨露青。

【箋注】

〔一〕九鳳：指松江九峰。參見東維子文集卷十五虛舟記。

〔二〕伊蒲飯：齋食。後漢書楚王英傳："楚王誦黃老之微言，尚浮屠之仁祠，絜
齋三月，與神爲誓……其還贖，以助伊蒲塞桑門之盛饌。"

卷四十　清鈔本鐵崖楊先生詩集卷上之中

贈王左丞二首〔一〕

其一

卧雲道人今左轄〔二〕，當時出岫本無心〔三〕。隆中豪傑徵初起〔四〕，江左蒼生望正深〔五〕。星斗一天環北極，山河萬里貢南金。已聞艮嶽無遺胤①〔六〕，況復淮泗有捷音〔七〕。

其二

共説淮南王左相，開門下士日忘飡。入幕許誰延鐵笛〔八〕，備員尋客奉銅盤。長條掣去饑鷹飽，故道歸來老馬寒。若問東維上書者〔九〕，五湖今把釣魚竿。

【校】

① 列朝詩集甲集前編第七上載此詩，據以校勘。胤：原本作“允”，據列朝詩集本改。

【箋注】

〔一〕詩作於元至正二十三年（一三六三）春，其時鐵崖隱居松江。繫年理由：根據“若問東維上書者，五湖今把釣魚竿”等句，其時鐵崖已經退隱松江。又據“況復淮泗有捷音”一句，其時距離至正二十三年二月張士誠屬將吕珍於安豐獲勝不久。王左丞：指淮南行省左丞王晟。參見本集至正廿三年四月淮南王左相微行淞江步謁草玄閣夜移酒船宴閣所、鐵崖先生詩集癸集王左轄席上夜宴。

〔二〕卧雲道人：當爲王晟早年別號。

〔三〕出岫：指出仕。本陶淵明歸去來分辭：“雲無心以出岫，鳥倦飛而知還。”

〔四〕隆中：諸葛亮家鄉。參見麗則遺音卷三八陣圖。

〔五〕“江左”句：南朝宋劉義慶世説新語排調載，謝安隱東山，朝命屢降而不動，人每相與言：“安石不肯出，將如蒼生何？”

〔六〕艮嶽：北宋徽宗建於汴京（今河南開封）之名園，金兵南侵時被毁。

〔七〕淮淝有捷音：本指東晉謝玄於淮南淝水大敗苻堅，此蓋借指至正二十三年二月，張士誠將吕珍與張士信在安豐（今安徽壽縣、霍邱一帶）戰勝劉福通。參見國初群雄事略卷七周張士誠。

〔八〕鐵笛：楊維禎自指。

〔九〕東維上書：蓋指鐵崖於至正十九年所上五論等。參見東維子文集卷二十七馭將論、人心論、總制論、求才論、守城論。

己亥除夜[一]

草堂喜近孔子宅[二]，典籍富藏三萬籤。擬向玉關馳露布，不勞黄石問韜鈐[三]。廣文飲足勝白雪，都尉酒醇如蜜甜。莫遣奴星送窮士，窮文元不肯趨炎[四]。

【箋注】

〔一〕詩作於元至正十九年己亥（一三五九）十二月二十九除夕之夜，其時鐵崖自杭州退隱松江未滿三月。

〔二〕草堂：楊維禎借居處。孔子宅：此指松江孔廟。按：當時草玄閣（鐵崖晚年松江居所）尚未修造，楊維禎全家暫時“依孔子廟旁舍居之”。參見鐵崖先生集卷三半間屋記。

〔三〕“擬向”二句：據此可見其時楊維禎并未一心隱逸，尚有用世之心。玉關，即玉門關。黄石，黄石老人，漢初張良之師，授以兵法。詳見史記留侯世家。

〔四〕“莫遣”二句：出自韓愈文。韓愈送窮文：“元和六年正月乙丑晦，主人使奴星結柳作車，縛草爲船，載糗與粮，牛繫軛下，引帆上檣。三揖窮鬼而告之。”

用雪坡梅約何字韻與梅册主者[一]

近傳新句來梅約，清似揚州水部何[二]。適戍已休秦版築[三]，詞臣須補漢鐃歌[四]。湖山尊俎交游少，天地風塵戰伐多。狂客攜家黄鶴渚〔五〕,可無一棹酒船過。

【箋注】

〔一〕詩當作於元至正二十年(一三六〇)正月,其時鐵崖退隱松江未滿三月。
繫年依據:至正十九年十二月,杭州太守謝節(雪坡)邀請顧瑛賞梅。顧
瑛由袁華陪同,自崑山專程赴杭。不料恰逢常遇春(朱元璋將)攻打杭州,
賞梅只能作罷,而顧瑛返鄉只能走海道。走海道必經松江,故謝雪坡送別
顧瑛時賦"梅約何字韻"詩,請代爲問候楊維禎、楊瑀(山居),二楊其時皆
寓松江。顧瑛盤桓松江多日,詩友相聚酬唱,鐵崖遂有此步韻之作。又,
謝雪坡"梅約何字韻"原詩,載玉山遺什卷下,無題,乃送別顧瑛時所作,詩
曰:"艱時送客不忍別,雨雪沾衣當奈何。萬里關河勞遠夢,半生杯酒且高
歌。黃塵滇洞文書集,白日縱橫豺虎多。寄語二楊才太史,梅花開處肯相
過。予邀玉山隱君西湖觀梅,適烽火卒至,有敗清興,因而玉山告歸,遂餞
浙江亭,賦此爲別。就問山居、鐵崖二太史訊云。至正己亥冬十二月二十
有二日,謝節頓首。"雪坡:即謝節。參見東維子文集卷十三雪坡記。梅
冊主者:指袁華。袁華陪侍顧瑛之際,搜羅當時各地聚會唱和之作,編輯
成冊,題名爲西湖梅約。詳見玉山遺什卷下袁華撰西湖梅約跋文。
〔二〕揚州水部何:指南朝梁詩人何遜。何氏曾任尚書水部郎,故稱何水部。
梁書有傳。何遜有揚州法曹梅花盛開詩。
〔三〕"適戍"句:至正十九年七月,杭州動工修築城牆。所謂"已休秦版築",指
工程已結束。參見東維子文集卷三十杵歌七章。
〔四〕漢鐃歌:崔豹古今注卷中音樂:"短簫鐃歌,軍樂也,黃帝使岐伯所作也。
所以建武揚德,風勸戰士也。周禮所謂王大捷則令凱樂,軍大獻則令凱歌
者也。漢樂有黃門鼓吹,天子所以宴樂群臣。"
〔五〕狂客:鐵崖自稱。黃鶴渚:蓋指松江。松江華亭鶴聞名於世,故又名
鶴城。

庚子元旦束履齋明府〔一〕

一夜不堪風雨惡,朝來喜見太陽開。將軍詩換桃符去,太守酒呼
蕉葉來〔二〕。三島浪平蛟蜃窟〔三〕,九山青入鳳皇臺〔四〕。搥牛莫惜太平
宴,知有皋亭捷報回〔五〕。

【箋注】

〔一〕詩撰於元至正二十年庚子(一三六〇)元旦,鐵崖退居松江未滿三月。履
齋:謝伯禮(一作謝伯理)別號。謝伯禮爲松江大户,與楊維禎相交甚久,
其時任松江"貳府"。參見東維子文集卷十三知止堂記、玉山遺什卷下袁
華撰次韻就題西湖梅約。

〔二〕蕉葉:酒杯名。按:梨花杯、蕉葉杯皆屬小型酒杯。參見宋阮閱撰詩話總
龜後集卷三十九神仙門。

〔三〕三島:指東海三神山蓬萊、方丈、瀛洲。

〔四〕九山:指松江九峰。

〔五〕皋亭捷:蓋指至正十九年歲末,朱元璋將常遇春攻打杭州未果。對於張士
誠屬將而言,堪稱捷報。皋亭,山名。位於杭州北郊。

賦袁達善雪屋〔一〕

閶闔城裏有袁安〔二〕,雪屋人傳作畫看。光動書窗渾似月,夢回銀
闕不知寒。將軍解甲新恩澤,使者飡氈舊肺肝〔三〕。瓶有濁醪甌有粟,
洛陽縣令不須干〔四〕。

【箋注】

〔一〕袁達善:生平不詳。據"閶闔城裏有袁安"、"將軍解甲新恩澤"兩句,原爲
將官,卸甲後定居姑蘇城内。雪屋:蓋爲袁氏齋名。

〔二〕閶闔城:今江蘇蘇州,元代爲平江路治。袁安:東漢人,後漢書有傳。

〔三〕使者飡氈:指蘇武。

〔四〕"瓶有濁醪甌有粟"二句:意爲袁達善生活安逸,遠勝當年袁安,故安心隱
逸,無意仕宦。按:袁安卧雪,洛陽令舉爲孝廉。參見楊鐵崖先生文集全
録卷二卧雪窩志注。

賦彭叔璉竹素園〔一〕

竹素園開碧樹陰,鄴侯書在小樓心〔二〕。但令一橐傳三寶,況有諸

郎産萬金〔三〕。西浦黃龍將雨過〔四〕,東岡蒼隼入雲深。主人愛客多情甚,亦遣雙環歌楚音。

【箋注】

〔一〕詩當撰於元至正九、十年間,其時鐵崖在松江璜溪授學。繫年依據:彭叔璉竹素園在松江府黃浦江畔,且詩中所述爲太平景象,當爲鐵崖初次寓居松江期間所撰。彭叔璉:松江大户。好客,家富藏書。有宅園位於黃浦江畔,園名竹素。又,姑蘇周砥與彭叔璉交好,有對雨懷竹素園詩(載元詩選三集)。

〔二〕鄴侯:指唐人李泌。李泌官至宰相,封鄴縣侯。韓愈送諸葛覺往隨州讀書:"鄴侯家多書,插架三萬軸。"

〔三〕"但令"二句:漢書韋賢傳:"故鄒魯諺曰:'遺子黃金滿籝,不如一經。'"

〔四〕西浦黃龍:蓋指黃浦江在竹素園之西。按:時人稱黃浦江爲黃龍浦,參見楊鐵崖先生文集全錄卷一壺月軒記。

送玉笥生往吴大府之聘兼束國寶樞相賓卿客省〔一〕①

近報淮吴張柱國〔二〕,樓船遣使聘嘉賓。漢家自有無雙士〔三〕,趙客何勞十九人〔四〕。天上瓊花回后土〔五〕,江南杜宇到天津〔六〕。若逢吕相煩相問,應有奇書痛絕秦〔七〕。

【校】

① 本詩又載列朝詩集甲集前編第七上、元詩選初集辛集、樓氏鐵崖逸編注卷七。

【箋注】

〔一〕詩當撰於元至正十九年(一三五九)八月以前,繫年依據參見東維子文集卷三送張憲之汴梁序。玉笥生:即張憲,鐵崖晚年得意弟子。國寶樞相:即黑黑國寶。參見東維子文集卷二十七上寶相公書。賓卿客省:或指滕客省。參見本卷寄賓卿驄使。

〔二〕淮吴張柱國:指張士誠。參見本卷寄張士誠太尉詩。

〔三〕"漢家"句：指韓信。蕭何稱韓信爲國士無雙，參見史義拾遺卷上或問
　　　韓信。

〔四〕"趙客"句：史記平原君列傳："秦之圍邯鄲，趙使平原君求救，合從於楚，
　　　約與食客門下有勇力文武備具者二十人偕……得十九人，餘無可取者，無
　　　以滿二十人。門下有毛遂者，前，自贊於平原君曰：'遂聞君將合從於楚，
　　　約與食客門下二十人偕，不外索。今少一人，願君即以遂備員而行
　　　矣。'……毛遂比至楚，與十九人論議，十九人皆服……遂以爲上客。"

〔五〕瓊花回后土：參見鐵雅先生復古詩集卷四宮詞之七注。

〔六〕杜宇：指杜鵑鳥，相傳爲蜀主杜宇精魂所化。參見鐵崖先生詩集丙集題浣
　　　花老人圖。邵氏聞見録卷十九："治平間，與客散步天津橋上，聞杜鵑聲，
　　　慘然不樂。客問其故，則曰：'洛陽舊無杜鵑，今始至，有所主。'客曰：'何
　　　也？'……康節先公曰：'天下將治，地氣自北而南；將亂，自南而北。今南
　　　方地氣至矣，禽鳥飛類，得氣之先者也。……'至熙寧初，其言乃驗，
　　　異哉！"

〔七〕"若逢"二句：呂相，晉大夫魏相，晉侯使絶秦，見左傳成公十三年。此代
　　　指張士誠部下呂姓者，或指呂珍。

寄賓①卿聰使〔一〕

　　我愛淮南滕客省〔二〕，賓客在門三出飡〔三〕。密畫自應持鐵箸〔四〕，
歃盟誰復掌銅盤〔五〕。中興將老風雲息，直指使來星斗寒〔六〕。料得陸
生談笑處，漢家平勃正交歡〔七〕。

【校】

① 賓：疑爲"安"之訛寫。參見注釋。

【箋注】

〔一〕詩蓋撰於元至正二十二年（一三六二），或稍前。繫年依據：元至正二十
　　　三年初春，淮南滕客省出使山東，本詩當作於此行之前。賓卿：疑當作
　　　"安卿"，指滕克恭。滕克恭字安卿，大梁人。元至正二十三年初春，曾爲
　　　張士誠出使山東。參見鐵崖先生集卷二送國老滕公北上序。

〔二〕客省："客省使"之簡稱。據元史百官志，中書省、樞密院、宣政院、宣徽院椽屬中皆設客省使一職。至正十五年十月，淮南江北等處行樞密院設置於揚州，滕氏或爲行樞密院屬官。

〔三〕三出飱：用周公一飯三吐哺之典。

〔四〕鐵筭密畫：參見陳善學序刊楊鐵崖先生文集卷四鐵篴行注。

〔五〕掌銅盤：掌盤者爲歃血會盟之盟主或盟主代表。

〔六〕直指使："直指繡衣使者"之簡稱，即繡衣御史。

〔七〕"料得"二句：陸賈出謀劃策，協助陳平、周勃安劉滅呂，詳見史記陸賈傳。

泊舟南陸〔一〕

十風五雨度花朝〔二〕，一日春晴春更饒。楊柳月殘船子渡〔三〕，桃花浪起伍胥潮〔四〕。青龍飛過蒼精製，紫鳳鳴來碧玉簫。南陸橋頭舊酒伴，海棠巢子瀉春瓢。

【箋注】

〔一〕詩當撰於元至正九、十年間，其時鐵崖在松江璜溪授學。繫年依據：詩中所述船子渡，在松江，且所描摹皆太平景象，必爲鐵崖初次寓居松江期間。南陸：當爲港口名，位於松江府。

〔二〕十風五雨：王充論衡是應："風不鳴條，雨不破塊，五日一風，十日一雨。"花朝：即花朝節，每年農曆二月十五日。

〔三〕船子渡：在松江。檇李詩繫卷三十唐船子和尚德誠："德誠，蜀東武信人。初參澧州藥山儼禪師，儼云：'子後上無片瓦，下無錐地，大闡吾宗。'後乘小舟，住秀州洙涇（後析松江），以綸釣舞櫂，隨緣而度。號船子和尚。傳法夾山，遂覆舟而逝。咸通十年，僧藏暉即其處建寺焉。"按：與船子和尚有關之地名，諸如船子和尚詠歌處、垂釣處、覆舟處等，詳見正德松江府志卷十八寺觀上法忍教寺。

〔四〕伍胥潮：多指錢塘江潮，此處蓋泛指江潮。參見鐵崖先生詩集甲集錢塘懷古率堵無傲同賦注。

訪青龍主春主者〔一〕

芍藥花開三月春,畫船調浪下龍津〔二〕。玉杯行酒花如雨,鐵笛作聲龍化人。歌約碧雲輕有影〔三〕,舞回白雪淡無塵。文章太史風流甚,大錦宮袍小角巾。

【箋注】

〔一〕詩當撰於元至正九、十年間,其時楊維禎在松江璜溪授學。繫年依據參見本卷泊舟南陸。青龍:蓋指青龍鎮(位於今上海青浦)。

〔二〕龍津:當指青龍江渡口。參見鐵崖先生詩集丙集次韻任月山綠竹卷注。

〔三〕碧雲:指江淹所謂"碧雲佳人"。參見鐵崖先生詩集乙集春日雜詠二首之一注。

與客錢彥高宴朱氏瀛洲所〔一〕

桃椎仙館瀛洲所〔二〕,一水中分兩鳳麟。但覺西山多爽氣〔三〕,不知東海又揚塵〔四〕。異花萬里戎王子〔五〕,靈石千年漢老人〔六〕。座有湘妃能鼓瑟,祇應錢起自通神〔七〕。

【箋注】

〔一〕詩當撰於元至正九、十年間,其時鐵崖在松江璜溪授學。繫年依據參見本卷泊舟南陸。錢彥高:工詩,元季隱逸於松江一帶。朱瀛洲:鐵崖老友,家住松江鶴砂。參見楊鐵崖先生文集全錄卷二在春窩志。

〔二〕桃椎:唐代隱士朱桃椎。參見鐵崖先生詩集庚集松隱圖。

〔三〕"但覺"句:世說新語簡傲:"王子猷作桓車騎參軍,桓謂王曰:'卿在府久,比當相料理。'初不答,直高視,以手版拄頰云:'西山朝來,致有爽氣。'"

〔四〕東海又揚塵:參見鐵崖先生古樂府卷三夢游滄海歌注。

〔五〕萬里戎王子:杜甫陪鄭廣文游何將軍山林十首之三:"萬里戎王子,何年別月支。異花開絕域,滋蔓匝清池。"按:戎王子,花名。

〔六〕靈石千年漢老人:蓋借園中山石喻指漢初張良之師黃石老人。

〔七〕"座有湘妃"二句：實爲讚譽錢彥高之詩。鐵崖友人許恕寄錢彥高："莫怪
　　山翁不出山，十年灰盡寸心丹。詩工已繼湘靈瑟，性潔嘗滋楚畹蘭。"（載
　　北郭集卷一。）可見錢彥高之心性與才氣。按：唐代詩人錢起湘靈鼓瑟詩
　　末"曲終人不見，江上數峰青"二句，相傳爲鬼神所授。詳見唐才子傳
　　錢起。

登大悲閣〔一〕

　　梵閣高天與綠閣，楊公曾此舊傳衣〔二〕。兔移月窟排空下，鼇湧金
山挾海飛。陸地蓮開珹祖逝〔三〕，西枝松偃梵師歸。人間河嶽分元氣，
天上星辰動紫微。

【箋注】

〔一〕大悲：觀世音之變相。其形象見蘇軾文集卷十二成都大悲閣記："大悲
　　者，觀世音之變也……乃以大旃檀作菩薩像，莊嚴妙麗，具慈愍性。手臂
　　錯出，開合捧執，指彈摩拊，千態具備。手各有目，無妄舉者。復作大閣以
　　覆菩薩，雄偉壯峙，工與像稱。"
〔二〕楊公傳衣：不詳。
〔三〕陸地蓮開：蓮華盛開於陸上，相傳能見佛祖。

寄太僕危左轄仲舉張祭酒〔一〕

　　萬歲山頭尺五天〔二〕，江南江北淨烽烟。諸侯朝覲同盟日，天子賓
興大比年〔三〕。稷下先生多苟合〔四〕，汾中弟子獨稱賢〔五〕。朝廷若問東
維叟，著得春秋不浪傳。

【箋注】

〔一〕詩當作於元至正二十年（一三六〇）三月，或稍後，其時鐵崖自杭州退隱松
　　江不久。繫年理由：據詩中"江南江北淨烽烟"、"天子賓興大比年"、"汾
　　中弟子獨稱賢"等句推之，此時戰亂，且爲會試之年，考官爲汾中人士，故

必爲<u>至正</u>二十年會試之際。<u>太僕 危左轄</u>：指<u>危素</u>。參見<u>東維子文集</u>卷二
十四改<u>危素桂先生碑</u>。<u>仲擧 張祭酒</u>：指<u>張翥</u>。參見<u>東維子文集</u>卷七<u>齊
稿序</u>。

〔二〕<u>萬歲山</u>：<u>宋徽宗</u>於<u>汴京</u>（今<u>河南 開封</u>）所築<u>艮嶽</u>之别名。此處泛指京城。

〔三〕天子賓興大比年：指<u>至正</u>二十年考進士。此年三月會試，<u>國子監</u>祭酒<u>張翥</u>
任考試官。參見<u>元史 順帝本紀</u>。

〔四〕<u>稷下先生</u>：<u>戰國</u>時期，<u>齊</u>主廣招文學游説之士，遂有<u>淳于髡</u>、<u>慎到</u>、<u>田駢</u>、<u>騶
奭</u>等等，聚集於<u>齊國</u>都城之<u>稷門</u>學宫。後人稱之爲“<u>稷下先生</u>”。參見<u>史
記 孟子列傳</u>。

〔五〕<u>汾中弟子</u>：<u>隋 王通</u>曾退居<u>河 汾</u>之間，授徒自給，講學<u>汾亭</u>。此<u>汾中</u>弟子當
指<u>張翥</u>。<u>張翥</u>是<u>晉寧</u>（今<u>山西 臨汾</u>）人，此年任考官。

題小蓬萊[一]

雪濤堆湧<u>小蓬萊</u>，不識<u>昆明</u>幾劫灰[二]。海上元無不死藥[三]，人間
還有候仙臺。白龍將雨青天去，黄鶴如人<u>赤壁</u>來[四]。天上玉樓何日
下，<u>小丁</u>尸解亦奇哉[五]。

【箋注】

〔一〕<u>小蓬萊</u>：蓋指<u>湖州</u>道觀<u>玄好宫</u>觀主<u>聞梅澗</u>所居軒，參見<u>東維子文集</u>卷二十
<u>小蓬萊記</u>。

〔二〕<u>昆明</u>劫灰：參見<u>鐵崖先生古樂府</u>卷九<u>小臨海曲</u>之九注。

〔三〕不死藥：參見<u>明鈔楊維楨詩集桂花</u>二首注。

〔四〕“黄鶴”句：出自<u>蘇軾 後赤壁賦</u>。參見<u>鐵崖先生詩集甲集</u>和<u>吕希顏來</u>
詩注。

〔五〕<u>小丁</u>尸解：當指<u>丁令威</u>化鶴飛天，參見<u>鐵崖先生古樂府</u>卷十<u>小游仙</u>之十
六注。

宴横鐵軒[一]

<u>横鐵軒</u>來鐵笛仙[二]，醉呼黄鶴舞蹁躚。龍翻雨脚花成雪，鳳引秋

聲月滿天。高士倒瓶金絡索,美人狎座玉嬋娟。金吾不禁歸來曉〔三〕,知是山翁載酒船〔四〕。

【箋注】

〔一〕詩作於元至正二十三年(一三六三)四月十八日,橫鐵生陪同鐵崖游覽干將山之際。其時鐵崖退隱松江三年有餘。按鐵崖先生集卷三游干將山碧蘿窗記:"至正癸卯四月十有八日,橫鐵生洪祥駕墨樓船,邀余出南關,泛白龍潭……凡題某氏某軒某齋舍凡若干所,入鐵雅集中。"本詩蓋爲當時所詠詩歌之一。

〔二〕橫鐵軒:鐵崖晚年弟子洪祥所居。洪祥別號橫鐵生,松江人。參見游干將山碧蘿窗記。

〔三〕金吾不禁:韋述西都雜記金吾禁夜:"西都京城街衢有金吾,曉暝傳呼,以禁夜行。"(載説郛卷六十下。)

〔四〕山翁:晉山簡,性嗜酒,鎮守襄陽,常游高陽池,大醉而歸。見南朝宋劉義慶世説新語任誕。

送成元章歸吴兼柬謝公〔一〕

我愛維揚成有道,行年八十面如童。瓊花后土秋風老〔二〕,錦樹南洲落日紅。諸客執居田叔右〔三〕,千金消壽魯連東〔四〕。曳居①時到參軍府,應爲蒼生問謝公〔五〕。

【校】

① 居:疑當作"裾"。

【箋注】

〔一〕詩當作於元至正二十一年(一三六一),或稍後。其時鐵崖寓居松江。繫年依據:詩題所謂"謝公",指張士誠屬將謝節,鐵崖好友。至正二十一年二月,謝節從杭州知府任上擢爲張士誠太尉府咨議參軍,遂居吴城(今江蘇蘇州)。本詩題既稱"歸吴柬謝公",故當作於謝節擢至太尉府之後。參見東維子文集卷十三雪坡記。成元章:指成廷珪,詩中稱"成有道"。

參見鐵崖先生集卷二淞泮燕集序。

〔二〕瓊花后土：見鐵雅先生復古詩集卷四宮詞之七注。

〔三〕田叔：漢初名臣，漢景帝時任宰相。事迹詳見史記田叔列傳。

〔四〕魯連：即魯仲連。邯鄲解圍，平原君欲賞魯仲連封地，又賜千金祝壽，皆不受。

〔五〕謝公：即謝安。參見上卷贈王左丞二首注。此借指謝節。

送南蘭上人歸天竺〔一〕

靈山飛來中印土〔二〕，上竺下竺相當開。東西雙澗龍泓動，南北兩峰花雨臺。送別未爲文暢叙〔三〕，題詩先許貫休才〔四〕。道人欲繼題名塔，可乏熙寧四傑來〔五〕。

【箋注】

〔一〕詩與送蘭仁二上人歸三竺序蓋同時所作，即撰於吳元年（一三六七），或明洪武元年（一三六八）。南蘭上人：當即釋如蘭，年少時從鐵崖學。參見東維子文集卷十送蘭仁二上人歸三竺序。天竺：即天竺寺，位於杭州西湖天竺山。分上、中、下三寺，分別稱上天竺寺、中天竺寺、下天竺寺。

〔二〕靈山：即靈鷲峰，一名飛來峰，相傳從中天竺國飛來。位於杭州靈隱寺前。參見鐵崖先生古樂府卷十西湖竹枝歌之八注。

〔三〕文暢叙：韓愈有送浮屠文暢師序。

〔四〕貫休：五代詩僧，有禪月集。生平參見宋陶岳撰五代史補卷一僧貫休入蜀。

〔五〕熙寧：北宋神宗年號，公元一〇六八至一〇七七年。熙寧四傑，疑指韓琦、范仲淹、富弼、歐陽修，見蘇軾范文正公集叙。

净行寺主登干將山松溪郭煉士作答供〔一〕

仙客歸來劍氣清，干將絕頂大風生。笑移海水杯中淺，坐見蓬萊掌上平。人過虎溪逢惠遠〔二〕，詩聯石鼎得彌①明〔三〕。飆車直指榑桑國,更欲金鼇背上行〔四〕。

【校】

① 彌：原本誤作"稱",徑改。

【箋注】

〔一〕詩撰書於元至正二十三年(一三六三)四月十八日。此日鐵崖應横鐵生洪祥之邀,游干將山。於半山松溪丹室休憩時,道士郭玄供茶,遂賦此詩答謝,并書於壁。參見鐵崖先生集卷三游干將山碧蘿窗記。浄行寺：又名浄行庵,位於松江鍾賈山(今屬上海)。元元貞年間僧崇仁等修建。其中有棲雲樓,鐵崖曾爲撰記。明代永樂年間重修,後改名爲壽安講寺。浄行寺主：蓋即鐵崖撰棲雲樓記中所謂"山之老浮屠曰雲者"。參見鐵崖先生集卷三棲雲樓記、正德松江府志卷十八寺觀。干將山：又名干山,位於松江。松溪郭煉士：指松溪丹室道士郭玄。

〔二〕"人過"句：廬山惠遠送客過虎溪。參見鐵崖先生詩集癸集題嘉定西隱寺注。

〔三〕"詩聯"句：參見鐵崖先生古樂府卷六傅道人歌注。

〔四〕金鼇：傳説中海中巨龜。

次答丘克莊〔一〕

淮陽才子得丘遲〔二〕,正是落花芳草時。唳鶴亭前新卜宅〔三〕,瓊禧觀裏舊題詩〔四〕。仙舟玉井移蓮葉,長笛天風笑柳枝。金粟未來空有約〔五〕,大茅繼往更無期〔六〕。

【箋注】

〔一〕詩當作於元至正二十二年(一三六二)初夏,丘克莊考中江浙鄉試之後不久,其時鐵崖寓居松江。丘民：字克莊,揚州江都人。元至正二十二年江浙行省鄉貢進士,元、明之際爲松江府學教官。嘉慶揚州府志卷四十六人物志："丘克莊,廣陵人。至正二十二年大比江浙行省,克莊以詩經就試預選,年甫三十……及廣陵被兵,一時謀人策士乘機遇合以取富貴,顧乃入庠序訓生徒以自給。”據此推之，丘克莊生於元順帝 元統元年（一三三三）。又，乾隆 江都縣志卷三十經籍志：“丘克莊詩集，明 松江學博江都 丘民著。”按：丘克莊任職松江府學，當在至正二十二年中鄉試以後，與鐵崖結識，蓋亦始於此時。又，丘克莊家有樓名敞雲，參見居竹軒詩集卷三丘克莊敞雲樓。

〔二〕“淮陽才子”二句：蓋指至正二十二年初夏，丘克莊以詩經考中江浙鄉試。按：由於中原戰亂，南北交通阻隔，南方士子北上多走海道，因此需利用季風。至正十九年之後，江浙行省遂將鄉試改爲初夏舉行，故此曰“落花芳草時”。淮陽才子，丘克莊爲揚州人，故稱。丘遲：南朝 梁人，早慧，以擅長文辭著稱。生平見梁書 文學傳。

〔三〕唳鶴亭：大明一統志卷九松江府：“唳鶴亭在府城西三里，今爲接官亭。”

〔四〕瓊禧觀：蓋即蕃禧觀。蕃禧觀在揚州，原爲后土廟，其中瓊花有“天下無雙”之譽。參見方輿勝覽卷四十四淮東路揚州。

〔五〕金粟：指金粟道人顧瑛。金粟道人乃顧瑛至正十六年以後別號。

〔六〕大茅：蓋指大茅 張外史，即句曲道人 張雨。其時張雨謝世已十餘年，故曰“繼往更無期”。

悼李①忠襄王〔一〕

羅山進士著戎衣〔二〕，淚②落神州事已非。百二山河驚易改〔三〕，三千君子誓同歸〔四〕。天戈已付唐裴度〔五〕，客匕那知蜀費禕〔六〕。賴有佳兒功業在〔七〕，東人重望捷淮泚〔八〕。

【校】

① 列朝詩集甲集前編第七下、元詩選初集辛集載此詩，據以校勘。李：原本作“孝”，據列朝詩集本改。

② 淚：原本作“汨”，據列朝詩集本改。

【箋注】

〔一〕詩當作於元至正二十二年（一三六二）六月察罕帖木兒被刺身亡之後不久。李忠襄王：指察罕帖木兒。據國初群雄事略卷一引國初事迹、月山叢談,皆稱察罕帖木兒作李察罕,或李察罕帖木兒,知察罕漢姓爲"李"。察罕帖木兒死後追封忠襄王,謚獻武。元史有傳。

〔二〕羅山進士:疑有誤。李察罕并非羅山人,鐵崖以"羅山進士"稱之,或誤以羅山李思齊爲忠襄王。李思齊與李察罕"同起義兵",且同受封賞,然李思齊未嘗中進士,殊不可解。

〔三〕百二山河:指關中之地爲建都立國之本。宋黄仲炎春秋通説卷六:"秦皇帝兼并天下,東城北築,雄據關中,負百二山河之勢。"

〔四〕三千君子:戰國時齊孟嘗君、魏信陵君、趙平原君、楚春申君皆喜養士,門下號稱有食客三千人。宋邵雍閑適吟:"三千賓客磨圭角,百二山河擁劍鋩。"

〔五〕裴度:被認爲唐代中興之功臣。參見東維子文集卷三送張憲之汴梁序。

〔六〕"客匕"句:三國志蜀書費禕傳:"延熙十五年,命禕開府。十六年歲首大會,魏降人郭循在坐。禕歡飲沈醉,爲循手刃所害。"按:此以費禕借指李察罕。至正二十二年六月,李察罕遭王士誠刺殺。

〔七〕佳兒:指察罕帖木兒之子河南王擴闊帖木兒。察罕被刺身亡之後,至正二十二年十一月,擴闊帖木兒爲父報仇,攻殺田豐、王士誠,平定山東。詳見元史察罕帖木兒傳。

〔八〕捷淮淝:指東晉謝安淝水大捷。

宴歸來堂〔一〕

　　章家兄弟三株樹〔二〕,最愛髯兄肅且和。馬試金鞭評湛叔〔三〕,鸞吹玉笛譜寧哥〔四〕。樓頭月上烽烟少,江上潮回弱浪多。但使有金留客醉,莫教人去欲如何。

【箋注】

〔一〕詩當撰於元至正九、十年間,其時鐵崖受聘於松江吕氏,授學爲生。歸來堂:章元澤辭禄奉母所建。章元澤(一二八五——一三六八):松江青龍鎮(今屬上海青浦)人。參見東維子文集卷十三歸來堂記、明鈔楊維禎詩集九月十六日題伯高鎮撫歸來堂章元澤之居。

〔二〕三株樹:"株"當作"珠"。新唐書文藝傳王勃:"初,勔、勮、勃皆著才名,故杜易簡稱三珠樹。"

〔三〕湛叔：指王湛，晉人王濟之叔。晉書王湛傳：“濟有從馬，絶難乘。濟問湛曰：‘叔頗好騎不？’湛曰：‘亦好之。’因騎此馬，姿容既妙，回策如縈，善騎者無以過之。”

〔四〕寧哥：寧王，善吹笛。參見鐵崖先生古樂府卷二内人吹篴詞注。

贈耿賢遂[一]

曹鑑鴻生上國賓[二]，祇今江海一閑人。懶從司馬談兵法，自學怡容快養神。禪榻幾年消日月，故鄉千里暗風塵。有時劍氣沖牛斗[三]，又待乘樓上要津①。

【校】

① 乘樓：或當作“乘楂”。

【箋注】

〔一〕耿賢遂：曹鑑高足，曾追隨於曹氏。晚年隱居江南，逍遥度日。

〔二〕“曹鑑鴻生”句：蓋耿賢遂曾從學於曹鑑，後爲其幕僚。曹鑑（一二七一——一三三五）：字克明，號以齋，宛平（今屬北京）人。習典故，達今古，凡禮樂度數名物，罔不周知。曾任江南行省左右司員外郎，官至禮部尚書。元史有傳。

〔三〕“有時”句：用豐城劍氣典。參見鐵崖先生古樂府卷四古憤注。

寄王州尹[一]

十年不見王摩詰[二]，只在千岩萬壑中。海岳老仙山似畫[三]，風流別駕馬如龍。新詩傳去雞林賈[四]，賜酒分來柱國公。三月鶯花春正好[五]，扁舟定約海門東。

【箋注】

〔一〕詩作於元至正二十年（一三六〇）季春，其時鐵崖重返松江不久。繫年理由：據“十年不見王摩詰”、“賜酒分來柱國公”、“三月鶯花春正好，扁舟定約海門東”等詩句推之，王州尹與鐵崖分別十年，元末寓居東海之濱，頗受柱國公張士誠禮遇。而鐵崖兩次寓居松江，相隔恰爲十年。

〔二〕摩詰：唐詩人王維字。此借指王州尹。按：據“海岳老仙山似畫”一句，蓋王州尹擅長詩畫。

〔三〕海岳老仙：指北宋書畫家米芾。

〔四〕“新詩”句：元稹白氏長慶集序云：“雞林賈人求市（白居易詩）頗切，自云本國宰相每以百金換一篇。”雞林，即百濟國。

〔五〕三月鶯花：南朝梁丘遲與陳伯之書：“暮春三月，江南草長，雜花生樹，群鶯亂飛。”

賦書巢生〔一〕

學士焚魚山未買〔二〕，揚州騎鶴客初來〔三〕。詩題老嫗蒲葵扇〔四〕，酒瀉仙家鸚鵡杯〔五〕。竹徑每因佳客掃，草堂新爲好山開。花臺芍藥開還未，來瀉春風斛律回〔六〕。

【箋注】

〔一〕詩乃鐵崖爲弟子張樞所賦，撰於其晚年退隱松江時，即元至正二十年（一三六〇）以後。繫年理由：張樞家居松江，據其別號以及“學士焚魚山未買”、“竹徑每因佳客掃，草堂新爲好山開”等詩句推之，其時張樞從學於鐵崖，無意出仕。當爲至正末期。書巢生：張樞別號。大雅集卷七：“張樞，字夢辰，號書巢生，陳留人。”又，六藝之一錄卷三百五十八元張樞：“徙家華亭。工行楷，日與子弟數十人講春秋。或勸之仕，不應。人以是高之，稱曰林泉民。（梧溪集）陶南邨贈夢辰詩云：‘寫書竹簡拈鮮碧，臨帖藤箋揭硬黃。’（南邨集）”

〔二〕“學士焚魚”句：意爲書巢生已然辭仕，然尚未購置隱居地。補注杜詩卷三十二柏學士茅屋：“碧山學士焚銀魚。”注：“蘇曰：張褒，梁天監中不供學士職，御史欲彈劾，褒曰：‘碧山不負吾。’乃焚章長嘯而去。”按：銀魚，學士所佩之章。

〔三〕揚州騎鶴：參見鐵崖先生詩集丙集題錢選畫長江萬里圖注。

〔四〕“詩題”句：晉書王羲之傳：“又嘗在蕺山，見一老姥持六角竹扇賣之，羲之書其扇,各爲五字。姥初有愠色,因謂姥曰:‘但言是王右軍書,以求百錢邪!’”

〔五〕仙家鸚鵡杯:參見明鈔楊維禎詩集鸚鵡杯注。

〔六〕斛律:即斛律珠,鐵崖胡琴名。參見鐵崖文集卷一七客者志、卷三斛律珠傳。

寄張長年〔一〕

　　海角遥瞻尺五天,官河催動孝廉船〔二〕。碧山不負學士笑〔三〕,黄石新傳孺子編〔四〕。忍見諸侯争霸日,喜逢天子中興年。近聞相府諮詢急,借箸應籌到食前〔五〕。

【箋注】

〔一〕本詩蓋撰於元至正二十一年(一三六一),或稍後,其時鐵崖退隱松江不久。繫年理由:據“官河催動孝廉船”、“喜逢天子中興年”等詩句,參以張長年履歷,本詩當作於張長年受職江浙行省都事之初。張長年:名天永。參見鐵崖先生詩集庚集題張長年雪蓬。

〔二〕孝廉船:南朝宋劉義慶世説新語文學載,張憑舉孝廉,自負其才,訪丹陽尹劉惔,與諸賢清談,言約旨遠。張還船,須臾劉遣使覓張孝廉船,與之同詣撫軍,薦爲太常博士。

〔三〕“碧山”句:參見本卷賦書巢生注。

〔四〕黄石:漢初張良之師,曾授張良兵法。詳見史記留侯世家。

〔五〕借箸應籌:指張良借食箸爲劉邦出謀劃策。參見陳善學序刊楊鐵崖先生文集卷四鐵笛行注。

同韻寄太守〔一〕

　　志士終身不二天,移家同上渡江船。高堂慈母心先動,前世遺書手自編〔二〕。魯史首尊王正月〔三〕,晉人歸老義熙年〔四〕。海邊鷗鷺相忘處〔五〕,莫逐寒鴉叫月前。

【箋注】

〔一〕按：詩題所謂“同韻”，指與上一首詩寄張長年同韻。據此可知本詩爲步韻之作，與寄張長年詩作於同時，即元至正二十一年（一三六一）或稍後。

〔二〕“前世”句：鐵崖退隱松江之後，筆耕不輟，尤其關注宋史。貝瓊清江文集卷四筆議軒記：“瓊從鐵崖楊公在錢唐時，公讀遼、金、宋三史，慨然有志，取朱子義例作宋史綱目，且命瓊曰：‘宋南北百年間載籍，視前代尤繁，爾及諸門生當與吾共成之。’……尋值兵變，流離散處。閲十五年，復會於雲間，公又曰：‘吾宋史綱目已有成書，中又有可論者，未敢出也。’”

〔三〕魯史：即春秋。按：鐵崖尤其推崇春秋義例，蓋因至正初年，朝廷以國别史方式修纂遼、金、宋三史，鐵崖大爲不滿，認爲正統不明，曾撰三史正統辨予以抨擊，同時遵照朱熹資治通鑑綱目體例，修纂編年史。

〔四〕“晉人”句：指陶淵明辭仕歸家。義熙：東晉安帝年號。陶淵明於義熙元年（四〇五）辭官返鄉。

〔五〕“海邊”句：列子黄帝：“海上之人有好漚鳥者，每旦之海上，從漚鳥游，漚鳥之至者百住而不止。其父曰：‘吾聞漚鳥皆從汝游，汝取來，吾玩之。’明日之海上，漚鳥舞而不下也。”

宴蠢石軒〔一〕

鳳頭魚尾古家灣，一片白雲江上還。獨樹尚蹲形虎黑，雙篁新長籜龍斑。硯池影落青山小，爐斗香消白晝閑。我覓舊時頑蠢石〔二〕，不隨醒酒到人間。

【箋注】

〔一〕詩撰於元至正二十三年（一三六三）四月十八日，此日鐵崖隨友生游干將山，并撰游記。游記中曰：“解后捉月子李質，邀余燕蠢石軒，笴隱生余瑾陪飲，賦蠢石詩，書於東窩。”本詩當即“燕蠢石軒”時所作。蠢石軒主人爲鐵崖弟子李質。參見鐵崖先生集卷三游干將山碧蘿窗記。

〔二〕蠢石：指李質園池中“狀類怪人”之卧石。詳見東維子文集卷二十二蠢物志。

與僧宴于水月池

　　僧郎我得衡之宗[一]，秋水霽神精月容[二]。藥樹移來金桫欏，缽花開滿玉芙蓉。經談孔雀傳鸚姆[三]，咒落神魚化子龍。從此海添蓬小股，何須更到祝融峰[四]。

【箋注】

〔一〕衡之宗：佛教衡山宗。南嶽衡山，位於今湖南衡陽。
〔二〕秋水霽神：杜甫徐卿二子歌：“大兒九齡色清徹，秋水爲神玉爲骨。”
〔三〕孔雀：佛經名。按：孔雀經有多種，諸如佛母大孔雀明王經、孔雀經真言、
　　　佛説大孔雀咒王經等。
〔四〕祝融峰：南嶽最高峰。

復倪元鎮二首[一]

其一
　　鴛鷺仗邊仙鶴飛，芭蕉洞裏夢青衣。槎回使者成都市[二]，月在仙人采石磯[三]。玉版碧雲開側理，金瓶香露滴薔薇。接籬已作山翁製，須約高陽倒載歸[四]。

其二
　　笛風吹起鶴南飛，甫里仙人鶴氅衣[五]。烟花三月西子國，風雨一夜彭郎磯[六]。洞庭有帖催黃鳥，溫室無言漏紫薇[七]。可是舊時常處士，朝雞聽去便忘歸[八]。

【箋注】

〔一〕倪瓚：字元鎮。參見東維子文集卷七郯韶詩序。
〔二〕“槎回”句：謂張騫乘槎出使，詢嚴君平方知究竟。參見鐵崖先生古樂府
　　　卷三望洞庭注。
〔三〕采石磯：位於今安徽馬鞍山市西南長江岸邊。相傳李白於此跳江捉月，

唐元和年間於此建太白祠。參見江南通志卷三十五輿地志古迹六太
平府。

〔四〕“接籬”二句：晉人山簡故事。按：接籬之“籬”，或作“罹”，一種氈帽。山
翁：指山簡。參見鐵崖先生古樂府卷十漫興七首注。

〔五〕甫里仙人：指陸龜蒙。新唐書隱逸傳：“（陸龜蒙）不乘馬，升舟設篷席，齎
束書、茶竈、筆牀、釣具往來。時謂江湖散人，或號天隨子、甫里先生。自
比涪翁、漁父、江上丈人。”

〔六〕彭郎磯：在今江西九江。參見鐵崖先生古樂府卷三彭郎詞注。

〔七〕紫薇：“薇”或作“微”，中書省之別稱。漢書孔光傳：“沐日歸休，兄弟妻子
燕語，終不及朝省政事。或問光：‘溫室省中樹皆何木也？’光嘿不應，更答
以它語，其不泄如是。”注：“晉灼曰：‘長樂宮中有溫室殿。’”

〔八〕“可是”二句：意爲倪瓚逍遥自在，無意出仕。常處士，指北宋常秩。常秩
字夷甫，潁州汝陰人。官至中太一宮提舉、判西京留司御史臺。宋史有
傳。見聞雜録十年騎馬聽朝雞：“歐陽永叔在政府，以詩寄潁陰隱士常秩
曰：‘笑殺汝陰常處士，十年騎馬聽朝雞。’”

請①杜少陵閬州歌予今亦成一章〔一〕

亂離苦吟閬州城，我今實勝杜少陵。前無毒蛇後猛虎，西有紫燕
東黃鶯。魚來吳下玉膾美，酒送淮南金薤清〔二〕。如何不飲尚不足，況
有趙婦能秦聲〔三〕。

【校】

① 請：疑爲“讀”之訛寫。

【箋注】

〔一〕詩描摹戰亂時代之快意生活，當撰於鐵崖晚年退隱松江時期，即元至正二
十年（一三六〇）以後，元亡以前。繫年依據參見重興超果講寺記（載本
書佚文編）。杜甫閬州歌，指杜甫亂中在閬中所作詩。其發閬州有云：“前
有毒蛇後猛虎，溪行盡日無邨塢。”

〔二〕“魚來”二句：唐顏師古大業拾遺記吳饌：“收鱸魚三尺以下者作乾鱠，浸

潰訖,布裹瀝水令盡,散置盤内,取香柔花葉,相間細切,和鱠撥令調勻,霜後鱸魚,肉白如雪,不腥,所謂金虀玉鱠,東南之佳味也。"

〔三〕"如何"二句:寓西漢楊惲故事。楊惲報孫會宗書曰:"臣之得罪,已三年矣。田家作苦,歲時伏臘,烹羊炰羔,斗酒自勞。家本秦也,能爲秦聲。婦,趙女也,雅善鼓瑟。奴婢歌者數人,酒後耳熱,仰天拊缶而呼烏烏。"(文載漢書楊惲傳。)

讀句曲外史詩因摘其句和成二韻〔一〕

其一

今世何人識太玄〔二〕,令人三歎憶宮縣。函封逸少籠鵝帖〔三〕,門泊龜蒙放鶴船〔四〕。退食久辭青瑣闥,看雲欲上鬱藍天。君看堂上遺安老〔五〕,人比山中姑射仙。

其二

寄書冠冕山中客,同友耆英社内人。行幛看花移畫舫,杖藜臨水正烏巾。忽看銅馬歸還漢〔六〕,笑説黃公又避秦〔七〕。相對偶然成一笑,隱君求志百年身。

【箋注】

〔一〕詩乃鐵崖與張雨唱和而作,當賦於張雨去世之前,即元至正八年(一三四八)前後。其時鐵崖寓居姑蘇錦繡坊,曾偕張雨等優游山水,故詩中有"門泊龜蒙放鶴船"、"行幛看花移畫舫"等句。句曲外史:即張雨。參見鐵崖先生古樂府卷二奔月卮歌注。

〔二〕識太玄:此語雙關,既謂世人不識太玄經,又指常人不懂楊鐵崖。太玄經:西漢揚雄晚年所撰。鐵崖常自比揚雄,晚年構屋取名草玄亭。又有小曲曰:"鐵笛一聲天禄山,奇字都識遍。一雙彤管筆,三萬牙籤卷。這的是鐵仙人楊太玄。"(陳善學序刊楊鐵崖先生文集卷八附録鐵笛清江引之十一。)

〔三〕逸少:王羲之字。王羲之曾書寫黃庭經以換取白鵝。參見鐵崖先生詩集丙集趙大年鵝圖。

〔四〕龜蒙:晚唐詩人陸龜蒙,又稱甫里先生。參見本卷復倪元鎮二首之二注。

〔五〕遺安老：指東漢龐公。參見鐵崖先生古樂府卷八覽古之十八注。

〔六〕銅馬：後漢書馬援傳："援好騎，善別名馬。於交阯得駱越銅鼓，乃鑄爲馬
　　　式，還上之……馬高三尺五寸，圍四尺四寸。有詔置於宣德殿下，以爲名
　　　馬式焉。"

〔七〕黃公：杜甫寄李十二白二十韻："黃公豈事秦。"注："趙曰：'黃公，四皓之
　　　一，避秦居商山。'"（補注杜詩卷二十。）

勉學書

　　小窗閱盡十七帖〔一〕，柔姿徒學魏①夫人〔二〕。有時自寫青蕉葉〔三〕，
不遣人書白練裙〔四〕。樂毅篇中微入堅〔五〕，史游章裏煥如神〔六〕。霜毫
健縛三千管，寫遍崖仙藏室文。

【校】

① 魏：疑當作"衛"。參見注釋。

【箋注】

〔一〕十七帖：王羲之傳世真迹。

〔二〕魏夫人：當作衛夫人。衛鑠字茂漪，河東安邑（今山西夏縣西北）人。衛
　　　恒堂妹（一説侄女），汝陰太守李矩妻。東晉書家，人稱衛夫人。師承鍾
　　　繇，尤善隸書。王羲之少時從其學書。舊題筆陣圖爲衛夫人撰，唐孫過庭
　　　書譜疑爲王羲之撰，後人又謂六朝人僞託。

〔三〕寫青蕉葉：唐僧懷素學書，以芭蕉葉代紙。

〔四〕書白練裙：指王獻之曾於其甥羊欣新裙上書寫，羊欣從中受益。宋書羊
　　　欣傳："泛覽經籍，尤長隸書。（其父）不疑初爲烏程令，欣時年十二。時
　　　王獻之爲吳興太守，甚知愛之。獻之嘗夏月入縣，欣著新絹裙晝寢，獻之
　　　書裙數幅而去。欣本工書，因此彌善。"

〔五〕樂毅：指樂毅論。相傳王羲之書贈其子獻之。

〔六〕史游：西漢元帝時書家，官至黃門令。相傳史游變秦隸爲草寫，創章草。
　　　所著急就章，爲學童習字範本，或謂章草以此得名。

和溥鼇海韻〔一〕

名園綠水出高樓,古柳陰中繫客舟。栗里寒花偏耐冷〔二〕,長安落
葉幾經秋。思湧便成鸚鵡賦〔三〕,酒酣重解鷫鸘裘〔四〕。主人敬客開高
宴,石里村中呼莫愁〔五〕。

【箋注】

〔一〕溥鼇海:指達溥化。大雅集卷七:“達溥化字仲因,號鼇海,龍城人。”據今
　　人蕭啟慶考索,達溥化乃蒙古族人,出身官宦人家,由科第進身,先後供職
　　江南行御史臺及江浙行省。有新樂府集笙鶴清音,虞集爲作序,序文中謂
　　達溥化與薩都剌交好,詩名并稱。笙鶴清音已佚。日本靜嘉堂文庫藏有
　　鼇海詩人集影本。今合計其詩存十六首。(詳見蒙元史新研五元代蒙古
　　人的漢學。)

〔二〕栗里:在今江西九江,位於陶淵明柴桑里故居至廬山之間。此借指陶淵
　　明故里。參見宋書陶潛傳。

〔三〕鸚鵡賦:東漢禰衡作此賦而聞名。

〔四〕“酒酣”句:西京雜記卷二:“司馬相如初與卓文君還成都,居貧愁懣,以所
　　著鷫鸘裘就市人陽昌貰酒,與文君爲歡。既而文君抱頸而泣曰:‘我平生
　　富足,今乃以衣裘貰酒。’”

〔五〕石里村:蓋指莫愁家鄉,莫愁爲“郢州石城人”。參見鐵崖先生古樂府卷
　　十漫成之五。

次周季大席上韻〔一〕

象口香生納翠窩,弄晴雲彩映纖阿。研金箋上題詩好,雕玉杯中
行酒多。鸚鵡隔花言客至,栗留啼樹和人歌〔二〕。漆書鶴爪神仙迹〔三〕,
無數珊瑚碧樹柯。

【箋注】

〔一〕周季大:生平不詳。據本詩可知,其家頗爲富有。

〔二〕栗留：即黄栗留，指黄鳥。

〔三〕漆書鶴爪：有關蘇仙公傳説。宋張淏撰雲谷雜紀卷三：“蘇仙公者，桂陽人。漢文帝時得道。有白鶴數十降于門，乃跪白母曰：‘某當仙，被召有期，即便拜辭。’遂昇雲漢而去。後白鶴來止郡城東北樓上，人或挾彈彈之，鶴以爪攫樓板，似漆書云：‘城郭是，人民非，三百甲子一來歸，吾是蘇君彈何爲？’”

悼龍華玉田師〔一〕

曾向龍華訪老禪，兵戈不記别來年。忽驚緑洞蕉零葉〔二〕，尚想藍田玉護烟〔三〕。身似斷雲歸鹿苑〔四〕，夢隨明月墮龍川〔五〕。我來湧翠瞻遺像〔六〕，不覺交情一黯然。

【箋注】

〔一〕詩撰於元至正二十四年（一三六四）秋季之後，其時鐵崖寓居松江。繫年理由：據“兵戈不記别來年”、“我來湧翠瞻遺像”等句，本詩當作於元末鐵崖退隱松江之後。又按嘉慶嘉興縣志卷九高巽志游廣福寺記，曰至正二十四年甲辰重陽日，高巽志、徐一夔、釋良琦等六人結伴游嘉興廣福寺，其時主僧爲“玉田師”。疑廣福寺玉田師與此“龍華玉田師”爲同一人。若此猜測不誤，則玉田師於至正二十四年九月之後謝世。龍華：寺廟名。位於今上海市徐匯區龍華鎮。

〔二〕緑洞：疑指静安寺住持釋壽寧之緑雲洞。參見楊鐵崖先生文集全録卷二緑雲洞志注。

〔三〕藍田玉護烟：李商隱錦瑟：“滄海月明珠有淚，藍田日暖玉生烟。”

〔四〕鹿苑：鹿野苑，佛成道處，見雜阿含經卷二十二。

〔五〕龍川：指黄龍浦，今黄浦江。

〔六〕湧翠：當爲閣名。

水樂洞〔一〕

老夔靈山曾擊石〔二〕，山中韶濩有餘音〔三〕。銅盤落落珠千顆，玉

樹珊珊風滿林。笙鶴秋將天上遠,霓裳夜落月中深。跋禪自夢無聲
譜,高枕牀頭獨木琴。

【箋注】

〔一〕水樂洞:或指杭州水樂洞。明田汝成西湖游覽志卷三南山勝迹:"水樂
洞,在烟霞嶺下……巖石盤峙,洞壑虚窈,泉味清甘,聲如金石。"

〔二〕老夔:堯帝時樂官。書益稷:"夔曰:'於! 予擊石拊石,百獸率舞,庶尹
允諧。'"

〔三〕韶:舜樂。濩:湯樂。參見史記禮書。

游青龍書院[一]

青龍之南黄浦西[二],黌宮新葺換璿題。皇基依舊山河在,吾道由
來日月齊。兩樹木樨移兔窟,萬株楊柳築龍堤。秦淮博士真能事[三],
一丈穿碑照壁奎[四]。

【箋注】

〔一〕詩作於楊維楨初寓松江時期,即元至正九、十年間。繫年依據:詩中所謂
"秦淮博士",蓋指瞿智。瞿智於至正初年受聘青龍鎮學教諭,其後"攝紹
興府録判"。而據本詩"黌宮新葺換璿題"、"秦淮博士真能事,一丈穿碑
照壁奎"等句推之,其時瞿智任青龍鎮學教諭不久。青龍書院:蓋即青龍
鎮學,當位於青龍鎮。

〔二〕青龍:鎮名,今屬上海青浦區。參見鐵崖先生詩集丙集次韻任月山緑竹
卷注。黄浦:江名。位於今上海市。

〔三〕秦淮博士:蓋指瞿智。鐵崖及其友人張雨、李孝光皆與瞿智有交往。至正
初年,瞿智辟爲青龍鎮學教諭,張雨、李孝光有送瞿慧夫上青龍鎮學宫詩,
本卷瞿氏新居詩又稱之爲"博士",一一能够吻合。唯一不合之處:本詩
謂"秦淮博士",而有關史料皆謂瞿智先世爲嘉定州人,其父始遷崑山。或
者秦淮爲瞿氏原籍,亦未可知。參見東維子文集卷二十九壽豈詩。

〔四〕壁、奎:指壁宿與奎宿,皆屬二十八星宿。相傳此二星宿主文運。參見鐵
崖先生詩集甲集五月廿日予偕客姑胥鄭華卿……注。

玉皇閣

劫灰不到小蓬萊,帝闕突空何壯哉。龍葬南灣將雨起,鶴歸西海帶雲來。赤松不死三株秀[一],中嶠長青一朵開。珍重山門追古迹,夔州太守讀書堆[二]。

【箋注】

[一] 三株:山海經 海外南經:"三株樹在厭火北,生赤水上,其爲樹如柏,葉皆爲珠。一曰其爲樹若彗。"
[二] 夔州太守:未詳所指。夔州:今重慶 奉節。

登玉山高處[一]

昆侖東下五千里,玉芙一朵削空青。巨靈夜擊蓬萊石,天姥秋開翡翠屏。上界星辰環北極,人間塵土到東溟。小龍吹徹雲中樂,絶頂須安鐵笛亭。

【箋注】

[一] 詩作於元至正二十三年(一三六三)正月,其時鐵崖重游崑山,曾於玉山高處鈔録道士余善追和張雨 游仙詩,本詩蓋一時之作。參見鐵崖撰題余善追和張雨游仙詞(載本書佚文編)。玉山高處:元季崑山 陳伯康所筑亭閣,位於崑山山巔,鐵崖命名。元詩選二集載謝應芳詩,題曰"崑山 陳伯康築亭山巔,楊邊梅過之,題曰玉山高處,且爲賦詩。"謝應芳此詩又載龜巢稿卷五,"楊邊梅"作"楊鐵崖"。可見楊邊梅即鐵崖別號。

送吴孝廉游三沙[一]

海東相見鄉人少,喜見江東 吴孝廉。并海豈求秦使樂,避官端慮楚人鉗^{〔二〕}。雲槎月上銀河近^{〔三〕},羽扇風生黑浪恬^{〔四〕}。若到三洲見盧浩^{〔五〕},爲言時論老夫潛。

【箋注】

〔一〕詩作於元至正十五年(一三五五),或稍後,其時鐵崖在杭州任税務官。繫年理由:據"若到三洲見盧浩,爲言時論老夫潛"兩句,當時鐵崖正"著論學潛夫",故當爲至正十五、六年之間。參見列朝詩集甲集前編第七上和盧養元書事二首。吳孝廉:據本詩"海東相見鄉人少"一句推之,與鐵崖爲同鄉,當爲浙江諸暨人。三沙:位於崇明島(今屬上海)。康熙重修崇明縣志卷二沿革:"唐武德初,揚州府海門縣之南,紫屓吐氣成雲,隨騰湧二沙,名東沙、西沙……宋天聖三年,續漲一沙於西北,相距五十餘里。……建中靖國初,又漲一沙於東北,有句容三姓居之,因名三沙。"

〔二〕"避官"句:漢書楚元王傳:"穆生不耆酒,元王每置酒,常爲穆生設醴。及王戊即位,常設。後忘設焉,穆生退曰:'可以逝矣!醴酒不設,王之意怠。不去,楚人將鉗我於市。'"

〔三〕"雲槎"句:用張騫事。參見鐵崖先生古樂府卷三望洞庭注。

〔四〕"羽扇"句:晉書藝術傳吳猛:"年四十,邑人丁義始授其神方。因還豫章,江波甚急,猛不假舟楫,以白羽扇畫水而渡,觀者異之。"

〔五〕盧浩:字養元。錢唐人。好古喜學。參見西湖竹枝集詩人小傳。按:盧浩至遲於至正初年即結識鐵崖,曾相與唱和西湖竹枝詞。

次答倪德中^{〔一〕}

長洳灣頭倪博士,著書應是鄭康成^{〔二〕}。何如溪上看顏色,勝似詩中説姓名。五總葵龜寧復得^{〔三〕},九苞美鳳或來鳴^{〔四〕}。我生只合歸田里,老去還尋向子平^{〔五〕}。

【箋注】

〔一〕詩撰於元至正二十五年(一三六五)夏季以前,其時鐵崖寓居松江。繫年依據:倪德中乃至正二十五年鄉貢進士,本詩稱之爲"博士",可見在其考中鄉試之前。倪德中:名中,松江人。參見東維子文集卷三送倪進士中會試京師序。

〔二〕鄭康成：即東漢經學家鄭玄，其字康成。後漢書有傳。

〔三〕"五總"句：新唐書儒學中："殷踐猷字伯起，陳給事中不害五世從孫。博學，尤通氏族、曆數、醫方。與賀知章、陸象先、韋述最善，知章嘗號爲'五總龜'，謂龜千年五聚，問無不知也。"

〔四〕九苞：初學記卷三十引論語摘衰聖："鳳有六像九苞……九苞者，一曰口包命，二曰心合度，三曰耳聽達，四曰舌詘伸，五曰彩色光，六曰冠矩州，七曰距銳鈎，八曰音激揚，九曰腹文户。"唐李嶠鳳："有鳥居丹穴，其名曰鳳皇。九苞應靈瑞，五色成文章。"

〔五〕向子平：名長，字子平，東漢高士。子女婚嫁畢，即漫游五嶽名山，後不知所終。見後漢書逸民列傳。唐吴筠高士詠向子平："子平好真隱，清净翫老易。探玄樂無爲，觀象驗損益。常抱方外心，且紆人間迹。一朝畢婚娶，五嶽遂長適。"

顧仲英野梅洞〔一〕 七言古詩

我愛胥山野梅洞〔二〕，洞口金城如鐵甕。暢明古屋璨苔龍，羅浮仙人跨么鳳〔三〕。西湖人去不可招，老鶴已瘞梅亦樵〔四〕。何如此洞金粟影〔五〕，子孫月觀雙虹橋。

【箋注】

〔一〕顧仲英：即崑山顧瑛。

〔二〕胥山：即杭州吴山。

〔三〕羅浮仙人跨么鳳：元趙道一撰歷世真仙體道通鑒卷五十一藍喬："藍喬字子升，循州龍川人。母陳氏，無子，禱於羅浮山而孕。及期，夢仙鶴集其居，是夕生喬，室中有異光……後游洛陽，布衣百結，每入酒肆，輒飲數斗。能置紙百幅於足下，令人片片拽之，無一破者。蓋身輕乃爾。語人曰：'吾羅浮仙人也，由此昇天矣。'"

〔四〕"西湖"二句：指以梅妻鶴子著稱之林逋已然遠逝。

〔五〕按：顧瑛玉山草堂內臨池之軒亦名金粟影。參見東維子文集卷十八玉山佳處記。

寄煮石張公^{〔一〕}

　　春江水暖下樓船,江草江花春正妍。莫道山中無宰相^{〔二〕},也知平地有神仙。白綸巾掛三花樹^{〔三〕},紫木香焚五色烟。鸚鵡湖頭春有約^{〔四〕},斗牛槎上問張騫^{〔五〕}。

【箋注】

〔一〕煮石張公:張伯壽。按:鐵崖友人西湖書院山長黃玠有詩張伯壽煮石窩清坐(載元詩選補遺),丁復有寄題張伯壽煮石窩(載檜亭集卷八)。張伯壽:至正年間在世。籍貫生平不詳。

〔二〕山中宰相:指陶弘景。參見東維子文集卷十八怡雲山房記注。

〔三〕三花樹:即貝多樹。

〔四〕鸚鵡湖:嘉興(今屬浙江)東湖別名。

〔五〕"斗、牛"句:指張騫乘槎。參見鐵崖先生古樂府卷三望洞庭注。

寄海寧知州^{〔一〕}

　　海邦守令廣傳名,今日長官推老成。未信士元終別駕^{〔二〕},乃知李勣^①是長城^{〔三〕}。火滅旌旗秋雨過,峽開樓閣夜鐘鳴。南垣^②左相新除吏^{〔四〕},正要奇才答聖明。

【校】

① 勣:原本誤作"績",徑改。
② 垣:原本誤作"桓",徑改。

【箋注】

〔一〕詩贈予新任海寧知州王公輔,當作於元至正十六年(一三五六)春,其時鐵崖在杭州任稅務官。繫年依據:詩中曰"南垣左相新除吏",所謂"南垣左相",指至正十六年春季"總制於金陵"之江浙行省左丞左答納失里;所謂"新除吏",當指左答納失里於至正十六年春任命王公輔爲海寧知州。王公輔,光緒重刊嘉靖海寧縣志卷五名宦志:"王公輔字正卿,冀寧人。至正丙申任知州。咬住撰安民碑,其略曰:公守是州,一以愛民爲心。凡有徵輸,必泣而憐之。先時納哈取宜興,楊完克大麻,慶童討華亭,後鎮禦於此,供給不輟,民賴以綏。使市井逋逃就於衽席,田野荷戈樂於耕桑,又能與同列相保一州而不失,可謂良吏矣。"

〔二〕士元:指三國時人龐統。三國志蜀書龐統傳:"龐統字士元,襄陽人也。少時樸鈍,未有識者……吳將魯肅遺先主書曰:'龐士元非百里才也,使處治中、別駕之任,始當展其驥足耳。'"

〔三〕李勣:初唐名將。唐太宗譽以爲有長城之功。詳見舊唐書李勣傳。

〔四〕南垣左相:指江浙平章左答納失里。至正十六年春,江浙平章左答納失里"總制於金陵"(東維子文集卷二送高都事序),故有此稱。又據元史順帝本紀,至正年間,左答納失里先後任平江路達魯花赤、江浙行省左丞、江南行臺侍御史、江浙行省平章政事。至正十六年七月戰死於杭州。

席上賦二首

其一

蘿洞蘭烟遶燭微①,三更三②點妓成圍〔一〕。魚吹緑酒常雙躍,雁列瑤箏不獨飛。隔座送鬮喧中射,當筵呼摻③促更衣。雞鳴樂極翻淒斷,闕月纖纖照影歸。

其二

綃裳新染石榴雲,微步輕輕掌上身。敲玉按歌抛象板,浪香爲飯厭猩唇。只今丹谷長無夜,誰道蓬壺不駐春〔二〕。仙去無端留月佩,至今愁殺漢皋人〔三〕。

【校】

① 列朝詩集甲集前編第七下、元詩選初集辛集、樓氏鐵崖逸編注卷七載第一首,據以校勘。微:列朝詩集本、元詩選本作"徽"。

② 三:樓氏鐵崖逸編注本作"五"。

③ 摻:原本作"謬",據列朝詩集本、元詩選本、樓氏鐵崖逸編注本改。

【箋注】

〔一〕妓成圍：開元天寶遺事妓圍："申王每至冬月,有風雪苦寒之際,使宮
　　妓密圍於坐側,以禦寒氣,自呼爲'妓圍'。"又,同書肉障："楊國忠於
　　冬月,常選婢妾肥大者,行列於前,令遮風。蓋藉人之氣相暖,故謂之
　　'肉障'。"

〔二〕蓬、壺：指蓬萊、壺嶠,相傳爲東海中仙山。

〔三〕"仙去"二句：鄭交甫故事。參見鐵崖先生古樂府卷十小游仙之十七注。

何氏萬竹樓〔一〕

　　璜溪老翁不釣魚〔二〕,篔簹深處好樓居。渭川西下三千畝〔三〕,玉筍
南來第一株。似可繫弦兼雨霰,時聞真籟起笙竽。文孫此日光堂
構①,日舞斑衣夜讀書〔四〕。

【校】

① 構：原本誤作"搆",徑改。

【箋注】

〔一〕詩當撰於元至正九、十年間,其時鐵崖在松江璜溪授學。繫年依據：何氏
　　萬竹樓位於松江璜溪,且詩中所述爲太平景象,當爲鐵崖初次寓居松江期
　　間所撰。

〔二〕璜溪：又稱雙璜溪,即松江吕港(今屬上海市金山區吕巷鎮)。參見東維
　　子文集卷二十四故義士吕公墓志銘。璜溪垂釣,用吕尚典。尚書大傳卷
　　二："周文王至磻溪,見吕望,文王拜之。尚父云：'望釣得玉璜,刻曰："周
　　受命,吕佐檢德合,於今昌來提。"'"

〔三〕"渭川"句：史記貨殖列傳有"渭川千畝竹"語。

〔四〕舞斑衣：老萊子舞斑衣以娱親。參見鐵崖先生詩集甲集題胡思善具慶
　　堂注。

嚴景安山水[一]

富春先生愛山水[二],時時落筆寫烟霞。銀河在地白如練,秋葉滿林紅似華。看雲有客居松頂,騎馬何人來水涯。靈壁我曾尋舊隱,記題鳥篆一行斜。

【箋注】

〔一〕嚴景安:名恭,嘉定(今屬上海)人。擅長畫山水。元末避亂於松江青龍鎮之章堰。參見鐵崖先生詩集辛集古觀潮圖。

〔二〕富春先生:當指嚴景安。或其原籍富春(今屬浙江)。詳情俟考。

和瞿睿夫來字韻[一]

瞿家堂上客初來,絕勝風涼上碧臺。玉井芙蓉涼雨露,珠宮簾箔海雲開。月中紫鳳迎蕭史[二],花下斑衣舞老萊[三]。明日武陵源水上[四],鐵仙重爲賦天台。

【箋注】

〔一〕詩當撰於元至正七、八年間,其時鐵崖寓居姑蘇,授學爲生。不時應邀游寓崑山、太倉等地。繫年依據:瞿睿夫,名智,崑山人。本詩乃與瞿智唱和而作,首句曰"瞿家堂上客初來",可見爲初次造訪瞿家。而鐵崖與瞿智兄弟交往,始於此時。參見東維子文集卷二十九壽豈詩。

〔二〕紫鳳迎蕭史:參見鐵崖先生古樂府卷十小游仙之二注。

〔三〕斑衣舞老萊:參見鐵崖先生詩集甲集題胡思善具慶堂注。

〔四〕武陵源:即桃花源。見陶淵明撰桃花源記。此捏合劉晨、阮肇入天台採藥事,參見鐵崖先生古樂府卷三登華頂峰注。

和琦上人韻①[一]

山迴古縣六七里,潮到怡②亭第一家[二]。翡翠明珠通百粵[三],竹枝銅鼓出三巴〔四〕。山公酒醉童將馬〔五〕,禪客詩成女散花〔六〕。酒③信西園圖雅集〔七〕,佛中脱縛有丹霞〔八〕。

【校】

① 清鈔不分卷本玉山名勝集 玉山佳處題詠、六研齋三筆卷二、文淵閣四庫全書本玉山名勝集卷二皆録此詩,據以校勘。校本皆載詩兩首,本詩爲第一首。清鈔玉山名勝集本題作會稽楊維楨次韻,六研齋三筆本題爲會稽楊維楨廉夫次前韻。

② 潮到怡: 清鈔玉山名勝集本作“湖到維”,六研齋三筆本作“潮到唯”。

③ 酒: 諸校本皆作“須”。

【箋注】

〔一〕詩撰於元至正八年(一三四八)二月,或稍後,其時鐵崖游寓崑山。繫年依據: 其一,據此詩題詩意,本詩乃與釋良琦唱和之作,作於崑山。而至正七、八年間,鐵崖、釋良琦皆爲顧瑛玉山草堂常客。其二,本詩所謂“酒信西園圖雅集”,實指至正八年二月十九日,鐵崖與顧瑛等十餘人在崑山玉山草堂聚會。當時張渥繪玉山草堂雅集圖(又名桃源雅集圖),鐵崖效仿米芾西園雅集圖記,亦撰有記文。琦上人: 即釋良琦。參見東維子文集卷十琦上人孝養序。又,本詩乃步韻之作,釋良琦原詩,參見鐵崖詩次龍門山釋良琦韻詠玉山佳處注(載玉山草堂雅集)。

〔二〕潮到怡亭第一家: 當指問潮館。怡亭之“怡”,或作“夷”。大明一統志卷八蘇州府宮室:“問潮館,在崑山縣西南二里。夷堅志: 崑山縣舊有讖:‘潮到怡亭出狀元。’宋紹興間,縣令葉子强建此館。”又,萬曆崑山縣志卷一古迹:“問潮館在駟馬橋西。宋淳熙間,有一道人誦讖云:‘潮過夷亭出狀元。’崑山雖近江海,自古無潮汐。紹興中,始有潮至縣郭。侍御史李衡親聞讖言,大異之,乃告知縣葉子强,遂築問潮館於水濱。至是,潮忽大涌,遠過夷亭。明年甲辰科,衛涇大魁天下。”

〔三〕百粵: 即百越。古時對於南方各民族之總稱,包括今越南北部。

〔四〕三巴: 指巴郡、巴東、巴西。泛指蜀地。參見華陽國志。

〔五〕山公: 山簡。參見明鈔楊維禎詩集卷上嬉春五首注。

〔六〕女散花: 用天女散花典。參見清鈔楊維禎詩集卷上華山隱真人惠牡丹二枝戲書四絶注。

〔七〕西園圖雅集: 此語雙關。既指北宋年間王詵、蘇軾等十餘人在洛陽西園之雅集,又指不久前自己與顧瑛等多人在玉山草堂之聚會。且當年洛陽雅集有李公麟作圖,米芾撰記;如今崑山雅集亦有張渥作畫,鐵崖撰記文。參見鐵崖撰桃源雅集圖志(載佚文編)。

〔八〕丹霞:唐代禪師。五燈會元卷五丹霞天然禪師:"鄧州丹霞天然禪師,本習儒業……後於慧林寺遇天大寒,取木佛燒火向,院主訶曰:'何得燒我木佛?'師以杖子撥灰曰:'吾燒取舍利。'主曰:'木佛何有舍利?'師曰:'既無舍利,更取兩尊燒。'主自後眉鬚墮落。"

送徐仲積游京師〔一〕

之子文采珊瑚枝,時過揚雄數問奇〔二〕。對酒不妨歌白苧〔三〕,策書直欲上丹墀。千家砧杵西風急,萬里關河北雁遲。莫倚丹砂能換骨,高堂秋鬢已成絲。

【箋注】

〔一〕徐仲積:籍貫生平不詳。據本詩當爲鐵崖弟子,頗爲聰穎。曾北赴大都求學,本詩即送行之作。

〔二〕揚雄:鐵崖借以自稱。

〔三〕白苧:樂府吳舞曲。參見晉書樂志下。

送趙子期尚書小瀛洲韻①〔一〕

紫微②閣下神仙府,名占瀛洲舊柏③家。春帖解題溫室樹〔二〕,樂章還進上林④花。道山風日通青瑣,銀漢星辰貫夜槎。鳳沼十年身易到,姓名已護碧籠紗〔三〕。

【校】

① 劉世珩影元刊十八卷本玉山草堂雅集卷二載此詩,據以校勘。玉山草堂雅集本題作小瀛洲詩和子期尚書韻。

② 紫微:玉山草堂雅集本作"紫薇"。

③ 舊柏：玉山草堂雅集本作“上相”。

④ 上林：玉山草堂雅集本作“慶池”。

【箋注】

〔一〕本詩乃應趙子期之邀，慶賀其小瀛洲軒落成，步其詩韻而作，當撰於元至正八年（一三四八）前後，其時鐵崖寓居姑蘇，授學爲生。繫年依據：禮部尚書趙子期構建小瀛洲軒，落成之後，曾賦詩慶祝。劉世珩影元刊十八卷本玉山草堂雅集本於本詩後附録有趙子期原詩：“東軒簾捲赤城霞，地近鈞天帝子家。夢裏屢游青瑣闥，望中渾是紫薇花。分將海嶠三神路，泝上仙人八月槎。衣袖有香携不住，好教玉女護窗紗。”當時趙子期邀請顧瑛、鄭元祐（明德）唱和，元詩選初集卷六十四載顧瑛詩趙子期尚書於省幕創軒曰小瀛洲題詩要余與明德同賦：“鳳皇池上神仙宅，五色卿雲接帝家。金水暖通蓬島浪，紫薇香度掖垣花。中天草木春霑澤，滄海星辰夜挂槎。聞道朝堂清議了，題詩好爲護蟬紗。”顧瑛、鄭元祐，皆當時鐵崖詩友，且鐵崖此詩與趙子期原詩、顧瑛和詩同韻，可見當時應邀唱和者，顧瑛、鄭元祐之外，還有鐵崖。趙子期：名期頤，其字或作子奇。按：趙期頤任禮部尚書，不遲於至正八年。參見東維子文集卷十八石林茅屋記。

〔二〕温室：漢代宮殿名，位於長樂宮中。參見本卷復倪元鎮二首注。

〔三〕“姓名”句：紺珠集卷十三諸集拾遺紗籠中人：“李相藩未第，有僧相曰：‘公是紗籠中人。’問其故，曰：‘冥司必立其象以紗籠護之。’後果至台輔也。”

瞿氏新居①〔一〕

古鐵塘②西博士家〔二〕，高軒瞰水築新沙。階頭雨長霓③裳草〔三〕，池面風搖白羽花④。丹頰老人馴野鹿，斑衣稚⑤子弄慈鴉。未須⑥北郭田二頃，更置高⑦樓書五車。

【校】

① 劉世珩影元刊十八卷本玉山草堂雅集卷二、嘉靖崑山縣志卷十六集詩亦載此詩，據以校勘。玉山草堂雅集本、嘉靖崑山縣志本皆題作瞿惠夫南園。

按：嘉靖崑山縣志本署本詩作者名爲秦約，然無從證實，故仍根據原本及影元刊十八卷本玉山草堂雅集著録。

② 塘：原本作“堂”，據玉山草堂雅集本、嘉靖崑山縣志本改。

③ 霓：玉山草堂雅集本、嘉靖崑山縣志本作“青”。

④ 池面：玉山草堂雅集本、嘉靖崑山縣志本作“池裏”。花：玉山草堂雅集本作“華”。

⑤ 斑衣：玉山草堂雅集本作“緑衣”。“稚子”之“稚”，原本作“西”，據玉山草堂雅集本、嘉靖崑山縣志本改。

⑥ 須：嘉靖崑山縣志本作“應”。

⑦ 高：玉山草堂雅集本、嘉靖崑山縣志本作“南”。

【箋注】

〔一〕本詩爲祝賀崑山友人瞿智新居落成而作，當撰於元至正七、八年間，繫年依據參見本卷和瞿睿夫來字韻。

〔二〕古鐵塘：疑指鹽鐵塘。鹽鐵塘位於崑山，後屬太倉州，參見宣統太倉州志卷五水利。

〔三〕霓裳草：玉山草堂雅集本於“青裳草”下有小字注：“合歡草名。”

送道衡上人歸甌越〔一〕

上人前朝丞相裔〔二〕，家有草堂如瀼西〔三〕。乍別龍宫來水寺〔四〕，又隨尊者入天梯。橋頭白鹿銜花至〔五〕，窗外青禽隔樹啼。留得揚州好詩卷，清江滿把辟寒犀。

【箋注】

〔一〕道衡上人：“衡”或作“行”，俗姓葉，永嘉（今屬浙江温州）人。出家爲僧，鐵崖方外友，至正初年鐵崖游寓姑蘇始交。參見鐵崖先生集卷三半間屋記。甌越，今浙江温州一帶。

〔二〕前朝丞相：指宋代丞相葉衡。參見鐵崖先生集卷三半間屋記。

〔三〕瀼西：杜甫寓居地。據杜工部年譜（載杜詩詳注卷首），大曆二年三月，杜甫遷居瀼西。是年秋，遷東屯。未幾，復自東屯歸瀼西。

〔四〕水寺：蓋指蘇州集慶寺。元末道衡曾居集慶寺。參見鐵崖先生集卷三半間屋記。

〔五〕白鹿銜花：相傳爲溫州建城之瑞兆。萬曆溫州府志卷二疆域：“晉明帝大寧元年置郡，始城，悉用石甃。東西附山，北臨江，南環會昌湖。始議建時，郭璞登西郭山，望海壇、華蓋、松臺、積穀諸山，錯立如北斗，謂父老曰：‘若城繞山外，當驟富盛，然不免兵戈水火。城於山，則寇不入斗，可長保安逸。’因跨山爲城，名斗城。時有白鹿銜花之瑞，故又名鹿城。”

賦信上人〔一〕

三年鐵鉢留吳楚〔二〕，一夜江船發洞庭〔三〕。地盡海門青嶂斷，路回天柱白雲橫。賓鴻好度清秋信，客子終懷去國情。頗覺壯游還惜別，更堪羌笛喚愁生。

【箋注】

〔一〕信上人：疑爲元季姑蘇南禪寺僧。高啟、徐賁皆與之有交往。參見大觀録明賢名畫卷十九徐幼文風竹圖。

〔二〕鐵鉢：指僧人食器。唐戴叔倫贈行脚僧：“木杯能渡水，鐵鉢肯降龍。”

〔三〕洞庭：指太湖。

答張貞居雲林席上見寄韻①〔一〕

風雨閉門春可憐②，丈人詩句十分妍。青牛未度流沙地〔二〕，白鶴時通句③曲天〔三〕。玉女投壺天爲笑〔四〕，張星飲酒夜當筵〔五〕。華年錦瑟憑誰寫〔六〕，夢隔春心四十弦。

【校】

① 劉世珩影元刊十八卷本玉山草堂雅集卷二、陶湘校刊十八卷本玉山草堂雅集卷後二亦載此詩，據以校勘。玉山草堂雅集兩本題作席上和張伯雨。

② 閉：玉山草堂雅集兩本作“閑”。憐：劉世珩影元刊本誤作“鄰”。

③ 句：原本作“白”，據玉山草堂雅集兩本改。

【箋注】

〔一〕詩作於元至正二年（一三四二）前後，其時鐵崖丁憂服闋，攜妻兒寓居杭州，等待補官。繫年依據：目前所知，鐵崖與倪瓚結識不遲於至正二年三月，其時鐵崖偕張雨在杭州游山玩水，屢有唱和，本詩或亦作於這一時期。參見岳雪樓書畫録卷三曹雲西溪山無盡圖卷所附倪瓚題跋。張貞居：張雨。雲林：倪瓚。

〔二〕“青牛”句：高士傳卷上老子李耳：“後周德衰，乃乘青牛車去。入大秦，過西關。”流沙，位於甘肅敦煌西。參見漢書地理志。

〔三〕句曲：山名，即茅山。乃道教勝地，位於今江蘇常州境内。相傳漢代茅盈兄弟三人自咸陽來，在茅山華陽洞得道。又，相傳茅山每年春天有鶴會。參見歷世真仙體道通鑑卷五十一劉卞功。

〔四〕“玉女”句：參見鐵崖先生詩集己集雙女投壺圖注。

〔五〕張星：史記天官書：“張，素，爲廚，主觴客。”

〔六〕華年錦瑟：語出李商隱錦瑟詩：“錦瑟無端五十弦，一弦一柱思華年。”

松石圖

千頭萬頭彭郎石〔一〕，一樹兩樹峨眉松。道人愛松兼愛石，山中静閲春與冬。八仙岩前聽天樂，三老橋頭看雪龍。何當着我一區宅，開户正對香爐峰〔二〕。

【箋注】

〔一〕彭郎石：當指彭郎磯。參見鐵崖先生古樂府卷三彭郎詞注。

〔二〕香爐峰：當指廬山香爐峰。

黄大癡畫白雲圖〔一〕

大①癡道人非藝士〔二〕，落筆元氣相淋漓。太古之雪在潤石，銀泓一道來天池。大李小李有遺法〔三〕,楚山秦山無此奇。嗟哉故人不可作,千年空有穀城期〔四〕。

【校】

① 大:原本作"天",逕改。

【箋注】

〔一〕詩當作於元至正十四年(一三五四)仲冬之後。繫年理由:據詩末兩句,本詩作於黃公望去世之後,而黃公望卒於至正十四年甲午十月二十五日。參見東維子文集卷二十八跋君山吹笛圖。

〔二〕大癡道人:指黃公望,其別號大癡。

〔三〕大李:指大李將軍李思訓。小李:指小李將軍李昭道。李昭道爲思訓子,皆唐代著名畫家。

〔四〕穀城期:相傳黃石老人曾與張良定約,相見於濟北穀城山下。詳見漢書張良傳。

慧上人流飛亭〔一〕

水樂聲聞縹緲顛,忽移奇觀小亭前。隨風玉唾飛千點,卷海銀龍上九天。細和松聲風瀝瀝,靜涵竹影月娟娟。天瓢何日來分取,淨洗風塵遍八埏。

【箋注】

〔一〕詩撰於元至正二十年(一三六〇)四月,其時鐵崖退隱松江半年有餘。繫年依據:元至正二十年(一三六〇)四月二十六日,鐵崖東游,曾爲慧上人撰齋記,本詩或同時之作。慧上人:即釋靜慧,俗姓顧。松江人。所居寺廟在亭林鎮,流飛亭當爲寺中一景。參見東維子文集卷二十一讀書堆記。

清風義婦齧指血題詩道傍石遂投江死①〔一〕

天荒②地老妾隨兵,天地無情妾有情。指血千年③霞嶠赤,啼痕一道雪江晴④。東南湘竹斑初染⑤，西北胡笳愁盡⑥生。三月子規啼石裂⑦，春風無淚寫哀銘⑧。

【校】

① 萬曆刊堯山堂外紀卷七十七元、樓氏鐵崖逸編注卷七載此詩，據以校勘。堯山堂外紀本無詩題，鐵崖逸編注本題作王烈婦祠。

② 荒：堯山堂外紀本作“隨”。

③ 指血千年：堯山堂外紀本作“指血齧開”，鐵崖逸編注本作“痛血齧開”。

④ “啼痕”句：堯山堂外紀本作“苔痕化作雪江清”，鐵崖逸編注本作“啼痕化作雪江清”。

⑤ “東南”句：堯山堂外紀本作“願隨湘瑟聲中死”，鐵崖逸編注本作“能從湘瑟聲中死”。

⑥ “西北”句：堯山堂外紀本作“不逐胡笳拍裏生”，鐵崖逸編注本作“全勝胡笳拍裏生”。

⑦ 石裂：堯山堂外紀本作“斷血”，鐵崖逸編注本作“盡血”。

⑧ 春：堯山堂外紀本作“秋”。銘：鐵崖逸編注本作“鳴”。

【箋注】

〔一〕清風義婦：明戴冠撰濯纓亭筆記卷五録本詩及相關傳説：“……此楊廉夫題臨海王節婦詩也。宋亡，節婦被元兵虜至嵊縣青楓嶺，齧指血題詩石上，投崖死。廉夫責其不即死，故詩云云。嘗聞故老言，廉夫無子，一夕，夢一婦人謂曰：‘爾知所以無後乎？’曰：‘不知。’婦人曰：‘爾憶題王節婦詩乎？爾雖不能壞節婦之名，而心則傷於刻薄，訾謗節義，其罪至重，故天絶爾後。’廉夫既寤，大悔，遂更作詩。”堯山堂外紀所録傳言與此相似，謂鐵崖作此詩後，“復夢婦人來謝，未幾果得一子”。按：謂此詩乃鐵崖後悔之作，未必可信。鐵崖稱頌臨海王節婦詩今存兩首，另一首名爲青峰廟王氏，載鐵雅先生復古詩集卷四。

朱氏菊徑圖

主人種竹復種菊，三徑還從竹下分〔一〕。栗里昔聞陶令尹〔二〕，滁陽先見鮑參軍〔三〕。愁吟東郭深秋雨,坐對南山生白雲。老我一官真漫爾,故人應有北山文〔四〕。

【箋注】

〔一〕三徑:指隱者宅園中小路。參見鐵崖先生古樂府卷八覽古之二十六。

〔二〕栗里:位于陶淵明宅居至廬山之半道。陶令尹:指彭澤縣令陶淵明。按:江州刺史曾於栗里設酒攔邀陶淵明。後世多以栗里借指陶淵明所居地。詳見宋書陶潛傳。

〔三〕鮑參軍:指鮑照。滁陽:不詳。

〔四〕北山文:即北山移文,南齊孔稚珪撰,譏斥沽名釣譽之假隱。

和倪雲林所畫〔一〕

祇陀老人十年別〔二〕,手植青松已十圍。茯苓入地青牛化〔三〕,枸杞着霜紅豆肥。時有仙童敲石臼,更無使者過柴扉。夢騎白鶴磯頭去,夜半月明來縞衣〔四〕。

【箋注】

〔一〕倪雲林:倪瓚。參見東維子文集卷七郯韶詩序。

〔二〕祇陀老人:指倪瓚。參見鐵崖先生詩集丙集錦箏曲謝倪元鎮所惠古製箏、同書庚集題倪元鎮雲林三樹圖。

〔三〕"茯苓"句:相傳嵩高山有大松樹,或百歲,或千歲,其精變爲青牛,變爲伏龜。人採食其實,可以長生。參見初學記卷二十八木部。

〔四〕縞衣:指鶴。上兩句用蘇軾後赤壁賦夢鶴事。

門生夏頤所藏江雁圖①〔一〕

洞庭秋深木葉飛〔二〕,楚天空闊雁聲微。道人曳杖看雲起,童子挑瓢沽酒歸。別墅畫圖王老詰〔三〕,澄江詩句謝玄暉〔四〕。青山何處可著我,烏漆紗巾白苧衣。

【校】

① 本詩又載清初印溪草堂鈔本東維子集卷八,據以校勘。印溪草堂鈔本題作
　夏頤其雁初飛用杜書記韻。按:夏頤其:"其"當作"貞",參見注釋。

【箋注】

〔一〕詩當撰於鐵崖晚年退隱松江時期,即元至正二十年(一三六〇)以後。繫
　　年依據:夏頤爲鐵崖晚年弟子,此一時期陪侍鐵崖,交往頗多。夏頤:夏
　　頤貞之省稱。夏頤貞別號小海,松江人。元末師從鐵崖。參見東維子文
　　集卷十三知止堂記、楊鐵崖先生文集全録卷四信鷗亭記。
〔二〕"洞庭"句:楚辭九歌湘夫人:"嫋嫋兮秋風,洞庭波兮木葉下。"
〔三〕王老詰:指王維。王維字摩詰,繪有輞川別墅圖。
〔四〕謝玄暉:名朓。澄江詩句:指謝朓名句"餘霞散成綺,澄江静如練"(晚登
　　三山還望京邑)。

曹氏松齋圖

　　昆丘之松天骨奇〔一〕,秀色不老如蛾眉。屋頭撼鬣作龍嘯,樹下牽
巾掛兔絲。泰①山大夫鄒封號〔二〕,柴桑處士同襟期〔三〕。道人待斸茯
苓去〔四〕,準擬空山快雪時〔五〕。

【校】

① 泰:原本誤作"秦",徑改。

【箋注】

〔一〕昆丘:蓋指崑山。崑山又稱玉山,位於今江蘇崑山市。
〔二〕泰山大夫:指"五大夫松"。秦始皇二十八年,始皇上泰山行封禪之事,突
　　遇風雨,遂於一松樹下躲避。後封此樹爲"五大夫"。詳見史記秦始皇
　　本紀。
〔三〕柴桑處士:指陶淵明。陶淵明歸去來兮辭有"撫孤松而盤桓"句。
〔四〕斸茯苓:相傳服食茯苓可活數百歲。參見鐵崖先生古樂府卷十小游仙之

十四注。

〔五〕空山快雪：語出王羲之書信，王羲之有快雪時晴帖傳世。

送王克讓之陝西省員外①〔一〕

又聞臘月度蕭關〔二〕，龍虎山前老榜官〔三〕。白雪作花人面落，青山如鳳馬頭看。關東俊傑思王猛〔四〕，天下蒼生望謝安〔五〕。老矣老夫東海角，秋風尚欲掣鼇竿。

【校】

① 按：鐵崖友貝瓊有詩送王克讓員外赴陝西："貂裘萬里獨衝寒，舊是含香漢署官。白雪作花人面落，青山如鳳馬頭看。關中相國資王猛，海內蒼生望謝安。應念東南有遺佚，采芝深谷尚盤桓。"（載清江詩集卷七。）本詩與上引貝瓊詩同韻，領聯頸聯雷同。然本詩詩末兩句，又不可能出自貝瓊筆下，此中緣由俟考。

【箋注】

〔一〕詩當撰於明初洪武元年、二年之间，其時鐵崖寓居松江。繫年理由：據明太祖實錄卷五十一，明洪武三年四月，王克讓在陝西被任命爲秦府左傅。故知鐵崖送王克讓赴任陝西省員外，在此之前。又據貝瓊詩末"應念東南有遺佚，采芝深谷尚盤桓"兩句，蓋王克讓曾奉命於江浙一帶招攬人才，故得與鐵崖、貝瓊結識，當爲洪武元年或二年。

〔二〕蕭關：位於今寧夏固原。

〔三〕龍虎山：位於今江西省鷹潭市。

〔四〕思王猛：指前秦苻堅因不聽王猛忠告而後悔。苻堅曾經重用王猛而稱雄一時，後王猛病逝，苻堅不聽其生前忠告，大舉進攻東晉，以致慘敗。王猛傳見晉書。

〔五〕"天下"句：參見本卷贈王中丞二首注。

贈①王蒙〔一〕

一夜西郊春草生，草堂吹笛夜挑燈。塞雁北飛千里雪，吳波綠泮五湖冰。杜陵詩句花無賴[^②]〔二〕，張緒風流柳不勝〔三〕。莫遣檢書并看劍〔四〕，自將鵝帖寫溪藤〔五〕。

【校】

① 列朝詩集甲集前編第七上、康熙御選元詩卷五十五載此詩，據以校勘。贈：原本作"賦"，據列朝詩集本、御選元詩本改。
② 賴：原本作"外"，據列朝詩集本、御選元詩本改。

【箋注】

〔一〕王蒙：字叔明，趙孟頫外孫。參見鐵崖先生詩集丙集題王叔明畫渡水僧圖。
〔二〕花無賴：杜甫奉陪鄭駙馬韋曲二首之一："韋曲花無賴，家家惱殺人。"
〔三〕"張緒"句：南史張緒傳："緒吐納風流，聽者皆忘飢疲，見者蕭然如在宗廟。雖終日與居，莫能測焉。劉悛之爲益州，獻蜀柳數株，枝條甚長，狀若絲縷。時舊宮芳林苑始成，武帝以植於太昌靈和殿前，常賞玩咨嗟，曰：'此楊柳風流可愛，似張緒當年時。'其見賞愛如此。"
〔四〕檢書并看劍：杜甫夜宴左氏莊："檢書燒燭短，看劍引杯長。"
〔五〕將鵝帖寫溪藤：指王羲之鈔録經書以換鵝故事。參見鐵崖先生詩集丙集趙大年鵝圖注。溪藤，即剡藤，越中名紙。唐國史補卷下："紙則有越之剡藤苔牋。"

送褚士文北上〔一〕

之子青年賦北征，元龍意氣爲誰傾〔二〕。中原父老憂河決，南國農民喜海平。蘇武星霜歸漢節〔三〕，魯連談笑卻秦兵〔四〕。西風把酒層臺上，目送江空雁影橫。

【箋注】

〔一〕本詩大約作於元至正八年(一三四八)，其時鐵崖游寓姑蘇一帶。繫年依據：褚士文自京城返回江南，大約在至正二十年，本詩乃送之北上而作，必在此前；又據"中原父老憂河決，南國農民喜海平"兩句，其時黄河水患嚴重,南方相對太平。<u>至正</u>八年正月,<u>黄河</u>決口;次年三月,<u>黄河</u>北潰,饑饉騷亂因之而起。故知本詩當作於<u>至正</u>八年,或稍後。<u>褚士文</u>:名兔。<u>錢塘</u>(今<u>浙江</u><u>杭州</u>)人。參見<u>東維子文集</u>卷三十煮茶夢。

〔二〕<u>元龍</u>:<u>三國</u>時人<u>陳登</u>。此借指<u>褚士文</u>。<u>三國志</u><u>魏書</u>卷七<u>陳登傳</u>:"<u>陳登</u>者,字<u>元龍</u>,在<u>廣陵</u>有威名。又犄角<u>吕布</u>有功,加伏波將軍,年三十九卒。後<u>許汜</u>與<u>劉備</u>并在<u>荆州</u>牧<u>劉表</u>坐,<u>表</u>與<u>備</u>共論天下人,<u>汜</u>曰:'<u>陳元龍</u>湖海之士,豪氣不除。'"

〔三〕<u>蘇武</u>歸<u>漢</u>節:參見<u>鐵崖先生古樂府</u>卷九牧羝曲注。

〔四〕<u>魯連</u>:即<u>魯仲連</u>。參見<u>陳善學</u>序刊<u>楊鐵崖先生文集</u>卷一天下士注。

午窗睡妾[一]

象牀藤簟碧紗籠,綽約<u>吴</u>姬睡正濃。半昧曉烟迷芍藥,一泓秋水浸芙蓉。神游<u>洛浦</u>三千里[二],夢入<u>巫山</u>十二峰[三]。剥琢碁聲忽驚覺,起身香汗濕酥胸。

【箋注】

〔一〕詩作於<u>元</u><u>至正</u>九、十年間,其時<u>鐵崖</u>寓居<u>松江</u><u>璜溪</u>,授學爲生。按:<u>黄公望</u>曾自稱"效鐵仙艷體",且四和<u>鐵崖</u>"籠字韻"詩。所謂"籠字韻",疑即本詩。參見<u>鐵崖</u>詩<u>大癡仙四和予籠字韻自謂效鐵仙艷體予首作蓋未艷也再依韻用義山無題補艷體且馳寄果育老人老人腸胃有五色繡文者也必不鼓癡仙菜肚子句一笑兼柬玉山主客自當爭一籌耳</u>(原載<u>玉山名勝外集</u>)。

〔二〕神游<u>洛浦</u>:源自<u>曹植</u><u>洛神賦</u>。

〔三〕夢入<u>巫山</u>:指<u>巫山</u>云雨之事。參見<u>鐵崖先生古樂府</u>卷九陽臺曲注。

水雲軒

我尋湖上<u>劉伶</u>墓[一],一夜扁舟到<u>穆溪</u>[二]。千頃芙蕖<u>西子</u>艇,萬株楊柳<u>令公</u>堤。隔水鐘聲寺南北,入橋帆影浦東西。主人約我終日酒,不顧<u>山</u>翁醉似泥。

【箋注】

〔一〕劉伶墓：相傳在嘉興（今屬浙江）。方興勝覽卷三浙西路嘉興府：“劉伶墓，在嘉興縣東二十七里。”劉伶，字伯倫，嗜酒。晉書有傳。

〔二〕穆溪：又稱穆河溪，在嘉興。弘治嘉興府志卷十一秀水縣山川：“穆河溪在縣東北四里，水接上谷湖，入太湖。水中多龍骨。”

張氏所居

穆城南下七十里〔一〕，大宅臨溪二百年。雨氣入窗寒屐過，天光着水大星懸。萬株樹影沙堤柳，一丈花開玉井蓮〔二〕。便欲瀼西來避地〔三〕，鴟夷何必五湖船〔四〕。

【箋注】

〔一〕穆城：疑爲“穆河”之誤。穆河即穆河溪（位於浙江嘉興），故本詩下句曰“大宅臨溪”。參見本卷水雲軒。

〔二〕玉井蓮：參見鐵崖先生詩集庚集泊穆溪注。

〔三〕瀼西：今四川奉節瀼水西畔。杜甫居夔州，曾遷居瀼西。參見本卷送道衡上人歸甌越。

〔四〕鴟夷：春秋時人范蠡變名易姓爲鴟夷子皮，遁隱五湖。詳見史記貨殖列傳。

君山吹笛圖〔一〕 七言古詩

君山老翁吹箏笛，海水天風相蕩激。雪髯火甲赤電飛，一聲怒擘盤鼉石。鈞天寥寥太古音，湘江之水深復深。高堂素壁展圖畫，牀頭夜半聞龍吟。

【箋注】

〔一〕詩作於元至正十九年己亥（一三五九）八月十五中秋日，其時鐵崖寓居杭州,即將退隱松江。繫年依據: 松江沈瑞曾爲鐵崖作君山吹笛圖,至正十九年中秋日,鐵崖爲此圖撰寫跋文,本詩或同時之作。參見東維子文集卷二十八跋君山吹笛圖。

天台壽智[一]

青田山居何所似[二],兩溪之水即滄浪。山人讀易坐堂上,穉子移花栽石傍。大郎月出小郎白,東樓雨過西樓涼。蒼江早脱①有船便,我當與君相對牀。

【校】

① 脱: 疑當作"晚"。

【箋注】

〔一〕壽智: 天台(今屬浙江)人。元末僧人。精通周易,亦工詩。與鐵崖、吳鎮皆有交往。又據元劉仁本續蘭亭詩序(載游志續編卷下),元至正二十年(一三六〇)三月一日同游蘭亭四十餘人中,有"天台僧壽智"。可見元末壽智與兩浙文人交游頗多。又,元詩選癸集録有壽智詩題梅花道人墨菜圖。

〔二〕青田: 位於今浙江省東南部。

和貝仲琚韻[一]

秋來意氣感人多,嫋嫋涼風動碧柯。北闕雲章環紫極,中天月色近銀河。秦臺有客吹簫去[二],魏市無人枉騎過[三]。從古知音慚小婧①,齊東門外聽漁歌[四]。

【校】

① 婧: 原本誤作"倩",據列女傳改。

【箋注】

〔一〕貝仲琚：名瓊。鐵崖友生。參見東維子文集卷二十二讀書齋志。
〔二〕秦臺有客：指蕭史。參見鐵崖先生古樂府卷十小游仙之二十五注。
〔三〕“魏市無人”句：意爲世無信陵君攬賢。魏隱士侯嬴，年七十，家貧，爲夷門監。信陵君迎爲上客。侯嬴又曰：“臣有客在市屠中，願枉車騎過之。”信陵君始終謙恭，一一允諾。詳見史記信陵君列傳。
〔四〕“從古”二句：劉向古列女傳卷六辯通傳齊管妾婧：“妾婧者，齊相管仲之妾也。寧戚欲見桓公，道无從，乃爲人僕，將車宿齊東門之外。桓公因出，寧戚擊牛角而商歌甚悲。桓公異之，使管仲迎之。寧戚稱曰：‘浩浩乎白水。’管仲不知所謂，不朝五日，而有憂色。其妾婧進曰：‘……寧戚之欲得仕國家也。’管仲大悅，以報桓公。”

春游田家

杜翁家住百花莊〔一〕，麥子登場繭脫筐。徐孺宅邊湖水綠〔二〕，丘遲墳下野花黃〔三〕。瓶淘槐葉金虀冷〔四〕，鮓出鵝頭玉粟香。客至不須談世事，牀頭有易勘羲皇〔五〕。

【箋注】

〔一〕杜翁：指杜甫。杜甫懷錦水居止二首之二：“萬里橋南宅，百花潭北莊。”
〔二〕徐孺：即徐孺子，名穉，東漢高士。參見鐵崖先生詩集己集留題毗山松風竹月圖。徐穉宅在江西南昌。
〔三〕丘遲：南朝梁人，早慧，以擅長文辭著稱。生平見梁書文學傳。
〔四〕“瓶淘”句：杜甫有槐葉冷淘詩，仇兆鰲注引朱鶴齡曰：“以槐葉汁和麵爲冷淘。”
〔五〕勘羲皇：意爲占卜研易。羲皇指伏羲氏，相傳八卦爲伏羲氏所創。

送織毯宣使

閶闔宮中朝會處〔一〕，青天墮下錦雲來。龍飛鳳舞金牀勤①，海碧山青玉帳開。宮女踏花塵不散,内官上殿錦成堆。君王須作蒼生念,挾纊舞衣在草萊〔二〕。

【校】

① 勤:疑當作“動”。

【箋注】

〔一〕閶闔宮:此借指皇宮。
〔二〕“君王”二句:典出左傳。左傳宣公十二年:“冬,楚子伐蕭……申公巫臣曰:‘師人多寒。’王巡三軍,拊而勉之。三軍之士,皆如挾纊。”

贈錢野人裕 字慶餘①〔一〕

世傳忠孝先王譜〔二〕,村隱東西小浣花〔三〕。千古清風高士傳,一溪流水野人家。樹收冰繭桑成錦〔四〕,林斸花盧杞薦茶。已向郡經終筆削,更從鐵史録忠邪〔五〕。

【校】

① 字慶餘:原本爲大字,徑改作小字注。

【箋注】

〔一〕詩當撰於鐵崖晚年退隱松江時期,即元至正二十年(一三六〇)以後。繫年依據:其一,詩中鐵崖自稱“鐵史”,可見在其晚年。其二,錢裕爲松江人,與鐵崖交往頗多。錢野人裕:名全袞,裕蓋爲別名,野人或其別號。華亭(今上海)人。正德松江府志卷十六第宅:“芝蘭室,錢全袞尚友之室,黄溍有記。俞希魯銘并序:‘錢全袞慶餘父,樂與賢士大夫游,得其詩若文,彙而庋之齋居之所,扁其楣曰芝蘭室。’”又,同治上海縣志卷十八人物一:“錢全袞字慶餘,吳越王後。祖福,宋承武郎,自錢塘徙居華亭,遂爲郡人。至正間,松江達魯葛齊密里沙舉爲從事省符,民訟多見咨訪。元末,張氏據吳,或諷以仕,不答,有脅之者,則曰:‘谷陽水清,吾死所耳。’築別業於盤龍江,裒周伯琦、楊維禎翰墨置一室,號芝蘭室。著有韻府群玉

掇遺、續松江府志。子徵,明洪武初舉秀才,全袞書'清心潔己、忠國愛民'
八字勖之。"

〔二〕忠孝先王:指吳越王錢鏐。錢裕乃錢鏐後裔。

〔三〕浣花:溪名。位於今四川成都,杜甫草堂所在地。

〔四〕"樹收"句:錢全袞在盤龍塘綾錦墩上種桑。參見鐵崖撰綾錦墩(載明鈔
楊維禎詩集)。

〔五〕"已向"二句:蓋指錢全袞編纂續松江府志時,曾請教鐵崖,并録鐵崖所輯
史料。

劉丹崖泡珠亭 字原剛①〔一〕

劫灰不隔昆明水〔二〕,神夢先符太乙精〔三〕。青天鑿破混沌竅〔四〕,
明月散作玻璨聲。串如鮫女盤中出〔五〕,突若驪龍頷下生〔六〕。他日文
祥開甕②社,波心如日照雙明〔七〕。

【校】

① 字原剛:原本爲大字。當爲注語,故徑改成小字。
② 甕:疑當作"甓"。參見注釋。

【箋注】

〔一〕劉丹崖:字原剛,丹崖蓋其別號,其名不詳。泡珠亭,按鐵崖友生釋如蘭有
詩疱珠泉爲劉丹崖作(載古今禪藻集卷二十),故疑泡珠亭又作"疱
珠亭"。

〔二〕劫灰:南朝梁慧皎高僧傳譯經上竺法蘭:"昔漢武穿昆明池底,得黑灰,問
東方朔。朔云不知,可問西域胡人。後法蘭至,衆人追以問之,蘭云:'世
界終盡,劫火洞燒,此灰是也。'"

〔三〕太乙:天地未分時混沌之氣。見孔子家語禮運王肅注。

〔四〕混沌:參見陳善學序刊楊鐵崖先生文集卷六崆峒子混淪歌注。

〔五〕鮫女:張華博物志卷二:"南海外有鮫人,水居如魚,不廢織績……從水中
出,曾寄寓人家,積日賣綃,綃者竹孚俞也。鮫人臨去,從主人索一器,泣
而出珠滿盤,以與主人。"

〔六〕驪龍：參見鐵崖先生詩集丙集雷公鞭龍圖爲張煉師賦注。

〔七〕“他日”二句：甕社當作甓社，湖名。宋沈括夢溪筆談卷二十一異事：“嘉祐中，揚州有一珠甚大，天晦多見。初出於天長縣陂澤中，後轉入甓社湖，又後乃在新開湖中，凡十餘年，居民行人常常見之。予友人書齋在湖上，一夜忽見其珠甚近，初微開其房，光自吻中出，如橫一金線。俄頃忽張殼，其大如半席，殼中白光如銀，珠大如拳，爛然不可正視。十餘里間林木皆有影，如初日所照。遠處但見天赤如野火，倏然遠去，其行如飛，浮於波中，杳杳如日……崔伯易嘗爲明珠賦。伯易，高郵人，蓋常見之。近歲不復出，不知所往。樊良鎮正當珠往來處，行人至此，往往維船數宵以待現，名其亭爲玩珠。”

雙桂堂席上賦

鄴下千官拜冕旒〔一〕，東來容我五湖游〔二〕。將軍大樹陰千畝〔三〕，仙客槎回歲一周〔四〕。金甌擊箸①翻歌扇，玉篆飛牌行九籌。更約狂夫上陽里〔五〕，百篇一斗醉風流〔六〕。

【校】

① 箸：原本誤作“著”，徑改。

【箋注】

〔一〕鄴下：今河南安陽一帶，曹操曾據守於此。此借指朝廷。

〔二〕五湖：指太湖。

〔三〕將軍大樹：用大樹將軍馮異典。詳東觀漢記馮異傳。

〔四〕“仙客”句：用海上泛槎事。參見鐵崖先生古樂府卷三望洞庭注。

〔五〕上陽里：疑指高陽里。“狂夫”蓋指西漢酈食其。漢初酈食其曾任高陽里監門，拜見沛公劉邦時，自稱“高陽酒徒”。參見史記酈生陸賈列傳。

〔六〕百篇一斗：杜甫飲中八仙歌：“李白斗酒詩百篇，長安市上酒家眠。”

和屍竹贈浙省〔一〕

五葺城中花亂開〔二〕，錦帆飛過白雲堆。未謀綠野一區宅〔三〕，先築黄金百尺臺〔四〕。南服中興韓岳在〔五〕,東山休假旦光來〔六〕。夷客老客猶虛在,知有英雄起草萊。

【箋注】

〔一〕詩當撰於鐵崖晚年退隱松江時期,即元至正二十年(一三六〇)以後。繫年理由:據"五茸城中花亂開"、"夷客老客猶虛在"等句推知。尻竹:生平未詳。據"未謀綠野一區宅,先築黄金百尺臺"、"知有英雄起草萊"等句推測,尻竹當爲張士誠屬官,來松江招賢納才。

〔二〕五茸城:本指吳王狩獵地,相傳此地有五茸,故稱。位於松江城南華亭谷。後多用作松江別名。參見嘉慶松江府志卷十三建置志五茸城。

〔三〕綠野:舊唐書裴度傳:"(度)於午橋創別墅,花木萬株。中起凉臺暑館,名曰綠野堂。"

〔四〕黄金臺:相傳戰國時燕昭王置千金於臺上招賢,人稱黄金臺。參見鐵崖先生古樂府卷一金臺篇注。

〔五〕韓、岳:指南宋抗金名將韓世忠、岳飛。

〔六〕"東山"句:所指待考。

和龜海來韻〔一〕

白雁風涼月滿樓,玉鸞吹上木蘭舟〔二〕。人間金水準分候,天上星河萬里秋。霜露不沾青羽蓋,魚龍欲傍翡翠裘。重尋湖老問消息,獨采江花無限愁。

【箋注】

〔一〕龜海:達溥化別號。參見本卷和溥龜海韻。

〔二〕玉鸞:指玉簫。玉山璞稿玉鸞謡:"楊廉夫昔有二鐵笛,字之曰鐵龍。今亡其一,偶得蒼玉簫一枚,字爲玉鸞,以配鐵龍。"

靈鷲山①〔一〕

高林初日散晴②霏,客子③亭前多翠微。潮上海門獅子吼〔二〕,山來天竺鳳凰飛〔三〕。胡僧譚④咒花生舌,木客題詩葉滿衣。誰識道人真樂趣⑤,九溪溪上馭⑥風歸〔四〕。

【校】

① 康熙 錢塘縣志卷二山川、清 孫治撰、徐增重輯武林靈隱寺志卷八詩詠亦録此詩,據以校勘。武林靈隱寺志本題作過鷲峰贈勤上人。
② 晴:康熙 錢塘縣志本、武林靈隱寺志本作"烟"。
③ 客子:康熙 錢塘縣志本、武林靈隱寺志本作"謝客"。
④ 譚:原本作"彈",據武林靈隱寺志本改。
⑤ 趣:康熙 錢塘縣志本、武林靈隱寺志本作"意"。
⑥ 馭:康熙 錢塘縣志本、武林靈隱寺志本作"御"。

【箋注】

〔一〕詩當撰於元 至正十五年(一三五五)以前,鐵崖寓居杭州期間。繫年依據:本詩乃游覽杭州 靈鷲山而作,當作於鐵崖寓居或爲官於杭州期間,且應爲太平年景。靈鷲山:即飛來峰。位于杭州 靈隱山東南。
〔二〕海門:萬曆 杭州府志卷二十山川一:"海門去(仁和)縣東北六十里,有山曰赭山,與龕山對峙。潮水由是門入於浙江。"
〔三〕天竺:山名。位於杭州 靈隱一帶。
〔四〕九溪:萬曆 杭州府志卷二十二山川三:"九溪,在赤山 烟霞嶺,西南通徐村,出大江,北達龍井。"

和成元章贈袁省郎韻〔一〕

昨夜驚潮卷地來,射潮鐵箭見奇才〔二〕。探珠滄海龍頭伏〔三〕,抱璧函關虎口開〔四〕。坐引南星朝北斗,笑移弱水接天台。客星氣節摩天峻〔五〕,可是雲臺壓釣臺〔六〕。

【箋注】

〔一〕成元章:名廷珪。參見鐵崖先生集卷二淞泮燕集序。
〔二〕射潮鐵箭:參見麗則遺音卷三鐵箭。

〔三〕"探珠"句：用驪珠典。參見鐵崖先生詩集丙集雷公鞭龍圖爲張煉師賦注。

〔四〕"抱璧"句：用藺相如完璧歸趙典，詳史記廉頗藺相如列傳。

〔五〕客星：此指嚴子陵。參見鐵崖先生古樂府卷八覽古之十五。

〔六〕雲臺：漢代宮中高臺。東漢明帝追念前世功臣，曾畫鄧禹等二十八將肖像於此臺。釣臺：指嚴子陵釣臺。

嬉春〔一〕

明月溪頭八柱船，主人排辨①送春筵。一雙鳳翅春翻海，十五②雁聲秋滿天〔二〕。美酒呼來金沆瀣，好花開到玉蓮錢。狂夫醉到忘歸去，夜泊百花潭水邊〔三〕。

【校】

① 辨：似當作"辦"。
② 五：疑當作"三"。參見注釋。

【箋注】

〔一〕詩當撰於鐵崖晚年退隱松江時期，即元至正二十年（一三六〇）以後。繫年依據：本詩末句所謂"百花潭"，在鐵崖晚年松江宅居門前。

〔二〕十五雁：當作"十三雁"，指箏。箏弦十三，箏柱排列如雁行，故有此名。參見元熊朋來撰瑟譜卷六瑟譜後錄。

〔三〕百花潭：位於草玄閣（鐵崖晚年松江居所）前。參見明鈔楊維禎詩集聽雨樓。

宴杜堯臣席上〔一〕

城南杜家天尺五〔二〕，霜臺地位素清高〔三〕。宮腰帶束黃金荔，仙掌花開白玉桃。狂寫南州鸚鵡賦〔四〕，醉呼百里鳳皇槽①。麟洲公子還相約〔五〕，不惜酒淋宮錦袍。

【校】

① 槽：疑當作“曹”。

【箋注】

〔一〕本詩當撰於元季鐵崖退隱松江時期，杜堯臣自紹興徙居松江之後，不得早　於元至正二十年（一三六〇）春。杜堯臣：名岳。參見鐵崖先生集卷二送　知事杜岳序。

〔二〕“城南”句：杜甫贈韋七贊善“時論同歸尺五天”自注：“俚諺曰：‘城南韋　杜，去天尺五。’”

〔三〕霜臺：御史臺之別稱。按：據本句所述，杜岳退隱松江，當在任職御史之　後，亦必在轉官兩浙運鹽司知事以後。參見鐵崖先生集卷二送知事杜　岳序。

〔四〕鸚鵡賦：東漢末年禰衡所作，并以此聞名。

〔五〕麟洲公子：指杜堯臣。

與浙省平章同謁先聖廟〔一〕

四海車書天子國，萬年冠冕素王宮〔二〕。遠人藩譯來觀禮，壯夫天山早掛弓〔三〕。春雨地深魚躍藻，午風琴細鳳鳴桐。泮謠未用歌行役，史客先生道已東〔四〕。

【箋注】

〔一〕詩撰於元至正二十年（一三六〇），或稍後，即鐵崖晚年退隱松江初期。繫　年依據：本詩乃鐵崖陪同江浙行省平章拜謁孔廟而作，據詩末“泮謠未用　歌行役，史客先生道已東”兩句，當爲鐵崖自杭州退隱松江不久，受聘於松　江府學時期。

〔二〕素王宮：指孔廟。論衡定賢：“孔子不王，素王之業在於春秋。”

〔三〕壯夫天山早掛弓：指薛仁貴三箭定天山。參見麗則遺音卷三鐵箭。

〔四〕史客先生：楊維禎自稱。

寄劉用章郎中[一]

鳳凰山下劉郎宅[二]，千樹桃花緑水間。把酒幾時仍共醉，挐舟此日又空還。鑑湖柳色凝鞍馬[三]，畫省微香繞佩環[四]。慚愧龍門舊游客，敝裘零落老江關。

【箋注】

〔一〕本詩當撰於鐵崖晚年退隱松江之後，松江被納入朱元璋版圖以前，即元至正二十年（一三六〇）至二十六年。繫年理由：其一，據詩末"慚愧龍門舊游客，敝裘零落老江關"二句，其時鐵崖已經退隱松江。其二，劉用章乃張士誠屬下。劉用章：其名不詳，松江人。家居鳳凰山下。元末爲張士誠屬官李伯昇幕僚。按：沈夢麟有詩分來字韻送劉用章郎中入越："丞相存吾道，司徒得俊才。論兵煩入幕，作賦好登臺。鑑曲黃冠盡，蘭亭白髮哀。吳中花滿眼，別後望重來。"（載花溪集卷三）謝肅亦有送劉用章郎中赴浙東李司徒幕詩（載密庵詩文稿丙卷）。可見劉用章投奔之李司徒，即張士誠屬官李伯昇。鐵崖曾稱贊李伯昇"椎魯少文可以屬大事"，與其帳下幕僚交好。本詩與上引兩詩當屬同時之作。參見國初群雄事略卷七周張士誠、東維子文集卷八送李志學還吳序。

〔二〕鳳凰山：參見鐵崖先生詩集己集雲山圖爲鳳凰山人題注。
〔三〕鑑湖：位於今浙江紹興。當時司徒李伯昇駐軍於此。
〔四〕畫省：尚書省別名。

吳氏雪窩

吳家雪窩吳水濱，屋樑月色爛如銀。山河大地不知夜，花木四時都是春。唤酒兒童白鸚鵡，抱孫親友玉麒麟。他時須約龍門騎，羅襪飛來不染塵。

卷四十一　清鈔本鐵崖楊先生詩集卷上之下

卷四十一　清鈔本鐵崖楊先生詩集卷上之下

答夏伯和書問〔一〕

百花洲裏馬橋邊〔二〕,勞問我家書畫舡。白衣時復送官酒〔三〕,野竹不用買青錢。吹笛長留洞庭客〔四〕,題詩欲寄華陽仙〔五〕。漁童樵子已了事,浮家又到九峰前〔六〕。

【箋注】

〔一〕詩當撰於鐵崖晚年退隱松江時期,即元至正二十年(一三六〇)以後。繫年理由:據"百花洲裏馬橋邊,勞問我家書畫舡"兩句,其時鐵崖已經移居小蓬臺,因爲小蓬臺在百花洲上。而小蓬臺落成,不遲於至正二十年。參見鐵崖先生詩集癸集禁酒。夏伯和:即夏庭芝,松江人。參見鐵崖先生詩集甲集題夏伯和自怡悦手卷。

〔二〕百花洲:即百花潭。正德松江府志卷十六第宅:"小蓬臺,楊鐵崖寓所樓名,在百花潭上。別有挂頰樓、草玄閣,皆爲東吳勝概。"

〔三〕"白衣"句:用陶淵明事。參見鐵崖先生古樂府卷八覽古之二十六注。其時鐵崖頗受張士誠屬官禮遇。

〔四〕洞庭客:蓋爲鐵崖自稱。

〔五〕華陽仙:疑指沈秋淵。按:沈秋淵號琅玕子,東維子文集卷三十一附録琅玕子來詩六首,其一曰:"李、杜文章萬丈光,并驅今見會稽楊。幾時過我華陽洞,鐵笛一聲吹鳳凰。"其後又録有鐵崖弟子徐固、吳毅、姜漸等和詩十來首,其中徐固一詩曰:"一溪流水碧桃花,云是茅山道士家。我欲相從問丹訣,赤城五色茹朝霞。"據此可知,沈秋淵乃茅山道士(茅山又稱華陽山)。元末鐵崖寓居松江時,攜其弟子與之唱和頗多。參見鐵崖先生集卷四琅玕所志。

〔六〕九峰:即松江九山。

門生夏叔正席上賦①〔一〕

今日樂事不可當,主人宴客舊林塘。雞鳴犬吠仙家静,燕語鶯啼

春晝長。半捲珠簾山雨過,一聲鐵笛海風涼。何時更約純陽老,太乙
蓮開錦繡香。

【校】

① 本詩雷同於鐵崖先生詩集甲集五月廿日余偕姑胥鄭華卿吳興宇文叔方雲間
馮淵如呂希顔柳仲渠過泂環訪讀易齋主人觴客於清暉堂上笙歌之餘給紙札
以觴詠爲樂余忝右客遂爲首唱率坐客各和之捧硯者珠簾氏也,兩詩僅數字
不同。疑鐵崖一詩二題,改動數字,分別贈人;或兩詩實爲一詩,讀易齋主人
即夏叔正,詩名不同而已。詳情俟考。

【箋注】

〔一〕本詩當作於元至正九、十年間,其時鐵崖受聘於松江璜溪呂氏塾,授學爲
生。繫年理由:詩中所謂純陽老,指鐵崖東家呂良佐。詩中既稱"何時更
約純陽老",可見在呂良佐生前,必爲鐵崖初次寓居松江期間。參見東維
子文集卷二十四故義士呂公墓志銘。夏叔正:當爲松江人。至正九、十
年間從學於鐵崖。

至正廿三年四月淮南王左相微行淞江
步謁草玄閣夜移酒船宴閣所①〔一〕

潛行不②識王丞相,草履過門如野人。太史微微③瞻紫氣,老夫急
急裹烏巾。子陵故舊④終辭漢〔二〕,張禄先生已⑤入秦〔三〕。聞⑥説五湖
天樣闊〔四〕,扁舟何處⑦不容身。

【校】

① 本詩又載列朝詩集甲集前編第七上、元詩選初集辛集、樓氏鐵崖逸編注卷
七,據以校勘。原本題作上王丞相,據列朝詩集本、元詩選本、鐵崖逸編注
本改。
② 潛行不:列朝詩集本、元詩選本、鐵崖逸編注本作"微行誰"。
③ 微微:列朝詩集本、元詩選本、鐵崖逸編注本作"遥遥"。
④ 舊:列朝詩集本、元詩選本、鐵崖逸編注本作"友"。

⑤ 已：列朝詩集本、元詩選本、鐵崖逸編注本作"又"。

⑥ 聞：列朝詩集本、元詩選本、鐵崖逸編注本作"休"。

⑦ 處：原本作"事"，據列朝詩集本、元詩選本、鐵崖逸編注本改。

【箋注】

〔一〕詩撰於元至正二十三年(一三六三)四月，其時鐵崖寓居松江。張士誠屬官王左相來訪，酒宴後賦此。王左相：指王晟。參見鐵崖先生詩集癸集王左轄席上夜宴。

〔二〕子陵：東漢嚴光。

〔三〕張禄先生：指范雎，戰國時魏人。范雎致力於游説諸侯。因避禍而改姓名爲張禄。入秦，秦昭王以爲宰相，謀軍事。詳見史記范雎列傳。

〔四〕五湖：指太湖。

小閬苑①圖

水清山碧相因依，境入閬州天下稀〔一〕。雲安縣前舟②上瀨〔二〕，海棠洲上閣當磯。山頭高石如人立，峽口行雲帶③雨歸。安得移家秋色裏，一雙白鳥面人飛。

【校】

① 本詩又載十八卷本玉山草堂雅集卷後二，據以校勘。原本題作小閬圖，據玉山草堂雅集本增補"苑"字。

② 舟：玉山草堂雅集本作"船"。

③ 帶：玉山草堂雅集本作"作"。

【箋注】

〔一〕閬州：據元史地理志，閬州隸屬於廣元路。今爲四川閬中。

〔二〕雲安縣：據元史地理志，元世祖至元二十年(一二八三)，雲安縣并入雲陽州，隸屬於夔州路。今屬重慶市。

過太湖①〔一〕

明月灘頭雪浪飛②，毛公壇下釣魚③舟〔二〕。東包 西包金色湧〔三〕，大雷 小雷龍氣浮〔四〕。便閣擬從天后近④，秘⑤書仍向夏王求〔五〕。蓬萊東望三千里⑥，七十二峰生遠愁〔六〕。

【校】

① 明沈敕編荊溪外紀卷七、元藝圃集卷四録此詩，據以校勘。荊溪外紀本、元藝圃集本題作泛湖望洞庭。

② 灘頭雪浪飛：荊溪外紀本、元藝圃集本作“灣前白浪流”。

③ 毛公壇下釣魚：原本作“茅公壇上纜扁”，據荊溪外紀本、元藝圃集本改。

④ 閣擬從天后近：荊溪外紀本、元藝圃集本作“路擬從天石觀”。

⑤ 秘：原本作“素”，據荊溪外紀本、元藝圃集本改。按：素書，通常指黄帝内經。

⑥ 東望三千里：荊溪外紀本、元藝圃集本作“未到惟東向”。

【箋注】

〔一〕詩撰於元 至正五年（一三四五）前後，作者游覽太湖之際。其時鐵崖受聘於湖州 長興 蔣氏，在其東湖書院授學，不時應邀出游。

〔二〕毛公壇：參見鐵崖撰游張公洞詩序（載佚文編）。毛公，相傳即靈威丈人。吳郡圖經續記卷中山：“包山在震澤中，山有林屋洞。昔吳王嘗使靈威丈人入洞穴，十七日不能窮得靈寶五符以獻，即此洞也。水經注云，山有洞室，入地潛行，北通琅耶、東武。俗謂之洞庭。”

〔三〕東包 西包：指東、西洞庭山。位於太湖之中。明 王鏊撰姑蘇志卷九山：“洞庭山在太湖中，一名包山，以四面水包之，故名。”

〔四〕大雷、小雷：參見鐵崖先生古樂府卷四送客洞庭西注。

〔五〕夏王：指大禹。相傳大禹有秘本靈寶五符藏於洞庭 林屋洞。

〔六〕七十二峰：指聳起於太湖和湖邊的眾多山峰。

送王本齋之建康之江西〔一〕

金陵壇西第一州，高臺去作鳳凰游〔二〕。龍盤虎踞尺寸土〔三〕，紫蓋黄旗三百秋〔四〕。南朝興廢烏衣宅〔五〕,北客登臨白鷺洲〔六〕。知子平生最高興,春風能賦仲宣樓〔七〕。

【箋注】

〔一〕本詩當撰於元順帝至元六年(一三四〇)以前,繫年依據參見下述王本齋生平。王本齋:即王都中(一二七八——一三四一),字元俞,一字邦翰,號本齋,福寧(今屬福建)人,寓吴縣(今屬江蘇)。歷官平江路治中,浙東宣慰副使,郴州路、饒州路總管,兩浙鹽運使,福建、浙東、廣東宣慰使都元帥。元順帝至元年間,以户部尚書領兩淮鹽運,官終江浙行省參政。卒贈昭文館大學士,謚清獻。生平參見元史本傳、元詩選三集王都中傳。

〔二〕高臺:指建康鳳凰臺。李白登金陵鳳凰臺:"鳳凰臺上鳳凰游,鳳去臺空江自流。"

〔三〕龍盤虎踞:太平御覽卷一五六引吴録:"劉備曾使諸葛亮至京,因睹秣陵山阜,歎曰:'鍾山龍盤,石頭虎踞,此帝王之宅。'"

〔四〕紫蓋、黄旗:皆爲雲氣,呈現於斗、牛之間。古人視爲吉祥,稱作"王氣"。三國志吴主孫權傳注引吴書曰:"舊説紫蓋黄旗,運在東南。"又,唐王勃撰常州刺史平原郡開國公行狀:"龍驤鳳起,霸王存玉璽之雲;紫蓋黄旗,王迹著金陵之野。"(載王子安集卷十六。)

〔五〕烏衣:景定建康志卷十六鎮市:"烏衣巷,在秦淮南。晉南渡王、謝諸名族居此,時謂其子弟爲烏衣諸郎。今城南長干寺北有小巷曰烏衣,去朱雀橋不遠。"

〔六〕白鷺洲:在今南京長江邊。李白登金陵鳳凰臺:"三山半落青天外,二水中分白鷺洲。"

〔七〕賦仲宣樓:意爲效仿三國魏人王粲,登樓作賦。王粲字仲宣,有名作登樓賦。

送天台道士之茅山

天台道人九節杖〔一〕,拄到絶頂三茅岑〔二〕。玄風千劫嘯黑虎,白石幾度成黄金。潭龍時出處女面,山鬼夜作騷人吟。三君上天應自厭〔三〕,司命官府勞於今。

【箋注】

〔一〕九節杖：相傳仙人所持。參見鐵崖先生古樂府卷三璚臺曲注。
〔二〕三茅岑：即茅山，道教勝地，位於今江蘇 常州境内。
〔三〕三君：指三茅真君，即茅盈、茅固、茅衷兄弟。參見鐵崖先生古樂府卷三張
　　　公洞注。

吕希顔席上賦[一]

　　吕家十八神仙酒[二]，不數王家新碧香。童子茶花調鳳髓，佳人蓮
指剥蜂房。芙蕖盆小琉璃碧，鸚鵡杯深琥珀黄。更約茅山 張外史，仙
臺高處飯玄霜。

【箋注】

〔一〕詩當撰於元至正九年(一三四九)，或稍後，其時鐵崖授學於松江 璜溪。繫
　　　年理由：據"更約茅山 張外史"一句，本詩作於至正十年秋張雨去世之前。
　　　而既然做客吕希顔家，其時鐵崖必居松江，吕希顔乃松江 璜溪人。參見東
　　　維子文集卷二十二心樂齋志。
〔二〕十八神仙酒：又稱東林十八仙。清吴景旭撰歷代詩話卷五十六辛集上之
　　　中宋詩沈東老："吴旦生曰：余家前谿距數里而南爲東林山，有沈東
　　　老……以藥十八味釀爲十八仙酒。楊鐵崖所謂'明晨紗帽青藜杖，更訪東
　　　林十八仙'也。"

寄黄子肅魯子暈①[一]

　　楊子十年官不調，近除消息果如何。玉堂未有編年筆[二]，野史寧
無正統書[三]。關塞秋高雕力健，鄉山木落雁行疎。蘭臺不隔同年面，
可要鄉人薦子虚[四]。

【校】

① 原本題寄黄子肅魯子暈三首，因第二首同於明鈔楊維楨詩集本寄韓李二御

史同年,第三首同於鐵崖先生詩集甲集贈相士孫雷眼,故此不録,并删詩題
"三首"兩字。

【箋注】

〔一〕詩作於元至正八、九年間,其時鐵崖游寓姑蘇、崑山、松江等地,授學爲生。
繫年依據:本詩首句曰"楊子十年官不調",知其時爲鐵崖失官十年之際。
黃子肅:名清老,鐵崖同年友。參見東維子文集卷七兩浙作者序。魯子
量:生平不詳。據本詩"蘭臺不隔同年面"一句,亦當爲泰定四年進士。
按:元代中葉有孛术魯翀(一二七九——一三三八),字子翬。人稱魯子
翬。虞集、王沂等名士多與之交往。然孛术魯翀并非鐵崖同年,早在泰定
元年已任國子監司業,官至江浙行省參知政事,且卒於元順帝至元四年
(其時鐵崖在錢清鹽場司令任上)。顯然與本詩所謂魯子量并非同一人。
(孛术魯翀生平詳見元史本傳。)

〔二〕"玉堂"句:至正初年,朝廷決定遼、金、宋史三史分別編撰。鐵崖認爲不
作編年史撰寫,要害在於不立正統。

〔三〕正統書:指鐵崖所撰三史正統辨。按:三史正統辨撰於至正四年,鐵崖聲
名隨之而起,故此後鐵崖時常提及。

〔四〕"可要"句:司馬相如所作子虛賦,漢武帝讚賞而不知作者何人。舉薦者
爲狗監楊得意,乃司馬相如同鄉。

上巳〔一〕

三月三日春風狂,桃花杏花紅滿牆。每因爲客多局促,況復多病
轉淒涼。隔岸樓臺金孔雀,橫波翠帶紫鴛鴦。百年何事頭如雪,不放
良辰酒一觴。

【箋注】

〔一〕詩當作於鐵崖晚年退隱松江時期,即元至正二十年(一三六三)以後某個
上巳日。繫年理由:據詩中"爲客"、"多病"、"頭如雪"等語推知,當爲鐵
崖再次寓居松江期間。

送人之番索進奉^{〔一〕}

不見顔色無三年,忽聞聲名動九天。繡衣金符作奉使,雪帆雪舵如飛仙。袖有一雙釣鼇手,腰纏十萬騎鶴錢^{〔二〕}。此行珍奇必無數,故人只在西湖邊。

【箋注】

〔一〕詩當撰於元至正十二年(一三五二)以前,鐵崖寓居或爲官杭州期間。繫年理由:據詩題詩意,當時天下(尤其江浙一帶)尚未大亂。又據詩末"此行珍奇必無數,故人只在西湖邊"兩句,其時鐵崖長居杭州。

〔二〕"腰纏"句:參見鐵崖先生詩集丙集題錢選畫長江萬里圖注。

送僧之四明^{〔一〕}

黄萱花開江上秋,黄巖上人歸故州^{〔二〕}。還鄉只得阿母喜,斷會更作諸方游。白頭老矣念鄉里,清淚對人如水流。雁宕好山會相見^{〔三〕},龍河水邊須少留^{〔四〕}。

【箋注】

〔一〕四明:原浙江寧波府之別稱,以境内有四明山得名。

〔二〕黄巖上人:佛教僧人,生平不詳。其原籍當爲四明。元季蓋周游各地,曾至松江。

〔三〕雁宕:又作雁蕩。位於今浙江溫州、台州一帶。

〔四〕龍河:當指青龍江,或黄龍浦,在松江。

柬吕輔之東道^{①〔一〕}

不見可人三越^②秋^{〔二〕},清江一曲抱深幽。孤高懷抱寡與合^③,老夫家聲④百不憂。水上輕鷗晴葉墮,沙頭文鴨夜星浮。大泖灣西⑤好月色,扁舟來興即來游⑥。

【校】

① 詩淵録有此詩,詩題柬吕輔之東道之“柬”,詩淵本作“寄”。又,本詩與鐵崖先生詩集甲集和吕希顔來詩二首一以謝希顔酒事一以寄充之見懷二首之二近似,或爲一詩二題。

② 越:詩淵本作“月”。

③ 與合:詩淵本作“興念”。

④ 夫家聲:詩淵本作“大家風”。

⑤ 西:詩淵本作“頭”。

⑥ 來興即來游:詩淵本作“乘興即相求”。

【箋注】

〔一〕詩撰於元至正十一年(一三五一)秋,其時鐵崖在杭州任四務提舉。繫年依據:至正九、十年間,鐵崖應松江吕輔之邀請,在其家塾授學。至正十年十二月初,受任杭州四務提舉,離開松江。本詩既曰與吕氏分别“三越秋”,則當作於至正十一年深秋。吕輔之:名良佐。參見東維子文集卷二十四故義士吕公墓志銘。

〔二〕三越秋:蓋指超過“三秋”。毛詩正義王風采葛:“一日不見,如三月兮……一日不見,如三秋兮……一日不見,如三歲兮。”按:三秋,蓋指三季,即九個月。

春游湖上①

春來湖上已多時,野人不出渾②未知。上石蒼苔圓個個,受風楊③柳弱枝枝。廣文騎馬到官舍,稚子操舟入溪④陂〔一〕。春風引人着⑤勝地,酒船胡用習家池〔二〕。

【校】

① 原本題作春游湖上二首,因第二首同於明鈔楊維禎詩集本嬉春五首之三,故

此不録,并删詩題"二首"兩字。又,明沈敕編荆溪外紀卷七亦載此詩,據以校勘。荆溪外紀本題作東湖漫興。

② 渾:荆溪外紀本作"祥"。

③ 楊:荆溪外紀本作"青"。

④ 渼:原本作"漾",據荆溪外紀本改。

⑤ 人着:荆溪外紀本作"入著"。

【箋注】

〔一〕"稚子"句:意爲效仿杜甫游渼陂。渼陂在鄠縣(今陝西户縣)西,杜甫有詩渼陂行曰:"主人錦帆相爲開,舟子喜甚無氛埃。"

〔二〕習家池:晉人山簡常於此游玩醉酒。參見清鈔鐵崖楊先生詩集卷上之中復倪元鎮二首注。

與楊參政席[一]

宴開參府三公盛,同着鮮紅御賜袍。好似瓊林天咫尺,多忘黃閣地崇高。雪剪冰樣分苜蓿,酒傳金甕出葡萄。一時兄弟俱臺省[二],白首揚雄尚賦騷[三]。

【箋注】

〔一〕詩作於元至正十六年(一三五六)春,其時鐵崖在杭州任稅務官。繫年依據:所謂"楊參政",疑指苗軍統帥楊完者。鐵崖友人張昱爲楊完者部下。至正十六年春,鐵崖與楊完者有交往。參見鐵崖作於至正十六年之和楊參政完者題省府壁韻(載列朝詩集甲集前編第七上)。

〔二〕"一時"句:元陶宗儀南村輟耕録卷八志苗:"至正十六年春二月朔,淮人陷平江……(楊)完者取道自杭,以兵劫丞相,陞本省參知政事,填募民入粟空名告身予之,即拜添設左丞。所統苗獠洞猺答剌罕等,無尺籍伍符,無統屬,相謂曰阿哥,曰麻線,至稱主將亦然。"

〔三〕白首揚雄:鐵崖自稱。按:揚雄曾撰反離騷,詳見漢書揚雄傳。

新省呈右相及藩參諸公〔一〕

　　大省新開方嶽重，人間第二紫微垣〔二〕。丹池鳳浴江湖淺，溫室花開雨露繁〔三〕。天柱星辰高①北極，海門日月遠東藩。相君大業憑誰賦，白髮詞臣詔立言。

【校】

① 列朝詩集甲集前編第七之上、樓氏鐵崖逸編注卷七載此詩，據以校勘。高：鐵崖逸編注本作"上"。

【箋注】

〔一〕詩作於元至正十九年（一三五九）春，鐵崖自富春山中徙居杭州之後。繫年依據：詩題所謂"新省"，至正十七年秋由張士誠設立，故本詩必撰於至正十七年之後。而鐵崖與張士誠屬官，尤其行省高官深入接觸，多在至正十九年寓居杭州時期。右相：指蔣輝。按：張士誠政權中曾任"右丞相"者，至少三人：蔣輝、大眼張、潘元明。據元季伏莽志卷六張士誠傳，張士誠攻佔平江之初，以"蔣輝爲右丞，居內省理庶務"。然同卷又有張右丞傳，曰："右丞，士誠從子，國人稱之謂大眼張（一云"火眼"）。守狼山。明兵既克姑蘇，旋遣李千石率師取通州，次狼山。右丞懼，降於明。"又，元季伏莽志卷六逆黨傳潘元明："元明字仲昭，泰州人。榮祿大夫潘懋長子也……士誠據有平江，設官屬，以元明爲中書左丞，鎮吳興。……既而以浙江行省平章鎮杭州，因李文忠師至，遣員外郎方彝納款狀來，遂率同僉李勝等奉士誠所授省院諸司印以降明，明命仍守原官。洪武三年，詔以浙江行省平章與李伯昇、張天麒等皆食祿不視事，子孫世襲指揮同知。十三年，命往福建理軍務。十四年，平雲南，署布政使司理，陞署布政司平章。病卒。"至正末年，潘元明亦曾任江浙行省右丞兼同知行樞密院事，參見潘元明於至正二十五年所撰禮經會元序（載全元文第五十九冊）。然本詩題既曰"新省右相"，詩中又曰"相君大業"，則上述三人之中，大眼張爲武將，潘元明任右相較晚，唯有蔣輝仕履吻合。

〔二〕"大省"二句：指至正十七年秋張士誠依附元朝之後，新設江浙、淮南二省。參見寄淮南省參謀（載明鈔楊維禎詩集）。

〔三〕溫室：宮殿名。位於中書省。參見本卷復倪元鎮二首之二。

宴朱氏園堂〔一〕

閶闔門西墅騎停〔二〕,朱家院子近郊坰。驪珠串落金光瘦,琥珀春浮雪色瓶。小竹壓枝巢翡翠,飛花出樹點蜻蜓。更於上客投珍贈,手展倭麻寫石經。

【箋注】

〔一〕詩撰於元至正七、八年間,其時鐵崖寓居姑蘇。繫年依據:朱氏家居蘇州,楊維楨在姑蘇赴豪門之宴,且爲太平年景,必爲至正前期授學姑蘇期間。

〔二〕閶闔門:宋范成大撰吳郡志卷三城郭:"文選注引吳地記:昌門者,閶闔所作,名曰閶闔門,高樓閣道。按陸機所賦,此門在晉時樓閣之盛如此。"

黃葉漁村

漁郎隱居隔塵市,門外絕無車馬聲。夕陽滿林秋雨霽,寒鱸出網漁魚腥。山茅作花銀狗尾,野藤結子金鴉睛。老夫爲汝寫懷抱,一曲鐵龍江水清。

錢氏純白窩〔一〕

晴雲不動雪穹窿,一竅圓明太極通。元氣未分天地白,神光何用坎離紅。禮乘鳥迹生文後〔二〕,道在龍圖未畫中〔三〕。定識萊溪有餘慶〔四〕,諸郎能習古人風。

【箋注】

〔一〕詩撰於元至正二十年(一三六〇)五月八日,其時鐵崖退隱松江半年有餘。繫年依據:至正二十年五月端午節期間,鐵崖應邀至錢氏純白窩小住,并爲撰寫記文。本詩當爲一時之作。錢氏：指松江錢鶴臯。錢鶴臯家有類似蒙古包建築，取名純白窩。參見東維子文集卷十五純白窩記。

〔二〕鳥迹生文：相傳倉頡模寫鳥迹而創造文字。參見東漢許慎説文解字序。

〔三〕龍圖：即河圖。應劭風俗通山澤四瀆："河者，播也，播爲九流，出龍圖也。"南朝陳徐陵勸進梁元帝表："卦起龍圖，文因鳥迹。"

〔四〕萊溪：當指小萊，位於華亭縣北，即錢鶴臯家所在地。參見純白窩記。

贈采月山人

沈興愛日①如愛璧〔一〕，赤水②欲捉清水困〔二〕。金蟆吐液光照膽，玉杵白藥延長年。乾元一畫八卦象，甲子再數三周天。鐵崖山人與爾約，顧兔腹中談缺圓〔三〕。

【校】

① 日：蓋"月"之訛寫。
② 水：似當作"手"。

【箋注】

〔一〕沈興：其別號蓋爲采月山人。生平不詳。
〔二〕捉清水困：意爲水中撈月。
〔三〕顧兔腹中：喻指在月亮之中。參見鐵崖先生古樂府卷二奔月卮歌注。

東詔使李孟賓①左丞〔一〕

皇帝子民渾未倦，儲君監國正英年〔二〕。義戈有力能回日〔三〕，妖木何人敢破天〔四〕。平軹自憐烹酈食〔五〕，賣畚猶慮在苻堅〔六〕。南平帷有三州上②，白髮荆臺節獨全〔七〕。

【校】

① 東：疑當作"柬"。賓：蓋"賔"之誤。參見注釋。

② 上：疑當作“士”。

【箋注】

〔一〕詩當作於元至正十九年（一三五九）秋季，或稍前，其時鐵崖寓居杭州。繫年依據：其一，李孟熥名稷，至正十九年被任命爲陝西行省左丞，本詩必作於此後。其二，鐵崖於至正十九年十月初退隱松江，本詩當作於退隱之前寓居杭州期間。參見鐵崖先生詩集甲集寄上李孟熥稷中丞。

〔二〕儲君監國：據元史順帝本紀，至正十三年六月“丁酉，立皇子愛猷識理達臘爲皇太子、中書令、樞密使，授以金寶”。

〔三〕回日：淮南子覽冥訓：“魯陽公與韓搆難，戰酣日暮，援戈而撝之，日爲之反三舍。”

〔四〕妖木：漢書五行志：“京房易傳曰：‘枯楊生稊，枯木復生，人君亡子。’元帝初元四年，皇后曾祖父濟南東平陵王伯墓門梓柱卒生枝葉，上出屋。劉向以爲王氏貴盛將代漢家之象也。”

〔五〕酈食：即酈食其，漢高祖劉邦謀臣。劉邦使酈食其游説田橫，後被烹殺。參見史記田儋列傳。

〔六〕賣畚：指王猛。王猛爲苻堅心腹大臣，十六國時任前秦司徒，“家于魏郡，少貧賤，以鬻畚爲業”。詳見晉書王猛傳。

〔七〕“南平”二句：南平，指五代時南平王高季興。白髮荊臺，指唐末進士梁震。梁震不受高季興及其子荊南節度使高從誨所予官職，而以白衣參謀，曾獻策使高季興避禍。晚年“披鶴氅，自稱荊臺隱士”。詳見資治通鑑卷二百六十七、卷二百七十二、卷二百七十九。

湖上

　　綠雲蒸作湘江雨，吹過巫山十二峰。花影舞翻金尾鵲，硯光飛下玉鱗龍。紅衫小婦三椽①屋，白髮仙人九節筇。便躡青梯凌絶頂，手探銀漢采芙蓉。

【校】

① 椽：原本誤作“掾”，徑改。

夜宴碧雲堂

長宴不知青夜徂,碧雲深護錦屠蘇。芙蓉掌瀉三花露,斛律盤傾一串珠。聯句只輸軒道士[一],醉歸不怕李金吾[二]。踏筵何用雙羅襪,康里歌巾舞鶻伕[三]。

【箋注】

〔一〕軒道士:指衡山道士軒轅彌明。軒轅彌明曾以石鼎聯句著稱於世。詳見韓愈石鼎聯句詩序。

〔二〕"醉歸"句:杜甫陪李金吾花下飲:"醉歸應犯夜,可怕李金吾。"

〔三〕鶻:當爲"回鶻"之略。

被盜[一]

關西夫子善①文章[二],財積南樓一旦②亡。鐵笛玉簫聲已斷,瓊花翠羽③恨何長。惟留鸞鏡明髭④髮,無復貂裘護雪霜。百物盡歸梁上客,半生空與別人⑤忙[三]。

【校】

① 嘉慶松江府志卷七十七名迹志載此詩,據以校勘:善:嘉慶松江府志本作"振"。

② 財積南樓一旦:嘉慶松江府志本作"才積書樓一夜"。

③ 翠羽:嘉慶松江府志本作"細草"。

④ 惟留鸞鏡明髭:嘉慶松江府志本作"空遺鸞鏡明絲"。

⑤ 空與別人:嘉慶松江府志本作"辛苦爲誰"。

【箋注】

〔一〕詩當撰於鐵崖晚年退隱松江時期,即元至正二十三年(一三六三)三月以後。繫年依據:本詩所謂"被盜",發生於鐵崖居住松江草玄閣期間,而草玄閣(蓋即本詩所謂"南樓")建成,在至正二十三年三月。嘉慶松江府志卷七十七名迹志第宅附録此詩,且有説明曰:"草玄閣,楊維禎自題。會稽楊鐵崖會兵亂，攜家隱於松城迎仙橋河西，構草玄閣以自居。既而仍遇賊難，故作此嘆。"參見鐵崖先生詩集甲集贈姚子華筆工。

〔二〕關西夫子：鐵崖裔出關西楊震，故稱。

〔三〕"百物"二句：蓋因失竊數量巨大，鐵崖頗爲懊喪。按：貝瓊撰鐵崖先生傳云："（先生）一日游盤龍塘，夜抵普門寺宿。盜伺其亡，盡竊所蓄物。黎明，家人往白之，賦詩不輟，直語客曰：'老鐵在是，區區長物又奚恤？'"貝瓊謂失竊後鐵崖頗爲豁達，蓋屬謬飾，本詩所言則屬實情。

琵琶

鵾弦鐵撥玉鏦錚，但覺清風滿座生。春盡江心來急雨，日長花底語流鶯。只知古調猶新調，誰道無情似有情。若得潯陽江上聽，定行翻作琵琶行〔一〕。

【箋注】

〔一〕"若得"二句：指白居易於潯陽江頭聞商婦琵琶而作歌。

中秋觀瀑

客對奔泉倚石樓，深潭日落氣沉浮。飛來大地無窮影，下照空山第一流。皓闕精簾輝永夜，明珠粲壁動清秋。長歌太白廬山句〔一〕，便欲乘舟到十洲〔二〕。

【箋注】

〔一〕太白廬山句：即李白望廬山瀑布"日照香爐生紫烟，遥看瀑布挂前川"。
〔二〕十洲：傳説中的海上仙島。參見鐵崖先生古樂府卷十小游仙之十注。

白龍潭〔一〕

神師受法龍弟子，養龍卓地地成湫。大珠脱額紅如火，小線藏身白似鰍。清戛嘯聲金缽口，時行雨脚墨池頭。鐵仙拾得雌雄劍，不似延平不肯投〔二〕。

【箋注】

〔一〕本詩所述白龍潭，位於松江。詩撰於元至正九、十年間，其時鐵崖在松江璜溪授學。宋人竹洞翁白龍潭記：“華亭在二輔爲壯縣，環邑皆水，交錯於中。其流濁而不深，有一水焉，獨深而潔、可淪可釀於衆流之間者，白龍潭也。潭以龍名舊矣，按圖經，在縣西北三里，實有龍蟄其下。”（文載正德松江府志卷十八寺觀上西禪寺。）

〔二〕延平：河津名。相傳雷焕之子攜寶劍行經延平津，劍忽於腰間躍出，墮水化龍。參見鐵崖先生古樂府卷四古憤注。

送謙侍者之天寧寺參金西白座下〔一〕

天寧寺裏金仙佛〔二〕，原是長庚太白才〔三〕。獅子座頭飛錫過，鴛鴦湖上渡杯來〔四〕。龍宮硯倒天池滴，鮫女盤擎海月胎〔五〕。白足沙彌參法去〔六〕，木雞啼上雨花臺〔七〕。

【箋注】

〔一〕詩當作於鐵崖晚年退隱松江以後，元亡以前，即元至正二十年（一三六〇）至二十七年之間。繫年依據：本詩題稱“之天寧寺參金西白座下”，金西白即釋力金，至正後期任嘉興天寧寺住持，其時鐵崖寓居松江。明初，釋力金召入京師。本詩既曰“送謙侍者之天寧寺”，故必在元亡以前。釋力金（一三二七——一三七四）：其名一作萬金，字西白，吳郡（今江蘇蘇州）人。俗姓姚。元至正十七年丁酉，出主蘇州瑞光寺，又爲嘉興天寧寺住持。洪武改元，有旨起住大天界寺。不時召入禁庭，奏對多稱旨，故曾受命於鍾山總持齋事，與宗泐等奉詔注楞伽、金剛、心經。詩文書畫皆精通，有淡泊齋稿。洪武六年十二月二十四日卒，宋濂爲作銘。生平詳見新續高僧傳四集卷五十一明金陵大天界寺沙門釋力金傳、大雅集卷四萬金傳、明王鏊撰姑蘇志卷五十八人物二十三釋老傳。謙侍者：僧人。元末明初在世，生平不詳。

〔二〕天寧寺：又名天寧禪寺、天寧萬壽院等,位於嘉興“郡治北一里”。參見萬
　　　曆嘉興府志卷四寺觀。

〔三〕長庚太白：唐才子傳卷二李白：“白字太白,山東人。母夢長庚星而誕,因
　　　以命之。”

〔四〕鴛鴦湖：南湖別稱,又名鴛湖。位於今浙江嘉興市。渡杯：法苑珠林卷七
　　　十六宋釋杯渡：“宋京師有釋杯渡者,不知俗姓,名字是何。常乘木杯渡
　　　水,因而爲目。”

〔五〕鮫女：參見上卷劉丹崖泡珠亭注。

〔六〕白足：後秦鳩摩羅什弟子曇如。此指謙侍者。參見鐵崖先生古樂府卷四
　　　陳帝宅注。

〔七〕雨花臺：大明一統志卷六南京宮室：“雨花臺在府南三里,據岡阜最高處。
　　　梁武帝時有雲光法師講經於此,感天雨花。”

席上得酡字①〔一〕

　　雨晴春水綠生波,八柱樓船海上過。隔岸②白雲飛絮亂,滿簾風③
雨落花多。書行仙客榴皮濕〔二〕,酒上美人花面酡。醉把④鐵龍吹小
海〔三〕,停杯更索莫愁歌〔四〕。
　　　抱遺老人奉和滄浪漫士韻〔五〕,在水心雲景樓醉筆⑤。

【校】

① 本詩又載石渠寶笈卷八貯乾清宮八元倪瓚南渚春晚圖,據以校勘。石渠寶
　笈本無此詩題。

② 岸：石渠寶笈本作“屋”。

③ 風：石渠寶笈本作“紅”。

④ 把：石渠寶笈本作“提”。

⑤ “抱遺老人奉和滄浪漫士韻,在水心雲景樓醉筆”兩句凡十九字,原本無,據
　石渠寶笈本增補。

【箋注】

〔一〕本詩撰書於元至正十三年(一三五三)三月以後。繫年依據：據石渠寶笈

著録,至正十三年三月,倪瓚畫南渚春晚圖,并題詩。鐵崖和其詩韻而作此詩,必在至正十三年三月之後。石渠寶笈卷八貯乾清宫八列朝人畫軸上等:"元倪瓚南渚春晚圖一軸,素牋本墨畫,款識云:'至正十二年暮冬,將游吴松,舟過甫里,爲元素翁留寓其處,泊舟南渚,忽然四改月。元素翁之季子叔陽隱迹爲黄冠師,頗以詩酒自放。三月廿日,賦詩見贈。余輒次第其韻云:誰道南湖來往少,白雲明月自相過。鶯啼寂寂看將晚,花落紛紛稍覺多。金陌谷(疑"谷"字衍)銅駝荆棘滿,石魚酒艇醉顔酡。日斜睡足衡門下,更聽吴歈子夜歌。是日適仲賢瞿君來訪親戚,且徵余畫,戲爲寫此,并題是詩畫上以贈。吾叔明見之,當共一笑也。滄浪漫士倪瓚記。'是歲爲十三年。後楊維禎題云……"按:元素翁之"元",當作"玄"。

〔二〕"書行"句:相傳吕洞賓過東林沈氏,用石榴皮題詩於壁。參見鐵崖先生詩集甲集玄霜臺爲吕希顔賦注。

〔三〕小海:即小海唱,古代吴人悼念伍子胥之歌曲。參見東維子文集卷十八書畫舫記注。

〔四〕莫愁歌:參見鐵崖先生古樂府卷十漫成五首之五注。

〔五〕抱遺老人:鐵崖自稱。滄浪漫士:倪瓚別號。

月夜泛舟

沙棠艇子覆晴莎,明月灣頭答浪波。翡翠蘭苕春更好〔一〕,芙蓉瀟瀟夜如何。星光破碎吹笙坐,江色荒寒掉槳過。誰把琵琶彈夜月,少年霜鬢緑無多。

【箋注】

〔一〕翡翠蘭苕:郭璞游仙詩:"翡翠戲蘭苕,容色更相鮮。"

梅塢

十里江梅入畫看,滿天霜月佩珊珊。鳥啼白雪黄昏後,人在瓊樓玉宇間。溪女相逢似姑射〔一〕,吴兒指點是孤山〔二〕。一枝欲寄江南信〔三〕,不見東風使者還。

【箋注】

〔一〕姑射:此指姑射仙人。參見莊子逍遥游。

〔二〕"吴兒"句:意爲梅塢所在之地,類似杭州 西湖之畔孤山。萬曆 杭州府志
卷二十山川一:"孤山在重湖之間,山形坦夷……山故多梅,爲林處士放鶴
之地,今梅徑、梅塢尚存。"

〔三〕"一枝"句:用陸凱寄梅事。參見明鈔楊維禎詩集卷下鶴脛笛注。

竹溪

　　娟娟修竹滿清溪,種竹人家住竹西。一水繞林流欲斷,萬竿和雨
路都迷。漁舟小向篔簹入,鷗鳥相依翡翠棲。昨夜東風三尺雪,敲門
何處覓新題。

横鐵軒〔一〕

　　柳陰日薄水風涼,舡過龍潭 萬竹莊〔二〕。淵底織綃鳴杼軸,月中飛
佩下鸞凰。六么按舞催弦急〔三〕,百罰飛觥唤酒忙。夜久海棠渾欲睡,
更曉銀燭照紅妝〔四〕。

【箋注】

〔一〕詩作於元 至正二十三年(一三六三)四月十八日,即横鐵生陪同鐵崖游覽
于將山之際。繫年依據:參見本卷宴横鐵軒,以及鐵崖先生集卷三游干
將山碧蘿窗記。横鐵軒:鐵崖晚年弟子横鐵生 洪祥 松江居所。

〔二〕龍潭:又稱白龍潭。參見游干將山碧蘿窗記。

〔三〕六么:宋王灼 碧雞漫志卷三六么:"六么,一名緑腰,一名樂世,一名録
要……段安節 琵琶録云:'緑腰,本録要也,樂工進曲,上令録其要
者。'……或云,此曲拍無過六字者,故曰六么。"

〔四〕"夜久"二句:蘇軾海棠:"只恐夜深花睡去,高燒銀燭照紅妝。"

張氏秋潭幽居圖〔一〕

銀河一道落天末，邢臺百頃瀦秋潭〔二〕。松聲到地激寒瀨，雲氣滿山成翠嵐。濯足每依垂釣石，觀心長坐讀書龕。何如訪汝幽棲地，脱我黄塵頭上簪。

【箋注】

〔一〕詩中有"邢臺百頃瀦秋潭"，似隱指張氏故鄉爲邢臺，"秋潭幽居"蓋其故居。故此頗疑張氏即華亭縣令張德昭。張德昭字彦明，邢臺人。於元至正七年至十年，任華亭縣尹。楊維禎與其父子二人皆有交往。參見楊鐵崖先生文集全録卷二華亭縣尹張侯遺愛頌碑、東維子文集卷十九素行齋記。如上述推斷不誤，本詩當作於元至正九年（一三四九）前後。

〔二〕邢臺：今屬河北。

題群玉司司鑰養安海涯省親江陰侯承賜尚醖卷〔一〕

鈞天有客司群玉，拜賜宮壺寵數優。別郡風雲瞻北闕，清時雨露滿南州。橋陰當户斑衣舞，花氣熏人白玉舟。海國小臣何以報〔二〕，推恩千里大江流。

【箋注】

〔一〕養安海涯：據本詩題，其官職爲"群玉司司鑰"。生平不詳。按：群玉司爲奎章閣學士院下屬機構。又按楊鐵崖先生文集全録卷一華亭縣重修學宮記，元至正九年（一三四九）前後任華亭縣達魯花赤者爲養安海涯，未知與此"群玉司司鑰"養安海涯是否爲同一人。

〔二〕海國小臣：當屬鐵崖自指。由此可見當時鐵崖有官職在身。

孫元實小像〔一〕

果①育老人年少日〔二〕，慣騎駿馬落花風〔三〕。有時詩句還自得〔四〕，如此好懷誰與同。前身只疑陶靖節〔五〕,當代亦有孫興公〔六〕。白頭又入非熊夢〔七〕,未許垂綸谷口東〔八〕。

【校】

① 果:原本誤作"宋",逕改。參見鐵崖文集卷四孫元實小像贊。

【箋注】

〔一〕楊維楨曾爲孫元實撰像贊,本詩蓋與贊文作於同時,即元至正九、十年間,其時鐵崖在松江璜溪授學。繫年依據參見鐵崖文集卷四孫元實小像贊。

〔二〕果育老人:指孫元實。孫元實號果育齋。

〔三〕"慣騎"句:孫元實小像贊曰"騎款段類馬少游"。

〔四〕"有時"句:貢師泰玩齋集卷十孫元實墓志銘:"其所爲詩歌,流麗清遠,意出天巧,絶類王維、孟浩然。"

〔五〕陶靖節:即陶淵明,其諡號靖節。按:孫元實小像贊謂孫元實"抱無弦類陶元亮"。

〔六〕孫興公:指晉人孫綽。孫綽字興公,"居於會稽,游放山水十有餘年",晉書有傳。

〔七〕白頭:其時孫元實已入老年。按:孫元實卒於至正十八年,年近八十。據以推之,至正九、十年間當爲七十歲左右。參見孫元實小像贊。非熊夢:參見陳善學序刊楊鐵崖先生文集卷一楚妃曲注。

〔八〕垂綸谷口東:指西漢鄭樸。參見本卷上林氏篔簹谷四絶注。

雲巢翁曉雲圖〔一〕

早起開門五老前〔二〕,五老相見如華顛。小竹低頭盡搶地,喬杉直節獨擎天。何處白袍凌早去,有人黃被只高眠。老巢覓句亦良苦,吾伊口吻似饑鳶。

【箋注】

〔一〕本詩爲題畫之作,曉雲圖蓋雲巢翁收藏,楊維楨爲之題詩。雲巢翁:疑指松江楊伯成。元陳高不繫舟漁集卷十二樓雲巢記:"予來華亭,乃聞有巢居者,意其必遯世俗、離人群,而與鸛鶴并棲於叢木之上也。及往窺其居,則爲屋數楹,深廣丈餘,而表其名曰棲雲巢……巢之主人,楊君伯成也;記之者,永嘉陳高也;其時則至正甲午八月朔日也。”

〔二〕五老: 指廬山東南之五老峰。

次答瞿于①智〔一〕

鐵笛道人歸去來,尚留雲夢在陽臺〔二〕。江晴江雨珠簾卷,風北風南錦纜開。蕩水連天浮傀儡,海風拔地割蓬萊。胡麻一杯飯已熟,劉郎前度到天台〔三〕。

【校】

① 于: 疑當作“子”。

【箋注】

〔一〕瞿于智: 疑指瞿智,“于”蓋“子”之訛寫。瞿智字睿夫,參見東維子文集卷二十九壽豈詩。

〔二〕“尚留”句: 寓巫山雲雨故事。參見鐵崖先生古樂府卷九陽臺曲。

〔三〕“胡麻”二句: 述漢人劉晨在天台遇仙女事。參見鐵崖先生古樂府卷三苕山水歌注。

次答密元魯季兄〔一〕

鳳水龍山五色融,麗如西子爲君容〔二〕。街頭流潦收鮫屋,城上輕雲帶雉宮。三泖湖頭春蕩漾〔三〕,五茸驄馬玉蔥蘢〔四〕。輊遲花信寧嫌晚,桃李終歸造化功。

【箋注】

〔一〕據本詩“鳳水龍山”、“三泖”、“五茸”等語,密元魯季爲松江人士,鐵崖詩友。

〔二〕西子:指西施。

〔三〕三泖:又稱谷泖,位於松江府城之西。參見崇禎松江府志卷五水。

〔四〕五茸:松江別名。參見鐵崖先生詩集庚集錦雉圖注。

　　　蒼蔔堂題詩遺明海大師大師新安寺尼也永嘉
　　　西硐之弟子傳法空王之外能吟七字句詩僕與
　　　玉山人游崑山明海招茶供侍者無有出楮求詩
　　　爲賦是章①〔一〕

　　解馬來登翠微閣〔二〕,揚鈴重過老②禪林。鉢③衣五夜下天女,廣樂④六時聞海音。白金花開蒼蔔樹,青雨子落婆娑⑤陰。新安上人尚文采,能作石泉西澗吟。

【校】

① 萬曆重修崑山縣志卷二第宅蒼蔔堂、道光崑新兩縣志卷十寺觀新安尼寺、劉世珩影元刊十八卷本玉山草堂雅集卷二、陶湘校刊十八卷本玉山草堂雅集卷後二録此詩,據以校勘。原本題作賦新安尼寺明大師,萬曆重修崑山縣志本、道光崑新兩縣志本皆無詩題,此據玉山草堂雅集本改題。

② 揚鈴重過老:玉山草堂雅集本、萬曆重修崑山縣志本、道光崑新兩縣志本作"揚舲重過賓"。

③ 鉢:原本與玉山草堂雅集本作"銖",據萬曆重修崑山縣志本、道光崑新兩縣志本改。

④ 廣樂:陶湘校刊玉山草堂雅集本作"廣寒"。

⑤ 婆娑:萬曆重修崑山縣志本、玉山草堂雅集本作"娑婆"。

【箋注】

〔一〕詩作於元至正八年(一三四八)春,其時鐵崖應顧瑛約請,游寓崑山。繫年依據:此番鐵崖與顧瑛游崑山,頗交禪僧,本詩與本卷留別悦堂禪師詩當爲一時之作。蒼蔔堂:明海大師居所。明海大師,詩中又稱之爲新安上人,蓋於至正年間任崑山新安寺住持。明海曾經師從南宋末年丞相葉夢鼎,工詩。萬曆重修崑山縣志卷二第宅:"蒼蔔堂,新安寺尼明海所居。明海能詩,葉西磵弟子。”

新安尼寺：位於崑山城東。萬曆重修崑山縣志卷三寺觀：“新安尼寺,在縣東二百步。梁天監二年置。”又,道光崑新兩縣志卷十寺觀：“新安尼寺在通圖橋東,梁天監二年建,唐會昌五年廢,大中七年重建。內有薝蔔堂,宋尼僧明海所居。（海能詩,丞相葉夢得弟子。）宋紹定中寺焚,惟觀音像存。淳祐中再建。明初廢。”按：上引道光崑新兩縣志所述有誤,明海并非“宋尼僧”,亦非師從葉夢得,而是葉夢鼎弟子。

永嘉西磵：指葉夢鼎。葉夢鼎字鎮之,號西磵,台州寧海人。南宋咸淳年間官至右丞相兼樞密使。宋史有傳。參見元劉一清撰錢塘遺事卷五賈相舉令。

玉山人：指顧瑛。

侍者無有：當爲至正年間崑山新安尼寺僧尼。

〔二〕翠微閣：萬曆重修崑山縣志卷二園亭：“翠微閣,在馬鞍山中。宋詩僧沖邈所居,邑人戴珣重建。”

留別悦堂禪師①〔一〕

　　至正戊子春,僕與京兆姚子章、吳郡顧仲瑛游崑山〔二〕。明日,悦堂招余讌賓玉堂。悦堂聰明識理,奉親之行尤卓。既題其養親圖卷,臨行,又書此詩于養親編蒲之所②。

　　同尋范老③讀書處〔三〕,知有前朝斬指僧〔四〕。黛葉寒垂千尺檜,紫花春着萬年藤。摩尼珠明照丹④鉢,琉璃碗薄涵青燈。編蒲老子吾所敬〔五〕,空王門中之閔曾〔六〕。

【校】

① 本詩又載劉世珩影元刊十八卷本玉山草堂雅集卷二,據以校勘。玉山草堂雅集本題作編蒲軒爲顏悦堂禪師賦。

② 此詩序原本無,據玉山草堂雅集本增補。

③ 同尋范老：玉山草堂雅集本作“因尋老范”。

④ 丹：玉山草堂雅集本作“神”。

【箋注】

〔一〕據詩序,本詩作於元至正八年戊子(一三四八)春。當時鐵崖寓居姑蘇已一年有餘,授學爲生,此際應顧瑛之請,赴崑山游。悦堂禪師:即釋希顏。釋希顏號悦堂,四明昌國(今浙江定海)人。俗姓洪。"幼從無惠印禪師得度,其説法則嗣東嶼海和尚"。元順帝至元四年始任崑山薦嚴資福禪寺住持。有齋室名編蒲室、城南小隱,鐵崖曾有詩題其齋與其像。又,謝應芳有過悦堂長老看沈香小山適見楊鐵崖所題畫像堂堂之容令人起敬因作此以贈詩(龜巢稿卷三),又有詩寄徑山顏悦堂長老,題下小字注曰:"時退居崑山州城之南,扁其室曰城南小隱。"(元詩選二集卷二十三)參見元黃溍至正八年十月所撰薦嚴寺碑記(載道光崑新兩縣志卷十寺觀)。

〔二〕姚子章:名文奐,崑山人。參見鐵崖先生詩集甲集予與野航老人既登婁之玉峰應上人招憩來青閣且乞詩爲賦是章率野航共作。吴郡顧仲瑛:即崑山顧瑛。

〔三〕范老:指范成大。相傳范成大於此薦嚴寺讀書,寺有紫藤,人稱"范公藤"。參見黃溍撰薦嚴寺碑記。

〔四〕前朝斬指僧:蓋指北宋慧公禪師。慧公乃黃龍南公高足,熙寧四年,來任此寺住持,重建法堂,四方衲子聞風而至,"其徒推爲兹山重興之始祖"。參見黃溍撰薦嚴寺碑記。

〔五〕編蒲:嘉靖崑山縣志卷四第宅:"編蒲室,僧顏悦堂所居。悦堂能孝其親。楊維楨有詩云:'編蒲老子我所敬,空王門中之閔曾。'"

〔六〕閔、曾:孔子弟子閔子騫與曾參,皆以孝行著稱。

桃源主人翡翠巢①〔一〕

夢裏騎鶴訪容城〔二〕,翠羽層層逼眼明。夜月笙簫雙鳳下,天風環佩八鸞鳴。玉樓要結鴛鴦伴,彩筆應題燕子名〔三〕。擬倩蓬萊花鳥使,碧雲高處覓芳卿。

【校】

① 原本題爲桃源主人翡翠巢二首,因第一首同於明鈔楊維楨詩集本翡翠巢,故

此不録，并删詩題"二首"兩字。

【箋注】

〔一〕詩撰於元至正七、八年間，其時鐵崖游寓姑蘇、崑山等地，常應邀至玉山草堂，爲顧瑛賦詩題字。本詩蓋即當時所作。桃源主人：指崑山顧瑛，顧瑛宅園玉山草堂原名小桃源。參見東維子文集卷十八小桃源記。翡翠巢：顧瑛玉山草堂中景觀之一。參見鐵崖撰翡翠巢詩（載明佚名鈔本楊維禎詩集）。

〔二〕容城：疑指華蓋山洞，道家三十六小洞天之一。宋李思聰編洞淵集卷二三十六洞天："第十八華蓋山洞，周迴四百里，名容城太玉之天，在温州永嘉縣。"（載正統道藏太玄部。）又，十八卷本玉山草堂雅集卷十四載卞思義詩容城道院："聞説容城小洞天，當年曾住大羅仙。星壇露冷人初静，竹屋雲深鶴正眠。"

〔三〕燕子樓：唐妓盼盼所居，白居易曾爲賦詩。參見鐵崖先生古樂府卷十燕子辭之四。

登承天閣同魯瞻副使年兄同眺〔一〕

使節新來秋水國，高臺地位見清華。天花不暇談諸佛，菜色先憂到幾家。湖上紅妝憐遁世〔二〕，海門白馬慣沉沙〔三〕。劍山破碎金精滅〔四〕，水繞吳城只暮鴉。

【箋注】

〔一〕詩作於元至正七年（一三四七）秋，其時鐵崖寓居姑蘇，授學爲生。繫年依據：詩中曰"使節新來秋水國"，當指康魯瞻新任平江都水庸田使司副使之時。魯瞻副使：即康若泰。康若泰乃泰定四年進士，故鐵崖稱之爲"年兄"。至正七年秋，任平江都水庸田使司副使，未滿三月即轉官湖南憲使。參見東維子文集卷十二新建都水庸田使司記。承天閣：位於姑蘇。鐵崖另有與魯瞻唱和詩，題作題承天閣與魯瞻副使同登用魯瞻韻，載鐵崖先生詩集庚集，可參看。

〔二〕"湖上"句：蓋指西施伴范蠡隱遁於太湖。

〔三〕“海門”句：寓伍子胥故事。參見鐵崖先生詩集乙集觀濤同張伯雨賦注。
〔四〕“劍山”句：有關蘇州虎丘、劍池之傳説。參見鐵崖先生古樂府卷四虎
　　丘篇。

見吳左丞〔一〕

　　我愛江南吳左相，聞①門下士盡從容。能將賓客到綠野〔二〕，無用
神仙訪赤松〔三〕。春後春前移玉樹，水南水北看靈峰。二郎聞已登樞
要，新賜天閑八尺龍〔四〕。

【校】

① 本詩又載劉世珩影元刊十八卷本玉山草堂雅集卷二，據以校勘。聞：原本作
　 “閉”，據玉山草堂雅集本改。

【箋注】

〔一〕吳左丞：當爲江浙行省左丞。
〔二〕綠野：别墅名，其主人爲唐代丞相裴度。參見本卷上之中和屍竹贈浙
　　省注。
〔三〕訪赤松：意爲效仿西漢張良晚年學道求仙。漢書張良傳：“良乃稱
　　曰：‘……今以三寸舌爲帝者師，封萬户，位列侯，此布衣之極，於良足矣。
　　願棄人間事，欲從赤松子游耳。’乃學道，欲輕舉。”
〔四〕天閑八尺龍：喻指御用駿馬。周禮夏官廋人：“馬八尺以上爲龍。”

望雲八景① 俱七言古詩

思亭湧泉（其一）

　　白雲如衣被蒼巘，獨對新亭眩雙目。醴泉一派亭下來，盡日琮琤
漱鳴玉。時看雙鯉躍紅冰〔一〕，海眼流出滄波深。洪文誰立泉石上②，
千載常③懷孝子心。

靈岩飛雪(其二)

六月北風吹地裂,千尺④岩前雨晴雪。素娥⑤冉冉下瑤池,白鶴翩翩巢⑥玉闕。岩頭水落⑦不知寒,懸岩縛屋三四間。靈岩道人夜無夢〔二〕,捲簾起看雙銀山。

雲谷晴曦(其三)

西溪之西山月白,東海東頭已初日。沃焦拂水熱銅缸⑧〔三〕,夜光千丈榑桑赤。停雲似雪晝徘徊,青山朵朵芙蓉開。須臾白雲忽作雨,一洗六合無塵埃。

廬峰霽月⑨〔四〕(其四)

五仙五朵玉芙蓉〔五〕,風吹雨洗當青空。道人吹笛過絶頂,灝氣直與神明通。手拏空中大圓⑩鏡,萬頃金波銀兔影。興闌騎鶴即歸來,不知身在招提境。

葛坡⑪春雨〔六〕(其五)

壺公手中緑玉筇,葛坡來往時相逢。春雷作⑫夜破屋壁,道人仗劍爭蛟龍。須臾變化作人立,鱗甲生風腥霧濕。道人閉⑬户天聲息,坐待月明彈霹靂⑭。

緱嶺晚霞〔七〕(其六)

日暮斜暉在緱嶺,十里霞光散紅影。雲生縹緲下天來⑮,步幛核開一⑯川錦。周家子喬⑰接風期〔八〕,一聲吹徹碧參差。我欲從之度西⑱海,應有白鶴⑲山頭知。

南碉樵歌(其七⑳)

山南山北飛黄禽,大樹小樹圍層㉑陰。采薪易㉒崖者誰子,長歌激裂嵌峒深。崖根古澗彤泉發,時送幽花出林樾。白日苦短無窮㉓期,歸來欲斫天中月。

東溪漁笛(其八㉔)

溪西日落浮雲收,溪東水深聚釣舟。老漁終夜愛月色,黄蘆短管悲清秋。蘆花老父君山詠〔九〕,橫笛一聲山谷應。興來飛上五老峰,一杯海水圓如鏡。

【校】

① 本組詩又載劉世珩影元刊十八卷本玉山草堂雅集卷二,據以校勘。玉山草

堂雅集本題作望雲八景詩次韻,無題下小字注。

② 石上:玉山草堂雅集本作"上石"。

③ 常:玉山草堂雅集本作"長"。

④ 尺:玉山草堂雅集本作"丈"。

⑤ 娥:玉山草堂雅集本作"鵝"。

⑥ 白鶴:玉山草堂雅集本作"白鸖"。巢:玉山草堂雅集本作"朝"。

⑦ 水落:玉山草堂雅集本作"木客"。

⑧ 缸:玉山草堂雅集本作"鉦"。

⑨ 月:原本作"目",據玉山草堂雅集本改。

⑩ 圓:玉山草堂雅集本作"圖"。

⑪ 坡:玉山草堂雅集本作"陂"。下同。

⑫ 作:玉山草堂雅集本作"昨"。

⑬ 閉:玉山草堂雅集本作"開"。

⑭ 霹靂:玉山草堂雅集本作"辟歷"。

⑮ 雲生:玉山草堂雅集本作"雲孫"。來:玉山草堂雅集本作"階"。

⑯ 步幛核開一:玉山草堂雅集本作"涉障橫開蜀"。

⑰ 喬:原本作"高",據玉山草堂雅集本改。

⑱ 欲:玉山草堂雅集本作"今"。西:玉山草堂雅集本作"四"。

⑲ 鶴:玉山草堂雅集本作"鸖"。

⑳ 本詩玉山草堂雅集本題作古澗樵歌,列於組詩第八。

㉑ 圍層:玉山草堂雅集本作"團曾"。

㉒ 易:玉山草堂雅集本作"度"。

㉓ 窮:玉山草堂雅集本作"程"。

㉔ 此詩玉山草堂雅集本列於組詩第七。

【箋注】

〔一〕"時看"句:此首咏孝子望雲思親,此句用王祥臥冰典,參見陳善學序刊楊
　　　鐵崖先生文集卷二王孝子注。

〔二〕靈巖道人:蓋楊維禎自稱。

〔三〕沃焦:傳説東海中大石山,在扶桑之東,參見陳善學序刊楊鐵崖先生文集
　　　卷二些月氏王頭歌。銅缸:當作"銅鉦",指太陽。

〔四〕廬峰:指廬山。

〔五〕"五仙"句:當指五老峰。五老峰位於廬山東南。

〔六〕葛坡：當從校本作"葛陂"。此首詠葛陂投杖化龍事，參見鐵崖先生古樂
　　府卷二簫杖歌注。

〔七〕緱嶺：蓋指緱山。緱山又稱緱氏山，位於今河南偃師。相傳王子喬乘白
　　鶴到此。參見鐵崖先生古樂府卷三夢游滄海歌注。

〔八〕周家子喬：指周靈王太子晉，即王子喬。

〔九〕老父君山詠：參見東維子文集卷二十八跋君山吹笛圖。

和程庸齋四時宮詞①〔一〕 俱七言古詩

春②

漏痕新長蓮花斗，龍池草色連溝柳。憶春還又怯春來，日日憶
春③殢如酒。小牀偷製錦回文，落地針聲暗驚手。夢繞梁王④白蝶飛，
西園鼓子花開後。

夏

金刀落雪瓜如斗，小殿風來水楊柳。鳳巢⑤長簟不成眠，竊飲君
王千日酒。傳宣⑥今夜吹玉笙，十指紅蠶⑦撚輕手。三十六簧⑧調未
齊〔二〕，小倚琉璃御屏後。

秋

露下金盤濕星斗，池上烏啼千尺柳。秋題未寫桐葉箋，春妝尚帶
桃花酒。十二簾櫳⑨乞巧樓〔三〕，小隊金針穿好手〔四〕。長生殿裏記私
恩⑩〔五〕，夜半牽牛⑪掛樓後。

冬

黛螺新賜量成斗，畫眉日畫青青柳。長得君王一笑看，眼⑫文不
敢朝飲酒。盤珠夜製袞龍衣，紅冰筍軟呵纖手。坐聽鐙人報曉籌，二
十五聲殘⑬點後〔六〕。

【校】

① 劉世珩影元刊十八卷本玉山草堂雅集卷二、列朝詩集甲集前編第七下亦載
　　此組詩，據以校勘。玉山草堂雅集本、列朝詩集本皆題作四景宮詞。

② 春：玉山草堂雅集本無此詩題。以下夏、秋、冬詩題亦無。

③ 憶春：玉山草堂雅集本、列朝詩集本作“春情”。

④ 王：玉山草堂雅集本、列朝詩集本作“三”。

⑤ 巢：玉山草堂雅集本、列朝詩集本作“寒”。

⑥ 宣：原本作“笙”，據玉山草堂雅集本、列朝詩集本改。

⑦ 鼉：原本作“蚤”，據玉山草堂雅集本、列朝詩集本改。

⑧ 簧：玉山草堂雅集本作“竽”。

⑨ 櫳：玉山草堂雅集本、列朝詩集本作“開”。

⑩ 私恩：玉山草堂雅集本、列朝詩集本作“恩私”。

⑪ 牛：列朝詩集本作“衣”。

⑫ 眼：列朝詩集本作“眠”。

⑬ 殘：玉山草堂雅集本、列朝詩集本作“寒”。

【箋注】

〔一〕程庸齋：名字生平皆不詳。

〔二〕三十六簧：指竽。參見鐵崖先生詩集辛集鼙婆引注。

〔三〕十二簾櫳：宋徐積撰節孝集卷四富貴篇答李令：“十二簾捲珠熒煌，雙姬扶起坐牙牀。”

〔四〕金針穿好手：參看鐵崖先生詩集甲集七夕注。

〔五〕長生殿：參見明鈔楊維楨詩集卷中楊妃菊二首注。

〔六〕二十五聲：指五更報曉。明楊慎撰丹鉛餘録卷十五：“夜漏五五相遞爲二十五，唐李郢詩‘二十五聲秋點長’，韓退之詩‘雞三號，更五點’是也。至宋世，國祚長短識有‘寒在五更頭’之忌，宮掖及州縣更漏皆去五更後二點，又并初更去其二以配之，首尾止二十一點。非古也，至今不改焉。”按：楊慎所言似有誤。據本詩所述，元季報時仍有“二十五聲”，并非宋以後皆“首尾止二十一點”。

寄樂癡道人 〔一〕

樂癡道人人不識，頭上椰冠偃月横。道經曾注李柱史 〔二〕，丹訣新受丘長生 〔三〕。芙蓉伏鼎候火暖，菡萏出水剛風輕。鐵笛道人擬相過，碧桃花底聽吹笙。

【箋注】

〔一〕樂癡道人：姓名生平不詳。據本詩“道經曾注李柱史，丹訣新受丘長生”
　　二句推之，樂癡蓋爲全真道士，曾注道德經。

〔二〕李柱史：指老子。老子曾任周柱下吏，故稱。

〔三〕丘長生：指長春真人丘處機。參見陳善學序刊楊鐵崖先生文集卷六桃核
　　杯歌注。

游小基庵題壁〔一〕

　　東吳大族稱顧陸，南渡衣冠澤未涯。翠岩亭前問棠樹〔二〕，小基原
上看荆花。灑洲臺殿帶喬木，聖寶清泠明白沙。惆悵南山寒麥飯，墓
田今屬梵王家。

【箋注】

〔一〕按：據本詩“翠岩亭前問棠樹，小基原上看荆花”二句，小基庵與翠岩亭相
　　鄰，可見小基庵位於汾湖（今屬江蘇吳江）。

〔二〕翠岩：宋人陸大猷別號。翠岩亭在汾湖。梧溪集卷五題陸緒曾祖翠岩
　　（諱大猷）自題佚老堂詩後：“分湖春酒緑，思過翠岩亭。”按：翠岩亭乃陸
　　氏園中建築。參見同治蘇州府志卷四十八第宅園林吳江縣。

王子英水雲深處〔一〕

　　曹王寺前處士亭〔二〕，水雲深處花冥冥。久聞山澤稱臞（祖諱）
叟〔三〕，喜見江湖有客星〔四〕。明晨新修種樹譜，尊王獨抱獲麟經（著春
秋讞義）。聖朝自是徵賢急，束帛何曾到野坰。

【箋注】

〔一〕王子英：名原傑。嘉靖吳江縣志卷二十五人物志五文苑傳：“元王原傑
　　（一作杰），字子英。家世業儒，至原傑，益以學行知名於世。至正中，以春

秋領鄉薦,值兵亂,不仕,教授於鄉。著春秋讞議、貞白英華文集、水雲清嘯詩集各若干卷,皆嘗經進中書。嶧子山稱其詩言近指遠,發於寬閑寂寞,而無風雲月露之態。識者以爲知言。今列鄉賢祠。”又據本詩,王原傑祖父名矓。水雲深處:蓋爲王原傑宅園或園中景點題名。張翥有吳江王氏水雲深處詩,載乾隆吳江縣志卷四十八。

〔二〕曹王寺:祭祀曹王李明,故名。嘉靖吳江縣志卷三十八壇廟祠宇三:“昭靈侯廟,祀唐李明。明,太宗第十四子,初封曹王,後爲蘇州刺史,有惠政。梁開平四年封昭靈侯。廟在縣治東北。唐先天二年敕建。宋元符三年知縣石處道修。”又“震澤鎮雙楊市”注:“名曹王廟。初建無考,元時此廟特著靈異。至元十七年,市人重建,沈義甫記。”按:本詩所謂“曹王寺”,當在震澤鎮雙楊市。

〔三〕“久聞”句:子英祖父王矓乃鄉里名人,隱逸在家。

〔四〕客星:指東漢隱士嚴光。參見鐵崖先生古樂府卷八覽古之十五注。

王氏聽泉亭

白水澗頭王謝家[一],秋聲亭子走寒沙。石壇娟娟修竹静,灣碕脈脈春流斜。帝子瑶琴鳴夜雨,仙人玉佩曳晨霞。我來宴坐洗雙耳[二],静倚翠娥當緑紗。

【箋注】

〔一〕王謝家:王、謝爲六朝大姓,此借指世家貴族。

〔二〕洗雙耳:寓許由於潁濱洗耳故事。參見鐵崖先生古樂府卷一箕山操注。

雪龕壁

樓船載酒春三月,鐵笛尋芳第一回。城北門閭新雨露,壺中林壑舊池臺。神山畬山翠蛟舞[一],緋桃碧桃花亂開。最愛雪堂皤處士,能容金粟小如來。

【箋注】

〔一〕神山、畲山：皆位於松江府。崇禎松江府志卷四山：“細林山，在廬山南，舊名神山。”畲山當即佘山。

游陳氏花園乃錢相故宅物也有感而作〔一〕

　　錢相園亭今草萊〔二〕，陳家花木移春來。池上金魚長滿尺，柵中白鶴大成胎〔三〕。長松短松連理洞，大石小石籠鬆臺。主人一去不復返，相逐粉黛飛黄埃。

【箋注】

〔一〕詩當作於元至正九、十年間，即鐵崖授學松江璜溪之時。繫年依據：本詩所謂陳氏花園，蓋即嘉興魏塘陳愛山之園。鐵崖游陳園時，雖非全盛時期，尚未衰敗至“花木一空”，當爲元末戰亂之前。元陶宗儀南村輟耕録卷二十六浙西園苑：“浙江園苑之勝，惟松江下砂瞿氏爲最古……次則平江福山之曹、横澤之顧。又其次則嘉興魏塘之陳，當愛山全盛時，春一、二月間，游人如織；及其卒，未及數月，花木一空。廢弛之速，未有若此者。”又，崇禎嘉興縣志卷五建置志：“陳園在魏塘鎮，元萬戸陳景純建。内有雪月樓，置書畫玩器。亭榭七十二，以延四方之士。”綜上所述，陳氏花園即嘉興魏塘鎮陳景純所建園池。愛山蓋陳景純别號。

〔二〕錢相：指錢惟演。錢惟演乃吳越王錢鏐之孫，錢俶之子，曾任北宋宰相。

〔三〕成胎：傳鶴胎生。南朝梁陶弘景瘞鶴銘：“相此胎禽，浮丘著經。”

送蒼雪翁歸吳江〔一〕

　　蒼雪軒中樂春事，欲别不别情依依。坐中狂客無私意，籠底春深教雪衣〔二〕。讀書堆前桐陰合〔三〕，聽鶴庭空燕子飛。九峰好山游未盡〔四〕，可堪臨水送將歸。

【箋注】

〔一〕本詩當作於元至正九、十年間，鐵崖授學松江吕良佐私塾之時。繫年依
　　據：蒼雪翁指顧遜。顧遜乃吴江人，家有蒼雪軒。至正九、十年間，顧遜曾
　　召集鐵崖等七人游東林、汾湖。參見鐵崖撰游汾湖記。
〔二〕雪衣：指白鸚鵡雪衣娘。參見鐵雅先生復古詩集卷四宫詞之四注。
〔三〕讀書堆：當指亭林鎮顧野王讀書堆。參見東維子文集卷二十一讀書
　　堆記。
〔四〕九峰：指松江九峰。按：據此可知鐵崖當時寓居松江。

爲胡氏賦大拙先生詩①〔一〕

　　大拙先生陳訊②事，常騎款段客京師。崆峒③鄒忻重作傳，軒轅彌
明能賦詩〔二〕。自信一愚何④太古〔三〕，須知五技有窮時〔四〕。白羊山中
藏石室〔五〕，黄鶴仙書自⑤製碑。

【校】

① 金華叢書本純白齋類稿附録卷一詩類載本詩，據以校勘。純白齋類稿本題
　作題大拙小拙傳後。
② 訊：純白齋類稿本作“信”。
③ 崆峒：純白齋類稿本作“空同”。
④ 何：純白齋類稿本作“游”。
⑤ 書自：純白齋類稿本作“人書”。

【箋注】

〔一〕元至正三年（一三四三）元月，胡助於杭州鐵冶嶺鐵崖寓所爲麗則遺音題
　　寫跋文，本詩或即賦於此時。胡氏：指胡助，大拙先生乃胡助自擬别號。
　　胡助撰純白先生自傳曰：“嘗著大拙先生小傳，寓言以自况。”參見元王沂
　　撰伊濱集卷二十一題胡古愚大拙先生傳。
〔二〕“崆峒鄒忻”二句：意爲朱熹、韓愈皆曾隱名撰述，以此喻指胡助所撰大拙
　　先生小傳。崆峒鄒忻：即崆峒道士鄒忻。“忻”或作“欣”。曾注周易參同

契。軒轅彌明：唐代衡山道士，曾與人以石鼎爲題聯句。韓愈撰石鼎聯句詩序叙述頗詳。按：或謂鄒訢乃朱熹化名，軒轅彌明實即韓愈本人。七修續稿詩文類續編謎社便覽序："然則吾儒亦有隱語乎？曰：'石鼎聯句者，軒轅彌明；序參同契者，鄒訢，是韓昌黎、朱晦庵隱其名於（謎）也。'"

〔三〕一愚何太古：喻指胡助之字，胡助一字古愚。

〔四〕五技：荀子勸學："螣蛇無足而飛，鼫鼠五技而窮。"

〔五〕"白羊山"句：按胡助爲金華人，此句或用黃初平牧羊金華山事。詳參葛洪神仙傳黃初平。

答倪雲林二首①〔一〕

其一

不見故人東海迂〔二〕，閉門著作近何如。今年已了婚兼嫁，小団②能傳畫與書。蠻妓索花騎騕裹，蕃童汲水飲蟾蜍。絕憐柏大寒林好〔三〕，與子重開萬卷餘。

其二

三月春深草色齊，便須乘興到梁溪〔四〕。玄都觀近桃花落〔五〕，春雨樓空燕子棲。已喜文章編玉府，不須屬籍綴金閨。十二朱弦想無恙〔六〕，來操林間烏夜啼。

【校】

① 萬曆刊重修常州府志卷十七載第一首，據以校勘。重修常州府志本題作答元鎮。

② 団：原本誤作"國"，據重修常州府志本改。

【箋注】

〔一〕本組詩當撰於元至正十四年（一三五四）前後。繫年依據：雲林詩集卷六題寂照蔣君遺像曰："歲癸巳，奉姑挈家避地江渚。又一年，不事膏沐，游心恬淡，時年四十有七矣。"據此可知倪瓚髮妻蔣氏皈依佛門，在至正癸巳之次年，即至正十四年。此年蔣氏四十七歲，此時遁入空門，想必子女已經成年，無須掛牽。又按本詩有"今年已了婚兼嫁"語，可見當時子女婚嫁

　　大事已經處理完畢,妻子或已出家,倪瓚可以隨心優游。

〔二〕東海迁:指倪瓚。倪瓚別稱倪迂。

〔三〕"絕憐"句:杜甫題柏大兄弟山居屋壁二首之一:"山居精典籍,文雅涉風
　　騷。江漢終吾老,雲林得爾曹。"

〔四〕梁溪:康熙常州府志卷四山川:"梁溪,源出惠山,其袤三十里,南入太湖,
　　而北與運河合。梁時浚,故名。"

〔五〕"玄都觀"句:參見鐵崖先生古樂府壬集題王母醉歸圖注。

〔六〕十二朱弦:指琴。

寄文奎徵士約松樾二友共過西枝草堂〔一〕

　　何處隱君尋北郭〔二〕,草堂最好是西枝〔三〕。鴛鴦水暖通春泖,橘柚
天寒帶晚籬。薛濤小箋書古帖〔四〕,黃娘花朵賦新詩〔五〕。明朝許爲犀
首飲〔六〕,南濠預約虎頭癡〔七〕。

【箋注】

〔一〕文奎徵士:疑指鐵崖友生吳縣朱應辰。應辰字文奎。參見東維子文集卷
　　十八村樂堂記。松、樾二友:不詳,蓋亦鐵崖弟子。西枝:當爲鐵崖友別
　　號。鐵崖另有詩題爲至正景午大暑燕於朱氏玉井香賦詩十有二韻書似西
　　枝玉海鶴臺三才子共和之(載明鈔楊維楨詩集),或即此西枝。

〔二〕北郭:位於姑蘇齊門之外。參見同治蘇州府志卷四十六徐布政舊宅。

〔三〕西枝:村名。杜甫曾計劃在此建草堂。杜甫西枝村尋置草堂地夜宿贊公
　　土室二首之二:"從來支、許游,興趣江湖迥。"又,鐵崖友生亦號西枝。

〔四〕薛濤小箋:唐才子傳卷八薛濤:"濤工爲小詩,惜成都箋幅大,遂皆製狹
　　之。人以爲便,名曰薛濤箋。"

〔五〕"黃娘"句:用杜甫江畔獨步尋花七絕句之五:"黃四娘家花滿蹊,千朵萬
　　朵壓枝低。"

〔六〕犀首飲:戰國魏人犀首(公孫衍)曾因不受重用,終日飲酒。此指無事逍
　　遙。詳見史記陳軫傳。

〔七〕南濠:位於姑蘇閶門。虎頭:晉畫家顧愷之小字,此代指顧姓人士,或即
　　顧瑛。

漱芳齋〔一〕

愛汝草堂君述作,堂前花竹帶清灣。架上遺書鈔汲冢〔二〕,壁中古文臨嶧山〔三〕。裙屐忽然隨野逸,衣冠遮莫外朝班。卻慚衆論姚虞後〔四〕,過許吾文揚①馬間〔五〕。

【校】

① 揚:原本作"楊",逕改。

【箋注】

〔一〕詩當作於元至正九年五月前後,其時鐵崖授學松江璜溪。繫年依據:漱芳齋乃松江吕良佐之子吕恂齋名。至正九、十年間,吕恂從學於鐵崖。至正九年五月十日,鐵崖爲撰齋記,本詩或一時之作。參見東維子文集卷二十二漱芳齋志。

〔二〕汲冢:指汲冢書。出土竹簡,西晉武帝時於汲郡(今河南汲縣)戰國古墓中發現。

〔三〕嶧山:即嶧山碑,又稱秦嶧山碑。碑文爲秦始皇東巡時群臣頌德之辭,相傳原本爲丞相李斯所書。

〔四〕姚、虞:蓋指本朝姚燧、虞集。二人皆以散文著名,并稱於世。

〔五〕揚、馬:指揚雄、司馬相如。

寄靈壁張山人〔一〕

寄詩爲問張有道,久別華陽第八天〔二〕。藥竈可無青粇飯〔三〕,書窗唯有白雲篇〔四〕。玄洲乃大一斗橘〔五〕,玉井應生一丈蓮〔六〕。近聞山鬼妬清怪,墨池湍懷石牀前。

【箋注】

〔一〕據元史地理志,靈壁縣隸屬於宿州,由河南江北等處行省管轄。今屬安徽。

〔二〕華陽第八天：即華陽第八洞天，指茅山　華陽洞。

〔三〕青粓飯：即青精飯，傳爲太極真人製，服之可長生。皮日休江南道中懷茅
　　山廣文南陽博士："半日始齋青餦飯，移時空印白檀香。"

〔四〕白雲篇：借指茅山　陶弘景故事。參見東維子文集卷十八怡雲山房記。

〔五〕一斗橘：用橘中老人典。參見鐵崖先生古樂府卷九小臨海曲注。

〔六〕一丈蓮：參見鐵崖先生詩集庚集泊穆溪注。

追和王黄州禹偁留題武平寺〔一〕

長洲縣東鐵佛寺〔二〕，日日郎官騎馬來。春鳥翻飛隱叢行，茶烟輕
颺隔氛埃。松根拾子敲棋局，溪上看花坐石苔。醉鄉人去南園改，應
有堂前飛雀回。

【箋注】

〔一〕詩當作於元至正七、八年間，其時鐵崖游寓姑蘇一帶，授學爲生。繫年依
　　據：本詩乃追和王禹偁武平寺留題詩韻而作，蓋游覽武平寺時所賦，武平
　　寺在長洲（位於今江蘇蘇州）。王禹偁：北宋　太宗　太平興國年間進士，晚
　　年貶至黄州（今湖北黄岡），人稱"王黄州"，宋史有傳。按：王禹偁早年曾
　　任長洲知縣，武平寺留題詩，即作於任職長洲期間。詩曰："縣齋東面是禪
　　齋，公退何妨引鶴來。長愛座中如洞府，却慚衣上有塵埃。竹聲冷撼秋窗
　　雨，山影青籠晚院苔。最憶去年飛雪裏，煮茶煨栗夜深迴。"（載小畜集
　　卷七。）

〔二〕鐵佛寺：當即詩題所謂"武平寺"。

送賈士隆〔一〕

春日杲杲照朱幡，塵泉相家猶有孫。白馬擁峰連華嶽〔二〕，黄河如
帶繞天門。春秋直筆臺今廢〔三〕，禮樂名王①宅尚存〔四〕。尋取舊宗賢
刺史〔五〕，滹沱片石慰清魂〔六〕。

【校】

① 王：疑爲“士”之誤寫。參見注釋。

【箋注】

〔一〕賈士隆：三國時曹魏名臣賈逵後裔。生平不詳。
〔二〕華嶽：西嶽華山。
〔三〕“春秋”句：當指東漢經學家賈逵。賈逵字景伯，西漢賈誼九世孫。章帝建初元年，應召入北宮白虎觀、南宮雲臺，講述左傳等經書。後漢書有傳。
〔四〕“禮樂”句：蓋指唐人賈公彦。賈公彦以精通三禮著稱，撰有周禮義疏、儀禮義疏。官至弘文館學士。舊唐書有傳。
〔五〕舊宗賢刺史：指曹魏名臣賈逵。賈逵字梁道，河東襄陵（位於今山西臨汾）人。曹魏名臣，曾任丞相主簿，官至豫州刺史，進封陽里亭侯，加建威將軍。生平詳見三國志魏書本傳。
〔六〕漳沱片石慰清魂：賈逵死後，“子充嗣，豫州吏民追思之，爲刻石立祠”。參見三國志魏書賈逵傳。漳沱：河名，位於今山西、河北一帶。

謝玉山人僦屋及定住宣差諸公攜妓煖房①〔一〕

　　玉山長者有高義，乞與山人僦屋金。駟馬一時皆上客，青蛾②三日有遺音〔二〕。西山湧海和雲暖③，南斗流江入夜深。更報大茅張外史〔三〕，興來須抱小雷吟④〔四〕。

【校】

① 元詩選初集辛集、清鈔玉山名勝外集、鐵崖逸編注卷七載此詩，據以校勘。清鈔玉山名勝外集本、鐵崖逸編注本題作奉謝玉山假僦屋。
② 蛾：元詩選本、清鈔玉山名勝外集本作“娥”。
③ 和雲暖：元詩選本、清鈔玉山名勝外集本、鐵崖逸編注本作“當秋後”。
④ 吟：原本作“琴”，據鐵崖逸編注本改。

【箋注】

〔一〕詩撰於元至正七、八年間，其時鐵崖游寓姑蘇，授學爲生。繫年理由：據詩題“玉山人僦屋”、詩句“乞與山人僦屋金”,顧瑛當時出資爲鐵崖租房。而當時所借屋,疑即姑蘇月波樓。參見鐵崖先生詩集甲集寄衛叔剛之二。

玉山人:指顧瑛。定住宜差:不詳。

〔二〕三日有遺音:列子湯問:“昔韓娥東之齊,匱糧,過雍門,鬻歌假食,既去,而餘音繞梁欐,三日不絶。”

〔三〕大茅張外史:指張雨。參見鐵崖先生古樂府卷二奔月叵歌注。

〔四〕小雷:當指小忽雷琴。參見鐵崖先生詩集丙集謝吕敬夫紅牙管歌注。

寄魯瞻子宣二司業子期尚書公衡仁卿二御史①〔一〕

故人憶別在湖②頭,相送神舟十二③洲。天上看花春不老,江南聽雨客偏愁④。百年人物稱龍榜〔二〕,一代才華屬鳳樓〔三〕。料得到官留未久,三朝國史重同修。

【校】

① 劉世珩影元刊十八卷本玉山草堂雅集卷二載此詩,據以校勘。玉山草堂雅集本題作送魯瞻司業後作再寄韓李二御史同年。又,玉山草堂雅集本載詩兩首,本詩爲第一首,第二首同寄韓李二御史同年(載明佚名鈔本楊維禎詩集)。按:玉山草堂雅集本蓋誤將兩詩混同爲一題。

② 湖:玉山草堂雅集本作“吳”。

③ 神舟十二:玉山草堂雅集本作“仙舟上十”。

④ 愁:玉山草堂雅集本作“秋”。

【箋注】

〔一〕詩作於元至正八年(一三四八)五月,其時鐵崖寓居姑蘇,授學爲生。繫年依據:詩題所謂“魯瞻司業、子期尚書”,皆鐵崖游寓姑蘇時所交,而魯瞻於至正八年五月轉官國子監司業,本詩當作於其任國子監司業之後。又據詩中“料得到官留未久,三朝國史重同修”兩句,其時遼、金、宋三史完稿未久,鐵崖所謂希望同年魯瞻等“重修”,其實質在於表達對三史之不滿。本詩當作於魯瞻就任國子監司業之初。魯瞻:指康若泰,時任國子監司業。參見東維子文集卷十二新建都水庸田使司記、卷二十九送康司業詩。
子宣：亦當爲國子監司業，其生平不詳。子期尚書：即禮部尚書趙期頤，
參見東維子文集卷十八石林茅屋記。公衡、仁卿：皆爲御史。生平不詳。

〔二〕龍榜：即龍虎榜。參見明鈔楊維禎詩集玉筍班注。

〔三〕鳳樓：即五鳳樓。在洛陽。韓洎嘗自稱己文如造五鳳樓手。見曾慥類説
卷五十三引談苑。

賀張伯雨新居①〔一〕

客子浮家來雪上〔二〕，層樓如舫艤晴波〔三〕。館娃宮下秋雲薄〔四〕，
宋女廟前春水多。過海元戎嘶玉虎，出山仙客誦金鵝。長卿漫解長
門賦〔五〕，未得黃金買笑歌。

【校】

① 賀：疑爲"和"之誤寫。參見注釋。

【箋注】

〔一〕詩作於元至正八年（一三四八）。按：此詩題有誤，或當作和張伯雨賀新
居韻。至正七、八年間，鐵崖卜居姑蘇錦繡坊，新居取名月波亭，有自題月
波亭詩，載鐵崖先生詩集癸集。當時張雨有和詩，題爲鐵笛道人新居曰書
畫船亭作詩以贈，詩曰："蘇州去訪揚雄宅，近水樓居似月波。東府官曹知
者少，西山爽氣望中多。臺招天上仙人鳳，池養山陰道士鵝。誰和淳風吹
鐵笛，莫愁艇子柳枝歌。"（載句曲外史集卷中。）本詩與張雨詩同韻，蓋爲
再和之作。

〔二〕"客子浮家"句：鐵崖自謂攜妻兒從湖州來到姑蘇。雪上：雪溪之上，借指
湖州。

〔三〕"層樓如舫"句：描摹其新居月波亭。

〔四〕館娃宮：相傳吳王爲西施構建。參見鐵崖先生古樂府卷十冶春口號之
二注。

〔五〕長卿：西漢文人司馬相如字。長門賦：司馬相如爲漢武帝陳皇后撰。參
見陳善學序刊楊鐵崖先生文集卷一長門怨注。

和郟^①九成新居韻〔一〕

　　錦衣坊口夏湖頭〔二〕,最愛長溝十字流。月出高林書幔静,雲生斷石劍池幽。看花真色黃於菊,引水輕瓢没似漚。南市津頭不禁夜,時時歸醉木蘭舟。

【校】

① 郟: 原本誤作"剡",徑改。

【箋注】

〔一〕詩當作於元至正八年(一三四八)前後,其時鐵崖寓居蘇州。繫年依據: 本詩乃屬和韻之作,郟九成原詩當爲自題新居而作。據首句"錦衣坊口夏湖頭",當時郟九成寓居姑蘇,與鐵崖同住一地,參見後注。郟九成: 名韶。參見東維子文集卷七郟韶詩序。

〔二〕錦衣坊: 當爲錦繡坊之別稱。錦繡坊位於姑蘇東北隅,至正八年前後,鐵崖卜居於此。顧瑛贈詩則曰"錦衣坊口揚雄宅",可見錦繡坊、錦衣坊實指同一地。參見東維子文集卷七趙氏詩録序、草堂雅集卷五鐵崖新居日書畫船亭作詩以寄附録。夏湖: 即夏駕湖。宋范成大撰吴郡志卷十八川: "夏駕湖在吴縣西城下,吴王壽夢避暑駕游于此,故名。今城下但存外濠,即漕河也。河西悉爲民田,不復有湖。"

雪洞

　　瓊花洞裏天花女,與我挼花染玉醅。將軍下馬偃月寨,道人吹笛馭風塵。人間風雨銷銅柱,天上長星落酒杯。最愛樽前馬少府〔一〕,新詩奪錦擅多才〔二〕。

【箋注】

〔一〕馬少府: 不詳。

〔二〕奪錦: 參見鐵崖先生詩集丙集書畫舫席上姬素雲行椰子酒與玉山聯句注。

黄沙翳日

正月晦日二十八,日色黄沙如死灰。門前惡客推不去,座上美人招不來。麒麟胡云出大野〔一〕,麋鹿又見上空臺〔二〕。道人拔劍起自舞,欲與廉頗斬郭開〔三〕。

【箋注】

〔一〕大野:相傳爲春秋時麒麟遭擒獲處,"在高平鉅野縣東北,大澤是也"(春秋左傳正義卷五十九)。按:麒麟出大野而被擒,喻示"道之窮而帝王之瑞不出也"。

〔二〕"麋鹿"句:參見鐵崖先生古樂府卷一金臺篇注。

〔三〕郭開:戰國時人,爲趙王寵臣,曾設計詆毀大將廉頗,終使廉頗不得重用而客死他鄉。參見史記趙奢傳。

橘州録二首〔一〕

其一

道人嬉春無定所,忽到張公小橘州〔二〕。佳酒窨成甘露甕,好花開到水晶球。文章盡付二三子,富貴何須十八侯〔三〕。醉時相逢解相約,秋娘未嫁在墟頭〔四〕。

其二

道人手攜九節秋,小竹肩馱雙玉瓶。仙鶴翅裁藕絲白,鐵龍身度柳梢青。草深石馬將軍墓,花落春流御史涇〔五〕。東望小蓬明日約〔六〕,金仙亭是鐵仙亭。

【箋注】

〔一〕本詩蓋作於鐵崖晚年退隱松江期間,不早於元至正二十年(一三六〇)。繫年依據:據"東望小蓬明日約,金仙亭是鐵仙亭"兩句,其時鐵崖新居小蓬臺當已建成。

〔二〕小橘州:當爲張公宅居或私園名。位於松江。

〔三〕十八侯：漢初曾定蕭何、曹參等十八位功臣座次。詳見漢書高惠高后文
　　功臣表。

〔四〕秋娘：指唐杜秋娘，參見鐵崖先生古樂府卷二城西美人歌注。

〔五〕御史涇：正德松江府志卷二水上：“御史涇在東門外，首起南俞塘明星橋
　　下，其北爲斜塘。”

〔六〕小蓬：蓋即小蓬臺，鐵崖晚年所居樓名，位於松江。其建成不遲於至正二
　　十年。參見鐵崖先生詩集癸集禁酒。

嬉春

　　嬉春已辦行春擔，春句快書明雪窗。稚子釣魚春箇箇，小姬繡蝶
畫雙雙。雅青楊柳舞羅襪，雪白梨花開玉缸。昨夜東園柘枝鼓〔一〕，棠
梨花發錦成江。

【箋注】

〔一〕柘枝：舞曲名，多用作行春曲。參見鐵崖先生詩集庚集玉山草堂宴後
　　作注。

宴朱元佐園堂①〔一〕

　　長夜金蓮吐綵②虹，羅幬繡幕護香風。已招翠水玉仙姥③，況④有
梨園呂樂工。鼉⑤鼓聲中紅芍藥，鳳杯影裏玉芙蓉。明年更納如龍
婿〔二〕，又見門闌喜氣重。

【校】

① 本詩又載清初印溪草堂鈔本東維子集卷七，據以校勘。印溪草堂鈔本題作
　　賀人納胥。

② 綵：印溪草堂鈔本作“彩”。

③ 玉仙姥：印溪草堂鈔本作“王仙母”。

④ 況：印溪草堂鈔本作“賴”。

⑤ 畱：印溪草堂鈔本作"畫"。

【箋注】

〔一〕朱元佐：籍貫生平不詳。據本詩及校本注文，主人好客，家頗富足。
〔二〕"明年"句：印溪草堂鈔本題下有小字注"其家有次女，明年再納"，當即指此。此二句用杜甫李監宅："門闌多喜色，女婿近乘龍。"

贈沈仲章醫士〔一〕

先朝醫官沈供奉，兩賜緋魚在緝熙〔二〕。後嗣至今通素難〔三〕，家書聞有注黃岐〔四〕。西海異人傳肘後〔五〕，東林仙客寫榴皮〔六〕。宋清施藥元無價〔七〕，韓伯逃名不用知〔八〕。

【箋注】

〔一〕沈仲章：仲章當爲其字。累世行醫，其先人曾爲南宋御用太醫。
〔二〕緝熙：南宋皇城中宮殿，理宗改建并題名。據此可知沈供奉"兩賜緋魚"當在理宗朝或以後。
〔三〕素：指黃帝内經素問，相傳黃帝所撰。難：即黃帝八十一難經，相傳爲戰國時人扁鵲所作。
〔四〕黃岐：黃帝與岐伯，借指黃帝内經。相傳黃帝内經乃黃帝與岐伯討論醫理之作。
〔五〕肘後：即肘後備急方，東晉葛洪撰。
〔六〕東林仙客：指呂洞賓。相傳呂洞賓過東林沈氏，用石榴皮題詩於壁。參見鐵崖先生詩集甲集玄霜臺爲呂希顏賦注。
〔七〕宋清施藥：參見鐵崖先生古樂府卷六艾師行贈黃中子注。
〔八〕韓伯：指東漢韓康。韓康字伯休，京兆霸陵人。家世著姓，然無意仕途，常采藥名山而賣於長安市。後爲人所知，遂遁入霸陵山中。參見後漢書逸民列傳。

贈紙工方用文〔一〕

方卿妙製蜀江春〔二〕，小篆僉題十樣分。苔葉露青油沁髮，桃花浪暖錦生紋。千金價直三都賦〔三〕,尺牘風流五朵雲〔四〕。珍重玉堂揮翰手,舒郎曾著剡藤文〔五〕。

【箋注】

〔一〕方用文:用文當爲其字。元季在世,以造紙爲業。

〔二〕蜀江春:指紙,傳以錦江水製紙特佳。

〔三〕三都賦:西晉左思所撰吳都賦、魏都賦、蜀都賦之合稱。當時人們競相抄寫,以致洛陽紙貴。

〔四〕五朵雲:唐段成式酉陽雜俎續集卷三支諾皋下:“(韋陟)每令侍婢主尺牘,往來復章,未常自札,受意而已……陟唯署名。嘗自謂所書‘陟’字,如五朵雲。當時人多倣效,謂之郇公五雲體。嘗以五彩紙爲緘題,其侈縱自奉,皆此類也。”按:韋陟襲封郇國公。

〔五〕舒郎:指唐人舒元輿。舒元輿撰吊剡溪古藤文,載宋高似孫輯撰剡錄卷五。

見韓左丞〔一〕

三朝元老如公少,出入君朝尚黑頭。曾見風神冠鐵柱〔二〕,又聞名字覆金甌〔三〕。文星暫爾臨南省,霖雨終須遍九洲。令弟曾同金虎榜,扣門未必許來游。

【箋注】

〔一〕韓左丞:名字生平不詳。據“三朝元老如公少”一句,蓋歷任元代泰定帝、文宗、順帝三朝。曾任御史,後或爲江浙行省左丞。

〔二〕冠鐵柱:法冠又稱柱後冠,或曰鐵柱冠,以鐵爲柱,故名。參見麗則遺音卷四神羊。

〔三〕金甌:唐李德裕明皇十七事金甌:“上命相,以八分書先書名,金甌覆之。”

送呂左轄還越〔一〕 名珍①

保障南藩第一功〔二〕,未容若木掛彎②弓。露書誓剪金牀兔〔三〕,壯志③平吞黑槊公〔四〕。萬里天威龍虎北〔五〕，五雲佳氣鳳皇東〔六〕。麥城又報捷書至〔七〕，江上將軍是吕蒙〔八〕。

【校】

① 本詩又載列朝詩集甲集前編第七上、清初印溪草堂鈔本東維子集卷八、元詩選初集辛集、樓氏鐵崖逸編注卷七，據以校勘。原本題作送吕同僉鎮越，印溪草堂鈔本題作送吕左轄還越録似雪坡刺史，據列朝詩集本、元詩選本、樓氏鐵崖逸編注本改。又，題下小字注"名珍"原本無，據列朝詩集本增補。

② 彎：列朝詩集本、印溪草堂鈔本作"雕"。

③ 志：列朝詩集本、印溪草堂鈔本作"氣"。

【箋注】

〔一〕詩撰於元至正二十一年(一三六一)秋、冬之際，其時鐵崖退隱松江兩年。繫年依據：至正十八年，吕珍由行樞密院同僉擢爲行省左丞，鎮守紹興，直至至正二十三年。本詩既稱吕左轄，當指其任江浙行省左丞期間。所謂"保障南藩第一功"，蓋指至正二十一年八月，朱元璋屬下胡大海圍攻紹興，吕珍堅守并挫敗之。元季伏莽志卷六逆黨傳吕珍："珍字敬夫，興化人。其從士誠作亂也，先至潘元紹之父潘懋家，懋妻潘氏見珍意氣俶儻，語懋曰：'客健者也，何不引與晤張公？'乃偕之見士誠，士誠大悦，訂刎頸交。自高郵突圍出所謂'十八騎'者，伯昇、元明而外，珍其一也。士誠受元官時，珍授行樞密院同僉事……十八年，與伯昇、史文炳等攻殺楊完者後，爲左丞，鎮紹興……至正二十三年二月癸酉，攻劉福通於安豐。二十四年，浚常熟之白茆，珍督役焉。二十六年，明大舉兵伐士誠，攻湖州。珍從五太子往救，爲顧時、薛顯所敗，遂以舊館同五太子降於明。"

〔二〕"保障"句：元季伏莽志卷六逆黨傳吕珍："(至正)十九年六月，圍諸全州。胡大海率兵來戰，珍堰水以灌城……二十一年八月，胡大海領兵攻紹興，總管張恃勇輕進，至城下，珍獲之，尋死。大海圍城，以久不下，引兵還。珍有才略，善戰，嘗以牛革囊兵宵濟以襲明師……珍作保越録誇守城之功。既降，乃泯之。"

〔三〕金牀兔：指唐末董昌。參見鐵崖先生古樂府補卷三獨酌謡。

〔四〕黑槊公：蓋指北魏于栗磾。于栗磾，代人。能左右馳射，武藝過人，曾於白登山搏擒數熊。好持黑矟以自標，太宗因授以"黑矟將軍"之號。詳見魏書于栗磾傳。

〔五〕龍虎：指龍虎臺。參見東維子文集卷十六春遠軒記。
〔六〕鳳皇：蓋指杭州鳳山。參見鐵崖先生詩集己集雲山圖爲鳳凰山人題注。
〔七〕麥城：位於當陽縣(今湖北當陽市)東南。參見荆州記。
〔八〕江上將軍：指吕珍。吕蒙：三國名將，曾設計大敗關羽。關羽退保麥城，
　　　遭擒殺。詳見三國志吴書吕蒙傳。

贈劉孝章按察〔一〕

　　我愛劉郎好弟昆，少年能武又能文。掃香途上嘶驄馬，來鶴庭前
生白雲。枝①書寧非卯金子〔二〕，和戎自是奉春君〔三〕。老夫不預軍國
事，慚愧過門訪所聞。

【校】

① 枝：疑當作“校”。參見注釋。

【箋注】

〔一〕詩當作於楊維楨晚年歸隱松江以後，松江納入朱元璋統治版圖之前，約爲
　　　元至正二十年(一三六〇)至二十六年之間。繫年理由：據“老夫不預軍
　　　國事，慚愧過門訪所聞”兩句，其時鐵崖已經辭官退居松江，而張士誠屬下
　　　有招隱之意。劉孝章：當爲張士誠屬官。能文善武，好收藏。鐵崖友人顧
　　　瑛、饒介、宋克等皆與之有交往。參見石渠寶笈卷二十八元趙孟頫遺墨一
　　　册跋文。
〔二〕“枝書”句：意爲劉孝章才如劉向，亦能校書天禄閣。卯金子，指西漢
　　　劉向。
〔三〕奉春君：指婁敬。婁敬爲西漢初年人，賜姓劉，拜爲郎中，號曰奉春君。曾
　　　出使匈奴，主張和戎。漢書有傳。

卷四十二　清鈔本鐵崖楊先生詩集卷下

卷四十二　清鈔本鐵崖楊先生詩集卷下

贈馬敬常冠軍[一]

扶風馬庸今國士，俠氣不數東平劉[二]。天馬脱銜銀壓胯，寶刀出鞘玉蟠鈎。三秦碧樹生秋色，百粵青山入海流。便當爲子築銅柱，并①州最後取交州[三]。

【校】

① 并：原本誤作“井”，徑爲改正。

【箋注】

〔一〕詩當作於鐵崖晚年歸隱松江以後，松江納入朱元璋統治版圖之前，約爲元至正二十年（一三六〇）至二十六年之間。繫年依據：本詩末尾兩句，將馬敬常與東漢馬援相比，蓋因其時馬敬常爲張士誠屬將。又，松江邵亨貞蟻術詩選卷六寄馬敬常冠軍：“憶昨吳門八月樓，將軍對客最風流。青黄竹簡分詩韻，紅白花枝計酒籌。柳暗新營嚴武備，菊殘荒逕賦歸休。春來又動江湖興，準擬追尋話舊游。”與本詩同韻，蓋爲同時之作，詩中亦稱之爲“將軍”。馬敬常，名庸，崑山人。祖籍扶風（今屬陝西），擅長詩文，風格秀麗。元至正末年，與鐵崖友生張憲、松江同知顧逖等交往頗多，蓋亦效力於張士誠政權。參見郭翼與顧仲瑛書（載林外野言卷下）、顧逖詩贈馬敬常（載大雅集卷七）。

〔二〕東平劉：樂府詩集卷二十四橫吹曲辭四梁元帝撰劉生：“樂府解題曰：‘劉生不知何代人，齊、梁已來爲劉生辭者，皆稱其任俠豪放，周游五陵、三秦之地。或云抱劍專征爲符節官，所未詳也。’按古今樂録曰：‘梁鼓角橫吹曲有東平劉生歌，疑即此劉生也。’”

〔三〕“便當”二句：將馬庸比擬爲東漢伏波將軍馬援。銅柱：疆界標志物。馬援率軍討平交趾，然後立銅柱於交趾，“爲漢之極界”。參見後漢書馬援傳注引廣州記。并州：今山西太原。交州：東漢交州州治在今廣州，轄區約爲今兩廣及越南北部。

漢宮人鬥促織圖[一]

袖罩穿花避禁階,不嫌泥污合歡鞋。銀絲編柵唧牙閘,珠絡提盆帶玉牌。龍虎笑誇三段錦[二],鳳皇贏得一雙釵。侍兒忽報監官到,鬥具都將繡被埋。

【箋注】

〔一〕本詩當爲題畫之作。促織:蟋蟀別名。
〔二〕三段錦:爲蟋蟀名品。詳見賈似道促織經(格致鏡原卷九十八摘録)。

石林詩卷[一]

我愛吳興山水窟[二],祇今蒿木障雲深。已無東老舊竹寺[三],卻有西家今石林。故宅風烟孤客夢,首丘霜露百年心。青林老石藏翁仲[四],時向張文畫裏尋[五]。

【箋注】

〔一〕詩當作於元至正五、六年間,即鐵崖寓居湖州長興,授學東湖書院時期。石林:蓋指葉夢得。葉夢得字少蘊,吳縣人。北宋紹聖四年進士,南宋初年官至江東安撫制置大使。晚居吳興弁山,自號石林居士。有石林集。宋史有傳。
〔二〕吳興山水窟:語出蘇軾。蘇軾將之湖州戲贈莘老:"餘杭自是山水窟,側聞吳興更清絶。"
〔三〕東老:指湖州沈東老。參見鐵崖先生詩集甲集玄霜臺爲吕希顔賦注。
〔四〕翁仲:晉書五行志上服妖:"景初元年,發銅鑄爲巨人二,號曰翁仲,置之司馬門外。"
〔五〕張:疑指北宋張先。張先字子野,烏程(今浙江湖州)人。天聖八年進士,官至尚書都官郎中。張先曾取其先父張維所賦詩十首,繪爲圖,名爲十詠圖。詳見齊東野語卷十五張氏十詠圖。文:當指北宋文同。文同曾任湖州知州,以畫竹著稱。

贈筆師沈德名〔一〕

沈家筆師東老後,筆法曾受榴皮仙〔二〕。小槌點劃穿似札,大管製作持如椽。尚書新裁鳳尾詔,道士已寫黃庭篇〔三〕。卻笑謝川溫與陸〔四〕,千枝萬穎走腰纏。

【箋注】

〔一〕沈德名:詩中稱之爲"東老後",知爲湖州人。製筆爲業,且精通書藝。
〔二〕"沈家"二句:東老,即沈東老。榴皮仙,指呂洞賓。參見鐵崖先生詩集甲集玄霜臺爲呂希顔賦注。
〔三〕"道士"句:寓王羲之故事。王羲之曾書寫黃庭經以換取山陰道士白鵝,參見鐵崖先生詩集丙集趙大年鵝圖注。
〔四〕謝川:蓋爲溫、陸家鄉地名。溫:蓋指筆工溫國寶,參見鐵崖楊先生詩集卷上題竹。陸:當指筆工陸穎貴。參見東維子文集卷九贈筆史陸穎貴序。

送林屋野人隱居洞庭〔一〕

太湖三萬六千頃,七十二朵濛烟霏〔二〕。石精夜化青牛出,龍子時唧白月飛。道士能吹龍骨笛,佳人新製藕絲衣。司天昨夜瞻星象,林屋山前有少微〔三〕。

【箋注】

〔一〕林屋野人:疑指富恕。元詩選癸集林屋道人富恕:"恕字子微,號林屋道人,宋丞相弼裔孫,南渡來吳。幼習舉子業,值元季兵亂,遂棄家爲吳江昭靈觀道士。布袋筇杖,不憚險道,訪天下仙人。有所得,輒寄於詩。嘗别築室雪灘之濱,扁曰挂蓑亭;又繪仙山訪隱圖一卷,寄興雲海之上,遂昌鄭元祐爲記。"
〔二〕七十二朵:指太湖之中及其周邊七十二座山峰。
〔三〕"林屋山"句:喻指林屋野人隱居洞庭。林屋山,洞庭山別稱。少微,又名處士星，"占者以隱士當之"。參見晉書隱逸傳謝敷。

趙千里風波出峽圖〔一〕

　　兩崖下插千尋地，一峽中懸尺五天。但見風雷奔巨壑，不知日月
繞層巔。蛟鼉出没晴飛雨，猿狖呼啼晝暝烟。誰獨波濤在舟楫，康莊
回首憶當年。

【箋注】

〔一〕趙千里：南宋初年畫師。圖繪寶鑑卷四宋："趙伯駒字千里，善畫山水花
　　　禽竹石，尤長於人物，精神清潤，能別狀貌，使人望而知其詳也。高宗極愛
　　　重之。仕至浙東兵馬鈐轄。"

登吕仙亭〔一〕　紀夢游作

　　岩客亭前幾度過，金丹消息近如何。夢中説夢元非癡，身外求身
卻是魔。一笛晚風驚白雁，滿船秋月浸滄波。襟懷拍塞乾坤小，九點
烟中起浩歌〔二〕。

【箋注】

〔一〕吕仙亭：即詩中所謂岩客亭。吕仙指吕岩。參見鐵崖先生詩集甲集玄霜
　　　臺爲吕希顏賦。
〔二〕九點烟：唐李賀夢天："遥望齊州九點烟，一泓海水杯中瀉。"

菊莊鄭處士隱所〔一〕

　　子真地北避紅塵〔二〕，谷口生涯未是貧。花徑引泉來北澗，書窗分
竹過西鄰。白雲夜護燒丹鼎，湛露春浮漉酒巾〔三〕。採菊歸家爲親壽，

餘芳應許寄詩人。

【箋注】

〔一〕菊莊鄭處士：疑指鄭良楚。元詩選補遺載王沂爲上饒鄭良楚賦菊莊：“秋
菊爲糧杞作蔬，石泉自鑿帶經鋤。伯休賣藥無人識，魯望能文與世疏。沽
酒有時招木客，揮弦還解出淵魚。晚香採得爲親壽，坐對南山讀道書。”
按：王沂即王師魯，曾任翰林直學士，與鐵崖有間接交往。參見鐵崖文集
卷四跋完者禿義讓卷。又，鐵崖友人張雨、王逢與鄭良楚皆有交往，稱之
爲龍虎山人。張雨有詩龍虎山鄭良楚來從劉宗師入京：“目送三峰鸑鷟
群，更憑谷口喚夫君。莫嫌臥病隣東叟，留得長鑱管白雲。”（載句曲外史
貞居先生詩集卷四。）王逢詩贈龍虎山人鄭良楚有引言曰：“良楚，修潔士
也。癸未春來乾封，及還，教諭許仲宣偕儒先鄭叔芳、韓養正、徐明立、徐
明善、韓積之、施國楨、韓大正、黃以道飲餞鸝鶒陂上，咸詠歌之。”（載梧溪
集卷一。）
〔二〕子真：西漢高士鄭樸。鄭樸居谷口。參見鐵崖楊先生詩集卷上林氏簀簀
谷四絶注。
〔三〕漉酒巾：陶淵明故事。參見鐵崖先生詩集丙集題陶淵明漉酒圖注。

何尊師依緑園[一]

春漲平湖玉一灣，仙人亭榭寄人寰。雲窗雨洗娟娟竹，石瀨烟凝
淺淺山。苔綺疊文緣砌上，蘿衣纖翠掛松間。逍遥獨有棲真侣，月夕
吹簫待鶴還。

【箋注】

〔一〕何尊師：名字籍貫生平皆不詳。依緑園：何尊師園，在江南，濱水植竹。
陳旅有詩賦何尊師依緑園，起首兩句曰：“聞道江南水竹村，蘂珠宮館近名
園。”（載安雅堂集卷二。）

水心殿閣圖

先帝龍舟行幸時，玉泉山下望新祠[一]。承天樓閣波心湧，拱御旌

幢檻外移。畫棟有雲朝縹緲,珠簾無月晚參差〔二〕。江城圖畫依稀是,獨對西風理鬢絲。

【箋注】

〔一〕玉泉山:位於北京西山下,元世祖忽必烈曾於此山建昭化寺。參見帝京景物略卷七玉泉山。

〔二〕"畫棟"二句:化用王勃滕王閣:"畫棟朝飛南浦雲,珠簾暮捲西山雨。"

請一可楊外史歸儒〔一〕

合陽道士非他楊,昔禮太乙祠東皇。林烏反哺朝出日,野鶴俯啄天雨霜。鼎中姹女大藥熟,堂上慈親白髮長。歸來歸來一萬里,莫惜雲錦裁衣裳。

【箋注】

〔一〕詩或撰於元至正三年(一三四三)前後,其時鐵崖服喪期滿後寓居杭州,等候補官。繫年依據:至正初年,鐵崖友人胡助南歸途中,在錢塘與鐵崖交往較多,二人還曾同游顧瑛玉山草堂。胡助有詩送道士楊一可歸儒養母:"劍門春老晝啼鵑,負米還家草太玄。若識孔聃無異趣,人間孝子即神仙。"(載純白齋類稿卷十四。)本詩或爲同時之作。一可楊外史:指合陽道士楊一可。一可當爲其字。

胡氏積慶堂〔一〕

徵君家住玉溪東,積得年來不記功。舍下酒從鄰叟醉,牀頭金爲故人空。清陰未遍三槐樹〔二〕,春色先芳五桂叢〔三〕。他日藍橋集車馬〔四〕,高門人道似于公〔五〕。

【箋注】

〔一〕胡氏積慶堂:不詳。據詩中"舍下酒從鄰叟醉,牀頭金爲故人空"等句,胡氏爲大户,且樂善好施。

〔二〕三槐:三公之象。參見東維子文集卷十五槐陰亭記。

〔三〕五桂:借指燕山五竇。參見鐵崖先生詩集甲集題吳中陳氏壽椿堂注。

〔四〕藍橋:當爲胡氏里名。

〔五〕于公:漢書于定國傳:"始定國父于公,其閭門壞,父老方共治之。于公謂曰:'少高大閭門,令容駟馬高蓋車。我治獄多陰德,未嘗有所冤,子孫必有興者。'至定國爲丞相,永爲御史大夫,封侯傳世云。"

讀史

得鹿難酬逐鹿人〔一〕,撫循誅滅總勞神。莫稽漢室親封盛,可厭唐家女禍頻。四皓定儲幾易姓〔二〕,五王①復辟竟戕身〔三〕。蕭墻袵席生胡越〔四〕,末俗何由太古淳。

【校】

① 王:原本誤作"皇",徑改。

【箋注】

〔一〕逐鹿:史記淮陰侯列傳:"秦失其鹿,天下共逐之,於是高材疾足者先得焉。"

〔二〕四皓定儲:劉邦曾欲廢太子而立趙王,張良爲吕后設計,以所謂"商山四皓"輔佐太子,皇太子地位得以保全,吕氏權始重。參見鐵崖先生古樂府卷一旦春詞。

〔三〕五王復辟:指桓彦範、敬暉、崔玄暐、張柬之、袁恕已等率羽林兵迎皇太子入朝,誅殺張易之、昌宗兄弟。參見陳善學序刊楊鐵崖先生文集卷三机上肉。

〔四〕蕭墻:指宮内。論語季氏:"吾恐季孫之憂,不在顓臾,而在蕭墻之内也。"袵席:指内寵。新唐書高宗紀:"高宗溺愛袵席,不戒履霜之漸,而毒流天下,貽禍邦家。"

寄脱兒赤顔子仁左丞〔一〕

邊塵掃盡似無勛，解印歸來便臥雲。燕玉學吟雙鳳調，吳鈎閑掛七星文。呼鷹澤畔霜初下，射虎原頭日又曛。莫厭灞陵逢醉尉，漢廷行覓舊將軍〔二〕。

【箋注】

〔一〕脱兒赤顔子仁左丞：生平不詳。據本詩推之，蓋原爲將軍，征戰邊疆，後歸隱。

〔二〕“莫厭”二句：化用李商隱詩句。李商隱舊將軍：“日暮灞陵原上獵，李將軍是舊將軍。”參見鐵崖先生古樂府卷八覽古之六注。

送陳景讓郎中赴中書右司〔一〕

江上離雲逐雨飄，翛雲官馬嚼金鑣。北庭王氣回天運，南紀文星向斗杓。許國丹心元耿耿，辭家青髮欲蕭蕭。愁看雙鳳滄溟闊，一鶴空江轉寂寥。

【箋注】

〔一〕詩當撰於元至正三年（一三四三），或稍後。其時鐵崖寓居杭州，守喪服闋後等待補官。繫年理由：據元史本傳，陳景讓於“至正元年轉兵部侍郎。俄丁内艱，服除，召爲右司郎中”。本詩題既曰“送陳景讓郎中赴中書右司”，則當作於其爲母守喪服闋之後。陳思謙（一二八九——一三五七？）字景讓，趙州寧晉（今屬河北邢臺）人。浙東道宣慰使陳祐之孫。天曆初年應召進京，年已四十。歷任典寶監經歷、禮部主事、監察御史、刑部尚書、湖南廉訪使、浙西廉訪使、湖廣行省參知政事等職，官至御史中丞。追封魯國公，謚通敏。按：傅若金有詩壽陳景讓都事四十韻（四月十八日）：“種德由來遠，流芳信有苗。名門多令器，夫子最高標……聲名從結髮，問學自垂髫。江漢棲遲久，林亭興致饒。”（載傅與礪詩集卷七。）據此可知陳思謙生日爲四月十八。

寄中書張孟功參議兼柬其尊府大參〔一〕

忠孝方今第一流,致君學術匪身謀。伯禽拜後崇周旦〔二〕,陳紀堂前持太丘〔三〕。菊徑鶴隨靈壽杖,飄宸雲擁蕭霜裘〔四〕。抑詩朝夕猶陳儆〔五〕,千載諸生仰令猷。

【箋注】

〔一〕張孟功:名惟敏。元詩選癸集張參政惟敏:"惟敏字孟功,鞏人。泰定間,以儒官補集賢院掾史,累官至河南、河北等處行中書省參知政事。後追封梁郡公,謚文定。"元詩選癸集録其送傅與礪廣州教授詩一首。其尊府大參:指惟敏父江浙行省參政張效中。參見元宋褧撰燕石集卷十五張才子傳。

〔二〕周旦:周公旦。伯禽:周公長子。按:周公相成王,"伯禽代就封於魯"。參見史記魯周公世家。

〔三〕陳紀:字元方,"以至德稱,兄弟孝養,閨門雍和"。太丘:陳紀父陳寔。陳寔字仲弓,曾任太丘縣令,故或稱陳太丘。以德行著稱,謚曰文範先生。詳見後漢書陳寔傳。

〔四〕蕭霜裘:即鸍鸊裘。參見鐵崖楊先生詩集卷上和溥鼇海韻。

〔五〕抑:詩經篇名,隸屬於大雅。毛詩序:"抑,衛武公刺厲王,亦以自警也。"

登擬峴臺〔一〕

景物淒清擬峴臺,歲寒我爲故人來。風前白浪銀河立,天際青山罨畫開。兩岸漁村分島嶼,半奊龜石護莓苔。羊公愛客登臨罷〔二〕,斜日江城起暮埃。

【箋注】

〔一〕詩撰於元至正十七年(一三五七)冬,其時鐵崖寓居睦州,任建德路總管府理官。繫年依據:擬峴臺,蓋效仿襄陽峴山羊祜登臨處而建,位於睦州(今浙江建德)新亭鄉。至正十七年九月一日,受江浙行樞密院判官移刺九九委託,鐵崖曾專程赴新亭羊公廟祭祀。而至正十八年三月,朱元璋軍攻佔睦州,鐵崖遂避隱富春山中。本詩既曰"歲寒"來,蓋再游時所作,當爲離開睦州前一年之冬季。參見鐵崖文集卷二晉太傅羊公廟碑。

〔二〕羊公:晉太傅羊祜。參見鐵崖先生詩集甲集一峰道人人吳注。

登景雲觀玉皇

華蓋諸峰屬晚晴,虛皇壇敝月徧明〔一〕。春泉潤谷浮金水,雪後樓臺見玉京。蘚壁幾行科斗字,松窗一曲鳳皇笙。山深白石眠青草,誰謂初平道未成〔二〕。

【箋注】

〔一〕虛皇壇:佚名撰靈寶玉鑑卷一建虛皇壇論:"虛皇壇之建,齋法中之不可缺者。綿蕝朝儀,於此乎展也。每一登壇,俯仰具瞻,則洞然八荒,誠如見。所謂洋洋乎,在上在其左右也。其儀亦頗合古,古之王者祭天,必爲泰壇,吾教之虛皇壇,亦其遺儀也。"

〔二〕"山深"二句:用黃初平故事。參見鐵崖先生古樂府卷六壽岩老人歌注。

讀漢紀

芟削群雄厭戰争,稍承禮樂相承平。漢廷自不全三傑〔一〕,魯國何能致兩生〔二〕。猶見祖龍焚未盡〔三〕,豈知人彘禍將成〔四〕。千秋萬歲安劉者〔五〕,慷慨悲歌奈爾情。

【箋注】

〔一〕三傑:指漢初張良、蕭何、韓信。漢高祖劉邦曾稱讚此三人助劉氏得天下,"皆人傑也"。三人中蕭何得以善終;張良功成身退,免遭殺戮;韓信則遭猜忌而處死。詳見史記高祖本紀。

〔二〕"魯國"句:史記叔孫通傳:"叔孫通使徵魯諸生三十餘人。魯有兩生不肯行,曰:'公所事者且十主,皆面諛以得親貴。今天下初定,死者未葬,傷者未起,又欲起禮樂。禮樂所由起,積德百年而後可興也。吾不忍爲公所爲,公所爲不合古,吾不行,公往矣,無污我!'叔孫通笑曰:'若真鄙儒也,不知時變。'"

〔三〕祖龍焚未盡:意爲秦始皇焚書坑儒,然猶有劫後餘生者,如"魯國兩生"。

〔四〕人彘:呂后殘害戚夫人,稱之爲"人彘"。參見鐵崖先生古樂府卷一旦春詞注。

〔五〕安劉者:蓋指周勃。參見鐵崖先生古樂府卷一旦春詞注。

夜坐①

雨過虛亭生夜涼,朦朧素月照芳塘。螢穿濕竹流星暗,魚動輕荷墜露香。起舞劉琨肝膽在〔一〕,驚秋潘岳鬢毛蒼〔二〕。候蟲先報砧聲近,不待蓴鱸憶故鄉〔三〕。

【校】

① 本詩又載列朝詩集甲集前編第七上、元詩選初集辛集、樓氏鐵崖逸編注卷七。

【箋注】

〔一〕起舞:晉書祖逖傳:"與司空劉琨俱爲司州主簿,情好綢繆,共被同寢。中夜聞荒雞鳴,蹴琨覺曰:'此非惡聲也。'因起舞。逖、琨并有英氣,每語世事,或中宵起坐。"

〔二〕"驚秋"句:晉潘岳撰秋興賦序:"晉十有四年,余春秋三十有二,始見二毛。"

〔三〕蓴鱸憶故鄉:指晉人張翰故事。參見鐵崖先生詩集甲集和吕希顏來詩注。

漫成

季①路平生薄管吾〔一〕,長卿白髮慕相如〔二〕。披襟捫虱談何壯〔三〕,拔劍驅蠅事已疏〔四〕。孰不百年興禮樂,云胡一旦廢詩書。古今治亂俱陳迹,秋曉滄浪水可漁。

【校】

① 季: 原本誤作"李",徑改。參見注釋。

【箋注】

〔一〕季路: 孔子弟子仲由字,仲由又字子路。管吾: 指管仲。管仲名夷吾。論
　　語注疏卷十四憲問:"子路曰:'桓公殺公子糾,召忽死之,管仲不死。'曰:
　　'未仁乎?'"
〔二〕長卿: 指西漢司馬相如。相如: 指戰國時人藺相如。史記司馬相如列傳:
　　"司馬相如者,蜀郡成都人也,字長卿。少時好讀書,學擊劍……慕藺相如
　　之爲人,更名相如。"
〔三〕披襟捫蝨: 十六國時前秦丞相王猛早年故事。晉書王猛傳:"桓溫入關,
　　猛被褐而詣之,一面談當世之事,捫蝨而言,旁若無人。溫察而異之。"
〔四〕拔劍驅蠅: 三國時魏人王思性急,嘗執筆作書,蠅集筆端,驅去復來,如是
　　再三。思恚怒,拔劍驅蠅,不能得,遂取筆擲地,蹋壞之。參見三國志魏書
　　王思傳、白孔六帖卷二十八褊急蠅集筆端。

送楊繼先照磨還丹徒郡幕〔一〕

關西夫子有遺賢〔二〕,學劍攻書惜壯年。青眼對人猶被忤〔三〕,白頭
作吏更堪憐。池塘芳草留詩卷,汀渚飛花送客舡。寵辱不驚惟道在,
幾時歸我汶陽田〔四〕。

【箋注】

〔一〕丹徒: 縣名。元代隸屬於鎮江路。今屬江蘇省。據本詩,楊繼先早歲"學
　　劍攻書",晚年於丹徒郡任照磨。
〔二〕關西夫子: 指東漢楊震。
〔三〕青眼對人: 阮籍口不臧否人物而作青白眼,"見禮俗之士,以白眼對之"。
　　參見晉書阮籍傳。
〔四〕歸我汶陽田: 語出岑參詩。岑參送孟孺卿落第歸濟陽:"獻賦頭欲白,還

家衣已穿。羞過灞陵樹,歸種汶陽田。"

寄潘子素〔一〕

割肉東方醉似泥〔二〕,金門有約手難攜〔三〕。駭人技藝傳爻象〔四〕,玩世文章見滑稽〔五〕。牢落星辰迷燐火,昂藏野鶴避群雞。經秋不負新霜鬢,又載西施過剡溪〔六〕。

【箋注】

〔一〕詩當作於元至正十二年壬辰(一三五二)之後,潘子素移居越地之時,其時鐵崖在杭州任稅務官。繫年依據: 本詩末句謂"又載西施過剡溪",元徐顯撰稗史集傳則曰:"至正壬辰間,兵起淮東、西。淮南行省郎公曹公德昭雅君言於上官,具書幣辟參軍謀事。君(子素)度不可爲,謝遣使者,移家避地於越。"可見所謂"載西施過剡溪",即"移家避地於越",其時爲至正壬辰之後。潘子素: 名純。生平參見史義拾遺卷上悼高陽狂生文。

〔二〕割肉: 漢書東方朔傳:"伏日,詔賜從官肉。大官丞日晏不來,朔獨拔劍割肉,謂其同官曰:‘伏日當蚤歸,請受賜。’即懷肉去。大官奏之。朔入,上曰:‘昨賜肉,不待詔,以劍割肉而去之,何也?’……朔再拜曰:‘朔來! 朔來! 受賜不待詔,何無禮也! 拔劍割肉,壹何壯也! 割之不多,又何廉也! 歸遺細君,又何仁也!’上笑曰:‘使先生自責,廼反自譽!’復賜酒一石,肉百斤,歸遺細君。"

〔三〕金門: 金馬門。東方朔曾待詔金馬門。

〔四〕"駭人"句: 潘純曾作輥卦,譏仕宦人士以滑稽而得顯爵,流傳頗廣。參見元陶宗儀南村輟耕録卷十輥卣譖三卦。

〔五〕"玩世"句: 潘純以"善滑稽"著稱於世。

〔六〕剡溪: 位於今浙江嵊州。

王氏忠孝節義卷

下瀨將軍馬革還〔一〕,奉姑嫠婦子能賢。白烏反哺①巢塋柏,錦里供甘躍檻泉。太史已修孤竹傳[二]，門人應廢蓼莪篇[三]。忠孝節義留穹壤，墮淚空山讀斷阡。

【校】

① 哺：原本誤作“捕”，徑改。

【箋注】

〔一〕下瀨將軍：西漢將軍名號。漢書武帝本紀：“（元鼎五年秋）歸義越侯嚴爲戈船將軍，出零陵，下離水；甲爲下瀨將軍，下蒼梧。”服虔注：“甲，故越人，歸漢者也。”馬革還：謂戰死。後漢書馬援傳：“男兒要當死於邊野，以馬革裹尸還葬耳，何能卧牀上在兒女子手中邪？”

〔二〕孤竹傳：述伯夷、叔齊事迹。周初孤竹氏二子伯夷、叔齊相互謙讓，不受王位，遂俱棄國而逃。詳見史記伯夷列傳。

〔三〕蓼莪篇：參見鐵崖先生詩集甲集題胡師善具慶堂注。

寄贈惠安監縣亦理雅思原道[一]

清源郡北洛陽橋[二]，橋北花封占翠苔。近海有山皆可畫，到城無水不通潮。郊坰農事春先集，鄰屋書聲夜不囂。總是廉明長官好，因風南向托清謡。

【箋注】

〔一〕惠安：據元史 地理志，惠安縣隸屬於泉州路，今屬福建 泉州市。亦理雅思：字原道。按貢師泰 建安忠義之碑（載玩齋集卷九），至正二十一年九月，參與據守建寧城者，有理問易理雅思，與本詩所謂惠安監縣亦理雅思當屬同一人。

〔二〕清源郡：泉州舊稱。參見太平寰宇記卷一百二江南東道十四泉州。洛陽橋：又名萬安橋，始建於北宋 仁宗 皇祐年間。今位於惠安 洛陽鎮 洛陽江入海口。

送鄭景賢之漳州龍溪縣教諭〔一〕

廣文憶昔隱金華,昆玉滄珍富五車。露重階前書帶草,雲鋤谷中木囊花。次公好客推當世〔二〕,伯氏傳經自一家〔三〕。吾道東行猶可惜〔四〕,龍溪何況是天涯。

【箋注】

〔一〕詩撰於元至正八年(一三四八)以前。繫年依據:元人林弼有詩送鄭景賢邑教歸金華葬母(林登州集卷六)。林弼乃至正八年戊子(一三四八)進士,中第後即授漳州路知事。而龍溪縣隸屬於漳州路(參見元史地理志),林弼送鄭景賢歸金華,當在任職漳州路知事以後。由此推之,鄭景賢任龍溪縣教諭,亦當在至正八年前後。本詩乃送鄭景賢赴漳州龍溪就任而作,則不應遲於至正八年。鄭景賢:金華(今屬浙江)人。元至正年間任漳州龍溪縣學教諭。

〔二〕次公:指鄭景賢二弟。林弼送鄭景賢邑教歸金華葬母:"二弟已膺烏府薦,一官喜自鱣堂升。"

〔三〕"伯氏傳經"句:當指鄭景賢。據此可知鄭景賢爲家中長子。

〔四〕"吾道東行"句:後漢書鄭玄傳:"以山東無足問者,乃西入關,因涿郡盧植,事扶風馬融。融門徒四百餘人,升堂進者五十餘生。融素驕貴,玄在門下,三年不得見,乃使高業弟子傳受於玄。玄日夜尋誦,未嘗怠倦……乃召見於樓上,玄因從質諸疑義,問畢辭歸。融喟然謂門人曰:'鄭生今去,吾道東矣!'"

贈醫士術齋〔一〕

南紀朝宗日夜東〔二〕,衍君道與水行同。品嘗久服神農教〔三〕,疏鑿今知大禹功。種杏成林丹井上〔四〕,採芝身在白雲中。卻慚衰質無良薦,名姓何由寄藥籠〔五〕。

【箋注】

〔一〕術齋:當爲衍君號,行醫爲生。

〔二〕南紀朝宗：書禹貢：“江漢朝宗于海。”詩小雅四月：“滔滔江漢，南國
　　之紀。”

〔三〕神農教：指行醫。相傳神農氏品嘗百草，始有醫藥。

〔四〕種杏成林：指董奉杏林。參見鐵崖先生古樂府卷六醫師行贈袁煉師注。

〔五〕“名姓”句：新唐書儒學傳元行沖：“（行沖）嘗謂仁傑曰：‘……門下充旨
　　味者多矣，願以小人備一藥石可乎？’仁傑笑曰：‘君正是吾藥籠中物，不可
　　一日無也。’”

贈李振玉教諭〔一〕

　　外家宅相映賢豪〔二〕，叔父朱門玉樹高〔三〕。嗜酒阿咸如阮籍〔四〕，
談兵無忌似劉牢〔五〕。花時燕市歸空輦，月夜螺江擁釣舠〔六〕。捧檄慰
親官自冷〔七〕，行看草色映宮袍。

【箋注】

〔一〕李振玉：元季任教諭。據本詩所述，李振玉僅任教諭之職，然其母家及叔
　　父，頗有地位。李振玉之習性志向，與其舅叔亦相似。

〔二〕外家宅相：晉書魏舒傳：“少孤，爲外家甯氏所養。甯氏起宅，相宅者云：
　　‘當出貴甥。’外祖母以魏氏甥小而慧，意謂應之。舒曰：‘當爲外氏成此
　　宅相。’”

〔三〕“叔父”句：出自杜甫詩。杜甫題柏大兄弟山居詩：“叔父朱門貴，郎君玉
　　樹高。”

〔四〕嗜酒阿咸如阮籍：此借指李振玉，意爲侄子似叔。阿咸：阮籍侄子阮咸。

〔五〕談兵無忌似劉牢：意爲外甥似舅。無忌：指何無忌，東晉大將劉牢之外
　　甥，酷似其舅。

〔六〕螺江：閩江南流下游水段。太平寰宇記卷一百江南東道十二福州：“螺江
　　在州西北二十五里。搜神記云：閩人謝瑞少孤，於此釣得一螺，大如
　　斗……因曰釣螺江。”

〔七〕捧檄慰親：廬江毛義家貧，以孝行稱，府檄以爲守令，義捧檄而入，喜動顏
　　色。後義母死，累徵不出。見後漢書劉平王望等傳序。

辟茂才劉崇魯充晉安郡史賦以送之〔一〕

登龍舊下南州榻〔二〕，薦鶚新騰北海書〔三〕。青眼酬知吾老矣，丹心報國子何如。霜明霞嶼千林橘，潮送螺江萬里魚〔四〕。擊楫澄清正今日〔五〕，不勞候吏問安居。

【箋注】

〔一〕晉安郡：泉州（今屬福建）舊稱。參見太平寰宇記卷一百二江南東道十四泉州。劉崇魯：元季聘爲晉安郡史。生平不詳。

〔二〕登龍：後漢書黨錮傳李膺：“膺獨持風裁，以聲名自高。士有被其容接者，名爲登龍門。”南州榻：後漢書徐穉傳：“徐穉字孺子，豫章南昌人也。……時陳蕃爲太守，以禮請署功曹，穉不免之，既謁而退。蕃在郡，不接賓客。唯穉來，特設一榻，去則縣之。”

〔三〕“薦鶚”句：參見鐵崖先生古樂府卷八覽古之十九注。

〔四〕螺江：閩江南流下游水段。參見上首注。

〔五〕擊楫：晉書祖逖傳：“仍將本流徙部曲百餘家渡江，中流擊楫而誓曰：‘祖逖不能清中原而復濟者，有如大江！’辭色壯烈，衆皆慨歎。”

送校官陳拱辰攝簿之安溪〔一〕

三山倜儻陳文學，十載從軍試一官。勞眼久無鉛①椠苦，壓腰新有寶刀寒。花間浮蟻張紅錦，海上看蟾洗玉盤。躍馬安溪仍殺賊，元戎飛奏五雲端。

【校】

① 鉛：原本誤作“船”，徑改。

【箋注】

〔一〕陳拱辰：三山（今屬福建福州市）人，拱辰當爲其字。原爲校官，從軍十年後，代理安溪縣主簿之職。安溪：縣名，隸屬於泉州路。參見元史地理志。

贈饒白雪教諭攝懷安尹〔一〕

幾年避地客天涯,㟜水東邊曾卜家〔二〕。樂與諸生談俎豆,閑從父老問桑麻。兵前坤軸延秦火,亂後天河斷漢槎。僅有藍田文學掾〔三〕,攝官不忍剥①瘡痂〔四〕。

【校】

① 本詩又載列朝詩集甲集前編第七上。剥:原本作"到",據列朝詩集本改。

【箋注】

〔一〕饒白雪:原任懷安縣學教諭,居㟜水東。元末戰亂,代理懷安縣尹之職。本詩即作於饒白雪代理懷安縣尹之初。懷安:縣名。據元史地理志,懷安縣有二:一屬中書省興和路(位於今河北省西北),一屬江浙行省福州路。既然饒白雪卜家"㟜水東",故當於福州路之懷安縣(位於今福建閩侯縣)任職。

〔二〕㟜水:當在閩中三山一帶。據宋梁克家撰淳熙三山志卷五地里類五,閩中三山州有石㟜亭、石㟜渡。

〔三〕藍田文學掾:本指藍田縣侯王述,此喻指饒白雪。晉書王述傳:"述字懷祖……少襲父爵。年三十,尚未知名,人或謂之癡。司徒王導以門地辟爲中兵屬。既見,無他言,惟問以江東米價。述但張目不答。導曰:'王掾不癡,人何言癡也?'……比後屢居州郡,清潔絶倫,禄賜皆散之親故,宅宇舊物不革於昔,始爲當時所嘆。"

〔四〕剥瘡痂:酷吏劉邕所爲。宋書劉穆之傳:"(南康郡公)穆之三子,長子慮之嗣,仕至員外散騎常侍卒。子邕嗣……邕所至嗜食瘡痂,以爲味似鰒魚……南康國吏二百許人,不問有罪無罪,遞互與鞭,鞭瘡痂常以給膳。"

送宗判官捧臺檄募舶兵平海寇事畢還臺〔一〕

鯨海戈船已雪飛,鳳臺羽檄尚星馳。艱危正用收英傑,衰病何堪作別離。萬里題橋歸駟日〔二〕,中流擊楫着鞭時〔三〕。勳名自是男兒事,嘆我棲烏無定枝[四]。

【箋注】

〔一〕詩題曰"送宗判官募舶兵平海寇",則應作於元至正八年(一三四八)方國珍起事之後。宗判官:當爲江南行御史臺屬官,名字生平不詳。

〔二〕萬里題橋歸駟:寓司馬相如故事。華陽國志卷三蜀志:"城北十里有昇仙橋,有送客觀。司馬相如初入長安,題市門曰:'不乘赤車駟馬,不過汝下也。'"按:太平御覽引録此段文字,謂司馬相如"題於橋下"。

〔三〕中流擊楫:晉人祖逖故事。參見本卷辟茂才劉崇魯充晉安郡史賦以送之注。

〔四〕棲烏:唐劉餗隋唐嘉話卷中:"李義府始召見,太宗試令詠烏,其末句云:'上林多許樹,不借一枝棲。'"

送朱自名憲使遷浙①東[一]

海嶠涼風昨夜生,離筵人散酒初醒。雙鳧雲際閩王國[二],一鶚天邊婺女星[三]。長鋏彈時秋月白,短筇吟處晚山青。振揚風紀須公等,莫學揚雄老抱經[四]。

【校】

① 浙:原本誤作"淅",徑改。

【箋注】

〔一〕詩作於元至正十七年(一三五七)。繫年依據:詩題曰送朱自名憲使遷浙東,所謂"憲使",當指御史。"遷浙東",蓋指江南行御史臺遷移至紹興。據元史納璘傳,至正十七年九月,朝廷有詔,令江南行臺移至紹興,次年移之。朱自名:或爲江南行御史臺御史。據"雙鳧雲際閩王國"一句推之,蓋此前在閩地任職。

〔二〕雙鳧:參見鐵崖先生詩集丙集題儋州禿翁圖注。

〔三〕一鶚:指朱自名。蓋以朱自名比附禰衡。參見鐵崖先生古樂府卷八覽古之十九。婺女星:借指浙東地界。全唐詩卷六百五十一方干和剡縣陳明府登縣樓:"烟霞若接天台地,分野應侵婺女星。"

〔四〕揚雄老抱經: 蓋爲鐵崖自喻。

送閩憲使李仲實辟帥掾之廣東〔一〕

九里山前掛布帆,五羊城下駐征驂〔二〕。寄題緑橘秋霜淺,贈別紅
渠晚日酣。星緯麗天皆拱北,鵬程運海更圖南〔三〕。君家伯仲真連璧,
咫尺金閨見盍簪。

【箋注】

〔一〕李仲實:曾任御史,於閩地任職,後爲廣東帥府屬官。又據詩中"君家伯
　　仲真連璧"一句,其兄弟二人皆爲顯宦。

〔二〕五羊城:廣州別名。參見鐵崖先生集卷三翠微清曉樓記。

〔三〕"鵬程"句:典出莊子逍遥游。

送朱生長侍親之浙東〔一〕

從親游宦早多諳,況有才華動斗南。魯殿已傳文考賦〔二〕,晉賢偏
愛阿戎談〔三〕。雙溪月彩浮銀練〔四〕,九曲山光鬱翠嵐〔五〕。是處梅花向
人笑,吟鞭何暇趁歸驂。

【箋注】

〔一〕據本詩,朱長蓋爲鐵崖弟子,其父在江浙一帶爲官,朱長陪侍。文采出衆,
　　獲其父執賞識,交往頗多。

〔二〕文考:指東漢王延壽,字文考,楚辭章句作者王逸之子。王延壽少游魯
　　國,作魯靈光殿賦,蔡邕自歎不如。生平附見後漢書王逸傳。

〔三〕阿戎:指王戎。晉書王戎傳:"王戎字濬沖,琅邪臨沂人也……阮籍與(戎
　　父)渾爲友。戎年十五,隨渾在郎舍。戎少籍二十歲,而籍與之交。籍每
　　適,渾俄頃輒去,過視戎良久,然後出,謂渾曰:'濬沖清賞,非卿倫也。共
　　卿言,不如共阿戎談。'"

〔四〕雙溪：浙江金華及湖州均有雙溪，未詳所指。

〔五〕九曲山：在慈溪（今屬浙江寧波）。參見戴良撰九曲山房外記（載九靈山房集卷二十）。

獅子峰頂觀海①〔一〕

海國梅清風②雨收，胡牀高據③碧獅頭。天窮百粵山④無盡，水接三韓地欲浮⑤。利矢何時候海屋⑥，釣竿直欲轄河牛⑦〔二〕。行人莫問驅潮事〔三〕，潮落西山淺作⑧洲。

【校】

① 本詩又載劉世珩影元刊十八卷本玉山草堂雅集卷二、萬曆錢塘縣志紀勝，據以校勘。萬曆錢塘縣志本題作獅子峰，載詩兩首，此爲第一首。

② 風：萬曆錢塘縣志本作“瘴”。

③ 據：玉山草堂雅集本、萬曆錢塘縣志本作“踞”。

④ 山：玉山草堂雅集本作“天”。

⑤ “天窮”二句：萬曆錢塘縣志本作“三韓水接天無盡，百越山窮地欲浮”。

⑥ 海屋：玉山草堂雅集本作“海蜃”。

⑦ 欲：玉山草堂雅集本作“擬”。又，“利矢何時候海屋”二句：萬曆錢塘縣志本作“樓閣剛風吹碧蜃，旌旗落日照紅鰍”。

⑧ 西山淺作：玉山草堂雅集本作“山西淺作”，萬曆錢塘縣志本作“山西淺十”。

【箋注】

〔一〕獅子峰：在杭州。萬曆錢塘縣志紀勝：“風篁之北爲棋盤山，爲獅子峰，爲老龍井。……嶺下水匯歸隱橋九溪十八澗，入於江。”又據萬曆錢塘縣志紀文，獅子峰又名巾子峰，皆以形似命名。

〔二〕轄河牛：用任公子以五十犗爲餌釣於東海事。參見鐵崖先生古樂府卷三望洞庭注。

〔三〕驅潮事：原本有小字注於題下，曰“父老云：宋高宗南渡時，借龍驅潮於此”。

張外史香林亭〔一〕

香林亭下碧山人〔二〕,手種桃花上番春。澗谷有時逢果老〔三〕,庭朝①何處覓玄真〔四〕。新詩②近試朱鬑筆〔五〕,舊服猶存白氎巾。園③嶠岱輿游未遍〔六〕,蓬萊清淺又揚塵〔七〕。

【校】

① 劉世珩影元刊十八卷本玉山草堂雅集卷二亦載此詩,據以校勘。庭朝：玉山草堂雅集本作"朝廷"。
② 詩：玉山草堂雅集作"書"。
③ 園：玉山草堂雅集作"圓"。

【箋注】

〔一〕張外史：句曲外史張雨。
〔二〕香林亭：西湖游覽志卷十一北山勝迹："香林洞,一名香桂林。舊有香林亭,其右爲日月巖。"按：上述杭州北山香林亭,未知是否即張外史香林亭。
〔三〕果老：張果老。參見新唐書張果傳。
〔四〕玄真：唐張志和。張志和自號玄真子。參見東維子文集卷二十一五湖宅記注。
〔五〕原本小字注於題下,曰"米詩：朱鬑筆寫超凡錄"。按：米芾詩宿紫極宫："朱鬑筆注超凡錄,碧簡書傳避世翁。"(載寶晉英光集卷五。)
〔六〕園嶠、岱輿：相傳爲沉於海中之神山。園嶠,又作員嶠。參見容齋續筆卷十三物之小大。
〔七〕蓬萊揚塵：參見鐵崖先生古樂府卷三夢游滄海歌注。

李季和召著作後賦此贈鄭明德先生先生今年赴濟南經師之聘因寄克莊使君使君①蓋爲天子求賢舉逸者也〔一〕

前年詔下杜東山〔二〕,鬚李今年又上官〔三〕。天子親臨白虎觀〔四〕,

山人盡着^②鵁鶄冠〔五〕。春秋大統容誰贊〔六〕，太乙殘書校正^③難〔七〕。傳語東家鄭夫子，蒲輪早晚到江干〔八〕。

【校】

① 劉世珩影元刊十八卷本玉山草堂雅集卷二、陶湘校刊十八卷本玉山草堂雅集卷後二亦載此詩，據以校勘。使君：原本承前而脱，據陶湘校刊玉山草堂雅集本補。

② 着：玉山草堂雅集兩本皆作“著”。

③ 正：玉山草堂雅集兩本皆作“政”。

【箋注】

〔一〕詩撰於元至正七、八年間，其時鐵崖游寓姑蘇，授學爲生。繫年依據：詩題既曰“李季和召著作後賦此”，則當作於至正七年（一三四七）詔徵李孝光之後不久。鄭明德：即鄭元祐。克莊使君：即斡玉倫都，參見鐵崖先生古樂府卷五樗蒲行。

〔二〕杜東山：指杜本。“至正三年，右丞相脱脱以隱士薦，詔遣使賜以金織文幣、上尊酒，召爲翰林待制、奉議大夫、兼國史院編修官”。杜本行至杭州，“稱疾固辭”。參見元史本傳。

〔三〕耆李：指李孝光。至正七年七月甲寅日，朝廷以“隱士”召李孝光等四人，授孝光爲秘書監著作郎。參見元史本傳、鐵崖先生古樂府卷六芝秀軒詞。

〔四〕白虎觀：漢代宮觀，東漢章帝曾詔諸儒於此論定五經同異。參見鐵崖賦稿卷下白虎觀賦。

〔五〕鵁鶄冠：參見東維子文集卷三十用韻復雲松老人華陽巾歌。

〔六〕“春秋大統”句：不滿於朝廷史官。至正初年，朝廷修遼、金、宋三史，爲國別史。鐵崖曾予以抨擊。詳見其三史正統辨。

〔七〕“太乙殘書”句：寓西漢劉向校書故事。參見麗則遺音卷四杖賦。

〔八〕蒲輪：古時以蒲草裹車輪，用以徵召遺賢。

試院^①送張左丞除中書丞〔一〕

三朝元老簡宸衷，去住誰云道不容。萬里秋風纔送鶚，九天霖雨又從龍。丹心先上唐金鏡〔二〕，白髮遲留漢赤松〔三〕。化瑟更張今一始，調元從此見時雍。

【校】

① 劉世珩影元刊十八卷本玉山草堂雅集卷二亦載此詩，據以校勘。試院：原本無，據玉山草堂雅集本補。

【箋注】

〔一〕張左丞：名字生平不詳。據本詩詩題以及“三朝元老簡宸衷”等詩句，蓋歷仕三朝，曾任行省左丞，擢爲中書省丞相。

〔二〕金鏡：唐康駢撰劇談録卷上宣宗夜召翰林學士：“案上有書兩卷，指謂相國曰：‘朕聽政之暇，未嘗不披尋史籍。此讀者，先朝所述金鏡一卷，則尚書大禹謨。’”

〔三〕漢赤松：本指追隨赤松之張良，此借指張左丞。

長城懷古①〔一〕

夫概城荒春照②斜，三餘王氣鑿三鴉③〔二〕。大雄寺裏千年樹〔三〕，罨畫溪頭十里花〔四〕。陸匯青山高士宅〔五〕，程橋綠④水酒仙家。便從顧渚營別墅⑤〔六〕，金色沙泉紫筍茶〔七〕。

【校】

① 劉世珩影元刊十八卷本玉山草堂雅集卷二、吳興藝文補卷五十四、嘉慶長興縣志卷十二古迹吳王夫概城録此詩，據以校勘。吳興藝文補本題作長城，嘉慶長興縣志本題作夫概城。
② 春照：吳興藝文補本作“春草”，嘉慶長興縣志本作“春已”。
③ 鴉：吳興藝文補本、嘉慶長興縣志本作“鵶”。
④ 綠：玉山草堂雅集本作“渌”。
⑤ 便從顧渚營別墅：嘉慶長興縣志本作“曾從顧渚山前過”。

【箋注】

〔一〕詩撰於元至正五、六年間，其時鐵崖寓居湖州長興，授學於蔣氏東湖書院。

繫年依據：詩中所述乃長興古迹，且爲太平年景。長城：指湖州長興縣之
長城，即詩中所謂“夫概城”。參見鐵崖先生古樂府卷二城西美人歌。

〔二〕三鴉：萬曆湖州府志卷十四壇祠：“謝太傅廟，在長興縣西南三鴉岡，祀晉
太傅謝安。”參見鐵崖撰謝文靖墓詩（載佚詩編）。

〔三〕大雄寺樹：參見鐵崖先生古樂府卷四陳朝檜注。

〔四〕罨畫溪：參見鐵崖先生古樂府卷十吴下竹枝歌之一注。

〔五〕陸匯：嘉慶長興縣志卷二橋渡：“甫里橋，亦名陸匯橋，在縣東五里。陸龜
蒙別業在此，故名。五里牌橋直北。”

〔六〕顧渚：嘉慶長興縣志卷八山：“顧渚山，去縣西北四十七里。高一百八十
丈，周十二里，多產紫筍茶。山墟名云：昔吴王夫概顧其渚次原隰平衍，
可爲都邑，故名。唐時置貢茶院於此。”

〔七〕沙泉：萬曆湖州府志卷二山川：“金沙泉，縣北四十五里。統記云：顧渚山
貢茶院側有碧泉湧出，粲如金星。唐、宋時注以銀瓶，隨茶并貢。宋末泉
涸。元至元十五年，中書省遣官告祭，一夕水溢，可溉田千畝，賜名瑞應。”

和李五峰卧龍山韻〔一〕

卧龍山上蓬萊閣〔二〕，嵯峨集①翠含清暉。遼海無雲人北顧，鑑湖
有賜客東歸〔三〕。地連百粵神牛壯，天濕三韓水鶴飛。髯李好奇探禹
穴〔四〕，游方應製芰荷衣。

【校】

① 劉世珩影元刊十八卷本玉山草堂雅集卷二録有此詩，據以校勘。集：玉山草
堂雅集本作“積”。

【箋注】

〔一〕詩當作於元至正八年（一三四八）二月以前。繫年依據：至正八年二月，
鐵崖與李五峰在崑山玉山草堂相聚，隨後李五峰北上京師任職，從此無緣
再會。李五峰：指李孝光。參見鐵崖先生古樂府卷六芝秀軒詞。卧龍山：
在紹興（今屬浙江）。紹興府治位於其東麓。相傳越大夫種葬於此處，故
又名種山。參見方輿勝覽卷六。

〔二〕蓬萊閣：位於卧龍山北。參見嘉泰會稽志卷九山府城。

〔三〕鑑湖：又稱鏡湖，位於今浙江紹興。唐玄宗時，秘書監賀知章乞爲道士還
鄉，敕賜鏡湖一曲。

〔四〕鬐李：指李孝光。禹穴：參見麗則遺音卷二禹穴賦注。

贈無一鍊師〔一〕

無一真人味道玄，儒先①妙用契先天。逃虚自出玄黄外，原始同
歸混沌前。羽旆馭風隨遠舉，丹房留月伴遲眠。滿城桃李俱搖落，瓊
蕊鮮鮮照鶴田。

【校】

① 劉世珩影元刊十八卷本玉山草堂雅集卷二載此詩，據以校勘。先：玉山草堂
雅集本作“仙”。

【箋注】

〔一〕無一鍊師：生平不詳。當爲道士。元季游走於江浙。

詠楊妃襪①〔一〕

馬嵬錦袎污黄土〔二〕，别有金鴉一觜輕〔三〕。雨後穿花春有迹，月中
踏節玉無聲。安危豈料關天②步，生死猶能累③俗情。聞説黄陵春夢
斷〔四〕，題詩愁殺李溢城〔五〕。

【校】

① 劉世珩影元刊十八卷本玉山草堂雅集卷二載此詩，歸田詩話卷下楊妃襪摘
録本詩，據以校勘。按：原本與玉山草堂雅集本皆題作詠楊妃襪二首，因第
二首同於鐵崖先生詩集癸集楊妃襪，故此不録，并改詩題。

② 天：原本作“大”，據玉山草堂雅集本、歸田詩話本改。

③ 累：歸田詩話本作“繫”。

【箋注】

〔一〕詩撰於元至正十年（一三五〇）七月，其時鐵崖寓居松江，主持應奎文會。
　　繫年依據參見鐵崖先生詩集癸集楊妃襪。又據瞿佑所述，“楊妃襪”乃當
　　時詩社所擬詩題。歸田詩話卷下楊妃襪：“詩社以楊妃襪爲題，楊廉夫一
　　聯云：‘安危豈料關天步，生死猶能繫俗情。’題目雖小，而議論甚大，所以
　　諸人莫能及。”

〔二〕馬嵬錦袎：參見鐵崖先生詩集癸集楊妃襪。

〔三〕金鴉一觜：蓋指楊貴妃繡鞋，其狀如金鴉嘴。

〔四〕黃陵：指黃帝陵。韓愈黃陵廟碑：“湘旁有廟曰黃陵，自前古立以祠堯之
　　二女舜二妃者。”

〔五〕李溢城：指唐溢城（今江西九江境内）知縣李遠。唐才子傳卷七李遠：“初
　　牧溢城，求天寶遺物，得秦僧收楊妃襪一褉，珍襲，呈諸好事者。會李群玉
　　校書自湖湘來，過九江，遠厚遇之，談笑永日。群玉話及向賦黃陵廟詩，動
　　朝雲暮雨之興，殊亦可怪。遠曰：‘僕自獲凌波片玉，軟輕香窄，每一見，未
　　嘗不在馬嵬下也。’遂更相戲笑，各有賦詩。”

外史別余吴下獻歲之春約重相見
雲槎子歸西湖寄詩一首①申其約云〔一〕

　　盧敖之亭大如笠〔二〕，可駐華陽洞裏師〔三〕。童子飢偷青粀飯，故人
寒解紫駞尼②〔四〕。藏書未怕雷丁覺，吹笛先愁野③鶴知。已備湖州十
八酒〔五〕，興來遮莫寫榴皮〔六〕。

【校】

① 劉世珩影元刊十八卷本玉山草堂雅集卷二亦載此詩，據以校勘。一首：原本
　　無，據玉山草堂雅集本增補。

② 尼：原本作“泥”，據玉山草堂雅集本改。

③ 野：玉山草堂雅集本作“海”。

【箋注】

〔一〕本詩當作於元至正七、八年間，其時鐵崖攜妻兒游寓姑蘇一帶，授學爲生。

外史：指句曲外史張雨。雲槎子：即鐵崖弟子吳復。參見鐵崖先生古樂府卷三望洞庭、張公洞兩詩。

〔二〕盧敖：又稱盧生，燕人。秦始皇召以爲博士，使求神仙與不死之藥，後逃亡不歸。詳見史記秦始皇本紀、淮南子道應訓。

〔三〕華陽洞裏師：指張雨。張雨曾在茅山學道。

〔四〕“童子”二句：出自黃庭堅詩。黃庭堅陳榮緒惠示之字韻詩推獎過實非所敢當輒次高韻三首之三：“飢蒙青粒飯，寒贈紫陀尼。”注：“蕃褐。”參見鐵崖楊先生詩集卷上寄靈壁張山人注。

〔五〕湖州十八酒：即東林十八仙酒。參見鐵崖楊先生詩集卷上吕希顏席上賦注。

〔六〕寫榴皮：吕洞賓故事。參見鐵崖先生詩集甲集玄霜臺爲吕希顏賦注。

失題①

宜山西來方馬奔，宜江陰惡難具論〔一〕。長灘遠挾風雨勢，絕壁盡起波濤痕。清秋猿聲自慘慘，白日霧起常昏昏。巴莽連天古路合，人烟已無人骨存。

【校】

① 原本詩題脱闕，題作□□。今題爲校注者徑改。

【箋注】

〔一〕宜山、宜江：蓋指今湖北宜昌一帶山水。

病起

三月維摩室不開〔一〕，門前報客幾人采①。數符日者天街過，命奪神醫朔魄回。禪伯咒燈循露塔，煉師告斗拜星壇。卧游自晤八陰榻，反内誰觀百劫灰。投白棄瓢渾習懶〔二〕，索碑敲户尚嫌催〔三〕。枕中鴻寶書權掩〔四〕，几上蘭亭帖不裁。月樹滿開金粟影，霜枝續綴錦錢堆。

柱頤起仗長身劍,覆掌仍呼闊口杯。萬事墮來同破甑^{〔五〕},片言忘處類啊枚^②。鹿焦何地夢非夢^{〔六〕},木雁有時才不才^{〔七〕}。夜也鐵龍飛渤澥,秋乘笙鶴過蓬萊^③。

【校】

① 采:似當作"來"。

② 枚:原本誤作"牧",徑改。

③ "夜也鐵龍飛渤澥,秋乘笙鶴過蓬萊"二句:原本爲小字雙排,蓋鈔成之後,發現遺漏而補録,故此徑改爲大字正文。

【箋注】

〔一〕"三月"句:意爲閉門臥床三月。維摩:即維摩詰居士。相傳維摩詰常稱病在家修行。

〔二〕棄瓢:"棄瓢箕山"之略,借指隱居。蒙求集注卷上許由一瓢:"許由隱箕山,無杯器,以手捧水飲之。人遺一瓢,得以操飲。飲訖,挂于木上,風吹瀝瀝有聲,由以爲煩,遂去之。"

〔三〕索碑敲户:蓋指有人上門謁請或敦促鐵崖撰寫碑傳文。

〔四〕枕中鴻寶書:記録神仙使鬼物造金之術,及鄒衍重道延命之方。藏在枕中,使不漏泄。詳見漢書劉向傳。

〔五〕墮來同破甑:後漢書孟敏傳:"客居太原,荷甑墮地,不顧而去。林宗見而問其意,對曰:'甑以破矣,視之何益?'"

〔六〕鹿焦:列子周穆王載,鄭人得鹿,藏之,忘其藏處,以爲夢,告之他人。他人得鹿,鄭人與之訟,國相不能斷。

〔七〕"木雁"句:概述莊子山木所述故事。莊子謂大樹因材質不佳而免遭砍伐,大雁因不能鳴叫而遭主人宰殺。有才或無才,有用或無用,其遭遇無法確定,令人疑惑。

中秋賞月

慢亭主者中秋宴,金露桮傾爲玉瓢。昨日無端蟆食月,今朝大好月通宵。兔偷藥臼危將墮,鸞舞霓裳儼可招。身與枯禪脱塵滓,夢將飛鶴上青霄。三山影落金鰲雪〔一〕，萬弩聲來白馬潮〔二〕。方士不須呈狡獪，鐵龍擲去瑣銀橋。

【箋注】

〔一〕三山：指蓬萊、方壺、瀛洲三神山。

〔二〕白馬潮：錢塘潮。用伍子胥事。參見鐵崖先生詩集乙集觀濤同張伯雨賦注。

梅隱老道人席上〔一〕

鐵笛仙人夜度關，玉梅老子酒杯乾〔二〕。賢人集處德星聚〔三〕，玉女歌殘五夜闌。上客滿浮三柶酒，佳人新製五辛盤。怒雷亂滾漁陽操〔四〕，急雨初調秒欏彈。新餅生香銀葉煖，鳳團浮乳雪花寒。水①弦十四調金雁，脆管一雙吹玉鸞〔五〕。海內人材從古少，金錢毋惜罄交歡。

【校】

① 水：疑當作“冰”。

【箋注】

〔一〕梅隱老道人：疑指崑山界溪顧處士。顧處士有梅隱齋，元季鐵崖友人釋文信、釋悦堂等皆有題界溪顧處士梅隱齋詩（載顧瑛編草堂雅集卷十四）。

〔二〕玉梅老子：當即梅隱老道人。

〔三〕“賢人”句：南朝宋劉敬叔異苑卷四：“陳仲弓從諸子姪造荀季和父子，於時德星聚。太史奏：‘五百里内有賢人聚。’”

〔四〕漁陽操：一種鼓曲。相傳禰衡擊鼓罵曹，所奏即此曲。參見鐵崖先生古樂府卷八覽古之十九注。

〔五〕玉鸞：鐵崖蒼玉簫名。參見顧瑛撰玉鸞謠（載玉山璞稿）。

章伯厚席上〔一〕

樓舡夜泊青龍浦，綺席高臨白鶴陂〔二〕。楊柳青青陶令宅〔三〕，桃花面面習家池〔四〕。文章雄健稱千古，冠佩從容會一時。狂客善爲鸚鵡賦〔五〕，佳人能唱鷓鴣詞〔六〕。好花入夢大如筆，藕斷抽心細若絲。鬢底搔頭珠絡索，匣中駢管玉參差。銀臺炬綻蜻蜓眼，寶鏡奩升翡翠眉。觸令嚴行花御史〔七〕，樂腔新度肉紅兒〔八〕。芙蓉掌送金盤露，芍藥腰圍玉縷獅。花動湘簾春淡淡，漏傳香閣夜遲遲。劇談捷出鋒爭箭，好句先成脫穎錐。海宇清寧文物盛，便應黄髮老爲期。

【箋注】

〔一〕本詩蓋撰於元至正九、十年間，其時鐵崖授學松江璜溪吕良佐私塾。繫年依據：詩中有“樓舡夜泊青龍浦”、“海宇清寧文物盛”等句，當爲鐵崖初次寓居松江時所作。蓋其應邀造訪章伯厚寓所，於酒宴上賦此。章伯厚：當爲松江青龍鎮人。元至正年間在世，家頗富有。

〔二〕青龍、白鶴：均爲今上海青浦區鎮名。

〔三〕陶令：指陶淵明，其宅門有五柳樹。

〔四〕習家池：漢侍中習郁修建於峴山之南，專供游賞。詳見世説新語卷下任誕。

〔五〕鸚鵡賦：東漢禰衡曾以作鸚鵡賦聞名。參見後漢書禰衡傳。

〔六〕鷓鴣詞：參見鐵崖先生古樂府卷二紅牙板歌注。

〔七〕花御史：酒席宴上執法，多由侍女擔任此職，故稱。鐵崖亦曾主動承擔此職，鐵笛清江引曰：“扶起海棠嬌，喚醒酕醄醉。先生自稱花御史。”（陳善學序刊楊鐵崖先生文集卷八附録。）

〔八〕紅兒：疑指解紅兒。解紅兒乃五代時人和凝歌童，和凝曾爲作解紅曲。參見鐵崖先生古樂府卷二紅牙板歌。肉，不用伴奏清唱。

春露軒席上〔一〕

青龍江上泊龍舟，猶憶當年孫仲謀〔二〕。文簡子孫周禮樂〔三〕，鐵仙賓客晉風流。弦歌百里崇鄉校，華表千年憶故丘〔四〕。酒酹劉伶墳上土〔五〕，詩題李白水西樓。青蔥帶綰垂絲檜，白玉花開衮繡球。琥珀香濃春滿斗，鳳皇簫罷月如鈎。珠傾斛律鮫人夜，鼓摻漁陽壯士秋〔六〕。但使三千能養客〔七〕，何須十八解封侯〔八〕。頹然一夜忘身世，不記新添海屋籌[九]。

【箋注】

〔一〕本詩與本卷章伯厚席上詩或爲同時同地之作,即作於元至正九、十年間。春露軒:主人未詳。據"青龍江上泊龍舟"、"詩題李白水西樓"等詩句,此軒蓋位於松江青龍鎮,濱水而建。

〔二〕孫仲謀:三國吳帝孫權,字仲謀。孫權曾於青龍江造青龍戰艦。見讀史方輿紀要松江府。

〔三〕文簡:蓋指春露軒主人,或其祖先。

〔四〕"華表"句:用丁令威事。參見鐵崖先生古樂府卷十小游仙之十注。

〔五〕劉伶:字伯倫,嗜酒。晉書有傳。

〔六〕"鼓摻漁陽"句:寓禰衡擊鼓罵曹故事。參見鐵崖先生古樂府卷八覽古之十九注。

〔七〕三千能養客:戰國時人孟嘗君富有,喜養士,門下食客三千。參見史記孟嘗君列傳。

〔八〕十八封侯:漢初犒賞功臣,有十八諸侯,包括蕭何、曹參、周勃、樊噲、張良等等。

〔九〕添海屋籌:參見鐵崖先生古樂府卷三夢游滄海歌注。

酒酣與貝①庭臣成元章聯句[一]

小小青樓雲霧窗,高筵卜夜蠟燃缸。桃花滿上冰壺面,蘆葉新翻鐵笛腔。南國行人泥滑滑[二],上林歸信雁雙雙[三]。破除萬事應須酒,況有葡萄酒滿坰。

【校】

① 貝:原本誤作"具",徑爲改正。按:本篇乃楊維楨、貝瓊、成廷珪三人聯句詩,并非鐵崖一人所作。然原本未注詩中各句作者,無從揣測,俟考。

【箋注】

〔一〕詩撰於楊維楨晚年退隱松江以後,松江納入朱元璋版圖之前,即元至正二十年(一三六〇)至二十六年之間。繫年依據：貝瓊、成廷珪於至正末年皆在松江府學任教,鐵崖與之聯句,當即此時。貝庭臣:“庭”或作“廷”,名瓊,鐵崖友生。參見東維子文集卷二十二讀書齋志。成廷珪:字元章,元季松江府學校官。參見鐵崖先生集卷二淞泮燕集序。

〔二〕泥滑滑:鳥名,又名山鷓鴣。此處以其鳴聲暗喻“行不得”之意。參見鐵崖先生古樂府卷七五禽言之五注。

〔三〕上林歸雁:蘇武歸漢故事。參見鐵崖先生古樂府卷九牧羝曲注。

宴竹深章氏牡丹亭梧溪橋洲聯句①〔一〕

鐵笛道人江上來,主人新築牡丹臺。一聲玉笛陽春調,九朵名花子夜開。金荔間垂蒼玉帶,葡萄重進紫霞杯。樽前擊鉢詩先就,誰似風流太白才。

【校】

① 按:本篇爲聯句詩。然楊維禎與誰聯句,尚不得而知。俟考。

【箋注】

〔一〕詩撰於元至正五年(一三四五)至十年期間。繫年依據:按“鐵笛道人江上來,主人新築牡丹臺”諸句,所述爲太平年景;且鐵笛道人之號,鐵崖浪迹湖州、姑蘇、松江時使用較多,本詩蓋撰於此時。章氏:名字生平不詳,竹深或其別號。工詩。家有園林,築有牡丹亭。

先月樓席上與座客瞿睿夫盧伯容張希顏錢子敬蔡景行强彦栗①〔一〕

高閣南風六月涼,珠簾半捲玉蓮香。掌中載酒傳鸚鵡〔二〕,月下吹簫引鳳皇。果脫驪珠紅似火,瓜分狸首白於霜。林蘭主者遥相憶,一曲琴心不下堂。

【校】

① 按：本篇爲楊維禎、瞿智、盧伯容、張希賢、錢子敬、蔡景行、强珇七人聯句詩，然原本未注詩句之具體作者，無從揣測，俟考。

【箋注】

〔一〕詩撰於元至正九年（一三四九）前後。繫年依據：先月樓位於海濱，而宴請諸客如瞿智、張希賢、强珇，皆鐵崖當時所交友人。按鐵崖友人虞堪詩寄題先月樓：“海上陳郎百尺樓，月來先得水天秋。爲憑碧落無塵界，故見滄溟徹夜流。”（載希澹園詩集卷三。）知先月樓主人姓陳，上海人。先月樓蓋位於東海之濱。瞿睿夫：名智。參見東維子文集卷二十九壽豈詩。盧伯容：生平不詳。張希顔：名希賢。參見東維子文集卷十四尚志齋記。錢子敬：生平不詳。蔡景行：參見東維子文集卷十七聚桂軒記。强彦栗：名珇。參見東維子文集卷八送强彦栗游京師序。

〔二〕鸚鵡：酒杯名。參見明佚名鈔本楊維禎詩集鸚鵡杯注。

席間與郭羲^①仲張希顔袁子英瞿睿夫聯句^{〔一〕}
時度杯者太乙蓮也

六月故人天上來，江城雨過暑雲開。榴裙微步湘妃襪，蓮葉深擎太乙杯^{〔二〕}。畫裏長江題小扇，月中清吹上簫臺。群公豪飲輕河朔^{〔三〕}，知有龍舟太白才。

【校】

① 羲：原本誤作“羲”，徑改。按：本篇爲楊維禎、郭翼、張希賢、袁華、瞿智五人聯句詩，然原本未注詩句之具體作者，無從揣測，俟考。

【箋注】

〔一〕詩撰於元至正八年（一三四八）六月。繫年依據：郭羲仲、張希顔、袁子英、瞿睿夫皆崑山人。玉山草堂雅集卷九姚子章婁東園分韻得四字詩曰：“至正八年夏，六月日逾四。故人海上來，朋游若雲萃。置酒婁東園……”同書卷十一<u>馬公振</u>婁東園雅集分韻得雨字亦曰："老仙瀛洲來,鐵笛舊逸響。"同書卷十二<u>陸良貴</u>、<u>袁子英</u>皆有"<u>婁東園</u>分韻得某字"詩。可見<u>至正</u>八年季夏,<u>鐵崖</u>曾應邀赴<u>崑山</u>、<u>太倉</u>一帶,與當地文人詩酒唱和頗多,本詩蓋亦作於此時。<u>郭羲仲</u>:名<u>翼</u>。參見<u>東維子文集</u>卷七<u>郭羲仲詩集序</u>。<u>袁子英</u>:名<u>華</u>。參見<u>鐵崖</u>撰<u>可傳集序</u>(載佚文編)。<u>張希顔</u>:名<u>希賢</u>。<u>瞿睿夫</u>:名<u>智</u>。參見本卷上首。

〔二〕<u>太乙</u>:指"度杯者<u>太乙蓮</u>",其時陪酒侍女。

〔三〕"群公"句:<u>初學記</u>卷三引<u>曹丕</u> 典論:"大駕都<u>許</u>,使光禄大夫<u>劉松</u>北鎮<u>袁紹</u>軍,與<u>紹</u>子弟日共宴飲。常以三伏之際,晝夜酣飲,極醉,至於無知。云以避一時之暑,故<u>河朔</u>有避暑飲。"

顧玉山會予與楊宗道陳履元聯句

傳杯姬繡雲也①〔一〕

<u>黄公壚頭</u>②逢故人〔二〕,坐客各以能詩聞。(<u>玉山</u>③。)椰漿半斗破明月,(<u>鐵笛</u>。)鐵笛一聲停<u>繡</u>④雲。(<u>履元</u>。)繭紙題詩寫章草,(<u>宗道</u>。)瓜皮看鼎辨周文。(<u>玉山</u>。)人生嘉會不有述,(<u>履元</u>。)何異市中群聚蚊〔三〕。(<u>鐵笛</u>。)

【校】

① <u>劉世珩</u>影元刊十八卷本<u>玉山草堂雅集</u>卷二、<u>玉山名勝集</u>卷七、<u>玉山璞稿</u>亦載此詩,據以校勘。<u>玉山草堂雅集</u>本題作<u>玉山人會予與楊宗道、陳履元</u>于城東寓舍,酒半出椰子釀,令姬者<u>繡雲</u>傳以飲客,遂聯句,無題下小字注;<u>玉山名勝集</u>本、<u>玉山璞稿</u>本皆無詩題。又,<u>玉山名勝集</u>卷下書畫舫亦録此詩,題作<u>三月三日楊鐵崖顧瑛飲於書畫舫侍姬素雲行椰子酒遂成聯句如左</u>,詩後附有<u>顧瑛</u>跋文曰:"聯句終,<u>鐵崖</u>乘興奏鐵龍之笛,復命<u>素雲</u>行椰子酒。余口占云:'鐵笛一聲停<u>素雲</u>。'<u>鐵崖</u>擊節,遂足成一詩,俾余次韻。并録於此:詩曰:'<u>黄公壚</u>西逢故人……'余和詩曰:……時<u>至正</u>八年上巳日,<u>玉山人</u> 顧瑛識於書畫舫。"據此,本詩并非四人聯句,而主要出於<u>鐵崖</u>之手,且此詩爲<u>鐵崖</u>首唱,<u>顧瑛</u>又有唱和之作。然此説可疑,本詩有"坐客各以能詩聞"一句,説明當時并非僅<u>顧瑛</u>、<u>鐵崖</u>二人小酌。詳情俟考。又,<u>三月三日楊鐵崖顧瑛飲</u>

於書畫舫侍姬素雲行椰子酒遂成聯句如左，即書畫舫席上姬素雲行椰子酒
與玉山聯句，載鐵崖先生詩集丙集。

② 頭：諸校本皆作“西”。

③ 原本無小字注聯句詩人名號，據玉山草堂雅集本增補。下同。

④ 繡：玉山草堂雅集本作“秀”，玉山璞稿本、玉山名勝集本作“素”。

【箋注】

〔一〕詩作於元至正八年（一三四八）三月，當時鐵崖應顧瑛之邀，做客崑山。此
年三月三日，鐵崖應邀赴玉山草堂，與顧瑛飲於書畫舫，二人有聯句詩。
此後鐵崖、顧瑛與楊宗道、陳履元等人聚飲於崑山城東寓舍，又有此四人
聯句。繫年依據參見鐵崖先生詩集丙集書畫舫席上姬素雲行椰子酒與玉
山聯句。（按：玉山名勝集所録顧瑛跋文有異説，參見校勘記。）楊宗道：
名遵。書史會要卷七元：“楊遵字宗道，浦城人，徙居錢塘。篆隸皆師杜待
制。”陳履元：名貞，工於繪畫，與鐵崖交好。參見鐵崖先生詩集辛集題履
元陳君萬松圖。繡雲：或作素雲，或作秀雲，當爲侍姬名。

〔二〕黃公壚：參見明鈔楊維楨詩集卷上禁釀注。

〔三〕按：本詩末句“蚊”字，又成次日玉山草堂聚會嘉賓唱和詩韻。劉世珩影
元刊玉山草堂雅集十八卷本於此詩後，附録鐵崖跋文曰：“翌日就以‘蚊’
字韻，要諸公和于書畫船亭。予取玉山人詩，曰：‘春水畫船如屋裏，船頭
吹笛隔花聞。并刀落手破玉斗，椰蜜分香屬紫雲。上客日傳金帖子，美人
夜織錦回文。高堂醉卧甑㼶月，肯信東家帳有蚊。’李仲虞詩曰：‘玉山見
説多清事，湖上相逢慰所聞。五色石膏流湛露，千年芝草卷層雲。絲桐細
細鶯鸞語，仙袂飄飄鳳鵠文。月出酒醒吹鐵笛，草堂風動響秋蚊。’”

楊妃菊①

　　菊品至今日極盛，屢化而屢不同，譜菊者殆未知其所極也。
客有以楊妃品〔一〕者送似②，予獨悼隱逸之植〔二〕，亦詭變於時，各
以品甲自異於貴人之門。名以傾國之妖，則辱花甚矣。使其族
類日蕃，豈復有真菊也！吾所懼也，作詩黜之。

沉香亭北花中妖〔三〕，野鹿狼藉不崇朝。斷坡不記青天③草〔四〕，合

鈿不④起駕鴦苗〔五〕。君王⑤癡蝶夢枯槁,籬落相逢爲誰好。倚風欲步
紫金摇,避霜似怯霓裳老。艷質終慚林下風,妖色敢爲高士容。秋花
不嫁⑥不自銜,嗟爾粲者同桑中〔六〕。南山秋色送飛鴻,時有花使蓬萊
通。乞君筆削正花使,罔俾李妖奸楚宮〔七〕。

【校】

① 本詩又載清鈔十六卷本玉山草堂雅集卷一、劉世珩影元刊十八卷本玉山草
堂雅集卷二,據以校勘。原本無詩序,據玉山草堂雅集十六卷本、十八卷本
增補。

② 客、送似:玉山草堂雅集十六卷本脱,據十八卷本補。

③ 天:玉山草堂雅集十六卷本、十八卷本皆作"白"。

④ 不:玉山草堂雅集十六卷本、十八卷本皆作"忽"。

⑤ 君王:玉山草堂雅集十六卷本作"王君"。

⑥ 花不嫁:原本作"光不稼",據玉山草堂雅集十六卷本、十八卷本改。

【箋注】

〔一〕楊妃品:即楊妃菊。參見明鈔楊維禎詩集卷中楊妃菊二首注。楊妃:指
楊貴妃。

〔二〕隱逸之植:意爲菊花象徵高潔,乃君子之花。

〔三〕沉香亭:唐玄宗開元年間以沉香木構建,故名。參見鐵崖先生詩集辛集
唐明皇按樂圖注。

〔四〕斷坡:蓋指馬嵬坡,斷頭坡也。

〔五〕合鈿:即"合分鈿"。相傳唐玄宗與楊貴妃定情信物爲金釵與鈿盒。白居
易長恨歌:"唯將舊物表深情,鈿合金釵寄將去。釵留一股合一扇,釵擘黄
金合分鈿。"

〔六〕桑中:指桑間、濮上等淫靡風氣盛行之地。參見鐵崖先生古樂府卷十吳下
竹枝歌之七。

〔七〕李妖奸楚宮:此語雙關,既指楊貴妃乃李唐王朝之妖孽,又寓戰國時趙人
李園利用女弟盡滅春申君一事。參見鐵崖先生古樂府卷一春申君。

卷四十三　清初印溪草堂鈔本東維子集
卷一至卷十三

題子房擊椎圖^{①〔一〕}

　　子房志氣非瑣瑣，欲報韓仇幸秦禍〔二〕。鐵椎飛擊博浪沙，芒碭山
深龍正臥〔三〕。龍飛漢家出三傑〔四〕，此時韓仇正當雪。運籌帷幄功最
多，羽刎烏江秦一滅〔五〕。子房隱去尋赤松〔六〕，至今千載遺清風。滿朝
不際風雲會，酒漉烏巾叩一醉。大江萬頃瀉洪波，不滿孤忠一盃淚。
　　　　李黼榜第二甲進士會乩楊禎在雲間草玄閣題〔七〕。

【校】

① 東維子集十六卷，清初印溪草堂鈔本，三冊。國家圖書館藏。全書分東維子
　詩集十三卷、東維子賦集三卷。詩集十三卷共計收詩七百三十三首，除去已
　見於前此各本者，尚有二十五首。今據此印溪草堂鈔本收錄。本詩原載東
　維子詩集卷二。

【箋注】

〔一〕詩撰於元至正二十年（一三六〇）以後，即鐵崖晚年退隱松江時期。繫年
　　依據：本詩署尾曰題於“雲間草玄閣”，故必在鐵崖自取齋名草玄閣之後。
　　按：迄今所見資料，楊維禎自署齋名草玄閣，始於至正二十年。子房擊
　　椎：指秦末張良與客狙擊秦始皇於博浪沙中。
〔二〕欲報韓仇：張良先人爲韓國丞相，韓國破於秦軍，故欲復仇。
〔三〕芒、碭山：劉邦早年隱匿芒、碭兩山之間。參見鐵崖賦稿卷上未央宮賦注。
〔四〕漢家出三傑：指漢初張良、蕭何、韓信。
〔五〕羽：指項羽。項羽自刎於烏江之畔，詳見史記項羽本紀。
〔六〕“子房”句：指張良晚年學道。參見陳善學序刊楊鐵崖先生文集卷一赤松
　　詞注。
〔七〕李黼：泰定四年左榜狀元。元史有傳。參見東維子文集卷十六春遠軒記
　　注。楊禎：即楊維禎。鐵崖時或自題其名爲“禎”，或署作“楨”。

在荆秀堂醉後書遺虞先①允恭〔一〕

　　江南二月桃花雨,草堂先生不出户。文山墨海詔自試,鈎麗豪書得陽□。□□□□□□,□□□上繼春譜。隆中祇許隱老龐〔二〕,堂皁何勞言中父〔三〕。酒酣長嘯縹犠淫,賊子奸臣輕如土。前年唤□動明主,今年擲筆驚太府。丹心日月照天山,白髮風塵映淮浦。東上滁陽西瀼渚,耕稼陶漁在其下。先生氣節排東山〔四〕,束帛玄纁秦②還汝〔五〕。

【校】

① 本詩原載東維子詩集卷二。疑"先"字下脱一"生"字。
② 秦:疑爲"奏"之訛寫。

【箋注】

〔一〕荆秀堂、虞允恭:參見鐵崖先生詩集辛集醉歌行在荆秀堂醉後書遺虞允恭。
〔二〕隆中:諸葛亮家鄉。參見麗則遺音卷三八陣圖。老龐:指龐德公,漢末隱居鹿門山。參見後漢書龐公傳。
〔三〕堂皁:地名。賈逵注曰"魯北境",杜預注曰屬於"齊地",位置不詳。中父:即"仲父",指管仲。相傳齊桓公不記一箭之仇,鮑叔牙迎管仲入宮,至堂皁而解縛。詳見史記齊太公世家。
〔四〕東山:蓋指東晉名臣謝安,謝安曾隱居東山。晉書有傳。
〔五〕束帛玄纁:均古帝王延聘賢士之禮物。漢書武帝紀:"遣使者安車蒲輪,束帛加璧,徵魯申公。"後漢書隱逸傳韓康:"桓帝乃備玄纁之禮,以安車聘之。"

詠櫓①〔一〕

　　寒岩雪壓椿梢折,斑斑剥盡蒼虬血。巧匠風斤一斸成〔二〕,劍脊半分魚尾裂。五湖仙子真奇絶〔三〕,欲駕靈槎探禹穴〔四〕。碧雲不動楚天秋,數聲摇落江心月。

【校】

① 本詩原載東維子詩集卷四。

【箋注】

〔一〕詩撰於元至正五年至八年期間,其時鐵崖游寓湖州、蘇州等地,授學爲生。
　　繫年依據:詩中有句曰"五湖仙子真奇絶",蓋爲至正初年鐵崖授學浙西,
　　舟游太湖之際。

〔二〕巧匠風斤:寓匠石典。莊子雜篇徐無鬼:"郢人堊慢其鼻端若蠅翼,使匠
　　石斫之。匠石運斤成風,聽而斫之,盡堊而鼻不傷。"

〔三〕五湖:太湖別名。

〔四〕禹穴:參見麗則遺音卷二禹穴注。

夢游仙府歌①〔一〕

　　夢中曾向海上游,不乘枯槎不駕舟,頃刻天風吹我直至蓬萊三島
與十洲〔二〕。下有瓊芝瑞草出砌面,上有奇花異果生樹頭。五色綵雲
環遶處,金釘朱户白玉樓。鳳笙龍管奏方歇,一女雙垂螺髻彈箜篌。
仙人邀我入,以酒相勸酬,興來吸盡數十玻瓈甌。仙人出筆硯,索我
寫詩休。几上瑶牋百餘幅,醉來下筆掃盡平生所作一字皆不留。擲
筆下地玉階響,驚得覺來身欲浮。開眼在何處,梅花帳底人知否!

【校】

① 本詩原載東維子詩集卷五。

【箋注】

〔一〕按:本詩與明洪武二年(一三六九)正月所撰夢游海棠城記(載佚文編)近
　　似。可參看。

〔二〕蓬萊三島:指傳説中東海仙山蓬萊、方丈、瀛洲。十洲:參見鐵崖先生古
　　樂府卷十小游仙之十注。

楊妃舞翠盤①〔一〕

　　輕按霓裳舞翠盤〔二〕,滿身香汗怯春寒。凌波步小月三寸,傾國貌嬌花一團。楊柳欲眠風不定,海棠無力雨初乾〔三〕。風流自古迷醒眼,莫笑三郎倚醉看〔四〕。

【校】

①　本詩原載東維子詩集卷七。按:或謂本詩又名楊妃妙舞,作者爲明人徐庸。明人曹安撰讕言長語,曰"舊記姑蘇徐庸楊妃妙舞"云云。曹安所録與本詩相較,詩題不同以外,僅首聯尾聯小有差異。讕言長語本首聯作"曲按霓裳舞翠盤,滿身香汗怯衣單",尾聯爲"風流自古迷心目,莫笑三郎倚醉看"。詳情俟考。

【箋注】

〔一〕楊妃:即楊貴妃。按:本詩蓋爲題畫之作。
〔二〕霓裳:蓋又借指霓裳羽衣曲。參見鐵崖先生古樂府卷二奔月咠歌注。
〔三〕海棠無力:參見鐵崖先生詩集己集詠海棠注。
〔四〕三郎:指唐玄宗。

龍灘紀詠　有序①〔一〕

　　　龍集己酉冬十月廿有五日丙戌,余游海上〔二〕,道過龍灘。友人浦氏仲明伯仲譙予晚翠軒〔三〕,座客凡九人:曰藍田許璞〔四〕、目耕金肅〔五〕、水雲陳焕〔六〕、海隱朱涴〔七〕、菊莊均昭〔八〕、海樵許澂也〔九〕。酒半,浦之子曰泉出澄心紙一沓〔十〕,求余龍灘紀詠。親爲援筆一解。訪客皆用韻成什。余詩云:
　　春草堂前寸草心〔十一〕,歸來門巷緑成陰。屏開翡翠三珠樹〔十二〕,庭立琅玕萬玉林。東閣延賓通鄭驛〔十三〕,西齋訓子重韋金〔十四〕。龍灘重建香山社〔十五〕,點檢樽前九老吟〔十六〕。

余爲李忠愍同榜進士〔十七〕,今嘑元室遺老,會乩楊古貞氏也〔十八〕。

【校】

① 本詩原載東維子詩集卷七。

【箋注】

〔一〕詩撰於明洪武二年己酉(一三六九)十月二十五日,其時鐵崖寓居松江。
　　此日游龍灘,應浦仲明兄弟之邀,赴其家宴而作此詩。按:此時距離應聘
　　赴京修禮樂書,不足兩月。然朝廷將有徵聘,其時楊維楨必不知情。否則
　　跋尾不會署"李忠愍同榜進士",也不能自詡爲"元室遺老"。

〔二〕海上:指當時松江府上海縣。

〔三〕浦仲明:仲明當爲其字,上海人。家有晚翠軒。其兄弟皆當爲鐵崖友人。

〔四〕許璞:元詩選癸集載其詩兩首,附其小傳曰:"璞字叔瑛,華亭人。"按:藍
　　田蓋許璞原籍。

〔五〕金肅:字士廉,松江人。宋義門金彦後裔。元末從鐵崖學經史,書齋名爲
　　目耕所,鐵崖曾爲撰記文。參見鐵崖先生集卷四目耕所志。

〔六〕陳焕:水雲蓋其齋名或別號,生平不詳。

〔七〕朱洸:海隱蓋其齋名或別號,生平不詳。

〔八〕均昭:菊莊當爲其宅園名。生平不詳。按:鐵崖有菊莊鄭處士隱所詩(載
　　鐵崖楊先生詩集卷下),未知鄭處士是否即均昭。

〔九〕許澂:海樵當爲其別號。生平不詳。

〔十〕浦泉:浦仲明子。元末明初在世。生平不詳。澄心紙:即澄心堂所製紙。
　　參見鐵崖先生詩集丙集題朱澤民山水。

〔十一〕"春草堂"句:源於唐詩人孟郊游子吟:"誰言寸草心,報得三春暉。"

〔十二〕三珠樹:參見鐵崖先生詩集庚集題倪元鎮雲林三樹圖注。

〔十三〕東閣:用漢公孫弘開東閣延賢士典。參見陳善學序刊楊鐵崖先生文集
　　卷一東閣開注。鄭驛:漢書鄭當時傳:"孝景時,爲太子舍人。每五日
　　洗沐,常置驛馬長安諸郊,請謝賓客,夜以繼日,至明旦,常恐不遍。當
　　時好黃老言,其慕長者,如恐不稱。自見年少官薄,然其知友皆大父行,
　　天下有名之士也。"

〔十四〕韋金:漢書韋賢傳:"地節三年以老病乞骸骨,賜黃金百斤,罷歸,加賜
　　第一區。丞相致仕自賢始……少子玄成,復以明經歷位至丞相。故鄒
　　魯諺曰:'遺子黃金滿籯,不如一經。'"

〔十五〕香山社：指白居易爲首之雅集。香山：佛寺名，位於洛陽。

〔十六〕九老：本指唐代會昌五年香山雅集成員，即白居易、胡杲、吉皎、劉真、鄭據、盧真、張渾、李元爽、釋如滿。參見盧燕新撰白居易與洛陽七老會及九老會考論（載河南大學學報二〇一二年第一期）。此處借指鐵崖等參與龍灘雅集之"座客九人"。

〔十七〕李忠愍：指泰定四年左榜狀元李黼，忠愍爲其謚號。參見東維子文集卷十六春遠軒記。

〔十八〕楊古貞：楊維禎自稱。

送譚貫還盂城①〔一〕

　　官河如帶草凄凄，游子望鄉征馬嘶。飆逐東風千里外，人歸明月五湖西〔二〕。璚華皜皜訪后土〔三〕，楊柳青青歌大堤〔四〕。歸到故園春色裏，文游臺上好新題〔五〕。

【校】

① 本詩原載東維子詩集卷七。

【箋注】

〔一〕譚貫：盂城（今江蘇高郵）人。字號生平不詳。按：盂城乃高郵别名。方輿勝覽卷四十六高郵軍："郡名：盂城。郡志謂：'地形四隅皆低，城基特高，狀如覆盂。'"

〔二〕五湖：位於江蘇高郵。方輿勝覽卷四十六高郵軍："五湖，去城六十里……秦少游詩：'高郵西北多巨湖，纍纍相連如貫珠。'"

〔三〕后土：指揚州后土廟。按：揚州后土廟瓊花曾被譽爲天下無雙。參見鐵雅先生復古詩集卷四宫詞之七注。

〔四〕大堤：樂府清商曲辭名。此處大堤當指隋堤，道旁植柳，唐羅隱有隋堤柳詩。詳參唐闕名開河記。

〔五〕文游臺：位於今江蘇高郵，因蘇軾、秦觀等人於此游賞而得名。方輿勝覽卷四十六高郵軍："文游臺，在城東二里。舊傳東坡與王鞏、孫、秦諸公及李伯時同游，論文飲酒，因以名之。伯時畫爲圖，刻之石。"

伯雨詩題米芾拜石圖偶書一首^{①〔一〕}

種竹三年遽如許，碧色清陰連戶庭。崩奔夜雨水泉暴，沐浴朝陽雲霧冥。白楊梅熟同誰喫，黃栗留生最可聽^{〔二〕}。子墨客卿餘習在^{〔三〕}，不因^①醉帖若爲醒。

【校】

① 本詩原載東維子詩集卷八。又見於臺灣圖書館藏舊鈔七卷本句曲外史貞居先生詩集附錄卷二，據以校勘。因：句曲外史貞居先生詩集本作"同"。

【箋注】

〔一〕米芾拜石：參見鐵崖先生詩集癸集題米元章拜石圖。按：伯雨詩，或指張雨所撰題拜石圖詩，見鐵崖先生詩集癸集題米元章拜石圖附錄。

〔二〕黃栗留：或作黃鸝留，即黃鳥。

〔三〕子墨客卿：揚雄長楊賦，"故藉翰林以爲主人，子墨爲客卿以風"。後人遂以"子墨客卿"借指文人墨客。

瑶芳樓聯句^{〔一〕}

虞卿草堂虞山東^{〔二〕}，芳時衆集樽前同。花下女歌鶯繞樹，門前客至鶴開籠。玉盤落乳捲明月，鐵笛度曲來秋風。醉吟五^①出絕奇句，健筆盡屬軒轅公^{〔三〕}。

【校】

① 本詩原載東維子詩集卷八。原本"五"字旁有小字注"且"。按：本篇爲聯句詩，然與何人聯句，未見説明，俟考。

【箋注】

〔一〕詩撰於瑶芳樓宴席之上，當作於鐵崖與瑶芳樓主人結識之後，即不得早於元至正二十二年（一三六二）十二月。瑶芳樓：主人爲常熟（今屬江蘇）虞

子賢。參見鐵崖書評張宣公城南雜詠（載佚文編）、鐵崖先生詩集壬集題
倪雲林寫竹石寒雨贈錢自銘時爲虞子賢西賓。

〔二〕虞卿：指虞子賢。虞山：位於今江蘇常熟。

〔三〕軒轅公：指與韓愈作石鼎聯句之軒轅彌明。參見鐵崖先生古樂府卷六傅
　　　道人歌注。

寄虞伯弘①〔一〕

我愛虞家好兄弟，長衾短枕似姜肱〔二〕。西堂詩就生春草〔三〕，南院
花開滿紫荆〔四〕。客夢久留蝴蝶卷〔五〕，詔書新下鳳凰城〔六〕。明年問月
樓中約，遲子歸來衣錦榮。

【校】

① 本詩原載東維子詩集卷八。

【箋注】

〔一〕詩撰於明初洪武元年（一三六八）至二年之間，其時鐵崖寓居松江。繫年
　　　依據：詩中“詔書新下鳳凰城”一句，表明當時金陵爲帝都，故必爲朱元璋
　　　定都之後。虞伯弘：伯弘爲其字，生平不詳。

〔二〕姜肱：東漢時人，其兄弟以友愛孝悌著稱。參見鐵崖文集卷三九山精舍。

〔三〕“西堂”句：參見鐵崖先生詩集己集題唐本初春還軒注。

〔四〕“南院”句：寓田氏紫荆樹故事。參見鐵崖先生古樂府卷一恒山禽注。

〔五〕蝴蝶：用莊周夢蝶典，見莊子齊物論。

〔六〕鳳凰城：當指金陵。

韓致用經訓堂聯句①〔一〕 并引

至正癸巳六月八日，僕與嘉禾徐子愚〔二〕，苧溪戚秉肅〔三〕，松
陵錢仲寬、沈汝明〔四〕，訪鄉友致用徵君于滄洲所〔五〕。徵君治酒
事，接談笑，縱僕擊簡吹笛，以竟歡醉。遂聯詩，大書于經訓堂

壁。明日,僕再書此詩以寄。會稽老友楊維楨再拜。

　　竹莊勝地一里近〔六〕(楊),草閣滄洲六月涼(韓)。公子揮毫濡鄴瓦〔七〕(楊),道人吹笛據胡床(韓)。兼斤桃生盤破核〔八〕(楊),重□米熟甗炊香(戚)。韓郎盡有宜城酒〔九〕(徐),酒醉題詩經訓堂(韓)。

【校】

① 本詩原載東維子詩集卷八。

【箋注】

〔一〕詩撰於元至正十三年癸巳(一三五三)六月八日,其時鐵崖任杭州税課提舉司副提舉,蓋因公出差至嘉興,與友人拜訪韓致用,酒宴之上有此聯句詩。參見東維子文集卷十送鄉人韓道師歸會稽序。韓致用:名禮翼,小名諤,號五雲生、夢鶴道人等,會稽(今浙江紹興)人。參見東維子文集卷九送韓諤還會稽序、鐵崖文集卷三夢鶴道人傳、鐵崖賦稿卷下五雲書屋賦。經訓堂:韓致用承其先人之餘緒所建藏書室。詳見貢師泰撰經訓堂記(載玩齋集卷七)。按:據貢師泰撰經訓堂記,韓致用經訓堂當建於家鄉。頗疑此經訓堂猶如鐵崖之七者寮,游寓各地時爲其臨時寓所命名,并不固定。

〔二〕徐子愚:子愚當爲其字,嘉禾(今浙江嘉興)人。生平不詳。

〔三〕苧溪:又稱白紵溪,位於嘉興(今屬浙江),戚秉肅家所在地。戚秉肅:名敬,秉肅爲其字,號礪齋,嘉興人。世家子弟,隱居不仕。參見東維子文集卷十七晚軒記。

〔四〕錢仲寬、沈汝明:皆爲松陵(今屬江蘇吳江)人。生平不詳。

〔五〕滄洲所:當爲韓致用嘉興住所。

〔六〕竹莊:位於嘉興魏塘鎮。光緒嘉善縣志卷三古迹:"吳氏竹莊,在魏塘鎮。元吳瓛所居……蓋元有池陂數十畝,天然若湖塋之賞。買得水殿圖,據圖位置,構亭水心,瀟灑莫比。"

〔七〕鄴瓦:銅雀臺瓦所製硯。代指硯。

〔八〕"兼斤"句:參見陳善學序刊楊鐵崖先生文集卷六桃核杯歌。

〔九〕宜城酒:又稱宜城春、竹葉春。宜城(今屬湖北)有金沙泉,其水釀酒甘美,自古聞名。蘇軾詩竹葉酒:"楚人汲漢水,釀酒古宜城。"參見方輿勝覽卷三十二襄陽府金沙泉。

次雲間散吏孫元實韻題韓致静先生面爽軒①〔一〕

愛汝幽居面爽地,不知官寺馬曹忙。麝眠日影香林屋,鶴度天聲夢石牀。玉檢作書天老取〔二〕,錦囊□句海童將〔三〕。我來飲盡千日酒,不用在官求太常。

【校】

① 本詩原載東維子詩集卷八。

【箋注】

〔一〕孫元實:名華孫,字元實,號果育齋,永嘉(今屬浙江)人,寓居松江。參見鐵崖文集卷四孫元實小像讚。韓致静:名稷。元詩選癸集録其題丹山詩一首,附其小傳曰:"韓稷,稷字致静,□□人。"又,元畫師方方壺與韓致静亦有交往,曾爲之畫雲山圖。參見虛齋名畫録卷七元方方壺雲山圖軸。面爽軒:當爲韓稷齋名。
〔二〕天老:後漢書張衡傳:"方將師天老而友地典。"注:"帝王紀曰:黄帝以風后配上台,天老配中台,五聖配下台,謂之三公。"
〔三〕海童:文選左思吳都賦:"江斐於是往來,海童於是宴語。"劉逵注:"海童,海神童也。"

花朝清素軒聯句①〔一〕

花朝會聚衣冠友,和氣薰蒸花蕚堂。北海樽前孔家客〔二〕,燕山庭下竇兒郎〔三〕。聲和玉琯鸞呼伴,調急朱弦雁趁行。玉笋掌擎三釀酒,金蓮步踏五花囊〔四〕。侏儒作喜三尺短〔五〕,銀縷燃香一丈長。壓鬢斜飛金蛺蝶,搔頭巧製玉螳螂。千年款識調商鼎,六子真符驗呂璜〔六〕。上客已拚投轄飲〔七〕,主人不禁絶纓狂〔八〕。燭花滿綻蜻蜓眼,墨迹濃臨科斗章。石鼎鬪奇詩未已〔九〕,不知殘月墜西墙。

【校】

① 本詩原載東維子詩集卷九。按:本篇爲聯句詩,然與何人聯句,未見説明,

俟考。

【箋注】

〔一〕花朝：指花朝日，即二月十五。清素軒：未詳。

〔二〕"北海"句：謂孔北海家中常常高朋滿座，高談闊論。孔北海，即孔融。參見陳善學序刊楊鐵崖先生文集卷二在山虎。

〔三〕"燕山"句：謂竇燕山家衆兒郎皆出類拔萃。參見鐵崖先生詩集甲集題吳中陳氏壽椿堂注。

〔四〕金蓮步：參見鐵崖先生詩集丙集題錢選畫長江萬里圖注。

〔五〕"侏儒"句：漢書東方朔傳："朱儒長三尺餘，奉一囊粟，錢二百四十。"

〔六〕吕璜：指姜太公吕尚所釣玉璜。竹書紀年卷下周武王："（文王）至于磻溪之水，吕尚釣於涯。王下趨拜曰：'望公七年，乃今見光景于斯。'尚立變名答曰：'望釣得玉璜，其文要曰：姬受命，昌來提，撰爾洛鈐報在齊。'"

〔七〕投轄飲：指西漢陳遵宴請賓客，爲留客盡情暢飲，常拔取客人車輪上銷子擲入水井。參見鐵崖先生古樂府卷二將進酒注。

〔八〕不禁絶纓：指楚莊王斷纓賜酒故事。參見鐵崖先生古樂府卷二城東宴注。

〔九〕石鼎鬥奇：指唐代衡山道士軒轅彌明與人以石鼎爲題聯句事。參見鐵崖先生古樂府卷六傅道人歌注。

題畫上小景①

幾間茅草低低屋，一箇瓜皮小小船。人問生涯在何處，西風江上夕陽邊。

【校】

① 本詩原載東維子詩集卷九。

王子困孤雲①〔一〕

望絶河陽祇一身〔二〕，高峰今似華山人〔三〕。鳳樓元日多文彩，化作郇公五朵春^[四]。

【校】

① 本詩原載東維子詩集卷九。

【箋注】

〔一〕詩撰於元至正二十五年（一三六五）前後，其時鐵崖寓居松江。繫年依
據：鐵崖友人貝瓊曾撰送王子淵序，謂王子淵家在元末“毀於兵”，遂投
奔松江太守王彥强。王子淵即王子困。由此可見，鐵崖、貝瓊等人與之
結識，當即王子淵避難松江期間，亦爲王彥强任松江太守期間。按：松
江太守王彥强，其名立中，張士誠屬官，元代松江府最後一任知府，於至
正二十七年正月主動投降朱元璋。至於王立中何時出任松江知府，未
見記載，僅知晉寧王雍於至正二十三年始任松江知府。據此推之，王立
中出任松江知府，不得早於至正二十四年，而王子淵赴松江，當在王立
中上任之初。參見嘉慶松江府志卷三十六職官表、鐵崖先生集卷二淞
泩燕集序。王子困：“困”或作“淵”，澄江（今江蘇江陰）人。孤雲蓋其
齋名，人稱孤雲子。世家子弟，仗義疏財，頗得美譽。元末兵亂家毀，流
浪松江、姑蘇等地。通醫藥，以行醫謀生。與鐵崖、貝瓊等松江文人交
好，楊基、徐賁等吳中文人亦與之交往。貝瓊撰送王子淵序述其元末蹤
迹較詳：“余至淞之明年，識澄江王子淵于頖宫。時家毀於兵，落魄無
業。太守王侯彥强以故人子遇之，周之以粟。既而去游吳門者久之。
今年冬，返淞上，無僦屋之資，寄食龍門寺，屨童弊衣，泊如也。方王氏
盛時，四方游士之無歸者、三族之無養者，必造焉。子淵不以疏戚而汎
濟之，家之有無，弗較也……子淵通醫藥，治疾多愈，遠近稱之。”（文載
清江貝先生文集卷八。）參見眉庵集卷六孤雲爲王子困賦、北郭集卷一
孤雲子歌爲王子淵賦兼東惠子及。

〔二〕望絶河陽：新唐書狄仁傑傳：“親在河陽，仁傑在太行山，反顧，見白雲孤
飛，謂左右曰：‘吾親舍其下。’瞻悵久之，雲移乃得去。”

〔三〕華山人：指北宋陳摶。楊維禎華山隱者歌曰：“華山人，帝者師，人中仙。”
（詩載陳善學序刊楊鐵崖先生文集卷四。）

〔四〕郇公五朵：指唐人韋陟五雲書體。參見清鈔鐵崖先生詩集卷上贈紙工方
用文注。

題李白問月圖①〔一〕

　　江樓高高近水頭,江水不盡天東流。葡萄水緑作春酒〔二〕,爲君日日洗春愁。

【校】

① 本詩原載東維子詩集卷九。按:原題爲題李白問月圖二首,本詩爲第二首。第一首已見鐵崖先生詩集庚集,故此不録,并改詩題。

【箋注】

〔一〕李白問月:參見鐵崖先生詩集庚集題李白問月圖。
〔二〕"葡萄"句:李白襄陽歌:"遥看漢水鴨頭緑,恰似葡萄初醱醅。"

愁莫愁曲爲莫氏賦①〔一〕

　　愁莫愁,沙棠槳子曳兩頭。蓮葉渡江不用舵〔二〕,東江水涸西江流。使君隔水招相見,船頭打槳唱揚州〔三〕。君不見,廣川宫中夜上鑰,爭似莫愁蓮葉舟。愁莫愁,奏君樂,解君憂。勸君飲,不須留。

【校】

① 本詩原載東維子詩集卷十。

【箋注】

〔一〕莫愁:參見鐵崖先生古樂府卷十漫成注。
〔二〕蓮葉:指莫愁蓮葉舟。
〔三〕揚州:當指揚州曲。

清江引鍾海鹽席上作^{①〔一〕}

　　門前畫船一字擺,細柳將軍寨〔二〕。簾垂白玉鈎,腰繫黃金帶。這功名有錢何處買。

【校】

① 此散曲原載東維子詩集卷十一。

【箋注】

〔一〕曲當撰於元至正二十六年(一三六六),或稍前,其時鐵崖寓居松江。繫年依據:東維子文集卷九風月福人序曰:"東諸侯如李越州、張吳興、韓松江、鍾海鹽聲伎高讌,余未嘗不居其右席。"風月福人序撰於至正二十六年前後,據此可知鍾海鹽爲張士誠屬官。本詩題曰在鍾海鹽席上賦,當即風月福人序中所謂赴東諸侯"聲伎高讌"時期。至正二十七年元月,松江即被納入朱元璋統治版圖,故本詩必撰於至正二十六年以前不久。鍾海鹽:疑指元帥鍾聲遠。參見風月福人序。

〔二〕細柳將軍寨:本指西漢周亞夫營地,此處借指鍾海鹽統領部隊之軍容整肅。參見陳善學序刊楊鐵崖先生文集卷二月氏王頭飲器歌注。

天香引敬上橘隱仙翁之壽^{①〔一〕}

　　西樓宿雨初晴,星照長庚,人在蓬瀛〔二〕。橘裏乾坤〔三〕,山中宰相〔四〕,天上聲名。清露飲,蓮花玉井。紫雲歌〔五〕,象板銀箏。難弟難兄〔六〕,合璧連城。佳婿佳翁〔七〕,玉潤冰清〔八〕。

【校】

① 此散曲原載東維子詩集卷十一。按:徐邦達古書畫過眼要錄元明清書法第一册載此詩墨迹,據以校勘。墨迹本題作壽橘隱天香引詞。又,平生壯觀卷四著錄曰:"天香引,黃箋,中行草,字寸餘。上橘隱壽。"

【箋注】

〔一〕本首樂府當撰於元至正九、十年間,當時鐵崖受聘於吕良佐,在松江瑛溪私塾授學。繫年依據:既然爲橘隱仙翁祝壽,其時鐵崖必居松江,且橘隱在世,故必爲鐵崖初次寓居松江期間,因爲橘隱謝世於鐵崖再返松江之前。橘隱仙翁:吕潤齋,即鐵崖東家吕良佐之兄。參見鐵崖先生詩集甲集五月五日潤齋吕老仙開宴於樂餘閒堂、東維子文集卷十二華亭胥浦義冢記。

〔二〕蓬、瀛:蓬萊、瀛洲,傳説中的東海仙島。

〔三〕橘裏乾坤:指巴邛橘中老叟故事。參見鐵崖先生古樂府卷三夢游滄海歌注。

〔四〕山中宰相:指陶弘景。參見東維子文集卷十八怡雲山房記。

〔五〕紫雲:相傳爲神仙曲,唐玄宗夢游天宫時,得仙人傳授。參見鐵崖先生古樂府卷二内人吹簧詞注。

〔六〕難弟難兄:南朝宋劉義慶世説新語德行:"陳元方子長文,有英才,與季方子孝先各論其父功德,争之不能決,咨之太丘。太丘曰:'元方難爲兄,季方難爲弟。'"

〔七〕佳婿佳翁:指夏景淵與其岳父吕潤齋。

〔八〕玉潤冰清:晉書衛玠傳:"總角乘羊車入市,見者皆以爲玉人……玠妻父樂廣,有海内重名,議者以爲'婦公冰清,女壻玉潤'。"

陸士衡讀書草堂①〔一〕

雲間雙龍游洛京〔二〕,山中孤鶴向誰鳴〔三〕。早知千里蓴羹美,何事不如張季鷹〔四〕。

【校】

① 本詩原載東維子詩集卷十二。

【箋注】

〔一〕陸士衡讀書草堂:蓋即二陸祠堂。陸士衡:指晉人陸機。參見東維子文集卷十二二陸祠堂記。

〔二〕"雲間雙龍"句：指松江陸機、陸雲兄弟北上洛京，遂享盛名，當時有"二陸入洛，三張減價"之説。詳見晉書陸機傳、陸雲傳。

〔三〕"山中孤鶴"句：寓陸機臨終之悲歎。陸機臨死歎曰："華亭鶴唳，豈可復聞乎？"遂遇害於軍中。詳見晉書陸機傳。

〔四〕"早知"二句：參見鐵崖先生詩集甲集和吕希顔來詩注。

元虚上人示余以馬遠搨本一紙云是隋堤老柳乞予賦詩其上予感大業荒游事爲賦二絶持歸所上見予蔣同年袁才子必有和予以成什者①〔一〕

其一

長亭短亭千萬條，春風誰比女兒腰。秖應傍輦司花者，學畫鵝黄態正嬌。

其二

濬得黄流入汴流，千三百里錦帆游〔二〕。一株老樹靈槎在，曾識麻胡鐵脚浮〔三〕。

　　　　至正壬寅初七月初吉，鐵笛道人在雲間草玄閣書〔四〕。

【校】

① 本組詩兩首原載東維子詩集卷十二。

【箋注】

〔一〕詩撰書於元至正二十二年壬寅（一三六二）七月一日，其時鐵崖退隱松江將近三年。元虚上人：當爲僧人，生平不詳。馬遠：南宋孝宗年間著名宫廷畫師。

隋堤老柳：此柳樹乃當年爲隋煬帝出游而栽。唐闕名撰開河記："時恐盛暑，翰林學士虞世基獻計，請用垂柳栽於汴渠兩隄上，一則樹根四散鞠護河隄，二乃牽舟之人獲其陰，三則牽舟之羊食其葉。上大喜，詔民間：有柳一株賞一縑。百姓競獻之。"（載説郛卷一百十下。）又，元人張觀光詩煬帝行宫："彩鳳樓前汴水流，君王不復錦帆游。長堤舊日青青柳，曾帶春風拂御舟。”

大業：隋煬帝年號，公元六〇五至六一八年。

蔣同年：疑指蔣堂。按：鐵崖既稱“同年”，當爲泰定三年江浙行省鄉貢進士，或泰定四年進士。蔣堂字子中，平江人。乃泰定三年江浙行省鄉試第三名，元末任嘉定州儒學教授。參見鐵崖詩題春江雲舍詩卷（載佚詩編）。

袁才子：疑指鐵崖友生崑山袁華。

〔二〕“潴得黃流入汴流”二句：謂隋煬帝舟游揚州之舉勞民傷財。又，其中“千三百里”句出自宋人葛天民絕句：“二十四友金谷宴，千三百里錦帆游。人間無此春風樂，樂極人間無此愁。”（載宋詩紀事卷五十九。）

〔三〕麻胡：指隋煬帝時雲屯將軍麻叔謀。按：麻叔謀名祜，訛作“胡”。鐵脚：指麻叔謀所用鐵脚木鵝。唐顏師古大業拾遺記：“大業十二年，煬帝將幸江都……車駕既行，師徒百萬前驅。大橋未就，則命雲屯將軍麻叔謀潴黃河入汴堤，使勝巨艦。叔謀銜命甚酷，以鐵脚木鵝試彼淺深，鵝止，謂潴河之夫不忠，隊伍死冰下。至今兒啼，聞人言‘麻胡來’即止。其訛言畏人皆若是。”又，或曰鐵脚木鵝長一丈二尺，以此驗河之深淺，木鵝停滯多達一百二十九處，因此坑殺百姓五萬人。參見唐闕名開河記。

〔四〕按：此所謂草玄閣，乃齋名，并非韓大帥所建草玄臺。草玄臺亦稱草玄閣，落成於至正二十三年三月。參見鐵崖先生詩集甲集贈姚子華筆工。

客樓小詠二絕

其一

樓下飛塵障日紅，樓頭百尺有元龍〔一〕。五更酒醒風雨住①，臥聽行人踏曉鐘。

其二

雨餘樓閣長如畫，雲外笙歌不識愁。借問主人新句好，灞橋只在朱橋頭〔二〕。

【校】

① 本組詩原載東維子詩集卷十二。住：原本作“昨”，據原本旁注改。

【箋注】

〔一〕“樓頭”句：三國志魏志陳登傳：“(許)汜曰：‘昔遭亂過下邳，見元龍(陳登)。元龍無客主之意，久不相與語，自上大牀臥，使客臥下牀。’備(劉備)曰：‘……君求田問舍，言無可采，是元龍所諱也。何緣當與君語？如小人，欲臥百尺樓上，臥君於地，何但上下牀之間邪？’”

〔二〕灞橋：位於今陝西西安城東。唐代於此設驛站，人們於此橋頭送友東行，折柳贈別，成爲習俗。

相逢①

湘水爲裙曳玉新，陽臺月夜楚山春〔一〕。相逢卻與誰相似，洛浦當年解珮人〔二〕。

【校】

① 本詩原載東維子詩集卷十三。

【箋注】

〔一〕陽臺：暗寓“巫山雲雨”故事，參見鐵崖先生古樂府卷九陽臺曲。

〔二〕“洛浦”句：指洛神宓妃。按：曹植曾欲解玉珮邀約洛神，詳見曹植洛神賦。

卷四十四　列朝詩集甲集前編第七

寄蘇昌齡①〔一〕

東吳主者尊師相〔二〕,師相匡君近若何。紫極正宜扶日月,鴻溝未許割山河〔三〕。金臺百丈媒燕隗〔四〕,蓋禄千鍾客孟軻〔五〕。亦有陽秋成鐵史〔六〕,姓名不必到巒坡。

【校】

① 列朝詩集八十一卷,清初錢謙益編撰輯録,其中甲集前編第七,又分爲上下兩卷,上卷收録楊維禎詩一百二十四首,下卷收録楊維禎詩一百七十首及其詩友唱和詩若干。除去已見於前此各本,以及移入僞作編者,尚存四十首。以下據清順治九年毛氏汲古閣刊本(四庫禁毀書叢刊影印)依次録入。參校康熙年間顧氏秀野草堂刊元詩選初集本,以及中華書局二〇〇七年出版許逸民、林淑敏點校本列朝詩集。

【箋注】

〔一〕詩當作於鐵崖晚年退隱松江之後,張士誠自立爲吳王之前,即元至正二十年(一三六〇)至二十三年九月之間。繫年依據:據詩末“亦有陽秋成鐵史,姓名不必到巒坡”兩句,其時鐵崖已經退隱,一心著述。又據“紫極正宜扶日月,鴻溝未許割山河”兩句推測,其時張士誠尚奉朝廷正朔,故當在至正二十三年九月張士誠自稱吳王以前。蘇昌齡:名大年。張士誠用爲參謀,稱“蘇學士”。參見東維子文集卷二十六蘇先生挽者辭叙。

〔二〕東吳主者:指張士誠。

〔三〕鴻溝:漢書高帝紀:“(項)羽乃與漢約中分天下,割鴻溝以西爲漢,以東爲楚。”顏師古注引應劭曰:“在滎陽東南二十里。”

〔四〕燕隗:燕人郭隗。參見史義拾遺卷上郭隗致賢。

〔五〕客孟軻:按:孟軻當年無人器重。史記孟子列傳:“道既通,游事齊宣王,宣王不能用。適梁,梁惠王不果所言,則見以爲迂遠而闊於事情。當是之

時,秦用商君,富國彊兵;楚、魏用吳起,戰勝弱敵;齊威王、宣王用孫子、田
忌之徒,而諸侯東面朝齊。天下方務於合從連衡,以攻伐爲賢,而孟軻乃
述唐、虞、三代之德,是以所如者不合。”

〔六〕陽秋: 即春秋。東晉孫盛撰晉春秋,因避諱而稱“春”爲“陽”。野客叢書
　　　卷九古人避諱:“簡文鄭后諱阿春,以‘春秋’爲‘陽秋’。晉人謂‘皮裏陽
　　　秋’是也。”

賦拱北樓呈相君〔一〕 杭州作

伍子山頭宋舊宮〔二〕,龍樓改觀倍蜚聲①。天連高柱星辰北〔三〕,地
控窮荒島嶼東。鳳引短簫悲落日〔四〕,鶴歸華表語秋風〔五〕。玉龍一曲
千宫曉,江漢朝宗萬國同。

【校】

① 聲: 原本漫漶,據許逸民、林淑敏點校本列朝詩集補。

【箋注】

〔一〕詩作於元至正十一年(一三五六)至十六年秋之間,其時鐵崖居杭州任税
　　　務官。繫年依據:“相君”當指江浙行中書省丞相,未詳確指。詩題下既注
　　　“杭州作”,當爲至正十一年鐵崖任杭州四務提舉以後,至正十六年秋轉官
　　　建德路總管府理官之前。拱北樓: 位於杭州吳山東麓,原名朝天門。吳
　　　越王錢氏修建。元至元年間改此名。明洪武八年,又改稱鎮海樓。參見
　　　浙江通志卷四十古迹二杭州府。
〔二〕伍子山: 即胥山。胥山爲杭州吳山别名。伍子即伍子胥。
〔三〕“天連”句: 明徐渭鎮海樓記:“鎮海樓,相傳爲吳越王錢氏所建,用以朝望
　　　汴京,表臣服之意。其基址樓臺,門户欄楯,極高廣壯麗。”
〔四〕鳳引短簫: 指蕭史與弄玉故事,參見鐵崖先生古樂府卷十小游仙之
　　　二注。
〔五〕“鶴歸”句: 丁令威事。參見鐵崖先生古樂府卷十小游仙之十注。

送貢侍郎和糴還朝兼柬李治書同年^{〔一〕}二首

其一

南來使者急兵荒^{〔二〕}，令下吳儂出蓋藏。自是鄭侯能給饟^{〔三〕}，從知汲黯可開倉^{〔四〕}。王師刁斗晨連竈，神女旌旗夜直檣。我有干時書願上，草茅望闕九天長。

其二

吏部論思冠六曹，采言還後采時髦^{〔五〕}。不才何用麒麟揎^{〔六〕}，奇略須收虎豹韜。無奈關梁長擾擾，可堪州縣正嗷嗷。烏臺若見同袍李^{〔七〕}，爲説揚雄老賦騷。

【箋注】

〔一〕詩送吏部侍郎貢師泰還朝而作，撰於元至正十二年（一三五二）三、四月間，繫年依據參見東維子文集卷十三吏部侍郎貢公平糴記。貢侍郎：即貢師泰。李治書同年：當指李稷。按錢大昕元進士考，著録有泰定四年進士四十五人，其中李姓三人：李黼、李稷、李質。李稷曾任治書侍御史，當即鐵崖所謂"李治書同年"，元史有傳。參見鐵崖先生詩集甲集寄上李孟閶稷中丞。

〔二〕急兵荒：元至正十二年春，亂象頻現：正月，詔造中統元寶交鈔一百九十萬錠、至元鈔十萬錠。此無本之鈔，有發無收，病民尤甚。二月，定遠郭子興等起兵，破濠州。三月，方國珍不受招安，復率衆下海。

〔三〕鄭侯：漢初蕭何。史記蕭相國世家："夫漢與楚相守滎陽數年，軍無見糧，蕭何轉漕關中，給食不乏。"

〔四〕汲黯開倉：參見鐵崖先生古樂府卷五周急謠注。

〔五〕"吏部"二句：上一首詩末"我有干時書願上"二句，及本詩起首"吏部論思冠六曹"二句，拜託同年友貢侍郎、李治書提攜。按：鐵崖其時任杭州四務提舉，官卑事繁，甚爲不滿，故冀幸友人薦舉。

〔六〕麒麟揎：當作"麒麟楦"。雲仙雜記卷九麒麟楦引朝野僉載："唐楊炯每呼朝士爲麒麟楦。或問之，曰：'今假弄麒麟者，必修飾其形，覆之驢上，宛然異物。及去其皮，還是驢耳。無德而朱紫，何以異是。'"

〔七〕烏臺：即御史臺。同袍李：指李稷。李稷當時在御史臺任治書侍御史。

御史臺有"治書侍御史二員,正三品,掌糾察百官善惡政治得失"。參見元史百官志二。

聞定相死寇 丙申六①月死京口〔一〕

三朝勳舊半彫零,京口雄藩孰老成。可是叔孫祈欲死(託吉柯)〔二〕,喜聞先軫面如生〔三〕。東園草暗銅駝陌〔四〕,北固潮平鐵甕城〔五〕。珍重子儀誰可繼〔六〕,三軍氣色倍精明。

【校】

① 元詩選初集辛集、鐵崖逸編注卷七載此詩,據以校勘。六:當作"三",參見注釋。

【箋注】

〔一〕詩作於定定戰死之後不久,當爲元至正十六年丙申(一三五六)春夏之交,其時鐵崖在杭州任稅務官。繫年依據:參見後注。定相:指江浙行省平章政事定定。至正十六年季春,朱元璋軍攻打鎮江時戰死。按:時稱定相"江浙三平章",蓋定定於江浙行省平章政事中位列第三。參見元陶宗儀南村輟耕錄卷二十八刑賞失宜。(樓氏鐵崖逸編注引宋元通鑑所錄至正十四年至十六年間定柱官職變動情況,以爲本詩所謂定相,即中書右丞相定柱。誤。)京口:今江蘇鎮江。按:本詩題下小字注"丙申六月死京口",有誤。定定戰死於朱元璋軍隊攻克鎮江之際,時爲至正十六年丙申三月,并非"六月"。明太祖實錄卷四:"上既定金陵,欲發兵取鎮江……(至正十六年三月)丙申,徐達、湯和、張德麟、廖永安等進兵攻鎮江。丁酉,克之。苗軍元帥完者圖出走,守將段武、平章定定戰死。達等自仁和門入,號令嚴肅,城中晏然。"

〔二〕叔孫:指春秋時人叔孫婼,叔孫豹庶子,曾被立爲叔孫氏宗主。謐"昭",故又稱叔孫昭子。春秋左傳注疏卷五十:"(昭公)二十有三年,春,王正月,叔孫婼如晉……晉人執我行人叔孫婼……韓宣子使邾人取其衆,將以叔孫與之。叔孫聞之,去衆與兵而朝。"注:"示欲以身死。"託吉柯:未詳。

〔三〕先軫面如生:春秋時,晉將先軫與狄人戰,摘去頭盔,衝鋒陷陣而死。狄人歸還首級,其"面如生"。參見春秋左傳注疏卷十六。

〔四〕草暗銅駝陌:喻指天下騷亂之兆。參見鐵崖先生古樂府卷七塚子辭注。

〔五〕北固:元和郡縣志卷二十六江南道潤州:"北固山在(丹徒)縣北一里,下臨長江,其勢險固,因以爲名。"鐵甕城:參見鐵崖先生詩集壬集劉節婦詩注。

〔六〕子儀:郭子儀。新唐書有傳。

和盧養元書事二首①〔一〕

其一

中原烟火半丘墟,樓櫓相望白下孤〔二〕。蕃廝夜歌銅鈷鏵,蠻酋春醉錦屠蘇。北征解賦盧才子〔三〕,西事時談劇霸都〔四〕。莫上姓名丞相府〔五〕,老夫著論學潛夫〔六〕。(先生有救時論二首,曰人心論、巨室論,及丞相長書一通〔七〕。皆不出名氏,投於政事堂。)

其二

年年苛吏傷王政,往往紅氓叛教條〔八〕。漳水有時生小草,洞庭無地種餘苗。伏龍雛鳳應勞訪〔九〕,綺季黄公底用招〔十〕。聞道紫樞開錫燕,寶釘大銙賜天驕。(時哈相招東南三②處士〔十一〕。)

【校】

① 元詩選初集辛集、鐵崖逸編注卷七亦載此組詩,據以校勘。二首:原本爲題下小字注,據元詩選本、鐵崖逸編注本改。

② 三:元詩選本作"二"。

【箋注】

〔一〕詩當作於元至正十五年(一三五五)六月至十二月之間,其時鐵崖在杭州任税務官。繫年依據:按元史順帝本紀,元至正十五年六月,朱元璋起兵,自和州渡長江,取太平路。十六年正月,左丞相哈麻罷職。三月,朱元璋兵攻取集慶路。本詩既曰"樓櫓相望白下孤",又曰"時哈相"云云,故當作於朱元璋攻取太平路之後,哈麻罷相之前。盧養元:名浩,錢唐人。至正初年鐵崖首倡竹枝詞時,兩人即已結交。其生平事迹參見西湖竹枝集詩人小傳。

〔二〕白下：指金陵。按：至正十六年三月，朱元璋攻克金陵。鐵崖賦此詩時，金陵尚在元軍手中，但已岌岌可危。

〔三〕北征：杜甫詩。宋郭知達編九家集注杜詩卷三北征題下注：“東坡嘗云：北征詩識君臣之大體，忠義之氣與秋月爭高，可貴也。”

〔四〕“西事”句：舊五代史僭僞列傳：“天祐三年七月，梁祖自將兵攻滄州，營於長蘆。（劉）仁恭師徒屢喪，乃酷法盡發部内男子十五已上、七十已下，各自備兵糧以從軍，閭里爲之一空。部内男子無貴賤，并黥其面，文曰‘定霸都’。”

〔五〕丞相府：此指江浙行省丞相達識帖睦邇官衙。參見後注。

〔六〕潛夫：後漢書王符傳：“志意蘊憤，乃隱居著書三十餘篇，以譏當時失得，不欲章顯其名，故號曰潛夫論。其指訐時短，討讁物情，足以觀見當時風政。”

〔七〕丞相長書：指鐵崖上書江浙行省丞相達識帖睦邇。據元史順帝本紀，至正十五年八月，達識帖睦邇以中書平章政事出任江浙行省左丞相，許以便宜行事。按：貝瓊撰鐵崖先生傳云：“十八年，太尉張士誠知其名……朝廷方倚丞相達識帖睦邇爲保障，而納賄不已。復上書風之，由是不合。”按：所謂“上書風之”，亦當指此至正十五年上書事。貝瓊將鐵崖上書丞相事移至至正十八年之後，與事實不符。至正十六年七月，張士誠軍攻佔杭州，達識帖睦邇大權旁落，徒有虛名而已。

〔八〕紅氓：指元末紅巾軍。

〔九〕伏龍、雛鳳：指諸葛亮、龐統。參見鐵崖先生古樂府卷八覽古之十八。

〔十〕綺季、黄公：指綺里季、夏黄公，西漢初年“商山四皓”中人物。參見鐵崖文集卷二東園散人録。

〔十一〕哈相：指中書省左丞相哈麻。按元史順帝本紀，至正十五年四月，平章政事哈麻被任命爲左丞相，次年正月罷免。

和楊參政完者題省府壁韻①〔一〕二首 丙申歲

其一

皇元正朔承千歲②，天下車書共一家。一柱東南擎白日③，五城西北護丹霞④。寶刀雷焕蒼精傑〔二〕，天馬郭家獅子花⑤〔三〕。收拾全吳還聖主,將軍須用李輕車[四]。

其二

將軍三軍共甘苦,將軍之度吞百川。樓蘭矯制嗤介子[五],(薛道衡出塞曲云:"還嗤傅介子,辛苦刺樓蘭。")定遠破虜銘燕然[六]。相君勸酒春如海,壯士吹箛秋滿天。謗書不解惑明主,將軍努力安三邊。

【校】

① 張光弼詩集卷五録有此組詩第一首,據以校勘。張光弼詩集本題作楊維楨次韻楊左丞五府壁詩。
② 歲:張光弼詩集本作"載"。
③ 白日:張光弼詩集本作"日月"。
④ 丹霞:張光弼詩集本作"烟霞"。
⑤ 花:張光弼詩集本作"兒"。

【箋注】

〔一〕詩當撰於元至正十六年(一三五六)三、四月間,其時楊完者初任江浙參政,鐵崖在杭州任税務官。繫年依據:參見後注及本詩題下小字注。楊完者:苗軍統領。按:至正十六年丙申二月,張士誠軍相繼攻克平江、湖州、松江等地,江浙行省丞相達識帖睦邇兵力有限,不堪應付,遂起用楊完者爲首之苗軍。楊完者擁兵要挾,達識帖睦邇被迫授予江浙行省參知政事一職。又,其後苗軍殘害百姓,鐵崖詩文多有揭露抨擊,然本詩曰"收拾全吳還聖主,將軍須用李輕車"、"將軍三軍共甘苦,將軍之度吞百川",分明對楊完者懷有好感,且寄予厚望。蓋當時苗軍惡行尚未顯露。參見東維子文集卷九送周處士還山序。

〔二〕寶刀雷焕:用豐城劍氣典,參見鐵崖先生古樂府卷四古憤注。

〔三〕獅子花:參見鐵崖先生詩集辛集曹將軍赤馬圖注。

〔四〕李輕車:指西漢輕車將軍李蔡。原本於詩末附有小字注曰:"張籍隴頭曲云:誰能更使李輕車,收拾涼州歸聖主。"又,清趙殿成撰王右丞集箋注卷八送宇文三赴河西充行軍司馬:"還聞田司馬,更逐李輕車。"注:"漢書:李蔡爲輕車將軍,從大將軍擊右賢王,有功中率,封爲樂安侯。鮑照詩:'後逐李輕車,追虜窮塞垣。'"

〔五〕介子:史記建元以來侯者年表:"傅介子,家在北地。以從軍爲郎,爲平樂監。昭帝時,刺殺外國王,天子下詔書曰:'平樂監傅介子使外國,殺樓蘭

王,以直報怨,不煩師,有功,其以邑千三百户封介子爲義陽侯。’”又,薛道
衡乃隋朝詩人,其出塞曲載樂府詩集卷二十一。

〔六〕“定遠”句：黄庭堅次韻奉答廖袁州懷舊隱之詩：“何況班家有超固,應封
定遠勒燕然。”按：東漢車騎將軍竇憲自求擊匈奴,大破單于,登燕然山,
令班固作銘,刻石紀功。其後固弟班超轉戰西域三十餘年,封定遠侯。

書錢唐七月廿三日事〔一〕 至正丙申

其一

兒童十日報日鬥,前夜①妖蜺生燧光。(十五②夜月食如紅銅。)瓠子
勢方吞鮓甕〔二〕,(瓠子,苗氏人也。鮓甕,地名。)蘄州血已到錢唐〔三〕。(宋
謡云：惟有蘄、黄兩州血,至今流不到錢唐。)火鰍東掣千尋鎖〔四〕,鐵馬西馳
半段槍〔五〕。(老左〔六〕、老童〔七〕。)紫微老人迷醉眼〔八〕,綵紅猶掛米鹽商。
(自吴門被寇,鹽米不通。寇入杭先三日,運餉至,省臣喜,爲之挂紅。)

其二

麋鹿臺前春似海〔九〕,鴛鴦湖上水如湯〔十〕。兇人不有三危竄〔十一〕,
義士能無六郡良〔十二〕。謾説子儀驚賊膽,(召方不至〔十三〕。)已聞□□在
戎行。(李、杜在寇〔十四〕。)東門猛虎窮投井,尚倚九城松檜長。

【校】

① 元詩選初集辛集、鐵崖逸編注卷七載此組詩第一首,據以校勘。夜：元詩選
本、鐵崖逸編注本作“後”。

② 五：元詩選本、鐵崖逸編注本作“日”。

【箋注】

〔一〕詩當作於元至正十六年丙申(一三五六)七月二十三日張士誠軍攻陷杭州
之後不久。繫年依據：參見後注及本詩題下小字注。國初群雄事略卷六
周張士誠：“(至正十六年)七月,張士誠遣兵陷杭州,江浙行省平章政事左
答納失里戰死,丞相達識帖睦邇遁。楊完者及萬户普賢奴擊敗之,復
其城。”

〔二〕瓠子：指以楊完者爲首的苗軍。詳見南村輟耕録卷八志苗。宋趙德麟侯

鯖録卷三:“瞿塘之下,地名人鮓甕。少游嘗謂未有以對,南遷度鬼門關,乃用爲絶句云:‘身在鬼門關外天,命輕人鮓甕頭船。’”

〔三〕“蘄州”句:參見原注。又至正十二年七月,蘄黄徐壽輝紅巾軍曾攻陷錢唐,參政樊執敬戰死。參見東維子文集卷十三樊公廟食記。

〔四〕千尋鎖:晋書王濬傳載:吴人於江中險處以鐵鎖横截,以阻晋舟。王濬以大筏載火炬焚之,鎖斷,兵直入石頭。劉禹錫西塞山懷古:“千尋鐵鎖沉江底,一片降幡出石頭。”

〔五〕半段槍:哥舒翰與吐蕃戰,持半段槍迎擊,所向披靡。詳見新唐書哥舒翰傳。

〔六〕老左:指江浙平章左答納失里。參見東維子文集卷二送高都事序。

〔七〕老童:指慶童。元史慶童傳:“(至正十六年)苗軍帥楊完者以其軍守杭城。丞相達識帖睦邇既承制授完者江浙行省右丞,而完者益以功自驕,因求娶慶童女。慶童初不許,時苗軍勢甚張,達識帖睦邇方倚以爲重,强爲主婚,慶童不得已以女與之。”參見東維子文集卷二送慶童公翰林承旨序。

〔八〕紫微老人:此指江浙行中書省官員。參見鐵崖賦稿卷上紫微垣賦。

〔九〕麋鹿臺:姑蘇臺之別稱。

〔十〕鴛鴦湖:南湖别稱,又名鴛湖。位於今浙江嘉興市。參見東維子文集卷二十二藏六窩志。又,國初群雄事略卷六周張士誠:“(至正十六年)六月甲寅,江浙行省平章政事三旦八、參知政事楊完者以兵守嘉興路,禦張士誠。士誠南向欲取嘉興。嘉興則有參政楊完者,統領苗獠、猺獞,名曰‘答剌罕’,守禦甚堅,屢攻不克。”

〔十一〕三危窩:參見鐵崖先生古樂府補卷六大將南征歌注。

〔十二〕六郡良:漢書地理志第八下:“漢興,六郡良家子選給羽林、期門,以材力爲官,名將多出焉。孔子曰:‘君子有勇而亡誼則爲亂,小人有勇而亡誼則爲盜。’故此數郡,民俗質木,不耻寇盜。”顏師古注:“六郡謂隴西、天水、安定、北地、上郡、西河。”

〔十三〕子儀:中唐名將郭子儀,平定安、史之亂,建有奇功。召方不至:疑指召義兵元帥方家奴而方氏不受命。元史慶童傳曰:“(至正)十六年,平江、湖州陷。義兵元帥方家奴以所部軍屯杭城之北關,鈎結同黨,相煽爲惡,劫掠財貨,白晝殺人,民以爲患。慶童言於丞相達識帖睦邇曰:‘我師無律,何以克敵?必斬方家奴乃可出師。’丞相乃與慶童入其軍,數其罪,斬首以徇,民大悦。”按:若論禍害百姓之慘烈,楊完者較之方家奴,實有過之而無不及,故殺方家奴之真正原因,應在其不受命,且當時達識帖睦邇還有楊完者可以依靠。

〔十四〕李、杜在寇：即"□□在戎行"之注釋。當指其時鐵崖友人有李姓、杜姓
　　二人，裹挾於紅巾軍。

新春喜事〔一〕

　　開春七日得喜報，便似沉疴一日痊。太子撫軍衣有纊〔二〕，相臣憂
國食無膻。璽書褒重二千石，斗米價平三百錢。戴白老人稱萬壽，吾
皇今是中興年。

【箋注】

〔一〕詩作於元至正十五年（一三五五）初春。繫年依據：所謂"喜事"，蓋指至
　　正十四年，朝廷以翰林待制再徵鐵崖友人徽州隱士鄭玉；至正十四年冬，
　　又有詔令軍國大事須先啟奏皇太子等，故詩中有"太子撫軍衣有纊"、"吾
　　皇今是中興年"等句。參見後注。

〔二〕"太子"句：元史順帝本紀六："（至正十四年）十一月丙寅，敕：'中書省、
　　樞密院、御史臺，凡奏事先啟皇太子。'"

承樞劄致祭羊公太傅廟有作率舜章同賦〔一〕

　　峴山山頭一片石〔二〕，可應文墨解沾襟。輕裘緩帶神長在〔三〕，深谷
高陵迹自陳〔四〕。南夏山川非故國，睦州香火説遺民〔五〕。惟君獨念平
吳後，千載丹青憶老臣。

【箋注】

〔一〕詩作於元至正十七年（一三五七）九月一日，此日奉江浙行樞密院判官移
　　剌九九之命，詣羊公廟致祭。其時鐵崖寓居睦州，任建德路總管府理官。
　　繫年依據：本詩當與晉太傅羊公廟碑作於同時。羊公：指晉太傅羊祜。
　　參見鐵崖文集卷二晉太傅羊公廟碑。舜章：姓氏及生平皆不詳。按：鐵
　　崖友人唐肅曾爲剡縣劉舜章撰文，述其棄"金"姓、復"劉"姓一事，或即此

"舜章"。參見丹崖集卷六剡縣劉舜章復姓贊辭。

〔二〕峴山：位於今湖北襄陽。參見鐵崖先生詩集甲集一峰道人入吳注。

〔三〕輕裘緩帶：晉書羊祜傳："在軍常輕裘緩帶，身不披甲，鈴閣之下，侍衛者不過十數人。"

〔四〕深谷高陵：酈道元水經注沔水："山下潭中，有杜元凱碑。元凱好尚後世名，作兩碑并述己功，一碑沉之峴山水中，一碑下之于此潭，曰：'百年之後，何知不深谷爲陵也。'"

〔五〕睦州：建德古名，隸屬於江浙行省。今屬浙江。

淵明撫松圖①〔一〕

孤松手自植，保此貞且固。微微歲寒心，孰樂我遲莫。留侯報韓仇〔二〕，還尋赤松去〔三〕。後生同一心，成敗顧隨遇。歸來撫孤松，猶是晉時樹。

【校】

① 本詩又載元詩選初集辛集、樓氏鐵崖逸編注卷七，據以校勘，無異文。

【箋注】

〔一〕淵明撫松圖：根據陶淵明歸去來兮辭"撫孤松而盤桓"句意所繪圖。

〔二〕留侯報韓仇：參見鐵崖楊先生詩集卷上寄蘇昌齡注。

〔三〕尋赤松：指西漢張良晚年學道。參見東維子文集卷十三知止堂記注。

甲申臘月廿五日初度①〔一〕

去年生旦吳山雪〔二〕，我食無魚客彈鋏〔三〕。今年生旦逢立春〔四〕，座上簪花寫春帖。主人錦筵相爲開，烹羊炰羔作春杯。柳車昨夜送窮去〔五〕，羯鼓今日迎春來〔六〕。家人祝詞心轉急，富貴今年當五十〔七〕。男兒富貴絶可憐〔八〕，年少光陰胡可及。大姬白題作胡舞〔九〕，小姬吳歈歌白苧〔十〕。丹穴錦毛飛鳳凰〔十一〕，海樹紅芽語鸚鵡。兩家公子與玉觴,酒酣起把雙銀鎗。胸吞笠澤三萬頃〔十二〕,氣卷渴鯨千丈長。座中有客吾宗老〔十三〕,玉山不受春風倒。歌詞自作風格高,合樂鶯聲一時好。夜如何其且秉燭〔十四〕,主人奉歡爲不足。主人交誼晚誰似,四海弟兄同骨肉。我歌醉歌君擊缶,金搏琵琶勿停手。洞庭君獻橘雙頭〔十五〕,飲以洞庭春色酒〔十六〕,輪雲世事知何有。

【校】

① 本詩又載御選元詩卷三十三。

【箋注】

〔一〕詩作於鐵崖四十九歲生日當天,即元至正四年甲申十二月二十五日(公元一三四五年一月二十八日)。其時鐵崖應邀自杭州來到湖州僅一月,在長興縣蔣氏東湖書院執教。按:據宋濂撰鐵崖墓志所述鐵崖卒年推算,至正四年(一三四四)鐵崖四十九歲,與本詩“富貴今年當五十”一句能够吻合;且據此可知鐵崖生日,爲元成宗元貞二年丙申十二月二十五日,即公元一二九七年元月十九日。

〔二〕吳山:位於杭州。按:鐵崖守喪期滿,於至正元年冬攜妻兒離家赴杭州,等待補官,數年未果。遂於至正四年十一月應邀赴湖州長興蔣氏東湖書院,授學爲生。

〔三〕食無魚客彈鋏:用戰國時孟嘗君門客馮諼故事。詳見戰國策齊策四。

〔四〕生旦逢立春:據歷代頒行曆書摘要(載張培瑜三千五百年曆日天象一書),至正四年十二月“廿五庚辰立春”,與此吻合。

〔五〕送窮:韓愈送窮文:“元和六年正月乙丑晦,主人使奴星結柳作車,縛草爲船……三揖窮鬼而告之。”按:因時代地域不同,“送窮”之時間形式或有差異。

〔六〕羯鼓迎春:典出唐玄宗羯鼓催花。參見鐵崖先生古樂府卷二崔小燕嫁辭注。

〔七〕“家人”二句:借用朱買臣故事。參見鐵崖先生古樂府卷二荆釵曲注。

〔八〕可憐:可愛,可喜。

〔九〕白題:以白色塗額。杜詩詳注卷七秦州雜詩二十首之三:“胡舞白題斜。”注:“薛夢符曰:題者,額也,其俗以白塗堊其額,因得名。舞則首偏,故曰‘白題斜’。白題,如黑齒、雕題之類。朱注:按服虔漢書注:白題,胡名也。”

〔十〕白苧：樂府吳舞曲。參見晉書樂志下。

〔十一〕丹穴：參見鐵崖先生古樂府卷四丹山鳳注。

〔十二〕笠澤：即太湖。東湖書院所在地長興陳瀆里，位於太湖之濱。

〔十三〕吾宗老：蓋指楊姓老人，赴宴賓客之一。

〔十四〕“夜如”句：參見鐵崖先生古樂府卷十漫成五首之一注。

〔十五〕洞庭君：洞庭湖神。有關傳說詳見搜神記。

〔十六〕洞庭春色：指采用洞庭東山、西山柑橘所釀酒。參見鐵崖先生詩集庚
　　　集陽春堂注。

至正八年①二月十二日玉山人買百花船泊山塘橋下呼瓊花翠屏二姬招予與張渥叔厚于立彥成游虎阜俄而雪霰交作未果此行先以此詩寫寄就要諸公各和〔一〕

　　百華樓船高八柱，主人春游約春渚。山塘橋下風兼雨〔二〕，正值灌壇西海婦〔三〕。桃花術口小蠻孃②，腰身楊柳隨風揚〔四〕。翡翠屏深未肯出，蹋歌直待踏春陽〔五〕。喜聞晴語聲谷谷，明朝豫作花游曲〔六〕。小蠻約伴合吹笙，解調江南有于鵠〔七〕。

【校】

① 本詩又載元詩選初集辛集、劉世珩影元刊十八卷本玉山草堂雅集卷二、樓氏
　　鐵崖逸編注卷四、玉山逸稿卷一游虎丘未果和楊鐵崖韻附錄，據以校勘。
　　“至正八年”四字，原本無，據玉山草堂雅集本、玉山逸稿本增補。

② 孃：樓氏鐵崖逸編注本作“娘”。

【箋注】

〔一〕詩撰於元至正八年（一三四八）二月十二日，其時鐵崖寓居姑蘇，常應崑山
　　顧瑛之邀出游。玉山人：即崑山顧瑛。瓊花：妓女，自揚州來姑蘇。參見
　　鐵崖先生詩集乙集吳詠十章用韻復正宗架閣之十。翠屏：妓女名。張渥：
　　字叔厚。工白描人物畫。參見鐵崖文集卷五夢鶴幻仙像贊。于立：字彥
　　成。道士。參見鐵崖先生古樂府卷三龍王嫁女辭。虎阜：蘇州虎丘。

〔二〕山塘橋：位於姑蘇西北,近虎丘。

〔三〕“正值”句：博物志卷七異聞：“太公爲灌壇令,武王夢婦人當道夜哭,問之,曰：‘吾是東海神女,嫁於西海神童。今灌壇令當道,廢我行。我行必有大風雨,而太公有德,吾不敢以暴風雨過,是毁君德。’武王明日召太公,三日三夜,果有疾風暴雨從太公邑外過。”

〔四〕“桃花衖口”二句：借白居易姬妾小蠻喻指妓女瓊花。小蠻,參見鐵崖先生詩集辛集櫻珠詞注。

〔五〕“翡翠屏深”二句：參見陳善學序刊楊鐵崖先生文集卷一真仙謡注。

〔六〕花游曲：李賀花游曲序：“寒食,諸王妓游。賀入座,因採梁簡文詩調賦花游曲,與妓彈唱。”又,將近一月之後,鐵崖偕顧瑛、張雨等游山玩水,瓊花陪侍,鐵崖撰花游曲。詩載鐵崖先生古樂府卷三。

〔七〕于鵠：借指道士于立。唐才子傳卷四于鵠：“鵠,初買山於漢陽高隱,三十猶未成名。大曆中,嘗應薦歷諸府從事。出塞入塞,馳逐風沙。有詩甚工,長短間作,時出度外,縱橫放逸,而不限於疎遠,且多警策云。集一卷,今傳。”按：劉世珩影元刊玉山草堂雅集十八卷本於此詩後,附錄張渥、于立、顧瑛步韻唱和詩各一首。參見明鎦續霏雪録卷下。

乙酉四月二日與蔣桂軒伯仲諸友同泛震澤大小雷望洞庭之峰吹笛飲酒乘月而歸蓋不異老杜坡仙游渼陂赤壁也舟中各賦詩余賦二十韻爲首唱①〔一〕

江國春歸夏云孟,十日五日風雨橫。具區擺闔浪如山〔二〕,吳兒善泅并敢榜。今朝氣候昨不同,湖頭無雨兼無風。小施祠前棹謳②發〔三〕,樓船下水如游龍。大雷不動小雷伏,銀海空青光奪目。魚龍百怪暫被除,平展輕綃三百幅。牙檣五兩空中舉〔四〕,陳瀆村中過撾鼓〔五〕。燒筍既憩彭城灣,采蓴復渡楊家浦。中流颮發占莫謠③〔六〕,須臾鯨浪吼蒲牢〔七〕。長年捩柂稱好手,小腰失箸生寒毛。蔣家二仲素奇士〔八〕,更有登高羊叔子〔九〕。老崖鐵笛上青雲,玉龍穿空卷秋水。船頭可奈風水何,拔劍擬斫生蛟鼉。人生哀樂固相半,神靈涉意毋過多。鴟夷入海人不識〔十〕,漁媪漁王④配寒食。鄉里小兒舞⑤竹枝,乞與神童舞銅狄[十一]。我聞洞庭之峰其橘大如斗,剖而食之見奕叟[十二]。弱水不隔天表流,獨我⑥胡爲牛馬走?五湖掛席從此首。

【校】

① 本詩又載元詩選初集辛集、樓氏鐵崖逸編注卷四、同治長興縣志卷十一水太湖,據以校勘。同治長興縣志本無詩題。

② 謳:樓氏鐵崖逸編注本作“歌”。

③ 徭:樓氏鐵崖逸編注本、同治長興縣志本作“摇”。

④ 王:同治長興縣志本作“工”。

⑤ 舞:同治長興縣志本作“歌”。

⑥ 獨我:同治長興縣志本作“我獨”。

【箋注】

〔一〕詩作於元至正五年乙酉(一三四五)四月二日,其時鐵崖受聘於長興陳瀆里蔣氏,在其東湖書院授學。蔣桂軒伯仲:當指蔣克明、蔣克勤兄弟。參見鐵崖撰東湖書院修造田記(載本書佚文編)。震澤大、小雷:大雷山與小雷山在太湖中。參見鐵崖先生古樂府卷四送客洞庭西。游渼陂、赤壁:杜甫有渼陂行,杜詩詳注引長安志曰,渼陂在鄠縣西五里,出終南山諸谷,合胡公泉爲陂。蘇軾有赤壁賦。

〔二〕具區:太湖別名。

〔三〕小施祠:蓋供奉施府君之廟。浙江通志卷二百十九祠祀三嘉興府施府君廟:“嘉興府志補:護國鎮海祠,在望吳門外二百步。宋景定五年封今額。舊嘉興府志:一在縣西南六里,一在縣北十五里。府君名伯成,九歲爲神,建立廟宇,墓在廟中。明敕封護國鎮海侯。”

〔四〕五兩:文選郭璞江賦:“覘五兩之動静”注:“兵書曰:‘凡候風法,以雞羽重八兩,建五丈旗,取羽繫其巔,立軍營中。’”

〔五〕陳瀆村:即長興縣陳瀆里。

〔六〕莫徭:劉禹錫莫徭歌:“莫徭自生長,名字無符籍。市易雜鮫人,婚姻通木客。星居占泉眼,火種開山脊。夜渡千仞谿,含沙不能射。”又,隋書地理志下:“長沙郡又雜有夷蜒,名曰莫徭,自云其先祖有功,常免徭役,故以爲名。”

〔七〕蒲牢:參見鐵崖先生詩集庚集題承天閣注。

〔八〕蔣家二仲:本指求仲、羊仲,借指主人蔣克明、克勤兄弟。蒙求集注卷上蔣

　　詡三徑："前漢 蔣詡,字元卿,杜陵人。爲兖州刺史,以廉直爲名。王莽居

　　攝,以病免歸鄉里。三輔決録曰:詡舍中竹下開三徑,唯故人求仲、羊仲

　　從之游。"

〔九〕羊叔子:名祜。晉人,喜登高游賞。參見鐵崖先生詩集甲集一峰道人

　　入吳注。

〔十〕鴟夷:指范蠡。參見鐵崖先生古樂府卷三五湖游注。

〔十一〕銅狄:續博物志卷七:"秦二十一年,鑄金狄十二……魏 黄初元年,徙長

　　安,銅狄重不可致。或言金狄泣,因留霸城南。人有見薊子訓與父老共

　　摩銅狄曰:'正見鑄此時,計爾日已近五百年矣。'"

〔十二〕"我聞"二句:相傳巴邛橘中有老叟弈棋。參見鐵崖先生古樂府卷三夢

　　游滄海歌注。

題并笛圖①

　　北溟蒼蟠赤有只〔一〕,何年飛入昭陽裏〔二〕。王母抱其首,至尊撫其

尾,愛之不啻如己子。時復嬌嘶作宮徵,寧王竊弄至尊喜〔三〕。一朝踴

躍不可收,化作萬丈長黄虹。騰怒□觴昆侖丘,五城欲崩河倒流。老

優方作霓裳舞,朔風忽動漁陽鼓。鼓聲殷殷來朝陽〔四〕,六龍西狩劍閣

長〔五〕。歡樂極兮成悲傷,馬嵬坡下塵土香〔六〕。玉奴弦索花奴鼓〔七〕,

閣奴節腔渾奴舞。阿環自品玉玲瓏,御手移游親按譜。風生龍爪玉

星香,露濕鞍唇金縷長。莫倚花深人不見,李謩②撅篴傍宮牆〔八〕。

【校】

① 按:元張憲玉笥集卷六太真明皇并笛圖凡八句,與本詩末八句相近。

② 謩:原本作"摹"。張憲太真明皇并笛圖作"李謩"。據以改正。

【箋注】

〔一〕"北溟蒼蟠"句:喻指"并笛"。

〔二〕昭陽:西漢 成帝時宮殿名,趙飛燕女弟所居。參見鐵崖先生古樂府卷九

　　昭陽曲。

〔三〕寧王:唐睿宗長子,玄宗兄。參見鐵崖先生古樂府卷二内人吹篴詞。

〔四〕朝陽：谷名。相傳爲水神天吳所居。參見鐵崖先生古樂府卷三龍王嫁
　　女辭。

〔五〕"六龍"句：李太白集分類補注卷八上皇西巡南京歌十首之四："誰道君王
　　行路難，六龍西幸萬人歡。地轉錦江成渭水，天廻玉壘作長安。"注："按唐
　　書玄宗紀，天寶十五載六月己亥，禄山陷京師。十一月庚辰，次蜀郡。八
　　月癸巳，皇太子即皇帝位于靈武。十二月丁未，上皇天帝至自蜀郡，大赦，
　　以蜀郡爲南京……易：時乘六龍以御天。以喻天子之六轡也。"

〔六〕馬嵬坡：參見鐵雅先生復古詩集卷四楊太真。

〔七〕花奴：汝陽王李璡。參見鐵崖先生詩集丙集唐玄宗按樂圖。又，清吳景
　　旭撰歷代詩話卷五十八辛集中之上宋詩玉奴："東坡詩：'玉奴弦索花奴
　　手。'……余觀楊鐵崖題并笛圖云……則似玉奴別是一人，而阿環正指妃
　　也。又見張思廉并笛圖云：'黑奴弦索花奴皷，譚奴撫掌闔奴舞。阿環自
　　品玉玲瓏，御手夷猶親按譜。'句同而名小異，未審何據。"

〔八〕"李謩"句：元稹連昌宫詞："李謩壓笛傍宫牆，偷得新翻數般曲。"自注：
　　"玄宗嘗於上陽宫夜後按新翻一曲，屬明夕正月十五日，潛游燈下，忽聞酒
　　樓上有笛奏前夕新曲，大駭之。明日，密遣捕捉笛者詰驗之。自云：其夕
　　竊於天津橋玩月，聞宫中度曲，遂於橋柱上插譜記之。臣即長安少年善笛
　　者李謩也。"

送王知事遷臺架閣〔一〕

　　河間王郎後王粲〔二〕，文采風流發奇幹。十年挾策胄子學，博士先
生此鄰縣。登樓作賦少追騷，六代同風掃糜爛。孰知王郎氣骨高，聲
處箴官執□彈。大朝陳署統烏府，三語從容五行雁〔三〕。案頭可但抱
成書，簪筆□□曾坐旦。浙河以西風紀難，官寺狼殘民久散。定應敷
奏一鳴湯，未數威棱三斗炭〔四〕。且令風裁徒事幕，三尺持平金石貫。
喜見清□出冰雪，又送文瀾入秋漢。南端文法重檢詳〔五〕，架閣名官資
主辯。皂囊白簡不敢咨〔六〕，如守遺珠劍空盻。九重關內急群言，天子
英明在東觀〔七〕。寄語西來王子淵，早頌賢臣職臺諫〔八〕。諫章前一及
東南，且爲鹽租發長歎〔九〕。

【箋注】

〔一〕詩撰於鐵崖任職錢清鹽場司令之時，即元順帝元統二年（一三三四）至至元五年（一三三九）七月之間。繫年依據：參見詩末二句注釋。王知事：河間人。出身官宦世家，十歲從學，文采出衆。據詩中“浙河以西風紀難”“南端文法重檢詳，架閣名官資主辯”等句，蓋王知事當時轉任江南行御史臺架閣。又據元史百官志，江南行御史臺設“架閣庫管勾一員”。

〔二〕河間：路名，中書省直轄。治所在今河北河間。王粲：參見陳善學序刊楊鐵崖先生文集卷二秦川公子。

〔三〕三語：晉書阮瞻傳：“見司徒王戎，戎問曰：‘聖人貴名教，老莊明自然，其旨同異？’瞻曰：‘將無同。’戎咨嗟良久，即命辟之。時人謂之‘三語掾’。”

〔四〕威棱三斗炭：喻指唐代刺史楊德幹。新唐書賈敦頤傳：“（楊）德幹歷澤、齊、汴、相四州刺史，有威嚴。時語曰：‘寧食三斗炭，不逢楊德幹。’”

〔五〕南端：指江南行御史臺，位於金陵。

〔六〕皂囊：後漢書蔡邕傳注：“漢官儀曰：凡章表皆啟封，其言密事得皂囊也。”白簡：彈章。

〔七〕東觀：位於洛陽，東漢朝廷貯藏書籍檔案，又用於近臣修習讀書。此借指皇帝身邊智囊人物聚居地。

〔八〕“寄語”二句：以王知事比附西漢王褒，寄予厚望。王子淵名褒，西漢宣帝時人。王褒曾爲刺史撰頌作傳，又奉宣帝命撰聖主得賢臣頌。官至諫大夫。詳見漢書王褒傳。

〔九〕“諫章”二句：蓋爲鐵崖自述。鐵崖任職錢清鹽場司令期間，曾上書江浙行省政府，爲鹽工請命，力求減免鹽賦，且不惜以辭官抗爭。參見鐵崖文集卷二先考山陰公實錄。

題高郵何將軍老山圖〔一〕

何家將軍多愛山，以小比老尤堅頑。青山面目元不老，將軍卻笑鬢眉斑。昆侖何時鼇背裂，將軍氣高嵩華絕。小夫移山良自愚，將軍一怒天柱折。天山已定三飛鏑〔二〕，凱歌十二和歸鐃①〔三〕。殘山剩水在何處，第五橋北南塘坳〔四〕。太平天子方講道，將軍六十便稱老。黃金雨外棄甲抛，白玉風前醉山倒。宣州畫生來作圖，圖中貌得詩人朧。銀瓶索酒豪尚在[五],腰間屢解雙珠符。門前好事復載酒,東山攜來散花手。戎王子花歌月支[六],落日平臺舞楊柳。玉堂醉草寫烏絲,時與盧老同襟期。將軍風韻有如此,何必酷似劉牢之[七]。當時爾祖得鄭杜[八],尚帶儒酸走風雨。何如盧後更逢楊[九],亦復有客如此不!

【校】

① 御選元詩卷三十三載此詩,據以校勘。鐃:御選元詩本作"橈"。

【箋注】

〔一〕高郵:據元史 地理志,高郵府隸屬於揚州路。今屬江蘇。

〔二〕天山已定三飛鏑:指薛仁貴三箭定天山。參見麗則遺音卷三鐵箭。

〔三〕凱歌:漢有鐃歌鼓吹十二曲,歌頌帝王武功。其後歷代多有仿作。

〔四〕"第五橋"句:杜甫陪鄭廣文游何將軍山林十首之一:"不識南塘路,今知第五橋。"

〔五〕銀瓶索酒:杜甫少年行:"不通姓字粗豪甚,指點銀瓶索酒嘗。"

〔六〕月支:參見陳善學序刊楊鐵崖先生文集卷二月氏王頭飲器歌。

〔七〕"將軍"二句:以何將軍比擬何無忌。晉書何無忌傳:"何無忌,東海郯人也。……初,桓玄聞(劉)裕等及無忌之起兵也,甚懼。其黨曰:'劉裕烏合之衆,勢必無成,願不以爲慮。'玄曰:'劉裕勇冠三軍,當今無敵。……何無忌,劉牢之之甥,酷似其舅。共舉大事,何謂無成!'"

〔八〕鄭:指鄭虔;杜:指杜甫。參見杜詩詳注卷二陪鄭廣文游何將軍山林十首。

〔九〕盧:即詩中所謂"盧老",未詳。楊:鐵崖本人。蓋鐵崖以盧、楊與當年鄭虔、杜甫相比附。

又湖州作四首①[一]

　　書寄班恕齋②[二],試温生筆[三],寫入前卷。

其一

三月三日雨新③晴,相邀春伴冶西城[四]。即倩山妻紗帽辦,更煩小將犢車輕。好語④啼春秦吉了[五],仙姿⑤當酒董雙成[六]。憑君多唱嬉春曲,老子江南最有情。

其二

五十狂夫心尚⑥孩〔七〕,不受俗物相填狹⑦。興來自控玉蹄馬,醉後不辭金當杯。海燕來時芹葉小,野鶯啼處菜⑧花開。春衫已備紅⑨油蓋,不怕城南小雨催。

其三

長城小姬如小憐〔八〕,紅絲新上琵琶弦。可人座上三株⑩樹,美酒沙頭雙玉船。小洞桃花落香屑,大堤楊柳掃晴烟。明朝紗帽青藜杖,更訪東林十八仙。

其四

湖州野客似玄真〔九〕,水晶宮中烏角巾。得句時過張外史〔十〕,學書不讓管夫人〔十一〕。棋尋東老林中橘〔十二〕,飯煮西施廟下蓴⑪。無雨無風二三月,道人將客正嬉春。

【校】

① 元詩選初集辛集、劉世珩影元刊十八卷本玉山草堂雅集卷二、樓氏鐵崖逸編注卷七載此組詩,吳興藝文補卷五十四載前兩首,據以校勘。玉山草堂雅集本題作又四首湖州作,吳興藝文補本題作游湖州二首。又,本組詩第三首又見明鈔楊維禎詩集卷上嬉春五首之五,文略有不同,有關情況及注釋均參該本。

② 齋:原本、元詩選本皆作“齊”,徑改。

③ 雨新:吳興藝文補本作“天氣”。

④ 語:吳興藝文補本作“鳥”。

⑤ 仙姿:吳興藝文補本作“名姬”。

⑥ 尚:吳興藝文補本作“若”。

⑦ 填狹:玉山草堂雅集本作“埴狄”,樓氏鐵崖逸編注本作“填詇”,吳興藝文補本作“堪恢”。

⑧ 菜:吳興藝文補本作“杏”。

⑨ 紅:吳興藝文補本作“青”。

⑩ 株:樓氏鐵崖逸編注本作“珠”。

⑪ 蓴:元詩選本、玉山草堂雅集本作“蒓”。

【箋注】

〔一〕詩撰於元至正五年(一三四五)季春,當時鐵崖受聘於長興蔣氏,在東湖書
　　　院授學。繫年依據:詩中曰"三月三日",曰"五十狂夫",且作於湖州。

〔二〕班恕齋:即班惟志,號恕齋。參見東維子文集卷七曹氏雪齋弦歌集序。

〔三〕温生:吴興筆工温國寶。參見鐵崖楊先生詩集卷上題竹。

〔四〕西城:指湖州長興城西。參見鐵崖先生古樂府卷二城西美人歌。

〔五〕秦吉了:唐劉恂撰嶺表録異卷中:"容、管、廉、白州産秦吉了,大約似鸚
　　　鵡,嘴脚皆紅,兩眼後夾腦有黄肉冠,善效人言語。"

〔六〕董雙成:西王母侍女。參見鐵崖先生古樂府卷二周郎玉笙謠注。

〔七〕五十狂夫:元至正五年,即公元一三四五年,鐵崖五十歲。

〔八〕小憐:指馮小憐。小憐善彈琵琶,工於歌舞。參見鐵雅先生復古詩集卷四
　　　馮小憐。

〔九〕玄真:指玄真子。張志和自號。參見東維子文集卷二十一五湖宅記注。

〔十〕張外史:指張雨。參見鐵崖先生古樂府卷二奔月卮歌注。

〔十一〕管夫人:書史會要卷七大元:"管夫人,諱道昇,字仲姬,吴興人。趙魏
　　　公室,封魏國夫人。有才略,聰明過人,爲詞章,作墨竹,筆意清絶。亦
　　　能書。仁宗嘗取夫人書,合魏公及子雍書,善裝爲卷軸,識以御寶,命藏
　　　之秘書監,曰:'使後世知我朝有一家夫婦父子皆善書也。'"

〔十二〕東老:沈東老。吴興備志卷十三神仙羽流:"東林沈氏,世爲著姓。沈
　　　思,字持正,號東老。家頗藏書,喜賓客。東林當錢唐往來之衝,士大夫
　　　與游客勝士聞其好事,必過之,沈亦應接不暇。"棋尋林中橘:指巴邛橘
　　　叟故事。參見鐵崖先生古樂府卷三夢游滄海歌注。

寄小蓬萊主者聞梅澗并簡沈元
方宇文仲美賢主賓〔一〕

　　羅浮主者是仙才〔二〕,東老諸孫亦俊哉〔三〕。風雨春城花落盡,江山
故國燕歸來。酒盟自有烏巾在,笑口應隨皓齒開。十八仙人重會
處〔四〕,劫灰不到小蓬萊〔五〕。

【箋注】

〔一〕聞梅澗：當指湖州玄好宮觀主聞人，梅澗蓋其別號。參見東維子文集卷二十小蓬萊記。沈元方：吳興人。廼賢有贈沈元方歸吳興兼簡韓與玉詩，載金臺集卷二。宇文仲美：或即吳興人宇文叔方，參見鐵崖先生詩集甲集五月廿日余偕姑胥鄭華卿吳興宇文叔方……捧硯者珠簾氏也注。

〔二〕羅浮主者：指聞梅澗。羅浮，參見鐵崖先生古樂府卷三道人歌注。

〔三〕東老：指沈東老。參見鐵崖先生詩集甲集玄霜臺爲呂希顏賦。東老諸孫：當指沈元方。

〔四〕十八仙人：指東林十八仙。參見清鈔鐵崖楊先生詩集卷上呂希顏席上賦注。

〔五〕小蓬萊：當爲聞梅澗齋館。

次韻奉答倪元鎮〔一〕①

坐斷深林事不聞，西窗風日愛餘曛。舊經高赤尋三傳〔二〕，新詠山王削五君〔三〕。翠篠侵牀落蒼雪，石池洗硯動玄雲。東鄰書屋最相憶，莫遣草堂移浪文〔四〕。

【校】

① 御選元詩卷五十五、宋元詩會卷九十二載此詩。

【箋注】

〔一〕倪元鎮：即倪瓚。參見東維子文集卷七郯韶詩序。

〔二〕高、赤：指公羊高、穀梁赤。相傳公羊傳由公羊高撰，穀梁傳爲穀梁赤撰。其授受源流詳見四庫全書總目春秋公羊傳注疏、春秋穀梁傳注疏。三傳：即春秋三傳，指左傳、公羊傳、穀梁傳。

〔三〕山、王削五君：指山濤、王戎因爲地位顯貴而被逐出竹林七賢行列。南史顏延之傳："延之疏誕，不能取容當世，見劉湛、殷景仁專當要任，意有不平。常言：'天下事豈一人之智所能獨了！'辭意激揚，每犯權要。又少經爲湛父柳後將軍主簿，至是謂湛曰：'吾名器不升，當由作卿家吏耳。'湛恨

焉,言於彭城王義康,出爲永嘉太守。延之甚怨憤,乃作五君詠,以述竹林
七賢,山濤、王戎以貴顯被黜。”

〔四〕移文:孔稚圭北山移文:“鍾山之英,草堂之靈。馳烟驛路,勒移山庭。”

懷家[一]

揚雄有宅鄭里莊[二],某丘某①水舊耕桑。碧山學士銀魚棄[三],錦
里先生烏角藏[四]。自是秦人齊指鹿[五],未能楚客廢屠羊[六]。王侯蟻
穴一夢覺[七],歸作槐陰審雨堂[八]。

【校】

① 宋元詩會卷九十二載此詩,據以校勘。某丘某:宋元詩會本作“閒丘野”。

【箋注】

〔一〕詩作於元至正十九年(一三五九)冬,即鐵崖晚年自杭州退隱松江之後不
　　久。繫年依據:由“碧山學士銀魚棄,錦里先生烏角藏”等詩句推知。

〔二〕鄭里:自鐵崖曾祖楊佛子始,世居諸暨鄭里。參見鐵崖文集卷二先考山
　　陰公實録、卷三楊佛子傳。

〔三〕碧山:補注杜詩卷三十二柏學士茅屋:“碧山學士焚銀魚。”注:“蘇曰:張
　　褒,梁天監中不供學士職,御史欲彈劾,褒曰:‘碧山不負吾。’乃焚章,長嘯
　　而去。”

〔四〕錦里先生:指杜甫。參見鐵崖賦稿卷上杜後惠文冠賦。

〔五〕指鹿:即趙高指鹿爲馬。參見史義拾遺卷上假鹿對。

〔六〕“未能”句:韓詩外傳箋疏卷八:“吳人伐楚,昭王去國。國有屠羊説從行。
　　昭王反國,賞從者,及説……辭不受命。君强之,説曰:‘君失國,非臣之
　　罪,故不伏誅;君反國,非臣之功,故不受其賞。吳師入郢,臣畏寇避患。
　　君反國,説何事焉?’君曰:‘不受則見之。’説對曰:‘楚國之法,商人欲見
　　於君者,必有大獻重質,然後得見。今臣智不能存國,節不能死君,勇不能
　　待寇。然見之,非國法也。’遂不受命,入於澗中。”

〔七〕蟻穴一夢:即南柯一夢。詳見唐李公佐作南柯太守傳。

〔八〕審雨堂:搜神記卷十:“夏陽盧汾,字士濟,夢入蟻穴,見堂宇三間,勢其危

豀。題其額曰審雨堂。”又,太平廣記卷四百七十四昆蟲二據窮神秘苑録
妖異記曰:“(盧汾)幼而好學,晝夜不倦。後魏莊帝永安二年七月二十
日,將赴洛,友人宴於齋中。夜闌,月出之後,忽聞廳前槐樹空中有語笑之
音,并絲竹之韻。……汾以三友俱入,見數十人,各年二十餘,立於大屋之
中,其額號曰審雨堂……歡宴未深,極有美情,忽聞大風至,審雨堂梁傾
折,一時奔散。汾與三友俱走,乃醒。既見庭中古槐,風折大枝,連根而
墮。因把火照所折之處,一大蟻穴,三四螻蛄、一二蚯蚓,俱死於穴中。”

贈筆生楊君顯[一]

楊君縛筆三十年,高藝豈止千人傳。梁園學士爲作傳[二],虎丘道
人會乞錢[三]。桐葉秋風來古寺,苔花春水放歸船。白頭懶草長門
賦[四],自寫江南踏踘篇。

【箋注】

〔一〕楊顯:製筆爲業。據詩中“楊君縛筆三十年,高藝豈止千人傳。梁園學士
爲作傳,虎丘道人會乞錢”四句,元末楊顯已入老年,所製筆工藝精良,蜚
聲江南,文人多與之交。

〔二〕梁園學士:生平事迹不詳。蓋爲梁園(位於今河南開封東南)一帶人。大
明一統志卷二十六河南布政司古迹:“梁園在府城東南,一名梁苑,漢梁孝
王游賞之所。唐李白梁園吟:‘……平臺爲客幽思多,對酒遂作梁
園歌。’”

〔三〕虎丘道人:未詳。虎丘位於今江蘇蘇州。

〔四〕長門賦:司馬相如爲漢武帝陳皇后所撰。參見陳善學序刊楊鐵崖先生文
集卷一長門怨注。

羲仲以吴之柳枝詞答爲賦詩[一]

吴中柳枝傷春瘦,湖中竹枝湘水愁。説與錢塘蘇小小[二],柳枝愁
是竹枝愁?

【箋注】

〔一〕詩撰於元至正七、八年間,其時鐵崖游寓姑蘇、崑山一帶,授學爲生。繫年
　　　依據:詩題所謂"羲仲以吳之柳枝詞答",蓋指至正初年,鐵崖與郭翼等唱
　　　和吳下竹枝歌之後,郭翼效仿竹枝而作柳枝。參見鐵崖先生古樂府卷十
　　　吳下竹枝歌七首率郭羲仲同賦。羲仲:崑山郭翼字。參見東維子文集卷
　　　七郭羲仲詩集序。
〔二〕蘇小小:南齊時錢塘名妓。參見鐵崖先生古樂府卷十西湖竹枝歌之一。

游虎丘與句①曲張貞居遂昌鄭明德
毗陵倪元鎮各追和東坡留題石壁詩韻〔一〕

　　　漾舟海湧西〔二〕,坡陁緣素嶺。陟彼闔閭丘〔三〕,俯瞰千尺井〔四〕。
至今井中龍,上應星耿耿。居然辟歷飛,殘腥洗蛙黽。已知湛盧精,
古憤裂幽礦。肯隨魚腸逆〔五〕,寒鋒助殘猛。後來入郢功〔六〕,勇志亦馳
騁。丹臺納婗娟〔七〕,金鎚碎骨鯁〔八〕。坐令金精氣,龍虎散俄頃。花凝
鐵壁堅,木根(去聲)山骨冷。何哉幽獨魂,白日歌夜永。我從陶朱
來〔九〕,青山異風景。豈無西家兒,池頭弄風影。五湖尚②浮桴,烟波不
須請〔十〕。

【校】

① 本詩又載元詩選初集辛集、劉世珩影元刊十八卷本玉山草堂雅集卷二、樓氏
　　鐵崖逸編注卷四,據以校勘。句:原本作"勾",據元詩選本、鐵崖逸編注
　　本改。
② 尚:玉山草堂雅集本作"倘"。

【箋注】

〔一〕詩撰於元至正八年(一三四八)暮春前後,其時張雨游寓姑蘇,鐵崖、顧瑛
　　　屢屢偕游。參見鐵崖先生古樂府卷三花游曲、鐵崖先生詩集乙集游虎丘
　　　偕倪元鎮張仲簡顧仲瑛賦。張貞居即張雨,倪元鎮即倪瓚,參見東維子文
　　　集卷七郯韶詩序。鄭明德:名元祐,參見東維子文集卷二十四白雲漫士

陶君墓碣銘。又，本詩爲步韻之作，蘇東坡原詩名爲虎丘寺，載東坡全集卷六，詩曰："入門無平田，石路穿細嶺。陰風生澗壑，古木翳潭井。湛盧誰復見，秋水光耿耿。鐵花秀巖壁，殺氣噤蛙黽。幽幽生公堂，左右立頑礦。當年或未信，異類服精猛。胡爲百歲後，仙鬼互馳騁。窈然留新詩，讀者爲悲哽。東軒有佳致，雲水麗千頃。熙熙覽生物，春意破凄冷。我來屬無事，暖日相與永。喜鵲翻初旦，愁鳶蹲落景。坐見漁樵還，新月溪上影。悟彼良自咍，歸田行可請。"

〔二〕海湧：蘇州虎丘別名。參見東維子文集卷二十一天風海濤樓記注。

〔三〕闔閭丘：即虎丘。參見鐵崖先生古樂府卷四虎丘篇注。

〔四〕千尺井：指劍池。題唐陸廣微撰吳地記："秦始皇東巡至虎丘，求吳王寶劍。其虎當墳而踞，始皇以劍擊之，不及，誤中于石。（遺迹尚存。）……劍無復獲，乃陷成池，古號劍池。"

〔五〕湛盧、魚腸：皆寶劍名。參見鐵崖先生詩集乙集劍池注。

〔六〕入郢：指吳王闔閭、夫概破楚入郢都。參見鐵崖先生古樂府卷四吳城怨。

〔七〕丹臺納婀娟：指吳王納美女西施，置於姑蘇臺。參見鐵崖先生古樂府卷一金臺篇。

〔八〕金鎚碎骨鯁：當指吳王殺害直諫之臣。

〔九〕陶朱：即范蠡。參見鐵崖賦稿卷上姑蘇臺賦之二。

〔十〕"豈無西家兒"四句：喻指當年范蠡攜西施隱逸於太湖，意欲效仿。西家兒：指西施。

元夕與婦飲〔一〕

問夜夜何其，睊兹燈火夕。月出屋東頭，照見琴與册。老婦紀節序，清夜羅酒席。右蠻舞裊裊〔二〕，左瓊歌昔昔〔三〕。婦起勸我酒，壽我歲千百。仰唾天上蜍，誓作酒中魄。勸君飲此酒，呼月爲酒客。婦言自可聽，爲之浮大白。

　　老婦曰："人言'天孫思妃〔四〕，不如月娥守孤'，不知羿婦相棄以奔〔五〕，曷若織女相望以久之①也。"

　　録呈子剛節判、宗唐秋官一笑〔六〕。竹林先生見此〔七〕，煩繕寫一本到秋官牙，仍要光和見教。老鐵楨再拜②。

【校】

① <u>白立獻</u>、<u>陳培站</u>編<u>楊維禎書法精選</u>載此詩墨迹,<u>元詩選初集辛集</u>、<u>鐵崖逸編注</u>卷三録有此詩,據以校勘。久之:<u>元詩選</u>本、<u>鐵崖逸編注</u>本作"久之愈"。

② "録呈<u>子剛</u>節判"以下至篇末凡三十八字跋文原本無,據<u>鐵崖</u>墨迹本增補。

【箋注】

〔一〕詩當撰書於<u>鐵崖</u>晚年退隱<u>松江</u>時期,約爲<u>元至正</u>二十二年(一三六二)前後某個元宵夜。繫年依據:其一,詩末<u>鐵崖</u>自稱"老鐵楨",此爲其晚年所用別號。其二,跋文中述及"<u>子剛</u>節判",<u>子剛</u>與<u>鐵崖</u>好友<u>松江府</u>同知<u>顧逖</u>爲同僚。而<u>顧逖</u>離開<u>松江</u>,爲<u>至正</u>二十三年秋。據此推之,<u>子剛</u>在<u>松江</u>任"節判",當爲<u>至正</u>二十二年前後。參見<u>佚詩編賴善卿到嘉禾爲予作金粟道人詩使詩</u>注引録<u>顧瑛</u>詩跋。

〔二〕蠻:<u>小蠻</u>。參見<u>鐵崖先生詩集辛集櫻珠詞</u>注。

〔三〕瓊:蓋指<u>薛瓊瓊</u>。<u>唐明皇</u>時,<u>薛瓊瓊</u>選入宫中爲筝長,時稱"教坊第一筝手"。參見<u>歲時廣記</u>卷十七賜宫娥。昔昔:昔昔鹽。<u>樂府詩集</u>卷七十九<u>薛道衡昔昔鹽</u>解題:"<u>樂苑</u>曰:昔昔鹽,羽調曲。<u>唐</u>亦爲舞曲。"按:所謂蠻、瓊,亦實指其妾。<u>瞿佑歸田詩話</u>卷下香奩八題曰:"<u>楊廉夫</u>晚年居<u>松江</u>,有四妾:<u>竹枝</u>、<u>桃花</u>、<u>柳枝</u>、<u>杏花</u>,皆能聲樂。"其<u>風月福人序</u>(載<u>東維子文集</u>卷九)亦自稱有"<u>桃葉</u>、<u>柳枝</u>、<u>瓊花</u>、<u>翠羽</u>爲歌歈伎"。

〔四〕天孫:指織女星。<u>漢書天文志</u>:"織女,天女孫也。"

〔五〕羿婦:嫦娥。<u>搜神記</u>卷十四:"<u>羿</u>請無死之藥於<u>西王母</u>,嫦娥竊之以奔月。"

〔六〕子剛節判:其姓不詳。<u>元至正</u>二十二年前後任<u>松江府</u>判官。<u>顧瑛</u>於<u>元</u>末有書信寄呈"<u>子剛</u>判府"(載<u>玉山逸稿</u>卷四),當即此人。參見<u>佚詩編賴善卿到嘉禾爲予作金粟道人詩使詩</u>注引録<u>顧瑛</u>詩跋。宗唐:既稱之爲"秋官",蓋亦爲<u>張士誠</u>屬下法官。

〔七〕<u>竹林</u>先生:不詳。

古井怨〔一〕

井無水,荒龍死,水底嘍嘍話紅鬼。仰天夜見黄姑星〔二〕,長繩卷起天河水。

【箋注】

〔一〕按：本詩與鐵崖先生古樂府卷一胭脂井相近，乃節取胭脂井而又成一詩。
　　　可參看。

〔二〕黃姑星：即牽牛星。

湖上感事漫成四小句奉寄玉山^①〔一〕

其一
湖水碧於天，湖雲薄似烟。鴛鴦不經^②亂，飛過岳墳前〔二〕。

其二
湖水明於鏡，湖泥濁似涇。秖應萇血在〔三〕，染得水華青。

其三
海嶠浮西日，關梁轉北風。蘇卿^③書未返〔四〕，愁殺^④雁來紅〔五〕。

其四
將石星空墮〔六〕，靈山鳳不飛〔七〕。惟餘霸^⑤頭水〔八〕，東去復西^⑥歸。

【校】

① 詩又載元詩選初集辛集、清鈔玉山名勝外集、樓氏鐵崖逸編注卷六，據以校
　勘。原本題作湖上感事漫成四小句，元詩選本、清鈔玉山名勝外集本題作湖
　上感事漫成四絕奉寄玉山，據鐵崖逸編注本改補。

② 經：元詩選本、清鈔玉山名勝外集本、鐵崖逸編注本作"驚"。

③ 卿：元詩選本、清鈔玉山名勝外集本、鐵崖逸編注本作"郎"。

④ 殺：元詩選本、清鈔玉山名勝外集本、鐵崖逸編注本作"絕"。

⑤ 霸：元詩選本、清鈔玉山名勝外集本、鐵崖逸編注本作"灞"。

⑥ 東去復西：元詩選本、清鈔玉山名勝外集本、鐵崖逸編注本作"西去復東"。

【箋注】

〔一〕詩當撰於鐵崖寓居杭州期間，不得早於元至正十二年（一三五二）七月，亦
　　　不遲於至正十九年季秋，即在鐵崖退隱松江以前。繫年理由：本組詩爲作

者游杭州西湖時有感而發,據“鴛鴦不經亂,飛過岳墳前”等詩句推知,當時鐵崖寓居杭州,且爲戰亂之後。故必爲至正十二年七月徐壽輝紅巾軍攻打杭州之後,或爲至正十九年鐵崖自富春山徙居杭州時期。

〔二〕岳墳:位於棲霞嶺下。

〔三〕萇血:萇弘之血。莊子集釋外物:“人主莫不欲其臣之忠,而忠未必信,故伍員流於江,萇弘死於蜀,藏其血三年而化爲碧。”疏:“周靈王賢臣。”萇弘遭譖,被放歸蜀,自恨忠而遭譖,遂刳腸而死。蜀人感之,以匱盛其血,三年而化爲碧玉,乃精誠之至也。”

〔四〕蘇卿:蘇武。

〔五〕雁來紅:本草綱目卷十五草之四雁來紅:“時珍曰:莖葉穗子并與雞冠同,其葉九月鮮紅,望之如花,故名。吳人呼爲‘老少年’。”

〔六〕將石星:疑指孤山四聖堂所奉四將。咸淳臨安志卷十三宮觀:“四聖延祥觀,在孤山。舊名四聖堂。四聖者,道經云:紫微北極大帝之四將,曰天蓬、天猷、翊聖、真武。先是顯仁皇太后繪像事甚謹,高宗皇帝以康邸北使,將行,有見四金甲人執弓劍以衛者。紹興十四年,慈寧殿斥費即今地建觀。”

〔七〕靈山:當指靈隱山。萬曆杭州府志卷二十山川:“靈隱山去城西十二里,亦曰靈苑,曰僊居,曰武林,俗稱西山。其山起歙出睦,跨富春,控餘杭,蜿蜒數百里,結局于錢塘。”

〔八〕霸頭:即壩頭,位於杭州沙河塘南。咸淳臨安志卷三十八山川十七沙河塘:“唐書地理志:在錢塘縣舊治之南五里。潮水衝擊錢塘江岸,奔逸入城,勢莫能禦。咸通三年,刺史崔彥曾開三沙河以決之……近南有壩頭。”注:“壩,合從土從霸。禮部韻略注:障水也。”

與客登望海樓作録寄玉山主人〔一〕 二首①

其一

蜑子雨開江上臺,江頭野老不勝哀。屭將樓閣空中落,鱐引旌旗月下來〔二〕。保障許誰爲尹鐸〔三〕,事諧無復問文開〔四〕。可憐歌舞舊城闕,又是昆明幾劫灰〔五〕。

其二

嫋嫋秋風起洞庭,銀洲②宮闕渺空青。客星石落江龍動,神馬潮來海雨腥。弱水無時通漢使，趠峰何事受秦刑〔六〕。遠人新到三韓國〔七〕，中土文明聚五星〔八〕。

【校】

① 詩又載元詩選初集辛集、清鈔玉山名勝外集、樓氏鐵崖逸編注卷七，據以校勘。原本題作與客登望海樓，據元詩選本、清鈔玉山名勝外集本、鐵崖逸編注本補。

② 洲：元詩選本、清鈔玉山名勝外集本、鐵崖逸編注本作“州”。

【箋注】

〔一〕本組詩二首，當撰於鐵崖寓居杭州期間，不得早於元至正十二年（一三五二）七月，亦不遲於至正十九年季秋。繫年依據參見本卷湖上感事漫成四小句奉寄玉山。望海樓：在杭州鳳凰山下、中和堂之北，唐武德七年建。又名東樓、望潮樓，樓高十丈。參見咸淳臨安志卷五十二宮寺、大明一統志卷三十八浙江布政司宮室。

〔二〕“鰌引”句：夷堅乙志卷十六海中紅旗：“趙丞相居朱崖時，桂林帥遣使臣往致酒米之饋，自雷州浮海而南。越三日，方張帆早行，風力甚勁，顧見洪濤間，紅旗靡靡，相逐而下，極目不斷，遠望不可審。疑爲海寇或外國兵甲，呼問舟人，舟人搖手令勿語，愁怖之色可掬。急入舟，被髮持刀，出蓬背立，割其舌，出血滴水中，戒使臣者，使閉目坐船內。凡經兩時頃，聞舟人相呼曰：‘更生更生。’乃言曰：‘朝來所見，蓋巨鰌也，平生未嘗睹，所謂紅旗者，鱗鬛耳！’”

〔三〕尹鐸：國語卷十五晉語九：“趙簡子使尹鐸爲晉陽，請曰：‘以爲繭絲乎？抑爲保障乎？’簡子曰：‘保障哉！’尹鐸損其戶數。”注：“損其戶則民優而稅少。”

〔四〕文開：後漢書袁紹傳注：“英雄記：（袁紹父）成字文開，與梁冀結好，言無不從。京師諺曰：‘事不諧，問文開。’”

〔五〕昆明劫灰：參見鐵崖先生古樂府卷九小臨海曲之九注。

〔六〕趠峰受秦刑：參見鐵崖先生詩集丙集題錢選畫長江萬里圖注。

〔七〕三韓：大約指朝鮮半島。參見鐵崖先生古樂府卷三上元夫人注。

〔八〕聚五星：宋書天文志三：“五星聚者有三：周漢以王，齊以霸。周將伐殷，五星聚房。齊桓將霸，五星聚箕。漢高入秦，五星聚東井。”

卷四十五　鐵崖逸編注八卷楊鐵崖詠史一卷

卷四十五　鐵崖逸編注八卷楊鐵崖詠史一卷

洞天謠①

四明山，二百八十青潺②顔〔一〕。天空四牖〔二〕，金鴉玉蜍③兩出没，是爲三十六洞之九〔三〕，別有丹山赤水非人間〔四〕。我夢仙人賀狂客〔五〕，云訪雲翹子〔六〕，孤峰頂上④登大蘭〔七〕。下見洪濤衮日車輪⑤大，龍光蜃景雜遝⑥翻瀰漫。上有桃花美人者，殻龜腦⑦，脯麟⑧肝，令我食之生羽翰。路逢茅⑨先生〔八〕，一笑今與古。赤玉之烏墮地化爲石〔九〕，我一叱之力厭虎。潮飛大士洞水門，風折⑩祖龍橋石柱〔十〕。赤玉之烏何足追，下窮地脈上天維。鐵船徑渡⑪弱水羽，火劍欲斫扶桑樹⑫。茅先生，茅仙後，千春曾醉廬山酒〔十一〕。酒醒騎虎卻入終南山，笑呼彩鸞下招手〔十二〕，石田玉子大如斗〔十三〕。

【校】

① 鐵崖逸編注八卷，清諸暨樓卜瀍輯注，乾隆三十九年甲午（一七七四）序刊。此書輯録自章琬編鐵雅先生復古詩集、陳善學序刊楊鐵崖先生文集、汲古閣刊鐵崖先生古樂府補、東維子文集以及各種選本總集，八卷録詩總計三百二十二首，除去已見於此前各本，尚存十四首。今以乾隆三十九年聯桂堂刊本爲底本，參校元詩選等總集選集。本詩原載鐵崖逸編注卷四。萬曆紹興府志卷五山川志四明山、康熙刊黄宗羲輯四明山志卷六録此詩，據以校勘。四明山志本題作題丹山，署作者名爲“楊邊梅”，附注曰“別號鐵崖”。按：鐵崖又有同名詩洞天謠，與本詩差異頗大，載佚詩編。
② 潺：四明山志本作“屛”。
③ 蜍：萬曆紹興府志本、四明山志本作“蟾”。
④ 頂上：四明山志本作“絶頂”。
⑤ 輪：原本作“軸”，據四明山志本改。
⑥ 龍光蜃景雜遝：四明山志本作“虹光蜃影雜沓”。
⑦ 殻龜腦：四明山志本作“液鳳髓”。
⑧ 麟：四明山志本作“龍”。

⑨　茅：四明山志本作“毛”，下同。

⑩　折：原本作“析”，據四明山志本改。

⑪　渡：原本作“度”，據萬曆紹興府志本、四明山志本改。

⑫　樹：萬曆紹興府志本、四明山志本作“枝”。

【箋注】

〔一〕四明山：位於今浙江省東部，相傳有二百八十座山峰。萬曆紹興府志卷
　　　五山川志：“四明山在（餘姚）縣南一百十里，高一萬八千丈，周回二百十
　　　里，一云八百里。……大都四明本石窗得名，其餘支隴甚多，總謂之
　　　四明。”

〔二〕四牖：萬曆紹興府志卷五山川志四明山：“入鄞縣界，騫鳳巖之右爲石窗，
　　　四面玲瓏，每天地澄霽，望之如牖户。中通日月之光，亦名四窗，是稱
　　　四明。”

〔三〕三十六洞之九：道教三十六洞天之第九洞天，即四明山洞天。

〔四〕丹山赤水：萬曆紹興府志卷五山川志四明山：“韓采巖之北七里曰孔石，
　　　又十五里爲丹山赤水，狀類設色。”

〔五〕賀狂客：指唐代詩人賀知章，賀知章號四明狂客。

〔六〕雲翹子：唐裴鉶傳奇裴航中稱之爲玉皇大帝女官。道教傳説爲劉綱妻。

〔七〕大蘭：元曾堅、危素等編四明洞天丹山圖詠集：“後漢劉綱，字伯經，任上
　　　虞令，與夫人樊氏雲翹居四明山，皆得仙道。一日至大蘭皐丘山上，登巨
　　　木飛昇。”又，宋施宿等撰會稽志卷九山：“大蘭山在縣東南八十里，傳云
　　　劉、樊夫婦於此山仙去。”

〔八〕茅先生：詩中又謂茅仙後人。茅仙指三茅真君，即茅盈、茅固、茅衷兄弟。
　　　詳見神仙傳卷五茅君。

〔九〕赤玉舄：參見鐵崖先生古樂府卷二大難日注。

〔十〕祖龍橋：參見鐵崖先生古樂府卷四夏駕石鼓辭、卷九小臨海曲之十注。

〔十一〕曾醉廬山酒：指陶淵明。參見鐵崖先生詩集丙集題陶淵明漉酒圖。

〔十二〕彩鸞：相傳仙女吳彩鸞嫁與書生文簫之後，“生不能自贍。夫人日寫孫
　　　　愐唐韻一部，每鬻五緡。僅十載，會昌初，與生奔越王山，作詩曰：‘一班
　　　　與兩班，引入越王山。世數今逃盡，烟蘿得再還。’是夜風雨，及明，樵者
　　　　見二人各跨一虎，陟峰巒而去”。參見唐裴鉶傳奇文簫。

〔十三〕石田玉子：楊伯雍種石田生玉子故事。參見鐵崖先生古樂府卷六艾師
　　　　行贈黃中子注。

藏書樓^{〔一〕}

戴顒溪上藏吾舟^{〔二〕}，三十六曲鏘鳴球。濯足太白雙龍湫^{〔三〕}，名山要須瞻沃洲^{〔四〕}。沃洲之陽溪上游，著此一所張家樓。簾卷^①爽氣天姥曉^{〔五〕}，倚闌秀色蓮花秋。張家之樓無百尺，夜夜虹光射東壁。中藏異書三十乘，太史東來殊未識。城中瓊樓高五城，吳歈楚舞填崚嶒。一錢不直兔園册，一丁不識黃金籝。樓中主人計誠左，遺安遺危各在我^{〔六〕}。韋門奕葉有光價^{〔七〕}，郿塢何人徒賈禍^{〔八〕}。樓頭校書腹便便^{〔九〕}，眼中松楸手遺編。前年燎黃光九原，書中始識兒孫賢。卻問瓊樓金玉貯，還有美人化黃土。君不見魏家高樓何足數，誰復西陵護歌舞^{〔十〕}。

【校】

① 本詩原載鐵崖逸編注卷四。萬曆紹興府志卷九古迹志一藏書樓附錄此詩，據以校勘。簾卷：萬曆紹興府志本作"捲簾"。

【箋注】

〔一〕藏書樓：萬曆紹興府志卷九古迹志一："藏書樓在（嵊）縣西三十里東湖山，元處士張爌建。今遺址在。"同治嵊縣志卷十七隱逸元："張爌，居范邨。少孤立不凡，以家世宋臣，絕意仕進，稱萃疇居士，作休休吟以見志。與其友宋長卿、崔存、朱鼎元等賦詩爲樂。所著有紀迹録，每日所行，必書之以自考，至老不輟。"

〔二〕戴顒溪：即逵溪，或曰戴溪。同治嵊縣志卷一山川："夏志：（逵溪）在縣西十里孝節鄉，至西門入剡溪。張志：在縣西二十里，廣利湖水注流折，環峨嶠山麓，戴安道所居。又，縣西三十里桃源鄉，溯溪入有戴逵故宅，曰戴溪。"按：戴逵字安道，戴顒爲安道之子，生平詳見南史隱逸傳。

〔三〕太白：同治嵊縣志卷一山川："太白山在縣西七十里剡源鄉，爲縣治西障，山連跨三邑……瀑泉怒飛，懸下三十丈，稱瀑布嶺，亦曰瀑布山……山巔二小石穴，泉湧流至山半，有石甕二，曰仙甕石，亦稱丹竈泉，傳爲葛仙遺迹。復自甕中出流一里許，石崖壁立，遂爲瀑布。"

〔四〕沃洲：山名，相傳爲七十二福地之第十二福地，"在剡縣南"。參見説郛卷八十六洞天福地記。

〔五〕天姥：太平寰宇記卷九十六江南東道八越州：“天姥山在（剡）縣南八十里……後吳録云：‘剡縣有天姥山，傳云登者聞天姥歌謠之響。’”

〔六〕遺安遺危：參見鐵崖先生古樂府卷八覽古之十八注。

〔七〕韋門：參見清印溪草堂鈔本東維子集龍灘紀詠注。

〔八〕郿塢：漢末董卓所築。參見陳善學序刊楊鐵崖先生文集卷二金谷步障歌注。

〔九〕腹便便：太平廣記卷二百四十五詼諧一邊韶：“後漢邊韶，字孝先。教授數百人。曾晝日假寐，弟子私嘲之曰：‘邊孝先，腹便便。懶讀書，但欲眠。’孝先潛聞之，應曰：‘邊爲姓，孝爲字。腹便便，五經笥。但欲眠，思經事。寐與周公通夢，静與孔子同意。’”

〔十〕“君不見”二句：魏家高樓，指曹操銅雀臺。西陵，曹操陵墓。參見鐵崖先生古樂府卷九銅雀曲注。

芝雲堂分韻得對字〔一〕

窮冬積繁陰，快雨不破塊〔二〕。問途玉山下，繫船桃花①匯〔三〕。主人聞客來，把酒欣相徠。窈窕雙歌聲②，嬋娟兩眉黛。談笑方云云，妍媚各成態。憶昔獻策時，目炯重瞳對。下馬宴璚林，宮花③出西内。俯仰三十年〔四〕，同袍幾人在？明當理舟行④，天遠征鴻背。那能事煩劇，曉出星猶戴〔五〕。行當謝冠冕，歸荷⑤山陽耒〔六〕。

【校】

① 本詩原載鐵崖逸編注卷四。明偶桓編乾坤清氣卷二、元詩選初集辛集、玉山名勝集卷八載此詩，據以校勘。元詩選本有注，曰從“選本録入”。花：乾坤清氣本、元詩選本、玉山名勝集本作“溪”。

② 聲：玉山名勝集本作“停”。

③ 宮花：玉山名勝集本作“官桃”。

④ 舟行：乾坤清氣本、元詩選本、玉山名勝集本作“行舟”。

⑤ 原本“荷”字下有小字注：“一作理。”

【箋注】

〔一〕元至正十年庚寅（一三五〇）十二月一日，楊維禎赴任杭州四務提舉，由松江出發，途經崑山時，顧瑛於玉山草堂芝雲堂設宴款待，賓客除楊維禎外，還有曹睿、于立。賓主四人遂以“對酒當歌”分韻賦詩，楊維禎得“對”字，本詩即當時所賦。繫年依據：顧瑛芝雲堂分韻詩序記載頗詳：“余與楊君鐵崖別兩年矣。庚寅嘉平之朔，君自淞泖過余溪上，適永嘉曹新民自武林至，相與飲酒芝雲堂。明日，鐵崖將赴任，曹君亦有茂異之舉，同往武林。信歡會之甚難，而分攜之獨易，安可不痛飲盡興，以洗此憒憒之懷！因以‘對酒當歌’爲韻，賦詩如左。于匡廬屬瑛序數語爲識。”（載元詩選初集卷六十四。）

〔二〕破塊：王充論衡是應：“風不鳴條，雨不破塊。五日一風，十日一雨。”

〔三〕桃花匯：按：玉山名勝集卷二載鐵崖次永嘉曹睿詩曰：“重過碧桃溪上路，西枝樹長繫漁舠。”疑桃花匯（或作桃溪匯）爲碧桃溪別名。

〔四〕三十年：按：至正十年上距鐵崖泰定四年中進士，實爲二十四年。所謂“俯仰三十年”，蓋二十以上即稱三十，鐵崖詩文中多用此法。參見鐵崖先生古樂府補卷六處女冢。

〔五〕“明當理舟行”四句：鐵崖即將任職杭州四務提舉，蓋出於無奈，牢騷不滿，於此分明可見。宋濂所撰墓志謂鐵崖任勞任怨，任職後“日夜爬梳，不暇騎驢謁大府，塵土滿衣襟，間有識者多憐之而君自如也”，實爲溢美。

〔六〕山陽：嵇康等舊居地。後向秀途經此地，撰思舊賦。參見晉書向秀傳。

孤憤一章和夢庵韻〔一〕

　　楊子哭停雲〔二〕，歷數死生友。首哭台州帥①〔三〕，再哭江州守〔四〕。三哭天水頭〔五〕，四哭淮渦口〔六〕。五哭六哭餘，英風復何有。碻山截罵舌〔七〕，宛湖沉斫首〔八〕。嗟嗟徇國臣，培養百年久〔九〕。猛去晉終背〔十〕，或死魏何咎〔十一〕！而況鳴吠才，蠢蠢小雞狗。弋鴻羽既怯，釣魚餌滋誘。根撥那望實，蒂分尚懷藕。珠雀既失彈，火鼠重被垢〔十二〕。長包②中土心，相詫模棱手〔十三〕。外壺宜倒戈〔十四〕，中薄肯敝筍。祝宗祈未死〔十五〕，循牆駭還走。長涕③未上書，窮辭空還酒。驚見夢庵詩，一首灑百醜。大義揭日月，孤忠縣畎畝。亂厭出下泉，亢極還易□。懷君郭泰交[十六]，夜枏釘春韭。和君孤憤章，澆致酒一斗。

【校】

① 本詩原載鐵崖逸編注卷四。明偶桓編乾坤清氣卷二、元詩選初集辛集亦載此詩，據以校勘。元詩選本有注，曰從“選本録入”。帥：原本作“師”，據乾坤清氣本、元詩選本改。

② 包：元詩選本作“抱”。

③ 涕：原本作“梯”，據乾坤清氣本、元詩選本改。

【箋注】

〔一〕詩撰於元至正十六年（一三五六），其時鐵崖在杭州任税務官。繫年依據：詩中所悼數人，最遲死於至正十六年。夢庵：生平不詳。按珊瑚網卷三十五名畫題跋著録王蒙靈石草堂圖，圖上有夢庵題詩一首，蓋即此人。

〔二〕停雲：陶淵明停雲詩序：“停雲，思親友也。”

〔三〕台州帥：指泰不華。參見鐵崖先生詩集癸集挽達兼善御史。

〔四〕江州守：指李黼。至正十二年二月戰殁於九江。

〔五〕天水頭：至正十二年七月，江浙參政樊執敬戰死於錢唐天水橋。參見東維子文集卷十三樊公廟食記。

〔六〕淮渦口：據清顧祖禹考證，淮渦口乃“渦水入淮之口，在鳳陽府懷遠縣東北十五里”。參見讀史方輿紀要卷八歷代州域形勢八、卷二十一懷遠縣渦口城。可見鐵崖“哭淮渦口”，所悼者當死於朱元璋紅巾軍之手。按：樓卜瀍以爲追悼李齊、褚不華，未必確當。李齊爲元統元年狀元，後任高郵知府。至正十三年，張士誠起兵，佔據高郵，江浙行省强令李齊前往勸降，被拘。後元軍攻城，“士誠呼齊使跪，齊叱曰：‘吾膝如鐵，豈肯爲賊屈！’士誠怒，扼之跪，齊立而詬之。乃曳倒，搥碎其膝而卨之”。又，廉訪使褚不華堅守淮安五年，至正十六年十月城破被殺，人比之爲張巡。二人事迹詳見元史忠義傳。高郵、淮安，皆非淮渦口；且李齊、褚不華死期相隔三年，不應同哭。又，鐵崖“四哭”之前，所悼皆亡友，李齊、褚不華與鐵崖交游則未見記載。鐵崖“四哭淮渦口”究竟何指，待考。

〔七〕礄山：張桓。張桓以國子生釋褐，官至陝西行臺監察御史。因避兵礄山被俘。“賊魁者素聞公有治績，置公上坐，脅之受僞官，公唾罵之。遂縛公妻奴九人至前，先殺妾，次殺子女，以及妻，每殺一人，則諭公曰：‘御史若降，

餘可免。’公弗爲動容,其罵如初。魁怒,拽下坐殺之”。時爲<u>至正</u>十一年
八月。參見<u>元史</u>忠義傳二。

〔八〕<u>宛湖沉所首</u>:疑指<u>汪澤民</u>(一二八七——一三五六)。<u>至正</u>十六年,<u>汪澤</u>
<u>民</u>居<u>宣州</u>,城陷後被長槍軍所擒,不屈而死,卒年七十。<u>元史</u>、<u>元季伏莽志</u>
皆有傳。按:<u>樓卜瀍</u>認爲<u>宛湖</u>指<u>江西</u>行省平章政事<u>星吉</u>。然<u>星吉</u>死於<u>鄱</u>
<u>陽口</u>,與<u>宛湖</u>無關,<u>宛湖</u>位於<u>皖南</u> <u>宣城</u>一帶。<u>星吉</u>(一二九六——一三五
二),其名或作<u>桑嘉依</u>。<u>至正</u>十二年,<u>江淮</u>義軍蜂起,蔓延各地。<u>星吉</u>率軍
固守<u>鄱陽口</u>,戰敗被俘,絶食自盡,卒年五十七。<u>元史</u>、<u>元季伏莽志</u>皆
有傳。

〔九〕“嗟嗟”二句:<u>鐵崖</u>所詠諸人多爲科舉進身,頗有深意。<u>元史</u>忠義傳二:
“論者謂大科三魁,若<u>泰不華</u>没海上,<u>李黼</u>隕<u>九江</u>,泊(<u>李</u>)<u>齊</u>之死,皆不負
所學云。”

〔十〕“<u>猛</u>去”句:<u>前秦</u> <u>苻堅</u>重用<u>王猛</u>,稱盛一時。然<u>王猛</u>病逝之後,<u>苻堅</u>不聽其
生前忠告,大舉進攻<u>東晉</u>,大敗。見<u>晉書</u> <u>王猛傳</u>。

〔十一〕“<u>彧</u>死”句:<u>荀彧</u>爲<u>曹操</u>重要謀臣,<u>曹氏</u>政權得以建立與穩固,<u>荀彧</u>功莫
大焉。後遭<u>曹操</u>猜忌,抑鬱而亡。或謂飲藥而卒。見<u>三國志</u> <u>魏書</u> <u>荀</u>
<u>彧傳</u>。

〔十二〕<u>火鼠</u>:相傳<u>西域</u>有火鼠,人取其毛緝之,稱火浣布。若有污垢,一燒即煥
然如新。參見<u>宋</u> <u>羅願</u> <u>爾雅翼</u>卷二十三顯、<u>三國志</u> <u>魏書</u> <u>齊王芳傳</u>注。

〔十三〕模棱手:<u>新唐書</u> <u>蘇味道傳</u>:“<u>味道</u>練臺閣故事,善占奏。然其爲相,特具
位,未嘗有所發明,脂韋自營而已。常謂人曰:‘決事不欲明白,誤則有
悔,模棱持兩端可也。’故世號‘模棱手’。”按:<u>鐵崖</u>蓋以“模棱手”指斥
<u>江浙</u>丞相<u>達識帖睦邇</u>。

〔十四〕外壼:宮門外。壼,同閫。外閫,指將帥。語本<u>史記</u> <u>張釋之馮唐列傳</u>:
“閫以内者寡人治之,閫以外者將軍治之。”

〔十五〕“祝宗”句:<u>春秋左傳注疏</u>成公十七年:“<u>晉</u> <u>范文子</u>反自<u>鄢陵</u>,使其祝宗
祈死,曰:‘君驕侈而克敵,是天益其疾也。難將作矣!愛我者惟祝我,
使我速死,無及於難,<u>范氏</u>之福也。”注:“祝宗,主祭祀祈禱者。”

〔十六〕<u>郭泰</u>交:指<u>東漢</u> <u>郭泰</u>與<u>李膺</u>之交情。<u>後漢書</u> <u>郭太傳</u>:“<u>郭太</u>字<u>林宗</u>……
博通墳籍,善談論,美音制。乃游於<u>洛陽</u>,始見<u>河南</u>尹<u>李膺</u>,<u>膺</u>大奇之,
遂相友善,於是名震京師。後歸鄉里,衣冠諸儒送至<u>河上</u>,車數千兩,<u>林</u>
<u>宗</u>唯與<u>李膺</u>同舟而濟,衆賓望之,以爲神仙焉。”

題蘇武牧羊圖①〔一〕

　　未入麒麟閣,時時望帝鄉。寄書元有雁,食雪不離羊。旄盡風霜節,心縣日月光。李陵②何以別,涕淚滿③河梁。

【校】

① 本詩原載鐵崖逸編注卷六。又載明偶桓編乾坤清氣卷十二、元詩選初集辛集、劉世珩影元刊十八卷本玉山草堂雅集卷二,據以校勘。元詩選本有注,曰從“選本録入”。
② 李陵:玉山草堂雅集本作“子陵”。
③ 滿:玉山草堂雅集本作“濕”。

【箋注】

〔一〕蘇武牧羊:本篇有關蘇武事,參鐵崖先生古樂府卷九牧羝曲、陳善學序刊楊鐵崖先生文集卷一牧羝曲注。

送楊生琰歸溧陽①〔一〕

　　之子吾同姓,相逢已道南〔二〕。春衣彫白苧,佳樹長黃柑。雨淡澄龍寺〔三〕,天清漂女潭〔四〕。蒲②公讀書處〔五〕,白石有新庵〔六〕。

【校】

① 本詩原載鐵崖逸編注卷六。明偶桓編乾坤清氣卷十二、元詩選初集辛集亦載此詩,據以校勘。元詩選本有注,曰從“選本録入”。
② 蒲:疑當作“蔡”。參見注釋。

【箋注】

〔一〕據本詩,楊琰爲鐵崖弟子,溧陽(今屬江蘇省)人。又按元史地理志,溧陽唐以前爲縣,元爲州,隸屬於集慶路。
〔二〕“相逢”句:宋史楊時傳:“熙寧九年,中進士第。時河南程顥與弟頤講孔、

孟絶學於熙、豐之際,河、洛之士翕然師之。時調官不赴,以師禮見顥於潁
昌,相得甚歡。其歸也,顥目送之曰:'吾道南矣!'"

〔三〕潛龍寺:指龍潭大庵。嘉慶溧陽縣志卷四輿地志寺觀:"龍潭大庵,在縣
南三十里。相傳吳赤烏間故址。"

〔四〕漂女潭:指瀨水。吳越春秋卷一吳太伯傳:"(伍子胥)行至吳,疾於中道,
乞食溧陽,適會女子擊綿於瀨水之上。"

〔五〕蒲公:似當作"蔡公"。嘉慶溧陽縣志卷四輿地志古迹亭臺:"蔡邕讀書
臺,在泰虚觀東北。今廢。"

〔六〕白石:嘉慶溧陽縣志卷四輿地志寺觀:"白石庵在縣北八十里黄鳥山,
元建。"

送用上人之金陵①〔一〕

東土帝王州,高僧汗漫游。衲衣收夜②雨〔二〕,洗鉢渡③江流〔三〕。
草發金銀穴〔四〕,花飛霹靂溝〔五〕。攜詩見短李④〔六〕,應下讀書⑤樓。

【校】

① 本詩原載鐵崖逸編注卷六。明偶桓編乾坤清氣卷十二、元詩選初集辛集、劉
世珩影元刊十八卷本玉山草堂雅集卷二載此詩,據以校勘。玉山草堂雅集
本題作送用上人游金陵。元詩選本有注,曰從"選本録入"。

② 衲:原本及元詩選本皆脱,玉山草堂雅集本作"縣",據乾坤清氣本、玉山草堂
雅集本補。夜:玉山草堂雅集本作"野"。

③ 渡:玉山草堂雅集本作"動"。

④ 攜詩見短李:玉山草堂雅集本作"相逢丁令子"。

⑤ 下讀書:玉山草堂雅集本作"宿酒家"。

【箋注】

〔一〕詩當撰於元至正七、八年間,其時楊維楨游寓蘇州,授學爲生。繫年依據:
用上人,指四明大用法師(一二九二——一三五九)。楊維楨曾撰文送之
"西游",文中曰用上人"將自虎丘達金陵,馴致乎五臺之山",可見本詩爲
同時之作。參見東維子文集卷十送用上人西游序。

〔二〕夜雨:蓋指雨花臺傳説。大明一統志卷六南京宮室:"雨花臺在府南三

里,據岡阜最高處。梁武帝時有雲光法師講經於此,感天雨花。”

〔三〕“洗鉢”句：相傳達摩自南天竺來,梁武帝詔至金陵。問答不能契合,達摩
　　遂脚踏蘆葦渡過長江,去往嵩山。

〔四〕金銀穴：景定建康志卷十七山川志：“金陵岡在府城之西龍灣路上,耆老
　　言乃秦厭東南王氣,鑄金人埋於此。”

〔五〕霹靂溝：在金陵鍾山。王荆文公詩箋注卷四十霹靂溝：“霹靂溝西路,柴
　　荆四五家。憶曾騎款段,隨意入桃花。”注：“建康志：‘霹靂溝,在城西
　　五里。’”

〔六〕短李：唐李紳爲人短小精悍,頗有詩名,時號“短李”。“元和初,擢進士
　　第,補國子助教,不樂,輒去客金陵。李錡愛其才,辟掌書記”。參見新唐
　　書李紳傳。

長春庵①〔一〕

　　夜坐清都鶴夢長,碧天如水夜②蒼蒼。雲和有樂③降王母〔二〕,霹靂
無車呼④阿香〔三〕。雪泛玉甌茶吐⑤味,花零金蒻⑥燭生光。仙風不動
亭前⑦竹,又送微鐘⑧到下方。

【校】

① 本詩原載鐵崖逸編注卷七。嘉靖仁和縣志卷十一寺觀錄有本詩,據以校勘。
　　嘉靖仁和縣志本題作宿長春庵。
② 夜：原本作“月”,據嘉靖仁和縣志本改。
③ 樂：嘉靖仁和縣志本作“藥”。
④ 呼：嘉靖仁和縣志本作“喚”。
⑤ 吐：嘉靖仁和縣志本作“逞”。
⑥ 蒻：原本作“箭”,據嘉靖仁和縣志本改。
⑦ 亭前：嘉靖仁和縣志本作“閒庭”。
⑧ 微鐘：嘉靖仁和縣志本作“鐘聲”。

【箋注】

〔一〕長春庵：位於杭州。西湖游覽志卷十七南山分脈城内勝迹道院録有本

詩,且述長春庵緣起曰:"長春庵在相安巷。元延祐間有姚真人者,錢唐人。家業温飽。其妻蔡氏一旦語其夫云:'欲脱俗修真。'以家業二分,畀夫取妾爲成家之計,自以其一建庵爲修養之需。夫曰:'汝既修真,吾無子女,何忍獨墮俗緣耶!'蔡氏然之,乃曰:'修真不宜夫婦同處。'與夫各建一庵于西城下。夫庵在妙心寺北,曰長生;妻庵在洪福橋西,曰長春。夫妻皆證道妙,時謂之雙修云。蔡氏號沖静。"

〔二〕雲和有樂降王母:參見鐵崖先生古樂府卷二周郎玉笙謡注。

〔三〕阿香:傳説中駕雷車之女仙。參見鐵崖賦稿卷下飛車賦注。

春日有懷玉山主人①〔一〕

　　梨花枝外雨冥冥,宿酒朝來尚未醒。倚砌宜男偏婀娜,隔窗鸚鵡太丁寧。紫鸞簫管和瑶瑟,金鴨香爐倚繡屏。青李來禽臨已遍〔二〕,定從白鵠授黄庭〔三〕。

【校】

① 本詩原載鐵崖逸編注卷七。元詩選初集辛集、清鈔玉山名勝外集載此詩。元詩選本有注,曰從"選本録入"。

【箋注】

〔一〕玉山主人:指顧瑛。詩當撰於元至正七年(一三四七)至十年之間,其時鐵崖游寓姑蘇、松江等地,授學爲生,與顧瑛結識不久,交往較多。

〔二〕青李來禽:帖名,王羲之所書。因帖首有"青李來禽"等字,故名。又稱與蜀郡守朱書帖。蘇軾玉堂栽花周正孺有詩次韻:"只有來禽青李帖,他年留與學書人。"

〔三〕"定從"句:意爲效仿王羲之,書寫黄庭經以换白鵝。參見鐵崖先生詩集丙集趙大年鵝圖注。

堯市山〔一〕

　　丹房夜宿庚桑洞〔二〕,古井①重詢堯市山。聽猿老樹垂雲白,飲馬清泉錦石斑。野婦采桑成隊出，山童沽酒滿瓶還。顧渚橋頭有舡賣②〔三〕，尋詩直叩碧桃關。

【校】

① 本詩原載鐵崖逸編注卷七。嘉慶長興縣志卷八、同治長興縣志卷十堯市山録有此詩，據以校勘。井：同治長興縣志本作“寺”。
② 賣：嘉慶長興縣志本、同治長興縣志本作“買”。

【箋注】

〔一〕詩作於元至正五、六年間，其時鐵崖在長興縣蔣氏東湖書院教學。堯市山：又名石門山，位於長興縣西北。參見鐵崖先生古樂府卷四堯市山注。
〔二〕庚桑洞：又名張公洞。參見鐵崖先生古樂府卷三張公洞注。
〔三〕顧渚橋：嘉慶長興縣志卷二城池：“顧渚橋在縣北三十里，跨紫花澗。”

鏡湖〔一〕

　　與客攜壺放畫船，春波橋下柳如烟。林間好鳥啼長晝，席上高歌樂少年。醉裏探書尋禹穴〔二〕，醒來訪隱過平川。樵風涇①上神仙宿〔三〕，知是陽明幾洞天〔四〕。

【校】

① 本詩原載鐵崖逸編注卷七。萬曆紹興府志卷七山川志四山陰鏡湖附録此詩，據以校勘。涇：原本作“逕”，徑改。

【箋注】

〔一〕鏡湖：又稱鑑湖，位於今浙江紹興。參見鐵崖先生詩集乙集題鄭熙之春雨釣艇圖注。
〔二〕禹穴：參見鐵崖先生古樂府卷九小臨海曲注。
〔三〕樵風涇：宋施宿等撰會稽志卷十水：“樵風涇，在（會稽）縣東南二十五里。舊經云：漢鄭弘少時採薪，得一遺箭。頃之，有人覓箭，問弘何所欲。弘識其神人也，答曰：‘常患若邪溪載薪爲難，願朝南風，暮北風。’後果然，世號樵風。"

〔四〕 <u>陽明</u>：<u>陽明洞天</u>在<u>宛委山</u> <u>龍瑞宮</u>，道家稱之爲"三十六洞天"之十一洞。

同郯九成過玉山舟中聯句〔一〕

城角初升旭日暹，舵樓東向起遐瞻〔二〕。鰲頭直下癡雲暗（楊），鵃尾徐開破浪恬。野色微明金水曲（郯），清江隱見<u>玉山</u>尖。雨收幕燕簷牙起（楊），風颭檣烏帆腹添。波影白翻鷗個個（郯），燒痕青出麥纖纖。弋來野鶩毛全蛻①（楊），筍得冰魚口尚嚵〔三〕。解籜上②萌蓮荺苦（郯），潑醅新盎蜜脾甜。避船好鳥機先識（楊），入座江花手自拈。未必江山惟客有（郯），也知吏隱許吾兼。桃花不隔仙源路，詩就寧辭晷刻淹（楊）。

【校】

① 本詩原載<u>鐵崖逸編注</u>卷七。<u>元詩選初集辛集</u>、<u>清鈔玉山名勝集外集</u>載此詩，據以校勘。<u>元詩選</u>本有注，曰從"選本錄入"。蛻：<u>玉山名勝外集</u>本作"脱"。
② 上：<u>玉山名勝外集</u>本作"土"。

【箋注】

〔一〕 <u>元</u> <u>至正</u>八年（一三四八）二月十九日，<u>顧瑛</u>捎信邀請<u>鐵崖</u>到<u>崑山</u>小住。次日，<u>鐵崖</u>自<u>姑蘇</u>動身前往，本詩蓋作於赴<u>崑山</u>途中。<u>郯九成</u>爲同行之人，故有此聯句。到達<u>崑山</u>之次日，<u>鐵崖</u>、<u>顧瑛</u>、<u>姚文奐</u>、<u>張渥</u>、<u>于立</u>、<u>郯韶</u>等六人結伴共游<u>玉峰</u>，又有聯句之詩。參見<u>鐵崖先生詩集丙集游玉峰與崑山顧仲瑛京兆姚子章淮海張叔厚匡廬于彦成吳興郯九成共六人聯句</u>。<u>郯九成</u>：名<u>韶</u>。參見<u>東維子文集</u>卷七<u>郯韶詩序</u>。

〔二〕 舵樓東向：<u>崑山</u>位於<u>姑蘇</u>東面，故船東行。

〔三〕 筍得冰魚：其時天氣較寒，此前數日"雪霰交作"，固有"冰魚"。參見<u>列朝詩集甲集前編</u>第七上<u>至正八年二月十二日玉山人買百花船泊山塘橋下呼瓊花翠屏二姬招予與張渥叔厚于立彦成游虎阜俄而雪霰交作未果此行先以此詩寫寄就要諸公各和</u>。

懷玉山一首書珠簾氏便面①〔一〕

五月江聲入閣寒，故人西望倚闌干。珠簾新卷西山雨〔二〕，第一峰前獨自看〔三〕。

【校】

① 本詩原載鐵崖逸編注卷八。元詩選初集辛集、清鈔玉山名勝集外集載此詩，據以校勘。元詩選本有注，曰從“選本録入”。

【箋注】

〔一〕玉山：指玉山草堂主人顧瑛。珠簾氏：妓女。本詩當作於元至正八、九年間，其時鐵崖游寓姑蘇、崑山、吴江等地，珠簾氏常陪同鐵崖等人游賞聚飲。參見鐵崖撰游汾湖記（載佚文編）。便面：一種扇子。參見鐵崖先生古樂府卷二蹋踘篇。

〔二〕西山：此句化用王勃滕王閣“珠簾暮捲西山雨”句，以切珠簾氏。

〔三〕第一峰：疑指縹緲峰。縹緲峰位於蘇州西山，乃太湖七十二峰之首。參見鐵崖先生詩集丙集紀夢中作書遺報復元。

席上作①〔一〕

江南處處烽烟起，海上年年御酒來。如此烽烟如此酒，老夫懷抱幾時開。

【校】

① 本詩原載鐵崖逸編注卷八。萬曆刊堯山堂外紀卷七十七元、元詩選初集辛集亦載此詩，據以校勘。元詩選本有注，曰從“選本録入”。

【箋注】

〔一〕詩撰於元至正二十年（一三六〇）至二十三年九月之間，即鐵崖歸隱松江之初。繫年理由：據元史順帝本紀，至正十七年八月，張士誠納降於元。

十八年五月,詔命方國珍爲江浙行省左丞兼海道運糧萬户。十九年九月,朝廷遣户部尚書曹履亨等,以御酒龍衣賜張士誠,徵海運糧。張士誠籌集漕糧,方國珍主持海運,如此連續數年。至正二十三年九月,張士誠復叛,自立爲吳王,漕運中斷。本詩既曰“海上年年御酒來”,故必賦於朝廷以御酒龍衣賜張士誠之後,漕運中斷以前。又,明戴冠濯纓亭筆記卷五:“張士誠據姑蘇日,開賓賢館延納諸名士,慕楊廉夫名,欲致之,不可得。聞其往來崑山顧阿瑛家,潛令人伺於道中,强要之。既至,適元主遣使以上尊酒賜士誠,士誠設宴以饗使者,廉夫與焉,即席賦詩云……士誠得詩,甚慚。既而廉夫辭去,士誠亦不復留也。”按:蔣一葵堯山堂外紀卷七十七元亦有類似記載。然戴冠、蔣一葵所述,乃小説家言,未必可信。

梁父吟①〔一〕

梁父歌,歌龍駒。龍駒三伯仲〔二〕,一在魏,一在吳。吁嗟龍駒卧不起,中山王孫貽玉趾。自比管與樂,不比齊晏子〔三〕。歌梁父,禍有胎。二桃殺疆冶,嬰也不才〔四〕。我亦哀王孫,羽翼中道摧(雲長、翼德〔五〕)。歌梁父,聲愈惡。白日傾,大星落。妖黄驚天暗河洛〔六〕,討賊曳戈許誰托。於乎,魏司馬〔七〕,假精兵,十日可到長安城。馬參軍,敗街亭,殺以釁鼓不謝先帝靈〔八〕。坐令巾幗婦〔九〕,寝食問斗升。歌梁父,聲不平,西風與我生秋聲。

【校】

① 楊鐵崖詠史一卷,青照堂叢書本。全本收詩一百零一首,其中不少已見於陳善學序刊楊鐵崖先生文集本,再除去移入存疑編者,尚存二十五首,以下依次收録。梁父吟詩亦見於陳善學刊本卷二,然與此本差異頗大,故作同題異詩處理,分别録入。原本詩前有序,則與陳善學序刊楊鐵崖先生文集卷二梁父吟差異不大,用作校本,故此不録。

【箋注】

〔一〕梁父吟:或作梁甫吟。本爲葬歌,因諸葛亮作此歌而聞名。參見鐵崖先生古樂府卷四梁父吟注。

〔二〕龍駒三伯仲：蓋指三國時與諸葛亮齊名之謀臣。諸葛亮在蜀，徐庶在魏，
　　　周瑜在吳。

〔三〕"吁嗟龍駒臥不起"四句：述諸葛亮之人品才氣。中山王孫：此指劉備。
　　　管與樂：指齊國管仲、燕國樂毅。晏子：指晏嬰。

〔四〕"二桃殺疆冶"二句：參見鐵崖先生古樂府卷四梁父吟注。

〔五〕雲長：關羽字。翼德：張飛字。

〔六〕妖黃：指魏國。魏尚土德，土屬黃，故曹丕建元黃初。

〔七〕魏司馬：指魏延。其假精兵事，參見陳善學序刊楊鐵崖先生文集卷二梁父
　　　吟注。

〔八〕"馬參軍"三句：指馬謖大意失街亭而被處死。街亭：位於今甘肅天水市
　　　境内。

〔九〕巾幗婦：此指司馬懿。詳見陳善學序刊楊鐵崖先生文集卷二梁父吟注。

黃金壕①

　　黃金壕〔一〕，七丈高，帳前養子健如虎，虎行天下莫敢侮。擲戟生
狼心，殺賊非殺父〔二〕。臍光夜然漆燈油〔三〕，金紫褓兒法不留〔四〕，儲金
積穀將誰收〔五〕！可憐司徒座中咤，一死不赦高陽侯（蔡邕）〔六〕。

【校】

① 壕，蓋爲"塢"字之訛，下同。黃金塢，指董卓郿塢。

【箋注】

〔一〕黃金壕：指董卓所築郿塢。太平寰宇記卷三十關西道六鳳翔府郿縣："郿
　　　塢，在縣東北十六里。董卓封郿侯，據北阜築塢，高七丈，號曰萬歲塢，亦
　　　曰董卓塢，以寫長安城形。"

〔二〕"帳前養子健如虎"四句：董卓曾以手戟怒擲其養子呂布，險遭不測，後被
　　　呂布刺死。參見陳善學序刊楊鐵崖先生文集卷二董養子注。

〔三〕"臍光"句：參見陳善學序刊楊鐵崖先生文集卷二千里草注。

〔四〕金紫褓兒法不留：意爲董卓後嗣皆遭誅殺。據資治通鑑卷六十記載，董卓
　　　被殺之後，"弟旻、璜等及宗族老弱在郿，皆爲其群下所斫射死"。金紫褓

兒,指董卓之子。王粲英雄記董卓:"卓侍妾懷抱中子,皆封侯,弄以
金紫。"

〔五〕儲金積穀: 後漢書董卓傳:"(郿)塢中珍藏有金二三萬斤,銀八九萬斤,錦
綺繪穀紈素奇玩,積如丘山。"

〔六〕"可憐"二句:謂司徒王允囚殺蔡邕。參見陳善學序刊楊鐵崖先生文集卷
二董養子注。高陽侯,蔡邕曾封高陽鄉侯。

孔北海 融〔一〕

孔北海,辟一隅。座客日高談①,未聞談廟謨。禰生本狂士,罪書
空累予。承祖亦清俊②〔二〕,獻策未爲疏。言不聽,何取誅〔三〕(此事累德
不小)。孔北海,儒亦迂,鄭玄何取尊鄉閭〔四〕。妻孥已屬青州牧(袁
譚),流矢几前猶讀書〔五〕。

【校】

① 原本於"談"字下衍一"論"字,據懷華庵叢書本刪。
② 原本"承"字上有"在生"二字,據懷華庵叢書本刪。承祖亦清俊: 懷華庵叢
　書本作"承祖勸結納"。

【箋注】

〔一〕孔北海: 即孔融。本篇有關史事,凡未出注者均請參見陳善學序刊楊鐵崖
　　先生文集卷二在山虎。
〔二〕承祖亦清俊: 指少年孔融謁見李膺時所謂"累世通家"之説辭。後漢書孔
　　融傳:"融幼有異才。年十歲,隨父詣京師。時河南尹李膺以簡重自
　　居……融欲觀其人,故造膺門。語門者曰:'我是李君通家子弟。'門者言
　　之。膺請融,問曰:'高明祖父嘗與僕有恩舊乎?'融曰:'然。先君孔子與
　　君先人李老君同德比義,而相師友,則融與君累世通家。'"
〔三〕"言不聽"二句:指孔融因奏論酒禁書等觸怒曹操,遭殺害。參見鐵崖先
　　生詩集癸集禁酒。
〔四〕"孔北海"三句: 後漢書鄭玄傳:"國相孔融深敬於玄,屣履造門。告高密
　　縣爲玄特立一鄉,曰:'昔齊置"士鄉",越有"君子軍",皆異賢之意也。鄭

君好學，實懷明德。昔太史公、廷尉吳公、謁者僕射鄧公，皆漢之名臣。又南山四皓有園公、夏黃公，潛光隱耀，世嘉其高，皆悉稱“公”。然則“公”者，仁德之正號，不必三事大夫也。今鄭君鄉宜曰“鄭公鄉”。’”

〔五〕“妻孥”二句：後漢書孔融傳：“在郡六年，劉備表領青州刺史。建安元年，爲袁譚所攻，自春至夏，戰士所餘裁數百人，流矢雨集，戈矛內接。融隱几讀書，談笑自若。城夜陷，乃奔東山，妻子爲譚所虜。”

合肥戰①〔一〕　孫權

其一

合肥戰，師已殲，逍遙津下樓紫髯。蕩寇將軍鷹眼疾〔二〕，火旗霜戟相聯黏。虎凌（凌統）拔圍挾主出，橋斷津頭馬蹄失。紫髯郎，青游韁，監谷利，真王良，鞭及馬腹鞭何長。大船椎牛慶萬歲，賀齊雙淚啼浪浪。

其二

合肥戰，戰甚力，蕩寇將軍持銳戟。望麾直取紫髯公，十二虎臣俱辟易〔三〕。突圍大呼（去聲）拔餘兵，目眥血流鬚怒磔。危橋斷板②飛馬空，賀氏小兒雙淚滴。君不見，瞋目橫矛決死敵，百萬曹兵不敢逼〔四〕。止啼之威未爲特，惜哉江東無翼德。

【校】

① 本組詩兩首與陳善學刊本卷二合肥戰題同詩異，故分別錄入。按：張憲同題詩與組詩第二首相近，張詩曰：“合肥戰，戰甚力。蕩寇將軍持銳戟（甘寧），紫髯郎君馬飛空（孫權），江表虎臣俱辟易。君不見，瞋目橫矛決死敵（張飛），百萬曹兵莫敢逼。止啼之威未爲特，惜矣江東無益德。”（載玉笥集卷一。）

② 板：原本作“拔”，據懺華庵叢書本改。

【箋注】

〔一〕合肥戰：本篇有關史事凡未出注者均請參陳善學序刊楊鐵崖先生文集卷二合肥戰注。

〔二〕蕩寇將軍：指魏將張遼。

〔三〕十二虎臣：皆爲三國時吴國大將。三國志吴書卷十，載程普、黄蓋、韓當、
　　蔣欽、周泰、陳武、董襲、甘寧、凌統、徐盛、潘璋、丁奉凡十二人小傳，卷末
　　評曰：“凡此諸將，皆江表之虎臣，孫氏所厚待也。”

〔四〕“君不見”三句：指蜀將張飛於當陽之長阪喝退曹兵。參見陳善學序刊楊
　　鐵崖先生文集卷二的盧馬。

費尚書①〔一〕

　　費尚書，非酒徒，諸葛相國升同車，宮中之事悉咨諏（叶“脽”）。費
尚書，謪國事。已知假節能辦賊，來家書生若相試（來敏）。古人納降
如納敵，西平中郎鄐中賊（郭脩②），彤庭魚匕事不果，直入轅門人不識。
費尚書，誠過酒。醉鄉天地太鴻蒙，左右惜無張太守（張嶷）。座中目
動爲何人，相國一語驚逃麑。相國先鑒何其神，於乎先鑒何其神！

【校】

① 本篇與陳善學序刊楊鐵崖先生文集卷二費尚書題同詩異，故分別録入。詩
　　序則大致相同，此處略去。
② 郭脩之“脩”，原本作“循”，據三國志蜀書費禕傳改。

【箋注】

〔一〕費尚書：指三國時蜀國尚書令費禕。本篇有關史事均請參見陳善學序刊
　　楊鐵崖先生文集卷二費尚書注。

玩鞭亭①〔一〕

　　踆②烏壓營營作聲，紅光紫電圍金鉦。黄鬚小龍馬上笑，白首妖
蛇夢裏驚。老奴怒擲珊瑚枕，追兵起合琉璃屏。巴馬東歸疾似烟，荆
臺老姥留玉鞭〔二〕。湖山不動湖水緑，豺虎無③聲蜂閉目。三尺天刑誅
殨肉，司徒百口臺前哭〔三〕。於乎，卯金刀斸破天木〔四〕，（敦嘗夢一木上

破天。郭璞云：木破天，宋也。宋者，劉裕也，代晉有天下。）荊臺鞭折荊山玉，白龍之子皆魚服〔五〕。

【校】

① 本詩與陳善學序刊楊鐵崖先生文集卷二玩鞭亭題同詩異，故分別録入。按：張憲同題詩與本詩前半首近似，張憲詩曰：“飢烏壓營營作聲，紅光紫電圍金鉦。黃鬚小龍馬上笑，白首饑豻夢裏驚。老奴怒擲珊瑚枕，追兵起合琉璃井。巴馬東歸疾似風，道傍遺糞如冰冷。健兒空玩七寶鞭，荊臺老姥功誰傳。”（載玉笥集卷一。）

② 踆：原本作“畤”，據懷華庵叢書本改。

③ 無：原本作“天”，據懷華庵叢書本改。

【箋注】

〔一〕玩鞭亭：按本篇有關史事未出注者請參陳善學序刊楊鐵崖先生文集卷二玩鞭亭、鐵崖賦稿卷上玩鞭亭賦注。

〔二〕“黃鬚小龍”六句：指司馬紹暗訪王敦軍營，王敦夢見異象，遂遣五騎追逐。司馬紹設計阻滯，飛馬馳歸。黃鬚小龍，東晉明帝司馬紹。

〔三〕司徒：指王導。晉書王導傳：“王敦之反也，劉隗勸帝悉誅王氏，論者爲之危心。導率群從昆弟子姪二十餘人，每旦詣臺待罪……及明帝即位，導受遺詔輔政，解揚州，遷司徒，一依陳群輔魏故事。王敦又舉兵内向。時敦始寢疾，導便率子弟發哀，衆聞，謂敦死，咸有奮志。及帝伐敦，假導節，都督諸軍，領揚州刺史。敦平，進封始興郡公，邑三千户。”

〔四〕“卯金刀”句：指劉氏廢棄東晉末代皇帝，自稱帝，建宋朝。卯金刀：此指南朝宋武帝劉裕。

〔五〕“荊臺鞭折荊山玉”二句：意爲司馬紹微服暗訪，實冒生命危險。説苑校證卷九正諫：“吳王欲從民飲酒，伍子胥諫曰：‘不可。昔白龍下清泠之淵，化爲魚。漁者豫且射中其目，白龍上訴天帝。天帝曰：‘當是之時，若安置而形？’白龍對曰：‘我下清泠之淵，化爲魚。’天帝曰：‘魚固人之所射也，若是豫且何罪？’夫白龍，天帝貴畜也；豫且，宋國賤臣也。白龍不化，豫且不射。今君棄萬乘之位，而從布衣之士飲酒，臣恐其有豫且之患矣。’王乃止。”

毒龍馬①〔一〕

其一

毒龍馬,善踶蹶。長林健兒不敢騎,鐵鞭將軍面流血〔二〕。踏毒龍,降毒魔,天策上將金盤陀〔三〕。夜騎六龍過天河,追風撒露拳毛騙②。鐵山覆〔四〕,虎牢蹴〔五〕,北斬屠耆頭③〔六〕,南係祖獷族〔七〕。西驅頡利渡便橋〔八〕,東掃玄菟浮鴨綠〔九〕。三乳兒(高祖三乳)〔十〕,誰短長,秦王秦王開大唐,毒龍毒龍肯伏東邸長林郎(建成)。

其二④

毒龍馬,詭稱良,能跳絶澗三丈長。毒龍性,不可羈,脫落金鞍作人立。既不學虎牢關赤兔誇主强〔十一〕,又不學檀溪水的盧脫主急〔十二〕。天策上將人中豪,身騎天馬金拳毛。露紫雛青什伐赤,翦剗群盜皆稱勞。毒龍之性空善蹶,帳前嗾獒獒爲桀。内軀不識真天人,三蹶三軀汗流血〔十三〕。於乎,毒龍馬,荊州牛,荊州牛豈是六龍之匹儔。

【校】

① 原本詩前有小引,已見於陳善學序刊楊鐵崖先生文集卷三同題詩,故此略去。

② 撒露拳毛騙:原本作"撒露拳毛蝸",據懷華庵叢書本改。

③ 頭:原本無,據懷華庵叢書本增補。

④ 此第二首與陳善學序刊楊鐵崖先生文集卷三同題詩有部分相似,可參看。

【箋注】

〔一〕毒龍馬:按本篇史實凡未出注者均請參見陳善學序刊楊鐵崖先生文集卷三毒龍馬注。

〔二〕鐵鞭將軍:蓋指唐高祖李淵第四子巢王李元吉。李元吉曾任領軍大將軍,"以善馬稍自負"。玄武門之變時,欲射殺李世民,反遭尉遲恭斫殺。新、舊唐書皆有傳。

〔三〕天策上將:即李世民。金盤陀:此指金銅雕飾之馬鞍馬勒。杜詩詳注卷四魏將軍歌:"星纏寶校金盤陀,夜騎天駟超天河。"注:"杜詩博議:'舊注引鮑照詩“金銅飾盤陀，日照光踱躞”而未詳其義。唐書食貨志云：“先是諸鑪鑄錢窳薄，鎔破錢及佛像，謂之盤陀。”語頗相合。蓋雕飾鞍勒，以銅雜金爲之。故有日照星纏之麗。而鎔破錢及佛像者，取其金銅相和，亦名盤陀也。’”

〔四〕鐵山：位於今内蒙古包頭市，即白雲鄂博之寶山。唐太宗貞觀四年，唐大軍於此大破突厥。

〔五〕虎牢：即虎牢關，位於今河南滎陽市西北。虎牢關南連嵩嶽，北瀕黄河，地勢險要，是兵家必争之地。李世民於此戰勝并俘獲竇建德。

〔六〕屠耆：匈奴左右賢王之稱。

〔七〕祖獷族：蓋指南方蠻夷。

〔八〕頡利：東突厥可汗。唐太宗登基之初，頡利可汗率軍進犯，太宗至渭水便橋，與之結盟，頡利遂撤軍。

〔九〕玄菟：郡名，漢武帝元封年間設立。原爲衛氏朝鮮屬地。此指高句麗。唐太宗曾數次出兵攻打高句麗。

〔十〕三乳兒：指唐高祖李淵。李淵“體有三乳”，參見新唐書高祖本紀。

〔十一〕虎牢關赤兔：參見陳善學序刊楊鐵崖先生文集卷二君馬黄注。

〔十二〕“檀溪”句：指劉備坐騎的盧救主。陳善學序刊楊鐵崖先生文集卷二的盧馬注。

〔十三〕汗流血：即汗血馬，又稱天馬。參見鐵崖先生古樂府卷七佛郎國進天馬歌注。

鄂國公〔一〕　尉遲敬德①

觀敬德玄武扼弓之事，不在榆窠奪槊之下。然亦一時戰鬥之勞，未足爲萬世功也。竊謂敬德有萬世功，房、杜諸人所不及者，其在海池宿衛乎！當是時，隱、巢既死，世民使敬德入衛。敬德擐甲持矛，直至上所。上大驚曰：“今日作亂者誰也？卿來此何爲？”使敬德不善應對，豈不駭天下耳目，而陷太宗於何地也！敬德對曰：“秦王以齊王作亂，舉兵誅之，遣兵宿衛耳！”於是上意乃安。時宮府衛士戰猶未已，敬德又請上出手敕，使聽秦王處分。上從之，然後定。嗚呼，孰謂敬德爲武夫悍將哉！觀其應對閒雅,處決合義,從容進退,不失臣禮,其賢於人也遠矣。使敬德粗豪如王敬則輩^[二],則拔刀跳躍,事須及熱而白紗加首矣。人謂敬德"河東打鐵漢",吾不信也。又賦鄂國公一首。

玄武門前人喋血,虬髯天子誅兇孽^[三]。誰開貞觀太平功^{②[四]},奪槊將軍三寸鐵。三寸鐵,鄂國公,將軍真有回天功。嗚呼,海池一語開天聽,手敕親頒宮府定^[五]。人知房杜掌經綸,誰識將軍善詞命。善詞命,萬古之功誰與并!

【校】

① 原本爲組詩兩首,本詩(包括序論)爲第二首。第一首與陳善學序刊楊鐵崖先生文集卷三同題詩相似,故用作校本,此處不録。

② 功:懺華庵叢書本作"年"。

【箋注】

〔一〕本詩褒獎唐太宗之功臣鄂國公尉遲敬德,有關史事凡未出注者請參陳善學序刊楊鐵崖先生文集卷三鄂國公注。

〔二〕王敬則:曾爲屠夫,南朝宋明帝時,任直閣將軍,因"捉刀入殿啟事"受罰。生平詳見南齊書本傳。

〔三〕虬髯天子:指唐太宗李世民。

〔四〕貞觀:唐太宗年號,公元六二七至六四九年。

〔五〕"海池"二句:通鑑紀事本末卷二十八太宗平內難:"時宿衛及秦府兵與二宮左右戰猶未已,敬德請降手敕,令諸軍并受秦王處分,上從之。天策府司馬宇文士及自東上閣門出宣敕,衆然後定。"

黥面奴^①

黥面奴^[一],花作骨,錦作腸,行年十四善文章。君臣賦詩及妃后,黥奴代詩豪捷走。狎臣奪爵知幾籌,黥奴兼才誇八斗^[二]。桑陰既引武家郎(三思)^[三],小崔更入中書堂(崔湜)^[四]。春宮節愍(太子重俊)痛至骨^[五],一劍肯貸臨淄王(玄宗隆基)^[六]。嗚呼,巨神秤^[七],稱天下,黥奴手,那可把。誰向朱屠借鐵鎚^[八],鎚殺司衡巨神者。

【校】

① 原本題下有小字注,略述上官婉兒黥面緣由。删。

【箋注】

〔一〕黥面奴:指上官昭容。新唐書后妃傳上:"上官昭容者,名婉兒,西臺侍郎儀之孫。父廷芝,與儀死武后時。母鄭,太常少卿休遠之姊。婉兒始生,與母配掖廷……自通天以來,内掌詔命,掞麗可觀。嘗忤旨當誅,后惜其才,止黥而不殺也。然群臣奏議及天下事皆與之。"

〔二〕才誇八斗:新唐書后妃傳上:"(婉兒)天性韶警,善文章。年十四,武后召見,有所制作,若素構……帝即位,大被信任,進拜昭容,封鄭沛國夫人……婉兒勸帝侈大書館,增學士員,引大臣名儒充選。數賜宴賦詩,君臣賡和,婉兒常代帝及后、長寧、安樂二主,衆篇并作,而采麗益新。"

〔三〕"桑陰"句:指上官婉兒與武三思淫亂。

〔四〕小崔:指中書舍人崔湜。新唐書后妃傳上:"婉兒與近嬖至皆營外宅,袤人穢夫争候門下,肆狎昵,因以求劇職要官。與崔湜亂,遂引知政事。湜開商山道,未半,因帝遺制,虛列其功,加甄賞。"

〔五〕節愍:名重俊,唐中宗第三子。新唐書后妃傳上:"婉兒通武三思,故詔書推右武氏,抑唐家,節愍太子不平。及舉兵,叩肅章門索婉兒,婉兒曰:'我死,當次索皇后、大家矣!'以激怒帝,帝與后挾婉兒登玄武門避之。會太子敗,乃免。"

〔六〕臨淄王:指唐玄宗李隆基。李隆基爲睿宗第三子,曾封臨淄郡王。李隆基起兵後,上官婉兒被捕,斬於旗下。

〔七〕巨神秤:相傳婉兒母鄭氏方妊,夢巨神畀大秤,曰:"持此稱量天下。"婉兒生,其母呼曰:"稱量天下者,豈爾耶?"輒啞然應。詳見新唐書后妃傳。

〔八〕朱屠:指戰國時屠夫朱亥。朱亥曾助信陵君,以四十斤鐵椎椎殺魏國大將晉鄙。詳見史記信陵君列傳。

大腹兒

　　大腹兒,腹空侗。胡旋舞,疾如風。君王醉眼太①朦朧,乃謂赤心貯其中〔一〕。君王寵之恩日厚,宫中洗兒中菁醜〔二〕。大腹小兒膽如②

天,不拜君王先拜母[三]。宮門③引虎楊與高[四],范陽虎勢日咆哮[五]。將軍可曾斫大腹,帳下卻賴豬兒刀[六]。

【校】

① 太:原本作"大",據懺華庵叢書本改。
② 如:懺華庵叢書本作"似"。
③ 門:懺華庵叢書本作"中"。

【箋注】

〔一〕"大腹兒"六句:指安禄山。新唐書安禄山傳:"晚益肥,腹緩及膝,奮兩肩若挽牽者乃能行。作胡旋舞帝前,乃疾如風。帝視其腹曰:'胡腹中何有而大?'答曰:'唯赤心耳!'"

〔二〕宮中洗兒:指楊貴妃爲安禄山慶生。參見陳善學序刊楊鐵崖先生文集卷三點籌郎注。

〔三〕拜母:新唐書安禄山傳:"時楊貴妃有寵,禄山請爲妃養兒,帝許之。其拜,必先妃後帝,帝怪之,答曰:'蕃人先母後父。'"

〔四〕楊與高:指楊國忠、高力士。楊國忠與安禄山不合,安禄山起兵,以所謂"清君側",聲討楊國忠爲名。新唐書張垍傳:"天寶十三載,禄山入朝,以破奚、契丹功,求平章事。國忠曰:'禄山有軍功,然不識字,與之,恐四夷輕漢。'乃止。及還范陽,詔高力士餞滻坡,力士歸曰:'禄山内鬱鬱,若知欲相而不行者。'"

〔五〕范陽虎:指安禄山。安禄山自范陽(位於今北京、河北保定一帶)起兵作亂。

〔六〕豬兒:指李豬兒。李豬兒斫殺安禄山,詳見陳善學序刊楊鐵崖先生文集卷三胡眼大注。

雷海清[一]　唐樂工①

雷樂工,先王②使侍華清宫[二]。營州羯奴作天子[三],梨園弟子群相從。雷樂工,投樂器,慟哭西風雙血淚,凝碧池頭刀謾攢[四],試馬柱前晉不畏。於乎雷樂工,既解此,何不筑中置一匕!

【校】

① 懺華庵叢書本題作雷樂工,無題下小字注。
② 王：懺華庵叢書本作"皇"。

【箋注】

〔一〕詩撰於元至正十六、十七年間,不遲於至正十七年秋。其時鐵崖任建德理官。鐵崖表彰唐代樂工雷海清,并將此詩贈予杭州伶官金門貴,實爲激勵之,同時所撰還有代安叱奴謝表。參見史義拾遺卷下代安叱奴謝表。雷海清：資治通鑑卷二百一十八唐紀三十肅宗至德元載："禄山宴其群臣於凝碧池,盛奏衆樂;梨園弟子往往歔欷泣下,賊皆露刃眠之。樂工雷海清不勝悲憤,擲樂器於地,西向慟哭。禄山怒,縛於試馬殿前,支解之。"
〔二〕華清宮：即驪山溫泉宮。
〔三〕營州羯奴：指安禄山。資治通鑑卷二百一十四唐紀三十四玄宗開元二十四年："安禄山者,本營州雜胡,初名阿犖山。其母,巫也。"按：安禄山攻佔東都洛陽後,稱帝登基,國號大燕。
〔四〕凝碧池：位於洛陽宮苑之中。資治通鑑卷二百一十八唐紀三十四注引唐六典："洛陽禁苑中有芳樹、金谷二亭,凝碧之池。"

祭曲江[一]

　　張九齡嘗言禄山必反[二],宜誅之以絕後患。帝曰："卿無以王衍知石勒而害忠良[三]。"卒不用。帝後在蜀,思其忠,爲泣下,且遣使祭於韶州。開元後[四],天下稱九齡曰曲江公①。
天子憶忠言,前此枉聖恩。始知龍虎道,即是上東門。

【校】

① 此詩前引文,原本爲題下小字注,徑改爲大字。

【箋注】

〔一〕曲江：借指張九齡。張九齡爲韶州(今廣東韶關)曲江人。傳見舊唐書。

〔二〕言禄山必反：張九齡曾面奏唐玄宗，曰：“禄山狼子野心，面有逆相，臣請
　　因罪戮之，冀絶後患。”詳見舊唐書張九齡傳。

〔三〕王衍知石勒：王衍，西晉大臣，官至中書令。石勒，十六國時期後趙開國君
　　主。晉書石勒載記上：“年十四，隨邑人行販洛陽，倚嘯上東門。王衍見而
　　異之，顧謂左右曰：‘向者胡雛，吾觀其聲視有奇志，恐將爲天下之患。’馳
　　遣收之，會勒已去。”

〔四〕開元：唐玄宗年號，公元七一三至七四一年。

老奴

　　張老奴，脱死囚〔一〕。貂璫中，第一流。晉王床前受顧命，賴有亞
子承①箕裘〔二〕。老奴建議何堂堂，唐家日月肯使竊朱梁〔三〕？晉嗣皇，
易爲誰主著柘黄？嗚呼老奴之志不負唐，亞子負唐仍負張。

【校】

① 承：懺華庵叢書本作“成”。

【箋注】

〔一〕“張老奴”二句：指唐末五代間宦官張承業因晉王庇佑而免遭誅殺。新五
　　代史宦者傳：“張承業字繼元，唐僖宗時宦者也……晉王喜其爲人。及昭
　　宗爲李茂貞所迫，將出奔太原，乃先遣承業使晉以道意，因以爲河東監軍。
　　其後崔胤誅宦官，宦官在外者，悉詔所在殺之。晉王憐承業，不忍殺，匿之
　　斛律寺。昭宗崩，乃出承業，復爲監軍。”

〔二〕亞子：指後唐莊宗李存勗，其小字亞子。新五代史宦者傳：“晉王病且革，
　　以莊宗屬承業曰：‘以亞子累公等！’莊宗常兄事承業……而成莊宗之業
　　者，承業之功爲多。”按：晉王即存勗父李克用，後唐太祖。生平見舊五代
　　史唐書武皇本紀。

〔三〕朱梁：即五代後梁。新五代史宦者傳：“天祐十八年，莊宗已諾諸將即皇
　　帝位。承業方卧病，聞之，自太原肩輿至魏，諫曰：‘……梁，唐、晉之仇賊，
　　而天下所共惡也。今王誠能爲天下去大惡，復列聖之深讐，然後求唐後而
　　立之。使唐之子孫在，孰敢當之？使唐無子孫，天下之士，誰可與王爭者？

臣,唐家一老奴耳!誠願見大王之成功,然後退身田里,使百官送出洛東門,而令路人指而歎曰:此本朝敕使,先王時監軍也。豈不臣主俱榮哉!'莊宗不聽。承業知不可諫,乃仰天大哭曰:'吾王自取之,悮老奴矣!'肩輿歸太原,不食而卒。"

孔巢父①

孔巢父〔一〕,唐隱者(叶"五")。潭州觀察果何榮,御史大夫真禍府〔二〕。江淮蛇(永王璘〔三〕),河北虎(田悦〔四〕),兩度奇兒逃網罟,危機終蹈河中弩〔五〕。孔巢父,何不早掉頭!竹溪邊,來飲牛。真巢父,齊許由〔六〕。

【校】

① 原本爲組詩兩首,本篇爲第二首。第一首見陳善學序刊楊鐵崖先生文集卷三,故此不録。

【箋注】

〔一〕孔巢父:參見陳善學序刊楊鐵崖先生文集卷三孔巢父注。

〔二〕"潭州"二句:概述孔巢父所任官職。舊唐書孔巢父傳:"出爲潭州刺史、湖南觀察使。未行,會普王爲荆襄副元帥,以巢父爲元帥府行軍司馬,兼御史大夫。尋屬涇師之難,從德宗幸奉天,遷給事中、河中陝華等州招討使。累獻破賊之謀,德宗甚賞之。尋兼御史大夫,充魏博宣慰使。"

〔三〕江淮蛇:指唐玄宗第十六子永王李璘。舊唐書孔巢父傳:"永王璘起兵江淮,聞其賢,以從事辟之。巢父知其必敗,側身潛遁,由是知名。"

〔四〕河北虎:指田悦。孔巢父任魏博宣慰使,曾游説田悦,幾獲成功之際,田悦遭田緒殺害。參見陳善學序刊楊鐵崖先生文集卷三孔巢父詩引。

〔五〕河中:指李懷光。孔巢父遭李懷光殺害,參見陳善學序刊楊鐵崖先生文集卷三破桐葉注。

〔六〕"孔巢父"六句:意爲孔巢父身爲"竹溪六逸"之一,早應效仿上古高士巢父、許由,隱逸逍遥。參見陳善學序刊楊鐵崖先生文集卷三孔巢父注。

新店民〔一〕

　　貞元天子愎且疑〔二〕,貞元朝廷先諫司。吏格詔書虐征斂,天子九重殊未知。窮冬獵騎新店下,老氓不識天顏威。敢以芻蕘動天聽,不將瓜果徹恩私①。內相贄〔三〕,外相泌〔四〕,知無不言言不欺,如何善言疾苦不如奇。

【校】

① 恩私: 原本作"私恩",據懷華庵叢書本改。

【箋注】

〔一〕新店民: 指趙光奇。資治通鑑卷二百三十三唐紀四十九德宗貞元三年:"(十二月)庚辰,上畋於新店,入民趙光奇家,問:'百姓樂乎?'對曰:'不樂。'上曰:'今歲頗稔,何爲不樂?'對曰:'詔令不信。前云兩税之外悉無他徭,今非税而誅求者殆過於税。後又云和糴,而實强取之,曾不識一錢。始云所糴粟麥納於道次,今則遣致京西行營,動數百里,車摧馬斃,破產不能支。愁苦如此,何樂之有! 每有詔書優恤,徒空文耳! 恐聖主深居九重,皆未知之也!'"

〔二〕貞元天子: 指唐德宗。貞元乃德宗年號,公元七八五至八〇五年。

〔三〕內相贄: 指陸贄。舊唐書陸贄傳:"德宗在東宮時,素知贄名,乃召爲翰林學士,轉祠部員外郎。贄性忠藎,既居近密,感人主重知,思有以效報,故政或有缺,巨細必陳,由是顧待益厚。"

〔四〕外相泌: 指李泌。參見陳善學序刊楊鐵崖先生文集卷三白衣山人注。

擊毬使①〔一〕

　　擊毬場,開選秋,臨軒天子爲狀頭。許州 敬暄在榜眼,授官西川第一籌。考官惜無石老優〔二〕,下第愁殺②楊羅生〔三〕。

【校】

① 原本題下有小字注叙述相關史實,據懷華庵叢書本删。

② 殺：懺華庵叢書本作“煞”。

【箋注】

〔一〕擊毬使：指陳敬瑄。資治通鑑卷二百五十三唐紀六十九僖宗廣明元年：
“上好騎射、劍槊、法算，至於音律、蒲博，無不精妙。好蹴鞠、鬥雞……三
月庚午，以左金吾大將軍陳敬瑄爲西川節度使。敬瑄，許州人，田令孜之
兄也。初，崔安潛鎮許昌，令孜爲敬瑄求兵馬使，安潛不許。敬瑄因令孜
得隸左神策軍，數歲，累遷至大將軍。令孜見關東群盜日熾，陰爲幸蜀之
計，奏以敬瑄及其腹心左神策大將軍楊師立、牛勗、羅元杲鎮三川，上令四
人擊毬賭三川，敬瑄得第一籌，即以爲西川節度使，代安潛。”
〔二〕石老優：蓋指北齊高祖時優人石動筩（或作石董桶）。北齊書尉景傳：“景
妻常山君，神武之姊也。以勳戚，每有軍事，與厙狄干常被委重，而不能忘
懷射利，神武每嫌責之……厙狄干與景在神武坐，請作御史中尉。神武
曰：‘何意求卑官？’干曰：‘欲捉尉景。’神武大笑，令優者石董桶戲之。
董桶剥景衣，曰：‘公剥百姓，董桶何爲不剥公！’神武誡景曰：‘可以無貪
也。’”按：石動筩調笑滑稽語録，詳見（題）隋侯白撰啓顔録（載任二北編
著優語集卷一南北朝）。
〔三〕楊羅牛：分別指楊師立、羅元杲、牛勗。

三使相①〔一〕

金牀脱落龍作鼠〔二〕，崔相（胤）陸相（扆）不敢語〔三〕。銀撾畫地數
罪名，奉璽前拜天子婦（何后）〔四〕。上書進士（李愚）空遑遑〔五〕，桓文霸
烈誰敢當（李振勸朱全忠爲唐桓文）〔六〕。明年功在三使相〔七〕，勛爵浪受
東平王（全忠以功進爵東平王〔八〕）。

【校】

① 原本題下有小字叙述相關史實，據懺華庵叢書本删。

【箋注】

〔一〕原本題下有小字注：“孫德昭、周承晦、董彦弼。”按：上述三人助唐昭宗復

辟,皆被擢爲節度使,故稱"三使相"。

〔二〕金牀脱落龍作鼠: 資治通鑑卷二百六十二唐紀七十八昭宗光化三年:"崔
胤日與上謀去宦官,宦官知之,由是南、北司益相憎嫉,各結藩鎮爲援以相
傾奪……於是左軍中尉劉季述、右軍中尉王仲先、樞密使王彦範、薛齊偓
等陰相與謀曰:'主上輕佻多變詐,難奉事,專聽任南司,吾輩終罹其禍,不
若奉太子立之,尊主上爲太上皇,引岐、華兵爲援,控制諸藩,誰能害我
哉!'……季述、仲先伏甲士千人於門外,與宣武進奏官程巖等十餘人入請
對。季述、仲先甫登殿,將士大呼,突入宣化門,至思政殿前,逢宮人輒殺
之。上見兵入,驚墮牀下……適少陽院,季述以銀檛畫地,數上曰:'某時
某事,汝不從我言,其罪一也。'如此數十不止。乃手鎖其門,鎔鐵錮之,遣
左軍副使李師虔將兵圍之,上動静輒白季述,穴牆以通飲食。"

〔三〕崔相陸相: 新唐書崔胤傳:"陸扆當國,時王室不競,南、北司各樹黨結藩
鎮,内相陵脅。胤素厚朱全忠,委心結之。全忠爲言胤有功,不宜處外,故
還相而逐扆。光化初,昭宗至自華,務安反側,而胤陰爲全忠地,俾擅兵四
討。帝醜其行,罷爲吏部尚書,復倚扆以相。"

〔四〕何后: 唐昭宗皇后。資治通鑑卷二百六十二唐紀七十八昭宗光化三年:
"(十一月)辛卯,(劉季述)矯詔令太子嗣位,更名縝。以上爲太上皇,皇
后爲太上皇后。"又,新唐書昭宗皇后何氏傳:"光化三年,帝獵夜歸,后遣
德王還邸,遇劉季述,留王紫廷院。明日,季述等挾王陳兵召百官,脅帝内
禪。后恐賊臣加害天子,即取璽授季述,與帝同幽東宫。"

〔五〕上書進士: 資治通鑑卷二百六十二唐紀七十八昭宗光化三年:"進士無棣
李愚客華州,上韓建書,略曰:'僕每讀書,見父子君臣之際,有傷教害義
者,恨不得肆之市朝。明公居近關重鎮,君父幽辱月餘,坐視凶逆而忘勤
王之舉,僕所未諭也……'建雖不能用,厚待之。愚堅辭而去。"按:韓建
駐守潼關,曾奉迎唐昭宗於華州。

〔六〕"桓文"句: 李振,時任天平節度副使。李振勸朱全忠討伐劉季述,建齊
桓、晉文之業,詳見資治通鑑卷二百六十二。又,李振爲世人所唾棄,謂之
"鴟梟"。參見陳善學序刊楊鐵崖先生文集卷四王官谷、唐鴟鴉注。

〔七〕"明年"句: 資治通鑑卷二百六十二唐紀七十八昭宗光化三年:"有鹽州雄
毅軍使孫德昭爲左神策指揮使,自劉季述廢立,常憤惋不平。崔胤聞之,
遣判官石戩與之游……德昭謝曰:'德昭小校,國家大事,安敢專之! 苟相
公有命,不敢愛死。'戩以白胤,胤割衣帶,手書以授之。德昭復結右軍清
遠都將董彦弼、周承誨,謀以除夜伏兵安福門外以俟之。天復元年春正

月,乙酉朔,<u>王仲先</u>入朝,至<u>安福門</u>,<u>孫德昭</u>擒斬之,馳詣<u>少陽院</u>,叩門呼曰:'逆賊已誅,請陛下出勞將士。'<u>何后</u>不信,曰:'果爾,以其首來!'<u>德昭</u>獻其首,上乃與后毁扉而出。<u>崔胤</u>迎上御<u>長樂門</u>樓,帥百官稱賀。<u>周承誨</u>擒<u>劉季述</u>、<u>王彦範</u>繼至,方詰責,已爲亂梃所斃……丙戌,以<u>孫德昭</u>同平章事,充静海節度使,賜姓名<u>李繼昭</u>……庚寅,以<u>周承誨</u>爲<u>嶺南西道</u>節度使,賜姓名<u>李繼誨</u>,<u>董彦弼</u>爲<u>寧遠</u>節度,賜姓<u>李</u>,并同平章事,與<u>李繼昭</u>俱留宿衛,十日乃出還家,賞賜傾府庫,時人謂之'三使相'。"

〔八〕"勛爵"句:<u>唐昭宗</u><u>天復</u>元年正月癸巳,進<u>朱全忠</u>爵<u>東平王</u>。

荊臺隱士^{①〔一〕}

<u>唐</u>先輩,參國謀,利禄於我如雲浮。但願稱隱士,歸<u>土州</u>,醉披鶴氅騎青牛。嗚呼,<u>荊臺</u>稱隱士,師傳國王嗣,如何<u>渤海</u>郎君稱賴子^{〔二〕}。

【校】

① 本詩與<u>陳善學</u>序刊<u>楊鐵崖</u>先生文集卷四荊臺隱士題同詩異,故分別録入。

【箋注】

〔一〕荊臺隱士:指<u>五代</u>時人<u>梁震</u>。本詩有關<u>梁震</u>事未出注者均參見<u>陳善學</u>序刊<u>楊鐵崖</u>先生文集卷四荊臺隱士注。

〔二〕渤海郎君:指<u>高從誨</u>。<u>從誨</u>乃<u>武信王</u> <u>高季昌</u>長子,<u>高季昌</u>曾封<u>渤海郡王</u>。資治通鑑卷二百八十七後漢紀二高祖天福十二年:"(<u>高從誨</u>兵敗)乃絶<u>漢</u>,附於<u>唐</u>、<u>蜀</u>。初,<u>荊南</u>介居<u>湖南</u>、<u>嶺南</u>、<u>福建</u>之間,地狹兵弱,自<u>武信王</u> <u>季興</u>時,諸道入貢過其境者,多掠奪其貨幣。及諸道移書詰讓,或加以兵,不得已復歸之,曾不爲愧。及<u>從誨</u>立,<u>唐</u>、<u>晉</u>、<u>契丹</u>、<u>漢</u>更據中原,<u>南漢</u>、<u>閩</u>、<u>吳</u>、<u>蜀</u>皆稱帝,<u>從誨</u>利其賜予,所向稱臣。諸國賤之,謂之'<u>高無賴</u>'。"按:<u>武信王</u> <u>季興</u>即<u>高季昌</u>。

碎玉杯^{〔一〕} <u>張易</u>^①

<u>唐太弟</u>(<u>齊王</u> <u>景遂</u>)^{〔二〕},禮賢能,玉杯傳玩輕國士,寶器何重士何

輕？元城老臣怒生瘦^[三]，取杯擲地玻璃聲。唐太弟，謝君皋。比君筆頭公（古弼）^[四]，榮名千萬載。

【校】

① 小字注原本無，據懺華庵叢書本增補。下同。

【箋注】

〔一〕碎玉杯：資治通鑑卷二百八十六後漢紀一高祖天福十二年：“唐主立齊王景遂爲皇太弟。徙燕王景達爲齊王，領諸道兵馬元帥。徙南昌王弘冀爲燕王，爲之副。景遂嘗與宮僚燕集，贊善大夫元城張易有所規諫，景遂方與客傳玩玉杯，弗之顧。易怒曰：‘殿下重寶而輕士！’取玉杯抵地碎之，衆皆失色。景遂斂容謝之，待易益厚。”

〔二〕齊王景遂：南唐烈祖李昇第三子，宋皇后生。其長兄李璟繼位後，禮讓再三，立爲皇太弟。傳載宋陸游撰南唐書卷十六。

〔三〕元城老臣：指張易。張易字簡能，魏州元城（位於今河北大名一帶）人。傳載宋陸游撰南唐書卷十三。

〔四〕古弼：參見陳善學序刊楊鐵崖先生文集卷二筆頭奴注。

咸淳師相^①

開慶班師捷何有，大國行人在沌口。斷橋功臣殺不辜（曹世雄），鐵精猴（劉整）去襄日孤^[一]。趙家金甌重破缺，丁家洲前甲飛雪^[二]。當時欺君君弗理，剛指丁吳（大全、吳潛）作盧李（杞、林甫）^[三]。

【校】

① 本詩與陳善學序刊楊鐵崖先生文集卷四咸淳師相題同而詩異，故分別録入。

【箋注】

〔一〕“開慶班師”四句：參見陳善學序刊楊鐵崖先生文集卷四咸淳師相注。

〔二〕丁家洲：位於今安徽銅陵北。南宋德祐元年（一二七五）春，賈似道於此部署水陸大軍，阻擊元兵。雖兵勢占優，最終慘敗。

〔三〕丁、吳：指丁大全、吳潛。南宋理宗時，丁大全任右丞相兼樞密使。元軍攻打鄂州（今湖北武昌），丁大全隱瞞不報。後遭貶官發配，溺水而亡。宋史入奸臣傳。吳潛時任左丞相，曾上書密奏鄂州軍事，并乞令丁大全致仕。宋史亦有傳，然未作貶抑。盧、李：指唐代奸臣盧杞、李林甫。二人皆入新唐書奸臣傳。參見陳善學序刊楊鐵崖先生文集卷三藍面鬼、哥奴冢注。

宦官妾婦詞

君不見天寶時，雲南喪師君不知。宦官高力士，獨爲君言之，力士憂國豈可卑〔一〕。又不見建炎春，盜焚真州君不聞，宦官邵①成章，上疏疵大臣，成章憂君君反瞋〔二〕。於乎，咸淳師相勢絕倫，襄樊蔽匿誰敢云，漏語一殺宮中嬪〔三〕。

【校】

① 邵：原本誤作“卻”，據宋史邵成章傳改。

【箋注】

〔一〕“君不見”五句：謂玄宗時宦官高力士爲國家擔憂。資治通鑑卷二百十七唐紀三十三玄宗天寶十三載：“上嘗謂高力士曰：‘朕今老矣，朝事付之宰相，邊事付之諸將，夫復何憂！’力士對曰：‘臣聞雲南數喪師，又邊將擁兵太盛，陛下將何以制之？臣恐一旦禍發，不可復救，何得謂無憂也！’上曰：‘卿勿言，朕徐思之。’”

〔二〕“又不見”五句：謂宋高宗時宦官邵成章疏劾失職大臣，反遭貶斥。建炎：南宋高宗年號，公元一一二七至一一三〇年。宋史宦者四邵成章傳：“邵成章，欽宗朝內侍也……金人掠陝西、京東諸郡，群盜起山東，黃潛善、汪伯彥匿不以聞。及張遇焚真州，去行在六十里，帝亦不之知也。成章上疏條具潛善、伯彥之罪，曰‘必誤國’，且申潛善等使聞之。帝怒，除名，南雄州編管……久之，帝思成章忠直，召赴行在，其徒忌之，譖于帝曰：‘邵九百來，陛下無歡樂矣！’遂止。”

〔三〕“咸淳師相”三句：謂宋末賈似道隱瞞戰況，宮女洩露而被殺。咸淳師相：指賈似道。參見陳善學序刊楊鐵崖先生文集卷四咸淳師相注。續資治通鑑卷一百七十九宋度宗咸淳六年：“時蒙古攻圍襄、樊甚急，似道日坐葛嶺，起樓閣亭榭……一日，帝問曰：‘襄陽圍已三年，奈何？’似道對曰：‘北兵已退。陛下何從得此言？’帝曰：‘適有女嬪言之。’似道詰其人，誣以他事，賜死。由是邊事雖日急，無敢言者。”

斷腕樓〔一〕

　　予曩游燕山〔二〕，尚聞長老談契丹 述律后斷腕事〔三〕，有義節寺、斷腕樓。及讀五季史，則知述律氏之斷腕，非殉主之誠，特見疑迫於趙侍兒之一言〔四〕，以滅其口實耳。南朝有山店斷腕者，爲王司户（王凝）妻〔五〕，若是者，始可以言義節之真矣。因賦斷腕樓詩。

老鸛裹骨木葉山〔六〕，飛樓突起穹廬間。云是闕支好風節〔七〕，快斧斫斷紅絲腕（叶①）。紅絲腕，爲誰斷？群酋仆仆②壙中滿。趙家侍兒言太迫，闕支面頰情頷頷。豈如南朝司户妻，斷臂③旌門大字題。東丹小兒食虎氣〔八〕，引得南兵石橋至。抹搭河邊牝豕啼〔九〕，孽風吹樓作平地。

【校】

① 小字注原本無，據懺華庵叢書本增補。
② 仆仆：懺華庵叢書本作“仆向”。
③ 臂：懺華庵叢書本作“腕”。

【箋注】

〔一〕斷腕樓：位於遼上京（今内蒙古自治區 巴林左旗）。遼史 地理志一上京道：“太祖崩，應天皇后於義節寺斷腕，瘞太祖陵。即寺建斷腕樓，樹碑焉。”
〔二〕予曩游燕山：當指元泰定四年（一三二七），鐵崖北赴大都考進士之時。
〔三〕述律后：指遼太祖 耶律阿保機皇后。遼史 太祖淳欽皇后述律氏傳：“太祖崩，后稱制，攝軍國事。及葬，欲以身殉，親戚百官力諫，因斷右腕，納於柩。太宗即位，尊爲皇太后。”

〔四〕趙侍兒：指遼太祖耶律阿保機帳下大將趙思温。新五代史四夷附録第二東丹王兀欲傳：“述律爲人多智而忍。阿保機死，悉召從行大將等妻，謂曰：‘我今爲寡婦矣，汝等豈宜有夫！’乃殺其大將百餘人，曰：‘可往從先帝。’左右有過者，多送木葉山，殺於阿保機墓隧中，曰：‘爲我見先帝于地下。’大將趙思温，本中國人也，以材勇爲阿保機所寵，述律後以事怒之，使送木葉山，思温辭不肯行。述律曰：‘爾，先帝親信，安得不往見之？’思温對曰：‘親莫如后，后何不行？’述律曰：‘我本欲從先帝于地下，以子幼，國中多故，未能也。然可斷吾一臂以送之。’左右切諫之，乃斷其一腕，而釋思温不殺。”

〔五〕王凝妻：李氏。其事迹載新五代史雜傳，參見東維子文集卷三曹氏世譜後序。

〔六〕木葉山：阿保機葬地。參見陳善學序刊楊鐵崖先生文集卷四石郎詞注。

〔七〕閼支：或作“閼氏”，此指述律后。詩話總龜後集卷四十一歌詠門引藝苑雌黄曰：“蓋北方有焉支山，山多紅藍，北人採其花染緋，取其英鮮者作胭脂，婦人妝時，用此顔色，殊鮮明可愛。匈奴名妻閼氏，言可愛如胭脂也。”

〔八〕東丹小兒：指東丹王兀欲。新五代史四夷附録第二東丹王兀欲傳：“兀欲留其將麻荅守鎮州，置諸將相隨德光在鎮州者皆留之而去。以翰林學士徐台符、李澣從行，與其祖母述律相距於石橋。述律所將兵多亡歸兀欲。兀欲乃幽述律於祖州。祖州，阿保機墓所也……後死於木葉山。”

〔九〕抹搭河：或譯作没打河。牝豕：喻指述律后。讀史方輿紀要卷十八北直九大寧衞：“祖山，在祖州西五里……契丹兀欲囚述律后於撲馬山，或曰即祖州之白馬山。五代史：兀欲幽述律后於阿保機墓。即祖山矣。”又，契丹國志卷十三后妃傳太祖述律皇后傳：“兀欲幽述律太后於太祖墓側，居之没打河。”又據田廣林契丹國志太祖述律皇后傳史源疏證一文（載古籍整理研究學刊二〇〇七年第二期），没打河應即世里没里河之誤讀，位於今内蒙古赤峰市巴林左旗。

青蟲①

青衣蟲〔一〕，平生讀書孝與忠，天子賜第蓬萊宫〔二〕。東歸執筆璃臺闕，勸進天平犯天戉②〔三〕。青衣蟲，獻策海島計亦窮，劉家軍師那汝容〔四〕。青衣蟲，悔不爲白頭蠹〔五〕，老死文字中。

【校】

① 懺華庵叢書本題下有小字注：“進士黄輅事。”按：“黄輅”之“黄”，當作“王”。
參見資治通鑑。
② 戊：疑爲“戎”之訛寫。

【箋注】

〔一〕青衣蟲：即詩題所謂“青蟲”，意爲穿緑衣之“蠹書蟲”，指晚唐進士王輅
等人。
〔二〕蓬萊宫：又稱大明宫，唐代帝王主要居住聽政場所，位於唐代都城長安。
此蓋借指京城。
〔三〕天平：農民軍裘甫所立政權名號。資治通鑑卷二百五十唐紀六十六懿宗
咸通元年：“（裘）甫自稱天下都知兵馬使，改元曰羅平，鑄印曰天平。”
〔四〕劉家軍師：指裘甫帳下副使劉暀。資治通鑑卷二百五十唐紀六十六懿宗
咸通元年：“（裘甫起事，浙東騷亂，前安南都護王式奉命征討。）裘甫方與
其徒飲酒，聞之不樂。劉暀歎曰：‘……兵馬使宜急引兵取越州，憑城郭，
據府庫，遣兵五千守西陵，循浙江築壘以拒之，大集舟艦。得間，則長驅進
取浙西，過大江，掠揚州貨財以自實，還，修石頭城而守之……’……有進
士王輅在賊中，賊客之。輅説甫曰：‘如劉副使之謀，乃孫權所爲也。彼乘
天下大亂，故能據有江東。今中國無事，此功未易成也。不如擁衆據險自
守，陸耕海漁，急則逃入海島，此萬全策也。’甫畏式，猶豫未決……自是諸
軍與賊十九戰，賊連敗。劉暀謂裘甫曰：‘曏從吾謀入越州，寧有此困邪！’
王輅等進士數人在賊中，皆衣緑，暀悉斬之，曰：‘亂我謀者，此青蟲也！’”
〔五〕“悔不爲白頭蠹”二句：源於韓愈雜詩“古史散左右，詩書置後前。豈殊蠹
書蟲，生死文字間”。

卷四十六　玉山草堂雅集卷二

卷四十六　玉山草堂雅集卷二

塔失兵馬五馬圖^{①〔一〕}

九馬曾貌曹將軍^{〔二〕}，拳毛師花最空群^{〔三〕}。千年靈物上天去，將軍畫筆猶通神^②。畫工何處得五馬，拳毛古驒無似者。獨愛一匹鐵色驄，健如獰龍鼻生火。雄心悍嚙不受羈，挾以疋練雙^③交馳。後來離立^④如偶語，渴烏勢欲凌風飛。驊騮老大跨馴伏，紫髯有似張太僕^{〔四〕}。大江以南傷^⑤局促，崑崙三萬一日速。八龍索圖今^⑥失三^{〔五〕}，當時怪狀多夸談。嗚呼，蜚黃騕褭今豈少^{〔六〕}，無用十影兩^⑦翅驚塵凡^{〔七〕}。

【校】

① 玉山草堂雅集，元人顧瑛撰輯。此書刊本、鈔本多種，各本所收詩人詩歌數量不同，卷數次序亦多不一致。今以貴池劉世珩民國初年影元刊十八卷本爲底本，此本卷二爲楊維禎詩專輯，收錄其詩共計二百三十九首，除去已見於此前各本者，尚存六十首，以下依次收錄。校本主要兩種：一爲清初佚名鈔十六卷本玉山草堂雅集，二爲武進陶湘涉園刊顧氏玉山草堂雅集十八卷本。上述三本中，楊維禎詩均佔單獨一卷，然所佔位置不同，清初佚名鈔十六卷本位於卷一，陶湘校刊十八卷本則置於"卷後二"。按：原本此卷又有一首五馬圖，與本詩出入不大。蓋鐵崖曾以此詩題畫，文字有所加工。故此將五馬圖詩用作校本。
② "千年"二句：五馬圖作"浣花老人爲作語，畫圖化去詩空神"。
③ 雙：五馬圖作"相"。
④ 離：五馬圖作"雙"。立：原本誤作"丘"，據陶湘校刊本、五馬圖本改。
⑤ 傷：五馬圖作"嗟"。
⑥ 今：五馬圖作"驚"。
⑦ 兩：似當作"肉"，參見注釋。

【箋注】

〔一〕詩作於元至正十六年（一三五六）夏，其時鐵崖在杭州任稅務官。塔失兵馬：當指達識帖睦邇。按：其時少數民族或外國人姓名，漢譯多不一致。
達識帖睦邇，南村輟耕録卷八志苗即作塔失帖木兒。達識帖睦邇生平詳
見元史本傳。繫年依據：其一，據元史順帝本紀，至正十五年八月，中書
平章政事達識帖睦邇受命出任江浙行省左丞相。十六年三月丁酉，立行
樞密院於杭州，命達識帖睦邇兼知行樞密院事，節制諸軍。本詩題稱之爲
“塔失兵馬”，當在至正十六年三月之後。其二，至正十六年秋，鐵崖轉任
建德理官，去往睦州。本詩當撰於此前。

〔二〕曹將軍：指唐代畫師曹霸，曹霸以擅長畫馬著稱，有九馬圖，杜甫曾賦韋諷
錄事宅觀曹將軍畫馬圖歌讚歎曰：“今之新圖有二馬，復令識者久歎
嗟……其餘七匹亦殊絶，迥若寒空動烟雪。”參見鐵崖先生詩集丙集題任
月山所畫唐馬卷。

〔三〕拳毛、師花：駿馬名。參見鐵崖先生詩集辛集曹將軍赤馬圖注。

〔四〕張太僕：未詳，蓋爲太僕寺官。按元史百官志六，“太僕寺，秩從二品。掌
阿塔思馬匹，受給造作鞍轡之事”。設有卿、少卿、寺丞、經歷、知事等職。

〔五〕八龍：指周穆王之龍馬。相傳周穆王八駿，或日行萬里，或逐日而行。參
見後注。

〔六〕蜚黃、騕褭：傳説中上古神馬。“蜚黃”又作“飛黃”，淮南子覽冥訓：“青龍進
駕，飛黃伏皁。”注：“飛黃，乘黃也，出西方，狀如狐，背上有角，壽千歲。”文選
張衡思玄賦引録應劭注曰：“騕褭，古之駿馬也。赤喙玄身，日行五千里。”

〔七〕十影兩翅：似當作“十影肉翅”，喻指傳説中周穆王之駿馬。拾遺記卷三
周穆王：“王馭八龍之駿：一名絶地，足不踐土；二名翻羽，行越飛禽；三名
奔霄，夜行萬里；四名越影，逐日而行；五名逾輝，毛色炳耀；六名超光，一
形十影；七名騰霧，乘雲而奔；八名挾翼，身有肉翅。”

題①戴嵩牧牛圖〔一〕

兩牛耦食野，野草瘠而腴。鼻穿已②無繩，角端不挂書〔二〕。椎結
牧者誰③，坐弄鷗鶵雛。畫工豈無意，爲牧不擾牛自如。嗚呼，飯牛牛
肥巢之徒〔三〕，扣角豈知齊大夫〔四〕。

【校】

① 原本無“題”字，據清鈔玉山草堂雅集十六卷本增補。

② 已：原本無,據清鈔玉山草堂雅集十六卷本增補。

③ 誰：原本無,據清鈔玉山草堂雅集十六卷本增補。

【箋注】

〔一〕戴嵩：唐代畫家,以畫水牛著稱。其小傳載歷代名畫記卷十唐朝下。

〔二〕角端不挂書：意爲不學李密。隋末瓦崗軍首領李密,年少放牛時,以漢書掛於牛角,邊行邊讀。參見新唐書李密傳。

〔三〕巢之徒：巢父飲牛事,參見鐵崖先生古樂府卷一箕山操注。

〔四〕扣角：春秋時人甯戚敲擊牛角而歌,齊桓公擢之爲齊大夫。參見鐵崖先生詩集丙集毛寅軒考牧圖注。

嘉樹堂席上與郭義仲袁子英聯句〔一〕

　　六月避暑嘉樹下〔二〕,主公宴客酒如澠〔三〕。楊。大摣三疊金花鼓,袁。小隊千枝玉樹燈。郭。佳人手送連筒葉〔四〕,内府槃行熨齒冰。楊。醉倚石蘭簫欲發,郭。團團月子屋頭升。楊。

【箋注】

〔一〕此聯句詩與郭翼、袁華合作,賦於元至正七、八年間,其時鐵崖浪迹姑蘇、崑山一帶,與嘉樹堂主人强恕齋父子有交往。繫年依據：本詩與下一首聯句詩屬同時之作,而下一首參與嘉樹堂聯句者,又有余日强。余日强於至正十四年謝世,可見鐵崖與余日强、郭翼、袁華等同游嘉定嘉樹堂,當在游寓姑蘇、崑山之際,即至正七、八年間。嘉樹堂：位於嘉定州(今上海嘉定區),其主人强恕齋、强珇父子皆與鐵崖爲友。參見東維子文集卷十八嘉樹堂記、卷八送强彦栗游京師序。郭義仲：即崑山郭翼。參見東維子文集卷七郭義仲詩集序。袁子英：即崑山袁華。參見鐵崖撰可傳集序(載佚文編)。

〔二〕嘉樹：指强恕齋家樹齡二百年之皂莢樹。參見東維子文集卷十八嘉樹堂記。

〔三〕酒如澠：左傳昭公十二年："齊侯舉矢,曰：'有酒如澠,有肉如陵。寡人中此,與君代興。'"

〔四〕連筒葉：指"取卷荷爲碧筒飲"。參見本卷下一首嘉樹堂主人强恕齋飲客于南池上。

嘉樹堂主人强恕齋飲客于南池上時紅白芙蓉
盛開既取卷荷爲碧筒飲復采蓮實啖客主人請
賦詩遂用食蓮聯句客爲會稽楊維禎三山余日
彊太原郭翼汝易袁華也[一]

折荷先折蓮,食蓮先食薏。楊。房蜂拆駢頭,雪蛹脱圓服。余。
剥膚手纖纖,嚥津齒湜湜。郭。刲竅隱比干[二],披圖見鈎弋[三]。袁。
投報比棗心,輕棄異雞肋[四]。楊。我豈啖舌甘,人方忌喉棘。余。齹
沸蓮勺投,醫備神農食。郭。色欺頻迦果,味奪庵摩勒[五]。袁。同袍
念兄弟,異室感鄉國。句聯忽已成,詩期未逾刻。楊。

【箋注】

〔一〕本聯句詩與余日彊、郭翼、袁華合作,與上一首聯句詩當爲同時之作。
　　三山余日彊:即余日强。余日强原籍福建古田,故此稱"三山"。其父遷
　　居崑山,始爲崑山人。余日强卒於至正十四年(一三五四),鐵崖爲撰淵默
　　先生碣銘(載東維子文集卷二十六),曰:"余曩來崑山,與友者纔四三人
　　耳。"余日强即此"四三人"之一。

〔二〕比干:商紂王時忠臣。比干曾直言抗諫,紂王大怒,曰:"吾聞聖人心有七
　　竅。"剖比干觀其心。詳見史記殷本紀。

〔三〕鈎弋:漢武帝時宮人,得武帝寵愛,生昭帝。鈎弋曾有"拳夫人"之號,此
　　用以比擬蓮蓬之狀。漢武故事:"上巡狩,過河間。有紫青氣自地屬天,望
　　氣者以爲其下當有奇女,天子之祥。上使求之,見有一女子在空館中,姿
　　貌殊絶,兩手皆拳。上令開其手,數十人劈之,莫能舒。上於是自披手,手
　　即伸,由是得幸,號'拳夫人',進爲婕妤,居鈎弋宫。解黄帝素女之術,大
　　有寵。有娠十四月而産,是爲昭帝焉。"

〔四〕雞肋:三國志魏志武帝紀裴松之注引九州春秋:"時王欲還,出令曰雞
　　肋……(楊)脩曰:'夫雞肋,棄之如可惜,食之無所得,以比漢中,知王欲
　　還也。'"

〔五〕庵摩勒:又稱餘甘子。明曹學佺撰蜀中廣記卷六十一方物記第三木:"方物
　　略云:餘甘子生戎瀘山中,樹大葉細,似槐。實若李而小,咀之前苦後歆,歆
　　有味,故號爲餘甘。核有稜,或六或七,解硫黄毒。即本草所謂庵摩勒也。"

婁東園雅集分韻得深字韻[一]

中吴盛士族,婁東盍朋簪[二]。玉峰連瑞氣,華林散清陰。欹竿避浮鯽,墜果起飛禽。鼎文瓜皮古,酒色桃花深。畫從荆關作[三],詩學遜鏗吟[四]。欲知心賞妙,枯桐有遺音[五]。

【箋注】

〔一〕本詩作於元至正八年(一三四八)六月四日,其時鐵崖游寓太倉。婁東:又稱東滄,即今江蘇太倉。繫年依據:參與此次婁東園雅集并分韻賦詩者,有姚文奂、馬麐、陸仁、郭翼、袁華等人。玉山草堂雅集卷十載姚文奂婁東園分韻得四字詩曰:"至正八年夏,六月日逾四。故人海上來,朋游若雲萃。置酒婁東園,清陰障囂滓……"同書卷十二載馬麐婁東園雅集分韻得兩字詩,有句曰"老仙瀛洲來,鐵笛奮逸響",實指鐵崖。同書卷九載郭翼宴婁東園分得五字韻,卷十三又有陸仁婁東園分韻得人字詩、袁華婁東園分韻得秋字,皆當爲同時之作。

〔二〕盍朋簪:指朋友聚會。周易豫:"九四,由豫,大有得。勿疑,朋盍簪。"王弼注:"夫不信於物,物亦疑焉。故勿疑則朋合疾也。盍,合也。簪,疾也。"

〔三〕荆、關:荆浩、關全。皆五代後梁畫師,以畫山水著稱。小傳載圖繪寶鑒卷二。

〔四〕遜、鏗:何遜、陰鏗。南朝詩人,以山水詩著稱。生平分別見梁書何遜傳、陳書陰鏗傳。

〔五〕枯桐:指焦尾琴。參見鐵崖先生古樂府卷四焦尾辭注。

二月廿二日游何道兩山玉堂禪師出東坡
石刻詩且乞和韻刻于宜晚亭上[一]

浮玉之陽金蓋麓[二],外敞中容類盤谷[三]。游子行山忘險隘①,木客與人誇疾足。桂子夜落山漫漫,靈泉底有銅龍蟠。山僧愛泉聖解事,遠引流觴夷激湍。道峰雄姿殊傑出,下枕平湖小如席[四]。浮圖千尺吐景光〔五〕,文筆生花常倒植。老袁時獻碧玉環〔六〕,高人讀書茅三間。苦憐弦歌失精舍,轉使鍾鼓填空山。後來虎師鳴震旦〔七〕,腐儒何曾席分半〔八〕。石仲又失胡公墳〔九〕,兩山詩成發清嘆。

【校】

① 隋: 陶湘校刊本作“濟”。

【箋注】

〔一〕詩當作於元至正五、六年間,鐵崖授學湖州長興東湖書院之時。繫年依據: 其一,本詩題稱“玉堂禪師出東坡石刻詩”,而此石刻詩最遲於至正十年移至郡庠(參見後注),故知本詩作於至正十年以前。其二,鐵崖授學東湖書院時,時常游賞湖州山水。參見鐵崖撰登道場山詩(載佚詩編)。何、道兩山: 指何山、道場山,兩山相連,位於湖州烏程縣南。

玉堂禪師: 生平不詳,當爲其時道場山護聖萬壽禪寺住持。鐵崖登道場山詩“瑤席池頭伏狼虎,老僧原是訥前身”二句,或即指此僧。東坡石刻詩: 元末吳鎮曾有記述,石渠寶笈卷三十四元吳鎮竹譜一卷:“東坡先生守湖州日,游何、道兩山,遇風雨,回憩賈耘老溪上澄暉亭。令官奴執燭,畫風雨竹一枝於壁間。題詩云:‘更將掀舞勢,秉燭畫風篠。美人爲破顏,恰似腰肢裊。’後好事者刻於石,今置郡庠……至正十年夏五月一日梅道人,年已七十一矣。”

宜晚亭: 位於道場山護聖萬壽禪寺中。參見弘治湖州府志卷十二寺觀。

〔二〕浮玉: 山名。弘治湖州府志卷六山川。“浮玉山在峴南七里,峴山漾中。俗傳其山隨水低昂,旱澇如一。”按: 峴山漾又名碧浪湖。金蓋: 山名,位於何山之南。或曰何山又名金蓋山、何口山。參見弘治湖州府志卷六山川。

〔三〕盤谷: 位於太行山南。韓愈送李愿歸盤谷序:“太行之陽有盤谷,盤谷之間,泉甘而土肥,草木藜茂,居民鮮少。或曰: 謂其環兩山之間,故曰盤。”

〔四〕下枕平湖小如席: 指道場山下之瑤席池。參見弘治湖州府志卷六山川。

〔五〕浮圖千尺: 指道場山山頂之塔。參見弘治湖州府志卷六山川。

〔六〕老袁: 蓋即老猿猴。

〔七〕虎師: 指訥和尚。道場山下有伏虎巖,與此傳說有關。參見鐵崖撰登道場山詩(載佚詩編)。

〔八〕席分半: 蓋指管寧割席,與華歆分坐。世說新語卷上德行:“(管寧、華歆)

嘗同席讀書,有乘軒冕過門者,寧讀如故,歆廢書出看。寧割席分坐曰:
'子非吾友也。'"

〔九〕"石仲"句:指胡公墳無人看護,墳旁石人失竊。胡公,指北宋胡瑗。胡瑗
字翼之,人稱安定先生,泰州海陵人。曾教授湖州,"從之游者常數百人。
慶歷中,興太學,下湖州取其法,著爲令"。其生平詳見宋史儒林傳二。胡
安定先生墓在何山寺旁,參見弘治湖州府志卷六山川。

九女冢〔一〕

靈山鬱葱葱〔二〕,居人爭墓道。借問雙石穴,誰家窆①翁媼。云是
九女工②,奇器出天造。巢賊發③帝陵〔三〕,深關④危自保。義哉一念
烈⑤,天地共枯槁。遂令父母心,生女作珍寶⑥。城南將軍⑦家,生男多
且早。親喪不返葬⑧,埋没隨秋⑨草。

【校】

① 吳興藝文補卷五十四、嘉慶長興縣志卷十一、同治長興縣志卷十三陵墓皆録
　此詩,用作校本。窆:校本皆作"葬"。

② 云是九女工:校本皆作"乃是九女冢"。

③ 發:吳興藝文補本作"廢"。

④ 關:嘉慶長興縣志本、同治長興縣志本作"閨"。

⑤ 烈:校本皆作"力"。

⑥ "遂令父母心"二句:原本無,據校本增補。

⑦ 將軍:校本皆作"故將"。

⑧ 返葬:校本皆作"及犇"。

⑨ 秋:校本皆作"百"。

【箋注】

〔一〕詩當作於元至正五、六年間,鐵崖執教長興蔣氏東湖書院時期。繫年依據
　　參見上一首。又,原本詩題下有小字注曰:"在長興靈山。一媼生九女,翁
　　罵曰:'生女不生男,死誰埋我?'後九女俱適大家,媼歿,九女感父之言,各
　　鳩財以葬,侈擬王侯。"嘉慶長興縣志卷十一陵墓:"九女冢,在縣西八里。

相傳隋煬帝時,有嫗生九女而無子者。翁罵曰:'生女不生男,死誰瘞我夫婦? 當實爲鳶腹矣!'後九女俱適大家,感父言,鳩材厚葬。黃巢之亂,發其墓,其巔有穴,可縋而下,見屋一區,壁間隱隱若有碑刻圖畫。"

〔二〕靈山:位於長興"縣治西五里"。參見鐵崖先生古樂府卷二城西美人歌注。

〔三〕巢:唐末黃巢。

登玉峰與玉山人同作①〔一〕

大風吹②落日,人立玉峰頭。禪將風虎伏〔二〕,鬼運石羊愁〔三〕。地平山北顧,天斷海東流。飈車在何處? 我欲過流洲③〔四〕。

【校】

① 玉山逸稿卷三游崑山聯句詩序中録有此詩,用作校本。玉山逸稿本題作玉峰。

② 吹:玉山逸稿本作"動"。

③ 流洲:玉山逸稿本作"瀛洲"。

【箋注】

〔一〕詩作於元至正八年二月二十一日,其時鐵崖應顧瑛邀請,作客玉山草堂,結伴游覽玉峰。參見鐵崖先生詩集丙集游玉峰與崑山顧仲瑛京兆姚子章淮海張叔厚匡廬于彦成吳興郯九成共六人聯句詩序。玉山人:指顧瑛。

〔二〕禪將風虎伏:指慧聚寺高僧慧嚮曾以二虎爲侍。宋朱長文吳郡圖經續記卷中寺院慧聚寺:"昔高僧慧嚮,梁武帝之師,宴坐此山,二虎爲侍,感致神人,願致工力,乃請師之暓縣。是夜風雷暴作,喑嗚之聲人皆聞之,遲明,殿基成矣,延袤十七丈,高丈有二尺,巨石矗然,其直如矢,非人力所能成。縣令以聞,武帝命建寺。"

〔三〕鬼運石羊愁:指皇初平叱石爲羊之傳説。參見鐵崖先生古樂府卷六壽巖老人歌注。

〔四〕流洲:傳説中仙山,位於西海。參見海内十洲記。

寒巖寺^{①〔一〕}

　　渾竅何年鑿六丁,高人宴坐雨花平^{〔二〕}。僧從重寶窺神迹,人在九霄聞嘯聲。飛勢欲隨雲氣動,慧光不待月華生。寒師擘石惟^②留袂^{〔三〕},自是閭丘骨未清^{〔四〕}。

【校】

① 明仙居林應麟校刊天台勝迹録卷四録有此詩,用作校本。天台勝迹録本題作寒巖。

② 惟:天台勝迹録本作"誰"。

【箋注】

〔一〕詩吟詠天台名勝寒巖寺,當撰於鐵崖任天台縣令之時,不得遲於元至順元年(一三三〇)。嘉定赤城志卷二十一山水門三:"寒石山在(天台)縣西北七十里,寒山子嘗居之,今呼爲寒巖。"

〔二〕宴坐雨花平:指宴坐峰。嘉定赤城志卷二十一山水門三:"(寒石山)前有盤石,曰宴坐峰。"

〔三〕寒師:指唐代高僧寒山。寒山曾隱於國清寺僧廚。

〔四〕閭丘:指閭丘太守。閭丘太守與國清寺僧豐干、拾得、寒山故事,參見明鈔楊維禎詩集詠饒字韻寄化成訓講主注。

桐柏山^{〔一〕}

　　桐柏金庭^{〔二〕},天台第一境也。予莅邑五百日而未有雙屐緣,真人盧公歸故山^{〔三〕},始得相從了山債,而明日即以公事急出山。嘆官身之不余放,而清境之莫余留,課詩一首,留山中。

　　瓊臺高與上台直,珠閣突在天中央^{〔四〕}。溪雲時度五色影,野草忽聞三脊香^{〔五〕}。水際殘杯笑玉齒,石空古劍囊龍章。雲中之君聿來下^{〔六〕},夜半巢笙吹鳳凰^{〔七〕}。

【箋注】

〔一〕本詩當撰於元天曆二年(一三二九),其時爲鐵崖任天台縣令第二年。繫年依據:據本詩序,此詩作於鐵崖任天台縣令"五百日"之際。

〔二〕桐柏:指桐柏崇道觀。金庭:指金庭宫,位於桐柏觀中。參見佚詩編桐柏觀六首注。

〔三〕真人盧公:當爲元天曆年間桐柏崇道觀道士。生平待考。

〔四〕"瓊臺"二句:又見桐柏觀六首之一,稍有不同。按:本詩與組詩桐柏觀六首頗多相似,疑鐵崖作此律詩在前,後又剪裁爲組詩。二者皆當撰於任天台縣令期間,可比照參看。

〔五〕三脊:三脊茅。史記封禪書:"古之封禪……江淮之間,一茅三脊,所以爲藉也。"宋劉敞三脊茅記:"三脊茅出於江淮之間,蓋非其地不生。"

〔六〕雲中之君:楚辭九歌雲中君:"靈皇皇兮既降,猋遠舉兮雲中。"洪興祖注:"雲神,豐隆也,一曰屏翳。"

〔七〕鳳凰:樂曲名。又名白頭吟。參見陳善學序刊楊鐵崖先生文集卷一鳳凰曲注。

雲師贈〔一〕

雲生滿太虛,雲散不知餘。萬悟本非有,何須滅云無。雲師冥其真,曠劫斷生滅。天空籟何起,鍾聲坐來歇。

【箋注】

〔一〕雲師:當爲元季僧人,生平不詳。

觀師贈〔一〕

湖汸觀蘭奢〔二〕,西方見釋迦。頭加渾脱帽〔三〕,手把貝多花。國語翻千偈,儒書讀五車。時時騎俊馬,去探達官衙。

【箋注】

〔一〕觀師：據本詩，當爲江蘇宜興僧人，博學儒雅，與達官交往甚多。

〔二〕湖㳇：鎮名，在今江蘇宜興市東南。蘭奢，梵語譯音，或作“蘭闍”，爲褒贊之辭。參朱子語類卷一三六。

〔三〕渾脱帽：用整張小動物皮製成的囊形帽。張鷟朝野僉載卷一：“趙公長孫無忌以烏羊毛爲渾脱氈帽，天下慕之，其帽爲‘趙公渾脱’。”

斗師贈〔一〕

斗師三寸筊，能闚天上星。吐作滿桁珠，妙若旋璣衡。天運在其中，逆順與伏停。推之論人事，禍福甚分明。我疑天道遠，請師決天經。

【箋注】

〔一〕斗師：當爲元季術士，以占卜算卦謀生。姓名生平不詳。

上竿①無我師〔一〕

久別南湖老〔二〕，高居上笠尊。金沙隨界現〔三〕，寶雨逐花翻。大日長懸鼓，顛風不動幡〔四〕。

【校】

① 上竿：詩中作“上笠”，疑皆誤。或當作“上竺”。

【箋注】

〔一〕上竿：詩中作“上笠”，當爲寺廟名，不詳。疑指杭州上天竺寺，“上竿”、“上笠”，或皆爲“上竺”之訛寫。無我：當爲上笠寺僧人，年高位尊，其名字生平不詳。

〔二〕南湖：位於嘉興（今屬浙江）。按：南湖老，指無我禪師。據此推之，無我師或爲嘉興人，或曾駐錫嘉興。

〔三〕金沙隨界現：指觀世音菩薩隨意變幻示現於金沙灘。詳見明朱時恩撰佛
　　祖綱目卷三十二隱峰禪師入寂觀世音菩薩示現陝西。
〔四〕顛風：大風。元稹人道短："顛風暴雨電雷狂，晴被陰暗，月奪日光。"

送峰頂雲歸日本〔一〕

萬里扶桑客，歸舟發五湖。天垂東海盡，地拱北辰孤。花發安期
棗〔二〕，枝生達磨①蘆〔三〕。徐郎招未返，應在祖洲無〔四〕。

【校】

① 達磨之"磨"，陶湘校刊本作"摩"。

【箋注】

〔一〕峰頂雲：當爲日本人，元季曾來華。生平不詳。
〔二〕安期棗：即所謂安期先生大棗。賈氏説林："昔有人得安期大棗，在大河之
　　南，煮三日始熟，香聞十里。死者生，病者起，其人食之，白日上昇。故地名
　　煮棗。"（載説郛卷三十一下。）安期先生，參見鐵崖先生古樂府卷二大難日。
〔三〕達摩蘆：相傳達摩曾脚踏蘆葦渡過長江。
〔四〕"徐郎招未返"二句：意爲徐市拒召不還，是否留居祖洲。參見鐵崖先生
　　古樂府卷三上元夫人注。祖洲，相傳爲海上仙山，在東海中，"地方五百
　　里"。詳見雲笈七籤卷二十六祖洲。

送回上人歸淞〔一〕

鳳凰山上鳳凰來〔二〕，鳳凰上人清且才。西國錫飛輕似鳥，東江船
過小如杯。毒龍受呪將雌伏，神馬馱經作隊回。五色珠光兜率近，生
公説法雨花臺〔三〕。

【箋注】

〔一〕回上人：當爲僧人，元季居松江。按：據本詩"鳳凰山上鳳凰來，鳳凰上人

清且才"二句,<u>回上人</u>又稱<u>鳳凰上人</u>,其所居寺廟當在<u>松江鳳凰山</u>。

〔二〕<u>鳳凰山</u>:位於<u>松江</u>城北。參見<u>鐵崖先生詩集</u>己集<u>雲山圖爲鳳凰山人</u>題注。

〔三〕按:"西國錫飛輕似鳥"以下六句,與<u>鐵崖先生詩集</u>癸集<u>月伯明講經報國寺</u>近似,蓋二詩所贈對象不同而已,故借用而稍作變化。可參看。

寄吳宗師〔一〕

<u>龍虎</u>群中上<u>玉京</u>,上卿開府斗齊名〔二〕。<u>瑤池</u>取日重光近,<u>玄圃</u>看雲五色生。大兒<u>開元王月叟</u>,小兒<u>外史薛玄卿</u>〔三〕,二三仙子爲時出,翊贊玄綱佐太平。

【箋注】

〔一〕本詩蓋撰於<u>元至正</u>四、五年間,即<u>鐵崖</u>撰<u>與吳宗師書</u>同時之作。繫年依據:<u>鐵崖與吳宗師書</u>曰:"某蚤年以試藝上春官,識足下於京師。足下還山,而某亦去官,又與足下會於<u>錢唐</u>湖上。然未能獲一議論之交、一文字之往復。近因足下高徒某南歸<u>番陽</u>……書之以達掌記。"可見<u>至正</u>四、五年間<u>鐵崖給吳宗師</u>去信之前,兩人并無文字往來。疑本詩亦屬首次書贈<u>吳宗師</u>,故多讚美之語。吳宗師:即道教宗師<u>吳全節</u>。參見<u>東維子文集</u>卷二十七<u>與吳宗師書</u>。

〔二〕"<u>龍虎</u>群中"二句:指<u>吳全節</u>早年學道<u>龍虎山</u>,爲玄教大宗師<u>張留孫</u>高徒,<u>至元</u>二十四年,從其師至京師見<u>世祖</u>。<u>至治</u>元年,<u>張留孫</u>卒。次年,制授<u>吳全節</u>特進、上卿、玄教大宗師、<u>崇文弘道玄德真人</u>,知集賢院道教事。詳見<u>元史釋老傳</u>。龍虎:山名,道教聖地,位於今<u>江西鷹潭市</u>。

〔三〕"大兒"二句:謂<u>王月叟</u>、<u>薛玄卿</u>皆曾師從<u>吳宗師</u>。<u>王月叟</u>:指<u>王壽衍</u>。<u>壽衍</u>字<u>眉叟</u>,號<u>玄覽</u>、<u>溪月</u>。曾任<u>杭州開元宮</u>住持。按:<u>鐵崖與王壽衍</u>結識相交,至遲於<u>泰定</u>三年丙寅(一三二六)之秋,當時<u>鐵崖</u>、<u>王壽衍</u>、<u>劉彥昺</u>等在<u>壽衍</u>丹室觴飲。參見<u>鐵崖</u>撰<u>劉彥昺集</u>序(載<u>佚文編</u>)。薛玄卿:指<u>龍虎山</u>道士<u>上清外史薛玄曦</u>。參見<u>楊鐵崖先生文集全録</u>卷二五<u>湖賓友志</u>。

送杜青碧還武夷〔一〕

<u>徵君</u>壁立<u>青溪</u>上〔二〕,兩番徵書下九霄〔三〕。<u>東郭先生</u>端不嫁〔四〕,

南州高士若爲招〔五〕。麻姑晝下山頭鶴〔六〕,木客朝吟樹上瓢〔七〕。亡奈汝陰稱處士,移文未到早雞朝〔八〕。

【箋注】

〔一〕詩當撰於元至正四年(一三四四),或稍後,其時鐵崖寓居杭州,等候補官。杜青碧:杜本,號清碧,生平參見東維子文集卷十四生春堂記。武夷:山名,位於今閩、贛交界處。杜本隱居於此。繫年依據:本詩乃贈別杜本而作,而杜本去杭還家,不早於至正四年。據元史順帝本紀、隱逸傳,至正三年,朝廷徵召隱士杜本等數人,杜本應召北上,然行至杭州,"稱疾固辭"。按:杜本滯留杭州期間,鐵崖曾率錢惟善等人與之交往,錢惟善江月松風集卷十一有詩,題曰"楊廉夫司令以詩美杜清碧先生、達兼善郎中,率吾曹同賦",即此時所賦。然杜本何時由杭州返回武夷山,未見有明確記載。今考元陶宗儀南村輟耕録卷十國字曰:"至正壬午,中書奏修三史,以翰林待制聘(清碧)先生。起,至武林,稱疾不行,盤桓久之,浙省平章康里子山公巎巎時來訪。"巎巎於至正四年出任江浙平章,次年即召還京師。由此推之,杜青碧返回閩地,必在至正四年之後。

〔二〕清溪:蓋指杜本家鄉清江。按:清江爲縣名,元代隸屬於臨江路,位於今江西樟樹市。參見元史地理志。杜本先世居京兆,後徙天台,又徙臨江之清江,遂爲清江人。

〔三〕兩番徵書:指朝廷兩度徵召杜本。據元史隱逸傳,杜本於武宗朝曾被召至京師,未幾歸隱武夷山中。元順帝至正三年,右丞相脱脱以隱士薦,又以翰林待制徵召杜本。

〔四〕東郭先生:漢初齊國隱士。漢書蒯通傳:"初,齊王田榮怨項羽,謀舉兵畔之,劫齊士,不與者死。齊處士東郭先生、梁石君在劫中,强從。及田榮敗,二人醜之,相與入深山隱居……(蒯通)乃見相國曰:'婦人有夫死三日而嫁者,有幽居守寡不出門者,足下即欲求婦,何取?'曰:'取不嫁者。'通曰:'然則求臣亦猶是也,彼東郭先生、梁石君,齊之俊士也,隱居不嫁,未嘗卑節下意以求仕也。願足下使人禮之。'曹相國曰:'敬受命。'皆以爲上賓。"

〔五〕南州高士:指漢末徐穉。詳後漢書徐穉傳。

〔六〕麻姑:女仙名。參見鐵崖先生古樂府卷三夢游滄海歌注。

〔七〕木客朝吟樹上瓢:上古高士許由故事。參見鐵崖先生古樂府卷一箕山操注。

〔八〕"亡奈汝陰稱處士"二句：蓋鐵崖自比北宋處士常秩，期待朝廷薦舉。墨
　　客揮犀卷七歐公詩寄汝陰常秩："少保歐陽永叔在政府，將求引去，先一詩
　　寄潁陰隱士常秩，其略曰：'笑殺汝陰常處士，十年騎馬聽朝雞。'及公致仕
　　還潁……王丞相介甫秉政，遂以右正言、直史館召秩，而秩遂起……尋有
　　無名子改前詩，作秩寄歐公詩曰：'笑殺汝陰歐少保，新來處士聽朝雞。'又
　　曰：'昔日潁陰常處士，却來馬上聽朝雞。'"按：其時鐵崖撰三史正統辨，
　　聲名鵲起，故有所期待。

題互盧子詩〔一〕

　　　互盧子者，豫章道士胡道玄氏也。道玄自號曰"活死人"，命
其居曰"尸居"，居之户曰"死關"〔二〕。關之外限以權，權之側有
窬焉，自謂"虛舟"，以活死爲之載者也，蓋玩弄大塊以游乎方之
外。海内名士多遺之奇文章。余既爲作活死人志〔三〕，而又以薛
外史之卷來徵詩〔四〕，又爲賦是解。

　　死關開盡三十九，互盧萬劫戴神髏。人間大夢元已□，海外長生
無用求。漆園今日斫大樹〔五〕，神山昨夜移羅浮〔六〕。昆明灰底誰相
見〔七〕，見汝尸居八尺舟。

【箋注】

〔一〕詩當撰於元至正八年（一三四八）十月，與跋包希魯死關賦爲同時之作。
　　參見鐵崖文集卷四跋包希魯死關賦。
〔二〕"互盧子者"以下五句：概述豫章道士胡道玄別號齋名之由來。參見鐵崖
　　文集卷四跋包希魯死關賦、卷五跋月鼎莫師符券，鐵崖賦稿卷上伏蛟
　　臺賦。
〔三〕活死人志：楊維禎所記胡道玄異事。此文未見傳本，蓋早已佚失。
〔四〕薛外史：蓋指龍虎山道士薛玄曦。參見楊鐵崖先生文集全録卷二五湖賓
　　友志注。
〔五〕漆園：當指莊周任吏之地。
〔六〕羅浮：山名。相傳爲神山，從海中浮來，故此得名。參見鐵崖先生古樂府
　　卷三道人歌注。

〔七〕<u>昆明</u>灰：參見<u>鐵崖先生古樂府</u>卷九<u>小臨海曲</u>十首之九注。

寄倪雲林二首^①〔一〕

　　丞相怒之戲〔二〕，<u>迂父</u>未解賢否曲直意，反貽辯求解。故爲賦二章，知取怒者賢且直，而怒者妄焉耳^②。

其一

　　<u>祇陀</u>山下問幽居〔三〕，新長青松七八^③株。見説近前丞相怒，歸來自寫草堂圖。

其二

　　<u>迂父</u>^④於人久絕交，文章出口未全膠。權門喜怒狙三四〔四〕，何用<u>揚雄</u>賦解嘲〔五〕。

【校】

① 此二詩又載<u>清閟閣全集</u>卷十一<u>外紀</u>上，其中第一首又同於<u>式古堂書畫匯考</u>卷十九<u>楊廉夫寄元鎮詩迹</u>二首之一，據以校勘。<u>清閟閣全集</u>本題作<u>寄雲林</u>。
② <u>清閟閣全集</u>本、<u>式古堂書畫匯考</u>本皆無此詩序。
③ 七八：<u>式古堂書畫匯考</u>本作“六七”。
④ <u>迂父</u>：原本作“<u>迂甫</u>”，據小序及<u>清閟閣全集</u>本、<u>式古堂書畫匯考</u>本改。

【箋注】

〔一〕<u>雲林</u>：<u>倪瓚</u>別號。參見<u>東維子文集</u>卷七<u>鄭韶詩序</u>。
〔二〕丞相：當指<u>江浙</u>行省丞相。未詳確指何人。
〔三〕<u>祇陀</u>山：蓋與“<u>祇陀</u>林”相同，源自<u>祇陀</u>太子故事。參見<u>鐵崖先生詩集庚集題倪元鎮雲林三樹圖</u>注。
〔四〕狙三四：<u>莊子齊物論</u>：“狙公賦芧，曰：‘朝三而暮四。’衆狙皆怒。曰：‘然則朝四而暮三。’衆狙皆悦。名實未虧而喜怒爲用，亦因是也。”
〔五〕“何用<u>揚雄</u>”句：<u>鐵崖</u>自擬<u>揚雄</u>，意爲不必爲<u>倪瓚</u>解嘲。<u>揚雄解嘲</u>序：“哀帝時，<u>丁</u>、<u>傅</u>、<u>董賢</u>用事，諸附離之者，起家至二千石。時<u>雄</u>方草創<u>太玄</u>，有以自守，泊如也。人有嘲<u>雄</u>以玄之尚白，<u>雄</u>解之，號曰解嘲。”

答吴見心〔一〕

富春江頭吴老槎〔二〕,老槎才氣似劉叉〔三〕。蠻姬把酒嫌捽耳〔四〕,囝子臨書痛齕牙〔五〕。五老峰頭觀瀑布〔六〕,蕃釐觀裏看瓊花〔七〕。只應老鐵是知己,昨夜新詩寄雪車〔八〕。

【箋注】

〔一〕詩當撰於元至正五年至八年之間,其時鐵崖游寓湖州、姑蘇一帶,授學爲生。繫年依據:其一,吴見心於至正八年病逝。其二,至正五、六年間,見心與鐵崖交往逐漸頻繁,其編纂鐵崖先生古樂府,即在至正六年。又,詩中稱見心爲吴老槎,可見在見心晚年。吴見心:即吴復,字見心,富陽(今屬浙江杭州市)人。參見東維子文集卷七吴復詩録序、卷二十五吴君見心墓銘。

〔二〕富春江:又名桐江、嚴江等,位於今浙江省中部。吴老槎:指吴復。吴復自稱雲槎秋客,其詩集名爲雲槎集。參見東維子文集卷二十五吴君見心墓銘。

〔三〕劉叉:唐代詩人,與韓愈同時。其詩以險怪著稱。生平附見新唐書韓愈傳。

〔四〕蠻姬把酒嫌捽耳:臨川先生文集卷六北客置酒:"酒酣衆史稍欲起,小胡捽耳争留連。爲胡止飲且少安,一杯相屬非偶然。"

〔五〕囝子:閩、吴等地方言,指孩子。

〔六〕五老峰:位於江西廬山東南。

〔七〕蕃釐觀:在揚州(今屬江蘇),原爲后土廟。其中瓊花有"天下無雙"之譽。參見鐵崖先生復古詩集卷四宫詞之七注。

〔八〕"只應"二句:鐵崖將吴復比作劉叉,自詡爲韓愈。演繁露續集卷四冰柱雪車:"劉叉聞韓愈接後進,步歸之,吟冰柱、雪車二詩,出盧仝、孟郊右。又自有集,此二詩正爲集首……雪車詩大意曰:官家不知民餒寒,盡驅牛馬盈道,載屑玉藏之,以御炎酷。不知車轍血,點點盡是農夫哭。"

寄郭義仲〔一〕

東崑詩人郭義仲有古樂府材,予入吴,未識仲,而仲屢寫所製來，蓋喜予之知，而予亦喜得仲也。因袁子英歸崑[二]，賦是詩寄之。

芙蓉葉上題霜後，何處修辭五鳳樓[三]。見説東崑生郭仲，有如小杜在揚州[四]。大章皎皎精衛憤[五]，小章嚦嚦柳枝愁[六]。夜來青檾發短燭，滿把虎睛光欲流[七]。

【箋注】

〔一〕詩蓋撰於元至正七年（一三四七），其時鐵崖寓居姑蘇，授學爲生。繫年依據：詩序曰"予入吳，未識仲，而仲屢寫所製來"，知其時鐵崖寓居吳地，而尚未結識郭翼。又按東維子文集卷七郭羲仲詩集序，中曰："予在婁江時，翼持所作詩來謁序。"知二人結識於鐵崖游寓崑山之時。據此推之，鐵崖撰寫此詩，不得早於至正六年歲末徙居吳地，亦不當遲於至正八年二月應邀游寓顧瑛玉山草堂之時。郭羲仲：即郭翼，字羲仲，鐵崖友生。

〔二〕袁子英：名華，崑山人。鐵崖弟子。至正初年鐵崖寓居杭州之時，始從學之。參見鐵崖撰可傳集序（載佚文編）。

〔三〕五鳳樓：指文章高妙。參見清鈔鐵崖楊先生詩集卷上寄魯瞻子宣二司業注。

〔四〕小杜在揚州：謂唐代詩人杜牧詩歌内容特點，人在揚州而詩寫揚州。

〔五〕精衛：即精衛鳥。參見鐵崖先生古樂府卷一精衛操注。

〔六〕柳枝：即柳枝詞，吳地民歌。類似竹枝詞。

〔七〕虎睛：寶石名，喻指郭翼詩歌。明方以智撰物理小識卷七金石類寶石不一："齊安南錫蘭山寶石藏璞中，有生水中者，中含活光一縷，煮酒色者曰貓睛，大者虎睛，光焰閃鑠。"

三老圖[一]

僕與張貞居、鄭明德燕于①城南凌元之家[二]，三人酌酒賦詩，皆劇醉而罷。明日好事者畫爲三老圖，亦吳中奇事也。予賦詩一首圖上。

天禄歸來揚校書[三]，凌家相會列仙儒。張公獨擅茅山帖[四]，鄭老同傳石鼎圖[五]。公子乞題金騕裏[六]，佳人屢倒玉蟾蜍[七]。百年此會寧有幾？戀戀黃公舊酒壚〔八〕。

【校】

① 于：原本誤作“干”，據陶湘校刊本改正。

【箋注】

〔一〕本詩題於三老圖上，當撰書於元至正七、八年間，其時鐵崖游寓姑蘇、崑山等地，授學爲生。繫年依據：張貞居卒於至正十年，而鐵崖與張貞居、鄭明德聚酒吳中（此處當指姑蘇）城南凌家，必在授學姑蘇期間。

〔二〕張貞居：即張雨。參見鐵崖先生古樂府卷二奔月厄歌注。鄭明德：即鄭元祐。參見東維子文集卷二十四白雲漫士陶君墓碣銘注。城南凌元之：生平不詳。詩中稱之爲“公子”，當爲元季蘇州城南貴富人家公子。

〔三〕天禄歸來揚校書：鐵崖自詡，用西漢揚雄故事。揚雄曾校書於天禄閣，詳見漢書揚雄傳。

〔四〕張公獨擅茅山帖：意爲茅山道士張雨以草書見長。

〔五〕石鼎圖：指唐代衡山道士軒轅彌明與校書郎侯喜等，以石鼎爲題聯句賦詩。參見鐵崖先生古樂府卷六傅道人歌注。

〔六〕金騕褭：指馬。“蓋因漢武帝鑄金爲麟趾褭蹄”，詩人遂用以指稱名馬。參見補注杜詩卷九春日戲題惱郝使君兄注。

〔七〕玉蟾蜍：玉質盛水器皿，雕刻爲蟾蜍狀。

〔八〕黃公舊酒壚：昔日竹林七賢聚會處。參見明鈔楊維禎詩集卷上禁釀注。

送王萬户赴甘肅參政〔一〕

七十儒臣鬢未斑①，西征不憚送陽關〔二〕。諸蕃一統燉煌界，萬里同瞻咫尺顏。神馬新生渥洼水〔三〕，彩鸞時下崑崙山。故鄉衣冠在洛社，早結高堂畫錦還〔四〕。

【校】

① 斑：原本作“班”，據陶湘校刊本改。

【箋注】

〔一〕詩撰於元至正二年(一三四二)秋冬或稍後,其時鐵崖寓居杭州,等候補官。繫年依據:詩中有"神馬新生渥洼水"句,當指至正二年七月佛郎國進貢天馬。王萬户:生平不詳。據本詩,知爲"儒臣",元季出任甘肅行省參政時,年已七十。

〔二〕陽關:位於玉門關之南,故名。地處今甘肅敦煌。

〔三〕"神馬"句:蓋指朝廷近得所謂天馬。參見鐵崖先生古樂府卷七佛郎國進天馬歌注。渥洼,相傳天馬出於此。參見鐵崖先生詩集丙集題任月山所畫唐馬卷。

〔四〕"故鄉衣冠"二句:祝願王萬户早日致仕還鄉,交朋結友,養老娛親,安享晚年。洛社,白居易致仕後,在洛陽與耆老多人結社交友,頤養晚年。畫錦,堂名。北宋至和年間,韓琦以武康之節歸典鄉郡,建康樂園以養老娛親。畫錦堂爲園中七堂之一。參見河朔訪古記卷中魏郡部。

送崔千户入京[一]

列戟名家在洛中,明公才氣貫長虹。漳南曾獻平猺策[二],海右重收給饟功[三]。魏闕紫雲迎日暖,官河金水帶花紅[四]。勾吴父老相遮道[五],異日重迎馬首東。

【箋注】

〔一〕崔千户:名字不詳。據本詩推之,蓋爲洛中貴官後裔,曾在閩南、山東任職,至正年間在吴中任千户,又召入京城爲官。

〔二〕漳南:閩地漳州以南地區。

〔三〕海右:泛指今山東一帶。給饟:當指籌集運送軍糧。

〔四〕官河金水:指元代大都之御河,即金水河。

〔五〕勾吴:即指吴,今江蘇蘇州一帶。

送吴生良游金陵[一]

五月秦淮去[二],南風水接天。雨清梅子後,人近鳳臺前[三]。雲樹連春驛,星河落夜船。金陵佳麗地〔四〕,遲子廣新篇。

【箋注】

〔一〕吴良:當爲元至正年間鐵崖弟子。生平待考。
〔二〕秦淮:河名。由東向西橫貫金陵城。此借指金陵。
〔三〕鳳臺:即鳳臺山,位於今江蘇南京市。太平寰宇記卷九十江南東道二昇
　　州江寧縣:“鳳臺山,在縣北一里,周迴連三井岡,迤邐至死馬澗。宋元嘉
　　十六年,有三鳥翔集此山,狀如孔雀,文彩五色,音聲諧和,衆鳥群集。仍
　　置鳳凰里,起臺於山,號鳳臺山。”
〔四〕金陵佳麗地:謝朓入朝曲:“江南佳麗地,金陵帝王州。”

錢塘懷古和人兜字韻

金陵再徙帝王州〔一〕,南北百年風馬牛〔二〕。西母不傳青鳥信〔三〕,
南人又報杜鵑愁〔四〕。神仙城裏新華表,公子風流舊錦兜。正是隔江
搖落後,五陵蕭瑟不勝秋〔五〕。

【箋注】

〔一〕“金陵”句:北宋末,金兵俘獲徽、欽二宗北去,宋高宗趙構於南京應天府
　　(今河南商丘)即位稱帝,重建大宋。初欲建都建康(即金陵),最後遷至
　　錢塘(即臨安)定都。
〔二〕“南北”句:意爲南宋據守南方,與北方金國、蒙元對峙百年,不相往來。
　　左傳僖公四年:“君處北海,寡人處南海,唯是風馬牛不相及也。”
〔三〕西母:即西王母。相傳西王母以青鸞爲信使。參見鐵崖先生古樂府卷二
　　三青鳥注。
〔四〕“南人”句:謂南人又遭失國之痛。傳杜鵑爲古蜀望帝失國後所化。
〔五〕五陵:泛指貴富之家。參見鐵崖先生詩集乙集吴詠十章用韻復正宗架閣
　　之五注。

題果老像〔一〕

瓢驢輕似紙,幾番渡弱水〔二〕。一墮形影中,海風吹不起。

【箋注】

〔一〕果老：即張果老。生平詳見新唐書張果傳。

〔二〕"瓢驢輕似紙"二句：傳説中張果老坐騎之神奇。參見鐵崖先生古樂府卷
　　　三張公洞注。

題老君像〔一〕

大道師風皇〔二〕，小道法劉徹〔三〕。無一不容言，五千亦强説〔四〕。

【箋注】

〔一〕老君：即太上老君，指老子。道教最高祖師之一，又稱太清道德天尊。

〔二〕風皇：又稱風后。相傳爲黄帝之師，又爲黄帝之臣，精通天文曆法及兵法。

〔三〕劉徹：即漢武帝。

〔四〕五千：指道德經。

題顧定之竹〔一〕

不見丹丘子〔二〕，秋陰暗墨池。虎頭金粟影〔三〕，喜見玉枝枝。

【箋注】

〔一〕顧定之：即顧安。參見鐵崖題顧安竹圖（載佚詩編）。

〔二〕丹丘子：即柯九思。柯九思自號丹丘生，擅長畫竹。參見東維子文集卷二
　　　十四亡兄雙溪書院山長墓志銘。

〔三〕虎頭金粟影：杜詩詳注卷六送許八拾遺歸江寧覲省甫昔時嘗客游此縣於
　　　許生處乞瓦棺寺維摩圖樣志諸篇末："看畫曾饑渴，追蹤恨森茫。虎头金
　　　粟影，神妙獨难忘。"虎頭，指顧愷之。顧愷之字虎頭。金粟影，指維摩圖。
　　　金粟，金粟如來之略稱。相傳維摩居士前身爲金粟如來。

題柯敬仲爲片玉山人畫竹〔一〕

五雲閣吏天上還〔二〕，玉山草堂人正閒①。自將賜筆寫龍影〔三〕，落日風動江南山。

【校】

① 閒：原本誤作"間"，據陶湘校刊本改正。

【箋注】

〔一〕詩當作於元至正七、八年間，鐵崖游寓姑蘇、崑山之時。其時鐵崖時常應邀赴崑山玉山草堂小住，爲顧瑛家藏書畫題詩撰跋。片玉山人：指顧瑛。

〔二〕五雲閣吏：柯九思自號。元文宗置奎章閣，特授柯九思爲學士院鑒書博士，故有此別號。參見東維子文集卷二十四亡兄雙溪書院山長墓志銘注。

〔三〕寫龍影：喻指畫竹。

題趙仲穆畫馬〔一〕

前代佳公子，能描蹄雪蹄。貢來青海北〔二〕，牽過赤墀西。小雨桃花逕，新沙楊柳隄。何當騰踏去，覆似錦障泥〔三〕。

【箋注】

〔一〕趙仲穆：趙孟頫次子趙雍。參見東維子文集卷十六野亭記注。

〔二〕青海：又稱卑禾羌海，原屬小月氏之地，位於今青海省。參見水經注卷二。

〔三〕錦障泥：用以遮擋泥水。皮革製成，夾馬腹而懸，貴者則飾以錦。

題黄大癡山居圖〔一〕

井西道人七十三〔二〕，猶能遠景寫江南。篔箕屋下非工鍛〔三〕，自是嵇公七不堪〔四〕。

【箋注】

〔一〕黃大癡：即黃公望。按：據本詩"井西道人七十三"一句推算,此山居圖當
畫於黃公望七十三歲時,即元至正元年(一三四一),鐵崖題詩或在此後
不久。

〔二〕井西道人：黃公望別號。

〔三〕筲箕屋：位於杭州南山筲箕泉,乃黃公望晚年所建茅庵。參見東維子文
集卷二十八跋君山吹笛圖注。工鍛：指嵇康曾與向秀共同鍛鐵。詳見晉
書嵇康傳。

〔四〕自是嵇公七不堪：嵇康與山巨源絶交書："又人倫有禮,朝廷有法,自惟至
熟,有必不堪者七,甚不可者二。卧喜晚起,而當關呼之不置,一不堪也。
抱琴行吟,弋釣草野,而吏卒守之,不得妄動,二不堪也。危坐一時,痹不
得搖,性復多虱,把搔無已,而當裹以章服,揖拜上官,三不堪也。素不便
書,又不喜作書,而人間多事,堆案盈几,不相酬答,則犯教傷義,欲自勉
强,則不能之,四不堪也。不喜吊喪,而人道以此爲重,已爲未見恕者所
怨,至欲見中傷者,雖懼然自責,然性不可化,欲降心順俗,則詭故不情,亦
終不能獲無咎,無譽如此,五不堪也。不喜俗人,而當與之共事,或賓客盈
坐,鳴聲聒耳,囂塵臭處,千變百伎,在人目前,六不堪也。心不耐煩,而官
事鞅掌,萬機纏其心,世故繁其慮,七不堪也。"

題萱草①

獨萼伸金爪,分枝綴玉簪。美②人春未嫁,羞爾號宜男。

【校】

① 詩淵萱草類亦載此詩,據以校勘。詩淵本題作萱草,題下署曰："元鐵仙詩,
楊廉夫。"

② "綴玉簪美"四字,詩淵本脱。

題李遵道畫小寒林卷〔一〕

不見騎鯨李薊丘〔二〕,百年醉墨落南州。梗楠杞梓明堂用,可得空江挽萬牛〔三〕。

【箋注】

〔一〕詩當撰書於元至正八年(一三四八)前後,蓋即鐵崖游寓顧瑛玉山草堂之時。繫年依據:草堂雅集卷九載郭翼詩題李遵道小寒林圖寫廉夫詩後,詩曰:"溪泉溪樹滿春青,寫入桃源翡翠屏。揚子風流那可得,爲渠安箇鐵厓亭。"按其詩題詩意,郭翼詩題寫於鐵崖詩後,其時鐵崖浪游吳地。李遵道:即李士行。士行乃李衎之子,父子皆以善畫聞名。參見鐵崖楊先生詩集卷下贈昭武路李遵道推官。

〔二〕李薊丘:即李遵道父李衎。李衎乃薊丘人,擅長畫竹。參見鐵崖先生詩集乙集題李息齋孤竹。此當指李遵道。

〔三〕"梗楠杞梓"二句:元好問上耶律中書書:"如修明堂總章,必得梗楠豫章,節目礳矸,萬牛挽致之材,預爲儲蓄,數十年之間,乃能備一旦之用。"(録自元蘇天爵編元文類卷三十七。)

題羯鼓宮女辭

花奴報催春,三郎挽天手〔一〕。六宮一笑回〔二〕,青眉上楊柳〔三〕。

【箋注】

〔一〕"花奴報催春"二句:指唐明皇羯鼓催花一事。三郎,即唐明皇。參見鐵崖先生古樂府卷二崔小燕嫁辭注。

〔二〕六宮一笑回:即白居易長恨歌"回眸一笑百媚生,六宮粉黛无顔色"之意。

〔三〕青眉上楊柳:指楊貴妃在馬嵬驛被處死。青眉,此處借指美女楊貴妃。增修詩話總龜卷三十七譏誚門上:"羅隱性傲睨……又作僖宗還京曰:'馬嵬楊柳尚依依,又見鑾輿幸蜀歸。泉下阿蠻應有語,這回休更怨楊妃。'"

題拂子宮女辭〔一〕

手捉青玉枝,綴以紅龍須。爲君拂枕席,莫遣青蠅污〔二〕。

【箋注】

〔一〕拂子:即拂塵。
〔二〕青蠅:借指邪佞之人。參見鐵崖先生古樂府卷二麗人行注。

題王元章梅〔一〕

君家萬樹玉差差,祇愛華光落筆時〔二〕。坐見半窗明月上,香痕一幅印橫枝。

【箋注】

〔一〕王元章:即王冕,字元章。參見鐵崖先生詩集庚集題王元章畫梅。
〔二〕華光:又作花光,指北宋釋仲仁。畫繼卷五道人衲子:"仲仁,會稽人。住衡州花光山。一見山谷,出秦蘇詩卷,且爲作梅數枝及烟外遠山。山谷感而作詩,記卷末:'雅聞花光能墨梅,更乞一枝洗煩惱。寫盡南枝與北枝,更作千峰倚晴昊。'又見其平沙遠水,題云:'此超凡入聖法也。每率此爲之,當冠四海而名後世。'又題橫卷云:'高明深遠,然後見山見水,蓋關仝、荆浩能事。花光嬾筆磨錢作鏡所見耳。'"

題梁楷書扇圖①〔一〕

老嫗不識王右軍,豈知六角寫云云〔二〕。婢羊他日能傳帖,卻去②官奴書練裙③〔三〕。

【校】

① 式古堂書畫匯考五十三、文淵閣四庫全書本趙氏鐵網珊瑚卷十一亦載此詩,

據以校勘。式古堂書畫匯考本題作蕺山題扇圖卷,趙氏鐵網珊瑚本題作蕺山題扇圖詩卷。

② 去:式古堂書畫匯考本、趙氏鐵網珊瑚本作"喜"。

③ 式古堂書畫匯考本詩後有"楊維楨"三字。

【箋注】

〔一〕詩當撰於元至正八年(一三四八)鐵崖游寓崑山,與友朋聚會之時。繫年依據:式古堂書畫匯考五十三、趙氏鐵網珊瑚卷十一蕺山題扇圖詩卷凡録七詩,鐵崖爲首,其餘六人依次爲:熊夢祥、于立、李元珪、盧震則、婁東生、張渥。按:婁東生即姚文奐,上述六人至正初年皆從游於鐵崖,參見鐵崖先生詩集丙集游玉峰與崑山顧仲瑛京兆姚子章淮海張叔厚匡盧于彦成吳興郟九成共六人聯句。梁楷:南宋宮廷畫師。圖繪寶鑒卷四宋南渡後:"梁楷,東平相義之後。善畫人物山水、道釋鬼神,師賈師古,描寫飄逸,青過於藍。嘉泰年畫院待詔,賜金帶,楷不受,挂於院内。嗜酒自樂,號曰梁風子。院人見其精妙之筆,無不敬伏。但傳於世者皆草草,謂之減筆。"

〔二〕"老嫗"二句:參見清鈔鐵崖先生詩集卷上賦書巢生注。

〔三〕"婢羊"二句:指王獻之於其甥羊欣新裙上書寫一事。參見清鈔鐵崖楊生詩集卷上勉學書注。婢羊,指羊欣。袁昂古今書評:"羊欣書如大家婢爲夫人,雖處其位,而舉止羞澀,終不似真。"(録自法書要録卷二。)按:或謂此語出自梁武帝書評。

題明皇月宮圖[一]

君王今夜步雲梯,三十六宮都未知[二]。莫遣嫦娥解留客,宮中思婦夢褪兒[三]。

【箋注】

〔一〕明皇:即唐玄宗。此圖繪明皇游月宮事,參見鐵崖先生古樂府卷二奔月巵歌注。

〔二〕三十六宮:指京城皇宮以外帝王之衆多行宮。班固西都賦:"離宮別館,三十六所。"

〔三〕思婦夢褓兒：意爲楊貴妃思念安禄山。參見陳善學序刊楊鐵崖先生文集卷三點籌郎注。

玉山以詩見招用韻奉答二首①〔一〕

六月一日，予往婁江〔二〕，而玉山避暑唯亭寺〔三〕。次日以詩來招，詩曰：“六月一日入城府，柳下野亭煩繫舟。鐵笛橫風過湖去，高情卻悔爲僧留。”又詩曰：“香傳玉手紅蓮酒，冰落金刀白鱐魚。六月婁江潮上急，酒船何日到溪居。”用韻和寄②。

其一

君汎脂江我汎婁，沙棠小檝木蘭舟。醉吹鐵笛珠簾底〔四〕，端爲風流刺史留。

其二

滄樓時③招蕭史鳳〔五〕，蓮艇或躡琴高魚〔六〕。卷盡芙蓉秋萬頃④，瀛州信有玉人居。

【校】

① 清鈔玉山名勝外集，玉山名勝外集亦載此詩，據以校勘。原本無詩題，據玉山名勝外集本增補。

② “六月一日”以下詩引凡八十九字，玉山名勝外集兩本皆無。

③ 滄：原本脱，據玉山名勝外集本補。時：清鈔玉山名勝外集本作“詩”。

④ 萬頃：原本脱，據玉山名勝外集本補。

【箋注】

〔一〕詩撰於元至正八年（一三四八）六月初。其時鐵崖游寓太倉一帶，顧瑛聽説後，賦詩邀請鐵崖小聚，鐵崖遂步韻作答。繫年依據：玉山草堂雅集卷九載姚子章婁東園分韻得四字詩：“至正八年夏，六月日逾四。故人海上來，朋游若雲萃。置酒婁東園……”同書卷十一又有馬公振婁東園雅集分韻得雨字詩，有句曰：“老仙瀛洲來，鐵笛舊逸響。”卷十二陸良貴、袁子英皆有“婁東園分韻得某字”詩，爲一時之作。馬公振詩中所謂“老仙”、“鐵笛”，指鐵崖，與本詩序“六月一日，予往婁江”等語正相吻合。

〔二〕婁江：實指婁東。婁東又稱東滄（今江蘇太倉）。

〔三〕唯亭寺：蓋位於唯亭，故此得名。唯亭又名夷亭，在“崑山縣西三十五
　　　里”。參見正德姑蘇志卷五十九紀異。

〔四〕珠簾：此語雙關，在此又借指珠簾氏。珠簾氏乃妓女，元至正八年前後，
　　　常陪伴顧瑛、鐵崖等游賞。參見鐵崖先生詩集甲集五月廿日余偕姑胥鄭
　　　華卿吳興宇文叔方雲間馮淵如呂希顏柳仲渠過泖環詩注。

〔五〕蕭史：相傳爲秦穆公時人，後升仙。參見鐵崖先生古樂府卷十小游仙之
　　　二注。

〔六〕琴高：仙人，相傳乘鯉而行。參見鐵崖先生古樂府卷三羅浮美人注。

題惠①崇畫雙雉圖〔一〕

雉雙飛，一雄挾一雌，平田麥草春菲菲。錦石上頭蠢且啼，豈知
牧犢人間悲〔二〕。王家大史占前知，記取五月麥黃時〔三〕。

【校】

① 惠崇之“惠”，原本作“慧”，據圖繪寶鑒所載其小傳改。

【箋注】

〔一〕惠崇：北宋僧人畫師。圖繪寶鑒卷三宋：“建陽僧惠崇，工鵝雁鷺鷥，尤工
　　　小景。善爲寒汀遠渚、瀟灑虛曠之象，人所難到也。”

〔二〕牧犢人間悲：參見鐵崖先生古樂府卷一雉朝飛注。

〔三〕五月麥黃：宋邢昺等撰爾雅疏卷十釋鳥：“陸機疏云：黃鳥，黃鸝留也，或
　　　謂之黃栗留……常甚熟時來在桑間，故里語曰：‘黃栗留，看我麥黃葚熟。’
　　　亦是應節趨時之鳥也。”

題宋高宗畫詩意便面〔一〕

玉枕班班字已臨〔二〕，又移豪素寫春陰。祇應西北浮雲起，日日蒼
梧雨意深〔三〕。

【箋注】

〔一〕宋高宗：南宋首位皇帝趙構，嗜好書畫。便面：一種扇子。

〔二〕玉枕：即玉枕蘭亭帖。清梁章鉅歸田瑣記卷三玉枕蘭亭：“今人熟聞玉枕
　　蘭亭之名，而不知其有三本。其一見太清樓帖，序云唐文皇使率更令以楷
　　法摹蘭亭，藏枕中，名玉枕蘭亭。其二則宋政和間營繕洛陽宮闕，内臣見
　　役夫所枕小石有刻畫，視之乃蘭亭序，只存數十字。其三則賈秋壑使廖瑩
　　中以燈影縮小，刻之靈璧石者。”按：率更令爲唐代官名，此指歐陽詢。宋
　　高宗所臨，當爲歐陽詢摹寫、唐文皇收藏之玉枕蘭亭，或爲宋徽宗時洛陽
　　宮中所得小石。

〔三〕“祇應西北浮雲起”二句：寓宋高宗之國仇家恨，及其思念父兄之意。高
　　宗執政之初，金兵猖獗，徽、欽二帝（宋高宗父、兄）被扣北方。蒼梧：參見
　　鐵崖先生詩集己集雨竹二首之一。

題趙翰林墨竹〔一〕

　　南國春深芳草歇，湘枝亦受淚痕枯〔二〕。王孫無限瀟湘意，自寫宣
和翠竹圖〔三〕。

【箋注】

〔一〕趙翰林：當指趙孟頫。

〔二〕“湘枝”句：用斑竹之典。參見鐵崖先生古樂府卷一湘靈操。

〔三〕宣和：北宋徽宗年號，公元一一一九至一一二五。此借指宋徽宗。

題曲江洗馬圖〔一〕

　　京門出馳道，驪山鬱崔嵬〔二〕。金銀見宮闕，一一夫容①開。月升
鵁鶄觀〔三〕，雲繞鳳皇臺。宮中紅粧子，調笑春風媒。青鳥銜巾去，乳
鹿巡華來。萇王太白次，倉皇金粟堆。石馬動秋色，羌枝道暮哀。只
今瑤池水，八駿渴生埃。

【校】

① 夫容：陶湘校刊本作“芙蓉”。

【箋注】

〔一〕詩爲題顧瑛藏畫而作，鐵崖用其舊作驪山曲，稍加改動而成。曲江：唐代
　　京城苑囿多集中於此，位於今陝西　西安東南。

〔二〕驪山：秦嶺北側支脈，又稱酈山，自西周直至唐代，爲帝王貴族游樂勝地。
　　位於今陝西　西安　臨潼東南。

〔三〕按：“月升鵁鶄觀”以下十二句，與鐵崖先生古樂府卷四驪山曲雷同，可參看。

題龍吟虎嘯圖二首①

其一
悲吟風雨餘，天下望正渴。料想終南公，自戛赤金鉢〔一〕。右龍吟。

其二
一嘯萬竅作，草木皆蕭蕭。料想裴將軍，馬走弓墮腰〔二〕。右虎嘯②。

【校】

① 二首：原本無，據陶湘校刊本增補。
② 嘯：原本作“笑”，據陶湘校刊本改。

【箋注】

〔一〕“料想”二句：指唐人房綰戛赤金鉢以模仿龍吟之聲。終南公，指房綰。
　　白孔六帖卷九十五龍：“房綰嘗修學終南山谷中，忽聞聲，若物戛銅器之
　　韻，蓋未之前聞也。問父老，云：‘此龍吟也，不久雨至矣。’綰望之，冉冉雲
　　氣游漫，果驟雨作。自爾再聞，徵驗不差。後將赤金鉢戛之，謂僞龍吟。”

〔二〕“料想”二句：用唐人裴旻故事。唐國史補卷上：“裴旻爲龍華軍使，守北
　　平。北平多虎，旻善射，嘗一日斃虎三十有一，因憩山下，四顧自若。有一
　　老父至，曰：‘此皆彪也，似虎而非，將軍若遇真虎，無能爲也。’旻曰：‘真
　　虎安在乎？’老父曰：‘自此而北三十里，往往有之。’旻躍馬而往，次叢薄

中,果有真虎騰出,狀小而勢猛,據地一吼,山石震裂。旻馬辟易,弓矢皆墜,殆不得免。自此慚愧,不復射虎。"

題張貞期描四賢像四首①〔一〕

其一

漢胄將軍三顧勞〔二〕,江南子布可能招〔三〕。託孤自是無伊霍〔四〕,亞匹何知有管蕭〔五〕。右孔明。

其二

神武門前盍掛冠,山中宰相未離官〔六〕。昭易②已悟單于室〔七〕,何必神符晉寶丹〔八〕。右弘景。

其三

壺中日月如葛天〔九〕,南山相見鳥飛前。桃源雞犬在人世,甲子不知秦漢年〔十〕。右淵明。

其四

獨抱遺經究屬比,嘲同嘲異亦奚爲〔十一〕。有唐千載春秋筆,卻是元和月蝕詩〔十二〕。右盧仝。

【校】

① 四首:原本無,據陶湘校刊本增補。

② 易:陶湘校刊本作"陽"。

【箋注】

〔一〕張貞期:即張渥。張渥號貞期生,擅長人物畫。參見鐵崖文集卷五夢鶴幻仙像贊。

〔二〕漢胄將軍三顧:指劉備曾三顧茅廬,懇請諸葛亮出山。

〔三〕江南子布:指張昭。張昭字子布,乃東吳第一謀士。傳見三國志吳書。

〔四〕伊、霍:指西周伊尹、西漢霍光。二人以輔佐扶持幼主著稱。

〔五〕管、蕭:指管仲、蕭何。管仲爲春秋時齊國丞相,蕭何乃漢初名相。

〔六〕"神武門"二句:指陶弘景辭官後隱居句曲山中,然帝王不時咨詢問政,人稱"山中宰相"。參見鐵崖先生詩集丙集題陶弘景移居圖、東維子文集卷十八怡雲山房記。

〔七〕"昭昜"句：意爲梁朝傾覆，陶弘景有先見之明。通志卷一百七十八隱逸傳二梁陶弘景："弘景妙解術數，逆知梁祚將覆，預製詩云：'夷甫任散誕，平叔坐論空。豈悟昭陽殿，遂作單于宮。'詩藏篋中，化後門人方稍出之。大同末，士人競談玄理，不習武事。及侯景篡，果在昭陽殿。"

〔八〕神符晉寶丹：指陶弘景曾煉丹呈送梁武帝。南史隱逸下陶弘景傳："弘景既得神符秘訣，以爲神丹可成，而苦無藥物。帝給黃金、朱砂、曾青、雄黃等。後合飛丹，色如霜雪，服之體輕。及帝服飛丹有驗，益敬重之。每得其書，燒香虔受。"

〔九〕葛天：即葛天氏，傳説中上古帝王之號。參見史記司馬相如傳注。

〔十〕"桃源"二句：詳見陶淵明撰桃花源記。

〔十一〕"獨抱"二句：化用韓愈詩句。韓昌黎詩繫年集釋卷七寄盧仝："玉川先生洛城裏，破屋數間而已矣……春秋三傳束高閣，獨抱遺經究終始。往年弄筆嘲同異，怪辭驚衆謗不已。"顧嗣立注："仝與馬異結交詩：'昨日同不同，異自異，是謂大同而小異。今日同自同，異不異，是謂同不往兮異不至。'"

〔十二〕"有唐"二句：意爲盧仝著名詩作月蝕，有春秋史筆之功效。元和，唐憲宗年號，公元八〇六至八二〇年。唐才子傳卷五盧仝："仝，范陽人。初隱少室山，號玉川子。家甚貧，惟圖書堆積。後卜居洛城，破屋數間而已……元和間，月蝕，仝賦詩，意譏切當時逆黨，愈極稱工，餘人稍恨之。"

瑟弩

操瑟弦必貞，挽弩矢必直。偏弦損瑟聲，曲矢費弩力。美人初擇妃，正直以爲則。

題孟玉潤畫金玉步搖宮女圖二首①〔一〕

其一

春風袖手玉交枝，繡罷天衣五色絲。長恐菱花照顏色〔二〕，回頭不似寫真時。

其二

春曲已題蝴蝶舞,閑尋便面寫宮羅。飛花著袖輕於雪,欲唱歸風送遠歌。

【校】

① 二首: 原本無,據陶湘校刊本增補。

【箋注】

〔一〕孟玉澗: 即孟珍。元人,擅長丹青,尤工山水。參見鐵崖先生詩集庚集題孟珍玉澗畫岳陽小景。

〔二〕菱花: 指菱花鏡。

題謝雪村雙竹圖〔一〕

夜宿碧巖雙玉洞,何人吹笛到天明。居然夢覺前村雪,猶聽天風①環珮聲。

【校】

① 清陳揆輯虞邑遺文録補録卷四亦載此詩,據以校勘。風: 虞邑遺文録補録本作"街"。

【箋注】

〔一〕謝雪村: 指謝庭芝。圖繪寶鑒卷五元:"謝庭芝字仲和,號雪村,平江崑山人。善畫墨竹。"又,嘉靖常熟縣志卷九邑人藝學志:"謝庭芝……家于任陽。善書畫,山水竹石,各臻其妙。詩亦工。"按: 謝雪村後世頗著名,明人沈周、清人王翬、惲壽平皆曾效法其畫。參見過雲樓書畫記卷六惲題王石谷山水十二幅册。

贈瀛洲仙

瀛洲仙,金粟影〔一〕。蟠桃宿核生瑶池,菡萏初花開玉井。吴王臺下水東西〔二〕，王孫不歸春草萋〔三〕。自從一念謫人世，流落南州蕩子妻。高樓直下西施浦〔四〕，臥看西樓掛河鼓。清歌白雪無與和〔五〕，只今愛唱金沙婦〔六〕。龍門道人謫仙客〔七〕，瓊花觀裏曾相識〔八〕。道人善吹青玉龍〔九〕，吹得丹山鳳凰雙比翼〔十〕。瀛洲仙，莫輕舉，我爲君歌君起舞。明年我登天笈府，與汝游方壺，息玄圃〔十一〕。下謝巫山之妾女，朝爲行雲暮行雨〔十二〕。

【箋注】

〔一〕金粟影：金粟如來像。金粟：金粟如來之略稱。相傳金粟如來爲維摩居士前身。

〔二〕吳王臺：即姑蘇臺。參見鐵崖賦稿卷上姑蘇臺賦。

〔三〕"王孫"句：淮南小山招隱士："王孫游兮不歸，春草生兮萋萋。"

〔四〕西施浦：位於松江。參見陳善學序刊楊鐵崖先生文集卷六畹蘭辭注。

〔五〕白雪：古琴曲名，亦爲歌曲名，即陽春白雪。參見樂府詩集卷五十陽春曲題解。

〔六〕金沙婦：蓋指傳說中金沙灘之馬郎婦。宋黃庭堅觀世音贊六首之一："設欲真見觀世音，金沙灘頭馬郎婦。"按：金沙灘之馬郎婦故事，與男女性愛有關，故此前有"自從一念謫人世，流落南州蕩子妻"之句。

〔七〕龍門道人：鐵崖自擬。

〔八〕瓊花觀：指揚州蕃釐觀。參見鐵雅先生復古詩集卷四宮詞之七注。

〔九〕青玉龍：鐵崖自稱其笛。

〔十〕吹得丹山鳳凰雙比翼：寓蕭史與弄玉故事。參見鐵崖先生古樂府卷十小游仙之二注。

〔十一〕玄圃：神仙所居苑囿，位於昆崙山頂。參見文選張衡東京賦之李善注。

〔十二〕"下謝"二句：指巫山雲雨故事。參見鐵崖先生古樂府卷九陽臺曲注。

來青覽輝樓詩爲青龍任元朴題①〔一〕

鳳皇樓上鳳皇栖，日落青天去鳥低。地貫潮聲滄海北，天垂雲影玉山西。雲間曲度蕭郎琯〔二〕，午夜燈青太乙藜〔三〕。莫憑危闌望鄉國，臙脂塘近窈孃堤〔四〕。

【校】

① 原本録詩兩首,因第一首同於鐵崖先生詩集丙集任元樸新創園池予名其東
西樓一曰來青一曰覽輝且爲賦詩,故此删去。

【箋注】

〔一〕詩當作於元至正九、十年間,當時鐵崖在松江吕輔之私塾授學。來青、覽
輝:二樓名,主人爲任元樸。任元樸名璞,松江青龍鎮人。參見鐵崖先生
詩集丙集任元樸新創園池予名其東西樓一曰來青一曰覽輝且爲賦詩注。
〔二〕蕭郎琯:指秦繆公時人蕭史之簫。參見鐵崖先生古樂府卷十小游仙之
二注。
〔三〕"午夜"句:故事與西漢劉向有關。太乙藜,指太乙老仙所用青藜杖。參
見東維子文集卷二十九寄秋淵沈鍊師注。
〔四〕臙脂塘:參見鐵崖先生古樂府卷十吴下竹枝歌之二注。

破鏡曲

　　良人山上山,破鏡復破鏡。破鏡破復完,良人歸不定。願死化爲
鳥,願死化爲木(叶"孟")。木作夜合歡,鳥作生共命。

卷四十七　麗則遺音古賦程式卷一

麗則遺音自序①〔一〕

皇朝設科取賦,以古爲名〔二〕,故求今科文於古者,蓋無出於賦矣。然賦之古者,豈易言哉? 揚子雲曰:"詩人之賦麗以則,詞人之賦麗以淫〔三〕。"子雲知古賦矣,至其所自爲賦,又蹈詞人之淫,而乖風雅之則。何也? 豈非賦之古者,自景差、唐勒、宋玉〔四〕、枚乘、司馬相如以來〔五〕,違則爲已遠,矧其下者乎!

余蚤年學賦,嘗私擬數十百題,不過應場屋一日之敵爾,敢望古詩人之則哉! 既而誤爲有司所采,則筐篋所有,悉爲好事者持去。近至錢塘,又有以舊所製梓於書坊〔六〕,卒然見之,蓋不異房桐盧之見故物於破甕中也〔七〕。且過以"則"名,而吾同年黃子肅君又贅以評語〔八〕,益表刻畫之過,讀之使人惶焉不自勝也。因述賦之比義古詩而不易於則者,引於編首,且用謝不敏云。至正二年壬午春正月會稽楊維禎自叙②。

【校】

① 麗則遺音四卷,收録楊維禎賦凡三十二篇,其中部分篇章有楊維禎同年友黃清老評點,楊維禎弟子陳存禮於元至正元年(一三四一)輯刊。今以元刊補修新刊麗則遺音古賦程式(中華再造善本叢書影印)爲底本,校以萬曆四十三年諸暨陳善學序刊楊鐵崖先生文集本、汲古閣刊本、文淵閣四庫全書本,參校明佚名鈔鐵崖先生集本等。本文標題原本無,據汲古閣刊本增補。
② 自叙: 汲古閣刊本作"撰"。

【箋注】

〔一〕序撰於元至正二年(一三四二)正月,其時鐵崖攜妻兒由家鄉諸暨徙居錢塘不久。按:鐵崖父楊宏於元順帝至元五年(一三三九)七月病逝,鐵崖其時任錢清鹽場司令,即刻還家丁憂,不久其母亦逝。元至正元年(一三四一)冬,楊維禎服喪期滿,將家中財產牲畜讓與兄弟,攜妻兒至江浙行省省會城市錢塘,試圖補官。

〔二〕"皇朝"二句:據元史選舉志,元代科舉分蒙古進士科及漢人進士科。皇慶二年十一月下詔頒佈考試程式,漢人、南人第一塲明經經疑二問,經義一道。第二塲古賦詔誥章表内科一道,古賦詔誥用古體,章表用駢體,參用古體。第三塲策一道,經史時務内出題。

〔三〕"詩人"二句:出自西漢揚雄揚子法言卷二。

〔四〕景差、唐勒、宋玉:皆戰國時楚國大夫,以賦名。

〔五〕枚乘、司馬相如:皆西漢文人。

〔六〕以舊所製梓於書坊:麗則遺音爲楊維禎弟子陳存禮輯刊,初刊於至正元年,陳氏跋文撰於至正元年春正月望日(參見麗則遺音附錄),本序文乃至正二年所撰,應屬補作。

〔七〕房桐盧:指唐人房琯。房琯曾貶爲睦州司户,而睦州州治在桐盧(今屬浙江),故稱房桐盧。傳見舊唐書。據唐鄭處誨明皇雜錄卷上記載,開元中,房琯宰盧氏,邢真人和璞自泰山來,兩人携手閒步,行十數里,至夏谷村。遇一廢舊佛寺,和璞坐於松下,以杖叩地,令侍者掘地數尺,得一瓶。瓶中皆婁師德與永公書。和璞謂房曰:"省此乎?"房琯恍然醒悟,知永公即己前身。又,蘇東坡破琴詩引則謂邢和璞與房琯過夏口村,鑿地得藏書於甕中,故本文曰"見故物於破甕"。

〔八〕黄子肅:名清老。鐵崖同年友,亦爲泰定四年進士。參見東維子文集卷七兩浙作者序。

哀三良〔一〕

訪西戎之霸國兮〔二〕,歷岐、豐之故疆。過橐泉之古墓兮〔三〕,敬有吊乎三良。曰子車氏之伯叔兮,實百夫之稱特〔四〕。既委質以事君兮,雖殺身其不惜。然君子有不死兮,死不以其私。貴以義而制命兮,矧命亂而不治。(此四句,騷詞中法語也①。)感一語以自信兮,誓九土以同歸〔五〕。哀三仲之稱良兮,異乎顡之從違〔六〕。(見得其死傷於勇矣。)何嗣子之弗君兮,又驅良而無遺。百七十人之同死兮〔七〕,不啻俑而腐之。(亂命不足責,從亂命者可責也。)雖戎索之陋風兮〔八〕,亦秦人之家法。傷王靈之不振兮,肆諸侯之專殺。後驪山之從事兮〔九〕,海鳬鳥以深藏〔十〕。詔後宫以從死兮〔十一〕,知秦德之不長。(警策。)嗚呼嘻哉②!古無殉死兮,秦實不仁。(兩語愈佳。)良不可贖兮,徒百其身〔十二〕。黄鳥兮嚶嚶,(黄鳥用得自活。)哀良之死兮不如無生。臨深穴兮穴已平,霜露瘁兮天無情。些吾文而敬吊兮,激天籟而悲鳴。(淒然餘韵。)

評云③:此題與延陵、望諸皆騷人題也〔十三〕。自韓子作田横文後〔十四〕,難於下手。此作音節既高,議論兼至,讀之使人淒然不自勝,足以繼秦人黄鳥之哀,其④感慨悲歌之士也。

【校】

① 明佚名鈔鐵崖先生集卷一、康熙御定歷代賦彙卷一百十一載此篇,據以校勘。鐵崖先生集本作哀三良賦。按:文中夾注小字評語,諸校本皆無。下同。此類評語,亦當爲鐵崖同年友黄清老所作,故均予保留。
② 嗚呼嘻哉:汲古閣刊本作"嗚呼戲哉",歷代賦彙本作"嗚呼"。
③ 原本將此黄清老所撰評語置於題下,汲古閣刊本則將同卷各文評語一并置於卷首目録卷,今移至相關篇章之後。下同。歷代賦彙本無篇末評語,下同。
④ 其:汲古閣刊本作"真"。

【箋注】

〔一〕據麗則遺音卷末鐵崖弟子陳存禮跋文,麗則遺音於元至正元年(一三四一)正月望日結集,故全書三十二篇賦,皆當撰於元順帝至元六年(一三四〇)以前。據左傳,魯文公六年,秦穆公任好卒,以子車氏之三子奄息、仲行、鍼虎爲殉,皆秦之良也,國人哀之,爲之賦黄鳥詩。又,詩集傳卷六:"黄鳥,哀三良也。""秦穆公以子車氏之三子爲殉,皆秦之良也。國人哀之,爲賦此詩。"
〔二〕西戎之霸國:指秦國。史記秦本紀:"襄公以兵送周平王,平王封襄公爲諸侯,賜之岐以西之地。曰:'戎無道,侵奪我岐、豐之地,秦能攻逐戎,即有其地。'與誓,封爵之,襄公於是始國。"
〔三〕橐泉古墓:秦穆公冢在咸陽(今屬陝西)故城橐泉宫祈年觀下。參見三輔黄圖卷一咸陽故城。
〔四〕百夫之稱特:詩秦風黄鳥:"交交黄鳥,止于棘。誰從穆公?子車奄息。維此奄息,百夫之特。"

〔五〕“感一語”二句：史記秦本紀之正義引應劭語：“秦穆公與群臣飲，酒酣，公曰：‘生共此樂，死共此哀。’於是奄息、仲行、鍼虎許諾。及公薨，皆從死。”

〔六〕顆之從違：春秋左氏傳事類始末卷二魏顆從武子治命：“初，魏武子有嬖妾，無子。武子疾，命顆曰：‘必嫁是。’疾病則曰：‘必以爲殉。’及卒，顆嫁之，曰：‘疾病則亂，吾從其治也。’”又，宋蘇轍撰詩集傳卷六：“三良之死，穆公之命也，（穆公子）康公從其言而不改，其亦異於魏顆矣。故黄鳥之詩交譏之也。”

〔七〕百七十人之同死：秦穆公卒，葬於雍，從死者一百七十七人。參見史記秦本紀。

〔八〕戎索：西戎之法。索，法也。

〔九〕驪山：漢書卷三十六楚元王傳：“秦始皇帝葬於驪山之阿，下錮三泉，上崇山墳。其高五十餘丈，周回五里有餘。石槨爲游館，人膏爲燈燭，水銀爲江海，黄金爲鳧雁。珍寶之臧，機械之變，棺槨之麗，宫館之盛，不可勝原。”

〔十〕海鳧：即始皇墓中鳧雁。

〔十一〕“詔後宫”句：史記秦始皇本紀：“（秦始皇崩），二世曰：‘先帝後宫非有子者，出焉不宜。’皆令從死，死者甚衆。”

〔十二〕“良不可贖”二句：詩秦風黄鳥：“彼蒼者天，殲我良人。如可贖兮，人百其身。”

〔十三〕懷延陵、吊望諸君二賦，見本卷。

〔十四〕韓愈有祭田横墓文。

懷延陵

延州季①札〔一〕，吾聖人予其禮②〔二〕，又表其墓〔三〕，太史遷發其仁心，慕義無窮，其知札矣〔四〕。近代傳經者，獨以爲聖人貶札咎札〔五〕，不爲季歷而效子臧〔六〕，以致辭國生亂。吁，是説也顓計利害，而不計義之所在，尚爲知春秋者哉！札自以諸樊爲義適，而不敢奸國，則知札與州于③皆庶也〔七〕。壽夢欲越三長嫡而立一季庶，所謂亂嗣，不祥者也，而況三伯仲俱無太伯、仲雍之奔。季子棄室而耕者，正也。及夷末④卒而欲致位於札〔八〕，札之見微，固已逆料光、僚之必悖於其後,故剛執始終之志,又札之明也。季子之道正而明,而謂聖人貶之乎! 春秋書名,固有美例,而憑以爲善惡之斷,求經之陋者也。三傳有因札進吳之説,其名札者,"成尊於上也"〔九〕,謂名爲貶,得乎? 余作懷延陵辭,因復著⑤辨,使談經者不失聖人之旨,則不枉⑥乎季子之道者也。

惟三⑦吳之開國兮,實周先之長宗〔十〕。曰端委以自律⑧兮〔十一〕,聿荆夷之來⑨從〔十二〕。嗟後之人弗率兮,將自同於啓戎。(太王、王季自西戎始。)去諸姬以日遠兮,十有四葉而稱王(叶"雄")〔十三〕。夫何乘⑩之逆德兮〔十四〕,又鍾之以順嗣〔十五〕。既博物又閎覽兮,仍約中而通理。識周之所以東兮,基之所以南;聖之所以憾⑪兮,德之所以慚〔十六〕。類北學於周公、孔子兮,羌不讓夫東郊〔十七〕。過齊、晉之大邦兮,警貪功與好直〔十八〕。魯宗卿之炭炭兮,憂好善而不擇。辨鐘聲於戚邸兮,危夫人之燕巢〔十九〕。受衣紟於僑之贈兮〔二十〕,蓋驪然若神交。故受授於非其所受兮,律千鈞於一髮。苟奸國於不義兮,寧子臧之附節。巢既隕乎諸樊兮〔二十一〕,閽薦戕⑫乎戴吳(餘祭)〔二十二〕。天將啓乎季子兮,抑剪喪其夷孤〔二十三〕。悲上國之使歸兮,賴先祀之猶有在也〔二十四〕。亂之生則有由兮,進鱄諸而退以待也〔二十五〕。鴟夷載於江中兮,游鹿上乎荒宮〔二十六〕。問七王以何在兮〔二十七〕,歌至德之遺風〔二十八〕。遵閶門以彳亍兮〔二十九〕,感特書之題空也。矢吾辭以白心兮,比徐君之縣劍也〔三十〕。

　　評云:此辭乃聖經之鼓吹,而辯又胡氏之忠臣也〔三十一〕。

【校】

① 康熙御定歷代賦彙卷一百十二載此篇,據以校勘。季:原本作"來",據汲古閣刊本、歷代賦彙本改。

② 予:鐵崖先生集本作"與"。禮:汲古閣刊本、歷代賦彙本作"賢"。

③ 于:鐵崖先生集本作"吁"。

④ 夷末:歷代賦彙本作"夷昧"。

⑤ 著:汲古閣刊本、歷代賦彙本作"置"。

⑥ 枉:原本作"札",據鐵崖先生集本、歷代賦彙本改。

⑦ 惟:汲古閣刊本、歷代賦彙本作"昔"。三:原本作"工",據汲古閣刊本、鐵崖先生集本、歷代賦彙本改。

⑧ 自律:鐵崖先生集本作"自立□"。

⑨ 之來：汲古閣刊本、歷代賦彙本作“而不”。

⑩ 乘：歷代賦彙本作“巢”。

⑪ 憾：鐵崖先生集本作“感”。

⑫ 戕：原本無，據文淵閣四庫全書本增補。

【箋注】

〔一〕延陵：吳王壽夢有子四人，第四子曰季札。季札封於延陵，故號曰延陵季
子。參見史記吳太伯世家。

〔二〕聖人予其禮：禮記檀弓下：“延陵季子適齊，於其反也，其長子死，葬於嬴、
博之間。孔子曰：‘延陵季子，吳之習於禮者也。’往而觀其葬焉……孔子
曰：‘延陵季子之於禮也，其合矣乎！’”

〔三〕表其墓：季札碑文曰“烏乎有吳延陵季子之墓”，碑曾在潤州（今江蘇鎮
江）延陵鎮，字體與古文異而類大篆，相傳孔子所書。參見陶宗儀撰書史
會要卷一列國。

〔四〕“太史遷發其仁心”以下三句：詳見史記吳太伯世家太史公讚語。

〔五〕“近代”二句：胡安國曰：“札者，吳之公子。何以不稱公子？貶也。辭國
而生亂者，札爲之也，故因其來聘而貶之，示法焉……此仲尼所以因其辭
國生亂而貶之也。”（引自宋李明復撰春秋集義卷四十二吳子使札來聘。）

〔六〕“不爲季歷”句：謂季札不學季歷而效法子臧，堅辭王位。季歷，太伯幼
弟。太伯、仲雍讓賢奔吳，季歷遂繼位，詳見史記吳太伯世家。又，史記吳
太伯世家：“壽夢有子四人，長曰諸樊，次曰餘祭，次曰餘眛，次曰季札。季
札賢，而壽夢欲立之，季札讓不可，於是乃立長子諸樊，攝行事當國。王諸
樊元年，諸樊已除喪，讓位季札。季札謝曰：‘曹宣公之卒也，諸侯與曹人
不義曹君，將立子臧。子臧去之，以成曹君，君子曰“能守節矣”。君義嗣，
誰敢干君！有國，非吾節也。札雖不才，願附於子臧之義。’”

〔七〕“則知”句：意爲季札如同州吁，并非嫡子。州于，即州吁，衛莊公寵妾之
子，襲殺衛桓公而簒位。按：莊公令州吁掌兵權，石碏曾諫曰：“庶子好
兵，使將，亂自此起。”詳見史記衛康叔世家。

〔八〕夷末：又作餘眛。史記吳太伯世家：“王餘眛卒，欲授弟季札。季札讓，逃
去……乃立王餘眛之子僚爲王……公子光者，王諸樊之子也。常以爲‘吾
父兄弟四人，當傳至季子。季子即不受國，光父先立。即不傳季子，光當
立’。陰納賢士，欲以襲王僚。”按：餘眛，左傳及穀梁傳皆作夷末。

〔九〕“其名札者”二句：春秋穀梁傳注疏卷六：“吳札不書氏，以成尊于上也；宋

之盟,叔孫豹不書氏,以著其能恭。此皆因事而爲義。"

〔十〕周先之長宗:吳太伯及其弟仲雍,皆周太王之子,而爲王季歷之兄。參見
　　　史記吳太伯世家。

〔十一〕端委:禮服。左傳昭公元年:"吾與子弁冕端委,以治民臨諸侯。"此指
　　　太伯以禮立國,改變蠻風。

〔十二〕荆夷之來從:荆夷即楚蠻,位於今蘇南一帶。史記吳太伯世家:"太伯
　　　之犇荆蠻,自號句吳。荆蠻義之,從而歸之千餘家。"

〔十三〕十有四葉而稱王:自周武王克殷,封吳王,傳十四世至壽夢,吳國始興。
　　　參見史記吳太伯世家。

〔十四〕乘:吳王壽夢別名。

〔十五〕順:指吳順王諸樊。諸樊爲壽夢長子,繼承王位。

〔十六〕"識周之所以東兮"以下四句:言季札觀周樂之感受。詳見史記吳太伯
　　　世家。

〔十七〕不讓夫東郯:意爲不遜色於郯子。郯子來周朝,孔子曾求學於郯子。詳
　　　見左傳昭公十七年。

〔十八〕"過齊、晉之大邦兮"二句:季札出使齊、鄭、衛、晉諸國,於各國丞相、大
　　　夫多有告誡之辭。詳見史記吳太伯世家。

〔十九〕"辨鐘聲"二句:史記吳太伯世家:"(季札)自衛如晉,將舍於宿,聞鐘
　　　聲,曰:'異哉! 吾聞之,辯而不德,必加於戮。夫子獲罪於君以在此,懼
　　　猶不足,而又可以畔乎? 夫子之在此,猶燕之巢於幕也。君在殯而可以
　　　樂乎?'遂去之。"

〔二十〕僑:公孫僑,即鄭國子産。季札出使於鄭,見子産,如舊相識。季札贈與
　　　縞帶,子産回送紵衣。詳見春秋左傳正義卷三十九。

〔二十一〕"巢既隕乎"句:諸樊伐楚,攻巢門而遭射殺。參見春秋左傳正義卷
　　　三十六。

〔二十二〕戴吳:即吳王餘祭。魯襄公二十九年五月,閽弑餘祭。參見左傳襄
　　　公二十九年。

〔二十三〕夷孤:指夷末(即餘昧)之子吳王僚。

〔二十四〕"悲上國"二句:左傳昭公二十七年,吳公子光弑王僚,季札出使歸,
　　　曰:"苟先君無廢祀,民人無廢主,社稷有奉,國家無傾,乃吾君也。"復
　　　命哭墓,復位以待。

〔二十五〕鱄諸:"鱄"或作"專",吳國勇士,伍子胥亡楚投吳,途遇專諸,遂結納
　　　之。後爲公子光刺殺吳王僚。

〔二十六〕“鴟夷”二句：伍子胥諫吳王，謂將見麋鹿游於姑蘇臺，王怒，賜伍子胥自到死，取子胥尸盛以鴟夷革，浮之江中。參見鐵崖先生古樂府卷九城門曲注。

〔二十七〕七王：吳自壽夢稱王，歷諸樊、餘祭、餘眛、僚、闔閭，至夫差亡，凡七王。

〔二十八〕至德：史記吳太伯世家：“太史公曰：孔子言‘太伯可謂至德矣，三以天下讓，民無得而稱焉’。”

〔二十九〕閶門：原名閶闔門，位於蘇州（今屬江蘇）。相傳吳王夫差曾由此門出兵伐楚。

〔　三十　〕“矢吾辭”二句：史記吳太伯世家：“季札之初使，北過徐君。徐君好季札劍，口弗敢言。季札心知之，爲使上國，未獻。還至徐，徐君已死，於是乃解其寶劍，繫之徐君冢樹而去。從者曰：‘徐君已死，尚誰予乎？’季子曰：‘不然。始吾心已許之，豈以死倍吾心哉！’”

〔三十一〕胡氏：蓋指宋人胡安國。胡安國有春秋傳。

吊伍君

　　吾讀伍員事，未嘗不悲。員處父兄之不幸，而訖至倒行逆施，蓋大不獲已者，而世多之以爲名，不可也。當員急於反讎，遂不顧，急售吳光而進鱄諸〔一〕。殺人之父，以報己之父，彼州于之子則將何所報哉〔二〕！此員失也。而況父兄痛仇費無極也〔三〕，無能有兵於費，而鞭墓以仇君〔四〕，益失也。然員能用吳以復父兄之讎，而又爲夫差復父之讎〔五〕，之死不畔，以畢志於其所事，則忠爲有餘矣，惜其君不終用。逆料後日沼吳之禍〔六〕，徒以表其言之明。故予作哀員辭，雖過其孝，而多其忠云。

　　竊獨悲夫讒人之喪邦兮，甚楚子之熊居（平王）〔七〕。朝吳已去兮〔八〕，繼出蔡朱〔九〕。何嗣子師之不幸兮〔十〕，與讒而爲伍。君一過已多兮〔十一〕，（奪婦。）遂及城父〔十二〕。（殺建。）嗟奢二子兮〔十三〕，一死一生。死不可以莫之就兮，生不可以莫之行。脫身東走兮，乃至吳鄙。吳新有君兮，（光〔十四〕。）楚日以駴（叶“喜”）。不三年其克報①兮，繼入郢於州來〔十五〕。胡罪人之斯失兮，而不熠②夫厲階。誓包胥以必復兮〔十六〕，鞭王靈以爲乖。犯雊天之弗趠兮,曾不異夫鬥懷〔十七〕。(懷曰:"平王殺吾父,我殺其子,不亦可乎?"辛曰:"君討臣,臣誰敢讐之? 君命,天也。若死天命,將誰讐? 必犯是,余殺汝。")當鱄諸之進士兮,始已③失其策也。知反雊之急兮,行之倒而施之逆也。吾猶尚論其孤忠兮,保先君之嗣也。栖越子於會稽兮,灑靈姑之耻也〔十八〕。(越靈姑浮戈擊闔廬,闔廬卒於郢。夫差使人立於庭,苟出入,必謂己曰:"夫差,而忘越王之殺而父乎?"則對曰:"不敢忘!")何甘④饋之豢吾兮,忘腹心之巨毒也。黄池業乎成霸兮〔十九〕,忽姑蔑之在目也〔二十〕。到七士以何益兮〔二十一〕,知員⑤亡而國隨。迫甬東之乞死兮〔二十二〕,始地下之慚知。已矣乎,國以人而張兮,亦以人而亡。始讒費之禍國兮,終嬖嚭之亂邦〔二十三〕。荃不察夫忠貞兮,矧外迷而内荒〔二十四〕。訪胥山之遺廟兮〔二十五〕,聲烈烈以稱王。怒濤忽其殿足兮,些靈馬於横江〔二十六〕。

【校】

① 明佚名鈔鐵崖先生集卷一、康熙御定歷代賦彙卷一百十二載此篇,據以校勘。報:原本作"䩄",據汲古閣刊本、鐵崖先生集本、歷代賦彙本改。

② 熠:歷代賦彙本作"惜"。

③ 已:鐵崖先生集本作"以"。

④ 甘:原本漫漶,據汲古閣刊本、鐵崖先生集本、歷代賦彙本補。

⑤ "員"字下原本有小字注曰:"員,一作'人'。"

【箋注】

〔一〕吴光:吴國公子光。伍子胥欲結交公子光,投其所好而進鱄諸。參見本卷懷延陵注釋。

〔二〕州于:州于乃衛莊公寵妾之子,襲殺衛桓公而篡位。衛臣石碏與陳侯隨即共謀殺之。詳見史記衛康叔世家。

〔三〕費無極:又作費無忌,楚平王之太子少傅,曾讒害伍奢、伍子胥父子。下文稱之爲"讒費"。詳見史記伍子胥列傳。

〔四〕鞭墓:史記伍子胥列傳:"及吴兵入郢,伍子胥求昭王。既不得,乃掘楚平王墓,出其尸,鞭之三百,然後已。"

〔五〕復父之雊:夫差之父闔廬伐越,越王勾踐迎擊,敗吴於姑蘇,闔廬受傷而死。詳見史記伍子胥列傳。

〔六〕沼吳：左傳哀公元年：伍子胥諫吳王，吳王不聽，子胥曰：“越十年生聚，而十年教訓，二十年之外，吳其爲沼乎！”

〔七〕熊居：楚平王名。楚平王原名棄疾，即位爲王之後，改此名。參見史記楚世家。

〔八〕朝吳：春秋左傳正義卷四十七：“楚費無極害朝吳之在蔡也。”注：“朝吳，蔡大夫，有功於楚平王，故無極恐其有寵，疾害之。”

〔九〕蔡朱：春秋左傳正義卷五十：“蔡侯朱出奔楚，費無極取貨於東國，而謂蔡人曰：‘朱不用命於楚，君王將立東國。若不先從王欲，楚必圍蔡。’蔡人懼，出朱而立東國。”注：“東國，隱大子之子，平侯廬之弟，朱叔父也。”

〔十〕嗣子師：指費無極。

〔十一〕一過已多：史記伍子胥列傳：“楚平王有太子名曰建，使伍奢爲太傅，費無忌爲少傅。無忌不忠於太子建。平王使無忌爲太子取婦於秦，秦女好，無忌馳歸報平王曰：‘秦女絶美，王可自取，而更爲太子取婦。’平王遂自取秦女……無忌既以秦女自媚於平王，因去太子而事平王。恐一旦平王卒而太子立，殺己，乃因讒太子建。”

〔十二〕城父：地名，太子建所守。史記伍子胥列傳：“建母，蔡女也，無寵於平王。平王稍益疏建，使建守城父，備邊兵。頃之，無忌又日夜言太子短於王……太子建亡奔宋……鄭定公與子産誅殺太子建。”

〔十三〕奢二子：伍子胥及其兄伍尚。伍尚被殺，伍子胥亡走於吳。參見史記伍子胥列傳。

〔十四〕光：公子光，即吳王闔閭。

〔十五〕州來：古國名，位於淮南下蔡、潁州一帶，春秋時爲楚所滅，後被吳攻取。參見史記吳太伯世家。

〔十六〕包胥：即申包胥。參見陳善學序刊楊鐵崖先生文集卷一蘆中人注。

〔十七〕鬥懷：鬥辛弟。按：闔廬伐楚，楚昭王負傷，逃至鄖，鄖公鬥辛之弟鬥懷有心報父仇，欲弑昭王，鬥辛反對。參見春秋左傳正義卷五十四。

〔十八〕靈姑：指靈姑浮，越國大夫。闔廬伐越，越王勾踐迎擊，靈姑浮以戈擊闔廬，闔廬受傷而死。兩年後吳王夫差再次伐越，大敗之，勾踐率餘兵五千棲於會稽，卑辭求和。參見春秋左傳正義卷五十六、史記伍子胥列傳。

〔十九〕黃池：史記秦本紀：“（秦悼公）九年，晉定公與吳王夫差盟，爭長於黃池，卒先吳。吳彊，陵中國。”又，史記伍子胥列傳：“吳王既誅伍子胥，遂伐齊……因北，大會諸侯於黃池，以令周室。”

〔二十〕姑蔑：在越國西部，位於今浙江衢州一帶。此處借指越軍。參見春秋
　　　　分記卷三十五姑蔑有二。

〔二十一〕到七士：越王勾踐伐吳，吳軍敗。吳王夫差欲封鎖消息，七人因洩露
　　　　此事而被斬於幕下。詳見史記吳太伯世家。

〔二十二〕甬東：甬江之東，春秋時屬於越國東部偏僻地。越敗吳，勾踐欲遷夫
　　　　差於甬東，夫差悔之莫及，自殺。詳見史記吳太伯世家。

〔二十三〕嚭嚭：指吳太宰伯嚭。伯嚭收受越國重賂，接受求和而導致吳亡。

〔二十四〕外迷而内荒：書五子之歌：“内作色荒，外作禽荒……有一于此，未或
　　　　不亡。”

〔二十五〕胥山：史記伍子胥列傳：“（夫差）取子胥尸盛以鴟夷革，浮之江中。
　　　　吳人憐之，爲立祠於江上，因命曰胥山。”

〔二十六〕靈馬：傳子胥死後爲潮神，乘素車白馬於潮中。參見鐵崖先生詩集乙
　　　　集觀濤同張伯雨賦注。

吊望諸君〔一〕

　　吾觀戰國之相雄兮，曷有庶幾乎王者之師。惟夫子之出其時兮，
而不軌於衆馳。當其合秦、趙於①濟西兮〔二〕，拓汶篁以薊植〔三〕。下連
城之破竹兮，曾何有乎莒、墨〔四〕。在兵法有脱兔兮〔五〕，胡三年之及拒。
豈其力之不能兮，抑要功於弗舉。昔穆子之在鼓兮，城可獲而弗爲。
必食竭而力盡兮，然後取戴鞻以歸〔六〕。觀夫子之持重兮，方戒令於鈔
掠。曰封墓以表閭兮〔七〕，有孟津之遺略〔八〕。新王不以間入兮〔九〕，豈
成名於小慧。託微罪以去國兮，遂乖身於上計。後吾不可以逆慮兮，
紛成敗而智愚。去千秋而尚友兮，曰有人乎草廬〔十〕。誓之死以鞠躬
兮，傷日中而濛汜〔十一〕。援夫人以徵昔兮，增長悲於不已。

　　　　評曰：此作蓋又欲爭後先於柳文者也〔十二〕。

【校】

① 明佚名鈔鐵崖先生集卷一載此篇，據以校勘。秦：似當作“燕”。參見注釋。
　 於：鐵崖先生集本作“之”。

【箋注】

〔一〕望諸君：指樂毅。趙封樂毅於觀津，號曰望諸君。望諸：澤名，原屬齊地，後爲趙所有。參見史記樂毅列傳。

〔二〕“當其”句：史記樂毅列傳：“當是時，齊湣王彊……與秦昭王爭重爲帝，已而復歸之。諸侯皆欲背秦而服於齊。湣王自矜，百姓弗堪。於是燕昭王問伐齊之事……燕昭王悉起兵，使樂毅爲上將軍，趙惠文王以相國印授樂毅。樂毅於是并護趙、楚、韓、魏、燕之兵以伐齊，破之濟西。”

〔三〕拓汶篁以薊植：樂毅報燕惠王書曰“薊丘之植植於汶篁”，意爲燕國疆界拓展至齊之汶水。參見史記樂毅列傳引徐廣注。

〔四〕墨：指即墨。樂毅率五國聯軍伐齊，攻入齊都，衆軍返回，獨留樂毅。樂毅率領燕軍，於五年之中將齊國七十餘城納入燕國版圖，唯獨莒與即墨二城未能攻克。參見史記樂毅列傳。

〔五〕脱兔：孫子兵法九地篇：“是故始如處女，敵人開户，後如脱兔，敵不及拒。”

〔六〕“昔穆子之在鼓兮”以下四句：穆子，即荀吳，卒謚穆。又稱中行穆子。春秋時晉國大夫。鼓鞮，鼓君之名。荀吳曾帥師伐鮮虞，圍鼓。待鼓人食竭力盡而後取之。克鼓而反，不戮一人，執鼓鞮歸。參見春秋左傳正義卷四十七。

〔七〕“曰封墓”句：武王克殷，命畢公釋百姓之囚，表商容之閭。命閎夭封比干之墓。見史記周本紀。

〔八〕孟津：周武王會盟之地。武王伐紂，不期而會孟津之上，八百諸侯。據史記河渠書正義，孟津在洛州河陽縣南門外。

〔九〕新王：指燕昭王之子惠王。燕惠王不滿于樂毅，又誤信齊國反間計，遂令騎劫代樂毅，導致燕軍大敗，樂毅奔趙。詳見史記樂毅列傳。

〔十〕有人乎草廬：指諸葛亮。諸葛亮尚未出山即頗有抱負，常自比於管仲、樂毅。

〔十一〕濛汜：日落處。喻暮年。南朝梁江淹雜體詩效郭璞游仙：“永得安期術，豈愁濛汜迫。”

〔十二〕柳文：指柳宗元所撰騷體吊樂毅文。

悲舒王[一]

　　偉夫子之得君兮,若阿衡之於成湯[二]。衆方疾步而競趨兮,意遲遲而不行。幡①然一起兮,景星鳳皇。材②博而利兮,論高而强。志堅而不拔兮,行不撓而愈剛。赤舄几几兮[三],尊之以師臣[四]。四海呼舞兮,南方聖人[五]。俾三代以同風兮,匪堯、舜則不以陳。洗經學之污陋兮,與讀法而咸新[六]。經固有其造兮,政豈祈於厲民[七]。舉周官之勤説兮,胡獨忌夫春秋[八]。宜天有變而弗畏兮[九],人有讒而易售(平)。聽鳴鶂③以爲鳳兮,唾窮麟以爲跂牂。松柏老而剪棄兮,喜植榆之驟長[十]。激長河使崑崙兮,豈滔天之能當。瑟一解而弦絶兮,抱徵角以自傷。何夫子得君之專兮,烈又如是其卑也。曰事必待於自明兮,豈明良之相知也。至要君之蹇淺兮,乃以廉恥而自京。帝托勃其有人兮[十一],知夫子反身之未誠。覽嘉祐之閎辨兮[十二],乃成之以知言。吾令鵜鳩以些魂兮,薦吾悲於九泉。

　　評云:是老平日得失成敗,亦概見於此矣。

【校】

① 康熙御定歷代賦彙補遺卷十四收録此文,據以校勘。幡:原本作"蟠",據汲古閣刊本、歷代賦彙本改。

② 材:歷代賦彙本作"才"。

③ 鶂:文淵閣四庫全書本作"鶃"。

【箋注】

〔一〕舒王:指王安石。據宋史卷一百五禮志,北宋政和三年,詔封王安石爲舒王。

〔二〕阿衡:指伊尹。阿,倚;衡,平。商湯倚伊尹而取平,故以爲官名。

〔三〕赤舄几几:語出詩豳風狼跋,讚美周公。

〔四〕尊之以師臣:神宗登基,命王安石爲江寧知府。數月後,召爲翰林學士兼侍講。熙寧元年四月,始入朝爲帝謀劃治術。參見宋史王安石傳。

〔五〕南方聖人:宋有人稱王安石爲聖人,程顥與朱熹等皆不認可。參見朱子語類卷一百三十引録宋神宗與程顥對話。又,鐵崖弟子張憲詩哀熙寧:"嗚呼,<u>仁皇</u>有意安天下,悔不十年相<u>司馬</u>,南方聖人真土苴。"(載<u>玉笥集</u>卷二。)

〔六〕"洗經學之污陋兮"二句:<u>王安石</u>訓釋<u>詩</u>、<u>書</u>、<u>周禮</u>,頒之學官,天下號曰"新義"。參見<u>宋史 王安石傳</u>。

〔七〕厲民:<u>宋史 王安石傳</u>:"農田水利、青苗、均輸、保甲、免役、市易、保馬、方田諸役相繼并興,號爲新法,遣提舉官四十餘輩,頒行天下……由是賦歛愈重,而天下騷然矣。"

〔八〕忌夫春秋:<u>王安石</u>黜<u>春秋</u>之書,不使列於學官,至戲目爲"斷爛朝報"。參見<u>宋史 王安石傳</u>。

〔九〕"宜天"句:<u>宋史 王安石傳</u>:"甚者謂'天變不足畏,祖宗不足法,人言不足恤'。罷黜中外老成人幾盡,多用門下儇慧少年。"

〔十〕<u>清 王士禛 池北偶談</u>卷十七<u>楊鐵崖二賦</u>,摘引本文"舉<u>周官</u>之勤説兮"至"喜植榆之驟長"凡八句,并有評曰:"數語曲盡<u>安石</u>罪狀,可當爰書。"

〔十一〕勃:<u>周勃</u>。<u>劉邦</u>信賴老臣<u>周勃</u>,曾曰:"安<u>劉</u>氏者,必<u>勃</u>也。"參見<u>鐵崖先生古樂府</u>卷一<u>旦春詞</u>注。

〔十二〕<u>嘉祐</u>之閎辨:指題名<u>宋 蘇洵</u>之<u>辨姦論</u>。<u>蘇洵</u>有<u>嘉祐集</u>。

吊陳了翁〔一〕

彼<u>紹聖</u>其何時兮,惟黨人之蔽滋〔二〕。邪與正不兩立兮,君子常屈乎其時。執枉①論而爲國是兮,(<u>熙</u>、<u>豐荆黨</u>〔三〕。)被②以不孝之僞名。(<u>元祐温黨</u>〔四〕。)惇身服乎狙③險兮〔五〕,申二<u>蔡</u>以爲朋〔六〕。何夫子之弗黨兮,曰在彼爲舉知。固知蹇蹇之爲予患兮,甘茹毒其如飴。嗟夫子之寡師兮,將以殲其渠魁。仗<u>尊堯</u>以爲義兮〔七〕,阽余身於觚攠。(<u>尊堯集</u>以<u>卞</u>爲罪魁。)觀<u>泰陵</u>(<u>徽宗</u>)之英識兮,亦聰聰之④易瘖也〔八〕。何操舟之倒榜兮,謂長梁其不可渡也。遭余道夫<u>九江</u>兮,旦又濟夫<u>南康</u>〔九〕。顧窮飛其曷逝兮,紛網羅之高張。嗟公道之不立兮,今之人又數化〔十〕。(指<u>蔡蔡</u>輩。)初既要予以<u>陸</u>、<u>狄</u>⑤兮〔十一〕,又何倒戈以前御。誓嫉邪以死直兮,雖顛越其非所辱。審取舍以乾乾兮,生有重夫所欲。南北裂其有萌兮,知夫人之禍世。三十年之來徵兮,卒符言於前筮〔十二〕。吾嘗愛<u>元城</u>(<u>劉器之</u>)之爲剛兮〔十三〕,夫子又<u>李</u> <u>杜</u>之齊名〔十四〕。慕危節以感激兮,些千秋其若生。

> 評云:自三良至此,凡六篇,據義正而立語精,皆寓史斷於騷人之詞者也。學者熟此,可以識古賦之則矣。

【校】

① 康熙御定歷代賦彙補遺卷十四收錄此文,據以校勘。枉:原本作"往",據歷代賦彙本改。

② 被:原本作"彼",據文淵閣四庫全書本、歷代賦彙本改。

③ 狙:原本作"徂",據歷代賦彙本改。

④ 之:歷代賦彙本作"而"。

⑤ 汲古閣刊本、文淵閣四庫全書本於"狄"字下有小字注曰"一作'秋'"。按:"秋"字誤,參見注釋。

【箋注】

〔一〕了翁:陳瓘別號。陳瓘以直諫著稱,事迹詳見宋史本傳。

〔二〕黨人之蔽滋:北宋紹聖年間,哲宗親政,力主紹復王安石新法之政。朋黨論起,元祐臣僚多遭罷黜。

〔三〕熙、豐:即熙寧、元豐,皆宋神宗年號。荆黨:指追隨荆公(王安石)之"新黨"。

〔四〕元祐:宋哲宗年號。其時哲宗年幼,高太后親政,啟用追隨温公(司馬光)之"舊黨"。

〔五〕惇:章惇。章惇入相,詢陳瓘以當世之務,瓘謂消除朋黨,持折中之道。因此頗忤章惇。參見宋史陳瓘傳。

〔六〕二蔡:指蔡京、蔡卞兄弟。宋史陳瓘傳:"瓘平生論京、卞,皆披摘其處心,發露其情慝。最所忌恨,故得禍最酷,不使一日少安。"二蔡生平見宋史奸臣傳。

〔七〕尊堯:宋史陳瓘傳:"瓘嘗著尊堯集,謂紹聖史官專據王安石日録改修神宗史,變亂是非,不可傳信。深明誣妄,以正君臣之義。"

〔八〕聰聰之易瘳:讚譽南宋高宗。宋史陳瓘傳:"紹興二十六年,高宗謂輔臣曰:'陳瓘昔爲諫官,甚有讜議。近覽所著尊堯集,明君臣之大分,合於易天尊地卑及春秋尊王之法。'"

〔九〕九江、南康:陳了翁貶官之地。宋史陳瓘傳:"在台五年,乃得自便……卜居江州,復有譖之者,至不許輒出城。旋令居南康,纔至,又移楚。"按:江

　　州即九江。

〔十〕今之人又數化：指蔡薿等趨炎附勢，變化多端。宋徽宗崇寧五年進士考，
　　　蔡薿揣度蔡京將復用，投其所好，於是對策擢爲第一。政和元年任杭州守
　　　時，又討好蔡京，逮治陳瓘子正彙，連及陳瓘。詳見宋史紀事本末卷十一
　　　蔡京擅國。

〔十一〕陸、狄：指陸贄、狄仁傑。宋史蔡薿傳：“始薿未第時，以書謁陳瓘，稱其
　　　　諫疏似陸贄，剛方似狄仁傑，明道似韓愈。及對策，所持論頓異，遂欲害
　　　　瓘以絶口。因其子正彙告蔡京不軌，執送京師。薿復入爲給事中，又與
　　　　宰相何執中謀使石悈治瓘，幾不免。”

〔十二〕符言於前筮：宋史陳瓘傳：“通於易，數言國家大事，後多驗。”

〔十三〕元城：指劉安世。劉安世字器之，號元城。宋史有傳。陳瓘患病，劉安
　　　　世嘗使人勉以醫藥自輔，曰：“天下將有賴於公，當力加養，以待時用。”
　　　　參見歷代通鑑輯覽卷八十一“（宣和四年）二月管勾太平觀陳瓘卒”
　　　　一節。

〔十四〕李杜：東漢末李膺、杜密，皆罹黨錮。參見後漢書黨錮傳。

憂釋[一]

　　天之何爲使聰明而無信兮，明畏之無神。賢不必福兮，壽不必
仁。不義而富兮，好禮而貧。蹠以考終兮[二]，聖泣袂於踣麟[三]。冶緤
身於非罪兮[四]，冉攖①疾於哲人[五]。曾日食以萬資兮[六]，汲九餲於
二②旬之期[七]。郎三葉而不遷兮[八]，七世或襲其遺[九]。飽③侏儒欲死
兮，長九尺者飢[十]。司造虧羨兮，偏既反而。曰迪逆其猶景響兮，吾
壹不知惠從之所歸[十一]。匪仁吾弗依兮，匪誼④吾弗據。培德植之翹
翹兮，愿俟時乎⑤吾將茹。夫何好修者見殃兮，曰告予以不淑。饑饉
降喪兮，艱我水菽。三釜需養兮[十二]，風拔庭木[十三]。言陟於圮
兮[十四]，背樹隨覆。填孰哀其岸獄兮[十五]，變孰恤其困飢。惡青蠅之
伺物兮[十六]，肆射工而含機[十七]。紛碩鼠之貪婪兮，亦既樂莨楚之無
知[十八]。曾欷歔而仜⑥際兮，適窮困吾此時也。鮮民之不如無生
兮[十九]，何久處乎此罹也。吾令箕伯叱風兮[二十]，溘乎余將逝也。指
閶闔以開關兮，跪敷衽於帝也[二十一]。憼夜田以貸恩兮，貨車子以可

假。感寄輦⑦以泄私兮,亦逃資於晝火〔二十二〕。畀懷鳩以薦休兮,賂銅鈎又爲禍〔二十三〕。漫鑄山以禳餓⑧兮,抑富私而不果〔二十四〕。彼蒼茫以無端兮,固遭遇之無恒。既克定其誰憎兮,諒靡人而弗勝。逢逆境以順受兮,乃先民之所程。褊不怨夫漂瓦兮〔二十五〕,汇⑨耳外之蜚聲。吾何爲不豫兮,其無以心而累形。曰相訓而助信兮,吾將俟久於天人之監明。誶曰:

棘人欒欒〔二十六〕,條其歗兮。不自先後,集百蓼兮。輪根屈盤,別利器兮〔二十七〕。事會膠臈⑩,見貞士兮。怵迫應物,好惡眊兮。窟⑪若因拘,豈識道兮〔二十八〕。夷險遷乘,蟺⑫變化兮。泰宇泊然,吾何疑於裂萷兮〔二十九〕。

評云:此文宣壹鬱而攎耿介,班 幽通、張 思玄、韓 言志、柳 懲咎之作也〔三十〕。

【校】

① 明佚名鈔鐵崖先生集卷一、康熙御定歷代賦彙外集卷五收録此文,據以校勘。攖:原本無,鐵崖先生集本於此空闕一字,據歷代賦彙本補。
② 汲:歷代賦彙本作"伋",當作"伋"。二:原本脱,鐵崖先生集本作"一",據説苑徑補。參見注釋。
③ 飽:原本作"鮑",據汲古閣刊本、鐵崖先生集本、歷代賦彙本改。
④ 誼:歷代賦彙本作"義"。
⑤ 乎:鐵崖先生集本作"何"。
⑥ 仡:歷代賦彙本作"佗"。
⑦ 輦:鐵崖先生集本作"筆",誤。參見注釋。
⑧ 餓:鐵崖先生集本作"飢"。
⑨ 汇:鐵崖先生集本、歷代賦彙本作"茫"。
⑩ 膠臈:鐵崖先生集本、歷代賦彙本作"膠轕"。
⑪ 窟:疑爲"窘"之訛寫。參見注釋。
⑫ 蟺:汲古閣刊本、歷代賦彙本作"鱓"。

【箋注】

〔一〕賦當作於元順帝 至元五年(一三三九)秋。其時鐵崖爲父母守喪,暫居家鄉諸暨。繫年依據:本文之作,略遲於菁草。參見麗則遺音卷四菁草。

〔二〕蹠：盗跖。元胡震周易衍義卷六：“由其變而觀之：以原憲而貧,以季氏而富;以顔子而夭,盗跖而壽,其禍福又有不自己致之者。”

〔三〕聖：指孔子。公羊传哀公十四年：“西狩獲麟,孔子曰：‘吾道窮矣。’”何休注：“麟者,太平之符,聖人之類,時得麟而死,此亦天告夫子將没之徵,故云爾。”

〔四〕冶：公冶長,字子長,齊人。孔子弟子。孔子曾曰,公冶長雖在縲絏之中,非其罪也。詳見論語公冶長。

〔五〕冉：冉耕,字伯牛,孔子弟子。論語注疏卷六雍也：“伯牛有疾,子問之,自牖執其手,曰：‘亡之,命矣夫! 斯人也,而有斯疾也! 斯人也而有斯疾也!’”正義曰：“此章孔子痛惜弟子冉耕有德行而遇惡疾也。”

〔六〕曾：指西晉何曾。晉書何曾傳：“何曾字穎考,陳國陽夏人也……然性奢豪,務在華侈。帷帳車服,窮極綺麗,廚膳滋味,過於王者。每燕見,不食太官所設,帝輒命取其食。蒸餅上不坼作十字不食。食日萬錢,猶曰無下箸處。”

〔七〕汲：即孔伋,字子思,孔子嫡孫。説苑校證卷四立節：“子思居於衛,緼袍無表。二旬而九食。”

〔八〕三葉而不遷：宋王楙野客叢書卷五顔駟事與馮唐同：“漢武故事載顔駟一事,甚與馮唐同,曰上至郎署,見一老郎,鬢眉皓白,問：‘何其老也?’對曰：‘臣姓顔名駟,以文帝時爲郎,文帝好文,而臣好武;景帝好老,臣尚少;陛下好少,臣已老,是以三葉不遇。’上感其言,擢爲會稽都尉……楊炯渾天賦曰：‘馮唐入於郎署,遇兩君而未識。’”

〔九〕七世襲其遺：此即所謂“七葉珥貂”。參見麗則遺音卷四蓍草。

〔十〕“飽侏儒欲死兮”二句：源於東方朔奏對語。詳見漢書東方朔傳。

〔十一〕“曰迪逆其猶景響兮”二句：尚書正義卷四大禹謨：“禹曰：‘惠迪吉,從逆凶,惟影響。’”注：“迪,道也。順道吉,從逆凶。吉凶之報,若影之隨形,響之應聲。言不虛。”

〔十二〕三釜：莊子寓言：“曾子再仕而心再化,曰：‘吾及親仕,三釜而心樂;後仕,三千鍾而不洎,吾心悲。’”

〔十三〕風拔庭木：指風吹庭木而觸動孝子還鄉養親之心。參見鐵崖先生古樂府卷六萱壽堂詞注。

〔十四〕陟於屺：詩魏風陟岵：“陟彼屺兮,瞻望母兮。”

〔十五〕“填孰”句：詩集傳小雅小宛：“哀我填寡,宜岸宜獄。”注：“填,與瘨同,病也。岸,亦獄也……病寡不宜岸獄,今則宜岸宜獄矣。言王不恤鰥寡,喜陷之於刑辟也。"

〔十六〕青蠅:喻指讒佞之人。參見詩經小雅青蠅。

〔十七〕射工:一名蜮,在水中以氣射人影,中則生瘡,見晉張華博物志卷三。

〔十八〕萇楚:喻指年少誠實之人。參見詩經檜風隰有萇楚。

〔十九〕"鮮民"句:毛詩正義小雅蓼莪:"鮮民之生,不如死之久矣。"注:"鮮,寡也。"箋云:"此言供養日寡矣,而我尚不得終養。恨之言也。"

〔二十〕箕伯:相傳爲風神。

〔二十一〕"跪敷衽"句:楚辭章句卷一離騷:"跪敷衽以陳辭兮,耿吾既得此中正。"

〔二十二〕"憨夜田"四句:文選張衡思玄賦:"或輩賄而違車兮,孕行産而爲對。"注:"車:人名也。孕:懷子也。昔有周攣者,家甚貧,夫婦夜田。天帝見而矜之,問司命曰:'此可富乎?'司命曰:'命當貧。有張車子財,可以假之。'乃借而與之期,曰:'車子生,急還之。'田者稍富,致資巨萬。及期,忌司命之言,夫婦輦其賄以逃,與行旅者同宿。逢夫妻寄車下宿,夜生子,問名於夫,夫曰:'生車間,名車子也。'從是所向失利,遂更貧困。"

〔二十三〕"畀懷鳩"二句:搜神記:"京兆長安有張氏者,晝獨處室,有鳩自外入,張氏惡之,披懷而祝曰:'鳩之來,爲我禍耶,飛上承塵;爲我福耶,來入我懷。'鳩飜入懷,以手探則不知鳩之所在,而得一金帶鉤焉,遂寶之。自是之後,子孫昌盛,有爲必偶,貨財萬倍。蜀客賈至長安中,聞之,乃厚賂內婢,婢乃竊鉤以與蜀客。張氏失鉤,漸漸耗,而蜀客數罹難厄,不爲己利。"(載太平御覽卷三百五十四。)

〔二十四〕"漫鑄山"二句:指漢鄧通得文帝賜銅山鑄錢成巨富,後餓死。見史記佞幸列傳。

〔二十五〕漂瓦:即飄瓦,指狂風吹落之瓦。莊子達生:"雖有忮心者,不怨飄瓦。"

〔二十六〕棘人欒欒:語出詩經檜風素冠。

〔二十七〕"輪根"二句:晉袁宏後漢紀安帝紀一:"不遇盤根錯節,無以別堅利,此乃吾立功之秋。"

〔二十八〕"怵迫應物"四句:賈誼鵬鳥賦:"怵迫之徒兮,或趨東西。大人不曲兮,意變齊同。愚士繫俗兮,窘若囚拘。"

〔二十九〕裂荕:鶡冠子卷下世兵:"細故裂荕,奚足以疑;事成欲得,又奚足誇。"

〔三十〕班<u>幽通</u>、張<u>思玄</u>、韓<u>言志</u>、柳<u>懲咎</u>：分别指<u>東漢班固</u>之<u>幽通賦</u>、<u>張衡</u>之
　　　　<u>思玄賦</u>、<u>唐韓愈</u>之<u>復志賦</u>、<u>柳宗元</u>之<u>懲咎賦</u>。

乞巧〔一〕　效柳儀曹〔二〕

<u>楊子</u>振衣内溜，蹀足外庭。龍火迫汜，纖阿弦晶。天高無雲，仰
見明星。倬彼雲漢，複道其昂。兩宿東西，脉脉如①望。已而童子有
請於前者曰：“今夕七七②，天女停③織。帝命嬪於<u>河西</u>，而河鼓是
匹〔三〕。神官役烏，填者篷翼〔四〕。兩旗既騫，七襄攸昄④〔五〕。是以人間
之世，穿樓開張，雜組經緯。瓜果招靈，蛛絲格瑞〔六〕。可壽可嗣，可富
可貴。心開目明，手便足利。凡有所求，靡不如意。先生以拙累官，
曷不隨而祠之乎！”

　<u>楊子</u>聞言，將信將疑。爰命童子，舁峻几，薦潔卮。列瓜果，插竹
綏⑤。仰叩靈匹，俯瀝凡辭。再拜稽首稱臣，而晉告於天之孫曰〔七〕：

　切念微臣某，寔病至拙，靈匕莫針，神機莫抉。冥心頑尸，倥傃儱
屼，謇言贅行，龥卷艱危。他人有心，百慧横生，舉一反三，推縱達衡，
算無遺策，籌無不成；臣獨不然，關聰塞明。利在而趑，害萌而背，首
鼠兩端，觀望進退，動輒得宜，步無狼狽；臣獨不然，手礑足礙。周容
以爲度〔八〕，詭隨以爲遷，鳶肩以立，羔膝以前，低頸出跨，矯笑承拳，破
怒而嬉，枘鑿相便；臣羞見之，執方愈堅。柔和熟軟，滑稽宛轉，突梯
炙膏〔九〕，截截善諞，移易是非，售佞若蹇，簧口電舌，聽者舞抃；臣欲效
之，喉若有鍵。人之巧宦，鑽隙尋岐，頻要銀艾〔十〕，時更色衣，意匠所
發，隨觸其機；右官左調，我獨差池。特行兮遭媢，皎志兮逢疑。法吏
蘗事，以賑是非。翻手升降，我執弗依。甘即曲罰，以爲世嗤。彼寔
<u>盜蹠</u>，乃名之爲<u>隨</u>、<u>夷</u>〔十一〕。凡此拙疾，更僕不了。竊聞<u>天孫</u>，司天之
巧。幸逢歡旦，仰瞻姣姣⑥。乞與餘恩，實臣蒙之再造也。

　辭訖，收聲屏息，俯伏以聽命。寥廓中若有所令曰：“勗哉某！我
巧不可加於汝，亦猶汝拙不可加諸人也。相汝下民，淫巧滋新。至德
有世，填填瞋瞋，道術相忘，野鹿標薪〔十二〕。煩告瀆訓，巧於説言，非以
泄民之天者耶！刑羅憲網，巧於法術，非以賊民之質者耶！雕龍騁

馬,巧於譚辯,非以離民之歕者耶！搤仁提義,巧於文章,非眩民以多方者耶！覬譏魃貪,巧於機械,非淪胥民以敗者耶！是以知詐漸毒,民極佻巧,旰旰以爲誕,瑣瑣以爲狡。相譸相張,相敩相矯。世巧靡究,帝心是悚。我之所有,豈自秘寶,獲罪於帝,無所事禱。勗哉某⑦！保爾之拙,庶近大道。”

　　楊子聞靈音,覿而懼,少焉怡而悟。於是再拜稽首,祇承靈命。退而引酒以自歌,歌曰:

　　彼木者樗,不才而自如兮〔十三〕。彼獸者狙,恃巧而卒自屠兮〔十四〕。巧者自巧,吾不知其巧。愚者自愚,吾不知其愚兮。游無爲兮爲途,休無用兮爲居,吾不知<u>抱朴翁</u>之徒〔十五〕,<u>還真子</u>之徒兮〔十六〕。

　　　　評云:始觀<u>柳</u>作,以爲極閎麗之辭,使人不能加者也,而不知復有是作也。然<u>柳</u>非窮之極,則不能以有是文,僕於<u>鐵崖</u>亦云。

【校】

① <u>康熙御定歷代賦彙</u>卷十二載此文,據以校勘。如:<u>汲古閣刊本</u>、<u>歷代賦彙本</u>作“相”。

② 七七:<u>歷代賦彙本</u>作“七夕”。

③ 停:原本作“紅”,據<u>歷代賦彙本</u>改。

④ 昄:<u>歷代賦彙本</u>作“軶”。

⑤ “舁峻几”四句:原本作“犨峻几,薦潔厄,列瓜牙,插竹綏”,據<u>歷代賦彙本</u>改。

⑥ 姣姣:<u>歷代賦彙本</u>作“皎皎”。

⑦ 某:<u>文淵閣四庫全書本</u>作“其”。

【箋注】

〔一〕賦作於<u>鐵崖</u>任職<u>錢清鹽場司令</u>之後,回鄉守喪以前,即<u>元順帝 元統</u>二年(一三三四)至<u>至元</u>四年(一三三八)期間某年之七夕。繫年依據:文中童子曰“先生以拙累官”,<u>鐵崖</u>則自稱“右官左調”,可見當在免去其<u>天台縣令</u>之後,再次任官期間。<u>荊楚歲時記</u>:“七月七日,爲牽牛織女聚會之夜……是夕,人家婦人結綵縷,穿七孔針,或以金銀鍮石爲針,陳瓜果於庭中以乞巧,有喜子網于瓜上,則以爲符應。”

〔二〕<u>柳儀曹</u>:即<u>唐 柳宗元</u>。<u>柳宗元</u>曾任禮部員外郎,此職舊稱儀曹郎。<u>宋</u>人

洪邁謂韓愈送窮文、柳宗元乞巧文,皆模仿揚雄逐貧賦。參見容齋續筆卷
十五逐貧賦。

〔三〕“帝命嬪於河西”二句:俗傳織女嫁牽牛。詳見梁吴均撰續齊諧記“桂陽
成武丁”一則。河鼓,即牽牛星。

〔四〕箷翼:即箷羽。排列齊整,若飛鳥之羽翅。喻指百官朝見時儀仗行列
整齊。

〔五〕七襄:謂織女星白晝移位七次。參見詩經小雅大東、明周祈名義考七襄。

〔六〕蛛絲格瑞:婦女于七夕日將蜘蛛放置盒内,以結網密疏卜得巧多少。開元
天寶遺事卷下蛛絲才巧:“帝與貴妃每至七月七日夜,在華清宫游宴。時
宫女輩陳瓜花酒饌列於庭中,求恩於牽牛、織女星也。又各捉蜘蛛閉於小
合中,至曉開視蛛網稀密,以爲得巧之候。密者言巧多,稀者言巧少,民間
亦效之。”

〔七〕天之孫:織女星又稱天孫,參見史記天官書。

〔八〕“周容”句:楚辭離騷:“背繩墨以追曲兮,競周容以爲度。王逸注:周,合
也。苟合於世,以求容媚也。”

〔九〕突梯:柳宗元乞巧文:“突梯卷臠,爲世所賢。”突梯,圓滑貌。

〔十〕銀艾:後漢書張奐傳:“遺命曰:‘吾前後仕進,十要銀艾……’注:銀印緑
綬也,以艾草染之,故曰艾也。”

〔十一〕“彼寔”二句:漢書賈誼傳:“謂隨、夷溷兮,謂跖、蹻廉。”應劭注曰:“隨,
卞隨,湯時廉士。湯以天下讓而不受。夷,伯夷也,不食周粟,餓于首陽
之下。”

〔十二〕標薪:即標枝。莊子天地:“至德之世,不尚賢,不使能,上如標枝,民如
野鹿。端正而不知以爲義,相愛而不知以爲仁。”按:標枝,樹之梢枝。
以樹梢比擬君王,位置雖高,并不尊貴。

〔十三〕“彼木者樗”二句:源於莊子逍遥游所述寓言故事。

〔十四〕“彼獸者狙”二句:源於莊子應帝王所述寓言故事。

〔十五〕抱朴翁:即抱朴子。抱朴子乃晉人葛洪自號。

〔十六〕還真子:或即歸真子,指北宋熙寧年間,著作郎唐子正所遇神仙中人。
參見宋釋文瑩撰湘山野録卷下“熙寧丙辰歲”一則。

卷四十八　麗則遺音古賦程式卷二

禹穴[一]

　　會稽山爲南鎮[二]，見周禮①職方[三]。至於今，祀典不廢。人以不見禹貢爲疑。禹貢書治水起止，自揚州，止於震澤，故會稽與浙河皆不登載。禹穴在會稽山，見皇覽[四]，又見太史書[五]。人以葬②衣冠爲疑[六]。考帝少康封庶子於會稽[七]，以奉守禹之祀，則禹穴在會稽無疑也。真誥以禹醉鍾山而仙去[八]，此異説之謬也；又以穴藏禹治水秘策者[九]，尤謬。故辯其説以爲賦。

　　追太史之東游兮[十]，躡夏后之巡踪[十一]。過會稽之鉅鎮兮，登宛委之神峰[十二]。曰群聖之所栖兮，闢陽明之洞府[十三]。問東巡之故陵兮，固已失其窆所。繞古屋之雲氣兮，瞻袞冕之穹隆。雷電③掣夫鐵鎖兮，梅之梁兮已龍[十四]。愀④空山其無人兮，挂長松之落日。枕荒草之阡⑤眠兮，栖專車之朽骨[十五]。忽白日其有爛兮，射五色之神晶。闚神迹於一竇兮，眩太陰之窈冥。世以爲衣冠之壙兮，神書之竇也。圭璧出乎耕土兮，彼巨石者不可扣也。曰玉匱之發書兮，遽困淪而天飛。賴餘策以泪鴻兮，復韞櫝以閟之。夫以四載之跋履兮，亦云行其無事。錫玄圭以告成兮[十六]，始龜文之來瑞[十七]。何誕者之夸毗兮，異九疇而不經[十八]。使穴書之不泄兮，夫豈汩陳其五行。觀連天之巨石兮，妙斧鑿之無痕。南笪削乎其玉立兮[十九]，東娥接其雷奔[二十]。塗峰蠯⑥其西北兮，執玉帛者萬億[二十一]。夫既游而遂息兮，吾又何疑乎窆厼。綿祀典之常尊兮，石豈渺乎一拳。妄鍾山之金酒兮，又何附會於妖仙。噫嘻，南望蒼梧兮，東上會稽。九疑潁洞兮，窆石悽迷。秦之望兮低個[二十二]，悲沙丘兮不西[二十三]。客有釃酒荒宮，而和之以歌曰：

　　稽之鎮兮南之邦，紛萬國兮來梯航。若有人兮東一方，酌予菲兮薦予芳。舞大夏兮象德[二十四]，泳東海兮西江。

【校】

① 明佚名鈔鐵崖先生集卷一、康熙御定歷代賦彙卷二十二、浙江通志卷二百七十藝文十二賦下載此篇，據以校勘。禮：原本無，據浙江通志本增補。

② 葬：陳善學序刊楊鐵崖先生文集本作"瘞"。

③ 電：陳善學序刊楊鐵崖先生文集本、汲古閣刊本、鐵崖先生集本、歷代賦彙本皆作"霆"。

④ 愀：汲古閣刊本、鐵崖先生集本、歷代賦彙本作"湫"。

⑤ 阡：歷代賦彙本作"芊"。

⑥ 歸：陳善學序刊楊鐵崖先生文集本、汲古閣刊本、歷代賦彙本作"歸"。

【箋注】

〔一〕按鐵崖撰麗則遺音自序曰："余蚤年學賦，嘗私擬數十百題，不過應場屋一日之敵爾。"又據類編例舉三場文選，延祐四年丁巳，江西行省鄉試古賦試題爲禹鼎賦。鐵崖撰此禹穴賦，或即其早年擬作，然不得早於延祐四年（一三一七）。史記太史公自序："上會稽，探禹穴。"裴駰集解："張晏曰：'禹巡狩至會稽而崩，因葬焉。上有孔穴，民間云禹入此穴。'"又，明章潢圖書編卷六十四會稽山："賀知章纂山記曰：黃帝號宛委穴爲赤帝陽明之府，於此藏書。大禹始于此穴得書，復于此穴藏書，因謂之禹穴。"

〔二〕會稽山：本名苗山，相傳大禹葬此山後更名。位於今浙江紹興。詳見宋施宿等撰會稽志卷六大禹陵。

〔三〕職方：周禮職方氏："東南曰揚州，其山鎮曰會稽，其澤藪曰具區。"

〔四〕皇覽：魏劉劭等撰。

〔五〕太史書：此指司馬遷太史公自序。

〔六〕"人以"句：宋程大昌演繁露卷三禹冢："漢地理志會稽郡山陰縣注云，會稽山在南，上有禹冢、禹井。今紹興府城東十許里有告成觀，觀有禹廟。相傳禹墓在廟東之小山，山下又有窆石，或云禹葬所用。然絶無信傳。"

〔七〕"考帝"句：會稽志卷一："夏后氏少康封庶子於會稽，以奉守禹之祀。文身斷髮，披草萊而邑焉。"

〔八〕禹醉鍾山：真誥卷十四："夏禹詣鍾山，啖紫柰，醉金酒，服靈寶，行九真，而猶葬於會稽。"

〔九〕穴藏禹治水秘策：相傳大禹於此得玉匱金書。參見會稽志卷十一洞、吳越春秋卷四越王無余外傳。

〔十〕太史：指司馬遷。

〔十一〕夏后：夏朝君王，此指大禹。

〔十二〕宛委：據括地志，宛委山爲會稽山之一峰，一名石簣山，又名玉笥山。或以宛委山爲會稽山別稱。參見宋施宿等撰會稽志卷九。

〔十三〕闢陽明之洞府：陽明洞天在宛委山龍瑞宫，道家三十六洞天之十一。元陶宗儀南村輟耕録卷二十四道士壽函："會稽陽明洞天，在秦望山後，禹廟之西南。云即古禹穴，越之勝境也。"

〔十四〕"雷電"二句：參見鐵崖先生詩集丙集梅石橋畫龍注。

〔十五〕專車：史記孔子世家："吴伐越，墮會稽，得骨節專車。吴使使問仲尼：'骨何者最大？'仲尼曰：'禹致群神於會稽山，防風氏後至，禹殺而戮之，其節專車，此爲大矣。'"

〔十六〕玄圭：史記秦本紀："秦之先，帝顓頊之苗裔孫曰女脩……生子大業。大業取少典之子，曰女華。女華生大費，與禹平水土。已成，帝錫玄圭。"

〔十七〕龜文：即龜書，出於洛水，又稱洛書。相傳禹受洛書。文選注卷三張衡東京賦："龍圖授羲，龜書畀姒。尚書傳曰：……天與禹洛出書，謂神龜負文而出，列於背。"按：姒，禹姓。

〔十八〕九疇：或曰即大禹所受之洛書。詳見尚書注疏卷十一洪範傳。

〔十九〕南笥：即玉笥山。

〔二十〕東娥：即蛾眉山，在紹興府東，隸屬於山陰縣。參見宋施宿等會稽志卷九。

〔二十一〕"塗峰"二句：塗山，在山陰縣西北四十五里。見宋施宿等會稽志卷九。左傳哀公七年："禹合諸侯於塗山，執玉帛者萬國。"

〔二十二〕"南望蒼梧"五句：史記秦始皇本紀："（三十七年）十一月，行至雲夢，望祀虞舜於九疑山。浮江下，觀籍柯，渡海渚。過丹陽，至錢唐……上會稽，祭大禹，望於南海，而立石刻頌秦德。"

〔二十三〕沙丘：在今河北廣宗縣西北。秦始皇巡視途中病逝於沙丘。

〔二十四〕大夏：周代"六舞"之一。相傳本爲夏禹時代樂舞。

鎬京〔一〕

有西都賓，問於北都主人曰："昔宗周之經邑也，眷我西土，

實惟作京。烝哉武王,通觀厥成。主人亦嘗聞其説乎?"主人曰:
"未也。願賓攄土懷①之素,發古思②之幽。博我以王道,弘我以
宗周。"賓曰:"唯唯。"

"夫姬德之興也,始於后稷,封自邰土。長於公劉,克篤前祜。去
邰即豳[二],躬服勞苦。太王肇迹,艱難岐下[三]。國人懷歸,從之如雨。
文王述業,有此武功。既伐於崇,遂邑於豐[四]。武集大統,奄有四方。
遷都卜宅,於昔有光。肇造區夏[五],世有哲王。受此丕基,王配於京
(叶"居良")。

大哉! 王之受命而都之也。俯協白鱗之符,仰寤赤烏之禎[六]。
承以天命之眷,正以寶龜之靈[七]。越豐水之東[八],而宅是鎬京。實以
繼十六王而始居,開八百年之太平。考其地勢,爲古雍州[九],爲今京
兆。函、崤、二華之踞其左,褒、斜、隴坻之界其右,終南、太一之表其
前,洪河、涇、渭之帶其後[十]。天邑亢爽,惟神皋之所托;上腴廣衍,乃
奥區之所受[十一]。於是辨方位,建國鄙,經歷九軌,城隅九雉。左祖右
社,面朝後市。翼翼巍巍,四方所視。若其五十封族,八百分邦。壯
我屏翰,守我井疆。維城磐石,根深本強。使天下輪運而輻輳,宜其
綿世毗於久長。想夫蹌蹌之僚,駕趨箑羽。肅肅之後,駿奔踵武。執
珪執纁,貢球貢紒。九夷之長,八蠻之主,賷贄聯絡,膜拜傴僂。楛矢
來於肅慎[十二],獒獸獻於西旅[十三]。紛重舌而九譯,僉來王而順序。
於時開明堂,臨辟雍。旒冕密勿,衣冠會同。盛禮興樂,於論鼓鍾。
庭實千品,旨酒萬鍾。舞掉八佾,歌洋九功[十四]。漏澤霈甘雨,仁聲逐
祥風。此鎬京之盛概,而非曩日岐、豐之可以比隆矣。

迨夫成王五遷,卜維洛食[十五]。土中是據,土圭攸測。風雨交會,
貢賦均適。協周、召之經營[十六],朝萬方之玉帛。遷殷頑兮是處,務密
邇乎王室。何酆、鄗之復還,固未忘於故邑。嘅歷世之十二,念萬物
之失生。觀魚藻之興刺[十七],將不樂乎鎬京。日斁色以自縱,乃遂焉
而逢殃(叶"英")。吾已知宗周之不競,而轍一③東於王城矣。"

賓之言未已,而主人喟然歎息曰:"客誠好古之流歟! 惜乎信耳
而遺目也。子能知古昔之西京,而未知今日之北京也。皇矣上帝,求
民之莫④(叶"陌")。大哉至哉! 乾坤元德[十八]。作我父母,天開地闢。
乃眷北顧,此維與宅。蓋自帝堯啓都,召公拓迹[十九]。慕容不能稱兹⑤

土[二十],完顏不能據兹域[二十一]。惟聖人之應符,環衆星而拱極。累疊⑥聖之洪基,貽萬葉之燕翼。若其前潦沱[二十二],後居庸[二十三];雪山峙其西,太行屹其東。拊上谷爲脊膂[二十四],控中夏爲腹胸。曾不恃乎巖險與襟帶,未足擬諸其形容。蓋其光宅四表,仁深草木。曆開八百,狹周基之興龍;形得百二[二十五],悼秦關之失鹿[二十六]。八方士女,同后妃節儉之風;萬里衣裳,比公子信厚之族。故城郭之大,在無外之寰寓;宮室之美,在可封之比屋。使漢京之賦,賦之而未盡;雖周鎬之歌,歌之而⑦不足。賓幸生乎元世,奈⑧何信耳而遺目!"

賓乃愧墨不言,慄然下意,逡巡辟席,謝罪而退。

評云:極以西賓閎衍之詞,而約以北主風諭之義,非訕古佞今之作也。

【校】

① 明佚名鈔鐵崖先生集卷一、康熙御定歷代賦彙卷三十五載此篇,據以校勘。
土懷:歷代賦彙本作"懷土"。
② 古思:歷代賦彙本作"思古"。
③ 一:原本闕,據陳善學序刊楊鐵崖先生文集本、汲古閣刊本、鐵崖先生集本、歷代賦彙本補。
④ 莫:歷代賦彙本作"癉"。
⑤ 兹:汲古閣刊本、歷代賦彙本作"此"。
⑥ 疊:歷代賦彙本作"列"。
⑦ 而:原本無,據陳善學序刊楊鐵崖先生文集本、汲古閣刊本、鐵崖先生集本、歷代賦彙本增補。
⑧ 奈:原本作"未",汲古閣刊本、鐵崖先生集本、歷代賦彙本作"夫",據陳善學序刊楊鐵崖先生文集本改。

【箋注】

〔一〕本篇乃效仿班固而作。班固曾撰兩都賦,"盛稱洛邑制度之美,以折西賓淫侈之論"。參見後漢書班固傳。按:鎬京爲西周國都,故址在今陝西省西安市西南灃水東岸。周武王滅商,自酆徙都於此,謂之宗周,又稱西都。其後漢武帝在此鑿昆明池,遂淪入池内。

〔二〕去邠即豳:周始祖后稷,直至公劉,定居于邠,在今陝西省武功縣西南。公劉之時,遭狄人之亂,去邠之豳。參見詩經大雅生民與公劉。

〔三〕太王：指古公亶父。史記周本紀：“（古公亶父）乃與私屬遂去豳，度漆、沮，逾梁山，止於岐下。豳人舉國扶老攜弱，盡復歸古公於岐下。及他旁國聞古公仁，亦多歸之。”

〔四〕崇：指崇侯虎。豐：文王都城。史記周本紀：“（文王）伐崇侯虎，而作豐邑，自岐下而徙都豐。”

〔五〕區夏：諸夏之地，即華夏。書康誥：“用肇造我區夏，越我一二邦，以修我西土。”

〔六〕白鱗、赤烏：皆武王祥瑞。史記周本紀：“武王渡河，中流，白魚躍入王舟中，武王俯取以祭。既渡，有火自上復于下，至于王屋，流爲烏，其色赤，其聲魄云。”

〔七〕正以寶龜之靈：意爲承龜卜之意而建鎬京。毛詩正義大雅文王有聲：“考卜維王，宅是鎬京。維龜正之，武王成之。”

〔八〕豐水：即灃水。參見注釋一。

〔九〕雍州：其名源於陝西鳳翔之雍山、雍水，爲古九州之一。據尚書禹貢，岐山在雍州境。

〔十〕“函、崤、二華之踞其左”四句，變化班固賦文而成。兩都賦：“左據函谷、二崤之阻，表以太華、終南之山。右界襃、斜、隴首之險，帶以洪河、涇、渭之川。”

〔十一〕“天邑亢爽”四句，源自張衡西京賦：“爾乃廣衍沃野，厥田上上，寔惟地之奧區神皋。”

〔十二〕肅慎：族名，居於東北。周武王時，肅慎來貢楛矢石砮。參見史記孔子世家。

〔十三〕旅：西戎國名。參見尚書旅獒。

〔十四〕“舞掉”二句：班固東都賦：“抗五聲，極六律，歌九功，舞八佾。韶武備，泰古畢。”

〔十五〕“成王五遷”二句：謂東遷洛邑。史記周本紀：“周公行政七年，成王長，周公反政成王，北面就群臣之位。成王在豐，使召公復營洛邑，如武王之意。周公復卜申視，卒營築，居九鼎焉。曰：‘此天下之中，四方入貢道里均。’作召誥、洛誥。成王既遷殷遺民，周公以王命告，作多士、無佚。”

〔十六〕周：周公旦，周武王弟。召：召公奭，周武王同父異母弟。

〔十七〕魚藻：毛詩正義小雅魚藻序：“魚藻，刺幽王也。言萬物失其性，王居鎬京，將不能以自樂。故君子思古之武王焉。”

〔十八〕"大哉"二句：易乾："大哉乾元，萬物資始，乃統天。"易坤："至哉坤元，萬物資生，乃順承天。"

〔十九〕召公拓迹：指召公營建洛邑。

〔二十〕慕容：姓氏，此指契丹、遼國。

〔二十一〕完顏：姓氏，此指金國。

〔二十二〕滹沱：河名，位於今河北省西部。

〔二十三〕居庸：長城上關名，位於今北京市昌平區境内。

〔二十四〕上谷：古郡名，後稱易州，元代隸屬大都路。位於今河北易縣一帶。

〔二十五〕形得百二：史記高祖本紀："秦，形勝之國，帶河山之險，縣隔千里，持戟百萬，秦得百二焉。"裴駰集解引蘇林曰："秦地險固，二萬人足當諸侯百萬人也。"

〔二十六〕失鹿：亡國。史記淮陰侯列傳："秦失其鹿，天下共逐之。"

黄金臺〔一〕

懷美人兮天一方，曰燕然兮故邦〔二〕。耿寒照兮析木〔三〕，黯雲蕪兮武陽〔四〕。瞻崇臺之千尺兮，敬吊昭王〔五〕。南山松柏兮，度材孔良。載捄載捄兮，厥土燥剛。上干頒洞兮，下鎮鴻厖。出没塵霧兮，蔽虧景光。增黄金之改觀兮，聳具瞻乎四旁。吾不知壯麗之所出兮，曰聘士之遑遑。嗟甘棠之子孫兮〔六〕，胡崎嶇於蠻貊。鍾噲、之之①遺禍兮〔七〕，受强齊之控扼。嗜若虓（虛交切②）虎兮，威若震③霆。塞吾沖之嗣祚兮，哀力單而勢輕。吊遺黎之疾苦兮，衘前人之憤烈，思英雄以共奮兮，庶國耻其可雪。千金一擲兮，聘席之珍；尺璧非寶兮，寶於仁人。市遺骨以招駿兮〔八〕，繽龍媒其奮趾〔九〕。劇不召而自至兮〔十〕，鄒聞風而亦起〔十一〕。毅委質以駿奔兮〔十二〕，争來輕於千里。蓋一誠之感激兮，固非誘④金之所餌也。（此一轉句，扛鼎筆力。）寶鼎九廟兮，金城四壁⑤。大邦懷勢兮，小邦畏力。振吾旅於臨淄⑥兮，迫窮寇於莒、墨〔十三〕。齊器設於寧臺兮，故鼎返於歷⑦室〔十四〕，灑九京之宿憤兮，誠一時之偉績也。

嗚呼，鹿之臺以賄敗兮〔十五〕，瑶之臺以侈亡〔十六〕。雲夢蕩乎游盤兮〔十七〕，姑蘇鳩乎内荒〔十八〕。戲馬鄙於刓（吾官切）印兮〔十九〕，銅雀泣乎分香〔二十〕。哀章華與望海兮〔二十一〕,踽神明與柏梁〔二十二〕。編以金玉兮,絡以綺組。羅列垂棘兮〔二十三〕,錯落玄圃〔二十四〕。國士一空兮,禍國之府。想昭王之清風兮,增激古之慨慷。去千載如一日兮,金之臺至今其有耿光。

嗚呼噫嘻,望碣石兮山嵳峩〔二十五〕,涼風蕭蕭兮易水波〔二十六〕。訪故址兮何在,招望諸兮悲歌〔二十七〕。易可竭兮碣可磋,高臺之風兮不可磨。

【校】

① 明佚名鈔鐵崖先生集卷一、康熙御定歷代賦彙卷一百七亦載此篇,據以校勘。之:原本承上而脱,據陳善學序刊楊鐵崖先生文集本、汲古閣刊本、鐵崖先生集本、歷代賦彙本補。

② 注音小字原本無,據陳善學序刊楊鐵崖先生文集本增補。下同。

③ 震:歷代賦彙本作"雷"。

④ 誘:歷代賦彙本作"黄"。

⑤ 壁:原本作"璧",據汲古閣刊本、歷代賦彙本改。

⑥ 淄:原本作"緇",據鐵崖先生集本、歷代賦彙本改。

⑦ 歷:原本與校本皆誤作"磨",據史記樂毅列傳改。

【箋注】

〔一〕黄金臺:在易州(今屬河北)東南,戰國時燕昭王所築,置千金於臺上以招攬天下士,故名。

〔二〕燕然:山名,即今蒙古國杭愛山。按:"燕然兮故邦"句,謂燕然山爲燕國故土,此説有誤。史記燕召公世家:"召公奭與周同姓,姓姬氏。周武王之滅紂,封召公於北燕。索隱:'……武王封之北燕,在今幽州薊縣故城是也。'"可見燕之"故邦"在北燕,而非燕然。

〔三〕析木:依星象分野,燕國位於危四度至斗六度之間,稱爲析木之次,參見漢書地理志。

〔四〕武陽:相傳黄金臺築於此地。大明一統志卷二保定府:"武陽城,在易州城東南,故燕之下都也。"

〔五〕昭王:即燕昭王。生平詳見史記燕召公世家。

〔六〕甘棠之子孫:指召公奭之後人。召公佐武王滅商,封於薊,爲燕國始祖。

　　　　甘棠：此借指召公奭。召公曾巡行四方,於棠樹下決政事。召公卒,百姓
　　　　護此棠樹,吟詩讚美。參見詩經甘棠。

〔七〕噲：燕王。之：丞相子之。燕王噲登基後,重用丞相子之,子之僭越,至
　　　　“南面行王事”。太子平興兵攻打子之,燕國大亂。齊王乘機出兵伐燕。
　　　　太子平登基,是爲燕昭王。參見史記燕召公世家。

〔八〕市遺骨以招駿：燕昭王登基之初,即與郭隗商議招賢。郭隗以購馬骸而招
　　　　來千里馬故事,説動燕昭王重金納賢,禮賢下士。參見戰國策燕策、史記
　　　　燕召公世家。

〔九〕龍媒：指駿馬。漢書禮樂志：“天馬徠龍之媒。”應劭曰：“言天馬者,乃神
　　　　龍之類。今天馬已來,此龍必至之效也。”

〔十〕劇：劇辛。

〔十一〕鄒：鄒衍。

〔十二〕毅：樂毅。史記燕召公世家：“樂毅自魏往,鄒衍自齊往,劇辛自趙往,
　　　　士爭趨燕。燕王吊死問孤,與百姓同甘苦。”

〔十三〕“振吾旅”二句：燕昭王二十八年,以樂毅爲上將軍,合秦、楚、三晉軍伐
　　　　齊,齊大敗。齊都臨淄被攻克,僅保有聊、莒、即墨等數城。詳見史記燕
　　　　召公世家。

〔十四〕“齊器”二句：史記樂毅列傳：“齊王遁而走莒,僅以身免;珠玉財寶車甲
　　　　珍器,盡收入於燕。齊器設於寧臺,大吕陳於元英,故鼎反乎歷室。”索
　　　　隱：“（寧臺）燕臺也。”正義：“括地志云,按元英、歷室二宮,皆燕宮,在
　　　　幽州薊縣西四里寧臺之下。”

〔十五〕鹿臺：商紂王築於朝歌城中,大三里,高千尺。參見史記殷本紀。

〔十六〕瑶臺：夏桀所築。

〔十七〕雲夢：澤名。楚襄王曾游獵於雲夢。

〔十八〕姑蘇臺：吳王夫差所築。

〔十九〕戲馬臺：在彭城（今江蘇徐州）城南,高十仞,廣袤百步,項羽所築。此
　　　　借指項羽。項羽刓印,不忍授於部下,故屬下離心。參見漢書韓信傳。

〔二十〕銅雀臺：魏武帝曹操所築。曹操臨終,吩咐諸妾今後時時登銅雀臺望
　　　　其陵墓。又云：“餘香可分與諸夫人。諸舍中無所爲,學作履組賣也。”
　　　　參見晉陸機吊魏武帝文。

〔二十一〕章華：史記楚世家：“太史公曰：楚靈王方會諸侯於申,誅齊慶封,作
　　　　章華臺,求周九鼎之時,志小天下;及餓死于申亥之家,爲天下笑。操
　　　　行之不得,悲夫! 勢之於人也,可不慎與?”望海臺：在文登縣東北一

　　百八十里,相傳秦始皇造此臺望海。詳見太平寰宇記卷二十河南道
　　二十登州。

〔二十二〕神明、柏梁二臺,皆漢武帝所築,神明臺高五十丈,上有九室,常置九
　　天道士百人。柏梁臺亦高數十丈。參見史記孝武本紀、平準書。

〔二十三〕垂棘:左傳僖公二年:"晉荀息請以屈産之乘與垂棘之璧,假道於虞
　　以伐虢。"此代指美玉。

〔二十四〕玄圃:相傳爲仙人所居,在崑崙山上。參見漢書郊祀志下應劭注。

〔二十五〕碣石:在今河北昌黎。

〔二十六〕"涼風"句:戰國策燕策三:"風蕭蕭兮易水寒,壯士一去兮不復還。"

〔二十七〕望諸:即樂毅。趙封樂毅於觀津,號曰望諸君。參見麗澤遺音卷一弔
　　望諸君。

泰畤〔一〕

　　有西都賓問於北京主人曰:"蓋聞大漢元鼎之紀〔二〕,當世宗武皇
之二十有三①年也〔三〕。冀州雌②壤,文鼎獲焉。渥洼之水,天馬出
焉〔四〕。越五年,天子感神異,若望見太一③之神〔五〕,修禋天文,而泰畤
立焉〔六〕。主人亦嘗聞其制而識其故已乎?"主人曰:"未也。"

　　賓曰:"鄜畤之制〔七〕,雖始於秦④人,而五畤之名〔八〕,實備於漢氏
也。五色之氣,雖已神於孝文〔九〕,而白麟之獲〔十〕,實始應於武帝也。
維五年之冬月,實惟建子,朔曰辛巳,而冬至在是。蓋天以寶鼎神策
授皇帝,朔而又朔,終而復始〔十一〕,此千載之殊値也。天子於是建泰
畤,臨甘泉,取乾位〔十二〕,郊上玄,衣尚黄,玉尚瑄爾。其爲制也,圜壇
突峙,仰法紫垣。方觚旁角,八風外宣。祔以五帝之佐,環以群臣之
偏。尊以太一⑤之禋,祭以特牲之顯。於時⑥天姥練日,雨師蕩塵。百
辟顯相,千官駿奔。九旗彗列,萬乘雲屯。羽林伙飛之警蹕,相如、曼
倩之草文〔十三〕。李協律之譜樂〔十四〕,太史談之紀神〔十五〕。趙、代、秦、
楚〔十六〕,無相奪倫。麟鳳龜龍,諸福畢臻。天子於是次皇邸,蒞竹
宮〔十七〕。庭燎既張,玄冕致恭。望拜太一,儼若見其猶龍。夕夜明於
西向,揖朝采於大東。是⑦時恒有神光異氣,上屬於空。雲馬風車,交
迎并從。抃群后,舞群童,呼萬歲,歌九功,蓋雲合而雷同。至今郊祀

之志,封禪之頌,登載其儀容。後世雖有作者,蔑以過大漢五葉之隆矣。"

主人曰:"異哉,余之所聞也! 余聞天子祀天於圜丘,祀地於方澤。圜丘在國之陽,方澤在國之北。配祖於冬至,祀天之時。配父於季秋,饗帝之夕。故有虞氏禘黃帝而郊嚳〔十八〕,周人禘嚳而郊稷。未聞祠貴神於乾位,誇景光之赫奕。其爲禮也,陶匏其器,藁秸其席。黃鐘太蔟之律,大羹玄酒之食。貴一德之享天,馨非在乎黍稷〔十九〕。此報本反始之盛舉,豈淫昏之得以比迹也。彼元鼎之好異,詭天神以見之。信亳人之鬼道〔二十〕,立泰祝之淫祠。襲垣平之所妄〔二十一〕,甚黃蛇之可疑〔二十二〕。日不拜於東郊,褻天神與地祇。貽後嗣之故事,豈萬世之攸儀。宜乎異時甘泉罷,泰⑧畤隳,時木既拔,竹宮亦披。天實譴夫悖禮,神何取夫格思。方今聖天子將有事乎南郊,採禮於宗伯,講樂於咸池,子不觀光乎上國嚴簿之盛,而過侈女樂仙壇龍馬騄駒之屬,爲衡、譚之所訾者〔二十三〕,不亦卑乎!"

賓乃憮然避席,曰:"鄙人不學,幸聞高議,明乎郊社之禮、禘嘗之義,吾知治國之易也。"

評云:泰畤終非三代盛典,可以貶題。極以西⑨都之眩耀,而律以北京之法則,可以稱賦手矣。

【校】

① 明佚名鈔鐵崖先生集卷一、康熙御定歷代賦彙卷四十七亦載此篇,據以校勘。三:似當作"八"。參見注釋。

② 睢:原本作"雎",據文淵閣四庫全書本、漢書武帝紀所載武帝詔文改。

③ 太一:汲古閣刊本、歷代賦彙本作"太乙"。

④ 秦:原本作"泰",據陳善學序刊楊鐵崖先生文集本、汲古閣刊本、鐵崖先生集本、歷代賦彙本改。

⑤ 一:原本闕,鐵崖先生集本、歷代賦彙本作"乙",據陳善學序刊楊鐵崖先生文集本、汲古閣刊本補。

⑥ 時:歷代賦彙本作"是"。

⑦ 是:原本作"星",據陳善學序刊楊鐵崖先生文集本、汲古閣刊本、鐵崖先生集本、歷代賦彙本改。

⑧ 泰:原本作"太",據陳善學序刊楊鐵崖先生文集本、鐵崖先生集本改。

⑨　西：原本作“四”，據汲古閣刊本改。

【箋注】

〔一〕泰畤：漢武帝祭天神所立之壇。詳見史記孝武本紀。

〔二〕元鼎：漢武帝年號，公元前一一六至前一一一年。

〔三〕世宗武皇：指漢武帝劉徹。按：此謂“二十有三年”，似有誤。漢武帝登基，在公元前一四〇年，而寶鼎、天馬出現於元鼎四年（前一一三）。

〔四〕“冀州”四句：漢書武帝紀：“（元鼎四年）六月，得寶鼎后土祠旁。秋，馬生渥洼水中。作寶鼎、天馬之歌。”

〔五〕若望見太一之神：詳見史記孝武本紀。

〔六〕泰畤立：漢書武帝紀：“（元鼎五年）十一月辛巳朔旦，冬至。立泰畤于甘泉。天子親郊見，朝日夕月。詔曰：‘朕以眇身託于王侯之上，德未能綏民，民或饑寒，故巡祭后土以祈豐年。冀州脽壤乃顯文鼎，獲薦于廟。渥洼水出馬，朕其御焉。’”

〔七〕鄜畤：史記秦本紀：“（文公）十年，初爲鄜畤，用三牢。”詳見史記封禪書。

〔八〕五畤：漢書武帝紀：“（元光）二年冬十月，行幸雍，祠五畤。顏師古注曰：‘五帝之畤也。’”

〔九〕“五色之氣”二句：西漢孝文帝十四年，趙人新垣平言長安東北有五彩神氣。詳見史記封禪書。

〔十〕白麟：漢書武帝紀：“元狩元年冬十月，行幸雍，祠五畤。獲白麟，作白麟之歌。”

〔十一〕“蓋天以寶鼎神策授皇帝”三句：漢武帝郊拜時贊饗語。詳見史記孝武本紀。

〔十二〕“天子”三句：漢書禮樂志：“至武帝定郊祀之禮，祠太一於甘泉，就乾位也；祭后土於汾陰，澤中方丘也。”

〔十三〕相如、曼倩：指司馬相如、東方朔。

〔十四〕李協律：即李延年，武帝時任協律郎。史記、漢書均有傳。

〔十五〕太史談：司馬遷父司馬談，於漢景帝、武帝之際任太史令。

〔十六〕趙、代、秦、楚：指上述各地謠曲。漢書禮樂志：“（武帝）乃立樂府，采詩夜誦，有趙、代、秦、楚之謳。以李延年爲協律都尉，多舉司馬相如等數十人造爲詩賦，略論律呂，以合八音之調，作十九章之歌。”

〔十七〕竹宮：漢書禮樂志：“以正月上辛用事甘泉圜丘，使童男女七十人俱歌，昏祠至明。夜常有神光如流星止集于祠壇，天子自竹宮而望拜。”韋昭注曰:"以竹爲宫,天子居中。"

〔十八〕 有虞氏:指舜。舜生於姚墟,以爲姚姓,封之於虞,號有虞氏。

〔十九〕 馨非在乎黍稷:意爲馨香在德。尚書正義卷十八君陳:"至治馨香,感
于神明。黍稷非馨,明德惟馨。"注:"所聞之古聖賢之言,政治之至者,
芬芳馨氣動於神明。所謂芬芳,非黍稷之氣,乃明德之馨。勵之以德。"

〔二十〕 亳人:此指薄誘忌。史記孝武本紀:"亳人薄誘忌奏祠泰一方,曰:'天
神貴者泰一,泰一佐曰五帝。古者天子以春秋祭泰一東南郊,用太牢
具,七日,爲壇開八通之鬼道。'於是天子令太祝立其祠長安東南郊,常
奉祠如忌方。"

〔二十一〕 垣平:指新垣平。史記封禪書:"(漢文帝十四年)趙人新垣平以望氣
見上,言:'長安東北有神氣,成五采,若人冠絻焉。或曰東北神明之
舍,西方神明之墓也。天瑞下,宜立祠上帝,以合符應。'於是作渭陽
五帝廟,同宇,帝一殿,面各五門,各如其帝色。祠所用及儀亦如雍
五畤。"

〔二十二〕 黄蛇:史記秦本紀:"(文公)十年,初爲鄜畤。"索隱:"於鄜地作畤,故
曰鄜畤。故封禪書曰'秦文公夢黄蛇自天下屬地。其口止於鄜衍',
史敦以爲神,故立畤也。"

〔二十三〕 衡:匡衡,西漢成帝時任丞相。譚:張譚,成帝時任御史大夫。成帝
即位之初,匡衡、張譚上奏,謂孝武帝泰畤之祀有違古制。詳見漢書
郊祀志。

麒麟閣〔一〕

　　壯西京之翼翼兮,觀宫闕之穹窿。鬱雲雨以上出兮,見傑閣之横
空。層覆隔乎光景兮,虚橝敞乎八風。聯天禄之北兮,翼未央之
東〔二〕。肇酇侯之經始兮〔三〕,繼武皇之重規。獲獨角之奇獸兮,遂被號
爲扁題。懷皇度以增大兮,至甘露之丕承。曩單于之崛强兮,今匍匐
而來庭。呼萬歲而稱臣兮,實雪耻於白登〔四〕。予何修而至此兮,實賴
予之股肱。既崇爵以報功兮,復審象以庋之。儼洋洋乎在上兮,聳具
瞻之在兹。來遠人之快睹兮,曾不啻鳳麟之與景星。後予①生以尚論
兮,將某某以指評。若博陸之稱首兮,胡獨氏而不名〔五〕。寵之以殊禮

兮,廼冠屨之自凌②。何末路之少恩兮,顧寡妻之弗刑〔六〕。(便帶議論。)偉金城之老臣兮〔七〕,實漢家之叔、虎〔八〕。富平、龍額之論功兮〔九〕,追平、嬰之智武〔十〕。丙、魏洋乎其有聲兮〔十一〕,并謀謨以濟世。何毅者之不弘兮,或含弘而不毅〔十二〕。陽城宗國之良兮〔十三〕,建平比功於朱虛〔十四〕。少府得乎易學兮〔十五〕,僅以筮而幸之。太傅貞而不撓兮〔十六〕,失保躬之明哲。謇穹廬之老使兮〔十七〕,紛獨有此媺節。嗟丹青之所畫兮,何以過吾子卿〔十八〕!何列序之特卑兮,曾未諗其殿陛。自屬國之見薄兮,吾以恨霍氏之不情〔十九〕。(子卿列卑,大宜評論。)曰黃、于與朱、尹兮〔二十〕,又遺棄夫丹青。傷靈脩之雜伯兮,實未盡乎典刑。

嗚呼,我思古之明良兮,寫聖經之畫工。文謨武烈去之千載兮,猶若見其聲容。逮書之以旂常兮,銘之以鼎鍾。嘆忠信之已薄兮,重輪奐之尊崇。雖子雲之追頌兮〔二十一〕,敢三代其同風。粉墨忽其蕭瑟兮,曾歲月之去幾。矧恩失於保終兮,名先閣而已毀。(見得漢功臣不及古,揚頌不得追聖經。)追永平之追迹兮,繼雲臺之崚嶒〔二十二〕。洎③天策之懷功兮〔二十三〕,兀烟閣之凌兢〔二十四〕。或椒房之掩美兮〔二十五〕,或逆德之齊名〔二十六〕。紛雜糅夫芳穢兮,羌有玷乎④丹青。嗚呼,麒麟燕麥兮,銅駝棘荆〔二十七〕。曰臺曰閣兮,雲烟滅冥。吾將求亮天功於二十二人之目兮〔二十八〕,耿不没之寒星。

評云:此賦乃宮室帶史斷之題也。音節中能見折衷議論者爲難,此作得之。

又評曰:賦尾多用歸美,最⑤傷文體。此作獨以感慨結之,尤可爲則。

【校】

① 明佚名鈔鐵崖先生集卷一、康熙御定歷代賦彙卷七十五亦載此篇,據以校勘。陳善學序刊楊鐵崖先生文集本於"予"字下空一格,示脱一字。
② 凌:歷代賦彙本作"陵"。
③ 洎:原本無,據文淵閣四庫全書本增補。
④ 乎:歷代賦彙本作"兮"。
⑤ 最:汲古閣刊本作"大"。

【箋注】

〔一〕本賦當撰於元英宗至治元年(一三二一)以後不久,其時鐵崖在家鄉讀書,
　　準備科考。繫年理由:據類編例舉三場文選,至治元年辛酉中書堂會試古
　　賦試題爲凌烟閣賦,鐵崖此賦蓋屬擬作。麒麟閣:始建於漢武帝,後以陳
　　列功臣圖像而著名。漢書蘇武傳:"(漢宣帝)甘露三年,單于始入朝。上
　　思股肱之美,乃圖畫其人於麒麟閣,法其形貌,署其官爵姓名。"顏師古注:
　　"張晏曰:'武帝獲麒麟時作此閣。'"

〔二〕未央之東:麒麟閣在未央宮中,位於宮之東部。

〔三〕酇侯:指蕭何。漢高祖劉邦以蕭何功最盛,封爲酇侯。相傳麒麟閣乃蕭
　　何所造。參見史記蕭相國世家、漢書蘇武傳顏師古注引漢宮閣疏名。

〔四〕恥於白登:漢高祖劉邦曾遭匈奴圍困於白登。參見史記韓王信列傳。白
　　登,臺名,一説高地,位於平城之東。

〔五〕博陸:指霍光。漢書蘇武傳:"圖畫其人於麒麟閣,法其形貌,署其官爵姓
　　名。惟霍光不名,曰大司馬大將軍博陸侯姓霍氏。"按:霍光,字子孟,票
　　騎將軍去病弟。

〔六〕"何末路"二句:霍光之子霍禹等謀廢天子,事情敗露之後,禹腰斬,其餘
　　皆棄市,與霍氏相連坐誅滅者數千家。唯獨霍后未治罪,廢處昭臺宮。參
　　見漢書霍光傳。

〔七〕金城老臣:指後將軍營平侯趙充國。趙充國年七十餘,仍自告奮勇率軍
　　至金城戰羌兵。詳見漢書趙充國傳。

〔八〕漢家之叔、虎:漢書趙充國傳:"初,充國以功德與霍光等列,畫未央宮。
　　成帝時,西羌嘗有警,上思將帥之臣,追美充國,乃召黃門郎揚雄即充國圖
　　畫而頌之,曰:'……昔周之宣,有方有虎,詩人歌功,乃列于雅。在漢中
　　興,充國作武,赳赳桓桓,亦紹厥後。'"按:有方有虎,即本文所謂叔、虎,
　　指方叔、召虎。

〔九〕富平:衛將軍富平侯張安世。漢書有傳。龍頷:"頷"或作"雒",指車騎將
　　軍龍雒侯韓增。

〔十〕平:陳平,孝文皇帝時丞相。生平見史記陳丞相世家。嬰:潁陰侯灌嬰,
　　史記有傳。

〔十一〕丙:丙吉,封博陽侯。魏:魏相,封高平侯。二人均曾爲丞相,漢書皆
　　有傳。

〔十二〕"何毅者"二句:論語泰伯:"曾子曰:'士不可以不弘毅,任重而道遠。'"

〔十三〕陽城：宗正陽城侯劉德。

〔十四〕建平：御史大夫建平侯杜延年。朱虛：朱虛侯劉章。劉章勇力絶人，曾與灌嬰等平定吕氏之亂。

〔十五〕少府：指少府梁丘賀。生平事迹見漢書儒林傳。

〔十六〕太傅：此指太子太傅蕭望之，漢書有傳。蕭望之飲鴆自殺，故謂“失保躬之明哲”。

〔十七〕穹廬老使：指蘇武。漢書有傳。

〔十八〕子卿：蘇武字。

〔十九〕“何列序之特卑兮”四句：意爲漢宣帝於麒麟閣繪製功臣圖像，位次排列有失公允，蘇武列於末位而霍光居首。屬國：指蘇武，蘇武官任典屬國。霍氏：指霍光。

〔二十〕黄、于、朱、尹：指黄霸、于定國、朱邑、尹翁歸。漢書蘇武傳：“乃圖畫其人於麒麟閣……是以表而揚之，明著中興輔佐，列於方叔、召虎、仲山甫焉。凡十一人，皆有傳。自丞相黄霸、廷尉于定國、大司農朱邑、京兆尹張敞、右扶風尹翁歸及儒者夏侯勝等，皆以善終，著名宣帝之世，然不得列於名臣之圖，以此知其選矣。”

〔二十一〕子雲：指西漢揚雄。此指其作趙充國頌。

〔二十二〕“迨永平”二句：永平年間，明帝追感前世功臣，乃圖畫二十八將於南宮雲臺。參見後漢書朱景王杜馬劉傅堅馬列傳卷末論贊。永平，東漢明帝年號。

〔二十三〕天策：此指李世民。秦王李世民曾加號天策上將。

〔二十四〕烟閣：即凌烟閣。唐太宗於貞觀十七年下詔，令圖畫勳臣於凌烟閣。參見舊唐書太宗本紀。

〔二十五〕椒房之掩美：意爲凌烟閣所繪二十四功臣，其中外戚不少。按：長孫無忌爲唐太宗長孫皇后之兄，高士廉爲長孫皇后之舅，長孫順德爲長孫皇后之叔，柴紹乃唐高祖李淵女婿，均屬外戚。

〔二十六〕逆德之齊名：凌烟閣二十四功臣中，侯君集後因擁立太子李承乾而被唐太宗處死，故此謂之“逆德”。

〔二十七〕銅駝棘荆：晉書索靖傳：“靖有先識遠量，知天下將亂，指洛陽宫門銅駝，歎曰：‘會見汝在荆棘中耳！’”

〔二十八〕“吾將”句：尚書正義卷三舜典：“帝曰：‘咨！汝二十有二人。欽哉！惟時亮天功。’”注：“禹、垂、益、伯夷、夔、龍六人新命有職，并四岳、十二牧，凡二十二人，特敕命之。”

鳳凰池〔一〕

　　客有鞚玉虬兮，駕蜚鸞。訪西方之美人兮，西之池兮名"丹"。（起從仙家說來，便飄飄然有淩雲氣。）曰鳳鳥下浴兮，映北海之蓁龍。吾終疑其慌惘兮，曾何托其遺風焉。遑遑以更索兮，貴空聞而賤睹。（掃退荒怪，引歸本題。）遵吾道夫天路兮，覯鈞天之帝所。帝服齊于中宮兮，繽五采其來儀。餐琳琅以爲實兮，飲醴泉以爲池。（入鳳池全無痕迹。）

　　中心抱乎至忠兮，足履文而尾武。非七德之兼修兮〔二〕，曷應治乎下土。（相臣之德，不當如是乎！）咨爾鳳之寥寥兮，何久不至乎此池也。池托爾其一非兮，羌治忽之所係也。（池不可以無真鳳也如此。）鳳告余以臆兮，豈托我之無池。自阿閣之失壘兮，遥矰繳而去之。虞韶成而止庭兮〔三〕，姬德盛而鳴岐〔四〕。忽巢覆而卵破兮，去孟虧已遠〔五〕。而曰鸞臺與鳳閣兮，媲吾池於天上。苟離離其不集兮，雖名官而實喪〔六〕。（暗使少昊氏事。）魯之鳳惟丘兮，奈遭時之德衰〔七〕。（真鳳不用。）漢之鳳襲雄兮，胡隱見之失宜。（鳳不可詭。）鶝集府以欺世兮，鸑復指以自誤也〔八〕。池既失於奪之兮〔九〕，彼又蹲而不去也。（看他用事。）志不啻乎鷦鷯兮，苟一枝以自安〔十〕。固醴泉玉實以飲食兮，又何異嚇腐於鵁鸞〔十一〕。（書生筆舌，固可畏也。）故寧翔千仞以高舉兮，覽德輝而後下。朝吾鳴於崑崙兮，夕吾飲乎砥柱。（甚似騷人語句。）彼太液與唐中兮〔十二〕，（又借池說起。）侈千門而萬宫〔十三〕。托黄金以鑄我兮，使轉樞而翔風。七十丈之别風兮〔十四〕，竊空名其何益。（暗用鳳凰闕。）

　　繼高臺之興廢兮，資騷人之感激〔十五〕。（再用鳳凰臺。）天目屹其飛舞兮〔十六〕，跨形勝乎一方。嗟地褊而德薄兮，吾何栖乎此岡！（又用鳳凰山〔十七〕。感慨至此，一唱三歎。）幸帝運之一開兮，瑞式符於天老。拓靈沼以爲池兮，吾盍出乎有道。

　　客迺歌曰："池之水兮澄澄，鳳千年兮一鳴。鳳兮鳳兮，協圖出而河清。"

　　載歌曰："鳳鳥兮冥冥，池千年兮一清。池兮池兮，資爾鳳之一鳴。"（兩歌猶古，全不用羽族字面。而意自悠遠。）

評云：賦鳳皇池者，多是一篇中書堂賦〔十八〕。間有善於形容者，一段言鳳，一段言池，一題乃作兩賦。獨此篇用騷體串鳳與池於渾然之中，且一洗彤庭黃閣，鴻蹌鶴峙，俳諧字面之爲快也。語工不如格高，習蚩泠者固當在其下風〔十九〕。

【箋注】

〔一〕本賦亦當撰於元順帝至元六年(一三四〇)以前，繫年依據參見麗則遺音卷一哀三良。又據篇末“天目屹其飛舞兮，跨形勝乎一方。嗟地褊而德薄兮，吾何栖乎此岡”數句，本文當撰於鐵崖寓居杭州期間。

〔二〕七德：傳鳳有文、武、忠、孝等七德。明楊慎鳳賦：“覽七德，律五音，通天祉，應地靈。”

〔三〕虞韶：漢書叙傳：“虞韶美而儀鳳兮。”顏師古注：“韶，舜樂名也。虞書舜典曰：簫韶九成，鳳凰來儀。”

〔四〕姬德：周德，亦指盛德。宋夏僎尚書詳解卷二十一君奭：“鳴鳳爲太平之瑞，文王之時，鳳鳴岐山。”

〔五〕孟虧：即少昊氏。路史卷二十一有虞氏：“少昊氏有裔子曰孟虧，能馴鳥獸而致鳳凰，爰封之蕭……(舜)其政好生而惡殺，其任授賢而替不肖。德若天地而静虚，化若四時而變物，是以四海承風，暢于異類，鳳翔麟感，鳥獸被德。”

〔六〕名官：左傳昭公十七年：“我高祖少皞摯之立也，鳳鳥適至，故紀於鳥，爲鳥師而鳥名。鳳鳥氏，曆正也。”

〔七〕“魯之鳳”二句：指孔丘。論語微子：“楚狂接輿歌而過孔子曰：‘鳳兮，鳳兮，何德之衰。’”

〔八〕“漢之鳳襲雄兮”四句：蓋指西漢末年王氏篡權。漢之鳳，當指漢成帝時大將軍王鳳及其侄子王莽，王莽曾改年號曰天鳳。鶡集府，蓋指武夫得勢。鶡爲勇雉，其尾羽用以裝飾武冠，稱爲鶡冠。詳見後漢書輿服志。

〔九〕“池既失”句：晉書荀勗傳：“勗久在中書，專管機事。及失之，甚罔罔悵恨，或有賀之者，勗曰：‘奪我鳳凰池，諸君賀我邪！’”

〔十〕“志不奮”二句：莊子逍遥游：“鷦鷯巢於深林，不過一枝。”

〔十一〕“醴泉玉實”二句：莊子秋水：“夫鵷鶵發於南海，而飛於北海。非梧桐不止，非練實不食，非醴泉不飲。於是鴟得腐鼠，鵷鶵過之，仰而視之，曰：‘嚇！’今子欲以子之梁國而嚇我耶！”

〔十二〕太液：池名。參見鐵崖賦稿卷上太液池賦。唐中：宮殿名。漢武帝作，能容納萬人。

〔十三〕千門：指漢武帝所造建章宮。參見鐵崖賦稿卷上太液池賦。

〔十四〕別風：鳳凰闕又名別風闕，漢武帝造，高七十丈五尺。參見三輔黄圖卷二。

〔十五〕“繼高臺”二句：高臺，指鳳凰臺，在南京。騷人，指李白。李白有登金陵鳳凰臺詩。

〔十六〕天目屹其飛舞：指杭州天目山。元劉一清編錢塘遺事卷一天目山讖：“臨安都城，其山肇自天目。讖云：‘天目山垂兩乳長，龍飛鳳舞到錢塘。’”

〔十七〕鳳凰山：杭州城内有鳳凰山。山下有鳳凰門，故名。

〔十八〕“賦鳳皇池者”二句：世人多將鳳凰池比作中書省，故多虚寫鳳凰池，引出中書堂。

〔十九〕蚰泠：篆書之一體。文拙而好刻石者，人稱“蚰泠符”，或作“詅蚰符”。詳見能改齋漫録卷十一宋景文詩盡龍洞之景。

曹娥碑①〔一〕

昔湘纍之徇國兮〔二〕，甘以死而傷生。身雖殞而心不懲兮，同楚埜爲國殤〔三〕。夫何娥之眇軀兮，亦前修之允蹈。彼忘死以爲貞兮，兹捐軀以爲孝。惟娥之烈烈兮，曾稚年之未笄。當吾父之善泅②兮，習婆娑以爲戲。陽侯忽其不仁兮〔四〕，哀曾波之墊溺。娥呱呱以哀鳴兮，旬七日而罔食〔五〕。扣龍之宮不得其户兮，化精衛而莫爲力。儵見父於重淵兮，奮輕身於踊擗。嗚呼！惟仁足以殘肌兮，剛足以錮志；誠足以開金石兮，孝足以動乎天地。風濤爲之坼裂兮，蛟黿爲之四奔。抱父尸以印出兮〔六〕，儼膚髮之猶存。謜江頭之長老兮，泣孤舟之過客。抱遺骸以祭告兮，異鮑生之刻木（叶“墨”）〔七〕。嫦完父於傷槐兮〔八〕，娟代父於醉津〔九〕。緹縈氏之上言兮〔十〕，除肉刑於特恩。曰予中人之可企兮，匪拔俗而絶倫。嗟娥之爲教兮，習絺葛以爲紅③。豈師傅之夙詔兮，誦烈女之遺風。惟純誠之天出兮，奮百代而獨立。宜廟貌之永存兮，表雙阡於江邑。迨元嘉之元祀兮，得賢長④於八厨〔十一〕。屬邯鄲以秉筆兮〔十二〕，樹穹石於龜趺。追古雅以述作兮，比西京而莫逾。深石陰之旌語兮，信贊美其非譽。夫何後宗人之孟德兮〔十三〕，過靈祠以駐馬。摩道傍之殘碑兮，感乎⑤外孫與幼婦。三十里之較⑥智兮，曾何足以爲師，昧綱常之大節兮，絜長短之廋辭。彼小兒之舐犢兮，又何尤於德祖〔十四〕。酌大江以爲酒兮，擷江花以爲脯。些英英之孝娥兮，及遑遑之瞞甫。彼主將其可奪兮，勁吾衷其莫禦。顧⑦激清流於東江兮，洗遺污於鄴土。嗚呼！銅雀麋鹿兮〔十五〕，西陵狐鼠〔十六〕。耿孝魄之長存兮，照江月於⑧千古。

　　　評云：是賦辭嚴義正，可與“色絲”爭輝。篇末以宗瞞之不忠，益表娥孝之難，古今史評未有及此者也。

【校】

① 康熙御定歷代賦彙卷一百十一亦録此文，據以校勘。又，清沈志禮輯曹江孝女廟志卷五元題詠收録此文，題作孝江辭。
② 泗：原本作“洵”，據陳善學序刊楊鐵崖先生文集本、汲古閣刊本、歷代賦彙本改。
③ 紅：歷代賦彙本作“經”。
④ 長：歷代賦彙本作“表”，誤。
⑤ 乎：原本無，據歷代賦彙本增補。
⑥ 較：原本作“校”，據歷代賦彙本改。
⑦ 顧：歷代賦彙本作“願”。
⑧ 於：汲古閣刊本、歷代賦彙本作“兮”。

【箋注】

〔一〕曹娥：會稽上虞（今屬浙江）人。後漢書孝女曹娥傳：“（曹娥）父盱，能弦歌，爲巫祝。漢安二年五月五日，於縣江泝濤婆娑迎神，溺死，不得尸骸。娥年十四，乃沿江號哭，晝夜不絕聲，旬有七日，遂投江而死。”
〔二〕湘纍：指屈原。屈原投湘水死，故曰湘纍。
〔三〕“身雖殞”二句：指曹娥類似屈原。
〔四〕陽侯：波神名。
〔五〕“娥呱呱”二句：宋施宿等撰會稽志卷十會稽縣：“曹娥父盱，溺不得尸，娥投衣於江，祝曰：‘父在此，衣當沉。’旬有七日，衣偶沉，娥遂投江而死。”
〔六〕“抱父尸”句：太平寰宇記卷九十六越州曹娥碑：“餘姚縣有孝女曹娥，父泝濤溺死,娥年十四,號痛入水,因抱父尸出而死。"

〔七〕鮑生之刻木:未詳。按:漢人丁蘭刻木事親,較著名。丁蘭幼年時雙親俱
喪,遂刻木事之。見晉干寶搜神記佚文。

〔八〕嫱:此指齊傷槐女倩。古列女傳卷六齊傷槐女:"齊傷槐女者,傷槐衍之
女也,名倩。景公有所愛槐,使人守之,植木懸之下,令曰:'犯槐者刑,傷
槐者死。'於是衍醉而傷槐……倩懼,乃造於相晏子之門,曰……景公即時
命罷守槐之役,拔植懸之木,廢傷槐之法,出犯槐之囚。"

〔九〕娟:古列女傳卷六趙津女娟:"趙津女娟者,趙河津吏之女,趙簡子之夫人
也。初,簡子南擊楚,與津吏期。簡子至津,吏醉臥不能渡,簡子欲殺之,
娟懼,持楫而走。簡子曰:'女子走何爲?'對曰:'……君欲殺之,妾願以
鄙軀易父之死。'"

〔十〕緹縈:古列女傳卷六齊太倉女:"齊太倉女者,漢太倉令淳于公之少女也,
名緹縈。淳于公無男,有女五人。孝文皇帝時,淳于公有罪當刑……緹縈
自悲泣,而隨其父至長安,上書曰:'……妾願入身爲官婢,以贖父罪,使得
自新。'……小女之言,乃感聖意。終除肉刑,以免父事。"

〔十一〕八厨賢長:指縣令度尚。後漢書孝女曹娥傳:"至元嘉元年,縣長度尚
改葬娥於江南道傍,爲立碑焉。"又據太平寰宇記,碑在上虞縣水濱。元
嘉,東漢桓帝年號。縣長度尚,東漢八厨之一。按:所謂"厨",指能以
財救人者。參見古今紀要卷三、資治通鑑卷五十六"東萊王章爲八厨"
一則。

〔十二〕邯鄲:邯鄲淳。水經注卷四十:"縣令度尚使外甥邯鄲子禮爲碑文,以
彰孝烈。"又,元陳仁子文選補遺卷四十曹娥碑注:"會稽典録曰:上虞
長度尚弟子邯鄲淳,字子禮,時甫弱冠,而有異才。尚先使魏朗作曹娥
碑,文成未出。會朗見尚,尚與之飲宴,而子禮方至督酒。尚問朗:'碑
文成未?'朗辭不才,因試使子禮爲之。操筆而成,無所點定。朗嗟歎不
暇,遂毀其草。"按:三國志魏志王粲傳注引魏略,曰邯鄲淳字子叔。

〔十三〕孟德:曹操字。元郝經續後漢書楊修傳:"初,邯鄲淳作孝女曹娥碑,蔡
邕題八字,曰'黃絹幼婦外孫齏臼'。(曹操)謂修曰:'勿言,待吾思
之。'行三十里,令修言其義,修曰:'黃絹色絲,絕字。幼婦少女,妙字。
外孫女子,好字。齏臼受辛,辭字。'操曰:'一如吾意。'有智無智,校三
十里。操素忌修,於是積前後事,深銜修。"

〔十四〕德祖:楊修字。

〔十五〕銅雀:臺名。魏武帝曹操築於鄴。參見鐵崖先生古樂府卷九銅雀

曲注。
〔十六〕西陵：此指曹操陵墓。參見陳善學序刊楊鐵崖先生文集卷五銅雀妓注。

磨崖碑〔一〕

招狗玕之聲叟兮〔二〕，訪古迹於祁①陽〔三〕。瞻穹厓之桀立兮，摩萬
仞之青蒼。儼鬼靈其呵護兮，曰頌中興於大唐。觀其森鈎錯畫兮，蛟
龍蟠拏。嚴辭密義兮，日光玉華。燕、許既仆兮〔四〕，韓、李未葩〔五〕。去
雅未遠兮，光價倍加。當天寶之末路兮，豢棚兒於虎穴〔六〕。弄漁陽之
剽兵兮〔七〕，積潼關之戰骨〔八〕。蹇青騾以西狩兮〔九〕，疲馬嵬之苟活〔十〕。
釖既犯於怒鋒兮〔十一〕，環又何尤乎污血〔十二〕。嗟靈武之收兵兮，何履
位之倉皇〔十三〕。祚殆危於贅斿②兮，機不間於毫芒。苟執温清之小節
兮，不匹馬而北方，則千麾而萬③旟兮，肯復致忠於毫荒〔十四〕。咨李、郭
之猷謀兮〔十五〕，徇巡、遠之大節〔十六〕。成王翼其小心兮〔十七〕，尚書奮其
英烈〔十八〕。羌復復④之不時兮，偉四三之俊傑。擁⑤夾道之黃髮兮，復
見唐之日月。瑞黃河之清流兮，（復兩京之瑞應。）凱京師之汗血。迎上
皇以來歸兮〔十九〕，嘩長慶之驪聲。歘南內其不祥兮，起膝下之天
兵〔二十〕。使權臣其鼠變兮，何李父之貸刑〔二十一〕。嗟豺虎於厥家兮，又
何律君臣於虜廷。此殘碑之墮淚兮，與凍雨而交零〔二十二〕。至考頌以
論體兮，垢磨石之小玼。用魯史之筆法兮，寄清廟之歌詩。挈大唐之
罪案兮，異瓊琚之賞辭。宜後來之墨客，紛石刻之是非也〔二十三〕。

亂曰：已矣乎，國不貴於無難兮，難貴圖於未形。五王持兵
兮〔二十四〕，唐室再興。胡封豕之復豢兮，撼蟠李其幾傾。幸六聖之遺祚
兮〔二十五〕，復鑾興於兩京。穹厓齊天兮，侔德武丁〔二十六〕。臣結作頌
兮〔二十七〕，佐唐光明。嗚呼休哉！配迹風雅兮，製作如經。繪日月之重
光兮，垂天人之休聲。晞⑥吉父以作頌兮〔二十八〕，又何羨乎臣結之銘！

評云：此題史斷，又難於無逸圖〔二十九〕。續史學以成騷人之音，又其所
難也。

【校】

① 康熙御定歷代賦彙卷一百十一亦録此文，據以校勘。祁：汲古閣刊本、歷代

賦彙本作“岐”,誤。參見注釋。

② 斿:歷代賦彙本作“旒”。

③ 萬:原本作“方”,據陳善學序刊楊鐵崖先生文集本、汲古閣刊本、歷代賦彙本改。

④ 復復:汲古閣刊本作“收復”,歷代賦彙本作“恢復”。

⑤ 擁:原本作“雍”,據陳善學序刊楊鐵崖先生文集本、汲古閣刊本、歷代賦彙本改。

⑥ 晞:歷代賦彙本作“希”。

【箋注】

〔一〕磨崖碑:指元結所作大唐中興頌,磨浯溪石崖書之,故名。清倪濤六藝之一録卷一百四永州碑記:“大唐中興頌,在祁陽浯溪石崖上。元結文,顏真卿書,大曆六年刻。俗謂之磨崖碑。”

〔二〕猗玗:即猗玗子。猗玗子、聱叟皆元結別號。元結傳載新唐書。

〔三〕祁陽:地處祁山之南,故名。今屬湖南。

〔四〕燕、許:張説、蘇頲之并稱。張説封燕國公,蘇頲襲封許國公。兩人皆以文章名,號“燕許大手筆”。

〔五〕韓、李:指韓愈、李翱。

〔六〕棚兒:指安禄山。參見陳善學序刊楊鐵崖先生文集卷三點籌郎。

〔七〕漁陽:今天津薊縣一帶。安禄山於此駐軍。

〔八〕潼關:位於今陝西潼關縣北,地處黃河、秦嶺之間,爲重要關隘。安禄山攻潼關,哥舒翰所率唐軍於此慘敗。

〔九〕蹇青騾以西狩:指玄宗逃難入蜀。唐元稹望雲騅馬歌:“玄宗當時無此馬,不免騎騾來幸蜀。”

〔十〕馬嵬:驛名,位於今陝西興平。唐玄宗避難至馬嵬驛,六軍騷亂,玄宗被迫無奈,誅殺楊國忠、楊貴妃等人以安撫軍心。

〔十一〕釗:楊國忠本名。楊釗任御史中丞時,皇帝爲改名國忠。新、舊唐書皆有傳。

〔十二〕環:楊貴妃小名玉環。

〔十三〕“嗟靈武”二句:新唐書肅宗本紀:“(天寶)十五載,玄宗避賊,行至馬嵬,父老遮道請留太子討賊……七月辛酉,至於靈武。壬戌,裴冕等請皇太子即皇帝位。甲子,即皇帝位於靈武。”

〔十四〕“苟執温清”四句:意爲馬嵬驛兵變之後,唐肅宗李亨不拘泥於所謂“人子之禮”,分道北上,得以聚攏人心,勤王兵馬紛至遝來。温清,對待長輩所當遵循之行爲禮節。禮記曲禮上:“凡爲人子之禮,冬温而夏清,昏定而晨省。”

〔十五〕李、郭:指李俶、郭子儀。李俶爲唐肅宗長子,後更名豫,即唐代宗。平定安慶緒時,爲廣平郡王,任天下兵馬元帥,郭子儀副之。

〔十六〕巡、遠:指張巡、許遠。許遠爲睢陽太守,安禄山反,協同張巡堅守城池,城陷被俘,不屈而死。參見陳善學序刊楊鐵崖先生文集卷三厲鬼些注。

〔十七〕成王:即肅宗長子李俶。

〔十八〕尚書:指郭子儀,時任兵部尚書。

〔十九〕上皇:指唐玄宗李隆基。皇太子李亨登基之後,尊李隆基爲“太上皇”。

〔二十〕“歔南内其不祥兮”二句:肅宗張皇后欲除去李輔國,李輔國率兵鎮壓,迎代宗登基。詳見舊唐書代宗本紀。南内,興慶宫之别稱。

〔二十一〕李父:指宦官李輔國。代宗即位,尊李輔國爲“尚父”。後罷其中書令,仍“優詔答之”。詳見舊唐書李輔國傳。

〔二十二〕清王士禛曾摘引“苟執温清之小節兮”至“肯復致忠於耄荒”、“迎上皇以來歸兮”至“與凍雨而交零”兩段,評曰:“兩段或抑或揚,尤深當肅宗功罪,史筆也。”參見池北偶談卷十七談藝七楊鐵崖二賦。

〔二十三〕“至考頌”八句:略述元結碑文之瑕疵。魯史之筆法,即春秋筆法。清廟,祭祀周文王之詩,見詩經周頌。按:南宋王之望有關批評具有代表性,其浯溪中興頌碑詩曰:“次山之文可也簡,此頌未追周魯商。禄山滔天等窮澆,春秋之法誅無將。騁兵二字斥邊將,此語豈足懲姦强。末篇三章頗辭費,筆力不復能鏗鏘。磨崖勒銘亦何有,反復自贊乃爾詳。”(載宋詩紀事卷四十五。)

〔二十四〕五王:指桓彦範、敬暉、崔玄暐、張柬之、袁恕已。神龍元年正月二十日,五王等誅張易之、張昌宗。參見舊唐書五王傳。

〔二十五〕六聖:指唐高祖、唐太宗、高宗、中宗、睿宗、玄宗。

〔二十六〕武丁:商王,商朝在其執政時復興。詳見史記殷本紀。

〔二十七〕臣結:指大唐中興頌作者元結。其傳載新唐書。

〔二十八〕吉父作頌:指尹吉甫頌美周宣王所作崧高詩,參見詩經大雅崧高。

〔二十九〕無逸圖:鐵崖科舉程文,當時流傳頗廣。已佚。

卷四十九　麗則遺音古賦程式卷三

太公璜〔一〕

客有游乎東海之疆〔二〕，渭水之陽〔三〕。考申、呂之封裔兮〔四〕，見大風之泱泱。夫惟老漁之人兮，蹇齼齒而番髮〔五〕。逝辟地於危邦兮，紛獨守此姱節〔六〕。歲月不我與兮，哀朕時之不當。彼神魚之出水兮，孰從孕夫瑞璜〔七〕。自夏后氏之名珍兮，實取形於半璧。曰大國之是錫兮，非夫人之苟得。何直鈎之寓意兮〔八〕，廼珍物之見貽。具神工之成刻兮，知剞劂之莫施。曰姬受命兮，呂佐之；功之成兮，報在齊〔九〕。惟良弼之間生兮，天固有所賚也。韜吾珍而不耀兮，時固有所待也。五百祀之膺會兮，龍雲而虎風〔十〕。尚父之望兮〔十一〕，望吾先公。元龜示兆兮，非彲①非熊〔十二〕。傾一見於大蒐兮，神合而道同。躋後載而西歸兮，登師臣於三事〔十三〕。爾無靦色兮，我無貳志。人無間言兮，總百寮於極位。錫公袞之被服兮，解朝歌之鼓刀〔十四〕。邁洗耳之廢義兮〔十五〕，配審象之神交〔十六〕。貨通九府兮〔十七〕，兵衍六韜〔十八〕。一戎定治兮，鷹揚牧郊〔十九〕。自師文而傅武兮〔二十〕，洎幼沖之左翼〔二十一〕。勒景、襄之殊勳兮，銘昆吾之偉績〔二十二〕。首營丘之報功兮，兼五侯之封域〔二十三〕。信神物之開先兮，協菁蔡而罔貳。嗟神魚之久化兮，吾固莫質其是非。吾獨悲夫符命之興兮〔二十四〕，襲劉秀之僞②辭〔二十五〕。讖梁而夢鄧兮〔二十六〕，紛卜鬼而稽疑。彼夢臧之曠議兮〔二十七〕，又恍惘其奚知。雖其神道之託兮，不既治道之賊也。吾固知評璜刻九字之書兮〔二十八〕，不若佩尚父丹書二十字之刻也〔二十九〕。諝曰：

蒼姬受命兮，呂佐旌。玉璜示兆兮，吾何憑。取人以身兮，聖有經。放勳示法兮〔三十〕，揚仄陋而明明〔三十一〕。

尚書中候載玉璜之刻〔三十二〕，曰："姬受命，呂佐旌，德合昌〔三十三〕。"旌者，理也。又一云："姬受命，呂佐之，報在齊。"藝文類聚又謂："剖鯉腹得書，文曰'呂望封於齊'。"

評云：此題與孔子璧皆涉不經，篇末律之以正，一掃符命讖緯之陋。

【校】

① 康熙御定歷代賦彙卷九十六收録此文,據以校勘。彪:歷代賦彙本作"罷"。
② 劉秀:原本作"劉李",據歷代賦彙本改。又,原本於"僞"下有小字注:"一作'緯'。"

【箋注】

〔一〕太公璜:周文王至磻溪,見太公呂望釣於涯,文王趨拜,呂望自稱釣得玉璜有刻文,文中曰:"姬受命,昌來提。"詳見竹書紀年卷下周武王。又,尚書大傳卷一載其文爲"周受命,呂佐檢德合,於今昌來提"。

〔二〕東海:史記齊太公世家:"太公望呂尚者,東海上人。"又,博物志:"曲海城有東呂鄉 東呂里,太公望所出也。"(元 梁益撰詩傳旁通卷三揚之水引録。)

〔三〕渭水:黃河最大支流,流經甘肅、陝西一帶。韓非子喻老:"文王舉太公於渭濱者,貴之也。"

〔四〕申、呂:皆指呂氏。史記齊太公世家:"(呂尚)其先祖嘗爲四嶽,佐禹平水土,甚有功,虞、夏之際封於呂,或封於申,姓姜氏。夏、商之時,申、呂或封枝庶子孫,或爲庶人,尚其後苗裔也,本姓姜氏,從其封姓,故曰呂尚。"

〔五〕老漁之人:戰國策秦策五"姚賈曰:'太公望,齊之逐夫,朝歌之廢屠,子良之逐臣,棘津之讎不庸。'"注:"釣魚於棘津,魚不食餌;賣庸作,又不能自售也。"齫齒:韓詩外傳卷四:"太公年七十二,齫然而齒墮矣。"

〔六〕"逝辟地"二句:相傳呂尚博學多聞,曾爲商紂王所用。因見紂王肆行無道而逃離。

〔七〕"彼神魚"二句:或曰呂尚釣於磻溪,得魚,魚腹中有玉璜。參見尚書大傳。或曰呂尚於磻溪釣得之魚,腹中有書,書文曰"呂望封于齊"。參見史記齊太公世家注引説苑。

〔八〕直鈎:相傳呂尚於磻溪垂釣,魚鈎爲直鈎。唐 羅隱羅昭諫集卷四題磻溪垂釣圖:"呂望當年展廟謨,直鈎釣國更誰如。"

〔九〕報在齊:史記齊太公世家注引説苑:"呂望年七十,釣於渭渚,三日三夜魚無食者,望即忿,脱其衣冠。上有農人者,古之異人,謂望曰……望如其言,初下得鮒,次得鯉。刺魚腹得書,書文曰:'呂望封於齊。'"參見篇末跋文。

〔十〕龍雲虎風:易乾:"雲從龍,風從虎。"

〔十一〕尚父：周尊吕望爲師尚父。史記齊太公世家：“於是周西伯獵，果遇太公於渭之陽，與語大説，曰：‘自吾先君太公曰“當有聖人適周，周以興”。子真是邪？吾太公望子久矣！’故號之曰太公望，載與俱歸，立爲師。”

〔十二〕“元龜”二句：史記齊太公世家：“西伯將出獵，卜之，曰：‘所獲非龍非彲，非虎非羆，所獲霸王之輔。’”

〔十三〕登師臣於三事：意爲奉吕尚爲丞相。按：三事，即三公之位，類似後世丞相。參見漢書韋賢傳之顏師古注。

〔十四〕解朝歌之鼓刀：史記齊太公世家注：“譙周曰：‘吕望嘗屠牛於朝歌，賣飲於孟津。’”

〔十五〕洗耳：高士傳卷上巢父傳：“堯之讓許由也，由以告巢父。巢父曰：‘汝何不隱汝形，藏汝光？若非吾友也。’擊其膺而下之。由悵然不自得，乃過清泠之水，洗其耳，拭其目，曰：‘向聞貪言，負吾之友矣。’遂去，終身不相見。”

〔十六〕審象：指商王武丁夜夢得聖人傅説，後舉以爲相，殷國因此大治。參見史記殷本紀。

〔十七〕貨通九府：史記齊太公世家：“太公至國，修政，因其俗，簡其禮，通商工之業，便魚鹽之利。”

〔十八〕六韜：太公六韜五卷，相傳吕尚著。參見隋書經籍志。

〔十九〕鷹揚牧郊：詩大雅大明：“牧野洋洋，檀車煌煌，駟騵彭彭。維師尚父，時維鷹揚。”牧野，殷郊外，武王於此誓師。

〔二十〕師文而傅武：謂吕尚爲周文王之師，武王之佐。

〔二十一〕幼沖之左翼：謂吕尚輔佐年幼之周成王，平定叛亂。

〔二十二〕“勒景、襄”二句：後漢書崔駰傳：“銘昆吾之冶，勒景、襄之鍾。”注：“蔡邕銘論曰‘吕尚作周太師，其功銘於昆吾之鼎’也。國語曰：‘晉魏顆以其身退秦師於輔氏，其勳銘於景鍾。’此兼言襄也。”

〔二十三〕“首營丘”二句：史記齊太公世家：“於是武王已平商而王天下，封師尚父於齊營丘……而人民多歸齊，齊爲大國。及周成王少時，管、蔡作亂，淮夷畔周，乃使召、康公命太公曰：‘東至海，西至河，南至穆陵，北至無棣，五侯九伯，實得征之。’齊由此得征伐，爲大國。”

〔二十四〕符命之興：漢荀悦撰前漢紀卷三十孝平：“武功亭長孟宗浚井，得白石丹書，言‘安漢公爲皇帝’。符命之興，自此始也。（王）莽遂謀爲居攝，以周公故事，皆如天子之制。”

〔二十五〕劉秀：漢光武帝。後漢書光武帝紀：“光武先在長安時同舍生彊華，
自關中奉赤伏符，曰‘劉秀發兵捕不道，四夷雲集龍鬭野，四七之際火
爲主’。”

〔二十六〕讖梁：南史陶弘景傳：“齊末爲歌曰‘水丑木’，爲‘梁’字。及梁武兵
至新林，遣弟子戴猛之假道奉表。及聞議禪代，弘景援引圖讖，數處
皆成‘梁’字，令弟子進之。”夢鄧：謂漢文帝做夢欲飛升，有一黄頭郎
推之上天，後得鄧通。參見漢書鄧通傳。

〔二十七〕夢臧：莊子田子方：“文王觀於臧，見一丈人釣，而其釣莫釣。非持其
釣有釣者也，常釣也。文王欲舉而授之政……於是旦而屬之大夫曰：
‘昔者寡人夢見良人……’……遂迎臧丈人而授之政。”

〔二十八〕璜刻九字之書：指玉璜所刻文字。按：流傳版本不一，或多於九字。

〔二十九〕二十字：宋朱熹撰四書或問卷二大學：“周之武王踐祚之初，受師尚
父丹書之戒，曰‘敬勝怠者吉，怠勝敬者滅，義勝欲者從，欲勝義者
凶’。退而於其几席觴豆刀劍户牖，莫不銘焉。”

〔　三十　〕放勳：指堯。

〔三十一〕“揚仄陋”句：書堯典：“岳曰：‘否德忝帝位。’曰：‘明明揚側陋。’”

〔三十二〕尚書中候：漢代讖諱書之一種，效仿尚書而撰。隋書經籍志著録有鄭
玄注五卷本。又有八卷殘本。皆已佚。

〔三十三〕昌：周文王名。

正考父鼎〔一〕

　　客有孔林子問於鐵崖先生曰〔二〕：“人知三代傳鼎，定於郟鄏以卜
世〔三〕，而亦知吾聖祖仲尼氏之有世鼎乎？”先生曰：“未也。”客曰：“自
夏后氏之明德也，鑄金九鼎，以象九州。協於上下，用①承天休。桀有
昏德，鼎遷弗留。殷紂弗率，繼遷於周〔四〕。孰知吾聖人之後也，而有
孔丘。雖祚滅於宋〔五〕，而祖廟有鼎，實重於遷洛，而見非於義士之流
者也〔六〕。當弗父何之嗣國也〔七〕，曰既嫡而且賢。輕千乘於一芥兮，授
之弟而弗傳。及我正考父，又甘佐戴與武、宣。位極人臣，讓德益虔。
廟有重器，金耳玉鉉。於是而鬻，於是而饘。寶共儉以愈力，恐禄食
之過嘗。既僂傴而益俯，走循牆而若蹟。銘斯文以不墜，實貽謀於萬

年。有明德者必達,符臧紇之知言〔八〕。吾猶惜魯人之善知而不善用,使必達之效僅見於夾谷之歸田〔九〕。它②日郜大鼎之納廟〔十〕,又徒以寄忠憤於魯軌之編。豈非天乎!"

先生愀然曰:"傷哉辭,能知孔鼎者,知其一而猶未知其三③也。余聞鼎之於易也,其時義大矣哉〔十一〕。革既變而法立,志有在也。革既變而無制,亂之待也。考父氏之知革也,故制器立法,以成乎志也。饘鬻於是者,若不足以餬余口,而達明德於後者,實足以饗上帝也。減於宋而奔魯者,若不足以容一時,而師於魯以準天下者,實足以開萬代也。是其鼎也,大其大而與天同其函,重其重而與地同其載也。故九鼎乎百王者,可軒而可忯也〔十二〕。楚子旅之所不能問〔十三〕,而鬼臾區之所不能對也〔十四〕。辨其名於周、漢者,不得以入其佞;託萬子孫於山甫者〔十五〕,不得以襲其詭也。兹孔氏之世鼎若是,而又何必仲尼之當世也。"客乃憙而起,爲之頌曰:

周客續殷,尹我東土。禮物既修,文獻攸聚。聖人七祖,曰正考父。傷禮之衰,追道嵒武〔十六〕。商頌既作,删詩特取〔十七〕。惟兹有銘,重鼎大呂。一命再命,曰傴曰僂。以糊余口,亦莫余侮。作羹何人,覆餗公所〔十八〕。染指朵頤〔十九〕,甘蹈鑊斧。維祖之孫,有達在下。萬帝王師,光鼎於祖。予小子某,學禮於俎。載晞④奚斯,式頌於魯〔二十〕。

評云:考父鼎之銘若微,而考父鼎之澤及聖人而達於萬代者,則遠且大矣。如此命意,則雖黄帝、大禹之鼎,無以逾其重者。文既達意,頌尤得體。

【校】

① 康熙御定歷代賦彙卷八十五亦録此文,據以校勘。用:文淵閣四庫全書本、歷代賦彙本作"以"。
② 它:文淵閣四庫全書本、歷代賦彙本作"他"。
③ 三:文淵閣四庫全書本、歷代賦彙本作"二"。
④ 晞:原本作"睎",據文淵閣四庫全書本、歷代賦彙本改。

【箋注】

〔一〕本賦當撰於元順帝至元六年(一三四〇)以前不久。繫年依據:文中作者自稱"鐵崖先生",參見麗則遺音卷一哀三良。正考父:"父"或作"甫",佐宋戴、武、宣三公,相傳爲孔子七世祖。詳見毛詩正義卷二十商頌那孔穎達疏。左傳昭公七年載正考父鼎銘云:"一命而僂,再命而傴,三命而俯。循墻而走,亦莫余敢侮。饘於是,鬻於是,以糊余口。"

〔二〕孔林子:屬鐵崖虛擬人物。

〔三〕郟鄏:左傳宣公三年:"楚子伐陸渾之戎,遂至於雒,觀兵于周疆。定王使王孫滿勞楚子。楚子問鼎之重輕焉,對曰:'在德不在鼎……成王定鼎于郟鄏,卜世三十,卜年七百,天所命也。周德雖衰,天命未改。鼎之輕重,未可問也。'"注:"郟鄏,今河南也。武王遷之,成王定之。"按:楚子即楚莊王。

〔四〕"夏后"九句:左傳宣公三年:"昔夏之方有德也,遠方圖物,貢金九牧,鑄鼎象物。"注:"圖畫山川奇異之物而獻之,使九州之牧貢金。象所圖物,著之於鼎……用能協於上下以承天休。桀有昏德,鼎遷於商,載祀六百。商紂暴虐,鼎遷於周。"夏后,即大禹。

〔五〕祚滅於宋:正考甫之子孔父嘉,被宋司馬華督所殺,其子木金父降爲士。木金父生祁父,祁父生防叔,防叔遭華氏逼迫而奔魯。詳見毛詩正義卷二十商頌那孔穎達疏。按:亦指商祚滅於宋。

〔六〕見非於義士:宋陳經尚書詳解卷十二湯誥:"昔武王克商,遷九鼎於洛邑,義士猶或非之。"

〔七〕弗父何:宋湣公世子,宋厲公之兄。弗父何爲湣公嫡嗣,本當繼位而讓與其弟厲公。詳見毛詩正義卷二十商頌那孔穎達疏。

〔八〕臧紇:即臧孫紇。左傳昭公七年:"臧孫紇有言曰:'聖人有明德者,若不當世,其後必有達人。'今其將在孔丘乎?"注:"紇,武仲也。"按:此處"聖人"指正考父,"達人"指孔丘。

〔九〕夾谷:左傳定公十年:"夏,公會齊侯於夾谷……齊人來歸鄆、讙、龜陰田。"注:"三邑皆汶陽田也。泰山博縣北有龜山,陰田在其北也。會夾谷,孔子相,齊人服義而歸魯田。"

〔十〕郜大鼎:左傳桓公二年:"春,王正月戊申,宋督弒其君與夷,及其大夫孔父……夏四月,取郜大鼎於宋。戊申,納於大廟。"注:"宋以鼎賂公。大廟,周公廟也。始欲平宋之亂,終於受賂,故備書之。"

〔十一〕"余聞"二句:子夏易傳卷五:"天下者,神器也。鼎者,大器也。其治之者,必有法也。故以治鼎爲法焉。"

〔十二〕軒:軒轅,即黃帝。姒:指大禹,大禹姓姒。

〔十三〕旅:楚莊王名。即前述問鼎之楚子。

〔十四〕鬼臾區：史記封禪書：“黃帝得寶鼎宛朐，問於鬼臾區。鬼臾區對曰：‘黃帝得寶鼎神策，是歲己酉朔旦冬至，得天之紀，終而復始。’於是黃帝迎日推策……鬼臾區號大鴻，死葬雍，故鴻冢是也。”

〔十五〕山甫：後漢書竇憲傳：“南單于於漠北遺憲古鼎，容五斗，其傍銘曰‘仲山甫鼎，其萬年子子孫孫永保用’，憲乃上之。”

〔十六〕卨：亦作契，相傳爲商代始祖之名。

〔十七〕商頌：毛詩正義卷二十商頌那：“那，祀成湯也。微子至於戴公，其間禮樂廢壞。有正考甫者，得商頌十二篇於周之大師，以那爲首。”

〔十八〕覆餗：易鼎：“九四，鼎折足，覆公餗，其形渥，凶。”

〔十九〕染指：左傳宣公四年：鄭靈公烹黿而有意不給子公食，子公大怒，“染指於鼎，嘗之而出”。後被殺。

〔二十〕“載晞”二句：奚斯，魯大夫。詩魯頌閟宮：“奚斯所作，孔曼且碩，萬民是若。”

孔子履

按晉書：武庫火〔一〕，累代之寶，及吾先聖履、漢高斬蛇劍、王莽頭，并焚焉。人以爲履丁厄數，不知履可焚，而履之道雖萬劫火不可焚也。且聖人之履，與逆臣之馘并室同珍，司馬氏失芳臭之辨矣，宜火之焚馘，而有以累履也。鄉校命賦以孔子履，謹再拜而爲之賦曰：

繄尼山之降聖〔二〕，寔禮服之攸師。冠天圜而肖象，屨①地方而取儀。曰大聖之所履，豈遠異夫文蓺。惟玉趾之所托，遂有貴於後來。吾想履之几几，協周公之赤舄〔三〕。或過廟之躩如〔四〕，或去邦而削迹〔五〕。或審步於矍圃〔六〕，或遲行於故國。羌是履之必俱，隨仕止與久速。去之五百年兮，歷嬴、劉而典午〔七〕。赤帝子之手劍〔八〕，新室氏之首虜〔九〕，何并室而同珍，失媺惡之去取。俾篡逆之餘烈，累神明之步武。吾又哀司馬氏之逆德，而何尤其武庫也。

嗚呼，履之器可坺兮，其則永存。履之迹可屈兮，道萬世而長伸。故放四海以布軌，極厚②土以躪跟。嚴尺寸而不頗，垂百聖之所遵。行帝道而帝，履素臣而臣。又何與漢三尺而共吊，悲玉石而同焚。彼有銜文豹於乾溪〔十〕，結色絲於鳳陵〔十一〕。爭霸者之遺迹，背王法之繩繩。編明珠以養客〔十二〕，偕長劍而上廷〔十三〕。羌偭規而改錯，匪先民之攸程。纖仲子以傲禄〔十四〕，納東郭以矯名〔十五〕。葛既褊於魏俗〔十六〕，革又變於趙靈〔十七〕。提嶺上之隻景〔十八〕，矗雲間之雙舄〔十九〕。進圯橋之所墮〔二十〕，逐黄石之有無。是又佛、老氏之誕幻，奚窅霄壤之殊途。匪聖之堂吾何升，匪聖之路③吾何趨。雖瞠若乎其後兮，矢④吾行之弗渝也。諔曰：

青絢赤繶，履之造兮。由仁行義，履之道兮。履可化兮，道不可橋兮。非履之寶，惟道以爲寶兮。展矣⑤君子，亦允蹈兮。

【校】

① 康熙御定歷代賦彙卷九十九亦録此文，據以校勘。屨：歷代賦彙本作“履”。

② 厚：文淵閣四庫全書本作“后”。

③ 之路：原本作“路其”，據歷代賦彙本改。

④ 矢：歷代賦彙本作“始”。

⑤ 矣：歷代賦彙本作“兮”。

【箋注】

〔一〕武庫火：晉書五行志：“惠帝元康五年閏月庚寅，武庫火。張華疑有亂，先命固守，然後救火。是以累代異寶，王莽頭、孔子屨、漢高祖斷白蛇劍及二百萬人器械，一時蕩盡。”又據三輔黄圖卷六庫，武庫在未央宫，蕭何造以藏兵器。

〔二〕尼山：即尼丘山，位於魯昌平鄉闕里，孔子出生於此。詳見史記孔子世家。

〔三〕周公之赤舄：毛詩正義卷八豳風狼跋：“公孫碩膚，赤舄几几。”箋云：“公，周公也。孫，讀當如‘公孫于齊’之‘孫’。孫之言孫，遁也。周公攝政，七年致太平，復成王之位，孫遁辟此，成公之大美。欲老，成王又留之，以爲大師，履赤舄几几然。”

〔四〕躩如：論語注疏卷十鄉黨：“君召使擯，色勃如也，足躩如也。”

〔五〕削迹：吕氏春秋卷十四孝行覽第二慎人：“孔子弦歌於室，顏回擇菜於外，子路與子貢相與而言曰：‘夫子逐於魯，削迹於衛，伐樹於宋，窮於陳、蔡。’”

〔六〕鷤圃：鷤相之圃。禮記射義：“孔子射於鷤相之圃，蓋觀者如堵牆。”注：

"鄳相,地名也。"

〔七〕嬴、劉、典午:分别指嬴氏之秦朝、劉氏之漢朝和司馬氏之晉朝。按:古人用干支與生肖紀年。"午"年乃"馬"年,"典""司"爲同義詞,故"典午"即"司馬"。

〔八〕赤帝子之手劍:即漢高祖劉邦斬蛇劍。參見史記高祖本紀。

〔九〕新室氏:指王莽。王莽篡位,號曰新室。

〔十〕乾溪:春秋昭公十二年:"楚子次於乾谿,以爲之援。雨雪,王皮冠,秦復陶,翠被,豹舄,執鞭以出,僕析父從。右尹子革夕,王見之,去冠、被,舍鞭。與之語曰……仲尼曰:'古也有志:克己復禮,仁也。信善哉!楚靈王若能如是,豈其辱於乾谿?'"按:唐錢起有豹舄賦。

〔十一〕鳳陵:指後趙武帝石虎皇后。資治通鑑卷九十五晉紀十七:"(趙王虎)以女騎千人爲鹵簿,皆著紫綸巾,熟錦袴,金銀鏤帶,五文織成鞾。"又,鄴中記曰:"石虎皇后出,女騎千人,皆著五采靴。"

〔十二〕編明珠:以明珠飾履。史記春申君列傳:"趙使欲夸楚,爲瑇瑁簪,刀劍室以珠玉飾之,請命春申君客。春申君客三千餘人,其上客皆躡珠履以見趙使,趙使大慚。"

〔十三〕偕長劍上廷:史記蕭相國世家:"乃令蕭何賜帶劍履上殿,入朝不趨。"

〔十四〕仲子:晉皇甫謐高士傳卷中陳仲子:"陳仲子者,齊人也。其兄戴,爲齊卿,食禄萬鍾。仲子以爲不義,將妻子適楚,居於陵,自謂於陵仲子……身自織履,妻擘纑以易衣食。楚王聞其賢,欲以爲相,遣使持金百鎰,至於陵聘仲子……於是出謝使者,遂相與逃去,爲人灌園。"

〔十五〕東郭:史記滑稽列傳:"東郭先生久待詔公車,貧困饑寒,衣敝,履不完。行雪中,履有上無下,足盡踐地,道中人笑之,東郭先生應之曰:'……此所謂衣褐懷寶者也。當其貧困時,人莫省視;至其貴也,乃争附之。'"

〔十六〕魏俗:毛詩正義卷五魏風葛屨:"葛屨,刺褊也。魏地陿隘,其民機巧趨利,其君儉嗇褊急,而無德以將之。""糾糾葛屨,可以履霜。摻摻女手,可以縫裳。"

〔十七〕變於趙靈:三代無車騎騎馬之制,自戰國時期趙國武靈王始,"胡服騎射以教百姓"。參見史記趙世家。

〔十八〕提嶺上:菩提達摩故事。參見明鈔楊維楨詩集送日本僧注。

〔十九〕雙鳧:王喬故事。參見鐵崖先生詩集丙集題儋州秃翁圖注。

〔二十〕圯橋之所墮:張良故事。參見陳善學序刊楊鐵崖先生文集卷一赤松詞注。

斬蛇劍[一]

先是台人楊景羲嘗有是賦[二]，僕心壯之，故復擬其製，以爲後賦①。

昆吾之鋼[三]，赤菫之英[四]（叶“汪”）。火烏之色，彗雞之芒。茲非赤帝子之劍而開卯金氏之王者乎[五]！當殷高宗，有事鬼方[六]。實有神劍，傳太上皇。佩之以游，豐城之崗[七]。睠茲神室，潛示鬼工（叶“扛”）。爾其合媧皇[八]，聚祝融[九]，走風伯，檄雷公。星流枉矢，電掣妖虹。曄曄②煜煜，氲氲瀜瀜。霍然霧散，颯③然風從。上皇於是而解佩，而漢家之劍於是乎擅其雄。爾乃粵砥歙白，鵝膏瑩彤[十]。飛蜿蜒於秋水，出夭矯於九重。紫焰慘澹，若烟生於火樹；金鐶錯鏤，疑血頜於驪龍。掩夜光於龍泉、太阿[十一]，追飛形於畫影騰空[十二]。剗蛟螭於水裔，戮罔象於江中[十三]。誇俠概於趙客[十四]，試利技於袁④翁[十五]。登盟壇以結信，賜尸革以害忠[十六]。泥切藍田之玉，肉斷南山之銅。曾何足以盡其用，而辱其鋒也哉！

故是器也，天有所必授，神有所不爭。襓以百寶之櫝，款以七星之銘[十七]。精神自利，孚尹旁升。紫氣貫斗，夜橐龍鳴。恥匹夫之躍冶[十八]，期真主以通靈。苟大枋之一失，寧滅迹於豐城[十九]。彼白蛇之當道[二十]，肉已帶夫鮑腥[二十一]。夫何督亢之匕不能剚[二十二]，而博浪之椎不能撄[二十三]。必斯劍之一拔，號鬼母之冥冥[二十四]。叱咤風雲，礔礰⑤雷霆。洗湏塵於九宇，開塞霧於三精[二十五]。四百年之基由是而啟，而三尺之業於是乎成。是宜陳之西序，與赤刀而同位[二十六]；藏之武庫，與黃鉞以同名。填宗社之守器，傳歷代之同榮。烏乎，白蛇兵，白馬刑[二十七]。漢佞興，漢賊成。感忠臣之疾視，誓⑥志士之結纓[二十八]。誅牀前之昵昵[二十九]，戮投閣之兢兢[三十]。斬千里之青草[三十一]，落中原之黃星[三十二]。悼是劍之不可請也，徒忠憤之填膺。自靈金之府虛[三十三]，歸晉人之武庫。胡逆順之忘⑦辨，與莽賊以同附。宜烟焰之屬天，累聖人之遺屨⑧。余猶喜是器之尚靈，曰衝屋而去也。賦已，於是復招之以辭曰：

寶劍歸來乎，毋上天。扶正直，提顛連。寶劍歸來乎，毋下土。

昭聲明,偃威武。寶劍歸來乎,毋四方。誅兇佞,旌忠良。大一統,制八荒,于千萬年奉我王。

　　玉塵載^{〔三十四〕}:蜀寶劍當安史、黃巢之亂時,劍皆生黑烟屬天。此寶劍之靈也。然則晉人以逆鍼與寶劍同藏,武庫之火,安知非劍所致耶!

　　評云:是題蓋三代後英雄之題,文人才子非李春坊、郭通泉之流^{〔三十五〕},何以稱能賦哉!讀是不惟見赤帝子三尺之烈,且以識其人有朱游之氣節者也。

【校】

① 康熙御定歷代賦彙卷八十六亦錄此文,據以校勘。"先是台人楊景羲嘗有是賦"以下四句序文,歷代賦彙本無。楊景羲之"羲":文淵閣四庫全書本作"義"。

② 曄曄:歷代賦彙本作"煒煒"。

③ 颯:歷代賦彙本作"飄"。

④ 利:歷代賦彙本作"妙"。袁:文淵閣四庫全書本作"猿"。

⑤ 礔礰:歷代賦彙本作"霹靂"。

⑥ 瞀:歷代賦彙本作"瞻"。

⑦ 忘:文淵閣四庫全書本作"罔"。

⑧ 屨:歷代賦彙本作"履"。

【箋注】

〔一〕本文擬天台人楊景羲同名賦而作,蓋撰於鐵崖就任天台縣令期間,即元天曆二年(一三二九)前後。斬蛇劍:指漢高祖斬蛇之劍,參見本卷孔子履注。

〔二〕台:台州。按元史地理志,台州路隸屬於江浙行省,下轄臨海、仙居、寧海、天台四縣及黃巖州。今屬浙江省。楊景羲:天台人。元大德年間在世,與陳剛中、施省心并稱"台州三老"。全元文收錄其海上游記一篇。參見元張仲深子淵詩集卷五哀故楊景羲。

〔三〕昆吾:又作錕鋙。列子湯問:"周穆王大征西戎,西戎獻錕鋙之劍、火浣之布。其劍長尺有咫,練鋼赤刃,用之切玉如切泥焉。"

〔四〕赤堇:山名。參見鐵崖先生古樂府卷四赤堇篇注。

〔五〕赤帝子:指劉邦。詳見史記高祖本紀。

〔六〕鬼方：史載高宗伐鬼方，三年克之。高宗即殷王武丁。鬼方，或曰蠻夷小
國名，或曰遠方之國。詳見周易正義卷十。

〔七〕豐城之崗：或作豐沛山。三輔黄圖卷六庫：“太上皇微時，佩一刀，長三
尺，上有銘字難識，傳云殷高宗伐鬼方時所作也。上皇游豐沛山中，寓居
窮谷。有人冶鑄，上皇息其旁，問曰：‘鑄何器?’工者笑曰：‘爲天子鑄劍，
慎勿言。’曰：‘得公佩劍，雜而治之，即成神器，可克定天下。昴星精爲輔
佐，木衰火盛，此爲異兆。’上皇解匕首，投爐中，劍成，殺三牲以釁祭之。
工問：‘何時得此?’上皇曰：‘秦昭襄王時，余行陌上，一野人授余，云是殷
時靈物。’工即持劍授上皇。上皇以賜高祖，高祖佩之斬白蛇是也。”

〔八〕媧皇：即女媧，相傳爲夏禹之妃，塗山氏之女。參見史記夏本紀。

〔九〕祝融：相傳爲帝嚳火官，後尊爲火神。參見吕氏春秋孟夏。

〔十〕鵜膏：宋吴曾能改齋漫録卷六鸕鵜膏：“爾雅注：‘鸕鵜似鳧而小，膏可瑩
刀。’……故杜子美贈太常張卿均詩云：‘健筆凌鸚鵡，銛鋒瑩鸕鵜。’”

〔十一〕龍泉、太阿：二劍相傳爲吴干將、越歐冶所鑄。晉時，發紫氣於斗、牛之
間。雷焕覓得，與張華各佩一劍。寶劍後躍入水中，化爲二龍。參見鐵
崖先生古樂府卷四古憤注。

〔十二〕畫影：劍名。或作曳影。晉王嘉撰拾遺記卷一：“(帝顓頊高陽氏)有曳
影之劍，騰空而舒。若四方有兵，此劍則飛起指其方，則尅伐。未用之
時，常於匣裏如龍虎之吟。”

〔十三〕罔象：傳説中的水怪。或謂木石之怪。或曰罔象食人。參見國語魯
語下。

〔十四〕趙客：此指毛遂，戰國時平原君趙勝之上客。毛遂曾隻身持劍挾制楚
王。參見史記平原君列傳。

〔十五〕袁翁：吴越春秋卷九勾踐陰謀外傳：“(越)處女將北見於王，道逢一翁，
自稱曰袁公，問於處女：‘吾聞子善劍，願一見之。’女曰：‘妾不敢有所
隱，惟公試之。’於是袁公即杖箖箊竹，竹枝上頡橋末墮地。女即捷末，
袁公則飛上樹，變爲白猿。”

〔十六〕賜尸革以害忠：伍子胥“賜劍”而死，尸盛以鴟夷革，投入江中。參見史
記伍子胥列傳。

〔十七〕七星：明徐應秋玉芝堂談薈卷二十七畫影劍：“唐太宗有古劍，七星隱
現，隨于北斗。”

〔十八〕躍冶：參見鐵崖先生詩集丙集自題鐵笛道人像注。

〔十九〕滅迹於豐城：漢亡之後，龍泉、太阿二劍隱藏於豐城地下石函之中。詳

　　　　見晉書張華傳。

〔二十〕白蛇：指秦帝，被赤帝子所殺。參見史記高祖本紀。

〔二十一〕鮑腥：秦始皇崩於盛夏，置輼車中而腐爛，遂載一石鮑魚以掩其尸臭。
　　　　詳見史記秦始皇本紀。

〔二十二〕督亢之匕：荊軻以獻督亢圖爲名，行刺秦始皇。詳見史記刺客列傳。

〔二十三〕博浪之椎：張良覓得力士，以百二十斤鐵椎狙擊秦始皇於博浪沙，未
　　　　果。詳見史記留侯世家。

〔二十四〕“必斯劍”二句：李賀詩歌集注卷一春坊正字劍子歌：“提出西方白帝
　　　　驚，嗷嗷鬼母秋郊哭。”

〔二十五〕三精：後漢書光武帝紀：“贊曰：……九縣飆回，三精霧塞。”注：“三
　　　　精，日月星也。”

〔二十六〕“是宜”二句：尚書正義卷十八顧命：“赤刀、大訓、弘璧、琬琰，在西
　　　　序。大玉、夷玉、天球、河圖，在東序。”

〔二十七〕白馬刑：史記吕后本紀：“高帝刑白馬盟曰：‘非劉氏而王，天下共
　　　　擊之。’”

〔二十八〕志士之結纓：孔子弟子子路結纓而死，後世譽爲秉持節操之志士。

〔二十九〕誅牀前之昵昵：指西漢朱雲請劍誅殺成帝寵臣張禹。漢書張禹傳：
　　　　“禹每病，輒以起居聞，車駕自臨問之。上親拜禹牀下，禹頓首謝恩，
　　　　歸誠。”又，漢書朱雲傳：“朱雲字游，魯人也，徙平陵。少時通輕俠，借
　　　　客報仇……至成帝時，丞相故安昌侯張禹以帝師位特進，甚尊重。雲
　　　　上書求見，公卿在前。雲曰：‘今朝廷大臣上不能匡主，下亡以益民，
　　　　皆尸位素餐，孔子所謂“鄙夫不可與事君”，“苟患失之，亡所不至”者
　　　　也。臣願賜尚方斬馬劍，斷佞臣一人以厲其餘。’”

〔　三十　〕投閣：漢書揚雄傳下：“時雄校書天禄閣上，治獄使者來，欲收雄，雄
　　　　恐不能自免，乃從閣上自投下，幾死。莽聞之曰：‘雄素不與事，何故
　　　　在此？’間請問其故，乃劉棻嘗從雄學作奇字，雄不知情。有詔勿問。
　　　　然京師爲之語曰：‘惟寂寞，自投閣。爰清静，作符命。’”

〔三十一〕千里之青草：“董”之拆字，指董卓。

〔三十二〕黃星：借指曹操。三國志魏志武帝紀：“初，桓帝時有黃星見於楚、宋
　　　　之分，遼東殷馗善天文，言後五十歲當有真人起於梁、沛之間，其鋒不
　　　　可當。至是凡五十年，而公破（袁）紹，天下莫敵矣。”

〔三十三〕靈金：三輔黃圖卷六庫：“（斬蛇劍）藏於寶庫，守藏者見白氣如雲出
　　　　户，狀若龍蛇。吕后改庫曰靈金藏。惠帝即位，以此庫貯禁兵器，名

曰靈金内府。"

〔三十四〕玉塵：收説郛卷一百十九下。

〔三十五〕李春坊：指唐詩人李賀所撰春坊正字劍子歌。郭通泉：指唐人郭震。
　　　　郭震字元振，以字顯。年十八舉進士，爲通泉尉。曾撰寶劍篇，爲武
　　　　則天所歎賞。詳見新唐書郭震傳。

承露柈^{①〔一〕}

　　按漢武故事，建章宫作承露盤^{〔二〕}，高二十丈，以銅爲之。上有仙
人掌，擎玉杯，以取雲表之露。夫仙人之事，莊士所不道。吾獨怪漢
公卿未有議露柈之非者。至魏，亦建於芳林園^{〔三〕}，曹植且有銘^{〔四〕}，遂
若習爲故事。余補漢人之缺，爲承露盤賦，極其盛而約之以正云。

　　當漢興之七十有餘載也，爲五葉之武皇。國富兵强，威武載揚。
北伐匈奴，南平氐、羌^{〔五〕}。東定獩貊^{〔六〕}，西通康、郎^{〔七〕}。珍貢集於宗
廟，謳歌叶於樂章。繇是封泰山，塞宣房^{〔八〕}，立辟雍，開明堂。寶鼎既
出，芝房薦（讀"荐"）芳。海效巨魚，渥洼龍驤^{〔九〕}。白麟朱雁，交走并
翔。符瑞來備，天休滋章。神人見而呼我以萬歲^{〔十〕}，方士進而啓我以
休糧。爾迺作柏梁^{〔十一〕}，造銅柱。神明通天^{〔十二〕}，千門萬户^{〔十三〕}。太液
開池^②，神洲移嶼^{〔十四〕}。望翠蓬兮東方，歎弱水兮中沮^③。念青精之可
飱^{〔十五〕}，憶龍根之可脯。棗如瓜而漫聞，李如瓶而曷覿^{〔十六〕}。於是仙
人有掌，承露有盤。擢金莖於雙立，奠玉杯之特安。取靈液於雲表，
和玉屑於晨餐。殆將洗腥腐於肉食，度生死於玄關。當其宵潤彤簾，
曙寒金索。樹瘖玄蟬，池警皓鶴。涼風生於玉階，灝氣薄乎羅幕。感
節序之易流，傷形容之非昨。豈知三危清墜^{〔十七〕}，百尺高潴^④。融若丹
汞，錯若旒珠。盤綴玲瓏，疑清眸之泣鮫室；杯傾滴瀝，如明水之泫方
諸^{〔十八〕}。痼者服之，身痿兮載起；老者飲爾，顔朽兮還朱。同吉雲之色
味，異姑射之空虛^{〔十九〕}。

　　天子於是幸建章，及柏梁，馮玉几，進霞觴。邀西母之青使^{〔二十〕}，
駐上元之瑶裝^{〔二十一〕}，歌法興玄靈之曲，鼓飛瓊泠虛之簧^{〔二十二〕}。酌我
以天酒，挹我以神漿。（天酒、神漿，皆露也。）配丹丘之寶甕^{〔二十三〕}，陋萊^⑤

山之綵囊[二十四]。遍賜群臣，流恩汪洋。群臣於是再拜上千萬壽，天顏不老涸三光。泰元神策一十二萬九千六百兮[二十五]，開皇祚於無疆。則是盤也，非徒戒武皇之淫慾，實將以資大漢之靈長者乎！（所謂極其盛者如此。）

　　嗚呼，仙掌折，玉杯缺。嶽圖既灰，蟠核未苗。海童不歸[二十六]，嵩呼亦歇。感銅仙之自吊，墮鈆淚於永別[二十七]。望脩門兮，空歌白雲之鄉[二十八]；瞻茂陵兮[二十九]，孰返秋風之轍[三十]。向非輪臺悔禍[三十一]，富民軫憂[三十二]。則彼孤高之盤，不傾漢家之大器；而沉瀣之液，不莘漢兵之積髏。而武皇之雄，其又不爲龍死鎬池而鮑臭沙丘者乎[三十三]！吾猶悼當時公孫丞相[三十四]，夏侯始昌[三十五]，倉、軍、安、樂，相如、壽王[三十六]，皆無益於正救。而殿上小兒[三十七]，且以不儒不老，雜譎誕而逢迎。則知燕、齊妖妄之士，豈獨五利與文成[三十八]！

　　烏乎，安得起阿衡、太公之輩於斯盤也[三十九]，與之刻丹書之刻，銘日新之銘[四十]，以一洗武皇多慾之病也哉！（所謂約之以正者如此。）

　　　評云：此題本諷諫題也，稚筆爲之，不失於空疏則傷於窒塞。是作辭氣浩然，可畏也。

【校】

① 康熙御定歷代賦彙卷九載此文，據以校勘。歷代賦彙本題作承露盤賦。
② 開池：歷代賦彙本作“池開”。
③ 洇：歷代賦彙本作“阻”。
④ 瀣：歷代賦彙本作“濡”。
⑤ 莘：疑爲“華”之誤。參見本文注釋。

【箋注】

〔一〕本賦當撰於元順帝至元六年（一三四〇）以前，繫年依據參見麗則遺音卷一哀三良。按：至正四年湖廣鄉試古賦試題爲承露盤賦，鐵崖作此題，可謂有先見之明。（參見李新宇撰元代考賦題目及内涵，文載山西大學學報二〇〇七年第二期）文選班固西都賦：“抗仙掌以承露，擢雙立之金莖。”注：“漢書曰，孝武又作柏梁、銅柱、承露仙人掌之屬矣……金莖，銅柱也。”

〔二〕建章宫：在雍州長安縣西二十里，長安故城之西。參見史記孝武本紀注引括地志。

〔三〕建於芳林園：魏明帝景初元年，徙長安鐘簾、橐佗、銅人、承露盤於洛陽，鑄銅人二，又起土山於芳林園西北陬。參見資治通鑑卷七十三魏紀五。

〔四〕曹植有銘：曹植承露盤銘序：“明帝鑄承露盤，莖長十二丈，大十圍。上盤逕四尺，下盤逕五尺，銅龍達其根。龍身長一丈，背負兩子。自立於上林園，甘露乃降。”

〔五〕氐、羌：元陳師凱書蔡氏傳旁通卷四上：“詩疏云：氐、羌之種，漢世猶存，在秦隴之西。愚按今之西和州即故岷州，其地亦古西羌地。”

〔六〕獩貊：位於朝鮮之東。

〔七〕康、郎：蓋指康居、夜郎。漢書董仲舒傳：“至德昭然，施于方外。夜郎、康居，殊方萬里，説德歸誼。”顏師古注曰：“夜郎，西南夷也。康居，西域國也。”

〔八〕塞宣房：漢武帝發卒數萬人治黃河，塞瓠子，築宮其上，名曰宣房宮。詳見史記河渠書。

〔九〕“寶鼎既出”四句：述西漢元鼎年間事。漢書武帝紀：“（元鼎四年）六月，得寶鼎后土祠旁。秋，馬生渥洼水中。作寶鼎、天馬之歌。”

〔十〕“神人”句：元封元年春，武帝登嵩山，後祀史卒皆聞三次高呼萬歲之聲。見漢書武帝紀。

〔十一〕柏梁：臺名。漢武帝元鼎二年建，用以迎仙。詳見漢書武帝紀。

〔十二〕神明：臺名，即立承露盤處。通天：漢書武帝紀：“（元封）二年冬十月……作甘泉通天臺。”

〔十三〕千門萬户：漢武帝作建章宮，爲千門萬户。

〔十四〕“太液”二句：史記封禪書：“（武帝）於是作建章宮……其北治大池，漸臺高二十餘丈，命曰太液池，中有蓬萊、方丈、瀛洲、壺梁，象海中神山龜魚之屬。”

〔十五〕青飯：即青精。傳食之可延年。見陶弘景真誥稽神樞四。

〔十六〕“棗如瓜”二句：相傳李少君遇安期生，見“冥海之棗大如瓜，鍾山之李大如瓶”。詳見藝文類聚卷七十八引録漢武内傳。

〔十七〕三危：山名。位於敦煌東南。山有三峰，故曰三危。參見後漢書西羌傳注。

〔十八〕方諸：淮南子天文訓：“方諸見月則津而爲水。”注：“方諸陰燧，大蛤也。熟摩令熱，月盛時以向月下，則水生，以銅盤受之，下水數滴。”

〔十九〕姑射：藐姑射山之神人。參見陳善學序刊楊鐵崖先生文集卷五素雲引爲玄霜公子賦注。

〔二十〕西母之青使：西王母有三青鳥，爲之取食。參見鐵崖先生古樂府卷二三
　　　青鳥注。

〔二十一〕上元：上元夫人，西王母之小女。漢武故事載王母邀其至，授武帝六
　　　甲靈飛等共計十二事。

〔二十二〕“歌法興”二句：飛瓊，即許飛瓊。法興、許飛瓊皆西王母侍女。法興
　　　之“興”或作“嬰”。法嬰善歌玄靈之曲，許飛瓊能鼓震靈之簧。詳見
　　　漢武帝内傳。

〔二十三〕丹丘之寶甕：高辛時，丹丘國獻瑪瑙甕盛甘露，盈而不竭，謂之寶露，
　　　以賜群臣。舜遷寶甕于衡山之上，建寶露壇，壇上起月館，以望夕月。
　　　舜崩，甕淪於地下。秦始皇通汨羅之流，於零陵掘地得赤玉甕。漢東
　　　方朔識之，作寶甕銘。詳見晉王嘉撰拾遺記卷一。

〔二十四〕綵囊：三輔黄圖卷三右北宫：“華山記：弘農鄧紹八月曉入華山，見童
　　　子執五彩囊，盛柏葉露食之。武帝即其地造宫殿，歲時祈禱焉。”

〔二十五〕泰元神策：寓周而復始之意。詳見史記孝武本紀索隱。

〔二十六〕海童不歸：秦始皇時，徐福領五百童男女入海，爲始皇求仙，無所得，
　　　懼不敢歸。

〔二十七〕鉛淚：李賀金銅仙人辭漢歌序：“魏明帝青龍元年八月，詔宫官牽車
　　　西取漢孝武捧露盤仙人，欲立置前殿。宫官既拆盤，仙人臨載，乃潸
　　　然淚下。”

〔二十八〕白雲之鄉：喻指仙境。漢成帝曾謂趙飛燕妹爲温柔鄉，曰：“吾老是
　　　鄉矣，不能效武帝求白雲鄉也。”詳見説郛卷一百十九下引録趙后
　　　外傳。

〔二十九〕茂陵：漢書武帝紀：“（後元二年二月）丁卯，帝崩于五柞宫，入殯于未
　　　央宫前殿。三月甲申，葬茂陵。”臣瓚曰：“茂陵在長安西北八十
　　　里也。”

〔三十〕秋風：漢武帝所作詩。此借指武帝。天漢元年春三月，漢武帝至河東
　　　祠后土，作秋風辭，曰“秋風起兮白雲飛，草木黄落兮雁南歸”。參見
　　　宋王益之撰西漢年紀卷十六武帝。

〔三十一〕輪臺悔禍：漢書西域傳：“孝武之世，圖制匈奴……末年遂棄輪臺之
　　　地，而下哀痛之詔，豈非仁聖之所悔哉！”按：輪臺，國名，在車師西千
　　　餘里。

〔三十二〕富民軫憂：武帝晚年悔信方士，封車千秋富民侯，取“大安天下，富實
　　　百姓”意。

〔三十三〕龍死鎬池、鮑臭沙丘：均指秦始皇死。參史記秦始皇本紀。

〔三十四〕公孫丞相：指公孫弘。公孫弘於漢武帝元朔年間任丞相，漢書有傳。

〔三十五〕夏侯始昌：西漢武帝時人。通五經，教授齊詩、尚書。董仲舒、韓嬰死後，頗得武帝器重。漢書有傳。

〔三十六〕倉：膠倉。軍：終軍。安：嚴安。樂：徐樂。相如：司馬相如。壽王：吾丘壽王。按：除膠倉外，其餘五人漢書皆有傳。漢書嚴助傳：“（武帝）後得朱買臣、吾丘壽王、司馬相如、主父偃、徐樂、嚴安、東方朔、枚皋、膠倉、終軍、嚴蔥奇等，并在左右。是時征伐四夷，開置邊郡，軍旅數發，内改制度，朝廷多事，婁舉賢良文學之士。”

〔三十七〕殿上小兒：指東方朔。東方朔以滑稽能言著稱，頗得漢武帝寵愛。漢書有傳。

〔三十八〕五利：指五利將軍欒大。欒大“長美言，多方略，而敢爲大言”，參見漢書郊祀志。文成：文成將軍少翁。史記封禪書：“齊人少翁以鬼神方見上。上有所幸王夫人，夫人卒，少翁以方蓋夜致王夫人及竈鬼之貌云，天子自帷中望見焉。於是乃拜少翁爲文成將軍，賞賜甚多。”

〔三十九〕阿衡：伊尹名。參見史記殷本紀。太公：指姜太公吕尚。

〔四十〕日新之銘：宋朱熹大學章句：“湯之盤銘曰：‘苟日新，日日新，又日新。’”

銅雀瓦〔一〕

金華劉仲車得是瓦於里甿〔二〕，體半存且廢，復完以膠漆。背有“銅臺”字，左右篆銘。有涪翁記〔三〕，云：“艾城王文叔爲洺①川守〔四〕，得此於深水〔五〕。”允謂古匪謬，故予爲賦之。

客有陶唐氏甄名〔六〕，來自鄴下〔七〕，與會稽楮先生論交〔八〕。先生曰：“子辭高而卑，去合而分，偃傲雨②露，譏避風雲，將涵泳聖涯，嚌嚅道真。其出處得失之大故，亦可得而聞乎？”甄曰：“唯唯。惟漢建安，大將軍操〔九〕。挾天子威，芟夷群盜。瞻彼雒③京，宮室咸燒〔十〕。睠兹鄴土，新厥層搆。殆將追始志於譙東〔十一〕，談詩書而訓甲胄也。予泥塗之人，稼穡是利，大鈞有造。適用於器，以爲太柔則坯，太剛則瓶。和我以丹鉛，濟我以火齊。不剥脱，不砥礪，而出我於成剒。緜是躡雲梯,登金雀[十二],翼觚稜以特峙,軼埃塪④之混濁,與燕黄金以争高[十三]。吾之承魏恩者,亦不薄矣。"

先生愀然曰:"與⑤枉而搏,寧直而蟠。蹈海絶秦[十四],耕野傲燕[十五]。彼卧龍所不事[十六],石羯所不爲[十七],非許月旦所評之奸乎[十八]!子不登明堂上靈臺則已,而何立鼎峙乎中州,冒九錫於其間!凌霄漢其若此,故不如監門而抱關。"甄曰:"馬既負乘[十九],雀亦告災。嗟我鴛侶,碎礫飛灰。有幸不幸,璜沉璧埋。解予逃難,謏何取材。陵遷谷易,甘遯不諧。越八百其曆,而起我於深水之涯。太守拾遺,如獲渭潭[二十]。太史審象,如見傅巖[二十一]。青黄溝斷[二十二],律吕爨焦[二十三]。千年瓦礫,一日瓊瑶。陶弘通譜[二十四],撲⑥滿絶交[二十五]。歛眉包羞[二十六],端眼獻嘲[二十七]。直筆如杠,歛⑦鍔淬鋩。泓然所藏,咳唾成章。誅奸不死,發德彌光。非吾斯文之一大昌乎!"

先生啞爾,曰:"大節一折,萬事瓦裂。雲斬其佞[二十八],蘇泣其别[二十九]。吾子既創高危,宜悟明哲。毁身削名,埋⑧照食漢。又何聘几席之貴,資筆削之直,老忠義之研磨,將何辭於孟德?子殆爲銅臺之罪案,於顙獨無泚,而面獨無墨乎!"甄色如土,不敢作聲。扣之復鳴,曰:"甄實頑鈍,未周規矩。多壽斯累,懷璧而買。閲西陵之傳舍[三十],僅四紀而弗有。舍金華之仙伯[三十一],復流落乎誰手!忽暗投乎渠農⑨,孰爲甊而爲玖。分甘與破甑同棄,而老甆同朽。投膠漆以自堅,又爲卯金氏之友也[三十二]。"

先生蹙然曰:"汝補陋於尺天⑩,孰與同文於天下也。賣耻於故國,孰與尸解於九土也。取吊於騷人,孰與忘言於老圃也。義士絶餐,孰回西山[三十三]。故侯不名,孰奪東陵[三十四]。爲子計者,野雞拔尾,林鹿閲聲。又何起缺足於半土[三十五],志折脅於客卿[三十六]。魏既失之而弗能有,黄既得之而弗能留。自謂求田而問舍,又崛强而依劉。徒知三獻以爲寶[三十七],未知一毁而解仇者歟[三十八]!已矣乎,器以名而累形兮,名以盗而亂實,非夫人之具眼兮,孰封豭而謝躄。豈擲地而金聲兮,猶未忘於瓦礫。削款識與瘞文兮,庶還初而返質。"

甄廼懇然而起,退而徵中書生紀先生之纂⑪述。

評云:此篇問答凡五曲折,而意味愈無窮。熟此而後,知賦之紆餘回薄之妙。

【校】

① 康熙御定歷代賦彙卷一百七亦載此文,據以校勘。洺川之"洺",或誤作"洛"。參見本文注釋引録銅雀臺硯銘跋。

② 雨:原本作"与",據汲古閣刊本、文淵閣四庫全書本、歷代賦彙本改。

③ 雒:原本作"額",據文淵閣四庫全書本、歷代賦彙本改。

④ 塂:文淵閣四庫全書本作"爐"。

⑤ 與:原本脱,據歷代賦彙本補。

⑥ 撲:原本作"樸",據文淵閣四庫全書本、歷代賦彙本改。

⑦ 歆:文淵閣四庫全書本作"欽"。

⑧ 埋:原本作"理",據文淵閣四庫全書本、歷代賦彙本改。

⑨ 農:歷代賦彙本作"儂"。

⑩ 尺天:歷代賦彙本作"一方"。

⑪ 歷代賦彙本終結於此。

【箋注】

〔一〕本賦當撰於元順帝至元六年(一三四〇)以前不久。繫年依據參見麗則遺音卷一哀三良。宋朱長文墨池編卷六硯:"魏銅雀臺遺趾,人多發其古瓦,琢之爲硯,甚工,而貯水數日不燥。"按:建安十五年冬,曹操於鄴築銅雀臺。鄴城故址在今河北臨漳西南。

〔二〕劉仲車:金華(今屬浙江)人。生平不詳。

〔三〕涪翁:黃庭堅別號。黃庭堅銅雀臺硯銘跋:"分寧王文叔爲洺川守,得此於千仞之淵,舉以畀予。予申以爲硯。雙井黃庭堅銘。"又有校勘記曰:"此跋嘉靖本作:'艾城王文叔得此於深川之上。予銘文叔之墓,啟文叔之子申以爲硯而歸予。雙井黃□志。'"

〔四〕王文叔:即王純中(一〇二六——一〇八六),字文叔,修水(今屬江西)人。皇祐五年進士。官至朝奉郎、洺州守。參見陈柏泉編著江西出土墓志選編宋故朝奉郎知洺州軍州兼管内勸農事上騎都尉借紫王君墓志銘題解。

〔五〕深水:宋高似孫撰硯箋卷三古銅雀硯銘:"王文叔守洺,得銅雀瓦於深水,其子爲硯,歸魯直。"按:黃庭堅銅雀臺硯銘載山谷別集卷二。

〔六〕陶唐氏:指堯之時代。甄:鐵崖爲銅雀瓦虛擬之名。

〔七〕鄴下:今河南安陽。按:建安十八年,曹操爲魏王,定都於鄴。

〔八〕<u>會稽楮先生</u>：<u>韓愈毛穎傳</u>虛擬人名，指紙。

〔九〕大將軍<u>操</u>：<u>曹操</u>於<u>建安</u>元年九月爲大將軍。參見<u>三國志魏志武帝本紀</u>。

〔十〕宮室咸燒：<u>後漢書五行志</u>：“<u>靈帝</u>暴崩，續以<u>董卓</u>之亂，火三日不絕，京都爲丘墟矣。”

〔十一〕始志於<u>譙</u>東：<u>曹操</u>早年舉孝廉，後“以病還鄉里。時年紀尚少，乃於<u>譙</u>東五十里築精舍，欲秋夏讀書，冬春射獵”。詳見<u>資治通鑑</u>卷六十六載<u>建安</u>十五年十二月<u>曹操</u>詔令。

〔十二〕金雀：指<u>銅雀臺</u>。

〔十三〕<u>燕</u>黃金：參見<u>麗則遺音</u>卷二黃金臺注。

〔十四〕蹈海絕<u>秦</u>：<u>魯仲連</u>曾曰，若<u>秦</u>王稱帝，則蹈<u>東海</u>而死。詳見<u>史記魯仲連傳</u>。

〔十五〕耕野傲<u>燕</u>：<u>齊</u>人<u>王蠋</u>進諫，<u>齊</u>王不聽，遂退而耕於野。其後<u>燕</u>軍侵<u>齊</u>，欲脅迫<u>王蠋</u>爲<u>燕</u>國效力，<u>王蠋</u>自經於樹，“自奮絕脰而死”。詳見<u>史記田單列傳</u>。

〔十六〕臥龍：指<u>諸葛亮</u>。<u>三國志蜀志諸葛亮傳</u>：“（<u>徐庶</u>）謂先主曰：‘<u>諸葛孔明</u>者，臥龍也。’”

〔十七〕石羯：<u>蘇軾孔北海贊</u>：“<u>晉</u>有石羯，盜賊之靡。欺孤如<u>操</u>，又羯所恥。”按：石羯，或作“羯奴”。

〔十八〕<u>許月旦</u>：指<u>許劭</u>。<u>後漢書許劭傳</u>：“<u>曹操</u>微時，常卑辭厚禮求爲己目。<u>劭</u>鄙其人而不肯對，<u>操</u>乃伺隙脅<u>劭</u>，<u>劭</u>不得已，曰：‘君清平之奸賊，亂世之英雄。’<u>操</u>大悅而去。”又，<u>資治通鑑</u>卷七十<u>魏紀</u>二：“貴<u>汝</u>、<u>潁</u>月旦之評。”注：“<u>漢</u>末，<u>汝南許劭</u>與從兄<u>靖</u>俱有高名，好共覈論鄉黨人物，每月輒更其品題，故<u>汝南</u>俗有月旦評。”

〔十九〕馬既負乘：意爲業已遭寇。<u>周易正義</u>卷七繫辭上：“<u>易</u>曰：‘負且乘，致寇至。’負也者，小人之事也；乘也者，君子之器也。小人而乘君子之器，盜思奪之矣。”

〔二十〕獲<u>渭</u>潭：指<u>吕尚</u>於<u>渭水</u>之濱釣得玉璜。參見本卷<u>太公璜</u>。

〔二十一〕“太史審象”二句，指<u>商</u>王<u>武丁</u>得賢人<u>傅岩</u>。參見本卷<u>太公璜</u>。

〔二十二〕青黃溝斷：<u>莊子天地</u>：“百年之木，破爲犧樽，青黃而文之。其斷在溝中，比犧樽於溝中之斷，則美惡有間矣。”

〔二十三〕爨焦：指焦尾琴。參見<u>鐵崖先生古樂府</u>卷四焦尾辭注。

〔二十四〕陶弘：即<u>陶泓</u>，爲硯中蓄水處。<u>韓愈</u>擬爲人名，指硯臺。參見<u>毛穎傳</u>。

〔二十五〕撲滿：儲錢罐，多爲陶瓷器皿。

〔二十六〕歙眉：安徽歙縣眉子坑所産硯。見宋唐積歙州硯譜。

〔二十七〕端眼：端州硯之名品。宋歐陽修硯譜：“端石出端溪……有鸜鵒眼爲貴。”

〔二十八〕雲：指朱雲。西漢成帝時，上書求誅寵臣張禹。參見本卷斬蛇劍注。

〔二十九〕蘇泣其別：蘇武歸漢、李陵泣別。詳見漢書蘇武傳。

〔　三十　〕西陵之傳舍：西陵爲曹操陵墓。參見鐵崖先生古樂府卷九銅雀曲。

〔三十一〕金華仙伯：黃庭堅之別稱。

〔三十二〕卯金氏：此指劉仲車。

〔三十三〕回西山：指伯夷、叔齊不食周粟，登西山采薇而食。詳見史記伯夷列傳。

〔三十四〕東陵：指秦東陵侯召平。秦破，召平爲布衣，於長安城東種瓜。詳見史記蕭相國世家。

〔三十五〕起缺足於半士：指苻堅起用釋道安與習鑿齒兩人，習患脚病，故稱之爲“半士”。晉書習鑿齒傳：“後以脚疾，遂廢於里巷。及襄陽陷於苻堅，堅素聞其名，與道安俱興而致焉。既見，與語，大悦之，賜遺甚厚。又以其蹇疾，與諸鎮書：‘昔晉氏平吴，利在二陸；今破漢南，獲士裁一人有半耳。’”

〔三十六〕“志折脅”句：指戰國時魏人范雎。范雎曾遭魏相舍人笞擊，以致“折脅摺齒”。伴死脱逃後赴秦，受重用，官至丞相。史記有傳。

〔三十七〕三獻爲寶：卞和先後獻璞玉於楚武王、文王和成王，美玉終爲人所識。參見史記鄒陽列傳應劭注。

〔三十八〕一毁解仇：秦王强奪趙王璧，藺相如欲捨命毁璧，璧遂得保全，且促使秦、趙兩國暫得和解。詳見史記藺相如列傳。

八陣圖〔一〕

遐哉邈乎，蠶叢故墟〔二〕。劍閣峥嶸兮，石棧縈紆〔三〕。車不得而運兮，馬不得以驅。非王業之所基兮，徒抗險①乎中都。帝中山之苗裔兮〔四〕，迺獨厄此斗隅。黃星射乎宋野兮〔五〕，强猘猞乎江之東〔六〕。偉伏龍之感激兮〔七〕，起左顧乎隆中〔八〕。允識時之俊傑兮，吞餘子於一空。圖八陣以用武兮，秘②先天而獨得。六十四之成算兮〔九〕，本馬圖之全畫〔十〕。三十二之岐分兮〔十一〕，妙陰陽之互宅。天地衝軸兮，風雲盤辟。龍飛鳥逝兮,蛇蟠虎翼。撓之無迹兮,運之無方。進退不怨兮,出没靡常。奇不失於正正兮,怪不越於堂堂。伏至動於至静兮,寓能柔於能剛。喻以常山之蛇勢兮[十二],曾未測其望洋。巴之水兮,砠崖拆③壁。峽之濤兮,風霆礔礪。彼箕張而翼布兮,曾不轉其塊④石。非神物之陰衛兮,孰⑤萬夫之捍力。想貔貅之對壘兮,指白羽之一麾。運縱擒於掌握兮,算不出於八奇[十三]。賊之望而走兮,甘巾幗之受雌[十四]。按渭濱之所屯兮,實鼎國之王師。自風后之有圖兮[十五],肆獯、蚩之赫伐[十六]。逮尚父之六弢兮[十七],佐牧野之黄鉞[十八]。孫吳馬之剽掠兮,徒生靈之肉血。鄙敗事於腐儒兮,彼譙生其又何法[十九]。兹八陣之獨⑥覺兮,軼軒皇與大老[二十]。曰流馬與木牛兮[二十一],又神機之所造。欻中營之告變兮,哀夫人之奪蚕。訖黄芒以當天兮[二十二],掩炎精之皜皜。

嗚呼,西望岷、峨兮,南泝錦江。山川相繆兮,地老天荒。歌梁父兮釃吾觴[二十三],招謫仙兮呼子長[二十四]。訪魚復之砂磧兮[二十五],吊廣都之戰場[二十六]。雖武無用於今之時兮,亦以發吾文之氣剛。(文之雄偉,實比武事。)

【校】

① 康熙御定歷代賦彙卷一百十二載此文,據以校勘。嶮:原本作"嗆",據文淵閣四庫全書本、歷代賦彙本改。

② 秘:歷代賦彙本作"必"。

③ 拆:原本作"折",據歷代賦彙本改。

④ 塊:原本作"鬼",據歷代賦彙本改。

⑤ 孰:歷代賦彙本作"就"。

⑥ 獨:歷代賦彙本作"尤"。

【箋注】

〔一〕八陣圖:三國志蜀志諸葛亮傳:"推演兵法,作八陣圖,咸得其要云。"唐許嵩建康實録卷九晉烈宗孝武皇帝注:"(八陣圖)在今夔州白帝城下江水次。每至冬月水小,行人沿江踐踏,毁散殆盡。至夏五、六月間,淤潦淹没,其圖復如故。及冬水退,次序宛然,寔靈異也。"

〔二〕蠶叢:藝文類聚卷六引揚雄蜀本紀:"蜀始王曰蠶叢。"

〔三〕"劍閣"二句：李白蜀道難："地崩山摧壯士死，然後天梯石棧相鈎連⋯⋯劍閣崢嶸而崔嵬，一夫當關，萬夫莫開。"

〔四〕帝中山之苗裔：指劉備。劉備爲漢景帝子中山靖王劉勝後裔，參見三國志劉備傳。

〔五〕黃星：借指曹操。參見本卷斬蛇劍。

〔六〕強獵：指孫吳。曹操曾稱孫策爲"獵兒"。見三國志吳志孫策傳裴松之注引吳曆。

〔七〕伏龍：指諸葛亮，襄陽司馬徽所稱。參見資治通鑑卷六十五漢紀孝獻皇帝。

〔八〕隆中：蒙求集注卷上孔明臥龍："先主屯新野，徐庶見之，謂曰：'諸葛孔明，臥龍也，將軍豈願見之乎！此人可就見，不可屈致，宜枉駕顧之。'先主遂詣亮，凡三往反⋯⋯漢晉春秋曰：亮家于南陽之鄧縣，在襄陽城西二十里，號曰隆中。"

〔九〕六十四之成算：變化爲六十四隊。明葉山撰葉八白易傳卷二："推衍兵法，作八陣圖，演孫武法也。八陣取諸八卦⋯⋯八卦變爲六十四象，四陣散爲六十四隊。"

〔十〕馬圖：即河圖。書顧命孔傳："伏犧王天下，龍馬出河，遂則其文以畫八卦，謂之河圖。"

〔十一〕三十二之岐分：按：八陣圖有"四頭八尾"之制，蓋即本文所謂"三十二之岐分"。參見宋陳傅良撰歷代兵制卷三八陣圖贊。

〔十二〕常山之蛇勢：晉書桓溫傳："初，諸葛亮造八陣圖於魚復平沙之上，壘石爲八行，行相去二丈。溫見之，謂：'此常山蛇勢也。'文武皆莫能識之。"常山之蛇，見孫子九地。

〔十三〕八奇：蓋指四正四奇。風后握奇經云："四爲正，四爲奇。"解云："天地風雲爲四正，龍虎鳥蛇爲四奇。"按：所謂八陣，天地風雲龍虎鳥蛇八者是也。參見葉八白易傳卷二。

〔十四〕巾幗之受雌：指諸葛亮以女飾嘲激司馬懿。晉書宣帝紀："朝廷以（諸葛）亮僑軍遠寇，利在急戰，每命帝持重以候其變。亮數挑戰，帝不出，因遺帝巾幗婦人之飾。帝怒，表請決戰。天子不許，乃遺骨鯁臣衛尉辛毗，杖節爲軍師以制之。"按：晉宣帝即司馬懿。

〔十五〕風后之有圖：世傳所謂風后握奇經及圖，多源自獨孤及風后八陣圖記而僞造。參見文獻通考卷二百二十一風后握奇經一卷。

〔十六〕肆獯、蚩之赫伐：唐獨孤及撰風后八陣圖記："帝用經略，北逐獯鬻，南平蚩尤。戡黎於阪泉,省方於崆峒。”

〔十七〕尚父之六弢:相傳太公著有兵書六韜。今傳本六韜,則爲後人僞造。參見四庫全書總目六韜六卷提要。

〔十八〕牧野之黄鉞:武王伐紂,戰于牧野。括地志曰:“今衛州城即牧野之地,武王至牧野,乃築此城。”

〔十九〕譙生:指蜀光禄大夫譙周。譙周曾力勸後主降魏,詳見三國志蜀志譙周傳。

〔二十〕軒皇:黄帝。大老:此指太公吕望。孟子注疏卷七離婁章句上:“孟子曰:伯夷辟紂,居北海之濱……太公辟紂,居東海之濱,聞文王作興,曰:‘盍歸乎來!吾聞西伯善養老者。’二老者,天下之大老也。”注:“太公,吕望也。”

〔二十一〕流馬、木牛:三國志諸葛亮傳:“亮性長於巧思,損益連弩,木牛流馬,皆出其意。”

〔二十二〕黄芒當天:預示諸葛亮死亡。晉書天文志:“蜀後主建興十三年,諸葛亮帥大衆伐魏,屯于渭南。有長星赤而芒角,自東北西南流,投亮營,三投再還,往大還小……九月,亮卒於軍。”

〔二十三〕梁父:三國志諸葛亮傳:“亮躬畊隴畝,好爲梁父吟。身長八尺,每自比於管仲、樂毅。”

〔二十四〕謫仙:指李白。子長:司馬遷之字。二人皆蜀人。

〔二十五〕魚復:諸葛亮設八陣圖之地。宋郭允蹈撰蜀鑑卷四:“魚復,今夔州奉節縣。”

〔二十六〕廣都:元和郡縣志卷三十二劍南道成都府:“廣都縣,本漢舊縣。元朔二年置蜀。號三都者,成都、新都、廣都也。”按此或指廣武,爲楚漢相争之地。三國志魏志阮籍傳裴松之注引魏氏春秋:“(阮籍)嘗登廣武,觀楚漢戰處,乃嘆曰:‘時無英才,使豎子成名乎!’”

鐵箭〔一〕

事見臨安志〔二〕。箭今在杭城外南新橋北,大若杵然。鏃首出土面,人撼之,可動而不可拔也。父老云:“掘土深,則箭隨土陷;培以土,則隨土以高。”此其神異也。

絕浙①水之横江兮,睇天目之游龍。挾訪古之碩生兮,憖予以龍陽之新宮〔三〕。忽臨睨夫夷塹兮，鉅鏃礴乎其若春。故老指以告予兮，曰錢王之鐵箭也〔四〕。

若鼎水之號弓兮〔五〕，羌至今猶睊睊也。方開平之四襈兮〔六〕，新沙築以成堤。陽侯不受吾職兮〔七〕，將沼國而鯨鯢。王馮馮以赫怒兮，閲群毅於水犀〔八〕。憤一矢以加遺兮，敕海若使不西。奠西民於衽席兮，實神妞之功齊〔九〕。觀周棠以存召兮〔十〕，過漢渠而想白〔十一〕。矧兹矢之未亡兮，留全吳之霸澤。吾想矢之經工兮，實取乎赤堇之銅〔十二〕。奮神槌乎豐隆兮〔十三〕，鼓神韝於祝融〔十四〕。聿是矢之躍冶兮，豁月星之晦蒙。資要離以釁血兮〔十五〕，誓干、莫其争鋒〔十六〕。於是服以百寶之室兮，發以千鈞之弩。乘風雲以奮旅兮，摇白月之大羽。射長矢於天狼兮，誅宏、昌若鼫鼠〔十七〕。裹山林以錦綈兮〔十八〕，迎父老以毹馬。霸吳、越而奄有兮，允一時之雄武也。

吾嘗觀劯濤於江上兮，愁鬼憤之依憑。譟旗鼓以北下兮，陳昆陽之千兵〔十九〕。波躍櫓如慶忌兮〔二十〕，浪擘山如巨靈〔二十一〕。紛望景而辟易兮，羌孰得而與京。兹持滿而一激兮，心金石以貫之。海若爲予退舍兮，豈人力之能回（叶"爲"）。迺知卓山而泉湧〔二十二〕，援戈而轉日〔二十三〕。一沉勇之激兮，羌不速而疾也。彼漢皇之武略兮，決瓠子以興歌。楗②淇園之竹落兮，終慮殫而爲河〔二十四〕。彼秦王之雄發兮，傳虜箭以肆夸。脱突厥之虎穴兮，危長矢其幾何〔二十五〕。故知吳、越之鐵箭兮，可與貫隼之肅楛〔二十六〕，東房之垂竹〔二十七〕，歷百世而不磨也。

客有些③酒江上，而和之以歌曰："三箭兮天山，壯士歸兮漢關〔二十八〕。一箭兮海帖，左江右湖兮按以萬堞。占斗氣兮江之干，泣鬼母兮雷霆拔山。逐飛劍兮劍上天，些故國兮三千年。"（父老云：此矢拔則黿目紅矣。）

評云：是賦可以繼漢劍〔二十九〕，皆詞賦之偉者也。

【校】

① 康熙御定歷代賦彙卷一百十一、海塘録卷九載此賦，據以校勘。淛：原本作"折"，據陳善學序刊楊鐵崖先生文集本改。

② 楗：原本作"犍"，據文淵閣四庫全書本、歷代賦彙本、海塘録本改。

③ 些：海塘録本作"貰"。

【箋注】

〔一〕鐵箭：又稱射潮箭。元劉一清錢塘遺事卷一射潮箭：“五代錢王射潮箭，在臨安府候潮門左手數步。昔江潮每衝激城下，錢氏以壯士數百人，候潮之至，以强弩射之，由此潮頭退避。後遂以鐵鑄成箭樣，其大如杵，作亭泥路之傍，埋箭亭中，出土外猶七尺許，以示鎮壓之義。”

〔二〕臨安志：始豐稿卷七辨錢唐鐵箭：“按舊臨安志，郡人相傳吳越王鏐用强弩射潮，箭所止處，立鐵幢識之。又云錢氏子孫言，築塘時，高下置鐵幢三，以爲水則，在今利津橋北者，其一也。舊名其地爲鐵幢浦。”依此説則是鐵幢而非鐵箭。

〔三〕龍陽之新宫：疑指龍翔宫。杭州龍翔宫重建於元統元年癸酉。參見東維子文集卷二十三杭州龍翔宫重建碑。

〔四〕錢王：指吳越王錢鏐，生平見舊五代史世襲列傳。

〔五〕鼎水號弓：參見鐵崖先生古樂府卷一湘靈操注。

〔六〕開平：後梁太祖朱晃年號。開平四年，即吳越王錢鏐天寶三年。

〔七〕陽侯：波濤之神。战國策韓策二：“塞漏舟而轻陽侯之波，則舟覆矣。”

〔八〕水犀：蘇軾八月十五看潮五絶：“安得夫差水犀手，三千强弩射潮低。”自注：“吳越王嘗以弓弩射潮頭，與海神戰，自爾水不近城。”

〔九〕神姒：指大禹，大禹姓姒。

〔十〕棠以存召：周召伯循行南國，曾於棠樹下理政。後人思其德，愛其樹，賦詩讚美。詳見詩召南甘棠。

〔十一〕漢渠：元李好文撰長安志圖卷下渠堰因革：“白公渠，太始二年趙中大夫白公復奏，穿渠引涇水，首起谷口，尾入櫟陽……民歌之。”

〔十二〕赤菫：參見鐵崖先生古樂府卷四赤菫篇注。

〔十三〕豐隆：相傳爲雲師之名。參見廣雅卷九異祥。

〔十四〕祝融：火神之名。

〔十五〕要離釁血：要離欲爲吳王闔閭殺王子慶忌，詐以罪亡，而令吳王燔其妻兒，以此接近慶忌，以劍刺之。詳見史記鄒陽列傳集解。

〔十六〕干、莫：指干將、莫邪，寶劍名。

〔十七〕宏、昌：指越州觀察使劉漢宏、越州節度使董昌。宏、昌二人先後反叛，被錢鏐剿滅。詳見新五代史吳越世家。

〔十八〕“裹山林”句：新五代史吳越世家：“（光化元年）加鏐檢校太師，改鏐鄉里曰廣義鄉勳貴里，鏐素所居營曰衣錦營……昭宗詔鏐圖形凌烟閣，升衣錦營爲衣錦城,石鑑山曰衣錦山,大官山曰功臣山。鏐游衣錦城,宴故老,山林皆覆以錦,號其幼所嘗戲大木曰'衣錦將軍'。”

〔十九〕昆陽:位於南陽府葉縣南,今屬河南。按:東漢劉秀曾以昆陽數千之兵,戰勝王莽百萬大軍。詳見後漢書光武帝紀。

〔二十〕慶忌:以勇猛迅捷著稱。吳越春秋卷二闔閭內傳:“王曰:'慶忌之勇,世所聞也。筋骨果勁,萬人莫當。走追奔獸,手接飛鳥,骨騰肉飛,拊膝數百里。吾嘗追之於江,駟馬馳不及。'”

〔二十一〕巨靈:傳説中劈開華山的河神。見文選張衡西京賦:“巨靈贔屓”薛綜注。

〔二十二〕卓山而泉湧:南朝陳釋普明故事。釋普明爲會稽人,俗姓朱。居天台國清寺,山中難於取水,一日,以杖叩石,泉湧出。後世稱爲“錫杖泉”。參見宋陳耆卿撰赤城志卷三十五人物門。

〔二十三〕轉日:淮南子覽冥訓:“魯陽公與韓搆難,戰酣,日暮,援戈而撝之,日爲之反三舍。”

〔二十四〕“彼漢皇”四句:史記河渠書:“自(漢武帝元光三年)河決瓠子後二十餘歲,歲因以數不登,而梁、楚之地尤甚。天子既封禪巡祭山川,其明年旱,乾封少雨。天子乃使汲仁、郭昌發卒數萬人塞瓠子決。於是天子已用事萬里沙,則還自臨決河,沈白馬玉璧于河,令群臣從官自將軍已下皆負薪寘決河。是時東郡燒草,以故薪柴少,而下淇園之竹以爲楗。天子既臨河決,悼功之不成,乃作歌曰:'瓠子決兮將奈何,皓皓旰旰兮閭殫爲河。'”淇園,先秦衛國苑囿,竹篠茂盛。參見史記河渠書引晉灼注。

〔二十五〕“彼秦王”四句:指唐太宗與突厥戰争,參新唐書太宗本紀等。

〔二十六〕蕭楛:蕭慎國以楛木爲矢。周武王時,來貢楛矢石砮。參見史記孔子世家。

〔二十七〕垂竹:尚書正義卷十八顧命:“垂之竹矢,在東房。”注:“垂,舜共工,所爲皆中法,故亦傳寶之。東房,東廂夾室。”

〔二十八〕“三箭兮天山”二句:舊唐書薛仁貴傳:“時九姓有衆十餘萬,令驍健數十人逆來挑戰,仁貴發三矢,射殺三人,自餘一時下馬請降。仁貴恐爲後患,并坑殺之。更就磧北安撫餘衆,擒其僞葉護兄弟三人而還。軍中歌曰:'將軍三箭定天山,戰士長歌入漢關。'”

〔二十九〕漢劍:指本卷斬蛇劍篇。

卷五十　麗則遺音古賦程式卷四

狩麟

獲麟之説，諸家不同。或謂秦西興①之瑞，或謂漢受命之符。或謂夫子將歿之徵〔一〕，或謂夫子經成之祥〔二〕。修母致子之説〔三〕，蓋陋矣。近代傳經者，遂比於韶成之鳳〔四〕。夫以麟爲應經而出，是麟之靈也，出而見獲，靈何在焉？故公羊以爲“異”〔五〕。而杜氏謂春秋感麟而作〔六〕，經因以爲終，其理爲長。吾夫子固嘗歎鳳鳥不至，蓋嘆②道之窮而帝王之瑞不出也〔七〕。大野之麟〔八〕，胡爲乎來哉！因獵而獲，則是麟混於群獸而爲虞人之所擒耳。“獲”之云者，悼之之辭也。悼之者，悼其出非時而爲虞人之所擒也。故聖人感之作春秋，絶筆於獲麟之句〔九〕。所感而作，因以爲終，故獲麟後二歲而孔子卒矣，何瑞之足云乎！王通氏謂“以天道終”者〔十〕，即此意也，故今亦不能外是説而爲賦。

昔素王之作經也〔十一〕，其感乎麟之瑞乎。且天之未喪斯文兮，鳳鳥已不至也。天之將喪斯文兮，麟又胡爲而出（叶“吹”）也。于嗟麟兮，祥乎異也。吾聞玄枵之精〔十二〕，首四之靈〔十三〕。抱至仁之性，拔不類之形。心兮好生，趾兮不躍，角兮不觸，頡兮不抵。音純美兮協律吕，步周旋兮中規矩。出惟應期兮，居必擇所。不犯攫穽兮，不罹③網罟。稽之在古，或游於苑，或争於囿，或出於郊，或在於藪。匪家所蓄，不世而有。仁主在位，靈獸來擾（叶“受”）。繄王風之下降，彼潛形其已久。嗟嗟玄聖，衰姬綏麟〔十四〕。負一角而困世，塞蹩躠於風塵〔十五〕。削迹于衛兮，伐木于宋，接淅於齊兮，絶糧於陳〔十六〕。雛龜不出兮〔十七〕，儀鳥不至。周公無夢兮〔十八〕，亞聖隕身〔十九〕。驗天道兮如彼，察人事兮如此。道不行兮，吾其已矣。仁哉麟哉，胡爲來哉〔二十〕！生不逢聖虛其應，出非其時失其歸。西狩之獲世所疑，反袂拭面涕沾衣〔二十一〕。春秋制作，亶在兹彼。以爲底文成之祥兮，何見踣於鉏商也〔二十二〕。以爲悼將歿之徵兮，豈樂天之稱聖也。聖達乎其位兮，麟實瑞乎后皇。聖出非其時兮，麟遂異乎素王。彼大野之所獲兮，又何異夫犬羊。諝曰：

時之治，麟爲瑞，吁嗟麟兮！時之否，麟爲異，吁嗟麟兮！爲春秋之所起，爲春秋之所止，吁嗟麟兮！

【校】

① 康熙御定歷代賦彙卷六十一亦録此文，據以校勘。興：歷代賦彙本作“暉”。
② 嘆：原本作“漢”，據陳善學序刊楊鐵崖先生文集本、文淵閣四庫全書本、歷代賦彙本改。
③ 罹：原本作“羅”，據文淵閣四庫全書本、歷代賦彙本改。

【箋注】

〔一〕夫子將歿之徵：公羊傳哀公十四年：“西狩獲麟，孔子曰：‘吾道窮矣。’”何休注：“麟者，太平之符，聖人之類，時得麟而死，此亦天告夫子將没之徵，故云爾。”
〔二〕經成之祥：晉杜預撰春秋左氏傳序：“先儒以爲制作三年，文成致麟。”
〔三〕修母致子：禮記禮運正義：“按異義：‘説左氏者以昭二十九年傳云：水官不修，故龍不至。以水生木，故爲修母致子之説。故服虔注“獲麟”云：麟，中央土獸，土爲信。信，禮之子，修其母，致其子，視明禮修而麟至，思睿信立而白虎擾，言從乂成而神龜在沼，聽聰知正則名川出龍，貌恭性仁則鳳皇來儀。’”
〔四〕韶成之鳳：尚書益稷：“簫韶九成，鳳皇來儀。”傳：“韶，舜樂名。”
〔五〕公羊以爲異：公羊傳哀公十四年：“春，西狩獲麟。傳：何以書？記異也。何異爾？非中國之獸也。”
〔六〕感麟而作：杜氏，晉人杜預。杜預撰春秋左氏傳序：“先儒以爲制作三年，文成致麟，既已妖妄。又引經以至仲尼卒，亦又近誣。據公羊經止獲麟，而左氏小邾射不在三叛之數，故余以爲感麟而作。作起獲麟，則文止於所起，爲得其實。至於‘反袂拭面’，稱‘吾道窮’，亦無取焉。”
〔七〕“吾夫子”二句：論語子罕：“子曰：‘鳳鳥不至，河不出圖，吾已矣夫！’”
〔八〕大野：獲麟處。“在高平鉅野縣東北，大澤是也”。參見左傳哀公十四年。
〔九〕絶筆於獲麟：參見左傳哀公十四年杜預注。
〔十〕以天道終：隋王通撰元經卷九：“文中子曰：‘春秋以天道終乎？故止獲麟。’”

〔十一〕素王：指孔子。

〔十二〕玄桴之精：吴陸璣撰、明毛晉廣要陸氏詩疏廣要卷下之下釋獸麟之趾：“鶡冠子曰：‘麟者，玄桴之精。德能致之，其精必至。’”

〔十三〕首四之靈：麟位於四靈獸之首。周禮春官宗伯下：“麟鳳龜龍，謂之四靈。”

〔十四〕絏麟：孔子集語卷下：“孔子生之夜，有二蒼龍自天而下，有二神女擎香霧於空中，以沐徵在（孔子母）。先是有五老列於庭，則五星之精。有麟吐玉書於闕里人家，云‘水精之子繼商、周而素王出’，故蒼龍遶室，五星降庭。徵在知其爲異，乃以繡絏繫麟角而去。至敬王末，魯定公二十四年，魯人鉏商田於大澤，得麟，以示及夫子。夫子知命之終，乃抱麟解絏而涕泗焉。”

〔十五〕“負一角而困世”二句：喻指孔子。

〔十六〕“削迹于衛兮”四句：概述孔子行蹤，詳見史記孔子世家。

〔十七〕雒龜：相傳神龜負文而出於雒河，大禹受此雒書。

〔十八〕周公無夢：論語述而：“子曰：‘甚矣，吾衰也！久矣，吾不復夢見周公。’”

〔十九〕亞聖：此指顏淵。顏淵“德行亞聖之才”，故稱。參見唐韓愈、李翱撰論語筆解卷下。論語注疏卷十一先進：“顏淵死，子曰：‘噫，天喪予！天喪予！’”

〔二十〕胡爲來哉：論衡指瑞篇：“儒者説鳳皇騶虞爲聖王來，以爲鳳皇騶虞，仁聖禽也，思慮深，避害遠，中國有道則來，無道則隱。稱鳳皇騶虞之仁知者，欲以褒聖人也，非聖人之德，不能致鳳皇騶虞。”

〔二十一〕反袂拭面：公羊傳哀公十四年：“春，西狩獲麟……有以告者曰：‘有麕而角者。’孔子曰：‘孰爲來哉！孰爲來哉！’反袂拭面，涕沾袍。”

〔二十二〕鉏商：魯人，叔孫氏之車子。相傳鉏商獲麟於魯西大野之澤。參見左傳哀公十四年。

神羊〔一〕

按異物志〔二〕，東北之荒，有獸名獬豸，狀如羊而一角。性至忠，見人鬥則觸不直者，聞人論則咋不正者。古以任法吏比之。予獨悼高元禮所教其奴侯思止之言，而有以不學辱豸者〔三〕。因感而爲賦。

　　異矣哉！毛族之中，有至忠之表，至直之風。青衣翠羽，突角孤峰。骨如立鐵，心如渥丹(叶“柬”)。耳通腦而匪鶚，首印定而非熊。食必擇夫芳薦，棲必偶夫孤松。步不罹於機攫，鳴實中乎金春。蓋嘗出乎軒轅之世，而用乎放勳之宮〔四〕。帷薄以之而取肅，狴(陛)犴(岸)以之而折中。迨乎坒①國〔五〕，獲茲神羊。秦奪后服，賜②乎爾肱〔六〕。故任法吏象之則，冠爲惠文〔七〕，班爲押綱。朱繡乎衣裳，鐵石乎肝腸。甘摧身以立勇，誓碎首以全剛。佞山觸而必折，狠石碎而莫當。龍鱗敢於批逆〔八〕，蘲本嚴於挍③強〔九〕。故其斷如咎繇〔十〕，決如弦章(齊桓獄臣)〔十一〕。刺如葛(豐)鮑(永)〔十二〕，按如綱(張)滂(范)〔十三〕。高臺爲之震電，白簡爲之飛霜。皇綱以之正，國法以之張。斯無愧“任法獸”之稱號，而有以立“惠文冠”之顔行。故是獸也，上應乎法星，地尊乎柏府。其揚若鷹〔十四〕，其視若虎(叠崔鴻④。爲中丞，號“老虎”)〔十五〕。名配乎皂雕(王志愔號“皂雕御史”)〔十六〕，號儕吾驄馬(桓典號“驄馬御史”)〔十七〕。顯則麟儀而鳳師，隱則狐號而鰍舞。彼其峻酷有鷙，碩貪有鼠。貂不足兮狗續〔十八〕，鷹既蒼兮虎乳〔十九〕。糜耗我穀⑤禄，流離我子女。又有志梟兮聲鳳，行猨兮軀麟。懷狼子之性，詭騶虞之仁〔二十〕。雜糅我邪正，回惑我僞真。法雖嚴於疾惡，帝實難於知人。非爾一觸兮，枉直之行辨；一咋兮，正譎之論分。則壬人何由而膽落，善類何由而氣伸！

　　嗚呼，蟬之戴也，僅取其潔；貂之服也，徒尚其溫。曷比茲獸，匡正義存。此其儀在位而比德，載於圖而絶倫者也。夫何不識字之有譏，爲任法臣之所辱。遂有自截爾角，自塗爾目(郭彰嘗言劉暾御史曰：“我能截君角。”)〔二十一〕。踞南床而成癡(南床曰癡床。言至此者皆驕傲而癡也。)〔二十二〕，耗(音“餌”)白筆以自福(辛毗曰：“御史簪白筆以奏不法。今直備位，但耗筆而已。”)〔二十三〕。名或移於白兔(王弘義事)〔二十四〕，檄或過於狼毒(同上酷吏事)。是不悖吾豸之辨紫朱，而失吾豸之明直曲者乎。亂曰：

　　皇天開乎正氣兮，比叶⑥氣而生嘉。草爲指佞兮〔二十五〕，獸爲觸邪。莽師(劉歆)賣國兮〔二十六〕，李父(輔國)悖家〔二十七〕。金谷拜塵兮(石、潘)〔二十八〕，柿林聚污(王伾、叔文)〔二十九〕。何爾獸之弗如兮，乃心異乎匪他。冠鐵柱兮峨峨，循吾繩兮不頗。雖不量鑿以正枘兮，矢余心其不阿。

【校】

① 康熙御定歷代賦彙卷一百三十六亦録此文,據以校勘。芈:原本與校本皆作
"芊",徑改。

② 賜:原本作"睗",據陳善學序刊楊鐵崖先生文集本、文淵閣四庫全書本、歷代
賦彙本改。

③ 挍:陳善學序刊楊鐵崖先生文集本、文淵閣四庫全書本、歷代賦彙本作"拔"。

④ 此處蓋有脱文,參見注釋。

⑤ 麐:原本作"麞",據歷代賦彙本改。穀:原本作"谷",據陳善學序刊楊鐵崖
先生文集本、文淵閣四庫全書本、歷代賦彙本改。

⑥ 叶:陳善學序刊楊鐵崖先生文集本作"協"。

【箋注】

〔一〕神羊:指獬豸。

〔二〕異物志:種類繁多,多已亡佚。以下文字源於晉書引録。晉書輿服志:
"法冠,一名柱後,或謂之獬豸冠……或謂獬豸神羊,能觸邪佞。異物志
云:'北荒之中,有獸名獬豸,一角,性别曲直。見人鬥,觸不直者。聞人
争,咋不正者。楚王嘗獲此獸,因象其形以制衣冠。'"

〔三〕"予獨悼"二句:舊唐書酷吏傳:"侯思止,雍州醴泉人也。貧窮不能理生
業,乃樂事渤海高元禮家……授思止游擊將軍。元禮懼而曲媚,引與同
坐,呼爲侯大,曰國家用人不以次,若言侯大不識字,即奏云'獬豸獸亦不
識字,而能觸邪'。則天果如其言,思止以獬豸對之,則天大悦。"

〔四〕放勳:指堯。

〔五〕芈國:即楚國。相傳楚國芈姓,顓頊之後也。楚王嘗獲獬豸,依其形製
衣冠。

〔六〕"秦奪"二句:晉書輿服志:"胡廣曰:春秋左氏傳晉侯觀于軍府,見鍾儀,
曰:'南冠而縶者誰也?'南冠即楚冠。秦滅楚,以其冠服賜執法臣也。"

〔七〕惠文:獬豸冠又名柱後惠文冠。參見漢蔡邕獨斷卷下。

〔八〕"龍麟"句:韓非子説難:"夫龍之爲蟲也,柔可狎而騎也,然其喉下有逆鱗
徑尺,若人有嬰之者,則必殺人。人主亦有逆鱗,説者能無嬰人主之逆鱗
則幾矣。"

〔九〕"蕹本"句:任棠曾以蕹一大本暗示龐參擊强宗。參見後漢書龐參傳。

〔十〕咎繇:或作皋陶,相傳爲上古執法大臣。漢書百官公卿表:"書載唐虞之

際……咎繇作士,正五刑。"

〔十一〕弦章:或作弦商,春秋時齊國臣。晏子春秋集釋卷一諫上:"(齊)景公
飲酒,七日七夜不止。弦章諫曰:'君欲飲酒七日七夜,章願君廢酒也!
不然,章賜死。'"注:"孫星衍云:'弦章,韓非外儲説有弦商。"章"
"商"聲相近,事桓公。'"

〔十二〕葛:指西漢人諸葛豐。漢書諸葛豐傳:"元帝擢爲司隸校尉,刺舉無所
避。京師爲之語曰:'間何闊,逢諸葛。'"師古曰:"言間者何久闊不相
見,以逢諸葛故也。"鮑:指東漢人鮑永。後漢書鮑永傳:"建武十一年,
徵爲司隸校尉。帝叔父趙王良尊戚貴重,永以事劾良大不敬,由是朝廷
肅然,莫不戒懼。乃辟扶風鮑恢爲都官從事,恢亦抗直不避彊禦。帝常
曰:'貴戚且宜歛手,以避二鮑。'其見憚如此。"

〔十三〕綱:指張綱。滂:指范滂。後漢書張綱傳:"漢安元年,選遣八使徇行風
俗,皆耆儒知名,多歷顯位,唯綱年少,官次最微。餘人受命之部,而綱
獨埋其車輪於洛陽都亭,曰:'豺狼當路,安問狐狸!'遂奏曰:'大將軍
冀……'書御,京師震竦。"後漢書范滂傳:"時冀州饑荒,盜賊群起,乃
以滂爲清詔使,案察之。滂登車攬轡,慨然有澄清天下之志。"

〔十四〕鷹:指崔洪。晉書崔洪傳:"崔洪字良伯,博陵安平人也……洪少以清
屬顯名,骨髓不同於物,人之有過,輒面折之,而退無後言……朝廷憚
之。尋爲尚書左丞,時人爲之語曰:'叢生棘刺,來自博陵。在南爲鵰,
在北爲鷹。'"

〔十五〕虎:指段凱。太平御覽卷二百二十六職官部二十四御史中丞下:"崔鴻
十六國春秋前録曰:'段凱驍勇善射,好讀書,爲御史中丞,明筆直繩,無
所阿避,號曰老虎。'"

〔十六〕皂雕:舊唐書王志愔傳:"王志愔,博州聊城人也。少以進士擢第,神龍
年,累除左臺御史,加朝散大夫。執法剛正,百僚畏憚,時人呼爲'皂
鵰',言其顧瞻人吏,如鵰鶚之視燕雀也。"

〔十七〕驄馬:後漢書桓典傳:"辟司徒袁隗府,舉高第,拜侍御史。是時宦官秉
權,典執政無所回避。常乘驄馬,京師畏憚,爲之語曰:'行行且止,避驄
馬御史。'"

〔十八〕"貂不足"句:晉書趙王倫傳:"其餘同謀者咸超階越次,不可勝紀,至於
奴卒廝役亦加以爵位。每朝會,貂蟬盈坐,時人爲之諺曰:'貂不足,狗
尾續。'"

〔十九〕"鷹既蒼"句:宋王邁臞軒集卷四文帝論六:"觀酷吏傳,見(漢)景帝時

所用郅都、寧成之徒,行法獨先嚴酷,時以‘蒼鷹’、‘乳虎’目之。”

〔二十〕騶虞:詩召南騶虞:“彼茁者葭,壹發五豝,于嗟乎騶虞。”毛傳:“騶虞,義獸也。”

〔二十一〕郭彰:晉書劉暾傳:“其後武庫火,尚書郭彰率百人自衛而不救火,暾正色詰之。彰怒曰:‘我能截君角也。’暾勃然謂彰曰:‘君何敢恃寵作威作福,天子法冠而欲截角乎!’求紙筆奏之,彰伏不敢言。”

〔二十二〕南床:宋朱勝非紺珠集卷七癡床:“侍御史號雜端,最爲雄劇。臺中聚會,則於坐南設橫床,號‘南床’,又曰‘癡床’,登此床者,倨傲若癡焉。”

〔二十三〕白筆:北堂書鈔卷六十二侍御史:“魏略云:帝嘗大會,殿中侍御史簪白筆,側墀而坐。上問左右:‘此爲何官？何主?’左右不對。辛毘對曰:‘此謂御史,舊時簪筆以奏不法,今者直備位,但毦筆耳。’”

〔二十四〕白兔:舊唐書酷吏傳:“王弘義,冀州衡水人也……弘義常於鄉里傍舍求瓜,主吝之,弘義乃狀言瓜園中有白兔,縣官命人捕逐,斯須園苗盡矣。内史李昭德曰:‘昔聞蒼鷹獄吏,今見白兔御史。’”

〔二十五〕指佞:宋曾慥編類說卷二十三博物志:“堯時有屈軼草,生於庭。佞人入朝,則屈而指之。又名指佞草。”

〔二十六〕莽師:劉歆曾爲王莽國師。

〔二十七〕李父:指李輔國,參見舊唐書宦官傳。

〔二十八〕金谷拜塵:晉書石崇傳:“崇有別館在河陽之金谷……與潘岳諂事賈謐。謐與之親善,號曰‘二十四友’。廣城君每出,崇降車路左,望塵而拜,其卑佞如此。”

〔二十九〕柿林聚污:謂王伾、王叔文等於柿林院結黨營私。參見舊唐書王叔文傳。

些馬〔一〕

楊子至錢清之明年,舊乘馬老而不任。遣奴錢塘市壯馬,奴得賈胡馬,濟江中流,陰霧四合,風浪猝作,舟如颺箕,奴與馬幾溺。幸而濟,奴歸語主曰:“主福得良駿,良駿幾累僕。意者西域異種,神物所忌,恐非主厩中物也。”至則格應于圖,誠良駿也。在度爲駃〔二〕,在歲爲馼。身如織文,蹄如截鐵。首印渴烏,耳插卓錐〔三〕。尾如流彗,目如方諸〔四〕。主人賞其神駿,抖其風塵,命奴洗馬西江之濱。馬臨流振而嘶,嘶而踶,已而泳於中流,莫知所逝。奴告主人,主人踖躇西江上,皇皇焉計亡①得而挽,則自侘曰:"廲官,賤役也;良駿,天骨也。駕天骨於賤役之地,使屈首喪氣,若跛羊羣狗,宜駿之見水泳而去,主者不得有也。"主人悲不自已,迺辭而些之曰:

吁嗟駿乎,汝其麋没九淵,填於海鰌之空乎?抑越景超光〔五〕,以返於房星之宫乎〔六〕?將升崑崙,抑負瑞圖,化榮河之龍乎〔七〕!其將覿湘纍以從其忠乎〔八〕!毋亦蒿車白乘,隨革尸之憤〔九〕,忽往忽來於江中乎!

又辭曰:靈奇俶儻生渥流〔十〕,肉鬣星尾文龍虯〔十一〕。協圖特出兮應世求,嗟我何幸兮逢沙丘〔十二〕,逝八極兮臨九州。觀閶闔兮,歷玉臺以遨游。忽泳水兮,爲龍爲黿(叶"丘")。重瀾馳逐兮,奴不善泅。鹽車坎壈兮爲駿愁〔十三〕,逝一躍兮釋累而離尤。吁嗟齋淪兮蓄怪幽,三角八尾兮猈鬣牛頭,嵓牙噎口兮嚼海舟。嗟爾駿兮紛逢仇,駿不歸來乎貽我憂,超越倒景兮乘雲浮。駿兮來歸乎,江險不可以久留。

【校】

① 康熙御定歷代賦彙卷一百三十五亦録此文,據以校勘。亡:文淵閣四庫全書本、歷代賦彙本作"無"。

【箋注】

〔一〕據"楊子至錢清之明年"一句,本賦作於鐵崖出任錢清鹽場司令之次年,即元順帝至元元年(一三三五)。錢清,位於江浙行省紹興路蕭山縣境内,今屬浙江。

〔二〕駿:馬長七尺以上稱作"駿",參見周禮夏官廋人。

〔三〕卓犖:宋黄庭堅撰豫章黄先生文集卷二次韻子瞻和子由觀韓幹馬因論伯時畫天馬:"于闐花驄龍八尺,看雲不受絡頭絲。西河驄作蒲萄錦,雙瞳夾鏡耳卓犖。"

〔四〕方諸:用於月下承露取水,參見淮南子覽冥訓。

〔五〕越景超光:均傳説中名馬。見王嘉拾遺記周穆王、蘇鶚杜陽雜編卷上。

〔六〕房星:又稱天馬星、天駟星、龍馬星。參見宋李樗、黄櫄撰毛詩集解卷二十二引孫炎説。

〔七〕“抑負”二句：清傅以漸、曹本榮易經通注卷七繫辭上傳：“伏羲時，龍馬負圖，出于滎河。”

〔八〕湘纍：指屈原。漢書揚雄傳注引李奇之説曰：“諸不以罪死曰纍，荀息、仇牧皆是也。屈原赴湘死，故曰湘纍也。”

〔九〕革尸：指伍子胥。參見鐵崖先生詩集乙集觀濤圖同張伯雨賦注。

〔十〕渥：渥洼。渥洼産良馬。參見鐵崖先生詩集丙集題任月山所畫唐馬卷注。

〔十一〕“肉鬣”句：元吴澄撰易纂言外翼卷七變例：“中候説：龍馬銜甲，赤文綠色。甲似龜背，袤廣九尺，上有列宿斗正之度，帝王紀録興亡之數。”

〔十二〕沙丘：相傳九方皋於此覓得良馬。參見列子説符。

〔十三〕鹽車：用伯樂見良馬拉鹽車上太行而哭典，見戰國策楚策四。

罵蝨〔一〕

楊子自鐵崖山中客錢塘〔二〕，初宿市舍。脅未暖席，有物噬身，若芒刺然。已而噬肉皆起癮癥，十指爬搔不得停。搔訖，即成瘡痏。亟命童秉燭，枕褥間了無一物。復睡，則噬如故。遂挈胡牀，露坐待旦。明日，問舍長，舍長曰：“此壁蝨也〔三〕。當兹旱氣熇然，城中舍皆是物。”問何狀，命童剔牀第空出之，蝨非蝨，蚤非蚤，以爪掐之，其臭令人嘔惡。楊子歎曰：“異哉！有是物也。昔玉溪生、荆舒老人先後爲嫉蝨之作〔四〕，而未有指斥是物者，豈其潛於昔而出於今，抑其幸見漏於指斥也！”余既楚其毒，迺作文罵之曰：

維爾蝨之種類不一也，在狗類蠅，在牛豕類蟢。在人處緇而白、處白而緇者，其么若蟻。不知又有爾類，皤腹而輕身，纖足而勁觜。或青或紺，或黄或紫。白晝潛藏，昏黑坌起。脱走如珠，狙刺如矢。使人脅不得以帖席，肱不得以曲几。追蹤捕痕，若亡若存。遁景朽空，滅迹密紋。湯沐所不能攻，掌指所不得捫。但見肉斑嶙其成癏，膚窒栗其生龜（音“親”）。怒牀几而欲剖，避衾褥而欲焚。烏乎爾蝨乎①，蜂則有薑兮蜂可祛，蝎則有螫兮蝎可誅，嗟爾么類孰能屠！騰蛇神兮殆即且〔五〕，即且狡兮制蝤蛑，嗟爾么類又誰咕！咨大化之好生，恐一物之弗紓。胡爾惡之兼毓，爲吾人之毒荼。飽膏血之毒觜，資肥腯之臭軀。吾將上告司造，殄爾類非無辜也。

辭畢,是夜夢有被玄裒果絳腹②而至者,若有辭曰:"吾即見罵爾文者③,辭義既嚴,敢不退避? 然吾小毒小臭,爾亦知世有大毒大臭者乎? 奸法竊防,妨化圮政。剝人及膚,殘人至命。闞若豺虎,螫甚梟獍,此非大毒大臭者乎! 爲國之病,而司臬不屏。其或分民曲直,任國是非,義無避位,仁不讓師,則丹書是絓,皂櫝見遺,彼大毒臭又何憚不爲乎! 且吾起伏適節④,消息乘機。白露灑空,勁風吹衣,蟬蜕⑤而退,莫知予之所歸。子試絜夫大毒者毒無已時,大臭者臭無窮期,孰爲可詈不詈乎? 子不窮南山之竹以爲辭,而詈予瑣瑣,不已戲乎!"

於是楊子增憤加怖⑥,涕泗不支。霍然而覺,不知蝨之所之。

【校】

① 康熙御定歷代賦彙卷一百四十收録此文,據以校勘。乎:文淵閣四庫全書本、歷代賦彙本作"兮"。

② 果絳腹:文淵閣四庫全書本、歷代賦彙本作"裹絳幅"。

③ 者:陳善學序刊楊鐵崖先生文集本作"章"。

④ 節:原本作"即",據陳善學序刊楊鐵崖先生文集本、文淵閣四庫全書本、歷代賦彙本改。

⑤ 蜕:文淵閣四庫全書本作"脱"。

⑥ 怖:陳善學序刊楊鐵崖先生文集本作"悕"。

【箋注】

〔一〕按此賦題,本賦并非鐵崖早年準備科考而作,當撰於元順帝 至元六年(一三四〇)以前不久。繫年依據參見麗則遺音卷一哀三良。

〔二〕鐵崖山:位於鐵崖家鄉諸暨 楓橋,此借指其家鄉。萬曆 紹興府志卷四山川志一:"鐵崖嶺,在(諸暨)縣東六十里。崖石如鐵,峻立高百丈。上有蕈綠梅百本,名齊鯉尖。又一峰名柯公尖,上有龍湫。山之陰一小山泉出其下,清漣可燭髮。元末楊維楨世居其下,因以自號。"

〔三〕璧蝨:實即今日所謂"臭蟲"。其別名衆多,又名木蝨、扁蝨、茇蝨、交蚤等。參見續通志卷一百七十八蟲類。

〔四〕玉溪生:指唐人李商隱。李商隱有蝨賦。荆舒老人:指宋人王安石。王安石有和王樂道烘蝨詩。

〔五〕即且:指蝍蛆。宋羅願撰爾雅翼卷二十五釋蟲二蟋蟀:"古稱騰蛇游霧而殆於即且,即且乃蝍蛆耳。<u>許叔重</u>謂蟋蟀爲即且,上蛇,蛇不敢動。亦非也。"

秬鬯〔一〕

曰若稽古,<u>列山氏</u>兮〔二〕,農用天下,百穀利兮。彼美靈苗,非虋①(門)苢(起)兮。一稃二米〔三〕,獨異秠(匕)兮。聖人有貴,取爲釀兮。和以鬱金,涗釃盇兮。汁獻(音"莎")出香,芬其暢兮。臭以達陰,鬯實尚兮。酌彼黄流,輝玉瓚兮。社壇崇②門,鼀瓢展兮。凡祼(讀曰"理")凡齍(孚逼反,覓。祭四方萬物。),有概(概,杚也。)散兮〔四〕。(漆尊也。)或嚴大肆,共其洒(免。飲也。)兮。掌以鬯③人,美潔誠兮。孚於上下,通三靈兮。思昔<u>公旦</u>,卣有命兮。詞曰明禋,禮何盛兮〔五〕。<u>召公</u>維翰,繼受釐兮〔六〕。<u>文侯</u>捍艱,亦受賫兮〔七〕。<u>晉侯</u>再拜,敢畔④君之賜兮〔八〕。彼<u>魏公</u>九錫〔九〕,何休命之悖兮。吁嗟秬鬯,生世世兮。薦德報功,我思古之制兮。

【校】

① <u>康熙御定歷代賦彙</u>卷五十收録此文,據以校勘。虋:<u>歷代賦彙</u>本作"蘗"。
② 崇:<u>文淵閣四庫全書</u>本、<u>歷代賦彙</u>本作"禜"。
③ 鬯:<u>陳善學序刊楊鐵崖先生文集</u>本作"酒"。
④ 畔:<u>歷代賦彙</u>本作"忘"。

【箋注】

〔一〕秬鬯:<u>元朱公遷</u>撰<u>詩經疏義會通圖説</u>下<u>江漢</u>:"秬,黑黍也。鬱,鬱金草。鬯,暢也。釀秬黍爲酒,築鬱金草,煮而和之,使芬芳條暢,酌而祼神也。"
〔二〕<u>列山氏</u>:<u>神農氏</u>之别稱,又稱<u>連山氏</u>。參見<u>宋李衡</u>撰<u>周易義海撮要</u>卷十二論三代易名。
〔三〕一稃二米:<u>詩大雅生民</u>:"恒之秬秠。"毛傳:"秠,一稃二米也。"此謂秬,誤。
〔四〕"凡祼"二句:<u>周禮注疏</u>卷十九:"鬯人掌共秬鬯而飾之。凡祭祀,社壇爲大鼀,禜門用瓢齍,廟用脩,凡山川四方用蜃,凡祼事用概,凡齍事用散。"

注：“裸，當爲‘埋’字之誤也。故書‘蜃’或爲‘謨’。杜子春云：‘謨當爲蜃，書亦或爲蜃。蜃，水中蜃也。’鄭司農云：‘脩、謨、概、散，皆器名。’玄謂廟用脩者，謂始禘時，自饋食始。脩、蜃、概、散，皆漆尊也。脩，讀曰卣，卣，中尊，謂獻象之屬。尊者，彝爲上，罍爲下。蜃，畫爲蜃形。蚌曰合漿，尊之象。概，尊以朱帶者。無飾曰散。”

〔五〕“思昔”四句：公旦，指周公。尚書正義卷十五洛誥：“周公拜手稽首曰：‘……予以秬鬯二卣，曰明禋，拜手稽首，休享。’”注：“周公攝政七年，致太平，以黑黍酒二器，明絜致敬，告文武以美享。既告而致政，成王留之。”宋夏僎撰尚書詳解卷二十洛誥：“卣，中罇也。王以此酒二罇與我時以謂‘明禋’，謂使周公以此酒明潔以禋祀也。”

〔六〕“召公”二句：召公，指召虎先祖召康公奭。詩集傳大雅江漢：“王命召虎，來旬來宣。文武受命，召公維翰……釐爾圭瓚，秬鬯一卣。告于文人，錫山土田。”注：“王命召虎來此江、漢之滸，遍治其事，以布王命。而曰昔文武受命，維召公爲楨幹。”

〔七〕“文侯”二句：尚書正義卷二十文侯之命：“平王錫晉文侯秬鬯圭瓚，作文侯之命。”注：“幽王爲犬戎所殺，平王立而東遷洛邑，晉文侯迎送安定之，故錫命焉。”

〔八〕“晉侯”二句：左傳僖公二十八年：“王命尹氏及王子虎、内史叔興父策命晉侯爲侯伯，賜之……彤弓一、彤矢百，玈弓矢千，秬鬯一卣……晉侯三辭，從命，曰：‘重耳敢再拜稽首，奉揚天子之丕顯休命。’”

〔九〕魏公：指曹操。文選卷三十五錄潘勗册魏公九錫文，題下注曰：“范曄後漢書曰：曹操自爲魏公，加九錫。韓詩外傳曰：諸侯之有德，天子錫之。一錫車馬，再錫衣服，三錫虎賁，四錫樂器，五錫納陛，六錫朱户，七錫弓矢，八錫鈇鉞，九錫秬鬯，謂之九錫也。”

蓍草〔一〕

予比年以來，喪訟病患，交侵并集〔二〕。毗陵孟侯宗鎮屢爲予布策蓍①之〔三〕，無以謝不敏，退而作蓍賦，且復作憂釋以自廣〔四〕，此又予之心蓍也。

客有靈氛〔五〕，手執筳兮。惠而告我，草之靈兮。上蔡之野，少室陽（叶“刑”）兮〔六〕。孕毓陰陽，葆元精兮。仁風旁翼，甘露零兮。神龜下守,紫霧騰兮〔七〕。燁燁②煒煒,盈百莖兮〔八〕。辟易神奸,贊幽明兮。收厥枯荄,復精氣兮。擇賢而畀,稽疑志兮。韜以纁帛,皂囊閟兮。納於櫝中,北③床置兮〔九〕。揲策定數,發貞悔兮〔十〕。粤若定策,肇羲皇兮〔十一〕。歷代是寶,假有常兮。相乎靈龜,孰短長兮。塗山之兆,夏后王兮。百穀之筮,周室昌兮〔十二〕。國家將興,必有祥兮。神幾發動,亦孔彰兮。大哉聖人,參天地兮。鬼神吉兇,不相悖兮。何智有所不勝,人有所不逮兮。畫方者矩,畫員④者規兮。嗟彼枯莖,物有所濟兮。爾有大疑,謀及筮兮。

我聞其言,如醉醒兮。我有大疑,所未明兮。請索蔓茅,爲余正兮。盜蹠考命,顏闕生兮〔十三〕。陽虎據位〔十四〕,孔卒行兮〔十五〕。或弱冠司袞〔十六〕,而七十食牛兮〔十七〕。或三葉皓首〔十八〕,而七世珥貂兮〔十九〕。或死減以賂〔二十〕,而宮以幽兮〔二十一〕。或捐印俱走〔二十二〕,而閣以投兮〔二十三〕。姣好嬩女〔二十四〕,惡孟姬兮〔二十五〕。寶器康瓠〔二十六〕,擲天璆兮。玄秬焚棄,鈎吻以爲羞兮〔二十七〕。吁嗟乎,斡流廻穴⑤,紛推遷兮。禍福去就,我不知⑥其然兮。於是靈氛端策,爲余占兮。卦遇玄鳥,曰道無慚兮。汝獨修潔,衆皆貪婪兮。毋弩爾直,而圜爾廉兮。天其未定,天懵懵兮。亦既有定,靡弗勝兮。逍遙自然,與道息兮。毋惑所不通,確守而則兮。占言惟吉,玄鳥白兮。再拜吉占,服之無斁兮。

【校】

① 康熙御定歷代賦彙卷一百十九亦録此文,據以校勘。蓍:歷代賦彙本作"筮"。

② 燁燁:歷代賦彙本作"煜煜"。

③ 北:原本作"比",據陈善学序刊楊鐵崖先生文集本、文淵閣四庫全書本、歷代賦彙本改。

④ 員:歷代賦彙本作"圓"。

⑤ 穴:原本作"宂",據歷代賦彙本改。

⑥ 知:原本作"其",據陈善学序刊楊鐵崖先生文集本、文淵閣四庫全書本、歷代賦彙本改。

【箋注】

〔一〕本賦蓋作於元順帝至元五年(一三三九)秋,即鐵崖老父病逝之後不久。

繫年依據參見後注。

〔二〕"喪訟病患"二句：元順帝至元五年七月，鐵崖老父病逝，不久其母亦逝世。參見宋濂撰鐵崖墓志。又，鐵崖任天台縣令時，有"八雕"之訟；轉官錢清鹽場司令之後，又以請減鹽賦事得罪長官，故有此嘆。參見鐵崖文集卷一上巙巙平章書。

〔三〕孟宗鎮：名疃，一作潼。明初佚名纂無錫縣志卷三上人物三之二："元孟潼字宗鎮，世吳人。宋信安郡王忠厚之五世孫。信安有墓在無錫，當惠山之西。其先世嘗有別業在惠山下，潼宦游南北，遂歸老焉。潼始以茂異膺憲舉，爲文學掾，累遷至承直郎、松江府判官致仕。性謹厚，平居恂恂，未嘗少懈。處家事若官政，待家人必以禮，遇童僕必以恩。語人必忠信，未嘗妄笑語。爲文一本於理致。所歷官守，率以廉能見稱。在任雖無赫赫名，逮去嘗有後思。"參見東維子文集卷二十八冰壺先生傳。

〔四〕憂釋：載麗則遺音卷一。

〔五〕靈氛：古代善占卜者。楚辭離騷："索藑茅以筳篿兮，命靈氛爲余占之。"

〔六〕上蔡：今屬河南駐馬店。宋李心傳丙子學易編："本草：蓍生少室山谷。圖經云：今蔡州上蔡縣曰龜祠，其旁生，如蒿作叢，高止六尺，一本一二十莖，多者三五十莖。生便條重，所以異於衆蒿也。"

〔七〕"神龜"二句：丙子學易編："淮南子云：上有叢蓍，下有伏龜。褚少孫云：'蓍生滿百莖者，下必有神龜守之，上常有青雲覆之。'"

〔八〕百莖：丙子學易編："洪範五行傳云：'蓍百年，一本生百莖。'許叔重說文云：'蒿屬，生千歲，三百莖。易以爲數，天子九尺，諸侯七尺，大夫五尺，士三尺。'王仲任論衡云：'七十歲生一莖，七百歲生十莖。神靈之物，故生遲也。'"

〔九〕"韜以"四句：宋朱熹原本周易本義卷末下筮儀："擇地潔處爲蓍室，南戶。置床于室中央，蓍五十莖，韜以纁帛，貯以皂囊，納之櫝中，置于床北。"

〔十〕貞悔：宋林之奇尚書全解卷二十五洪範："凡此稽疑之法有七，卜之占居其五……蓍之占居其二，貞悔是也。"又，宋趙以夫易通序："洪範占用二：貞悔。貞即靜也，悔即動也。故靜吉動凶則勿用，動吉靜凶則不處，動靜皆吉則隨遇而皆可，動靜皆凶則無所逃於天地之間。"

〔十一〕肇羲皇：宋雷思齊撰易圖通變卷五河圖遺論："龍馬負圖出河，羲皇窮天人之際，重定五行生成之數，定地上八卦之體。"

〔十二〕"塗山"四句：史記龜策列傳："太史公曰：自古聖王將建國受命，興動事業，何嘗不寶卜筮以助善！唐虞以上，不可記已。自三代之興，各據禎祥。塗山之兆從而夏啓世,飛燕之卜順故殷興,百穀之筮吉故周王。王者決定諸疑,參以卜筮,斷以蓍龜,不易之道也。"塗山,相傳夏禹於此娶塗山氏,并與諸侯會合於此。位於今浙江紹興。

〔十三〕顏:指顏回。顏回早逝。元胡震撰周易衍義卷六:"由其變而觀之:以原憲而貧,以季氏而富;以顏子而夭,盜跖而壽,其禍福又有不自己致之者。"

〔十四〕陽虎:春秋時魯國季氏家臣,曾掌控季氏乃至魯國軍政大權。春秋左傳正義卷五十五:"盜竊寶玉大弓。"注:"盜,謂陽虎也。"疏:"公羊傳曰:'盜者孰謂? 謂陽虎也。陽虎者,曷爲者也? 季氏之宰也。季氏之宰,則微者也,惡乎得國寶而竊之? 陽虎專季氏,季氏專魯國。'"

〔十五〕"孔卒行"句:孔子用於魯,魯國日漸强盛。然季桓子受齊人賄賂,棄禮黜賢,孔子遂去魯。參見明蔡清撰四書蒙引卷八衛靈公。

〔十六〕弱冠司袞:指董賢。後漢書張衡列傳:"董弱冠而司袞兮,設王隧而弗處。"注:"董賢字聖卿,哀帝時爲大司馬,年二十二。袞,三公服也。時哀帝命爲賢起冢,至尊無以加。及帝崩,王莽殺賢於獄中。"

〔十七〕七十食牛:指百里奚。相傳百里奚七十歲,養牛爲業,秦繆公授之國政。詳見孟子注疏萬章上。

〔十八〕三葉皓首:即所謂"三葉而不遷",指西漢顏駟。詳見麗則遺音卷一憂釋。

〔十九〕七世珥貂:指金日磾、張安世。明徐應秋玉芝堂談薈卷二一門執象笏者百人:"古人子姓貴盛可記者,西漢金日磾、張安世,七葉珥貂。"

〔二十〕死減以賂:西漢武帝時有令:"死罪,入贖錢五十萬,減死一等。"參見漢書武帝紀。

〔二十一〕宮以幽:蓋指司馬遷遭受宮刑。

〔二十二〕捐印俱走:指虞卿、魏齊。史記虞卿列傳:"虞卿既以魏齊之故,不重萬户侯卿相之印,與魏齊間行,卒去趙,困於梁。"索隱:"魏齊,魏相,與應侯有仇,秦求之急,乃抵虞卿。卿棄相印,乃與齊間行亡歸梁,以託信陵君。信陵君疑未決,齊自殺。故虞卿失相,乃窮愁而著書也。"

〔二十三〕閣以投:指揚雄,揚雄曾跳樓自盡。白孔六帖卷十:"王莽以符命自立,時揚雄校書於天禄閣上,治獄使者欲收雄,雄從閣上自投,幾死。"

〔二十四〕嫫:指嫫母。相傳嫫母爲黄帝妃,貌甚醜而最賢。參見史記五帝本紀注。

〔二十五〕孟姚:相傳爲古代美女。參見楚辭章句哀時命。

〔二十六〕康瓠：破瓦壺。史記屈原賈生列傳："斡棄周鼎兮寶康瓠。"
〔二十七〕鈎吻：斷腸草，有毒。

琴賦〔一〕

天台蔡仲玉以琴訪予水南山北樓〔二〕，希音跫①然〔三〕，而無近世新聲之變，蓋蔡君力執古道，而深造樂情者也。於其別也，作琴賦以贈。

伐孤桐兮龍門，斬靈梓兮泗濱〔四〕。配美木兮陰陽，繩朱絲兮君臣。準遺則兮泰嘽〔五〕，比正律兮伶倫〔六〕。成綠綺之雅製〔七〕，於以御夫至人。蓋其理中和，復精真。宣八風，明彝倫。感天地，動鬼神。桑濮不能間其邪，而鄭衛不能入其淫者也。

夫自虞歌既杳〔八〕，襄教不宣。東市絶調〔九〕，高山毀弦〔十〕。黄鍾擯棄〔十一〕，正始沉焉。黿咬遷變〔十二〕，下俚嗑焉。嘆人器兮俱喪〔十三〕，孰能傳其不可傳！吾子佩焦尾〔十四〕，象前賢。蹴子野〔十五〕，排田連〔十六〕。起千載而非後，追太古而無前。得非瘖萬雌②而雄鳴，遏③凡翅而孤騫者耶！爾其瓻酒登，爐薰爇。僎清風，介朗月。拂素雲，揮白雪。朱弦既練④，玉指作捪。宮羽相宣，角徵參發。雅韻依永，長歌赴節。愉焉款款，悽焉屑屑。蕩焉裔裔，菀⑤焉咽咽。繹焉如縈，撇焉如折。氾焉如沸，刺焉如竭。焕若春温，霶若甘霖。粲若榮葩，蕭若枯林。高者拔焉而峻，下者濁焉而沉，急者矢焉而激，緩者紆焉而深。央央坎坎，嘁嘁憯憯，鏗鏗磕磕，栗栗淋淋。如冷泉漱澗，籟動谷鳴。如巫山夜雨，隴水秦⑥聲。如村翁野老之嬉笑，如鶯喉鴂語之呷嚶。如大風飄瓦而軒磕，如胥濤鼓譟而瀰淘。至若詳其曲引，則優柔温淳，長養恢渾，郁乎南風之薰也〔十七〕。融怡和順，溥博沉潘，洋乎流水之潤也。愴悗坎壈，怵惻怛憯，戚乎履霜之慘也〔十八〕。憔悴尫驪，徬徨低回，摧乎別鶴之哀也〔十九〕。其憂也深，其思也長。其樂不淫，其哀不傷。滌煩決塞，導和養康。懲躁寬鄙，立懦摧剛。可謂至德之精音，而三歎於一唱者矣。

已而中聲五降〔二十〕，均曲成闋。籧弄向闌，敏手暫輟。銀蟾在天，星漢明滅。主賓頹然，仰視空闊，於是命酒起舞，而爲之歌曰：

攀芳洲兮芙蓉,挐扁舟兮葦叢。渺極浦兮千里,望遠岫兮橫空。吾將與子泝洞庭,歷九峰〔二十一〕,登玉霄〔二十二〕,攀閬風〔二十三〕。招漁父之往棹兮〔二十四〕,探湘靈之遺踪〔二十五〕。訪遏奏於涓子兮〔二十六〕,引高吟於泰⑦容〔二十七〕。窺人寰而曾舉兮,托遺響兮⑧無窮。舉天籟以成吾音兮,寫余心之太沖。又何有乎虖⑨成兮〔二十八〕,三尺之桐。

【校】

① 康熙御定歷代賦彙卷九十四亦録此文,據以校勘。跫:陳善學序刊楊鐵崖先生文集本作"蛩"。

② 雌:陳善學序刊楊鐵崖先生文集本作"馬"。

③ 遏:原本作"藹",據陳善學序刊楊鐵崖先生文集本改。

④ 練:文淵閣四庫全書本、歷代賦彙本作"絲"。

⑤ 菀:陳善學序刊楊鐵崖先生文集本作"莞"。

⑥ 秦:陳善學序刊楊鐵崖先生文集本作"奏"。

⑦ 泰:歷代賦彙本作"春"。

⑧ 兮:歷代賦彙本作"於"。

⑨ 乎虖:歷代賦彙本作"於戲"。

【箋注】

〔一〕據本賦起首"天台蔡仲玉以琴訪予水南山北樓"一句推之,鐵崖與蔡仲玉結識,蓋在出任天台縣令之時,而本賦則當作於其免職之後,即元文宗至順二年(一三三一)以後。

〔二〕蔡仲玉:天台(今屬浙江)人。至正年前與鐵崖交往,善於彈琴。生平不詳。

〔三〕跫然:莊子徐無鬼:"夫逃虛空者……聞人足音跫然而喜矣。"成玄英疏:"跫,行聲也。"

〔四〕"伐孤桐"二句:庾子山集注卷三周祀五帝歌青帝雲門舞:"泗濱石,龍門桐。"注:"禹貢曰:'泗濱浮磬。'周禮云:'龍門之琴瑟。'枚乘七發云'龍門之桐'是也。"又,宋傅寅撰禹貢説斷卷二:"嶧陽孤桐……孤桐者,特生之桐,可以中琴也。必以孤桐者,猶言孤竹之管也。"曹植與吳季重書:"斬泗濱之梓以爲箏。"

〔五〕泰皥:或作太皥,即伏羲氏。

〔六〕伶倫:參見鐵崖先生古樂府卷十春俠雜詞之五注。

〔七〕緑綺：琴名,曾爲西漢司馬相如所用。

〔八〕虞歌：禮記樂記：“昔者舜作五弦之琴,以歌南風。”

〔九〕“東市”句：指嵇康廣陵散不傳。世説新語雅量：“嵇中散臨刑東市,神氣不變,索琴彈之,奏廣陵散,曲終曰:‘袁孝尼嘗請學此散,吾靳固未與,廣陵散於今絶矣!’”

〔十〕“高山”句：伯牙、鍾子期故事。韓詩外傳卷九：“伯牙鼓琴,鍾子期聽之。方鼓琴,志在山,鍾子期曰:‘善哉,鼓琴! 巍巍乎如太山……’鍾子期死,伯牙擗琴絶弦,終身不復鼓琴,以爲世無足與鼓琴也。”

〔十一〕“黄鍾”句：楚辭卜居：“黄鍾毁棄,瓦釜雷鳴。”

〔十二〕“鼀咬”句：意爲靡靡之音綿延不絶。文選張衡東京賦：“咸池不齊度於鼀咬,而衆聽或疑。”薛綜注：“咸池,堯樂也;鼀咬,淫聲也。言咸池之音本不與鼀咬同,而衆聽者乃有疑惑。”

〔十三〕人器俱喪：南朝宋劉義慶世説新語傷逝：“王子猷、子敬俱病篤,而子敬先亡……子敬素好琴,(子猷)便徑入坐靈牀上,取子敬琴彈。弦既不調,擲地云:‘子敬,子敬,人琴俱亡!’因慟絶良久,月餘亦卒。”

〔十四〕焦尾：琴名,東漢蔡邕創製。參見鐵崖先生古樂府卷四焦尾辭注。

〔十五〕子野：師曠,字子野,晉平公時樂師。

〔十六〕田連：相傳爲著名琴師。韓非子外儲説右下：“田連、成竅,天下善鼓琴者也,然而田連鼓上,成竅撅下,而不能成曲,亦共故也。”

〔十七〕南風：相傳爲舜之琴歌。宋胡瑗洪範口義卷下：“舜之琴歌曰:‘南風之時兮,可以阜吾民之財兮。南風之薰兮,可以解吾民之愠兮。’此風之順時也。”

〔十八〕流水、履霜：均爲古琴曲。説郛卷一百琴曲譜録著録有流水操、履霜操,注曰:“尹伯奇製。”參見鐵崖先生古樂府卷一履霜操注。

〔十九〕別鶴：參見鐵崖先生古樂府卷一別鵠操注。

〔二十〕中聲五降：左傳昭公元年：“先王之樂,所以節百事也,故有五節,遲速本末以相及,中聲以降,五降之後,不容彈矣。”注：“此謂先王之樂得中聲,聲成五降而息也。”

〔二十一〕九峰：或指松江之九峰。

〔二十二〕玉霄：山峰名,位於蔡仲玉家鄉天台山。

〔二十三〕閬風：山名,位於崑崙。參見楚辭離騷王逸注。

〔二十四〕漁父：漢王逸撰楚辭章句卷七漁父：“漁父者,屈原之所作也。屈原放逐在江、湘之間,憂愁嘆吟,儀容變易。而漁父避世隱身,釣魚江

濱,欣然自樂,時遇屈原川澤之域,怪而問之,遂相應答。楚人思念屈
原,因叙其辭以相傳焉。"

〔二十五〕湘靈:舜妃。溺於湘水,爲湘夫人也。

〔二十六〕涓子:列仙傳卷上涓子:"涓子者,齊人也……其琴心三篇,有條
理焉。"

〔二十七〕泰容:相傳爲黄帝樂師。參見魏嵇康撰琴賦(載嵇中散集卷二)。

〔二十八〕何有乎虧成:源自莊子之説。齊物論:"有成與虧,故昭氏之鼓琴也;
無成與虧,故昭氏之不鼓琴也。"

杖賦〔一〕

余今年初度,逾强年之二〔二〕,已有子貢倦而願息之心〔三〕。故吏四
明魏韔得鐵靈杖以壽余〔四〕,因感而賦。酒餘,且命韔歌之以自强。

伊珍木之托根兮,乃在儋崖之山〔五〕。孕祝融之火德兮〔六〕,食炎海
之醎泉①〔七〕。得大椿之春秋兮〔八〕,曾不計年之幾千。絜其長兮協八
尺之度,圍其大兮倍徑寸之圜。爰有至人,制其自然。不彫不削,樸
全其天〔九〕。觸頭角兮豸起,鏗指甲兮金宣。争青藜之吐焰〔十〕,陋邛竹
之中乾〔十一〕,臨葛陂而未化〔十二〕,配九節以不刓〔十三〕。空而擲之,若雷
公掣火,逐烏尾之蜿蜒。握而即之,若飛仙縮劍,袖青虯之連蜷〔十四〕。
故假其威,可以折衝乎外侮。論其壽,可以竊比乎銅仙。昔太師之謝
疾(孔光),賜靈壽以優賢〔十五〕。迨元老之褒崇(楊彪),亦延年之寵
頒〔十六〕。自非高年與碩德,尊更老之衣冠。若盜聲之處士(樊英)〔十七〕,
曾何足以上煩! 兹珍木之自重,不與鳩玉以同班〔十八〕。苟所杖之非
人,固不如隨策於魯連〔十九〕。顧斯杖之納交,適先生之解官。當先生
今年之初度,去杖鄉之期尚十有②九年〔二十〕。胡爾杖之介壽,相世步之
多艱。先生方倦游而欲息,復賈勇而挽前。鄭丈人之荷蓧〔二十一〕,招太
乙而吹烟〔二十二〕。或梯之以奔月,或跨之以入淵。或採桃核於西崑之
池,或摘菡萏於太華之巔。凌萬里於一息,歘曾舉於九關。排閶闔以
自許,誓持危而扶顛。托六尺以不負,心寸鐵以同堅。兹鐵靈之爲
杖,微斯人其執專! 既托先生之金石,長與君兮周旋。重爲歌曰:

杖兮杖兮,爾之生也勁且良。又靈且壽兮,神隱顯之不常。山中之人兮壽而康,今何日兮杖以自强,與爾杖兮相羊。鬼工避射兮豻虎避倀,與爾杖兮靈長。崆峒齊道兮南極齊光,與爾杖兮既安且藏。慎勿見水踴躍去,變爲干將[二十三]。

【校】

① 元明事類鈔卷三十、康熙御定歷代賦彙卷八十五分別摘録和收録此文,據以校勘。泉:原本作"次",據元明事類鈔本改。

② 十有:歷代賦彙本作"有十"。

【箋注】

〔一〕本賦作於鐵崖四十二歲生日,即元順帝至元三年十二月二十五日(公元一三三八年一月十六日)。其時鐵崖任錢清鹽場司令。

〔二〕强年:禮記注疏卷一曲禮上:"四十曰强,而仕。"

〔三〕"已有"句:荀子集解卷十九大略篇:"子貢問於孔子曰:'賜倦於學矣,願息事君。'孔子曰:'詩云:"溫恭朝夕,執事有恪。"事君難,事君焉可息哉!''然則賜願息事親。'孔子曰:'詩云:"孝子不匱,永錫爾類。"事親難,事親焉可息哉!'"

〔四〕魏輗:蓋爲鐵崖任天台縣令時屬下吏員,四明(今浙江寧波)人。

〔五〕儋崖:位於海南。陸游撰老學庵續筆記:"海南儋崖諸郡出勒竹杖,大於澁竹,膚有芒,可以剗爪。東坡云'倦看澁勒暗蠻村'者是也。"

〔六〕祝融:相傳爲高辛氏之火正,楚之遠祖。參見春秋左傳正義卷十六"蘷子不祀祝融"注文。

〔七〕炎海:元姚燧烏木杖賦:"炎海之山,珍木産焉。金爲之聲,石與其堅。"

〔八〕大椿:莊子逍遥游:"上古有大椿者,以八千歲爲春,八千歲爲秋。"

〔九〕全其天:莊子達生:"梓慶削木爲鐻,鐻成,見者驚猶鬼神。魯侯見而問焉,曰:'子何術以爲焉?'對曰:'……然後入山林,觀天性;形軀至矣,然後成見鐻,然後加手焉;不然則已。則以天合天,器之所以疑神者,其是與!'"

〔十〕青藜吐焰:三輔黃圖卷六:"劉向於成帝之末,校書天禄閣,專精覃思。夜有老人,著黃衣,植青藜杖,叩閤而進。見向暗中獨坐誦書,老父乃吹杖端,烟然,因以見向。授五行洪範之文,恐詞説繁廣忘之,乃裂裳及紳以記其言。至曙而去,請問姓名,云:'我是太乙之精,天帝聞卯金之子有博學者,下而觀焉。’”

〔十一〕邛竹:張騫出使大夏時所見,曰産自“東南身毒國”。參見史記西南夷
　　　　列傳。

〔十二〕葛陂:位於河南平輿縣東北四十里。相傳東漢費長房曾於葛陂投杖,
　　　　杖化成龍。參見鐵崖先生古樂府卷二簫杖歌注。

〔十三〕九節:參見鐵崖先生古樂府卷三璚臺曲注。

〔十四〕“若飛仙”二句:用吕洞賓劍事。明谷子敬城南柳第一折:“則是這袖裹
　　　　青蛇膽氣粗,怕甚麽妖精物。”

〔十五〕“昔太師”二句:漢書孔光傳:“孔光字子夏,孔子十四世之孫也……賜
　　　　太師靈壽杖。”注:“服虔曰:‘靈壽,木名。’師古曰:‘木似竹,有枝節,長
　　　　不過八九尺,圍三四寸,自然有合杖制,不須削治也。’”

〔十六〕“迨元老”二句:三國志魏志文帝紀:“(黄初二年)冬十月,授楊彪光禄
　　　　大夫。”注:“魏書曰:‘己亥,公卿朝朔旦,并引故漢太尉楊彪,待以客
　　　　禮。詔曰:夫先王制几杖之賜,所以賓禮黄耇、褒崇元老也。昔孔光、卓
　　　　茂皆以淑德高年,受兹嘉賜。公故漢宰臣,乃祖已來,世著名節,年過七
　　　　十,行不逾矩,可謂老成人矣,所宜寵異以章舊德。其賜公延年杖及
　　　　馮几。’”

〔十七〕盜聲之處士:後漢書樊英傳:“帝不能屈,而敬其名,使出就太醫養疾,
　　　　月致羊酒。至(永建)四年三月,天子乃爲英設壇席,令公車令導,尚書
　　　　奉引,賜几杖,待以師傅之禮……論曰:漢世之所謂名士者,其風流可
　　　　知矣。雖弛張趣舍,時有未純,於刻情修容,依倚道藝,以就其聲價,非
　　　　所能通物方,弘時務也。及徵樊英、楊厚,朝廷若待神明,至竟無它異。
　　　　英名最高,毁最甚。”

〔十八〕鳩玉:此指飾有鳩鳥之玉杖。藝文類聚卷九十二鳥部下鳩:“續漢禮儀
　　　　志曰:‘仲秋之月,縣道皆案户比民。年始七十者,授之以玉杖,餔之糜
　　　　粥。八十九十,禮有加賜玉杖,長九尺,端以鳩爲飾。鳩者,不噎之鳥
　　　　也。欲老人不噎,所以愛民也。’”

〔十九〕魯連:史記魯仲連列傳:“魯連逃隱於海上,曰:‘吾與富貴而詘於人,寧
　　　　貧賤而輕世肆志焉。’”

〔二十〕杖鄉:周禮注疏卷三十六秋官司寇下:“王制曰:‘五十杖於家,六十杖
　　　　於鄉。’”

〔二十一〕荷蓧:論語微子:“子路從而後,遇丈人以杖荷蓧。子路問曰:‘子見
　　　　夫子乎?’丈人曰:‘四體不勤,五穀不分,孰爲夫子!’”

〔二十二〕“招太乙”句：指太乙老仙所用青藜杖故事。參見東維子文集卷二十九寄秋淵沈鍊師。

〔二十三〕“重爲歌曰”以下直至篇末，源於杜甫詩。杜甫桃竹杖引贈章留後：“重爲告曰：杖兮杖兮，爾之生也甚正直，慎勿見水踴躍學變化爲龍……”